中国作协网络文学理论评论支持计划

教育部哲学社会科学研究重大课题攻关项目（19JZD038）

中国网络文学史料丛书

INTERNET
LITERATURE

大事年表 × 网站简史

邵燕君　李　强 / 主编

中国网络文学编年简史

北京大学出版社

图书在版编目（CIP）数据

中国网络文学编年简史 / 邵燕君，李强主编. —北京：北京大学出版社，2023.8

（中国网络文学史料丛书）

ISBN 978-7-301-34206-0

Ⅰ.①中… Ⅱ.①邵… ②李… Ⅲ.①网络文学 – 文学史 – 中国 Ⅳ.①I207.999

中国国家版本馆CIP数据核字（2023）第128784号

书　　　名	中国网络文学编年简史 ZHONGGUO WANGLUO WENXUE BIANNIAN JIANSHI
著作责任者	邵燕君　李　强　主编
责任编辑	艾　英
标准书号	ISBN 978-7-301-34206-0
出版发行	北京大学出版社
地　　　址	北京市海淀区成府路 205 号　100871
网　　　址	http://www.pup.cn　新浪微博 @ 北京大学出版社
电子邮箱	编辑部 wsz@pup.cn　总编室 zpup@pup.cn
电　　　话	邮购部 010-62752015　发行部 010-62750672 编辑部 010-62756467
印　刷　者	大厂回族自治县彩虹印刷有限公司
经　销　者	新华书店
	650 毫米 × 965 毫米　16 开本　36.5 印张　650 千字 2023 年 8 月第 1 版　2024 年 11 月第 2 次印刷
定　　　价	128.00 元

未经许可，不得以任何方式复制或抄袭本书之部分或全部内容。
版权所有，侵权必究
举报电话：010-62752024　电子邮箱：fd@pup.cn
图书如有印装质量问题，请与出版部联系，电话：010-62756370

目录 CONTENTS

前　言 ....邵燕君 / 1

上　编　中国网络文学大事年表（1996—2020）

前导：互联网技术发展和应用重要节点 3
1958 年 3
1964 年 3
1969 年 3
1975 年 3
1978 年 3
1981 年 4
1982 年 4
1983 年 4
1984 年 4
1986 年 5

前史：中文互联网平台及社区的建立 6
1987 年 6
1988 年 6

章节	页码
1989 年	6
1990 年	7
1991 年	8
1992 年	9
1993 年	10
1994 年	11
1995 年	13

中国网络文学发展史·论坛时代（1996—2000）......16

1996 年	16
1997 年	19
1998 年	21
1999 年	26
2000 年	31

中国网络文学发展史·PC 网站时代（2001—2009）......37

2001 年	37
2002 年	42
2003 年	47
2004 年	53
2005 年	57
2006 年	62
2007 年	67
2008 年	74
2009 年	78

中国网络文学发展史·无线移动及 IP 时代（2010—　）......84

2010 年	84
2011 年	89
2012 年	96

2013 年 100
2014 年 104
2015 年 111
2016 年 117
2017 年 125
2018 年 133
2019 年 142
2020 年 149

下编　重要网络文学网站简史

华夏文摘 159
新语丝 164
金庸客栈（https://www.cwin.com/world/jinyong）..................169
金庸茶馆（http://jinyong.ylib.com.tw）....................................176
六艺藏经阁（http://classicwriter.ath.cx）..................................181
榕树下（https://www.rongshu.com；https://www.rongshuxia.com）..............184
清韵书院（https://www.qingyun.com）.....................................199
西祠胡同（https://www.xici.net.cn，网络文学相关部分）.......211
黄金书屋（https://www.goldnets.com）...................................220
桑桑学院（https://www.sun_sun.yeah.net；https://www.sunsunplus.com）..........224
天涯论坛（https://bbs.tianya.cn，网络文学相关部分）...........233
西陆论坛（https://www.xilu.com）..243
红袖添香（https://www.21red.net；https://www.hongxiu.com）............248
露西弗俱乐部（https://www.lucifer-club.com）......................262
鲜文学网（https://www.myfreshnet.com）..............................276

花雨（https://www.inbook.net） ……288

小说频道（https://www.nch.com.tw） ……292

龙的天空（https://www.lkong.net；https://www.lkong.cn） ……295

幻剑书盟（https://www.hjsm.net；https://www.hjsm.tom.com） ……312

铁血网/铁血读书（https://www.tiexue.net；https://book.tiexue.net） ……322

SC论坛（https://www.sonicbbs.com） ……330

冒险者天堂（http://paradise.ezla.com.tw） ……335

起点（起点中文网/盛大文学/阅文集团）（https://www.cmfu.com；https://www.qidian.com） ……338

四月天原创网（https://www.4yt.net） ……373

新浪（新浪读书、新浪博客、新浪微博，网络文学相关部分） ……377

百度贴吧（https://www.baidu.tieba.com，网络文学相关部分） ……393

晋江（晋江原创网/晋江文学城）（https://www.jjwxc.net） ……399

逐浪网（https://www.zhulang.com）—红薯中文网（https://www.hongshu.com） ……455

豆瓣网/豆瓣阅读（https://www.douban.com；https://read.douban.com） ……460

17K小说网（https://www.17K.com） ……470

SF轻小说（https://book.sfacg.com） ……479

轻之国度论坛（https://www.lightnovel.cn） ……487

纵横中文网（https://www.zongheng.com） ……490

磨铁图书/磨铁中文网（https://www.motie.com） ……498

中国移动手机阅读基地/咪咕阅读（https://read.10086.cn；https://wap.cmread.com） ……503

长佩文学论坛（https://allcp.net）/长佩文学（https://gongzicp.com） ……509

掌阅（https://www.ireader.com） ……514

LOFTER（https://www.lofter.com） ……520

Wuxiaworld（https://www.wuxiaworld.com） 528

平治信息 533

巫师图书馆 / 有毒小说网（https://www.youdubook.com）/
　　咕咕阅读 / 独阅读（https://www.duread8.com）/
　　联合阅读 / 息壤中文网（https://www.xrzww.com）................537

元元讨论区（https://www.giantdot.com）及"恶魔岛"系列论坛 540

乐趣园（http://www.netsh.com）................................542

潇湘书院（https://www.xxsy.net）................................543

天鹰 / 天逸文学（https://www.tywx.com.cn；https://www.tewx.com）................544

翠微居（https://www.cuiweijuk.com）................................545

爬爬 E 站（https://www.3320.net）................................546

黑蓝文学网（https://www.heilan.com）................................547

读写网（https://www.duxie.net）................................548

明杨品书网（https://www.pinshu.com）................................549

天下书盟（https://www.fbook.net）................................550

小说阅读网（https://www.readnovel.com）................................551

飞卢中文网（https://b.faloo.com）................................552

Archive of Our Own（https://archiveofourown.org）................................553

塔读文学（https://www.tadu.com）................................554

ONE·一个（https://wufazhuce.com）................................555

简书（https://www.jianshu.com）................................556

黑岩网（https://www.heiyan.com）................................557

阿里文学（https://www.aliwx.com.cn）................................558

欢乐书客 / 刺猬猫（https://www.ciweimao.com）................................559

不可能的世界（https://www.8kana.com）................................560

爱奇艺文学（https://wenxue.iqiyi.com）................................561

白熊阅读（https://www.bearead.com）................................562

火星小说、火星女频（https://www.hotread.com；
　　https://www.iceread.com）..................................563
起点国际（https://www.webnovel.com）..................564
连尚文学／连尚免费读书（https://www.lsds.cn）......565
废文网（https://www.sosad.fun）..............................566
米读小说..567
七猫小说（https://www.qimao.com）........................568
番茄小说（https://fanqienovel.com）........................569

后记：所爱有经纬..570

前 言

邵燕君

本书为中国网络文学研究的基础史料，包括上、下两编。

上编"中国网络文学大事年表"，简述1996—2020年间[①]与中国网络文学发展相关的重要事件。虽说编年史是按时间顺序客观记述，但选什么不选什么，多说什么少说什么，定哪里为起点[②]，如何划分时段，都离不了史识的判断。既然终须基于编者的理解甄选史料，本简史力求去繁择要，眉目清晰。大致有这样几条贯穿性线索：

一、媒介的变革。互联网是网络文学的基础设施，互联网的每一次技术迭代，都会直接影响网络文学的生态，乃至文学形态。因此，本简史的

[①] 记述从1958年开始，包括"前导：互联网技术发展和应用重要节点""前史：中文互联网平台及社区的建立"。

[②] 关于中国网络文学的起点问题，研究界一直没有定论。但近年来，主流学术界大都默认为1998年，以痞子蔡《第一次的亲密接触》诞生为标志。编者在研究史料的过程中，提出应以金庸客栈的成立（1996年8月）作为中国网络文学起始点（邵燕君、吉云飞：《为什么说中国网络文学的起始点是金庸客栈？》，《文艺报》2020年11月6日；邵燕君、吉云飞：《不辨主脉，何论起源？——再论中国网络文学的起始问题》，《南方文坛》2021年第4期）。本书即采用这一判断。此观点提出后，在研究界引发广泛而热烈的争论，多位研究者从不同角度，提出自己的看法。主要争论文章有：欧阳友权：《哪里才是中国网络文学的起点》，《文艺报》2021年2月26日；马季：《一个时代的文学坐标——中国网络文学缘起之我见》，《文艺报》2021年5月12日；吉云飞：《制作起源：中国网络文学的五种起源叙事》，《文艺理论与批评》2021年第2期；贺予飞：《中国网络文学起源说的质疑与辨正》，《南方文坛》2022年第1期；许苗苗：《如何谈论中国网络文学起点：媒介转型及其完成》，《当代文坛》2022年第2期；王金芝：《早期互联网技术驱动和当代文学虚拟空间拓展——论中国网络文学的缘起》，《南方文坛》2022年第4期；黎杨全：《从网络性到交往性：论中国网络文学的起源》，《当代作家评论》2022年第4期；吉云飞：《类型小说是网络文学的主潮——从中国网络文学起源论争说起》，《南方文坛》2022年第5期；王金芝：《论中国网络文学的坐标、意义和趋向》，安徽大学网络文学研究中心编，周志雄主编：《网络文学研究》第5辑，安徽大学出版社，2022年。

时段划分是以媒介变革为界的,分为三段:论坛时代(1996—2000)、PC 网站时代(2001—2009)、无线移动及 IP 时代(2010—   )。

二、网站的兴衰。网站(平台)是网络文学的具体生存空间,从某种意义上说,一部网络文学发展史,就是一部文学网站(平台)的兴衰史。无论是兴是衰,这些网站(平台)都有自己的故事,体现着历史的复杂性和多种可能性。

三、网络文学生产机制的发展。由起点中文网创建并成功运行的 VIP 付费阅读制度(2003 年 10 月)是中国网络文学获得世界奇观性发展的核心动力,塑造了中国网络文学的基本形态。对于其意义无论怎么估计都不过分。但这一基于 Web 2.0 时代爱好者内容付费的模式,在 Web 3.0 时代受到基于大资本、大数据推送的免费模式(2018)的严峻挑战①。对于研究者而言,这是幸事。从它们的竞争中,可以看清网络文学生产机制的底层逻辑。

四、网络文学与"主流"的关系。中国网络文学是借媒介变革之机在体制外"野蛮生长"起来的,属于"主流"之外的亚文化。但随着其不断壮大,必然要与"主流"发生关系。网络文学与"主流"的关系,既包括与主流文坛、主流文学观的碰撞,也包括接受国家力量的引导和监管,同时包括在"IP 运营"概念下与拥有更多主流观众的文艺(如影视剧)和更具商业优势的文艺(如电子游戏、动漫)的共生和竞争。这是一个各种力量复杂博弈的"文学场"。

五、中国网络文学与"世界"的关系。对中国网络文学的考察需要在全球媒介革命的视野下进行。特别是随着中国网络文学海外传播的强势展

---

① 这里的 Web 2.0 概念,主要强调平台的互动性,每个用户可以自由发布,可以与其他用户互动,用户生产内容(User-Generated Content,简称 UGC)。相对于 Web 1.0(网页作为单向发布的空间),Web 2.0 彻底摆脱了印刷媒介的逻辑,展现出网络性的特点,用户被极大赋权。Web 3.0 进一步深化了网络性,大数据、云计算、人工智能等新技术投入使用,互联网平台推动算法逐步超越大众用户成为核心的决策力量。用户可以根据个人需求被推送专门的内容,用户的"数码劳动"也直接可以转化为经济价值。在中国网络文学发展史上,典型的 Web 1.0 平台,是以榕树下为代表的编辑部统摄型网站、以黄金书屋为代表的只能看书的书库;Web 2.0 平台,是以金庸客栈为代表的论坛、以起点中文网为代表的网站;Web 3.0 平台,是以番茄小说、七猫小说为代表的免费平台,它们背后分别是字节跳动、百度这样的可以提供大资本、大数据支持的互联网巨头。

开,更可以在与他者的关系中,确认中国网络文学自身的特点和位置。中国网络文学与世界网络文艺是什么关系?与其他国家的网络文学,特别是日、韩等东亚国家有什么异同?此外,中国网络文学的范畴自然包括台港和海外华人部分,尤其是大陆网文与台湾一脉的渊源,值得格外关注。

六、类型文的流变和重要作家作品。网络文学生态的各种变化,最终会落实到文学形态的变化,具体而言就是各种类型文的次第兴起。对于重要作品,本编标记其坐标点(连载网站和时间)。各种重要的作品榜单,也基本收录,有的放在上编大事年表中,有的放在下编网站简史中。

下编"重要网络文学网站简史",共选择了70个网站,其中41个更重要且材料更丰富的网站撰写了词条、简史和专题,其余29个网站只写了词条①。两组都按可考建立时间排序,这样可以给读者一个直观的时间顺序印象。中国网络文学的网站林林总总有数百家,这里遴选了70个,不敢说没有遗珠,但可以保证没有凑数。这些网站都是在中国网络文学发展历程中重要或比较重要的、具有代表性或独具特色的。很多网站都已经关闭了,材料很难找全,凡来之不易的,都尽量收录了。凡网站在生产机制、文化风格方面具有特色的,都列专题详述。希望这些史料能展示各个网站的来龙去脉和原始风貌。词条的撰写颇具难度,基本信息之外,难在为其定位定性,故仅属一家之言,敬请方家指正!

内容方面,上、下两编必然有重合之处,因为各网站历史上重要的事件,一定要上大事年表。目前的区分是,下编叙述更为详尽,立足于网站自身,原始材料尽量多收;上编叙述更为简括,更注重相关事件的比较以及在中国网络文学整体发展史上的意义。上、下编都涉及的注释材料,也都集中在下编。总的来讲,上编追求简约明了,下编则不避冗杂。或者说,希望上编是可读的,下编是可查的。

编者在收集和整理史料的过程中,得到众多网络文学网站创始人、网站编辑、网络作家、资深读者、学者的大力帮助,他们或提供一手资料,或帮忙求证信息,或穿针引线玉成其事。其中特别感谢陈村先生和贺麦晓

---

① 只写词条的网站并非全因重要性稍弱,有的只是建站时间太晚,有的是因为材料不足。

教授，他们热忱无私的帮助，不仅大大丰富了本书的价值，也是鼓舞编者踏实努力的精神动力。虽然由于种种原因，一些珍贵史料未能公开出版，我们仍要向所有为网络文学史料收集和整理工作提供帮助的人表示诚挚的谢意！

感谢互联网档案馆（Internet Archive）的工作人员，他们秉持自由、开放、共享的互联网精神，为网络文学留下了大量可靠的一手史料，也为互联网时代留下了一份份珍贵的历史证据。

本书初稿曾请网文界多位资深人士审阅，得到了难得的一手资料和修改意见，极大地增强了本书的史料价值。在此特别鸣谢（以网站建立时间为序）：王志东（四通利方、新浪网创始人）、朱威廉（Will，榕树下创始人）、陈村（曾任榕树下艺术总监）、路金波（李寻欢，曾任榕树下总经理，著名出版人）、孙鹏（heavenboy，红袖添香创始人）、高薇嘉（ducky，露西弗创始人）、鲍伟康（潇湘子，潇湘书院创始人）、段伟（weid，龙的天空创始人，网络文学原生评论家）、许斌（邪月，曾任幻剑书盟主编、现任纵横中文网高级副总裁）、起点中文网创始团队（吴文辉、商雪松、林霆锋、侯庆辰、罗立）、侯小强（盛大文学CEO，火星小说创始人）、杨沾（雪夜，阅文集团原创内容部高级总监，代表阅文集团审核信息）、苏明璞、杨筱栋（中华杨，明杨品书网创始人）、李贤（四月天主编，蔷薇书院创始人）、黄艳明（iceheart，晋江文学城创始人）、蒋钢（逐浪网创始人，红薯网创建者）、刘英（血酬，17K初始团队成员，曾任17K主编）、苏小苏（蛋妈，17K创建者之一，现任纵横中文网主编）、周文韬（SF轻小说副主编）、文舟（知名网文作者，纵横中文网创建者之一）、沈浩波（磨铁图书创始人）、戴和忠（曾任中国移动手机阅读基地总经理，现任中文在线执行总裁）、傅晨舟（咪咕数字传媒公司总监）、刘潇（阿米，长佩站长）、成湘均（掌阅创始人）、谢思鹏（掌阅文学前主编，代表掌阅文学审核信息；番茄小说主编，代表番茄小说核实信息）、陈炳华（欢乐书客创始人）、赖静平（RWX，英语翻译网站Wuxiaworld创始人）、孔雪松（GGP，英语翻译网站Gravity Tales创始人）、刘昱人（起点国际内容总监，代表阅文集团审核信息）、郭笑驰（白熊阅读创始人）、王晶（火星小说副总裁）、猫腻（著名网文作家，曾在爬爬E库发文）、唐家三少（著名网文作家，读写网、幻剑书盟重要签约作者）。

本书是"中国网络文学史料丛书"之一，此前已经出版的一部是《创始者说：网络文学网站创始人访谈录》（邵燕君、肖映萱主编，北京大学出版社，2020年），感谢中国作协网络文学理论评论计划的支持！与之相关的史料研究还有《新中国文学史料研究·网络文学卷》（南京师范大学出版社，共计120万字，即将出版）、《创作者说：网络文学"大神"作家访谈录》（进行中）。

这些史料整理工作是北京大学网络文学研究团队近十年积累的成果，几乎所有团队成员都参与了这一漫长浩繁的工作，本书署名的就有30余人。随着出版时间的推移，几次增补修订。我们的朴素愿望是，为自己的研究工作做一套方便可靠的案头工具书。希望也是您的。

2022年7月13日

上 编

中国网络文学大事年表

(1996—2020)

前导：互联网技术发展和应用重要节点

1958 年

美国国防部组建高级研究计划署（Advanced Research Projects Agency，简称 ARPA），以应对苏联发射第一颗人造卫星（1957）带来的挑战。最早的阿帕网（ARPANET）由此孕育。

1964 年

美国科学家提出"分组交换理论"，目的是设计出不易被核打击摧毁的通信系统。"分组交换"这一网络传输的基础理论要求传输节点之间相互平等，从而奠定了互联网"去中心化"的基因。

1969 年

10 月 29 日，美国实现第一次网络远程通讯，阿帕网诞生。

1975 年

1 月，个人电脑诞生。爱德华·罗伯茨（Edward Roberts）发明个人电脑"牛郎星 8800"（Altair 8800），售价仅 379 美元。

超文本概念的提出者泰德·纳尔逊（Ted Nelson）号召借此发起一场解放计算机的运动："计算机安放在有空调的房间里，只为那些高级专业人员占有的状况已不复存在。让我们去掉计算机的神秘色彩，计算机属于全人类！"

1978 年

BBS（Bulletin Board System，即电子公告牌）系统诞生。[①] 此时的 BBS

[①] BBS 在中国也被网友称作"网络论坛"（简称"论坛"），但从技术角度来看，二者存在区别：最初的 BBS 大多基于局域网建立，由 Telnet 支持，用户需专门的客户端登录，这种 BBS 上只能发布文字，没有传输文件的功能。随着网络技术的发展，出现了基于 web 网页的 BBS，网民直接用浏览器输入网址即可登录。基于 Web 的 BBS 的交流更加便捷，规模也更大，被网民形象地称为"论坛"。可以说，"网络论坛"是更加便捷、大众化的 BBS。为凸显网络文学发展历程中的技术维度，本书在 BBS 发展早期使用"BBS"一词，后面使用"网络论坛"或"论坛"。

系统只能供创建者张贴公告，访问者无法下载或上传文件，可实现的功能并不比现实中的公告牌更多。

1981 年

10 月，日本建立第一个全国规模的研究网 N-1Network，东京大学、京都大学、东北大学等学术研究机构的大型计算机中心接入其中，互联网开始在日本运用于学术研究。

1982 年

5 月 15 日，韩国首尔大学与韩国电子通信研究院启动 SDN（System Development Network），互联网开始在韩国运用于学术研究。

美国北卡罗来纳州立大学的斯蒂文·贝拉文（Steve Bellovin）创立可以实现信息交互的 Usenet（新闻组），但仍受限于局域网而无法对外开放。

1983 年

由 Game Workshop 制作并发行的桌面战棋游戏《战锤》（*Warhammer*）问世。该游戏分为奇幻背景的"战锤幻想"系列与哥特式科幻背景的"战锤 40K"[①]系列。得益于庞大恢宏的世界观、兼具游戏性与收藏性的棋子设施与军团作战设定，《战锤》在一众桌面游戏中脱颖而出。在诞生后数十年来，《战锤》经由电子化而产生了众多衍生游戏作品。"战锤幻想"系列对于奇幻世界的描摹一定程度上形塑着《魔兽争霸》的世界观，"战锤 40K"系列关于星际想象的基本设定也持续影响着诸如《星际争霸》等科幻类游戏。后来，出现了不少依托于《战锤》世界观的同人创作。

1984 年

2 月 16 日，邓小平在上海视察期间，摸着演示计算机操作的少年李劲的头说，"计算机的普及要从娃娃抓起"。次年，计算机成为上海高中必修课。李劲后跳级考入清华大学，留美回国后成为微软中国研究院最年轻的研究员，被同事亲切地称为"邓摸头"。

BBS 构建程序 FidoNet（惠多网）在美国诞生，可以实现站际连线和

---

① 《战锤 40K》（*Warhammer 40000*）立足于哥特式的科幻设定，1987 年推出初版，2020 年已更新至第 9 版。在其设定不断扩充与发展过程中，深受不同影视、文字作品及奇幻、魔幻、历史元素的影响，构建出一个时空浩瀚、种族复杂、设定繁多的瑰丽世界。

自动互传信息的功能，BBS 得以网络化并流行起来。基于 FidoNet 的 BBS 系统突破了电子邮件只能进行点对点交流的限制，使网络用户能实现交互，但拨号连线的方式使每一个用户都会占据单独的电话线路，能够同时在线的用户数量非常有限，通常用户进入后需要以很快的速度退出，只能快速、大量下载新闻组的发布内容至个人电脑，并主要通过离线阅读和回复的方式完成交互。网络社区初步形成。

1986 年

中国最早的国际联网项目中国学术网（Chinese Academic Network，简称 CANET）启动，合作伙伴为德国卡尔斯鲁厄理工学院。80 年代初，美国实行"有限武装扶华"战略，但仍禁止向中国出口计算机。1983 年，邓小平讲话称："要同西欧国家搞技术合作，使我们的技术改造能够快一些搞上去。"此后，中国同西欧国家在计算机和互联网技术上的合作不断加强。

4 月

日本电气株式会社推出拨号连线的商用 BBS 网络服务 PC-VAN，是东亚最早的商用网络。

5 月

27 日，《勇者斗恶龙》（ドラゴンクエスト）发售。该系列作品与 1988 年发表的轻小说《罗德斯岛战记》共同为日式奇幻文化奠基。相较于欧美奇幻类作品，日式奇幻画面更为明朗，风格偏向动漫化。《迷失大陆》《魔法学徒》等早期网文都受此影响。

9 月

韩国 Dacom 推出了具有 BBS 与电子邮件等功能的网络服务 Chollian，于 1988 年商用。虽是范围有限的局域网，但由于采用连接更加方便的拨号连线，在韩国民间被广泛使用。

前史：中文互联网平台及社区的建立

1987 年

7 月

15 日，中国台湾"解严"（即解除"戒严"），威权政治结束。本年，惠多网（FidoNet）技术传入台湾，支持通过拨号连线的方式搭建 BBS。次年，漫画审查制度废止，台湾地区出版商正式引进日本漫画。这都为台湾网络类型小说的率先兴起提供了条件。

9 月

中国大陆第一个国际互联网电子邮件节点诞生。北京时间 9 月 14 日 21 时 07 分，发出第一封跨国电子邮件——"Across the Great Wall we can reach every corner in the world（越过长城，走向世界）"。因技术问题，这封邮件并未顺利发出，而是被存储在系统内，20 日才真正发送出去，成功传至德国卡尔斯鲁厄大学。[①]

1988 年

香港电话有限公司（HKTC）与 Cable and Wireless（Hong Kong）Limited（母公司为英国 Cable and Wireless）合并为香港电讯（Hong Kong Telecommunnications Limited），成为香港最大的互联网服务提供商。

1989 年

3 月

6 日，留学加拿大的朱若鹏、梁路平和留美学生熊波、邹孜野利用大学的电脑和网络系统，建立了 News Digest（《新闻文摘电脑网络》），以电子邮件列表的形式，向海外中国留学生转发西方主要媒体有关中国的新闻报道。

[①] 崔爽、刘艳：《中国 E-mail：值而立之年却未老先衰——互联网产业发展 30 年回眸》，《科技日报》2017 年 9 月 19 日第 1 版。

英国人蒂姆·伯纳斯-李提出 World Wide Web（万维网，简称 WWW）的理论设想，当年 12 月首次编写网页，但最初几年只在研究机构间使用，直到 1993 年 4 月底才宣布开放给公众免费使用。1994 年，《华夏文摘》将其创译为"万维天罗地网"，简称"万维网"。

6 月

黎广祥在 Usenet 上用美国信息交换标准编码发布了一篇中文文章，讨论在互联网上进行汉字传输的可能。这一时期，严永欣的"下里巴人"中文书写程序、倪鸿波的"南极星"汉字处理软件、黎广祥和魏亚桂的"ZW"汉字输入方案，都为汉字上网做出重要贡献，也为海外中文电子刊物的诞生提供了技术条件。

7 月

在美国成立一年多的、拥有众多读者的 Electronic Newsletter for Chinese Student（《中国学生电讯》）并入 News Digest。

8 月

News Digest 和姚明辉主持的 China News Group（《中国新闻组》）合并，更名为 China News Digest（《中国电脑新闻网络》，简称 CND）。发刊词称："旨在为海外中国学生学者和华人社区义务提供免费的新闻和信息服务"，并且"独立于任何政治实体"。

5 日，中共中央宣传思想工作领导小组决定成立全国清理整顿书报刊及音像市场工作小组。同年，全国清理整顿书报刊及音像市场工作小组及其办公室改称全国"扫黄"工作小组及其办公室。2000 年，又改称全国"扫黄""打非"工作小组及其办公室。2004 年，再次改为全国"扫黄打非"工作小组及其办公室，并沿用至今，网络监管也在其管辖范围内。

11 月

3 日，新闻出版署发布《关于部分应取缔出版物认定标准的暂行规定》，明确了对"夹杂淫秽色情内容、低级庸俗、有害于青少年身心健康的出版物"的解释。从此，中国认定的淫秽及色情出版物分为三级：淫秽出版物、色情出版物和夹杂淫秽色情内容的出版物。目前，中国还没有针对"网络淫秽色情"的专门解释，有关"网络淫秽色情"的认定依然参照这一规定。

1990 年

2 月

阿帕网关闭。美国国家科学基金会网络（NSFNET）取代阿帕网成为互联网主干网。互联网不再受美国军方直接控制。

6 月

4 日，姚明辉利用"下里巴人"程序通过 CND 第一次在互联网上正式发送中文邮件——内容为北岛的诗《悼亡》。本年春，CND 负责人之一徐刚将改编的《小草》歌词："没有花香，没有树高，我们是一群无人知道的小草……"以中文形式发送给部分 CND 用户，为正式发送做测试。

7 月

台湾地区学术网络（Taiwan Academic Network，简称 TANet）建立，以台北、台中、台南高校为局域网络中心，并使用若干越洋专线连接世界网络。

9 月

7 日，《中华人民共和国著作权法》颁行。

11 月

28 日，中国顶级域名 .CN 正式登记注册。当时中国尚未实现与国际互联网的全功能连接，.CN 服务器暂设于德国卡尔斯鲁厄理工学院。

1991 年

来自台湾的罗伊在北京建立第一个惠多网。

3 月

中国第一条与国际互联网连接的专线建立，节点为中国科学院高能物理研究所与美国斯坦福大学直线加速器中心。然而这一专线迟至 1993 年 3 月才正式开通，且开通后仍只连入了国际互联网的一部分。美国政府以互联网上科技信息等各类资源众多，不能让社会主义国家接入为由，只允许这条专线进入美国能源网。

4 月

5 日，全球第一份华文网络杂志《华夏文摘》（周刊，每周五出刊）在美国诞生，由 CND 主办。《华夏文摘》初期为文摘型综合杂志，后来原创内容逐渐增多，作者多为理工科留学生。采用电子邮件免费订阅模式，在留学生和华侨群体中有较大影响力。

5 日，张郎郎（美国普林斯顿大学访问学者）的《太阳纵队传说（上）》

发表在《华夏文摘》第1期上。该文被一些研究资料认为是"第一篇华文网络原创散文",但实际上仍是转自纸刊,文章底部标注"本文转载自《今天问》(《今天》的笔误——编者注)文学杂志1990年第2期"。

26日,少君(本名钱建军,少君是其最广为人知的笔名)以马奇为笔名在《华夏文摘》第4期上发表《奋斗与平等》。该文在一些研究资料中被指认为"第一篇华文网络原创小说",但实际上仍是转自纸刊,文章底部标注"由《中国之春》供稿"。

12月

25日,苏联解体,冷战结束。互联网的民用化、商业化、全球化进程加快。

中国台湾地区、香港地区接入国际互联网。

本年,中国留美学生王笑飞创办了邮件订阅系统"中文诗歌交流网络"(chpoem-1@listserv.acsu.buf),该系统主要张贴古典诗词,也发表少数原创诗歌。据《华夏文摘》第38期(1991年12月20日)介绍:"中文诗歌交流网络是为诗歌爱好者分享和讨论诗歌而建立的。目前有二百多人参加。"与《华夏文摘》不同,"中文诗歌交流网络"不设编辑,也不定期出版,网友随时可以将自己喜欢的诗歌分享过去。

1992年

1月

17日,中美两国签署《中华人民共和国政府与美利坚合众国政府关于保护知识产权的谅解备忘录》。

18—21日,邓小平到南方视察,重申深化改革开放、加速发展的重要性和必要性。互联网被视为有利于经济发展、科技进步和对外开放的领域,得到中国政府的大力扶持。

3月

"Surfing the Internet"(网上冲浪)一词在美国诞生。此时,搜索引擎尚未出现,网民浏览网站只能依靠超链接乃至人脑记忆网址,如同在茫茫大海上航行必须依赖固定航线。虽仍有不便,但上网从此成为人类一种新的生活方式。

30日,《华夏文摘》发行第1期增刊"参考消息专辑",刊载邓小平南方谈话。自此,以专题形式发行的增刊成为《华夏文摘》的重要组成部分。

6月

28日，首个中文新闻讨论组 alt. chinese. Text（简称ACT）诞生。ACT是海外最早使用中文的网络BBS，也是中国留学生早期最重要的网络交流空间。由魏亚桂等留美学生在Usenet上搭建。初期以英文测试帖为主，1993年后，随着汉字网络传输和显示技术的成熟，中文发帖成为主流。在1993—1995年间的繁荣期，是《华夏文摘》的重要传播渠道，也是《新语丝》《橄榄树》《花招》等网络杂志的孕育地。

12月

清华大学校园网建成并投入使用。次年1月，中科院院网与北京大学校园网通过验收。

本年，台湾中山大学推出了台湾地区第一个中文BBS"中山大学美丽之岛站"。

1993年

2月

26日，《华夏文摘》出版第100期，电子邮件直接订户数首次超过10000。编辑部估计读者总数为35000人。

3月

12日，朱镕基副总理主持会议部署建设国家公用经济信息通信网（后简称"金桥工程"）。8月27日，李鹏总理批准使用300万美元总理预备费，支持启动"金桥工程"前期建设。

诗人诗阳开始通过电子邮件列表发表作品。1994年，他于ACT中文新闻组和中文诗歌交流网络发布诗歌数百篇，是首位大规模使用网络发表和传播作品的华语诗人。

9月

美国克林顿政府推出"国家信息基础设施"（National Information Infrastructure，简称NII）计划。这项后来被称为"信息高速公路"（Information Superhighway）的战略工程计划，由克林顿在其1992年竞选宣言中提出，造就了美国信息经济日后的辉煌，在世界范围内产生了极为广泛的影响。

加拿大中国学生学者联合会创办中文网络杂志《枫华园》（旬刊），主要登载原创稿件。

10月

早期中文网络最具代表性的作者图雅（亦作涂鸦）开始在北美高校BBS上发表作品，包括短篇小说、杂文和诗歌，后出版文集《图雅的涂鸦》（现代出版社，2002）。

12月

10日，国务院批准成立国家经济信息化联席会议，国务院副总理邹家华任主席。

18日，香港利方投资有限公司与北京四通集团公司合资建立北京四通利方信息技术公司，王志东出任四通利方信息技术有限公司总经理（1993—1998）。四通利方是新浪网的前身，也是国内最早的互联网公司之一。

本年，伊利诺伊大学的马克·安德列森（Marc Andreessen）带领学生写出Mosaic，这是第一个可以读取HTML文件的程序，它用HTML超文本链接实现了在因特网上的任意计算机页面之间的自由遨游。Mosaic是第一个广泛应用于个人电脑的WWW浏览器，推动了万维网从科研人员向普通网民的普及。

1994年

2月

10日，方舟子等人创办全球首份原创性中文网络杂志《新语丝》（月刊，每月15日出刊）。创刊之初，通过ACT和电子邮件列表发行。设有卷首诗以及牛肆（随笔、评论）、丝露集（诗歌、散文、小说）、网里乾坤（文史哲、科普知识小品）、网萃（个人或专题选集）4个固定栏目，后增设网讯（网上时事评论）栏目。

4月

中美科技合作联委会在美国华盛顿举行。20日，中国实现了与互联网的全功能连接，被正式承认为第77个拥有全功能互联网的国家。这一事件被中国新闻界评为1994年中国十大科技新闻之一，被国家统计公报列为中国1994年重大科技成就之一。自此，中国互联网的发展与世界接轨。

5月

国家智能计算机研究开发中心开通中国第一个基于互联网的BBS——曙光BBS，站名来自为其提供网络服务的"曙光一号"。"曙光一号"是中国自主研发的第一台高性能计算机。此前，中国只能以极高的价格从美国等国家进口高性能计算机，并在其监控下使用。

《电子游戏软件》创刊（月刊，此前曾"以书代刊"出版），是中国第一家电子游戏杂志。同年6月，《家用电脑与游戏机》（双月刊）发行。次年8月，《大众软件》（月刊）问世。早期游戏杂志以介绍电脑技术和电子游戏为主，也开始出现游戏攻略和围绕游戏展开的文学创作。

21日，在德国卡尔斯鲁厄理工学院的协助下，中国科学院计算机网络信息中心完成了中国国家顶级域名.CN服务器的设置，改变了此前.CN服务器一直安放在国外的处境。

6月

8日，《国务院办公厅关于"三金工程"有关问题的通知》发布，首次提出"三金工程"这一名称。"三金工程"即以金桥工程（国家公用经济信息网工程）、金关工程（外贸专用网工程）、金卡工程（电子货币工程）为代表的涉及国民经济信息化的一批国家重大工程项目。其中，金桥工程于1993年3月12日由国务院副总理朱镕基提出和部署，对标美国的"信息高速公路"，设定了"打破信息封锁和减少分散重复建设，为国家经济和信息资源共享服务""面向用户，面向市场，产用结合，为建设现代电子信息产业发展服务"等具体目标。"三金"工程的实施，拉开了中国信息化建设的序幕。

20日，韩国出现第一个互联网服务提供商KORNET。

7月

清华大学等六所高校共建的中国教育和科研计算机网（China Education and Research Network，简称CERNET，即教育网）的试验网开通。教育网（CERNET）降低了中国高校连入互联网的成本，使高校学生得以用较低的价格乃至免费上网，成为较早拥有网络生活的群体。

10月

13日，网名虎二爷的台湾学生自行架设名为Tigertwo（虎二站）的BBS以发表情色文学，号称"全台湾第一个情色文学专业BBS站"。由于此前在台湾高校BBS出现的情色文学专属版面引起注意后被全部关停，虎二站采取更隐蔽的准入制度，发帖①需要"保证人"。高质量的网络情色文

---

① 在网络上，"发帖"/"发贴"、"跟帖"/"跟贴"、"帖子"/"贴子"、"直播帖"/"直播贴"等词语中"贴"和"帖"的使用较为随意。按《现代汉语词典》（第7版，商务印书馆，2016年）收录的条目，"贴吧"指"网站提供的一种网络交流平台。按不同主题分为（转下页）

学作品开始出现。

11月

首个中文电子文库太阳升考访站在加拿大麦吉尔大学诞生。"考访"（Gopher）是一种只能传递文本文件的网络存储、取阅方式。太阳升的收藏分为电子刊物、文学读物、百科知识、百家争鸣、人物专集、各地新闻等类。建立者一木在1995年2月的一篇介绍文章中称："全月共有：18,903来访人次，平均每天：652人次；共输出：177,876份文件，平均每天：6,134份。"

本年，由暴雪娱乐公司制作的《魔兽争霸》（Warcraft）发售。于2003年发售的《魔兽争霸Ⅲ：冰封王座》（Warcraft Ⅲ: Frozen Throne）[①]有中文正版引进，加上优秀的游戏内容，影响力巨大。《魔兽争霸》系列为后来上线的《魔兽世界》铺垫了世界观设定，游戏本身关于兽人、亡灵、恶魔、圣骑士等种族与职业设定也影响了众多网文。

1995年

被誉为台湾地区网络媒体先驱之一的《南方》推出。最初是设立在台湾中山大学论坛的资料库，后来以电子邮件的形式发给订户。

1月

邮电部分别在北京、上海开通了64K专线，开始向社会提供国际互联网接入服务。

《神州学人》（1987年创刊）杂志发行电子版，是中国大陆第一份电子杂志，旨在向留学人员及时传递国内新闻和信息。

2月

14日，韩国演艺公司SM Entertainment建立，与此后建立的YG（1996）、JYP（1997）一起，培养爱豆，使之成为"韩流"的重要分支。2000年2月1日在中国北京工人体育馆举办演唱会的爱豆组合H.O.T就由SM策

（接上页）许多板块，用户可以在其中阅读、交流或发表意见"（第1302页）；"帖子"（tiě·zi）指"在网络论坛上发表议论、参与讨论的话语或短文"（第1303页）。因此，规范的用法是"发帖""跟帖"。为了规范表述，本书中"发贴""跟贴""贴子""直播贴"等统一为"帖"，"百度贴吧"则保持原状。

① 《魔兽争霸》是由暴雪娱乐公司开发制作，于1994年发布的即时战略游戏。接下来的数年内，该系列接连发布第二、三部作品与资料片。

划包装。

3月

诗阳、鲁鸣等人创办第一份中文网络诗刊《橄榄树》(Olive Tree)。

就读于台湾清华大学的 Plover（风鸟荼太来）发布首本网络小说《往事追忆录》，与此后发布的小说《台北爱情故事》一起被用户广泛张贴至不同大学的 BBS，成为台湾早期著名网络小说之一。

5月

6日，中共中央、国务院做出了《关于加速科学技术进步的决定》，提出了科教兴国战略。要求"逐步建立现代化的信息网络，加快国民经济信息化的进程"。

中国电信开始筹建中国公用计算机互联网（ChinaNet）全国骨干网，开始了互联网的大规模建设。

邮电部开始发放电信增值服务牌照，这代表中国大陆地区的互联网开始从学术科研进入民用阶段。第一批有五家互联网服务提供商（Internet Service Provider，简称 ISP）获得牌照，包括中国第一家互联网公司瀛海威。瀛海威是 Information Highway（信息高速公路）的音译，提供互联网接入服务，并创办了提供 BBS、聊天室、电子报纸等服务的"瀛海威时空"网络系统。1996年，瀛海威在中关村竖起广告牌"中国人离信息高速公路有多远——向北1500米"，引起轰动。

6月

方舟子建立新语丝文库。此时，除太阳升和新语丝两个大型综合文库，海外还有不少中、小型的专门电子文库，包括亦凡书屋、阿拉谈书屋、侦探推理园地、武侠世界、军事广角等。

7月

7日，中国台湾大宇资讯公司发行《仙剑奇侠传》系列首款作品。最早在 DOS 系统上操作，1997年10月转制到 Windows95 系统上。《仙剑奇侠传》在早期中国电子游戏玩家中享有很高声誉，历代作品不仅催生了大量同人创作，其模式、元素、风格及在此基础上成型的"仙剑文化"，对"大陆新武侠"与仙侠小说的创作产生了巨大影响。

8月

8日，中国大陆第一个高校 BBS 水木清华在清华大学诞生，由在校学生 ace（懂懂）采用台湾大学椰林风情站的系统创立。大陆校园 BBS 十余年的兴盛期由此开启。1997年，水木清华BBS网友对周星驰执导的电影《大话西游》(1995)的讨论、推荐，使得这部票房惨淡的电影在年轻人中大受欢迎，在大陆地区掀起了"无厘头"文化的热潮。《大话西游》电影不断被重放，成为一代人的文化经典。"大话"文化兴起，显示了互联网文化的巨大影响力。

24日，微软公司推出Windows95，至年底共售出近2000万套，其中文版也是当时最好的中文操作系统。它带来了更强大、更稳定、更实用的桌面图形用户界面，同时支持运行体量较大、质量更佳的电子游戏，革新了玩家的游戏体验，推动了网络游戏产业的发展。

9月

14日，台湾大学学生杜奕瑾采用TelnetBBS建立批踢踢实业房（简称批踢踢、PTT）。它作为台湾用户规模最大的BBS一直运营至今。

12月

7日，Windows95开始在台湾地区销售。

15日，网名Rose的姑娘在生命垂危之际，通过瀛海威发布了一封信与一枝红色玫瑰，得到了网友的祝愿与关注。次年1月1日，Rose去世，引起众多网友哀悼。这一事件显示，互联网开始在中国形成一个新的公共空间。

中国网络文学发展史·论坛时代（1996—2000）

1996 年

1 月

30 日，胡泳在《三联生活周刊》发表《Internet 离我们有多远?》，该文是中国最早的关于互联网的深入报道。次年，其论著《网络为王》出版（海南出版社），这是国内首部介绍互联网诞生、发展及未来趋势的专著。

首份女性网络文学刊物《花招》创立，发起人为北美华人女作家鸣鸿、红墙，编辑中心设于美国硅谷。每月 24 日以电子邮件列表发行，主要发表小说、散文、诗歌。1997 年 1 月推出网页版，并取得美国国家图书馆杂志编号，后增设生活周刊《花絮》、通俗小说选刊《花会》、古典文化季刊《花雕》等。2000 年停刊。《花招》是海外女作家第一次集体"触网"的实践园地，不过，其内容和形式基本沿袭传统期刊模式，传播范围亦局限于北美华人文学圈，对稍后中国兴起的女性网络写作的影响力有限。

首款中文多人在线文字游戏《侠客行》在北美上线，制作者为方舟子等。游戏以金庸小说为背景，场景、人物、互动等均由文字呈现。游戏发布不久，代码被搬运到北大东门物理楼的一台服务器上，因此在国内又被称为"北大侠客行"。

2 月

1 日，国务院发布《中华人民共和国计算机信息网络国际联网管理暂行规定》，明确规定，只允许 4 个互联网络拥有国际出口：中国科技网(CSTNet)、中国教育与科研网(CERNet)、中国公用互联网(ChinaNet)、中国金桥信息网(ChinaGBN)。其中，后两者属于商业性质的网络。

3 月

清华大学提交适应不同国家和地区中文编码的汉字统一传输标准，被国际互联网工程任务组（The Internet Engineering Task Force，简称 IETF）通过，为汉字的互联网传输做出基础性贡献。

4月

深圳数据通信局旗下一网情深BBS开通，是中国首个公众互联网领域的BBS。

5月

第一家网吧"威盖特"在上海诞生。

6月

利方在线（www.srsnet.com）开通，是国内最早的商业网站之一。最早为技术论坛，提供四通利方公司的汉化软件下载并解答用户提问。因客观上为网友提供了当时罕见的网上交流平台，话题很快就拓展到了软件之外，网站顺势开辟了多个主题论坛。金庸客栈由此诞生。

17日，台湾成功大学BBS建立。建立于该BBS的"猫咪乐园"孕育了痞子蔡、藤井树、九把刀等众多网络作家。

7月

日本右翼分子在钓鱼岛群岛建设灯塔，引发中国高校学生在BBS上发表激烈言论。9月18日，日本内阁总理大臣桥本龙太郎参拜靖国神社，再度引起学生愤慨。清华大学、北京大学、北京邮电大学、复旦大学等校暂时关闭校园BBS或删除相关帖子。

8月

金庸客栈和体育沙龙诞生于利方在线（www.srsnet.com）。这一"双子论坛"在20世纪最后几年里的全球中文互联网环境中，发挥了重要的影响力。其中，金庸客栈是最早以文学为主题的网络论坛，上承以金庸为代表的武侠小说传统，下开"大陆新武侠"和东方奇幻的创作潮流。经由金庸客栈最早也是最完整地呈现出来的论坛模式和论坛文化，更奠定了其在中国网络文学发展史中的源头地位。

9月

22日，全国首个城域网上海热线试运行，上海信息港主体工程上海公共信息网建成。1996年，在美国克林顿政府的"信息高速公路"计划启发下，上海市"九五"科技发展规划总体组提出了名为"信息港"的"信息高速公路"计划，并在国内引起巨大反响，各地均提出要打造本地的"信息港"。

新语丝网站(www.xys.org)建立，《新语丝》杂志从此以网站为主要发行渠道。在月刊外，网站还设有新到资料、电子文库、鲁迅家页、立此存照等栏目，以及读书论坛和科技论坛。该网站还登载了许多关于普及科学知识、揭露学术腐败和不实新闻的文章，这方面带有较强的方舟子个人印记。

11月

15日，实华开网络咖啡屋开张。它位于北京首都体育馆旁，拥有11台电脑，网速比居民家中拨号上网快4至5倍，定价为每小时30元。

在德国总统罗曼·赫尔佐克访华期间，教育网（CERNET）开通中德学术网络互联线路，是中国大陆第一条联通欧洲的互联网线路。

12月

中国公众多媒体通信网（169网）全面启动，广东视聆通、四川天府热线、上海热线是首批加入的站点，陆续开通互联的还有北京信息港、楚天热线、福建信息港、古城热线、金陵热线等。信息港是中国互联网发展早期网民的重要聚集地。黄金书屋、晋江文学城、红袖添香、潇湘书院等著名书站和网站均发端于此。

年内，尚在高一的残月（当时网名风灵居士）在台湾刚刚兴起的上网和制作个人主页的潮流影响下，架设了个人网页，并与同学在主页上发表原创武侠小说《天剑奇缘》和《乱世情仇录》，这是六艺藏经阁的雏形。

由暴雪娱乐公司制作的《暗黑破坏神》（*Diablo*）[①] 发售。该游戏拓展了角色扮演游戏的边界，开创了动作角色扮演游戏（Action Role Playing Game）这一经典的游戏类型。装备品级、刷宝、技能设计、战网模式等大量新兴的游戏元素与机制都来自《暗黑破坏神》。部分元素与设定虽然取自《龙与地下城》，但由《暗黑破坏神》转化，对国内游戏与网文的发展产生了重要影响：一方面，大量暗黑类网文涌现，如大量使用游戏术语与专有概念的《世界：欧洲篇》；另一方面，也出现了以游戏世界观设定为基础的《暗黑破坏神之毁灭》等同人作品。

本年

中国大陆最早的网络文学论坛金庸客栈建立，标志着中国网络文学的诞生，也开启了中国网络文学的"论坛时代"。论坛模式以及在此基础上

[①] 《暗黑破坏神》系列首部作品于1996年发售，后续分别于2000、2012年发布该系列的第二、三部作品。《暗黑破坏神》系列影响巨大，曾一度掀起"暗黑"狂潮。

发展起来的文学网站模式，把互联网去中心化、多点互动等媒介特点真正转化为文学制度，打破了作为印刷文明向网络文明过渡形态的"电子期刊"模式（以《华夏文摘》《新语丝》为代表），把发表、评论和推荐的权利赋予了每一个用户，这在根本上解放了中国网络文学的生产力，使网络文学的野蛮生长拥有了不竭动力。开启和代表了中国网络文学论坛模式的金庸客栈，也就成为中国网络文学的真正起点。

1997 年

1 月

1 日，中国第一家中央级新闻网站人民网接入国际互联网。

4 月

陈彤（1998—2014 年担任新浪网副总裁、总编辑）出任利方在线体育沙龙版主，并于 9 月 13 日开办中国第一场文字直播，对在大连金州举行的亚洲区十强赛中国队第一场比赛持续发帖播报。

互联网接入服务提供商（Internet Service Provider）首都在线（263 网）创办，提供"主叫计费"服务：用户不需要办理手续，只要拨打 2631 就可以直接上网，费用可与电话费一起交纳。"主叫计费"逐渐成为拨号上网的主要收费方式，入网门槛进一步降低。

5 月

4 日，曾被蔡智恒（痞子蔡）称为"网络文学创作前辈"的网络作家微酸美人 Martica 在台湾大学椰林 BBS 发布网络小说《敷衍：恶作剧之恋》。该书于 2000 年在大陆出版。

6 月

3 日，中国互联网络信息中心（CNNIC）成立，负责国家网络基础资源的运行、管理和服务，开展互联网发展研究并提供咨询。

网易公司成立，向用户提供每人 20 兆的免费个人主页空间，为后来部分个人书站提供了宝贵的储存空间。

以留言讨论区"飞鸿雪泥"建立为标志，台湾金庸茶馆正式开通。金庸茶馆由拥有金庸小说台湾版权的远流出版社主办。远流出版社自 1986 年开始在台湾出版《金庸作品集》，推动金庸作品"从出租小说提升到典藏小说"。依靠远流的资源，金庸茶馆发展迅速，在港台"金迷"中一度影响巨大，是中国互联网发展初期重要的文学论坛。

9月

罗森在台湾交通大学 BBS 连载《风姿物语》。《风姿物语》是中国第一部长篇连载的网络类型小说,是电子游戏《鬼畜王兰斯》(鬼畜王ランス,1996)的同人小说,后在两岸广泛传播,对大陆早期玄幻小说的创作产生重要影响。

11月

1 日,老榕在利方在线体育沙龙发表《10.31:大连金州没有眼泪》,48 小时内点击超过两万次,并被当时几乎所有中文论坛转载,后又被《南方周末》等超过 600 家纸媒转载。陈彤在他撰写的《新浪之道》(福建人民出版社,2005)中表示,此事使人们第一次感受到网络论坛的力量。

黄易的《大唐双龙传》在华艺出版社发行简体版。在香港出版时为一卷约 6 万字,华艺出版社则是将三卷合为一本,进度大大落后于香港。为了与书友分享小说的最新章节,清华大学的几个学生将从香港邮寄来的最新书册,通过图片扫描或直接手打、校对后上传到互联网,带动了大量武侠小说爱好者上网"追更"。

12月

25 日,美籍华人朱威廉(Will)建立个人主页榕树下。创立之初,朱威廉在聊天室和论坛邀请网友投稿,由他独立编辑并以 BBS 列表的形式展示在主页上。次年,朱威廉为榕树下确立了"生活·感受·随想"的宗旨。

年内,台湾六艺藏经阁建立。此后,通过元元讨论区的不懈推广,逐渐积攒起人气。

中国互联网络信息中心首次发布《中国互联网络发展状况统计报告》:截至 1997 年 10 月 31 日,共有上网计算机 29.9 万台,上网用户 62 万。[①]同时提出,速度太慢和收费太贵是影响中国互联网发展的两大障碍。

本年

榕树下的建立曾被认为是中国网络文学的开端,目前主流学术界依然有很多人持此看法。其即审即发、稿量不限、读者可留帖互动的模式,突破了《华夏文摘》《新语丝》等的"网刊模式",让更多网友能够参与网络创作。不过,与取消"编辑把关制"、更具网络基因属性的"论坛模式"相比,榕树下仍具有媒介变革的过渡性质。榕树下具有一定精英倾向,是

---

① 中国互联网络信息中心的数据仅涵盖中国大陆地区,不含台湾、香港、澳门地区。

文学青年最早的网络聚集地。此外,《风姿物语》第一次把"异世界"的设定和电子游戏的叙事模式引入小说,显示出与古典文学和现代文学不同的文学形式,后被不少网络作家追认为网文"开山作"。

年度代表作品(一般以开始连载的年度和首发网站为准,下同)有:《风姿物语》(罗森,台湾交通大学BBS)、《10.31:大连金州没有眼泪》(老榕,利方在线体育沙龙)。

1998年

2月

清韵书院创立于澳大利亚,主办人为曾活跃在《华夏文摘》的"老夫",主编为"温柔"。1999年,清韵书院总部从澳大利亚迁到西安,此前受众多为海外华人。

爱特信更名搜狐,创始人张朝阳。1996年8月,张朝阳获得美国麻省理工学院计算机科学家、《数字化生存》作者尼古拉斯·尼葛洛庞帝(Nicholas Negroponte)22.5万美元的天使投资,创立爱特信信息技术有限公司并推出分类搜索网站搜乎,这是中国第一个依靠风险投资建立的互联网公司。1997年11月,搜乎更名搜狐。

3月

文学城创立,与黄金书屋、书路同为网络文学发展早期最有影响力的个人书站。存在于互联网发展早期的个人书站主要是把实体书扫描、校对后上传,同时对网上已有的其他电子书籍加以整理转载,本质上是电子文库。至1999年年底,文学城月页面浏览人数已超过100万人次,邮件订阅人数达到1万人次。

3月22日至5月29日,蔡智恒(当时网名为"jht",后改为"痞子蔡")在台湾成功大学BBS连载《第一次的亲密接触》,随后被转载到大陆各大BBS并引起轰动。次年,简体版由知识出版社出版,是第一部在中国大陆非网民读者中间产生深广影响的网络小说,在2008年中国作协举办"网络文学十年盘点"之后,很长一段时间内,被主流学术界追溯为中国网络文学的起点。

31日,即时战略游戏《星际争霸》(*StarCraft*,暴雪娱乐公司制作)正式发售,对中国网文进行了初步的太空歌剧启蒙,推广了"灵能""虫族""银河帝国"等概念,直接催生了诸如《罪恶》《随身带着星际争霸》

等作品的产生。另一方面,《星际争霸》相关电子竞技赛事在 2000—2010 年间异常火热,带来了关于电子竞技的早期启蒙,催生了包括《流氓高手》在内的"电竞文"。作为本世纪初最具影响力的游戏文化之一,《星际争霸》也作为重要文化符码在众多网文作品中出现。在《龙族》初版中,主角路明非被设定为《星际争霸》高手,他开启"金手指"的作弊口令便来自《星际争霸》。①

4 月

中国大陆首个具有广泛影响力的大型综合性论坛西祠胡同创立于南京,创始人响马(本名刘琥)。西祠首创网友"自行开版、自行管理、自行发展"的开放模式,早期时政论坛尤为活跃,众多记者在此开版,增强了舆论影响力。文学方面,以讽喻杂文(仿王小波风格为多)和情感散文为主,另有大量时评、影评。

28 日,电视剧《还珠格格》在台湾首播,同年 10 月引入大陆,创下全国平均收视率 42% 的历史纪录。1999 年 4 月《还珠格格》第二部以 50% 的全国平均收视率刷新纪录,成为家喻户晓的经典电视剧。琼瑶式的言情叙事与清宫历史题材成为重要的网络创作资源,对此后十年的女性言情写作产生了深远影响,对"清穿文"等题材类型的率先爆发也有直接影响。

5 月

黄金书屋创立。黄金书屋是中国网络文学发展初期规模最大的个人书站,也是最早连载玄幻小说的网站之一,一度主导了网络阅读风向,甚至有"上网读书不识黄金书屋,再称网虫也枉然"之说。在采用西陆论坛卧虎居的扫校版本后,黄金书屋的武侠小说文库是全网最全、版本最精良、更新速度最快的(尤以黄易《大唐双龙传》、莫仁《星战英雄》为最),吸引了大批武侠、玄幻爱好者,并开始连载原创玄幻小说。

24 日,桑桑学院创立。桑桑学院是中国大陆最早的日本动漫专题网站之一,也是最早专门设立耽美版块的论坛。由 sunsun(桑桑)等动漫爱好者建立。其耽美小岛版块是大陆最早的耽美专门版块,开创了大陆最早的

---

① 在《星际争霸》中存在可以通过输入特定字符开启的作弊口令,也被称为"秘籍"。"Show me the money"是一道经典口令,在游戏中能够让玩家直接获得一定数量的钱与气。在《龙族·悼亡者之瞳》中,路明非使用这一口令直接获得了 1 亿美元,顺利在拍卖会上买下"七宗罪"。

"女性向"网络空间,孕育了最早的中文耽美同人创作。耽美小岛明确宣称只发布"女性所书写,只适合女性观看,小众范围的文字",崇尚耽美的"唯美主义"文学风格,且不允许情色描写。这是中文网络对耽美同人和"女性向"文学最早的界定。

中国国家互联网安全系统长城互联网(Chinese Great Wall Net,简称CGWNET)开始建设,方滨兴为主要设计者。防火长城(Great Firewall)系统同时起步,承担着限制国外域名的任务,2003年上线后被网友戏称为"长城防火墙"或"墙"。

台湾网络作家windows98在台湾政治大学BBS猫空行馆连载小说《新闻魔法阵》。该书以"漫画狂班主任"组织"美少女"与"怪物"的斗争为题材,风格偏日系,windows98被称为"中国轻小说先驱"。

6月

16日,上海某信息网工作人员在例行检查时,发现网站遭到攻击,这是中国第一起电脑黑客事件。

韩国网络运营商Throughnet开启宽带网商用化。更加高速与稳定的宽带网开始吸引大量用户。1999年,台湾地区也推出宽带网服务。

7月

10日,个人书站书路建立。书路鼓励网友发表原创作品,是这一时期原创内容最丰富的个人书站。

中国互联网络信息中心发布第2次《中国互联网络发展状况统计报告》:截至1998年6月30日,共有上网计算机54.2万台,上网用户117.5万。根据问卷调查,上网用户年龄段集中在21—35岁,占79.2%,其中男性占92.8%。

8月

筱禾以ID"北京同志"在台湾网站男人男孩天堂(BOY2MAN)连载小说《北京故事》,同年10月被《花招》(总第34期)转载,2001年由香港导演关锦鹏改编为电影《蓝宇》。当时的中文读者及观众对同志题材都十分陌生,小说和电影均引起广泛讨论,《北京故事》成为早期中文网络上最著名的同志题材小说。许多读者相信这是女作者筱禾根据一位北京同志的真实故事润色加工的同志文学作品。但据筱禾自述及她后来一系列耽美小说的创作经历,可以判断《北京故事》是第一部女性基于幻想写作的中文耽美网络小说。

10月

2日，金庸茶馆设立武侠世界版，鼓励网友发表个人原创武侠小说。但由于远流出版社定位相对精英，并不出版和经营包括武侠在内的出租小说，金庸茶馆没有重点发展网络原创，主要是以"金学研究"为招牌推广金庸作品。这也导致金庸茶馆在网络原创兴起后逐渐走向没落。

20日，《大众软件1998增刊》推出经典游戏《龙与地下城》[①]、《龙枪》专题，其中路西法（本名朱学恒，台湾翻译家、作家，曾翻译托尔金《魔戒三部曲》，有"台湾奇幻小说鼻祖"之称）对科幻小说《银河英雄传说》和奇幻小说《罗德斯岛战记》的译介使大陆读者首次了解两部经典作品，对早期网络类型小说的创作产生巨大影响，早期网文发展中出现大量使用《龙与地下城》设定的作品，如《暴风雨中的蝴蝶》《法师故事》。

银行职员励婕开始以"安妮宝贝"为笔名在网络上发表《告别薇安》《七年》《七月与安生》等作品。这些作品被不少论坛转载，安妮宝贝成为早期著名网络作家。

12月

19日，卫西谛在西祠胡同创立电影讨论版后窗。后窗是中国最早的网络影评空间，从中走出了卫西谛、张献民、影武者史航（鹦鹉史航）等知名影评人。

新浪网创立。该网由四通利方与华渊资讯网合并而成，王志东出任总裁兼CEO（1998—2001）。金庸客栈、体育沙龙等论坛被整合到新浪网的历史文化社区下。

台湾地区巨豆广场论坛创立。创立者为台湾地区网友元元（本名沈元），服务器设在美国。巨豆广场分为政论、闲情、科技三大版块。闲情版块很快出现以武侠、科幻为题材的情色小说，形成了情色小说专版元元讨论区。元元讨论区的作者读者遍及海峡两岸暨港、澳地区，孕育了第一批网络连载长篇小说和网络类型小说大神。

六艺藏经阁改版，新增贴文版与讨论区，开始收录网友的原创小说，吸引了雪玉楼主、幕后黑手、JJJ等作者先后加盟，在1999年月点击量就

[①] 《龙与地下城》（*Dungeons and Dragons*）是美国20世纪70年代兴起的一种奇幻类桌上角色扮演游戏，由Gary Gygax与Dave Arneson最早共同创造，TSR公司发行，注重对世界观和角色属性的详细设定。

达数十万，成为当时最大的中文原创小说站点。

无限传说在香港建立。创始人子鹰、冰川伸。最初，两位创始人分别在网站上连载《苍穹》和《咆哮七海》，并吸纳包括飞凌在内的作者加入。而在拥有出版社支持的小说频道建立后，大批作者迁徙到小说频道，没有独特优势的无限传说很快衰落下去。

中国互联网络信息中心发布第3次《中国互联网络发展状况统计报告》：截至1998年12月31日，共有上网计算机74.7万台。用户中男性占86%，女性占14%。21—25岁占41.3%，26—30岁占27.1%。大学专科、大学本科学历的占77%。

据财团法人台湾网路资讯中心统计，本年台湾地区网络用户首超200万。①

本年

《第一次的亲密接触》发布，后长期被主流文学界和官方视为中国网络文学的源头，其中虽有偶然因素，但这部小说的确代表了网络文学萌发期一种普遍存在、天然无雕饰、根植于网络空间的民间文学。

黄金书屋的建立代表了个人书站这一网络平台的出现，吸引了大批类型小说爱好者上网，是链接印刷时代和网络时代类型小说阅读和创作的关键一环。就作品而言，这一时期比较有影响的大陆网络原创多为传统写作的延续，且作者大都很快放弃免费的网络原创转而在纸质期刊发表或依靠出版及进入影视行业来获利，出现"红一批，逃一批"的现象。有影响力的类型小说大都出自台湾和香港，大陆的类型小说创作还未兴起。

桑桑学院的建立，标志着中国大陆"女性向"网络文学的正式起航，女性文学用户开始聚集于以性别为界的网络趣缘社区。早期中文"女性向"网络文学受到日本动漫同人文化的深刻影响，以《灌篮高手》《银河英雄传说》《圣斗士星矢》等作品的同人小说创作为起点，从中孕育出第一批"女性向"作者。早期的"女性向"作者有着鲜明的"精英"气质，对作品的文学风格和主题内容都有一定要求。筱禾的《北京故事》也在这一年横空出世，被许多尚不知耽美为何物的读者当作现实向的同志文学来阅读接受，2001年被改编为著名同志电影《蓝宇》，以严肃文学的面貌进入大众视野。后来被追认为第一部中文耽美网络小说的《北京故事》，与同志文学确然有着一脉相承的精神气质，印证了早期"女性向"写作的精英性。

---

① 财团法人台湾网路资讯中心：《台湾网路发展大事记总表（1985—2014）》，第2页。

年度代表作品有：《大唐双龙传》（黄易，黄金书屋扫校本）、《风姿物语前传》（罗森，元元讨论区）、《第一次的亲密接触》（痞子蔡，台湾成功大学 BBS）、《银河英雄传说》《罗德斯岛战记》（朱学恒译，《大众软件 1998 增刊》）、《缘分的天空》（宁财神，四通安其或侠客岛）、《迷失在网路与现实之间的爱情》（李寻欢，网路茶苑）、《活得像个人样》（邢育森，首发网络论坛已不可考）、《告别薇安》（安妮宝贝，星伴论坛）、《北京故事》（筱禾，男人男孩天堂）。

1999 年

1 月

1 日，台湾各电视台统一实施《电视节目分级处理办法》，采用"普遍级、保护级、辅导级、限制级"四级制。

22 日，"政府上网工程"启动大会在北京举办，为加速进入网络社会而实施的"上网三部曲"（政府上网、企业上网、家庭上网）之首部曲。随后，互联网资费大幅下调。中国电信将拨号上网用户的网络费用分为两段计费：每月上网的前 60 小时，每小时费用从原来的 8 元降为 4 元；超过 60 小时，每小时收费 8 元。网民人数随之大增。

2 月

15 日，中国中央电视台网站首次直播春节联欢晚会。

马化腾于其创立的腾讯公司（1998 年 11 月 11 日）开通即时通信服务 OICQ（后更名为 QQ）。第一个 QQ 号码，即腾讯的系统号 10000 诞生。同年 11 月，QQ 注册用户数达 100 万。

28 日，《魔法门之英雄无敌 Ⅲ》（*Heroes of Might and Magic Ⅲ*，简称"《英雄无敌 3》"）发售。彼时，恰逢个人计算机在国内普及，《英雄无敌 3》影响巨大。《佣兵天下》《历史的尘埃》等作品都受到这一游戏的直接影响。

3 月

1 日，天涯论坛创立。天涯是中国网络文学发展早期规模最大的论坛，在商业类型小说网站兴起之后，成为悬疑和盗墓类网络小说最重要的连载平台之一。本年年底，被《电脑报》评为"最有人情味社区"。

1 日，王小山以黑心杀手为名在新浪体育沙龙发布《最新消息：郝海东巧赴英伦，莽周宁面临无奈》一帖，帖子内容真假参半，并称来源于黑通社消息。不久，红心杀手王佩、灰心杀手猛小蛇、花心杀手李寻欢与黑心杀手王小山并称"四大杀手",使虚构的黑通社有了真正的社员。黑通社借假新闻之名来讽喻时事、比拼才华、娱乐大众的写作方式被大量效仿。

4月

28日,北京市海淀区人民法院公开审理了第一起互联网著作权案。原告陈卫华于1998年5月10日,以"无方"为笔名撰写了《戏说MAYA》一文,发布于个人网页"3D芝麻街"上。《电脑商情报》未经同意,于1998年10月16日转载该文。法院判决,被告停止侵权,在其主办的《电脑商情报》上刊登声明向原告公开致歉,并向原告支付稿酬和赔偿经济损失。

263网个人用户每月网费封顶198元,进一步减轻了用户经济压力。此前,上网仍被普通人视为一种贵族活动。

5月

9日,人民网开设抗议北约暴行的BBS抗议论坛,这是中国官方媒体开办的第一个论坛。19日晚,抗议论坛改名为强国论坛。

6月

邹子挺、孙立文创立西陆论坛,7月4日正式上线。西陆首创网友自主建版、版块独立、及时互动的模式,吸引众多文学爱好者建版。相对于金庸客栈等垂直兴趣社区,它规模更大,更具兼容性,成为众多文学网站的孵化空间。在鼎盛期(1999—2001)与天涯论坛、西祠胡同齐名,且是其中唯一以文学为主导的论坛。

清韵书院开辟诗词论坛"诗韵雅聚",吸引了大批古典诗词爱好者,成为网络诗词创作交流的重要聚集地。

7月

晋江文学城创立。晋江文学城是晋江万维信息网(属福建晋江电信局)下设的文学站点,由电信局员工楚天、sunrain负责。言情小说爱好者sunrain积极承担起内容更新任务,大量扫校、上传以港台言情小说为主的电子书,聚集大批爱好者,成为晋江原创网的前身。

榕树下成立全球中文原创作品网编辑部,并很快开始职业化运作。编辑工作由编辑总监统一分配调度,网站编辑每人固定负责一个或多个栏目。编辑审稿制度基本参照文学期刊的编辑负责制,是榕树下的核心制度。

中国互联网络信息中心发布第4次《中国互联网络发展状况统计报告》:截至1999年6月30日,共有上网计算机146万台,上网用户达400万。网速太慢和收费太贵仍然是用户对互联网最不满意的部分。

8月

1日，痞子蔡《第一次的亲密接触》由台湾城邦出版社旗下的红色文化出版社首次出版为实体书。以这本书为标志，该出版社奠定了"以网络小说的出版为主流"的发展路线，陆续出版网络小说，如霜子的《破袜子》、微酸美人的《敷衍》、王兰芬的《图书馆的女孩》、明排的《邂逅马口铁》等。

20日，红袖添香文学站（www.wenxue.21youth.com）创立。该站为世纪青年网（孙鹏等人建）建立的第一个系列站，由女网友芭蕉负责策划，最初只允许女性参与网站建设。10月改版，下设红袖之舞、经典文祠、水调歌头等栏目，主要发布散文、诗歌等内容，被称为"仕女文学站"。

上海榕树下计算机有限公司成立，榕树下全球中文原创作品网正式开始商业化。此后，榕树下在很长一段时间内都是与传统主流文学界合作最多、受认可度最高的文学网站，有"网上《收获》"之称。较早"触网"的先锋作家陈村出任艺术总监、躺着读书论坛首任版主。

祖龙工作室开发的亚洲第一款全三维（Three Dimensions，简称3D）即时网络战略游戏《自由与荣耀》发行。

9月

17日，一塌糊涂BBS（ytht.net）由北京大学物理系研究生lepton创立，最初仅面向北京大学学生。"一塌糊涂"是"一塔湖图"的谐音，指北大的标志性景观博雅塔、未名湖和图书馆。以时事讨论为主的三角地是站内访问量最大的版面。2004年9月，一塌糊涂BBS成为教育网内平均在线人数最多的BBS。

18日，王蒙、刘震云、张抗抗、毕淑敏、张洁、张承志起诉世纪互联通讯技术公司未经允许在互联网上传播其作品，侵犯著作权，北京海淀法院一审判决世纪互联通讯技术公司败诉，停止侵权并公开道歉，同时赔偿经济损失。世纪互联不服一审判决提起上诉，北京市第一中级人民法院依据《著作权法》驳回上诉，维持原判。

27日，作家吴过在《互联网周刊》中将当时影响最大、作品转载最多的三位网络作家李寻欢、宁财神和邢育森命名为"网络文学的三驾马车"。

《漫友》创刊（以书代刊，内蒙古少年儿童出版社）。次月，《新干线》创刊（以书代刊，吉林摄影出版社，2005年5月停刊）。《新干线》和《漫友》是最早的专门介绍日本及国产动漫的专业刊物，培育了最早的中国动漫爱好者。

台湾"四格漫画天王"River在网络发布漫画《River's 543》走红。

10月

网易举办第一届"中国网络文学大奖赛"。10月19日至11月15日，共收到各类稿件3563篇。《相约九九》（蓝冰）获小说金奖，《石像的忆述》（AIMING）获散文金奖，《疯子》（余立）获诗歌金奖。

11月

1日，王朔在《中国青年报》上发表《我看金庸》，将"四大天王"、成龙电影、琼瑶电视剧和金庸小说并称为"四大俗"。金庸对此做出回应，引发网络"金王论战"风潮。大量金庸迷进入金庸客栈，发帖声援金庸。金庸客栈的知名度进一步扩大，成为武侠小说爱好者最重要的网络聚集地。

11日，榕树下首届网络原创文学大赛举办。评委包括主流文学作家、网络作家和网友代表。尚爱兰《性感时代的小饭馆》获小说一等奖，蚊子《蚊子的遗书》获散文一等奖，宁肯的散文《我的二十世纪》亦获奖。2000年4月，榕树下首届网络原创文学作品分三册由花城出版社出版（陈村主编）。

27日，天涯社区关天茶舍开版。关天茶舍之名出自"吾侪所学关天意，并世相知妒道真"（陈寅恪《挽王静安先生》），为关注民生、讨论社会热点话题而设，是天涯社区用户活跃度最高的版块之一。

陈天桥等人创立盛大网络发展有限公司，开发出中国最早的游戏虚拟社区归谷（Home Valley）。数月后，归谷的注册用户即超百万。

12月

多来米中文网以400万元人民币的价格收购网易个人网站排行榜前20中的16家，其中包括黄金书屋。黄金书屋被收购后，出于正规化和商业化的考量，不能继续搬运复制网上网下的作品，自身原创小说数量又不足，读者逐渐流失。

榕树下成立之后吸引了不少已在网络上成名的作者加盟，负责内容和运营工作。安妮宝贝担任榕树下内容制作主管，并成立安妮宝贝工作室，创办电子杂志。宁财神担任榕树下运营总监。次年9月，李寻欢加入榕树下担任内容总监，后又担任战略发展总监。

28日，ducky（本名高薇嘉）在网盛（后更名乐趣园）开设免费加密论坛露西弗（sh.netsh.com/wwwboardm/881/），后发展为中国大陆最早的耽美文学论坛露西弗俱乐部，是2000—2003年间最具影响力的中文耽美网络文学平台。

本年,九把刀(本名柯景腾)在网络上发布小说《语言》,在台湾地区引发热捧。此后,他的《功夫》《交大有恐龙》在网络连载时也获得了很高人气。九把刀是高产作家,曾连续14个月每月出版一本新书。2011年,由九把刀的小说《那些年,我们一起追的女孩》改编的同名电影风靡两岸。

本年,中国大陆早期的大型综合性社区网站乐趣园在上海建立,起初名为"网盛自助社区"。该论坛涵盖领域广泛,网友可以自助开版,其中有一部分是收费加密论坛。乐趣园迅速聚集了许多具有探索性的文学群体,包括中国大陆最早的耽美文学垂直论坛露西弗论坛,纯文学交流平台小说之家、新小说论坛,还有大量活跃的民间诗派,包括"垃圾派"诗群的北京评论论坛、"下半身"诗群的诗江湖论坛、低诗歌论坛等。

年底,从不乱在元元讨论区发表《对1999年情色文学的一个总结》,是最早的网络文学年度点评。

中国互联网络信息中心发布第5次《中国互联网络发展状况统计报告》:截至1999年12月31日,共有上网计算机350万台,上网用户890万,高中以上文化占97%。同时,38.04%的用户上网主要为获得电子书籍方面的信息。

本年

公司化的榕树下力图用网络这一新媒介去满足在印刷时代培养起来的文学爱好者的既有需求,用运作良好的编辑制度去打捞文学期刊机制不能容纳的文学青年,获得了巨大的影响力。但长期看来,以编辑审稿制为中心的榕树下难以适应网络时代新的爆发式增长的文学生产力,无法维持一种可持续的文学生产。与此同时,采用论坛模式的西陆BBS虽未有优秀的作品出现,但逐渐成为中国网络文学男频原创网站的总孵化器。龙的天空、幻剑书盟、起点中文网三家先后领军的大型网站均孕育成型于此,天鹰文学、翠微居、逐浪网等早期重要网站亦脱胎于此。

20世纪的最后一年,也是"女性向"的蛰伏孕育阶段。露西弗论坛的建立,为"女性向"开辟了一个更加自由的创作空间,作者逐渐脱离同人,创作重心偏向原创作品,从私人化小论坛的短篇交流,走向大规模的长篇连载创作。其他女性创作平台也初现雏形,如扫校港台言情小说电子书的晋江文学城,2003年后转为原创"女性向"文学大本营晋江原创网;以散文、随笔、诗歌等短篇原创文学为特色的红袖添香,2004年后成为女性言情小说平台。

年度代表作品有：《阿里布达年代记》《朱颜血》（罗森，元元讨论区）、《太监》（南琛，金庸客栈）、《性感时代的小饭馆》（尚爱兰，榕树下）、《蚊子的遗书》（蚊子，榕树下）、《你说你哪儿都敏感》（西门大官人，天涯论坛）、《轻功是怎样炼成的》（沙子，新浪网）、《流氓的歌舞》（稻壳，西祠胡同）、《世纪末，最后的流星雨》（sunsun，桑桑学院）。

2000 年

1 月

1 日，李彦宏等在中关村创立百度公司，提供搜索引擎服务。

21 日，天涯论坛关天茶舍发帖《本世纪最后的论战：中国自由左派对自由右派》（作者 ID "宜家家居"），引起关注。该帖梳理了 90 年代中后期文化界关于"新左派"和"新自由主义"的论争，显示了天涯论坛作为民间人文思想社区的特殊位置。

"花雨"编辑室举办第一届"花与梦"原创浪漫小说征文大赛。"花雨"是著名的广州书商，其前身"花蝶"编辑室创立于 1999 年 1 月，主打言情小说出版，自 2000 年起大量引进台湾言情小说，并通过一年一度的"花与梦"言情大赛向大陆作者征稿。2001 年建立"花雨"原创小说网站，发展"线上征稿–线下出版"模式，主打中短篇（6—10 万字）言情小说。其打响招牌的"花雨口袋书"系列（2000—2009 年），完整借鉴了台湾言情"口袋书"的出版、发行、出租模式，是 21 世纪初大众阅读市场言情小说生产的典型代表，除了台湾作者，也收录了征文大赛中脱颖而出的藤萍、叶迷等大陆作者的作品。

大陆最早的实体耽美杂志《耽美季节》创刊。此前，尾崎南《绝爱》（1989）等日本耽美漫画已经流入大陆盗版市场，且出现大量伪作。大陆耽美爱好者自发组建工作室，开始较为系统性地译介日本耽美漫画、小说。主要刊物有：漫画月刊《耽美季节》（2000 年 1 月创刊，2012 年前后停刊）、《最爱》（2000 年 6 月创刊），小说月刊《阿多尼斯》（2002 年 9 月创刊，2011 年 8 月停刊）等。

2 月

18 日，今何在《悟空传》首发于金庸客栈，连载至 4 月 5 日结束，共 20 章。该书充分彰显了互联网早期的自由反抗精神，一度被誉为"网络第一书"。2001 年 2 月，由光明日报出版社出版。2017 年 7 月，改编为同名电影。

露西弗论坛对台湾耽美作品进行大量无授权转载，引发与台湾耽美论坛之间的矛盾，后达成和解并确立圈内的转载规则。此后，露西弗重点培养大陆原创内容，Apple、fox^^等作者进驻，掀起了大陆原创耽美的热潮。

武侠爱好者潇湘子（本名鲍伟康）创立个人书站潇湘书院，扫校上传四大名著等古典小说及港台武侠小说。2004年后开始扫校港台言情小说，聚集了一批女性读者。

3月

10日，美国纳斯达克指数暴跌，第一次互联网泡沫破灭。由于投资人信心动摇，各大网站都被迫寻找可行的商业模式。这直接导致了榕树下的衰落和鲜文学网的诞生，也加快了刚刚萌芽的中国网络文学的商业化进程。

25日，中国移动推出WAP业务，用户可以通过手机访问。由于网速的限制，此时WAP网站主要提供文字信息。

4月

5日，博库网登陆中国并推出付费阅读。博库网于1998年由4位中国留学生在美国硅谷创办，宣称与数百位中文知名作家签约并拥有中文世界最庞大的网络书库及作家阵容。

元元讨论区改版，试图建立付费制度并进行商业运作，但大多数作者认为商业化将妨碍创作自由，故未能推行，并导致大批台湾情色文学作者退出。同时，大陆作者大量进入元元创作，其中，泥人（代表作《江山如此多娇》《人世间》）、端木（代表作《风月大陆》）、半只青蛙（代表作《龙战士传说》）声名鹊起，被称为"大陆三杰"。

5月

童之磊在清华园创立中文在线。1999年，正在清华大学攻读硕士学位的童之磊带领团队提出"Fanso网络信息服务创业计划"，获得首届"挑战杯"中国大学生创业大赛金奖。

6月

1日，鲜文学网创立。元元讨论区建立之初曾以色情文学著称，但同时也有作者自觉创作非色情文学。商业转型失败后，创始人沈元决定另起炉灶创立鲜文学网，刊载非情色文学，以与元元形成区分，并创办鲜鲜文化出版集团推动小说出版。原于元元讨论区连载作品的一些知名作者，如罗森、蓝晶、玄雨、手枪、萧潜等，也开始在鲜文学网创作。在此发布的一些重要作品，如蓝晶《魔法学徒》、手枪《天魔神谭》、萧潜《飘逸之旅》、玄雨《小兵传奇》等，分别成为网络奇幻、玄幻、修仙、科幻等类型文的早期代表作。

7月

3日，陈村在榕树下发帖《网络文学的最好的时期已经过去了》，引起网友热议。陈村认为，"如果都把到网下去出版传统的书籍作为网络文学的最高成就，作为写手资格、夸耀的执照，那么，还有什么网络文学呢？它的自由，它的随意，它的不功利，已经被污染了"。朱威廉回帖表示，网络作者同样需要回报。

3日，榕树下起诉中国社会出版社"网络人生系列丛书"侵权。北京市第一中级人民法院11日受理此案，12月1日判决被告立即停止出版、发行《寂寞如潮》《网事悠悠》等侵权书籍，赔偿原告上海榕树下计算机有限公司人民币10001元。

TOM中国文学网和榕树下在北京举办网络文学研讨会，主题为"网络写手要不要成为传统作家？"

8月

1日，西陆BBS上的自娱自乐、一意孤行、红尘阁、五月天空乱弹等4个文学论坛宣布联合成立龙的天空原创文学联盟，简称"龙空"。早期管理者为楼兰雪、weid等。借助玄幻文学的猛烈发展势头，龙空快速成为国内文学网站领军者。《迷失大陆》（读书之人，2001）、《都市妖奇谈》（可蕊，2002—2009）、《紫川》（老猪，2001—2009）与《北京战争》（杨叛，2001—2002）等网络文学早期经典作品均首发于此。

3日，癌症患者陆幼青在榕树下发表第一篇"死亡日记"，很快在网站的推动下引起媒体关注。10月23日，陆幼青以一篇《谢幕》结束连载。11月11日，结集成《生命的留言——〈死亡日记〉全选本》出版（华艺出版社）。

15日，晋江文学城增设网友交流区，是晋江论坛（bbs.jjwxc.net，因页面为粉红色又被称为"小粉红"论坛）的前身。该论坛后来成为中国最大的女性匿名论坛，开辟了网友留言区（又称"兔区"）、（耽美）闲情、战色逆乐园等著名版块，许多具有突破性、与女性相关的禁忌话题曾在这里展开充分讨论，为孕育网络自发的女性主义开辟了一方沃土。同时，原创内容在论坛的原创贴文区（后发展为连载文库、同人文库等版块）迅速成长，为后来的晋江原创网积累了初代作者、读者和网站管理者。

26日，正处在鼎盛期的金庸客栈发生了一场影响深远的"内乱"，网友之间、网友与版主以及新浪工作人员长期积累的矛盾集中爆发，大规模的炸版、删帖、吵架乃至针对个人的人身攻击使论坛出现了大混乱。此后，金庸客栈还发生过两三次大的震荡，大批"老客"也因此陆续出走到清韵书院、彼黍离离、第奥根尼等论坛。金庸客栈的"826事件"，不但是客栈由盛转衰的转折点，也成为一个象征性事件，显示互联网早期偏精英、尚自由的论坛文化在网络进一步普及后难以持续。

9月

13日，《蒙面之城》在新浪网文教频道连载。一个月后，点击量超过50万。12月12日，小说完结。此前，作者宁肯曾将《蒙面之城》投稿给13家出版社未果，网上成名后分上下部于《当代》杂志2001年第1期和第2期发表。2001年4月由作家出版社出版，后获"第二届老舍文学奖·优秀长篇小说"，成为首部获得中国权威文学奖项的首发于网络的文学作品。

25日，国务院公布《互联网信息服务管理办法》，规定："国家对经营性互联网信息服务实行许可制度；对非经营性互联网信息服务实行备案制度。未取得许可或者未履行备案手续的，不得从事互联网信息服务。"

10月

1日，龙的天空建立作者社区，开始发展原创，飞凌、今何在、天照幸运（龙的天空的命名人）、水泡、常昆等12人成为第一批驻站作者。网站还取得了罗森、莫仁、苏逸平、LQY 4位台湾作者与六艺藏经阁、无限传说2个台湾小说站所有作品的转载权。

11日，《中共十五届五中全会公报》发布，强调要完善文化产业政策，加强文化市场建设和管理，推动有关文化产业发展。这是中央文件中首次提出"文化产业"概念。

西陆BBS上的书情小筑、石头书城、小书亭、凝风天下4个书站宣布联合成立幻剑书盟。联盟的口号是："精心收集整理网上武侠、奇幻、科幻精品，力争成为广大书虫的乐土"。同月，西陆BBS开版数突破3万，成为中国最大的BBS社群。

英国作家J. K. 罗琳的《哈利·波特》系列中译本开始在人民文学出版社出版。这促进了奇幻小说在中国大陆地区的传播，掀起了"哈利·波特热"，也为网络文学提供了新的资源。

11月

10日，中国移动推出移动梦网计划，开创了第三方为用户提供服务后，中国移动向用户收费并与服务提供商分成的商业模式。最初，增值服务主要为彩信、彩铃等。不久，手机报开始流行。移动梦网在第一次全球互联网泡沫破灭后，救活了众多中国互联网公司，初步开发了手机互联网市场，为日后网络文学的移动阅读打下了基础，但也因乱扣费、退订难等问题饱受诟病。

14日，教育部发出《关于在中小学普及信息技术教育的通知》《关于在中小学实施"校校通"工程的通知》《中小学信息技术课程指导纲要（试行）》，决定从2001年开始用5—10年的时间，在中小学（包括中等职业技术学校）普及信息技术教育。

22日，《最高人民法院关于审理涉及计算机网络著作权纠纷案件适用法律若干问题的解释（2000）》通过。第二条明确规定"著作权法保护的作品，包括著作权法第三条规定的各类作品的数字化形式"，以及"在网络环境下无法归于著作权法第三条列举的作品范围，但在文学、艺术和科学领域内具有独创性并能以某种有形形式复制的其他智力创作成果，人民法院应当予以保护"。这为保护网络文学作品的著作权提供了明确的法律依据。

12月

20日，鲜文学网出版5本"重量级新书"，涵盖惊悚、都市、同志文学、诗歌、短篇小说等不同类型，标志着鲜网先经由读者评分筛选，再出版盈利的机制初步确立。

24日，"贝塔斯曼杯·榕树下第二届网络原创文学作品大赛"颁奖典礼举行。今何在《悟空传》获得最佳人气小说奖。

25日，国家计委、信息产业部、财政部发布《关于电信资费结构性调整的通知》（要求2001年3月1日零时前执行），将用于互联网业务的数字中继线月租费由4500元降至2000元，拨号上网用户的通信费一律由现行按市话资费减半收取（每3分钟1次0.08元至0.11元）调整为每分钟1次0.02元，并鼓励运营企业试行包月制的通信费用。

天鹰论坛在西陆BBS创立。天鹰是中国网络文学发展早期较有影响的网络文学论坛与网站之一。

六艺藏经阁再次改版，并在美国申请了虚拟贮存空间，同期推出天涯浪人设计的阅读便捷且可以防盗版的专用浏览器Chinese Reader，开始步入鼎盛期。当年，网站已累计刊载武侠小说59部，其他类型小说150余部，其中包括奇幻小说《太古的盟约》（冬天）、《天庐风云》（飞凌）、《神魔领域》

（路西法）、《幻魔战记》（Unknow）、《七武士》（阿丸）和武侠小说《英雄志》（孙晓）、《水龙吟》（Foxflame）等早期网文代表作。可惜的是，由于没有探索出一套行之有效的商业模式，尚为大学生的残月难以负担运营费用，六艺藏经阁在2003年前后闭站。

年底，暗黑之川（kind-red）在龙的天空原创评论版发布《2000年网络奇幻文学小盘点》，对当年的网络文学作家、作品、网站与相关活动进行点评。龙的天空逐渐成为网络原生文学评论的重镇。

中国互联网络信息中心发布第7次《中国互联网络发展状况统计报告》：截至2000年12月31日，共有上网计算机892万台，上网用户2250万。45.99%的用户在网上最主要是为了获得电子书籍方面的信息。用户在网上实际购买过的产品中，书刊类以58.33%排在第一。

本年

发生在年中的互联网泡沫破灭，使众多文学书站、论坛失去免费空间，需要新的落脚地。此时的西陆被国企三九集团收购（2000年1月）后，得到了资金和服务器支持，拥有大量免费空间。玄幻文学论坛是这一时期西陆最活跃的论坛，大批玄幻爱好者纷纷落脚西陆，开辟了一个个集阅读、交流、创作于一体的小论坛，玄幻文学的原创时代开始到来。龙的天空、幻剑书盟的先后诞生，标志着西陆BBS成为网络文学的新中心。在西陆论坛以外，由地方电信局支持的各地信息港也成为个人书站的重要存身之地。

世纪之交的中文"女性向"网络论坛中，聚集着来自中国大陆、港台地区以及北美等海外地区的华人女性。起初，中国港台地区和北美用户凭借接触译介日本、欧美流行文化的便利条件，在社区的文化生产中占据优势。进入新世纪后，大陆作者迅速成长，蓄势逆袭，开始建立由本土主导的"女性向"社区，并探索出一套"圈规"和女性文化。本年晋江增设的网友交流区（即后来的晋江论坛）是最早承载大陆"女性向"文化建设的重要平台。

年度代表作品有：《悟空传》（今何在，金庸客栈）、《天魔神谭》（手枪，鲜网）、《无赖战记》（常昆，西陆论坛）、《蒙面之城》（宁肯，新浪网文教频道）、《死亡日记》（陆幼青，榕树下）、《江山如此多娇》（泥人，元元讨论区）、《风月大陆》（端木，元元讨论区）、《龙战士传说》（半只青蛙，元元讨论区）、《郎心如铁》（Apple，露西弗论坛）、《海版仙流》（ducky，露西弗论坛）。

中国网络文学发展史·PC 网站时代
（2001—2009）

2001 年

1 月

1 日，互联网"校校通"工程进入实施阶段。2000 年，教育部发布《关于在中小学实施"校校通"工程的通知》，要求在 5—10 年内，全国约 90% 独立建制的中小学校能够上网。

龙的天空原创文学联盟宣布正式退出西陆 BBS，下属的 4 个论坛改组合并为一个独立的新站——龙的天空（http://www.dragonsky.net）。龙空退出后，百战、天鹰等论坛在西陆崛起。

红袖添香新版（www.21red.net）上线，新站由站长孙鹏主导，定位由"仕女文学站"转为"中文原创文学家园"，淡化女性特色。同年 4 月成立编辑部，效仿传统期刊编辑审稿制度，根据文体划分为散文组、小说组、随笔组、诗词组，以具精英气质、篇幅较短的原创作品为主。

日本 JSS 公司开发的 2D 网络游戏《石器时代》进入中国，是首个在中国产生广泛影响力的网络游戏，开创了中国回合制网游的先河。

年初，蒋磊（ID"江泪"）创立虚拟战争网（www.v-war.net）。9 月，更名为铁血军事网。铁血网是中国影响力最大的军事爱好者网络社区，也是网络军事小说的摇篮和重镇。

3 月

露西弗论坛发售一周年纪念同人志《天之翼 地之翔》，由会员、管理员捐款募集印刷资金，共计发售 1000 本（含 200 本精装典藏版）。这是大陆原创耽美的第一部同人志，开启了网络小说定制印刷的潮流。同年年底，露西弗推出了大陆第一部耽美个人志《伤逝》（作者七月）。

翠微居在西陆 BBS 建立，创始人翠微居士。2002 年 3 月，依靠网友募捐，在论坛的基础上建立网站。网站的建立进一步带动论坛的发展，至当年 10 月，在西陆文学论坛中排名第一。翠微居是中国网络文学发展早期较有影响的网络文学论坛和网站之一，尤以情色小说资源丰富闻名。

4月

3日，天涯社区莲蓬鬼话开版。莲蓬鬼话是中国最早的惊悚、悬疑类文学论坛，也一直是天涯社区最活跃的版块之一，天下霸唱、红娘子等作者均在此成名。它的存在有力地推动了盗墓、恐怖、悬疑、推理类型小说的发展和成熟，为不适应超长篇连载形式的类型小说提供了宝贵的生存空间。

5月

幻剑书盟各成员站正式退出西陆BBS，建立幻剑书盟网站，启用新网址（http://www.hjsm.net）。此后，幻剑书盟更加重视发展原创小说，不再强调收集、整理网上已有的作品。网站宗旨亦简化为："成为众多书虫的乐土"。

6月

1日，西祠胡同关闭"自由主义论坛"等多个时事政治类讨论版，并休站整顿。此后，西祠胡同逐渐成为聚焦南京人生活的地区性社区门户网站。

台湾文学网站小说频道诞生。小说频道原身为游戏频道，提供网友讨论区，并出版游戏攻略集，后转向网络小说相关业务。从建立之初即秉持商业化的发展方向，以网上连载、线下出版的经营模式为主，后成为中国台湾规模最大、最具影响力的文学网站之一，与鲜文学网和冒险者天堂（铭显文化）并称为三大繁体网络小说发行网站。《异侠》（自在WADE）、《异人傲世录》（明寐）、《诛仙》（萧鼎）等早期重要作品都由小说频道在台湾出版发行。

黑蓝文学网诞生，创始人陈卫等曾依托地下文学刊物《黑蓝》建立文学社团。9月，黑蓝文学网暂停。2002年5月，重新开通。黑蓝文学网坚持先锋实验性的小众化纯文学路线，在众多文学网站中独树一帜。

凭借同人志收入和会员捐款，露西弗俱乐部购买了独立服务器，实行会员制、答题注册制和积分制。至年底，俱乐部注册会员已超过4000，日浏览量上万，99%以上的用户为18—33岁的女性，原创、同人作者数均超过1000。在拒绝了投资方的收购提议后，站长ducky提出建立VIP收费制度的构想，但因资金、技术、内容敏感等多方面原因未能实行。

7月

16日，晋江文学城负责人sunrain宣布离职，晋江文学城页面停止更新。同年12月28日，洁普莉儿在晋江论坛发布《拯救晋江计划》，得到晋江用户的热烈响应。此后，iceheart开始接手晋江的程序工作，次年1月恢复页面更新。

东方玄幻小说的早期代表作《搜神记》在幻剑书盟连载，2005年出版（辽宁教育出版社），口碑和销量俱佳。作者树下野狐毕业于北京大学。

《龙族》《红月》等韩国奇幻题材网游进入中国，对早期网络奇幻小说的发展产生了相当大的影响。

8月

爬爬E站创立，寄身于深爱网。次年1月，成为该网站主体；5月，开设爬爬书库，刊载网络原创文学。

龙的天空出版《网络骑士》（作者网龙，文化艺术出版社），开启了"龙的天空幻想丛书"大陆实体出版。

9月

9日，《今古传奇·武侠版》创刊，"大陆新武侠"的创作有了稳定的发表空间。小椴、凤歌、沧月、沈璎璎、王晴川、时未寒、方白羽等大陆新武侠重要作家均活跃于此，黄易、温瑞安、九把刀等港台作者也曾在此发表小说。

19日，由盛大网络（全称上海盛大网络有限公司）代理的韩国大型多人在线角色扮演游戏《热血传奇》（The Legend of Mir 2，被很多玩家简称为"传奇"）上线，人气极度火爆，使得《传奇》一度成为网络游戏的代名词。《传奇》为中国大陆网民开启了网络游戏的新世界，大量年轻人因为《传奇》而首次接触网络。盛大网络的创始人陈天桥依靠代理《传奇》在31岁时成为中国首富。

《传奇》《奇迹》《万王之王》《石器时代》《金庸群侠传Online》《大话西游》等火热的网络游戏陆续上市，网络游戏年轻的玩家群体与网文作者群体存在不小的交集，网络游戏中的诸多元素与流行文化不可避免地出现在网文中。游戏文《梦幻魔界王》中的主角便穿越为游戏中的最低等生物史莱姆。网文中出现的宠物、召唤兽则直接受到《魔力宝贝》《石器时代》中的宠物系统影响。

巨豆广场和元元讨论区关停。元元讨论区关闭后，大批情色文学作者迁徙至罗森开创的邀请制论坛"虎门"，大量原创小说和评论都先在论坛内部讨论、修改后再公开发布。部分原元元讨论区管理员建立了风月大陆

（www.windmoonland.bets）和无极论坛两大情色小说论坛，前者面向港台用户，后者面向大陆用户；加之元元时期就已以书库形式存在的情色海岸线论坛（http://www.ourliterate.com）、赤裸羔羊论坛（www.nudelamb.net）和亚洲情色论坛（www.asianrelax.com），构成华语网络情色小说创作的"恶魔岛时代"。

10月

12日，柠檬火焰在露西弗俱乐部连载《束缚》（2002年6月8日完结），因尺度较大引发争议，一度被管理员删除，创始人ducky提出异议，坚持露西弗的自由发表原则和多元化氛围。经所有管理员投票表决，该文被恢复，一些反对者退出露西弗。围绕《束缚》展开的争议，是中文耽美圈关于情色描写"尺度"讨论的代表性事件。

27日，《中华人民共和国著作权法》（2001年修正版）发布。第十条"关于著作权的具体权利形式"中第12项关于"信息网络传播权"的规定，承认了传统著作权在网络等电子环境下所享有的受保护地位。自此，网络传播环境下的著作权保护有法可依。

11月

宝剑锋（林庭锋）、意者（侯庆辰）、黑暗左手（罗立）等人在西陆论坛建立起点中文网前身"中国玄幻文学协会"（Chinese Magic Fantasy Union，简称CMFU）。不久，搭建"中国玄幻文学协会"论坛，活跃的还有读书之人、老猪、木头、PIG等作者。

英国作家约翰·罗纳德·瑞尔·托尔金的《魔戒》系列在译林出版社出版。《魔戒》于1954—1955年在英国出版，被认为是现代奇幻文学的源头。

12月

1日，龙的天空与台湾狮鹫文化有限公司合作出版《神魔纪事》（rly），龙的天空开始在台湾进行繁体出版。同期，为承载飞速增长的流量，龙的天空向用户发起募捐，以添设服务器。此前，楼兰雪等17位网站固定会员每人每月交纳100—300元左右维持网站运行。本年，龙的天空已成为大陆地区规模最大、访问量最多的原创文学网站。

11日，中国正式加入世界贸易组织。根据有关协定，外资可以在国内投资互联网产业，但占股比例不得超过50%。

"九州"世界设定在清韵书院诞生，这是将西方奇幻类型设定本土化的重要尝试。参与核心设定的7位写手——江南、今何在、大角、遥控、多事、斩鞍和水泡被称为"九州七天神"。

年底，博库网关闭，国内第一次 eBook 收费尝试宣告失败。盗版风行使博库签约的几千本正版电子书无人问津。此外，网络支付手段的缺乏也是失败的重要原因。

教育部首次设立网络文学研究的"十五"规划项目，欧阳友权"网络文学对文学理论基础理论的影响研究"获得立项。中南大学欧阳友权和厦门大学黄鸣奋，以及中国社会科学院陈定家、北京社会科学院许苗苗、山东师范大学周志雄、鲁迅文学院王祥、中国青年出版社庄庸等学者，均是网络文学研究早期的重要开拓者。

中国互联网络信息中心发布第 9 次《中国互联网络发展状况统计报告》：截至 2001 年 12 月 31 日，共有上网计算机约 1254 万台，上网用户约 3370 万。

本年

上网用户较 2000 年猛增 1000 余万，随着读者规模的扩大，网络文学逐渐告别以 BBS 为主要平台的相对精英小众的论坛时代，开始进入以独立文学网站为主要平台的更加大众化的网站时代。龙的天空成立后，很快成为当时整个西陆流量最大的子论坛。由于在论坛系统中追更和找书极为不便，龙的天空希望西陆能提供相应的技术支持，但站方没有重视。1 月，龙的天空独立建站。随后，幻剑书盟、玄幻文学协会（起点中文网前身）先后出走，建立独立的文学网站，以满足作者、读者更专门化、个性化的需求。同时，互联网用户对文学的主要需求从表达交流转变为休闲娱乐，长篇类型小说开始成为主流。

江南、沧月等"大陆新武侠"写作群体崭露头角，对此后的网络言情小说，尤其是古风言情小说的创作产生了一定影响。武侠题材日渐式微，在后来的女频创作中，被作为类型元素嫁接入仙侠、修真、东方奇幻等类型文。露西弗俱乐部进入稳定发展时期，在文学俱乐部之外，还设有影视、动漫、广播剧分站，以及港台书籍、小说的讨论推荐交流空间。在多重文化资源的浇灌下，露西弗打造出大陆原创"女性向"网文的经典"虐文"模式，"以虐为爽"成为"女性向"网文区别于"男性向"的标志性特征。

年度代表作品有：《紫川》（老猪，龙的天空）、《迷失大陆》（读书之人，龙的天空）、《北京战争》（杨叛，龙的天空）、《搜神记》（树下野狐，幻剑书盟)、《从春秋到战国》(梦回汉唐,铁血网)、《此间的少年》(江南,清韵书院)、《听雪楼》(沧月,清韵书院)、《杯雪》(小锻,清韵书院)、《天庐风云》(飞凌,桑桑学院)、《十年》(暗夜流光,露西弗俱乐部)、《束缚》(柠檬火焰,露西弗俱乐部)。

2002 年

1 月

龙的天空推出短篇小说合集"龙的天空幻想文丛",3 册分别是《光子列车》(罪天使、乌米、三国阿飞、羊、TOM SHI)、《再见楼兰》(过千山、六翼炽天使)与《不一样的江湖》(杨叛、高云一方、水泡)。

2 月

朱威廉以数十万美金的价格将榕树下卖给德国传媒巨头贝塔斯曼,并离开榕树下。李寻欢以本名路金波出任榕树下总经理,后成为著名出版人。2001 年 9 月,朱威廉曾宣布将以千万美元出售榕树下六到七成股份。

年初,无极论坛率先开办评论版块,举行评文活动,大量针对情色文学的专业书评涌现,随后各大情色论坛均先后成立评论区。下半年,情色文学专业评论杂志《恶魔岛月刊》创刊,左胡任主编,"太监""小白"等网络文学重要新名词开始出现在文学评论中。情色海岸线论坛和赤裸羔羊论坛发展迅速,很快与无极论坛齐名,尽管论坛服务器均位于境外,但由于以大陆作者为主,故并称为"大陆情色网站三驾马车"。

4 月

5 日,慕容雪村在天涯论坛舞文弄墨版连载《成都,今夜请将我遗忘》。2003 年 7 月 4 日,慕容雪村授权新浪文化频道发布消息,招标转让《成都,今夜请将我遗忘》的影视改编权,标价 50 万元人民币。同时,由路金波运作出版。2007 年,分别改编成电影和电视剧。2008 年,入选"中国网络文学十年盘点"的"十佳人气作品"。

5 月

15 日,玄幻文学协会改名为原创文学协会,筹备成立文学网站。江南武士(商学松)闯入筹备组聊天群,对协会的书库大加批评且提出诸多修改意见,得到包括宝剑锋在内的协会成员普遍认可和由衷欢迎。于是,江南武士改名藏剑江南并拿出自己设计的"江南书库"提供给协会,稍后还拉来北京大学计算机系毕业的黑暗之心(吴文辉)加入协会负责网站后台程序设计。后来，2002年5月15日被追认为起点中文网的"生日"。

17日，中国移动率先在全国范围内正式推出通用分组无线服务技术（General Packet Radio Service，简称GPRS）业务。GPRS服务为用户提供网页浏览、电子邮件等功能，实现了移动端通信技术和互联网通信技术的结合。

网络作者碧绿海在龙的天空社区发帖抨击《我是大法师》（网络骑士）以及同类小说过度"意淫"，引发激烈讨论，几乎整个网络文学界都卷入这场论战。"YY（意淫）小说"一词从此诞生。稍前，网络骑士创作的《我是大法师》以前所未有的浅白、粗暴又爽快的套路引发读者热捧，开启了网络小说的"YY时代"。年底，作者蓝色の海洋在台湾的小说频道进行了一场颇具先锋性的实验来讽刺YY小说读者的趣味——在取了《开朗少年奸淫记之异界一支枪》的书名后，小说在只有书名的情况下就被顶上了首页的点击榜。

6月

21日，风起涟漪在西陆论坛建立个人站涟漪小居，专门连载耽美作品。风起涟漪在早期耽美圈中与风弄、风维（NIUNIU）并称"三凤"。此时西陆的玄幻文学论坛已纷纷出走，耽美论坛崭露头角。接下来的几年，栖身西陆的耽美论坛数量不断增多，到2006年已有百余个，耽美题材几乎占据了西陆文学类论坛的半壁江山。

27日，《互联网出版管理暂行规定》发布，这是中国最早的对互联网出版物进行管理的规定。这一暂行法规参照纸质文学的出版管理规定，基本原则是出版图书里不能有的内容，互联网上也不能有，并明确要求"从事互联网出版活动，必须经过批准"，实行"编辑责任制度"。不过，在执行层面上尚有较大弹性。

起点中文网（www.cmfu.com）上线。创始人包括宝剑锋、黑暗之心、藏剑江南、意者、黑暗左手、5号蚂蚁（郑红波），站长为宝剑锋。网站参照了龙的天空、幻剑书盟的分类标准，书库以藏剑江南的"江南书库"作为基础，有推荐票、读者积分、作家评论区、精华等功能，并且读者可以直接从书架点击跳转到阅读页，还设置有详情页可以了解作品简介、字数、更新信息、作家简介等，这些后来成为行业标准的设计在当时多是首创。出色的网站设计使得起点中文网的用户体验远超同类网站。年底，起点中文网已有408位作者、624部作品。

西祠胡同文学讨论版"王小波门下走狗大联盟"出版《王小波门下走狗》（文化艺术出版社），以纪念王小波逝世5周年，收录《万恶的年轻时代》《年轻男人杨叛》等中短篇小说。此后，《王小波门下走狗》陆续出版到第5季。

7月

16日，中国互联网络信息中心发布第10次《中国互联网络发展状况统计报告》，首次提到了宽带（ADSL）上网用户。宽带的速率达512kbps，远超普通拨号上网56kbps的最高速率。此外，通过宽带上网属于专线上网，无须拨号，无须另缴电话费。北京宽带用户上网价格约为1元／小时，包月价格约为100—150元／月。12月20日，北京将宽带的初装费从最初（2001年8月）的1300元降至300元。中国的上网人数又一次迎来爆炸式增长。

8月

14日，《互联网上网服务营业场所管理条例》通过，网吧上网身份证登记制度开始施行，18周岁以下未成年人被禁止进入网吧。

19日，博客中国开通，blog首次在中国被翻译为"博客"。29日，博客中国发布《中国博客宣言》。创始人方兴东认为博客应该是一处没有任何商业利益、没有任何先入之见、展现独立思想的个人网站。

第一款3D游戏《精灵》进入中国，由网易代理，制作方为韩国Triglow Pictures公司。

9月

1日，陈杰等人建立的读写网正式运行，并开始实行会员收费制度。读者须每月向网站支付3元基本服务费才能阅读会员书库作品，主要依靠手机短信支付会员费。由于作者稿酬过低、读者基数太少、优秀作品缺乏等原因，这一会员包月收费制度当时未获成功，但2010年后应用于中国移动阅读基地一度成效卓著。2002年2月试运行的读写网，是最早探索收费制度的文学网站。

5日，中华杨在幻剑书盟连载《中华再起》（后称《异时空-中华再起》），由于当时付费制度和独家签约制度尚未真正建立，许多文学网站都加以转载，在以军事文学为主的铁血网，第一天的点击量就达到1万以上，书评有300多条。

10月

1日，萧潜在鲜文学网连载《飘邈之旅》。2003年2月，在台湾出版并广受欢迎，平均每册售出上万套，极大地增强了台湾书商出版网络小说的信心，此后台湾出版在很长一段时间内成为大陆网络小说作者的主要收入来源。《飘邈之旅》在大陆也产生深广影响，基本奠定了修仙小说的升级体系。

11日，文化部下发《关于贯彻"互联网上网服务营业场所管理条例"的通知》，将未成年人禁入网吧作为重点工作，并要求各级文化管理部门按照"严批、严管、严控"的原则，对辖区内网吧等互联网上网服务营业场所的总量和布局进行严格把控。

11月

中共十六大报告明确区分了文化事业和文化产业，强调一手抓公益性文化事业，一手抓经营性文化产业。

《我绑架了一艘航空母舰》（就值一文，铁血网）在中国三峡出版社出版，是铁血网出版的第一部军事小说。同期，铁血论坛建立。次年，铁血成为当时网络军事小说作者最主要的聚集地，克劳塞维茨（代表作《汉风》）、卫悲回（代表作《夜色》）、大米稀饭（代表作《共和国之辉》）等均活跃在此。

12月

苏明璞、中华杨成立明杨品书网（http://www.pinshu.com）。2003年初，更名为"明杨·全球中文品书网"并推出收费制度。首次提出按章节字数付费，每章（约5000字）一角，契合了网络"更文"的节奏，并第一次将网站收入和作者按比例分成（网站与作者的分成比例为9:1）。收费制度建立之初，依靠中华杨人气作品《异时空-中华再起》带动，获得不错的成绩。但终因过度依赖单一类型（历史、军事）和单一作者（中华杨）而未能及时追随主流的玄幻类型，加之早期读者对收费制度的抗拒、作者分成太低等原因难以持续。

新浪读书频道成立，开国内门户网站风气之先，此后搜狐、腾讯、网易相继推出读书频道。新浪读书频道发源于文化频道的原创连载版块，但在其他原创文学网站相继兴起后，竞争力相对不足，后将重心转向纸质出版物的网络阅读。搜狐读书频道于2004年8月份成立，最初主要以书库的形式运作。腾讯读书频道2004年9月上线。随后人民网、千龙网、新华网等网站也开通读书频道。

年底，幻剑书盟 Alexa 全球排名进入 2000 名，成为流量最大的网络文学网站。本年，孔毅入职幻剑书盟，担任网站总经理，他带来的资金与技术力量推动幻剑书盟迅速发展，使网站顺利吸纳了大批龙的天空流失的用户。

年底，纵横道论坛建立，专门发布武侠历史同人小说。其中"鼠猫"（即《三侠五义》中"锦毛鼠"白玉堂与"御猫"展昭）CP 的同人创作占大多数。纵横道是这一时期以作品或 CP 为中心的同人站点的典型代表。

据盛大游戏公布数据，截至 2002 年年底，网络游戏《传奇》注册用户数达 7000 万，同时在线人数超过 60 万。[①]《传奇》式的"打怪升级"模式开始成为网络小说的重要套路。

据国际电信联盟（ITU）在 2003 年 3 月和 5 月发布的两份报告[②]，2002 年，中国香港宽带渗透率(penetration，一般指网络用户占总人口的比重) 达 14.6%，在世界排名第二位，中国台湾排名第七位。前十依次是：韩国 (21.3%)，中国香港（14.6%），加拿大（11.5%），冰岛（8.6%），丹麦（8.6%），比利时（8.4%），中国台湾（8.1%），瑞士（7.7%），澳大利亚（6.6%），荷兰（6.5%）。在互联网人口渗透率方面，中国香港以 43%、中国台湾以 37% 分别排名世界前四、前五。前三位依次是：韩国、新加坡、日本。

中国互联网络信息中心发布第 11 次《中国互联网络发展状况统计报告》：截至 2002 年 12 月 31 日，共有上网计算机 2083 万台，上网用户 5910 万。

本年

龙的天空、幻剑书盟和起点中文网都已独立建站，但也都同样面对着因流量与日俱增而带来的服务器空间不足的压力。发展最好、读者最多的

---

① 《盛大互动娱乐有限公司 2004 年赴美 IPO 招股说明书》，https://www.sec.gov/Archives/edgar/data/1278308/000114554904000493/u98811a3fv1za.htm，该数据得到《大众软件》2003 年第 5 期"以牙还牙 盛大与 Actoz 事件的简报"的印证。由于很多游戏玩家同时拥有几个账号，所以，7000 万注册用户背后的实际用户可能只有三分之一或四分之一。

② ITU（International Telecommunication Union，国际电信联盟）：《韩国宽带：互联网个案研究报告》(BROAD BAND KORREA：INTERNET CASE STUDY，3 月)；《作为商品的宽带：香港互联网个案研究报告（BROADBAND AS A COMMODITY: HONG KONG, CHINA INTERNET CASE STUDY，5 月）。国际电信联盟为联合国通信信息技术（ICT）事务机构。

龙的天空面临的压力最大，迫切需要寻找一条商业化的道路来维系网站的生存。龙的天空最终选择走出版路线，将重心从线上连载放到实体出版市场，签约买断了一批优秀作品，停止或放缓其在线连载，以便售卖实体书。虽然在一段时间内为网站和作者带来不少收入，但导致网站读者大量流失。很快，龙的天空被坚持走线上发展模式的幻剑书盟、起点中文网超越，不复领军地位，并逐渐退出一线文学网站之列。同时，读写网、明杨品书网等中小网站开始建立付费阅读制度。最早探索收费制度的读写网和首次提出读者按章付费且网站与作者按比例分成的明杨品书网虽然存活时间不长、影响也有限，但都为一年后起点中文网付费阅读制度的成功建立积累了宝贵经验。

露西弗俱乐部、晋江论坛原创版块稳步发展，开始出现进入"女性向"经典序列的作者，如明晓溪、风弄等。与男性网站不同的是，"女性向"社区中以网站为行动主体的商业模式此时远未成形。多数女性作者是以爱好者心态、不以营利为目的进行写作的，在网站实行付费阅读制度之前，个人出版是"女性向"的主要商业化路径。"女性向"作品篇幅较短，适合出版单行本，且在出版时普遍已完成网络连载，不会造成网站读者的流失，反倒能吸引线下读者转为线上粉丝，因此网站鼓励作者直接与出版社签约完成出版。其中，言情小说能够较为便捷地在大陆出版，耽美则主要在台湾出版。

年度代表作品有：《异时空－中华再起》（中华杨，幻剑书盟／明杨品书网）、《飘邈之旅》（萧潜，鲜网）、《魔法学徒》（蓝晶，鲜文学网）、《小兵传奇》（玄雨，鲜文学网）、《我是大法师》（网络骑士，龙的天空）、《都市妖奇谈》（可蕊，龙的天空）、《共和国之辉》（大米稀饭，铁血网）、《成都，今夜请将我遗忘》（慕容雪村，天涯论坛）、《北京娃娃》（春树，新浪读书）、《明若晓溪》三部曲（明晓溪，晋江论坛）、《凤于九天》（风弄，露西弗俱乐部）、《凤非离》（风维／NIUNIU，露西弗俱乐部）。

2003 年

1 月

1 日，西祠胡同发布《关于升级西祠 VIP 会员的详细说明》，推出 VIP 会员制度（每月 5 元）。VIP 制度推出后，用户大量流失。西祠推出 VIP 会员制度被认为是互联网从普遍免费走向全面收费的信号。

龙的天空与狮鹫等台湾出版社合作，陆续推出刘慈欣、王晋康、郑军等大陆科幻作家个人作品集的台湾版。

3月

天下书盟成立。当年6月即获投资（投资人蔡雷平，笔名龙人，玄幻武侠小说作者，经营龙人书店），极大地加快了商业化进程，在当时文学网站普遍为爱好者自筹资金的行业环境中，具有一定竞争优势。

榕树下全面实行文学社团主导机制，将编辑权交给由作者组成的社团，极大地减少了编辑成本，也使发表门槛大幅降低。

4月

14日，玄雨将最早在台湾鲜文学网连载的星际科幻小说《小兵传奇》版权收回，选择在起点中文网首发，带动流量大幅增长。起点中文网Alexa世界排名在数月间由5000名以外迅速提升到1500以上。此前，由于没有利益关系，作者可以在各个网站同时发布作品。起点中文网最早实行的首发制度则规定作者在首发网站发表最新章节若干天或若干小时之后，才能在其他网站发布，后成为各大网站招揽读者的重要手段。《小兵传奇》《诛仙》《飘邈之旅》（一说为《紫川》），在早期网文界有"三大奇书"之誉。

5月

10日，马云在杭州创立淘宝网。10月，淘宝网推出第三方支付工具"支付宝"，以"第三方担保交易模式"建立买卖双方的信用机制。

《我就是流氓》（ricewhu，后更名为血红）在幻剑书盟发布，与《坏蛋是怎样炼成的》（六道，逐浪网）、《东北往事之黑道风云二十年》（孔二狗，天涯社区）并称为黑道小说的三大代表作。

6月

8日，起点中文网发出"创立起点VIP会员制度的声明"，称网站首页日访问量顶峰时已超过70万，注册会员逾4万人，原本的网络空间已远不够使用。因此，希望网友捐款支撑网站正常运转。捐款网友将成为VIP会员，但仍表示："起点的宗旨是交流，所有普通用户与VIP会员享受的权利都是平等和相同的。"

12日，天涯社区煮酒论史开版，很快成为民间历史爱好者的集聚平台。十年砍柴、赫连勃勃大王、当年明月、曹三公子等陆续在此发布"草根说史"类帖子。

28—29日，由《传奇文学选刊》杂志社、大然文化公司举办的"大然传奇中国首届奇幻文学笔会"在广州召开，邀请龙的天空、幻剑书盟、起点中文网等文学网站负责人参加，商讨如何把网络小说转化为适合杂志刊登的作品。会上，宝剑锋提出付费阅读模式，但不被其他网站看好。

爬爬书库组建爬爬评论团，在网站论坛"爬爬大陆"展开网络小说点评工作，成为该网站特色。猫腻等日后成名的网文作者曾长期活跃于爬爬评论团。

国家新闻出版总署要求所有游戏出版物，在游戏开始前必须显示《健康游戏忠告》："抵制不良游戏，拒绝盗版游戏。注意自我保护，谨防受骗上当。适度游戏益脑，沉迷游戏伤身。合理安排时间，享受健康生活。"

7月

中旬，天鹰论坛从西陆BBS独立，建立天鹰文学网。

19日，《梦幻魔界王》（作者X，也称游戏设计师X）在起点中文网连载，被公认是第一部产生广泛影响力的网游小说，也是第一部"虚拟现实"题材的游戏小说。该作开启了网游小说的大潮，2004—2005年间，网游小说成为最受读者喜爱的网文类型，占据了各文学网站点击榜和推荐榜一半以上的位置。

网友旭阳在龙的天空原创评论版发表《信口雌黄——网络小说之四大名妓》，批评当时各大文学网站上最为流行的四部情色小说——《风月大陆》（端木，元元讨论区）、《阿里布达年代记》（罗森，元元讨论区）、《江山如此多娇》（泥人，元元讨论区）、《龙战士传说》（半只青蛙，元元讨论区），引发了一场关于网络文学的价值伦理、社会影响的大争论，被称为"文以载道事件"。

8月

1日，晋江原创网（www.jjwxc.net）独立建站。晋江原创网页面背景是绿色，晋江论坛的页面背景是粉红色，因而又被分别称作"绿晋江"和"红晋江"。

23日，起点中文网第二版的升级改良工作完成，推动流量持续大幅上涨，并赢得2003年个人网站大赛第一名。这一版本后被业内普遍效仿，成为网络文学网站在PC时代的通行模式。

26日，血红在起点中文网连载《林克》。他以笔名ricewhu在幻剑书盟连载的《我就是流氓》仍持续引发争议。29日，网友魏岳在幻剑书盟评论区发表《疑问幻剑对文章的监督审核》一帖，就《我就是流氓》等黑社会题材小说上榜的情况进行批评，引起巨大争论。31 日，幻剑书盟发布作品收录原则 2.1 版，宣布将限制含较多情色、暴力描写的作品上榜。血红等一批作者彻底离开幻剑书盟。

9 月

6 日，《今古传奇·奇幻版》创刊，是全国众多奇幻杂志中唯一拥有正式刊号的期刊。树下野狐的《搜神记》《蛮荒记》、沧月的《云荒·镜》系列都曾在此刊载。2012 年 9 月停刊。

10 月

国庆期间，天下书盟推出 VIP 计划。据起点中文网管理层称，天下书盟之所以能抢先推出 VIP 计划，是依靠从起点挖走的两个版主和多位作者，并且其收费标准（千字两分）也与起点一致。11 月，天下书盟开设 VIP 阅读分站，宣布 VIP 计划成功。虽有资金支持和先发优势，但天下书盟的内容运营和网站建设能力不足，很快就在业内失去影响力，此后主要依靠图书发行盈利。

10 日，起点中文网推出第一批 8 部"VIP 电子出版作品"，启动 VIP 会员计划。VIP 会员交纳 50 元人民币，其中 30 元作为会费，20 元为订阅费用。付费标准为 2 分 / 千字，不足千字免费，同时在第一个月对会员免费。起点中文网 VIP 付费阅读模式的建立是中国网络文学发展进程中最重要的里程碑事件，中国网络文学从此进入高速成长的商业化阶段。

16 日，顾漫在晋江原创网连载《何以笙箫默》（2004 年 2 月正文完结），这是都市言情类型的早期代表作。晋江原创网创立之初，邀请了江南、沧月、蒋胜男、红猪侠、燕垒生、沈璎璎等已成名的作者入驻，此后迅速出现了以明晓溪、顾漫为代表的晋江初代大神作者。

逐浪文学网（www.zhulang.com）建立，创始人蒋钢、李雪明。该网站在文学殿堂网和幻之天空论坛的基础上建立，文学殿堂网（1999 年建立）是进行文学作品转载和推荐的个人书站，幻之天空是西陆 BBS 上的文学论坛。逐浪网是中国网络文学发展史上成立时间最早、延续历史最长、最具代表性的中型网站，显示了起点中文网等主流网站之外更基层网站的生态。

11 月

2 日，为承载原创评论版日益增长的流量，新版龙的天空论坛建立，网络文学原生评论[①]日渐兴盛。

10日,起点中文网 VIP 首月优惠期结束,此时总共有 23 部 VIP 作品。为吸引作者加入 VIP 计划,起点将订阅收入全部发放给作者,这一全额稿酬发放政策直至 2004 年 12 月才结束,此后网站与作者按 1:1 的比例分账。首月就有作者稿费超过千元(流浪的蛤蟆的《天鹏纵横》获稿费 1296.08 元,平均订阅数超过 500;位居第二的圣者晨雷以《神洲狂澜》获稿费 441.46 元)。此后,幻剑书盟、天鹰文学、翠微居纷纷跟进启动 VIP 付费阅读模式。

12月

3日,百度贴吧正式上线。贴吧依托百度搜索引擎建立垂直兴趣社区,后成为中国网络文学在文学网站之外最大的评论、创作平台(以同人创作与直播帖为主)与传播渠道(以盗版为主)。贴吧面世伊始,就聚集了大批网文用户在各大贴吧中进行评论交流,发布同人创作(如南派三叔《盗墓笔记》即是在"鬼吹灯"贴吧内开始创作并获得广泛关注的)与原创作品。

15日,幻剑书盟邀请作者加盟收费电子书计划。31日,幻剑书盟公布第一批电子书签约作者名单,共计 78 人,包括树下野狐、萧鼎、读书之人等。

17日,天涯社区仗剑天涯开版,聚集大批武侠小说爱好者,是天涯社区最活跃的版块之一。同期,天涯博客试行版发布,天涯社区成为国内第一个将 BBS 公共社区与个人博客相结合的网站。

晋江原创网增加分类阅读查询系统,根据"类别"(后拆分为"性向"和"类型")和"属性"(后改名"标签")两种选项对作品进行分类。此后,晋江形成了独具特色的标签分类系统,是"女性向"类型趋势变化的缩影。

《奇幻世界》创刊(初名《科幻世界·奇幻版》,后改名为《飞·奇幻世界》,惯称《奇幻世界》)。最初主要刊载"九州"相关作品,直至 2005 年 9 月"九州"团队离开自建《九州幻想》杂志。此后,内容更趋丰富。

---

① 网络文学原生评论,指在网络环境下发生、主要在网络空间产生影响的网络文学评论及史论。这方面影响大者可称为"网络文学原生评论家",简称"网评家"。比如,活跃于早期龙空论坛的 weid(本名段伟)、暗黑之川(又名 kind-red)、瑶光,撰写网络文学史的后世史学家、胡笳、地震,以及在新浪微博组织发起"晨曦杯"华语通俗小说评比大赛的安第斯长风,创建"赤戟的书荒救济站"的赤戟,创建著名"女性向"扫文账号"紫色熄灭之纯爱扫文札记"的小紫等,都是有名的"网评家"。

燕垒生的《天行健》、罗森的《东方云梦谭》曾在此连载。

翠微居宣布实行 VIP 制度,并以作者和网站大致 6∶4 的较高分成比例吸引作者。此时,翠微居和幻剑书盟、起点中文网同为原创文学的一线网站,首发于鲜网的早期经典网文《天魔神谭》(手枪,2000)在大陆连载时即签约翠微居。

读写网开始按章节字数收费,最初为 1.5 分/千字,2004 年年初调整为与起点中文网标准相同的 2 分/千字。

潇湘书院开始提供武侠小说电子书付费下载服务,读者通过捐赠书籍、扫描校对、捐款三种方式成为其会员,非会员等待两个月解禁期后才能免费下载。

中国互联网络信息中心发布第 13 次《中国互联网络发展状况统计报告》:截至 2003 年 12 月 31 日,共有上网计算机 3089 万台,上网用户 7950 万。

本年

起点中文网 VIP 付费阅读制度的成功建立,标志着中国网络文学探索出了一套基于互联网 Web2.0 时代 UGC(用户生产内容)机制的正反馈商业模式,网络阅读也从免费时代进入收费时代。VIP 制度的建立使文学网站活了下来,也使网络职业作家成为可能,网站和作者不再需要依靠线下出版体系来养活自己,网络文学的网络性得以充分生长。自此,中国网络文学进入高速成长的商业化阶段。伴随着一大批职业作家的诞生,网络文学类型日渐丰富,优秀作品不断出现,读者规模也迅速增长。

晋江原创网的建立,开启了"女性向"网络文学发展的新阶段。社区迅速扩张,作者、作品、用户的数量从露西弗的数千增长到晋江的数万。除露西弗、晋江之外,台湾鲜网新增"浪漫奇幻"类型,以实体出版优势争夺大陆作者;专门出版耽美小说的台湾龙马文化出版社建立,许多大陆"女性向"作品开始畅销于台湾图书市场;新兴的百度贴吧也成为一些"女性向"社区的零散聚集地。

年度代表作品有:《亵渎》(烟雨江南,起点中文网)、《佣兵天下》(说不得大师,起点中文网)、《梦幻魔界王》(X,起点中文网)、《江山美人志》(瑞根,起点中文网)、《二鬼子汉奸李富贵》(又名《曲线救国》,无语中,起点中文网)、《诛仙》(萧鼎,幻剑书盟)、《我就是流氓》(血红,幻剑书盟)、《骑士的沙丘》(文舟,龙的天空)、《异人傲世录》(明寐,小说频道)、

《遗情书》（木子美，博客中国）、《烈火如歌》（明晓溪，晋江原创网）、《何以笙箫默》（顾漫，晋江原创网）、《韩子高》（浮生偷欢，晋江原创网）、《怎见浮生不若梦》（水天/seeter，露西弗俱乐部）。

2004 年

1月

红袖添香网站上线长篇连载栏目，长篇女性言情小说逐渐成为红袖的主打作品。

年初，铁血网推出电子杂志《铁血军事》，主编克劳塞维茨。发刊词称："我们立志于成为我国最好的网上军事爱好者基地，为国家培训大量的军事后备人才，藏军于民。重铸我们民族的尚武精神！"

2月

10日，幻剑书盟参照起点模式上线收费制度。15日，开始招收第一期VIP会员。在推广和促销期间，幻剑将90%的销售分成发放给作者。

3月

11日，血红在起点中文网连载《升龙道》，上架后创造"升龙一出，谁与争锋"的订阅奇迹，以过万的月稿酬成为起点的头号大神。

4月

27日，北京铁血科技有限责任公司成立，铁血网商业化步伐加快。同期，为是否开展收费阅读发生争论，最终因大部分版主反对收费而作罢。此后，部分优秀军事小说作者流失到起点中文网。为吸引流量，网站管理层决定设立美女图版块，此举被认为是对铁血理念的背叛，导致版主集体辞职。此后，铁血取消版主制度，改为职业编辑团队管理。

5月

历史系研究生阿越在幻剑书盟连载《新宋》，开辟了历史小说的"文官路线"。

骷髅精灵在起点中文网连载《猛龙过江》，引领网游小说热潮，该文为早期网游小说的代表作。

小说阅读网建立。起初以做各类作品TXT版和其他网站非授权内容为主，后转向原创，逐渐定位为女频言情小说网站，主推高订阅量的类型文。

29日，天流陨星在龙的天空论坛发表《九州是根香蕉，我的感想》，认为江南、今何在等人创立的中式奇幻世界观九州"只是一个披着东方皮的西方设定""是一根香蕉",引发网络文学界的激烈争论,反映出幻想类作品世界观由奇幻转向修仙、玄幻的本土化趋势。这场论战被称为"九州香蕉论事件"。

31日,起点中文网Alexa世界排名第100名,成为国内第一家跻身世界百强的原创文学网站。

6月

15日,国家广播电影电视总局通过《互联网等信息网络传播视听节目管理办法》,规定国家对从事信息网络传播视听节目业务实行许可制度;从事信息网络传播视听节目业务,应取得《信息网络传播视听节目许可证》;外商独资、中外合资、中外合作机构,不得从事信息网络传播视听节目业务;用于通过信息网络向公众传播的影视剧类视听节目,必须取得《电视剧发行许可证》《电影公映许可证》;利用信息网络转播视听节目,只能转播广播电台、电视台播出的广播电视节目。

铁血读书频道(http://book.tiexue.net)上线。27日,对部分小说试行"付费提前阅读制"。克劳塞维茨的《汉风》是铁血第一本付费小说。

7月

1日,金子在晋江原创网连载《梦回大清》(2007年10月完结),开创了"清穿文"的先河。

17日,最高人民法院、最高人民检察院、公安部联合发出《关于依法开展打击淫秽色情网站专项行动有关工作的通知》,要求"依法从重从快打击利用淫秽色情网站的各种犯罪活动"。专项行动历时3个月,网络文学首次成为"扫黄打非"对象。其间,中国成人文学城、成人文学俱乐部等被取缔;天鹰文学、翠微居、读写网等因存在较多色情内容,被要求关闭整顿;起点中文网、幻剑书盟等展开自查,大量作品被删除或屏蔽。从不乱、罗森、泥人、半只青蛙、秦守等情色文学知名写手离开大陆网站。天鹰文学、翠微居因关站两个月失去了一线网站地位,且日后融资困难,从此一蹶不振。

24日,盛大网络旗下PT文学网正式上线。9月13日,"盛大致所有网络幻想文学作者的一封信"发布。盛大投入重金以买断形式签约诸多知名作家进军网络文学领域。但PT文学不但读者数量增长缓慢,新人作者的加盟也不多,最终促使盛大下定决心收购起点中文网。同期,盛大游戏《热血传奇》注册用户超过4000万,同时在线人数高达50万,商业业绩居世界同类运营商之首,被称为创造了"三流游戏、一流市场"的神话。

幻剑书盟成立专门的编辑、运营团队,商业化加速。同期,幻剑文学院成立,幻剑书盟首页开辟文学院点评榜,专供文学院点评作品上榜。幻剑文学院是幻剑书盟邀请"著名作者、资深书友和优秀评论者"组成的一个官方小说点评团,试图保持网站商业力量和文学力量的相对平衡。

8月

1日,晋江原创网成立一周年,发布《原创月刊·第10期·周年特刊》,称晋江原创网注册作者数量突破11000(其中6000多稳定发文),发布作品数量达13608篇,代理出版40余本。

9月

3日,《最高人民法院、最高人民检察院关于办理利用互联网、移动通讯终端、声讯台制作、复制、出版、贩卖、传播淫秽电子信息刑事案件具体应用法律若干问题的解释》出台,针对直接制作、复制、出版、贩卖、传播淫秽电子信息的犯罪行为规定了定罪量刑的定量标准。

17日,逐浪网跟进起点中文网推出VIP付费阅读模式。本年6月,逐浪网Alexa全球排名进入3000名。次年3月,进入1500名。

10月

8日,起点中文网以200万美元的价格被盛大网络公司收购,成为盛大全资子公司。27日,起点中文网开始接入盛大游戏覆盖全国的点卡支付系统,VIP会员数量随之大增。据宝剑锋称,此前,读者多是通过银行汇款的方式付费。"付费方便之后,付费用户就越来越多了,点卡开始凸显它的威力。"[1]

美国开源软件支持者Tim O'Reilly提出"Web2.0"概念。他认为"Web2.0"的核心观念是"Web成为平台",互联网用户通过参与和分享使这一平台变得越来越好,这一模式也是网络文学的核心模式。

11月

1日,被责令关站整改的天鹰文学借"天逸文学"之名重新登场,但已错过了最佳发展时机。在"扫黄打非"中幸存的网站都获得了巨大的发

---

[1] 参见《网络文学崛起的历史细节——起点中文网创始人宝剑锋访谈录》,邵燕君、肖映萱主编:《创始者说:网络文学网站创始人访谈录》,北京大学出版社,2020年,第184页。

展,得益最大的是起点中文网和幻剑书盟。

24日,幻剑书盟发起《共建网络原创环境倡议书》,试图与盗版小说论坛达成妥协,希望盗版收费作品的论坛能延迟发布OCR(Optical Character Recognition,光学字符识别,即通过扫描图片来识别文字的技术)盗版小说。

周行文在起点中文网连载《重生传说》,开"都市重生文"先河。

上海征途网络科技有限公司成立,国内第一款大型多人在线角色扮演游戏(Massive Multiplayer Online Role-Playing Game,简称MMORPG)《征途》开始研发。

12月

8日,新浪"第二届华语原创文学大奖赛"开幕,在投稿须知中规定:作品体裁为长篇小说。此次大赛是网络文学评奖的一个转折点,表明长篇小说已经成为公认的最重要的网络文学体裁。年底,新浪读书原创文学成立,以网络长篇类型小说为主。

31日,教育部、共青团中央联合下发了《关于进一步加强高等学校校园网络管理工作的意见》,明确要求高校BBS"严格实行用户实名注册制度"。

中国互联网络信息中心发布第15次《中国互联网络发展状况统计报告》:截至2004年12月31日,共有上网计算机4160万台,上网用户9400万。

本年

随着幻剑书盟等大批文学网站跟进起点中文网实行VIP付费阅读制度,文学网站的商业化进程加速,网络文学的论坛时代彻底落幕。商业化后,各大文学网站的流量都飞速增长,作者和作品数量也普遍是上一年度的数倍,网络文学的网站时代正式到来。此后,天涯论坛等综合社区虽然仍聚集了部分类型如灵异、悬疑,也诞生了一批著名作者如天下霸唱、当年明月,但总体而言只是商业网站的补充。

"女性向"社区扩张过程中,不断吸收以琼瑶、亦舒为代表的港台言情资源,清宫历史与都市职场成为言情网文的两大主流题材,满足女性"大历史"叙事的"大女主"故事受到欢迎。在影视领域大获成功的清宫戏,转化为"清朝穿越"元素,"清穿文"开始走红。

年度代表作品有:《升龙道》(血红,起点中文网)、《猛龙过江》(骷髅精灵，起点中文网）、《重生传说》（周行文，起点中文网）、《官场风流》（天上人间，起点中文网）、《YY之王》（撒冷，起点中文网）、《历史的尘埃》（知秋，起点中文网）、《商业三国》（赤虎，起点中文网）、《明》（酒徒，起点中文网）、《狼群》（刺血，起点中文网）、《仙路烟尘》（管平潮，起点中文网）、《新宋》（阿越，幻剑书盟）、《光之子》（唐家三少，幻剑书盟/读写网）、《坏蛋是怎样炼成的》（六道，逐浪中文网）、《汉风》（克劳塞维茨，铁血网）、《梦回大清》（金子，晋江原创网）、《且试天下》（倾泠月，晋江原创网）、《双程》（蓝淋，鲜网）、《十大酷刑》（小周123，晋江论坛）。

2005年

1月

"网络文学研究基地"落户中南大学。

2月

起点中文网推出月度评选票，简称"月票"，读者可对当月VIP作品投票。月票榜长期是起点最具含金量的榜单，标志着作品的人气和粉丝的忠诚度，至今仍是作者和读者最为看重的榜单。

3月

6日，杨勃创立书评分享网站豆瓣。8日，豆瓣小组上线。5月2日，豆瓣电影上线。豆瓣是继榕树下之后中国最大的文艺青年网络聚集地。其技术架构稳定、升级迅速，率先推出"口味最像"等用户导航功能，激活了个人用户主导的内容生成机制。"豆列"等同好分享推荐功能，凝聚了大量具有"文艺范儿"的精英用户，使其成为中国最具影响力的书影音评分网站。

16日，已有10年历史的BBS水木清华站由开放型转为校内型，实行实名制，限制校外IP访问，导致82%的用户从此无法上站。4月14日，未经通知，水木服务器被清华大学管理层更换。4月19日，原站务委员会集体辞职。同一时期，国内几大著名高校BBS都相继转为校内交流型。

21日，由美国游戏公司暴雪娱乐开发的《魔兽世界》开始在中国内测，最早的代理商为第九城市，2009年起变更为网易。作为全球影响力最大的多人在线角色扮演游戏，《魔兽世界》是中国网络文学建构平行世界的重要资源，也直接催生了一批"魔兽同人文"，其中最具代表性的是天蚕土豆的《魔兽剑圣异界纵横》。此外，职业系统、天赋系统、装备品级等设定直接推动了网游文的蓬勃发展。套用或化用《魔兽世界》设定的网游文层出不穷，《重生之贼行天下》《贼胆》等便是其中的代表。在游戏设计上，"副本""BOSS""DPS"等概念与术语成为网文写作中作者与读者共享的"数据库"。

在大陆文学网站纷纷推出VIP付费阅读制度的情况下，台湾鲜文学网也推出了VIP订阅模式，并提出了特有模式"自由行"——作者可自由指定收费章节与字数，也可以中途退出VIP，VIP作品按章节收费，每章收新台币1元，作者可获得订阅收入的50%。

31日，起点中文网推出"职业作家体系"，实行"底薪+分成"的保底年薪制。起点中文网筛选出八大职业作家：血红、流浪的蛤蟆、碧落黄泉、肥鸭、周行文、最后的游骑兵、云天空、开玩笑。

4月

8日，后世史学家的《玄幻网站风云录》开始流传于网络。该作是一篇颇具影响力的网络原生评论家的研究成果，是目前可见最早的对中国网站发展史的系统性梳理。作者以文学网站的兴衰为基本线索，从1997年免费空间扫校图书讲起，将网络文学发展过程分为黄金、白银、青铜、黑铁4个时代，介绍了有影响力的作家作品。

大致从此时起，网络上流传着一份"紧急通知"，要求全国网站立即下架多部"有严重政治问题的网络长篇小说"，其中不少涉及军事题材。不少文学网站一度取消了军事小说版块，作为热门类型小说的军事小说逐渐衰落。部分军事小说作家转型写作历史穿越小说或成为主旋律影视剧编剧，如克劳塞维茨（本名董哲，著有《汉风》，电影《建国大业》《建党伟业》《智取威虎山》的编剧）、纷舞妖姬（本名董群，著有《弹痕》，电影《战狼》系列编剧）、最后的卫道士（本名高岩，著有《中日战争——第三次世界大战的序幕》，电影《战狼》系列编剧）。

5月

8日，随波逐流在起点中文网连载《随波逐流之一代军师》（2006年10月完结），该文是女性作者写"历史文"的代表作。

15日，起点中文网增设"女生频道"，专门发布以女性为目标读者群的作品，是"起点女生网"的前身。此后，以女性为受众的网络小说逐渐被称为女频小说，网站被称为女频网站。

16日，桐华在晋江原创网连载《步步惊心》（2006年完结，版权后转到起点女生网），与金子《梦回大清》、晚晴风景《瑶华》（一说为月下箫声《恍然如梦》）并称为"清穿三座大山"。

18日，天逸文学、幻剑书盟、龙的天空、爬爬书库、翠微居、逐浪网六大文学网站组建中国原创文学联盟（简称CCBA），通过VIP共享来增加作品的阅读率，联合对抗被盛大集团收购后的起点中文网的竞争压力。第一批推出31部VIP联合上架。

晋江原创网推出"精华长评"功能，使晋江评论区成为文学网站评论版块中最为活跃的，孕育了晋江独特的长评文化。

飞卢中文网成立。早期多盗版内容，2011年转型为原创网站，是反映网络文学"爽文"机制底层运行逻辑的代表性网站，以盛产"无脑爽"的"小白文"著称。

6月

《诛仙》第一册由磨铁图书推出。磨铁创始人沈浩波提出"奇幻武侠"的概念，策划出版了《诛仙》全8册（前6册与朝华出版社合作，后2册与花山文艺出版社合作）。截至2006年年初，《诛仙》前5册销量就超过100万册。磨铁文化传播公司于2004年成立，后更名磨铁图书。

7月

6日，文化部、广电总局、新闻出版总署、中国证监会、商务部联合发布了《关于文化领域引进外资的若干意见》，规定外商投资者不得从事互联网出版及线下出版业务。

12日，文化部、信息产业部联合下发《关于网络游戏发展和管理的若干意见》，为防止未成年人沉迷于网游中的打怪升级，要求"PK类练级游戏应当通过身份证登录，实行实名游戏制度，拒绝未成年人登录进入"。

8月

5日，百度公司在美国纳斯达克挂牌上市。在首日的交易中，涨幅达354%，创下2000年以来纳斯达克上市日涨幅最高纪录。

24日，明晓溪在晋江原创网连载《泡沫之夏》（2007年6月第三部完结）。两位男主角欧辰和洛熙，分别是都市言情文中经典的"总裁"和"明星"形象，开启了女频"总裁文"和"娱乐圈文"的风潮。2010年8月，同名电视剧在台湾首播，随后在大陆播出。

随缘居论坛建立，是欧美圈同人爱好者的大本营。

幻剑书盟宣称 2005 年第二季度的 PV 超过 4000 万。同时，起点中文网宣布季度 PV 达到 6000 万。这一局面被许多读者称为"南起点，北幻剑"。本年，幻剑书盟收购明杨品书网，接收了明杨残留的 VIP 作品及会员。

鲜文学网提高奇幻题材和耽美题材作者的出版稿费：奇幻题材作品一旦出版，最低稿酬为每千字新台币 600 元，较订阅收入更为稳定；实体书销量超过鲜文学网最低保证数量即可领取版税。针对耽美类作者：如果在鲜文学网出版量达到 3 本以上（同一书名或系列为一本），第四本的稿费将提高到新台币 3 万元以上。这一消息在大陆作者群体中引发热议，此时，台湾出版仍对大陆作者有相当大的吸引力。

9 月

1 日，葡萄在晋江原创网连载《青莲纪事》；14 日，流玥在晋江原创网连载《凤霸天下》。这两部作品共同创造了"女穿男"的"伪耽美"穿越模式，掀起 2006—2007 年晋江"逆后宫"模式的风潮。

2 日，红袖添香建立 wap 站，每日和主站同步更新，是第一家设置 wap 站点的网络文学网站。

8 日，新浪推出博客公测版，成为国内首家推出博客频道的门户网站。新浪推动博客走"名人战役"路线，邀请文化名人建立博客。作家余华成为第一个在新浪上开博客的作家，一个月后，余华的博客点击量已近百万。随后，徐静蕾、陈染、郭敬明、韩寒等名人陆续开博。其中徐静蕾长期占据新浪博客浏览量榜首的位置，被称为"博客女王"。

《九州幻想》杂志成立，后分裂为"北九州"（江南主持）和"南九州"（大角、今何在主持）。"九州"系列的代表作有江南的《九州缥缈录》、今何在的《九州羽传说》等。

10 月

9 日，晋江管理层分裂。nina 在晋江论坛发布《我和晋江有个约会——关于 NINA 退出晋江目前管理层的声明》，宣布退出晋江。同日，iceheart 发布《iceheart 告晋江同胞书》作为回击。此后，nina、青枚离开晋江，创办九界文学网。

11 日，《中共中央关于制定国民经济和社会发展第十一个五年计划的建议》通过，提出"十一五"期间（2006—2010）努力加大乡村互联网接入能力建设，基本实现"村村通电话，乡乡能上网"。

起点中文网推出作家福利制度,通过网站补贴来扶持和培养新人作者,后成为网文行业的通行模式,为网络文学的可持续发展和网络作家的职业化提供了重要制度保障。

12月

清华大学和天津大学的学生联合创办了校内网(2009年8月改名为人人网)。校内网是中国最早的校园社交网站。

中国互联网络信息中心发布第17次《中国互联网络发展状况统计报告》:截至2005年12月31日,共有上网计算机4950万台,上网用户1.11亿。

活跃于起点书评区的资深读者"地震"(另有ID"怦然心动Mars")的《玄幻(网络)小说这九年——我眼中的网络小说》发布于起点中文网,该文按时间顺序,回顾了1997—2005年的玄幻小说的发展脉络,对重要作品和现象进行了介绍和评价。

本年

网络游戏对网络文学的全面而深入的影响逐步显现。凭借游戏带来的巨大收入,盛大游戏于2004年10月收购了起点中文网,并在本年将起点接入了盛大在全国网吧铺开的游戏点卡支付系统,起点的流量和收入开始飞速增长并和其他网站拉开巨大差距,成为网络文学领域的绝对霸主。同时,网游小说呈现井喷之势,全面占领各大文学网站的点击榜和推荐榜,在2004—2006年间成为最受读者欢迎的小说类型。大量玄幻和修仙小说也开始游戏化,在书中加入数值化的力量体系设定,并以游戏系统发布任务的方式推动故事情节发展。

女频网络文学版图初步形成:"女性向"阵地晋江原创网继续扩大影响力,以"清穿文"为代表的穿越类型风靡一时,"穿越"逐渐成为晋江被大众读者认知的重要标签;起点中文网设立女生频道,专门发布女性内容,并将主站的VIP付费阅读制度带到女频;在上一年开通了长篇连载的红袖添香,开始主推"都市总裁文",并以此为核心类型;主营武侠言情电子书扫校的潇湘书院开放原创投稿,转型为原创网站,由于用户特性,投稿题材多为古风言情。晋江、起点女频、红袖添香、潇湘书院,后来成为商业化时代最重要的四家女频网站。随着晋江的崛起,露西弗俱乐部因服务器动荡、资金不足、管理松散等问题,始终未能成功实行VIP收费制度或其他商业化转型,网站用户逐渐流失,开始走向没落。随缘居欧美同人论坛的建立,填补了专业同人论坛的空缺,散落在乐趣园、西陆、露西弗、晋江论坛等平台的同人创作部分聚集于此。此后,晋江原创网的同人版块,逐渐发展出有别于同人圈的"晋江同人"模式。

年度代表作品有:《朱雀记》(北洋鼠,后改笔名为猫腻,起点中文网)、《邪神传说》(云天空,起点中文网)、《邪风曲》(血红,起点中文网)、《杨戬——人生长恨水长东》(水明石,起点中文网)、《三千美娇娘》(紫钗恨,起点中文网)、《高手寂寞》(兰帝魅晨,起点中文网)、《从零开始》(雷云风暴,起点中文网)、《我们是冠军》(林海听涛,起点中文网)、《大明星爱上我》(鹅考,起点中文网)、《大亨传说》(黯然销魂,起点中文网)、《步步惊心》(桐华,晋江原创网)、《帝王业》(寐语者,晋江原创网)、《泡沫之夏》(明晓溪,晋江原创网)、《凤霸天下》(流玥,晋江原创网)、《青莲纪事》(葡萄,晋江原创网)。

2006 年

1 月

23 日,天下霸唱在天涯论坛莲蓬鬼话版连载《鬼吹灯》,后被称为"盗墓小说"的鼻祖。2006 年 2 月 20 日,转至起点中文网连载,同年 9 月出版(安徽文艺出版社,共 8 卷)。进入 IP 时代后,被改编为《寻龙诀》《九层妖塔》等影视作品,成为网络小说中最成功的改编范例之一。

2 月

13 日,天籁纸鸢在晋江原创网连载《花容天下》。天籁纸鸢是 2006—2008 年间最具人气的晋江作者。

24 日,文学批评家白烨在其博客上发表《80 后的现状与未来》一文,认为"'80 后'这批写手实际上不能看作真正的作家,而主要是文学创作的爱好者"。3 月 2 日,韩寒在博客上发布回应文章,认为"不管 80 后是多么的粗俗,多么的幼稚,写得多么的差,以后的文学界是属于他们的"。4 日,白烨发表了《我的声明——回应韩寒》一文,认为韩寒"应能有听不同意见的雅量",最后还提出"我希望这样一个事件,能为如何为网络立法和建设网络道德提供一个反面的例证"。此后,韩寒发表了《有些人,话糙理不糙;有些人,话不糙人糙》《辞旧迎新》等文章批评白烨。两人的论争引发了解玺璋、陆川、高晓松等人的参与,被称为"韩白之争"。

3 月

10 日,《明朝的那些事儿——历史应该可以写得好看》(作者石悦,最初ID为"就是这样吗",后改为"当年明月",作品名改为《明朝那些事儿》)在天涯论坛煮酒论史版连载,迅速获得近两千万的点击量并产生了粉丝群体"明矾"。磨铁图书9月开始策划出版(中国友谊出版公司,2006—2009),5年内各册累计印数突破千万。

14日,TOM在线集团(由李嘉诚控股,旗下TOM网在当时国内门户网站中排名前三)宣布以2000万元收购幻剑书盟80%股权。

19日,四月天原创网试运行,公子兰任站长,李贤任主编,主打大陆原创言情小说,并大力开展代理出版业务,2006—2009年间曾吸引辛夷坞、桐华、缪娟、藤萍等知名作家入驻,累计代理出版小说超过3000部。四月天原创网的前身是2002年建立的四月天网站,以扫校台湾言情小说为主。

4月

1日,起点中文网实施"天道酬勤——起点签约作者保障计划",这是起点中文网"低保"制度的雏形。

13日,欢乐传媒宣布以超过500万美元的价格收购榕树下。

5月

5日,17K文学网由中文在线注资成立。原起点中文网骨干编辑黄花猪猪(本名潘勇)任总经理、南风听蝉任总编辑、苏小苏任副总编辑主持筹备工作,凭借大规模"数字版权买断"模式从起点中文网挖来血红、烟雨江南、云天空、酒徒等大神作者,试图把17K建成第二个起点。

18日,国务院公布《信息网络传播权保护条例》(2006年修正本),第二条规定明确提出依法保护权利人的信息网络传播权,这一规定是国家版权局打击网络侵权盗版的重要法律依据之一;第二十三条规定"网络服务提供者为服务对象提供搜索或者链接服务,在接到权利人的通知书后,根据本条例规定断开与侵权的作品、表演、录音录像制品的链接的,不承担赔偿责任;但是,明知或者应知所链接的作品、表演、录音录像制品侵权的,应当承担共同侵权责任"。这一规定提供了处理网络服务商(电信运营商和网站等)和版权人纠纷的核心原则——"避风港"原则,为网络服务商和新兴互联网产业的发展提供了宽松的政策环境。

6月

18日,陶东风在个人博客发表《中国文学已经进入装神弄鬼时代?——由"玄幻小说"引发的一点联想》。他以2005年度新浪网评选出的"最佳玄幻文学"的前三名《诛仙》《小兵传奇》《坏蛋是怎么炼成的》为例对网络文学展开批评，认为："以《诛仙》为代表的拟武侠类玄幻文学（人称为'新武侠小说'）专擅装神弄鬼……玄幻文学的价值世界是混乱的、颠倒的。"20日，《诛仙》作者萧鼎在自己的博客上发表《究竟是谁在装神弄鬼？——回陶东风教授》一文，指出玄幻小说是"以人为本"的，法术、妖术并非"装神弄鬼"，认为陶东风仅从3部玄幻小说和几部影视作品就展开批评，指责面太广且毫无实际证据支持。

7月

8日，当时号称"网络第一写手"的血红宣布加盟17K文学网，发布《逆龙道》，当天从中午12点开始以每小时更新万字的速度狂发10万字。次日，2005年起点中文网最热门小说《邪神传说》的作者云天空宣布加盟17K，发布《混也是一种生活》，同样从中午12点开始以每小时更新万字的速度发布10万字。除了挖来众多大神级作者，17K还在几个流量最大的盗版文学网站打广告，月底日流量即超过百万。7月4日，云天空提出起点中文网职业作家协议内容显失公平，要求修改侵犯其合法权益的相关条款，未获起点答复。

10日，起点中文网推出白金作家计划，进一步完善职业作家体系，给予顶级作家特殊待遇，以"高薪养大神"来应对17K的挑战。白金作家签约的基本要求有两个：至少有一本完结书，至少有一本书最高单章订阅数在1万以上。2006年7月，第一批白金作家诞生：众生、唐家三少、跳舞、鹅考。8月，先后推出第二、三批白金作家。其中第二批为：黯然销魂、流浪的蛤蟆、断刃天涯、撒冷。第三批为：任怨、傲无常、梦入神机、Absolut（格子里的夜晚）、天上人间。共计13人。被17K挖走的顶尖作家的空缺迅速被新兴大神填补。此后，起点更加注重对中层和底层写手的培养，建立起雄厚有序的作者梯队，其霸主地位并未动摇。

20日，流浪的军刀在17K文学网连载《笑论兵戈》，后更名为《愤怒的子弹》。这部最早的特种兵题材网文是网络军事小说的代表作。同日，业余狙击手在铁血网连载抗战小说《特战先驱》，后被改编为电视剧《雪豹》(2010)。

南派三叔《盗墓笔记》在起点中文网连载，是盗墓小说中影响力最强的作品之一。该文最早发布在《鬼吹灯》等百度贴吧区，本具一定同人小说色彩，后又引发大量"女性向"同人创作，是第一个形成稳定同人圈的国产作品。

8月

23日,天火动漫主页推出文学频道,发布漫画同名小说、热门轻小说和网络小说,是SF轻小说的前身。11月6日,论坛开设"热门轻小说专区",分享日本热门轻小说资源,并鼓励成员原创轻小说。

10月

17、26日,流潋紫《后宫·甄嬛传》连续被投诉涉嫌抄袭。27日,晋江论坛公布《正式处理公告》,判定《后宫·甄嬛传》中30多处情节、语句、描写与其他小说雷同。流潋紫表示愿意修改涉及情景描写雷同的部分,但认为相对于整部近40万字的作品,雷同部分比例很小,不构成抄袭。事后,流潋紫离开晋江,转至新浪博客。由于此类抄袭事件在法律上以及晋江管理方皆尚无明文可依,晋江决定修订注册条款,增添抄袭判定标准:"在晋江原创网,若两篇文章雷同文字超过20处但占据全文比例不超过10%,其文字在网络出现时间较晚者,以借鉴过度论处。在管理层通知时限内不作修改,以抄袭论处。"晋江的抄袭判定标准,后来成为"女性向"圈内较为通行的标准。

11月

月关在起点中文网连载《回到明朝当王爷》,此为历史穿越小说的代表作之一。

12月

20日,新浪读书频道和逐浪网主办的"第四届原创文学大赛"启动,笔名北洋鼠的作家晓峰以《朱雀记》获玄幻类金奖,他在创作下一部大火文《庆余年》时改笔名为猫腻。新浪原创文学大赛是延续时间最长的网络文学大赛,2003—2011年,连续举办了7届。参赛作品数以万计,获奖作品上百部,最具代表性的是《驻京办主任》(王晓方,作家出版社2007年出版)。

29日,全国人大常委会通过了关于我国加入世界知识产权组织的两个"互联网条约"——《世界知识产权组织版权条约》(WCT)和《世界知识产权组织表演和录音制品条约》(WPPT)的决定。2007年6月9日起在中国生效。这两个条约是世界上最早对数字技术条件下,尤其是网络环境中的作品、表演和录音制品的版权保护问题进行规范的国际条约,因而被称为"互联网条约"。"互联网条约"将《伯尔尼公约》及《罗马公约》确立的传统著作权及邻接权保护原则延伸至数字环境下,规定了包括网络传播权在内的"向公众传播权"。

不老歌博客（http://bulaoge.net）创立，以其较强的私密性和较高的自由度，成为同人圈写手的一大重镇。

潇湘书院删除全部扫校小说，专注原创内容。至年底，网站原创作品超过2万部，签约作者超过1000名。

下半年，红袖开始尝试VIP付费阅读制度，是女频文学网站中最早实行这一制度的网站。

《魔兽争霸Ⅲ》中的一张玩家自制RPG地图《DOTA》（Defense of the Ancients）①，经过不断更新与调整，逐渐成为一款众多玩家喜爱的多人在线竞技游戏。2013年，《DOTA》的正式续作《DOTA 2》发布。《DOTA》系列作为初期大型多人在线竞技游戏的象征，加上后期电子竞技赛事的蓬勃发展，催生了《DOTA传奇教父》《魔兽多塔之异世风云》《我是中国DOTA的希望》《Evernight》《DOTA2之电竞之王》等一系列电竞文的产生与发展。

中国互联网络信息中心发布第19次《中国互联网络发展状况统计报告》：截至2006年12月31日，共有上网计算机5940万台，上网用户1.37亿。

本年

PC网站时代的网络文学开始进入繁荣期。在收费制度、支付渠道、作品推荐机制逐步成熟后，资本开始大规模进入网络文学领域，中文在线扶持的17K一度也对加入盛大旗下的起点中文网造成挑战。或许也是时运汇聚，众多在网文圈举足轻重的作家都在2006年前后登场。就起点中文网而言，猫腻、梦入神机、我吃西红柿、辰东、月关等白金大神多在此时出道或成名，这些作者至今仍是网络文学的代表人物。而天下霸唱、南派三叔和当年明月这三位在出版领域最具影响力的网络作家也都在本年开始发表作品并一举成名。在制度建设初具成果后，中国网络文学开始走进了内容收获期。

---

① 《DOTA》的制作开发得力于多位玩家的共同努力。玩家Eul最初制作了自定义地图《RoC DOTA》，彼时游戏玩法还较为简单；Eul退出制作后，Guinsoo整合了多个英雄，极大地丰富了游戏内容，DOTA Allstars诞生；随后IceFrog、Neichus对游戏进行了大量的更新；Neichus退出该项目后，IceFrog则作为最著名的制作人负责对游戏进行测试、修正与更新。由于并非独立游戏，《DOTA》在后期面临一系列困境，推动了IceFrog联合Valve公司进行《DOTA2》的研发。

以起点中文网为代表的男频网站凭借 VIP 付费阅读制度，网站流量、收入节节攀升，女频网站也开始找寻商业化收费路径。红袖添香率先引入 VIP 付费阅读制度，四月天原创网瞄准女频网络小说的实体出版市场。以"女性向"爱好者自居的晋江管理层，仍然坚持"为爱发电"，继"穿越"之后，晋江的古风言情类型继续发展，衍生出"宫斗""宅斗"等热门类型。经历了《后宫·甄嬛传》的抄袭争议事件，以晋江为核心的"女性向"圈子初步确立起判断网文"抄袭"与否的界定标准。对"抄袭"的低容忍态度，也是"女性向"社区与"男性向"及其他女频网站相区分的鲜明特征。

年度代表作品有：《鬼吹灯》（天下霸唱，天涯论坛）、《明朝那些事儿》（当年明月，天涯论坛）、《盗墓笔记》（南派三叔，鬼吹灯吧/起点中文网）、《回到明朝当王爷》（月关，起点中文网）、《1911 新中华》（天使奥斯卡，起点中文网）、《兽血沸腾》（静官，起点中文网）、《佛本是道》（梦入神机，起点中文网）、《神墓》（辰东，起点中文网）、《流氓高手》（无罪，起点中文网）、《神游》（徐公子胜治，起点中文网）、《蜀山》（流浪的蛤蟆，起点中文网）、《弹痕》（纷舞妖姬，起点中文网）、《尘缘》（烟雨江南，17K 文学网）、《笑论兵戈》（又名《愤怒的子弹》，流浪的军刀，17K 文学网）、《幽冥仙途》（减肥专家，鲜网）、《木槿花西月锦绣》（海飘雪，晋江原创网）、《后宫·甄嬛传》（流潋紫，晋江原创网/新浪博客）、《绾青丝》（波波，起点女生频道）、《鸾：我的前半生 我的后半生》（天夕，晋江原创网）、《琅琊榜》（海宴，晋江原创网/起点女生频道）、《佳期如梦》（匪我思存，晋江原创网）、《翻译官》（缪娟，晋江原创网）、《花容天下》（天籁纸鸢，晋江原创网）、《不疯魔不成活》（微笑的猫，晋江原创网）、《晨曦》（周而复始，晋江原创网）。

2007 年

1 月

磨铁图书策划陆续出版南派三叔《盗墓笔记》（中国友谊出版公司），至 2011 年推出大结局时，全 8 册累计销售量逾千万册。2008 年 4 月，磨铁融资 5000 万元人民币，成立北京磨铁图书有限公司，为国内首家完成大规模融资的民营图书公司。

12 日，《出版参考》杂志和幻剑书盟等文学网站联合举办的首届"网络原创作品出版操作实务研修班"在京召开，活动主题为"促进畅销书出版"。同时，2006 年中国畅销书排行榜（虚构类）显示，网络文学作品出版占至少三分之一文学图书市场份额。

2 月

5 日，17K 正式推出 VIP 付费阅读制度。此时，日点击量在巅峰时已超过 700 万，约为起点的三分之一。在 VIP 制度实行后，因技术能力不足，网站程序无法支撑更加复杂的付费服务，页面频频崩溃，耗费了一年多才解决程序问题。其间，网站页面经常无法登录，读者大量流失，投资人不愿意继续追加投入，导致 17K 资金链断裂，无法准时按照合约发放作者稿酬。

27 日，轻之国度论坛成立，创始人肥王（本名林文勇）。论坛最先成立录入组，发布手打的日本轻小说资源，后陆续成立日翻组、文学组、杂志组、测评组等。8 月 4 日，肥王在论坛发布《关于"发布轻小说就是盗版"的一些辩解》，从国内引进轻小说的阻碍、消费者购买力与盗版行业规则切入，讨论爱好者发布免费资源的合理性。直到 2015 年，轻之国度都是中国大陆最大的日本轻小说交流论坛、资源分享平台。

"花雨"为打击言情小说盗版，发起"言情网络联盟"。自 2000 年起，主打言情小说出版的"花雨"引进了大量台湾言情小说的版权，但由于版权意识的时代局限性与大陆原创内容的极度匮乏，当时扫校港台小说电子书、上传到网站供用户阅读传播是极为常见的做法。到 2007 年，"花雨"将实体出版销量下降归咎为盗版，开始向众多扫校过其作品的网站（包括四月天和晋江）发出联盟邀请，加入联盟的网站可在作品出版 5 个月后免费转载，且"花雨"将拥有优先出版联盟网站热门作品的权利。四月天同意加入，晋江拒绝。同年 4 月，"花雨"声称将状告晋江文学城扫校书籍涉嫌盗版侵权，并向晋江索赔，称晋江文学城扫校了其 3000 本书，每本书索赔 2000 元，共 600 万元。受此影响，晋江立即关闭了扫校电子书的晋江文学城和涉及实体出版的小魔女书店，核心页面只余晋江原创网和晋江论坛。4 月 25 日，iceheart 在晋江论坛发表《致歉信》，向晋江用户致歉，宣布晋江文学城面临关站危机。这一事件最终不了了之，据网络传言，"花雨"与作者签订的版权协议中并不包括网络著作权。不过，"花雨"事件是晋江后来接受投资的重要原因之一。

3 月

7 日，中国互联网络信息中心正式启动"国家域名腾飞行动"，从 3 月 7 日至 5 月 31 日，新注册 .CN 域名的公司和个人第一年注册价格仅需 1 元。

同年 12 月 25 日，中国互联网络信息中心发布公告称".CN"域名 1 元体验将延期至 2008 年。

4 月

2 日，首个针对网络作家的专业培训项目"网络作家高级研修班"开班，由起点中文网和上海社会科学院联合举办，唐家三少等 39 名网络作家参加。

4 日，辛夷坞在晋江原创网连载《致我们终将腐朽的青春》，2013 年改编为电影《致我们终将逝去的青春》。16 日，九夜茴在晋江原创网连载《匆匆那年——80 后情感实录》，2015 年改编为电影《匆匆那年》。这两部作品是晋江"青春校园"言情类型的代表作。

5 日，由完美时空根据同名小说改编的网络游戏《诛仙》正式发行。这次成功的版权改编直接引发了完美时空对网络小说的关注，后来投资建立纵横中文网。作为极少数成功进行网文 IP 改编的作品，该系列游戏影响较大，迭代与衍生作品众多。①

6 日，zhttty 在起点中文网连载《无限恐怖》，开创了网络文学的重要流派"无限流"。

20 日起，据称是起点中文网编辑部教材的《新人成神之路》（也作《写手成神之路》）开始流传②。该作分为"王道篇"和"诡道篇"两个部分，"王道篇"谈写作的目标、题材选择、角色设定、情节展开、作品思想内涵、语言表达等写作问题，"诡道篇"谈更新技巧、上榜技巧、作品包装技巧、广告宣传技巧、作者交流、读者交流、情色描写注意点等作品外的营销、促销、公关等问题。《新人成神之路》被不少网络作者奉为"宝典"。该书的出现，也意味着网络文学的职业化、专业化程度的加强。据称，《新人成神之路》由杨晨主持编写，杨晨网名 314，网络文学资深编辑，早年是起点中文网签约作家，代表作《梦回九七》。后加入起点中文网编辑团队，在一线编辑岗位工作期间，曾发掘《鬼吹灯》等人气作品。他先后担任起点文学网总编、创世中文网总编、起点中文网总编、阅文集团总经理。

---

① 该系列游戏后续分别推出《诛仙 2》《诛仙 3》《诛仙世界》等。2016 年，推出同名改编手机游戏《诛仙手游》，并有仿《梦幻西游》的《梦幻诛仙》《梦幻新诛仙》等手游变体。

② 当前有据可查的最早发布该作的地方是起点中文网编辑 TZG 的 QQ 空间。该作在流传时的名字常被当作《写手成神之路》。

2014年7月3日,杨晨的微信公众号"杨晨说网文"上线,主要内容涵盖了网络文学创作、评论等。其中,创作指导部分与《新人成神之路》有重合之处。

5月

1日,猫腻开始在起点中文网连载《庆余年》,它后来被起点高层誉为一部不可多得的作品,是2008年度最受欢迎的网络小说。2008年7月,《庆余年》由中国友谊出版公司出版。2019年11月,改编为同名电视剧,12月由人民文学出版社推出修订版。

6月

AcFun(Anime Comic Fun,简称A站)视频网站成立。AcFun模仿日本视频分享网站NICONICO做出"弹幕式播放器",成为中国最早的弹幕视频网站。

7月

1日,起点中文网正式推出作家福利体系,提出作家奖励计划、作家支持计划和作家保障计划。奖励计划包括完本奖励、月票奖励和出版奖励;支持计划包括买断、雏鹰展翅、签约金和文以载道;保障计划包括作家年金、开拓保障和作家星级。其中,最重要的是雏鹰展翅计划,即后来俗称的"起点低保",规定在起点签约上架的作品,从第二个月开始若收入低于1200元,可获得持续4个月的最低1200元、最高1500元的创作保障金。

12日,潇湘书院实行VIP付费阅读制度,每千字读者付费3分,作者分成2分。作者申请签约的字数门槛为2万字,出版代理费用为20%。

红袖添香推出"红袖作家成功计划",为吸引作家加入VIP签约提供优惠条款。同年10月,开通手机充值VIP方式。年内,红袖VIP区作品数量大幅提升。

8月

1日,新闻出版总署和全国"扫黄打非"办联合发布《关于严厉查处网络淫秽色情小说的紧急通知》[①]。14日,两部门宣布已有348家刊载淫秽色情小说的网站被查,或关或罚。通知还附录了《四十部淫秽色情网络

---

① 发布日期:2007年8月29日,中央政府网转发新闻出版总署网站信息,原网页已不可见。网址:http://www.gov.cn/govweb/zwgk/2007-08/29/content_730615.htm,查询日期:2022年7月20日。

小说名单》和《登载淫秽色情小说的境内网站名单》，要求各地按照"谁主管，谁负责"的原则自行删除。29 日，中国新闻网公布了《四十部淫秽色情网络小说名单》。

9 日，腾讯宣布，QQ 同时在线人数突破 3000 万。截至 2007 年 6 月，QQ 用户数已经覆盖了全国网民近 90%，总活跃账户数超过 2.7 亿。

24 日，中国"扫黄打非"网公布"全国首例网络文学作品侵权刑事案件——云霄阁网侵犯著作权案"的具体情况。云宵阁网系 2004 年 1 月建立，作品主要从起点中文网、幻剑书盟、91 文学网和爬爬 e 站等文学网站自动搜索、批量采集，并通过有偿广告获取经济利益。云霄阁先后刊载文学作品近 9000 部，有的作品刊载一段时间后被自行移除，至案发时，尚有在线作品 5334 部，访问量曾一度高居中文网站第二，案发前仍居中文文学类网站第七，是日访问量达 20 多万用户、200 多万人次的网站。

四月天原创网推出 VIP 制度，在借鉴起点 VIP 模式之外，结合自身以出版为导向的特点，采用了作品买断制：一次性预付作者单部作品的稿酬，读者按章节进行 VIP 订阅。

9 月

8 日，《2007 年中国农村互联网调查报告》发布，这是中国互联网络信息中心首次就农村互联网发展状况进行调查并发出报告。截至 2007 年 6 月，我国农村网民规模超过 3700 万人，农村互联网普及率为 5.1%；而同期我国城镇互联网普及率为 21.6%。调查报告指出农村网民的特征为男性、年轻化、低学历。

19 日，小说《浮沉》第一部（作者 ID 京城洛神，本名崔曼丽）在天涯论坛舞文弄墨版连载，2008 年由博集天卷出版公司推出（陕西师范大学出版社出版），与此前推出的《杜拉拉升职记》（李可，陕西师范大学出版社，2007）共同掀起了女性职场小说热。两部小说后被改编为影视剧，将女性职场题材热扩展到了影视领域。

22 日，新闻出版总署发布了第二批被禁小说名单。[①] 截至 2014 年 4 月

[①] 除此前已发布的 15 部涉及严重政治问题的网络长篇小说名单，还有《龙战士传说》《狡猾的风水师》《金鳞岂是池中物》《天生我材必有用》《风流花少》《江山如此多娇》《汉风》《艳遇编年史》《猎艳江湖梦》《金赢传》《鹰翔长空》《鹰狼传》《巨轮》《成仁记》《克里斯蒂安战记》《圣女传说》《游龙传》《大丑风流记》《共和之辉》《我是大魔鬼》《红旗飘飘》《红楼遗秘》《荒唐传说》。

17日，新闻出版总署共陆续发布了九批被禁小说名单，后续还对部分名单进行了增补。

25日，红袖添香联合听网推出"听网-红袖版"，用户可通过手机收听红袖小说的有声书版本。红袖是最早开始开拓有声书改编市场的文学网站。

10月

新浪博客开始商业化，小范围实行测试广告计划，在受邀参与计划的博主的博客界面嵌入广告，广告收入"根据广告被显示的次数计算金额"，新浪和博主五五分成。

11月

1日，上海巨人网络科技有限公司在美国纽约证券交易所挂牌，是首家在纽交所上市的中国网络公司，并成为当时中国市值最高的网络游戏企业。

7日，优酷网推出了视频上传利器"超G上传"，首次实现了1GB视频的顺利上传，打破行业常规的200MB限制。网民在线观看视频的体验得到提升。随着网速的提升，网络视频日益成为与网络文学争夺用户的主要竞争对手之一。

15日，为缓解全球经济危机导致的电子产品外销订单急速衰退，扩大内需，财政部发布《关于家电下乡试点工作的通知》，在山东、河南、四川三省实施家电下乡试点工作，对农民购买家电产品给予补贴。首批家电下乡的产品有彩电、冰箱和手机。2008年11月28日，财政部、商务部、工业和信息化部发布《关于全国推广家电下乡工作的通知》，将"家电下乡"推广至全国。此阶段推广的手机并非智能机，但可以通过服务商提供的内容阅读网络文学，"家电下乡"客观上带来了"网文下乡"。

晋江原创网接受盛大公司投资，出售50%股权。投资方不控股，不参与网站管理，晋江仍拥有自主管理权。此后，无论是置身于盛大文学还是阅文集团，晋江始终保持着网站管理的独立性，而其他被投资控股的女频网站则被整合到"女频内容"的平台布局当中，逐渐失去网站的独立性和风格特色。

12月

中国互联网络信息中心发布第21次《中国互联网络发展状况统计报告》：截至2007年12月，网民数增长迅速，平均每天增加网民20万人，一年增加了 7300 万人，年增长率达到 53.3%。新增网民人群中，18 岁以下的网民增长较快，原因之一是中小学学校的互联网接入比例在增加。互联网呈现向各年龄阶层扩散的趋势；互联网逐步向低学历人群渗透，初中及以下受教育程度的网民增长较快，大专及以上网民比例已经从 1999 年的 86% 降至目前的 36.2%；低收入人群开始越来越多地接受互联网。

本年

17K 文学网建立的挑战，加速了起点中文网作家福利体系的推出。福利体系中的月票奖励、完本奖励、作家星级和雏鹰展翅计划很快成为网络文学作家培养的核心制度，至今仍在不断完善并一直发挥着重要作用。其中，月票奖励推动月票制度成为网络文学内部最重要的评价标准，完本奖励让读者最为诟病的"太监"（即小说未能完结）问题得到缓解，作家星级标识出一大批有代表性的大神作家，雏鹰展翅计划保障了新人作者源源不断地涌现。作家培养和扶持体系的建成标志着中国网络文学生产机制的基本定型，也意味着中国网络文学的"起点模式"初步形成。

随着网络文学 VIP 付费阅读制度的常态化，女频网文收费虽相对滞后，却势在必行。潇湘书院、四月天原创网均引入 VIP 付费制度，"负隅顽抗"的晋江在遭受了花雨事件的致命打击后，于生死存亡之际，最终选择接受盛大投资，但保留独立管理权。至此，女频全面进入付费阅读时代。这一阶段，古风、大历史、虐仍是整个女频网络文学的创作基调。

年度代表作品有：《庆余年》（猫腻，起点中文网）、《星辰变》（我吃西红柿，起点中文网）、《无限恐怖》（zhttty，起点中文网）、《冒牌大英雄》（七十二编，起点中文网）、《隐杀》（愤怒的香蕉，起点中文网）、《窃明》（大爆炸，起点中文网）、《恶魔法则》（跳舞，起点中文网）、《极品家丁》（禹岩，起点中文网）、《师士传说》（方想，起点中文网）、《猛兽记》（知秋，起点中文网）、《时光之心》（格子里的夜晚，起点中文网）、《蹉跎》（随风飘摇，起点中文网）、《家园》（酒徒，17K 文学网）、《七界传说》（心梦无痕，幻剑书盟）、《东北往事之黑道风云二十年》（孔二狗，天涯社区）、《浮沉》（崔曼莉/京城洛神，天涯社区）、《杜拉拉升职记》（李可，和讯博客）、《致我们终将腐朽的青春》（辛夷坞，晋江原创网）、《皇后策》（谈天音，晋江原创网）、《蔓蔓青萝》（桩桩，晋江原创网）、《午门囧事》（影照，晋江原创网）、《不负如来不负卿》（小春，晋江原创网）、《温暖的弦》（安宁，晋江原创网)、《桃花债》(大风刮过,晋江原创网)。

2008 年

1 月

8 日,晋江原创网实行 VIP 付费阅读制度,晋江进入商业化的新阶段。

29 日,龙的天空发布《龙的天空停止书库服务公告》,宣布关闭免费书库服务,停止原创业务,只保留论坛部分。至今,龙空论坛仍是网络文学最重要的交流社区和评论基地之一。

小桥老树在起点中文网连载《官路风流》,实体书改名为《侯卫东官场笔记》(凤凰出版社,2010),销量超过 500 万册。本年,官场小说开始成为最流行的网文类型之一。

起点中文网推出 WAP 站,并成为十大移动网站之一。起点女频包月用户突破 2 万。

2 月

中央电视台社会与法频道在《第一线》栏目播出纪录片《战网瘾》,随后又推出 7 集续篇《战网魔》,讲述了临沂市网络成瘾戒治中心主任杨永信治疗"网瘾患者"的故事。次年 7 月 13 日,由于安全性、有效性尚不确切,杨永信采用的电刺激治疗被卫生部叫停。

3 月

开心网建立,为国内第一家以办公室白领用户群体为主的社交网站,以网页社交游戏《开心农场》(又名"偷菜")获得极高的知名度。截至 2010 年 8 月,开心网注册用户达到 8600 万,平均每月超过 5000 万活跃用户登录、每周页面被访问超过 80 亿次。

5 月

9 日,唐七公子在晋江原创网连载《三生三世十里桃花》,这是此时期"古风言情文"的代表作。作品发布后,立即有读者指出其有抄袭或过度借鉴大风刮过《桃花债》、公子欢喜《思凡》等文的嫌疑(唐七早期曾承认致敬大风刮过,后否认),这一争议旷日持久,2017 年同名电视剧播出时再次被重提,但始终未有定论,是女性读者圈最轰动的抄袭公案之一。

6 月

15 日,weid 的《网上阅读 10 年事(1998—2008)》发布于龙的天空论坛。weid(本名段伟)是资深网络文学行业从业者、龙的天空创始人之一,曾任纵横中文网副总经理。《网上阅读10年事（1998—2008）》是一篇极具个人风格的网文史，weid深情回顾了自己的阅读经历以及他所参与、见证的网络文学行业的发展历程。

19日，由腾讯游戏代理的韩国2D横版格斗网络游戏《地下城与勇士》（Dungeon & Fighter，简称DNF）[①]上线。一经公测，该游戏迅速风靡全国，并长期活跃于中国网络游戏市场中。《地下城与勇士》在游戏表现、机制设定等众多方面影响了后续的一系列游戏及文学作品，其中包括现象级网文《全职高手》[②]。

30日，我国网民总人数达到2.53亿，跃居世界第一。

7月

14日，盛大文学有限公司成立，侯小强任CEO，吴文辉任总裁。此时，盛大文学旗下有起点中文网、晋江原创网（50%股权）和红袖添香（71%股权）三个各具代表性的文学网站，中国网络文学开始走上集团化发展的轨道。此后，盛大文学继续展开一系列并购行动。2009年，收购聚石文华、中智博文、华文天下（51%股权）、榕树下（51%股权）。2010年，收购潇湘书院（70%股权）、小说阅读网（55%股权）、天方听书网（60%股权）、悦读网（53.5%股权）。并购后的盛大文学被称为"网络文学的航空母舰"，中国网络文学开启了"盛大时代"。

31日，鱼人二代在起点中文网连载《很纯很暧昧》。此文于中国移动手机阅读基地兴起后在移动端获得了极佳的成绩，是"无线文"的代表作。

8月

30日，顾漫在晋江原创网连载《微微一笑很倾城》（2009年11月完结），开启言情"网游文"的先河。2016年该作分别被改编为同名电影、电视剧。

[①] 《地下城与勇士》由韩国Neople开发，2005年于韩国发布，2008年中国大陆地区由腾讯代理上线。该游戏存在诸如鬼剑士、格斗家、神枪手、圣职者等众多职业划分，每一职业又存在多个进阶方向与多次进阶机会，细分职业多达上百种。

[②] 《全职高手》中存在法师系、剑士系、枪手系、格斗系、圣职系等多种职业划分，与《地下城与勇士》的职业类别大致相同。《全职高手》中的具体职业则直接取自《地下城与勇士》的大量进阶职业。以枪手系职业为例，《全职高手》中枪手系的4种职业包含"神枪手""弹药专家""枪炮师""机械师"。"神枪手"对应着《地下城与勇士》"神枪手"这一基础职业，其余3种职业则分别对应着《地下城与勇士》中神枪手职业的多个进阶方向，称谓一致。

9月

完美世界投资的纵横中文网（www.zongheng.com）成立。纵横虽然基本参照起点模式建立，大神作家也多来自起点，但一直保持着挑战起点的势头，多年来一直是起点最有实力的竞争对手，凝聚了一批写"特色文"的大神作家。在起点多年一家独大（无论在盛大时代还是阅文时代）的总体格局下，其存在为中国网络文学保持多元生态发挥了宝贵作用。年末，完美时空收购《九州幻想》和《九州志》团队，江南、今何在进入纵横中文网担任副总经理。

8日，掌阅科技创立。最初，公司仅有4人，分别为程序员成湘均、王良、刘伟平，以及负责市场的张凌云。创始人团队的角色构成奠定了掌阅的科技基因。在发展过程中，软件开发一直是掌阅科技的核心。

9日，盛大文学举办"30省作协主席小说擂台赛"。刘庆邦、蒋子龙等30位在省作协担任主席、副主席的作家开始在起点中文网连载长篇小说。主办方根据读者点击量和评委的评审开展评奖，冠军得主将获得人民币10万元奖金。2009年9月，"巡展"结束。吉林省作协主席张笑天凭《沉沦与觉醒》获得一等奖，点击量240多万。当时起点中文网点击排行榜前50的网络小说，点击量至少千万。

鲜网参照起点中文网的付费阅读制度推出新VIP制度，开始按字数而非章节收费，每千字的价格为0.2新台币。然而，囿于出版作品不能在网络连载结局的规定，读者依然倾向线下购买实体书而非线上付费阅读。VIP订阅收入仍非鲜网作者主要收入来源。

10月

中国移动手机阅读基地落户浙江杭州，开始和文学网站合作。当时移动终端发展极快，智能手机逐渐面世，手机阅读被视为"3G应用中最具备'规模性'与'变现性'的新业务"。同期，文学网站纷纷推出WAP站点。

29日，"网络文学十年盘点暨首届网文（2008）年度点评"活动开幕。该活动由中国作家协会指导，17K与《长篇小说选刊》联手承办，是国家级作协组织与文学网站共同举办的第一次重大活动，被认为是网络文学进入"主流化"进程的标志性事件。作协系统具体负责推动此活动的马季（《长篇小说选刊》编辑部主任）也是一位较早进入网络文学研究的专家，著有《读屏时代时代的写作——网络文学10年史》（中国工人出版社，2008）。2009年06月25日，"网络文学十年盘点"评出十佳优秀作品：《此间的少年》

《成都,今夜请将我遗忘》《新宋》《窃明》《韦帅望的江湖》《尘缘》《家园》《紫川》《无家》《脸谱》;十佳人气作品:《尘缘》《紫川》《韦帅望的江湖》《亵渎》《都市妖奇谈》《回到明朝当王爷》《家园》《巫颂》《悟空传》《高手寂寞》。获奖的月关、晴川等网络作家被中国作协纳入当年的会员发展名单。

12月

14日,唐家三少在起点中文网连载《斗罗大陆》。《斗罗大陆》后成为中国网络文学最为成功的IP之一,在图书出版、漫画动画和游戏影视方面都有所成就,特别是在出版和动画领域创造了巨大的市场价值和社会影响。

下半年,天窗联盟建立。定位为"自助式同人志搜索引擎",供作者发布同人本的基本信息及其贩售信息。此前,同人圈制作同人本发售或免费发放给同好的活动已初具规模,但相关信息散见于各处。天窗联盟成立后,作品信息有了集中公布的平台。

年中,晋江推出定制印刷业务。晋江定制是晋江作为商业网站发行的"印刷品"而非"出版物",本质上仍属于同人志范畴。2016年后业务停止。

中国互联网络信息中心发布第23次《中国互联网络发展状况统计报告》:截至2008年12月31日,网民规模达到2.98亿人,普及率达到22.6%,超过全球平均水平;网民规模较2007年增长8800万人,年增长率为41.9%。中国网民规模依然保持快速增长之势。

本年

中国网络文学开始集团化和主流化。盛大文学成立,旗下先后汇聚起点中文网和晋江原创网两个核心网站,以及红袖添香、潇湘书院、小说阅读网、榕树下等重要网站,中国网络文学的发展被资本带入了集团化时代。"30省作协主席小说擂台赛"(盛大文学举办)、"网络文学十年盘点暨首届网文(2008)年度点评"(中国作协指导,17K与《长篇小说选刊》联手承办)等影响巨大的活动,开启了中国网络文学的主流化进程。同时,龙的天空关闭书库服务,17K发展不顺,盛大文学的垄断地位彻底建立,中国网络文学也迎来了一个"盛大时代"。

晋江注册用户从46万增长至225万,这一将近5倍增长的汹涌势头,可能直接受到VIP制度推行的影响:在VIP制度推行之前,晋江读者不必注册就可直接阅读、评论,而VIP制度实施后,用户必须注册才能购买VIP章节。此外,晋江早在2007年就已在无线3G门户网站(3g.cn)开通专区(3g.jjwxc.net),本年进一步与手机无线阅读平台合作,包括移动、联通、电信建设的手机阅读基地,次年WAP站上线,并开始接入诺基亚、三星等手机终端,也为用户的迅速增长提供了助力。盛大文学的成立、VIP收费的商业化转型、移动阅读的接入、用户的急剧增长,并未立竿见影地对晋江的"女性向"内容创作造成直接影响,但新一代的作者读者群体已经逐渐扎根,稳步成长,蓄势待发。在接下来的一年中,晋江最具影响力的一批大神作者陆续登上创作舞台。

年度代表作品有:《斗罗大陆》(唐家三少,起点中文网)、《凡人修仙传》(忘语,起点中文网)、《人道天堂》(荆轲守,起点中文网)、《很纯很暧昧》(鱼人二代,起点中文网)、《龙蛇演义》(梦入神机,起点中文网)、《盘龙》(我吃西红柿,起点中文网)、《重生之官道》(录事参军,起点中文网)、《重生之官路商途》(更俗,起点中文网)、《官路风流》(小桥老树,起点中文网)、《卡徒》(方想,起点中文网)、《灵山》(徐公子胜治,起点中文网)、《篡清》(天使奥斯卡,起点中文网)、《重生于康熙末年》(雁九,起点中文网)、《史上第一混乱》(张小花,起点中文网)、《王牌进化》(卷土,起点中文网)、《蚁贼》(赵子曰,纵横中文网)、《巫颂》(血红,17K文学网)、《藏地密码》(何马,新浪读书)、《微微一笑很倾城》(顾漫,晋江原创网)、《仙侠奇缘之花千骨》(Fresh果果,晋江原创网)、《三生三世十里桃花》(唐七公子/唐七,晋江原创网)、《凤囚凰》(天衣有风,起点女生频道)、《平凡的清穿日子》(Loeva,起点女生频道)、《红楼遗梦》(冬雪晚晴,起点女生频道)、《琉璃美人煞》(十四郎,起点女生频道)、《月上重火》(天籁纸鸢,晋江原创网)、《沥川往事》(施定柔,晋江原创网/起点女生网)、《麒麟》(桔子树,晋江原创网)、《SCI谜案集》(耳雅,晋江原创网)、《残酷罗曼史》(尼罗,晋江原创网)、《第十年》(郑二,晋江论坛)。

2009年

1月

1日,起点中文网推出粉丝值系统,通过设立排行榜来提升读者荣誉度,激发读者的参与积极性和消费意愿,成为第一批大规模使用粉丝互动道具的网站之一。

7日,工信部为中国移动、中国电信和中国联通发放3G牌照,移动互联网速度大幅提高。2009年被称为"中国3G元年",中国正式进入第三代移动通信时代,为网络文学的移动时代的到来奠定了技术基础。

2月

5日,《恶魔之魂》发售。其与随后几年发售的《黑暗之魂》[①]系列、《血源诅咒》、《只狼：影逝二度》、《艾尔登法环》等游戏共称为"魂类游戏"（或"魂系游戏"）[②]。这类游戏设定与克苏鲁文化结合，成为世界观构建的基本设定融入网文创作中，影响了《诡秘之主》《燃钢之魂》《神秘复苏》《道诡异仙》等作品。

14日，黑塔利亚同人合志《万红至理》发售，CP"露中"即"俄罗斯×中国"。在黑塔利亚的王耀（即"中国"）相关CP中"露中"是最活跃的，《万红至理》汇集了"露中"同人最具影响力的代表作。

3月

13日，长着翅膀的大灰狼在晋江原创网连载《盛开》。长着翅膀的大灰狼是"霸道总裁文"代表作家之一，以亲密描写见长。

26日，由盛大文学主办的"首届全球华语原创文学大展（SO大展）"在北京大学百年讲堂拉开帷幕，众多主流文学界作家、评论家出席开幕式。盛大文学高调宣称将为SO大展斥资千万。此项活动的策划者夏烈（时任盛大文学研究所执行所长，后任杭州师范大学教授、浙江省网络作家学会常务副主席），是最早介入网络文学业界、推动产学研一体化的网络文学研究专家。

4月

1日，小说阅读网实行VIP付费阅读制度。截至同年8月已有1800万用户，日访问量近5000万，是当时用户规模最大的女频言情小说网站。

15日，国务院颁布《电子信息产业调整和振兴规划（2009—2011）》，提出"加快第三代移动通信网络建设""落实扩大内需"（推进农村信息化建设）等措施。

27日，猫腻在起点中文网连载《间客》。自《朱雀记》《庆余年》以来，猫腻逐渐在网文圈中赢得"最文青作家"称号。2011年1月，在2010年

[①] 《黑暗之魂》（*Demon's Souls*）是由From Software开发、宫崎英高担任制作人的动作角色扮演游戏，以较为别致的美术风格、充满挑战性的对战与解谜设计闻名。

[②] 魂类游戏，又称魂系游戏，指的是具备一定深度的故事情节、较高的通关难度、精美细致的画面表现（通常以黑色为主基调）的游戏。这一类别游戏通常与克苏鲁文化相结合，表现为巨大的怪物设计、渲染惊悚与恐怖氛围的画面与音效表现等。近年来，魂类游戏获奖颇丰，在玩家群体中亦有良好口碑。

首届"起点中文网金键盘奖"评选中,《间客》以 97882 推荐票击败高人气的《凡人修仙传》(69840)、《斗破苍穹》(18689),获 2010 年起点"年度作品"。该奖项主要靠粉丝投票得出,被称为"文青的逆袭"。同时,猫腻也获得学院派批评家青睐;2013 年 3 月,《间客》获由浙江省作协等单位主办的"西湖·类型文学双年奖"银奖;2018 年 3 月,入选中国作协等单位组织评选的"中国网络文学 20 年 20 部作品",位列榜首。

5 月

中国当代文学研究会副会长、著名文学评论家白烨在其主编的《中国文情报告(2008—2009)》(社会科学文献出版社,2009)中称:新世纪以来的文学格局,由整一的体制化文学分化为传统文学、市场文学、新媒体文学。2008 年以来,这一"三分天下"的格局基本成型并且日益巩固。这一判断在主流文学界产生很大影响。

27 日,"豆瓣评分"上线,包括书、影、音三个不同版块。其中,豆瓣电影的评分系统最具影响力。

月底,直播帖《小说,或是指南(失恋 33 天)》(大丽花,本名鲍鲸鲸)在豆瓣小组连载,成为当年豆瓣热度最高的帖子之一,后整理成小说《失恋 33 天:小说,或是指南》(中信出版社,2010),并改编为电影《失恋 33 天》(2011)。千姿百态的趣缘群体"豆瓣小组"极具流行话题和话语生产力,与天涯、百度并列为中国最重要的直播帖生成地。

6 月

起点中文网率先推出"打赏"功能。"打赏"是一种自愿付费模式,收入由网站和作者平分。10 月 28 日,起点中文网又推出"打赏月票"功能,读者每给作品一次性打赏 100 元人民币,系统就会自动投出 1 张月票,单部作品的赠送上限为 5 票。"打赏"很快成为粉丝支持作家最直接有效的方式,也逐渐成为作者收入的重要来源。

7 月

7 日,网络文学重点园地首次联席会议在中国作协召开。经中宣部批准,会议确定中国作家网、盛大文学、中文在线、新浪读书频道和搜狐读书频道 5 家网站或频道为网络文学重点园地。此后,联席会议每月举行一次。

15—24 日,鲁迅文学院首开网络作家培训班。

17 日,纵横中文网参照起点模式推出 VIP 计划,陆续推出包含作者低保计划、全勤计划、新人激励计划、造神计划等一系列作家激励措施。

22日,国务院颁布《文化产业振兴规划》,这是我国第一部文化产业专项规划,标志着中央把发展文化产业提升为国家战略。

8月

新浪微博试运营,首开微博模式,字数上限为140字。

9月

21日,阿耐的《大江东去》(晋江文学城,2007)获全国"五个一工程"奖,这是网络文学首获国家级文艺奖项。该作后被改编为电视剧《大江大河》。

28日,轻之国度发布消息称,论坛工作组累计录入港台译版轻小说作品1700部,自行翻译70部,翻译总量超过600万字。轻之国度成为中国大陆最大的日本轻小说翻译基地、交流论坛、资源分享平台。

10月

15日,百度轻小说吧原创轻小说评议团"轻之殿"成立。次年10月30日,"轻之殿"因撰写评论与作者发生矛盾,退出轻小说吧,入驻SF论坛,每周为作品撰写评论、打分,并为作者提供写作指导。中国原创轻小说起步。

中国移动手机阅读业务在8省试商用。分成模式为:内容提供商(网站)、作者各两成,中国移动阅读基地两成,各省移动四成。

红薯网上线,最初由掌阅投资,掌阅创始人王良任总经理,苏小苏带领原17K都市频道主要编辑人员负责内容运营。早期作品以都市题材为主,主打站内全免费,靠移动端的收益支撑。

11月

14日,Archive of Our Own(简称AO3,直译为"我们自己的档案馆")开始公测。AO3是全球规模最大、最为知名的同人文库,2008年10月3日开始在其管理组织OTW(Organization for Transformative Works)内部进行内测,开放公测后实行邀请注册。AO3以英文为主,但也支持多种语言,因此吸引了部分中国同人爱好者,逐渐成为中文同人创作的一大阵地。

16日,全国"扫黄打非"办下发《关于严厉打击手机网站制作、传播淫秽色情信息活动的紧急通知》。12月,中央外宣办、全国"扫黄打非"办、工信部、公安部等九部委联合开展整治手机淫秽色情专项行动，媒体陆续曝光手机涉黄情况，扫黄风暴席卷整个移动互联网乃至 PC 互联网。

因连续两期的"焦点访谈"栏目曝光中国移动涉黄，中国移动宣布：从 11 月 30 日起，对所有 WAP 类业务合作伙伴暂停计费，并进行全面清理，斩断淫秽色情网站收费链条。此后其他各大移动运营商相继停止 WAP 计费，数以百计的 SP（移动网络增值服务提供商）消失。直接跟大型网站接口的 MCP（内容整合服务提供商）兴起，仅中国移动浙江基地就新增 20 多家。这一举措加快了网文的无线化进程。

18 日，起点中文网的女生频道拥有独立域名，起点女生网建立。

直播帖《看我如何收拾贱男与小三》（作者 ID "看着月亮离开"）在天涯社区情感天地版块发布，迅速跃升为本年度最热帖之一。2012 年，被导演娄烨改编为电影《浮城谜事》。

12 月

1 日，原起点中文网大神无罪入驻纵横中文网，发布新作《罗浮》。此后一年中，大批起点大神转战纵横，起点在男频网站中一家独大的地位再次受到挑战。

盛大文学起诉百度侵权，列举百度七条"罪状"。2011 年 5 月 10 日，上海市卢湾区法院对盛大文学诉百度侵权案做出一审判决，认定百度公司存在间接侵权和直接侵权行为，应赔偿盛大文学经济损失人民币 50 万元以及合理费用人民币 44500 元。

中国互联网络信息中心发布第 25 次《中国互联网络发展状况统计报告》：截至 2009 年 12 月 31 日，网民规模达到 3.84 亿人，普及率达到 28.9%；手机网民规模达到 2.33 亿人，较上一年增长 1.2 亿。在这次报告中首次增加了网络文学的应用研究，调查结果显示，网络文学用户规模达到 1.62 亿人，使用率为 42.3%。

本年

"3G 时代"的到来，以及随之而来的智能手机普及与无线网速大增，为网络文学移动时代的到来奠定了技术基础。此前，网络文学网站虽已纷纷增设 WAP 站，但运营的重心仍在 PC 端。中国移动阅读基地的手机阅读业务的商用，为网络文学进入移动时代提供了成熟的商业模式和有力的推广渠道。

在中国网络文学从 PC 时代进入移动时代的前夜，那些以网络小说为主营业务的租书店值得一提。它们遍布中国大陆及台湾地区，此前一直深藏地下但影响巨大。虽然大陆租书店经营的纸质网络小说几乎全部是盗版的，但却为当时还没有上网习惯和能力的人群，尤其是广大农民工和中学生提供了一个便捷的阅读渠道，客观上为中国网络文学的进一步发展打下了深厚的根基。因多在边缘处运行，大陆地区的租书店数目已不可详考，估计最多时数量在十万家以上。同时期台湾的租书店数量在 5000 家上下。台湾书商大规模出版大陆网络小说是 2003 年以后，在移动时代到来以前，顶尖作者的台湾版税收入不低于网站订阅收入。然而随着移动时代的到来，租书店行业很快团灭，台湾的租书屋到 2019 年只剩下不足 500 家。

起点中文网推出粉丝值系统和打赏系统，中国网络文学的生产机制进一步完善，网络文学的"粉丝经济"初见端倪。

进入 VIP 和移动阅读时代，"女性向"用户的创作阅读偏好作为惯性仍在持续。崇尚"为爱发电"的"女性向"创作空间开始出现以写作为生的职业作家群体，晋江的第一批经典性大神，如 priest、非天夜翔、淮上、水千丞、长着翅膀的大灰狼、酥油饼、月下蝶影、耳雅、梦溪石等，均在这一年前后开始了写作生涯，"女性向"类型文进入成熟期，重生开始取代穿越成为最常见的情节设定。

年度代表作品有：《间客》（猫腻，起点中文网）、《斗破苍穹》（天蚕土豆，起点中文网）、《阳神》（梦入神机，起点中文网）、《仙逆》（耳根，起点中文网）、《临高启明》（吹牛者，起点中文网）、《上品寒士》（贼道三痴，起点中文网）、《官居一品》（三戒大师，起点中文网）、《我是军阀》（caler，起点中文网）、《陈二狗的妖孽人生》（烽火戏诸侯，起点中文网）、《无限道武者路》（饥饿 2006，起点中文网）、《狩魔手记》（烟雨江南，17K 小说网）、《小说，或是指南（失恋 33 天）》（大丽花，豆瓣小组）、《盛开》（长着翅膀的大灰狼，晋江原创网）、《不死》（《全职猎人》同人，妖舟，晋江原创网）、《幽灵酒店》（酥油饼，晋江原创网）、《重生之名流巨星》（青罗扇子，晋江原创网）、《万红至理》（《黑塔利亚》同人合志）。

中国网络文学发展史·无线移动及 IP 时代
（2010— ）

2010 年

1 月

1 日，起点中文网推出新的《起点作品"完本奖励"计划》，对作者的每月更新字数提出了更高的要求。此后，随着移动阅读的兴起和网文套路的成熟，网络小说的平均字数再次大幅增加，单部字数达千万的小说越来越常见。

24 日，徐逸创建 Bilibili 弹幕网（哔哩哔哩弹幕网，简称 B 站）。该站主推二次元文化，采用会员制，早期曾限制注册，只有通过邀请码或在特定时期通过二次元文化相关考试方可成为会员。Bilibili 名称来源于日本轻小说《魔法禁书目录》中人物御坂美琴的绰号，前身为创立于 2009 年 6 月 26 日的 Mikufans 弹幕网站。

29 日，首部微博体小说《围脖时期的爱情》（闻华舰）在新浪微博上连载，2011 年由沈阳出版社出版。微博体小说诞生。

工信部宣布，基本完成我国农村通信"十一五"规划提出的"村村能通话，乡乡能上网"目标，全国范围实现 100% 行政村通电话、100% 乡镇通互联网（其中 98% 的乡镇通宽带）。

2 月

晋江原创网复名晋江文学城，并进行页面改版，原创言情与耽美同人成为两个独立分区，拥有独立的页面和榜单。

3 月

4 日，龙的天空服务器与域名被封，原因是其所属公司北京世纪幻想文化发展有限公司未执行 2009 年 12 月 15 日审理的《海洋出版社与北京世纪幻想文化发展有限公司、李利新行纪合同纠纷案》判决。8 日，龙的天空论坛新域名（www.lkong.net）启动，管理员为羽色（即龙的天空创始人之一五月天空）。

11日，日本轻小说巨头角川出版社与湖南天闻动漫传媒合作，在广州成立天闻角川集团，意欲开拓中国市场，在轻小说爱好者们中引起震动。众多读者对此持积极态度，冀望轻小说盗版严重、翻译粗制滥造等问题能得到改变。

17日，工信部、国家发改委、科技部、财政部、国土资源部、环境保护部、住房和城乡建设部、国家税务总局联合发布《关于推进第三代移动通信网络建设的意见》，要求政府相关部门和各电信企业加强3G网络建设。

19日，新闻出版总署首次组织网络编辑培训班。近120名盛大文学的编辑参加了为期4天的脱产培训。内容包括互联网政策法规解读、信息网络传播权解读、文字作品中淫秽色情和低俗信息的判断要领、网编如何对文学作品发挥引导作用等。

31日，瑶光的《Let's Start From Here——关于我这没什么可说的10年的伪史书》发布于龙的天空论坛。该作是网络文学原生评论中颇具个人特色的阅读史。作者熟悉网络文学行业的状况，所讲述内容具有一定史料价值。

4月

8日，完美时空宣布向纵横中文网投入1亿美元，且今后每年将会有上亿元资金追加投入，同时旗下178游戏网创始人兼总经理张云帆兼任纵横中文网总经理。19日，原起点中文网大神柳下挥入驻纵横中文网，发布新作《天才医生》。

21日，天下归元在潇湘书院连载《扶摇皇后》。该文是古风"大女主"言情小说的代表作之一，2018年改编为电视剧《扶摇》。

22日，盛大文学和《文艺报》在北京联合主办的中国网络文学女作家研讨会召开，盛大旗下12位女作家与著名文学评论家参会。这是国内首次针对网络女性写作的大规模研讨活动。

5月

5日，中国移动手机移动阅读基地正式运营，手机阅读业务全面商用。分成方面，中国移动与网络文学网站依旧六四分成。收费方面，采用信息费与流量费叠加的模式。其中，信息费分点播与包月两种形态，点播资费单本1—10元或单章0.04—0.12元，包月订购则有3元包、5元包等。同时，为吸引用户特别推出条款：截至2012年12月，免除阅读小说时产生的流量费用。

6月

8日,百度贴吧开通同人频道。频道按照小说、动漫、电影、电视剧、游戏等分类推荐优秀同人作品,是当时同人创作和交流的主要聚集地。

27日,吱吱在起点女生网连载《庶女攻略》(2011年11月完结),开"庶女文"风气之先。此后一段时间内"庶女文"成为"宅斗文"的主要类型。2021年该作改编为电视剧《锦心似玉》。

唐家三少、酒徒、烟雨江南加入中国作家协会,成为第一批加入中国作协的网络作家。唐家三少后成为第一位当选中国作协全委会和主席团成员的网络作家。

7月

3日,梦入神机高调宣布入驻纵横中文网。此前,梦入神机以《阳神》在起点中文网创下月票八连冠的纪录。18日发布新作《永生》,该书后来引发梦入神机与起点中文网的版权纠纷。

6日,韩寒主编的杂志《独唱团》正式发行(书海出版社),首印50万册。由于没有获得刊号,采取"以书代刊"的形式。韩寒认为稿费过低是文学垃圾泛滥的主要原因,设置远超同期期刊的高稿费:封面推荐的原创稿2元/字,文章原创稿1元/字,已发表过或摘录的文章0.5元/字,"最差观点和文笔"0.25元/字。在韩寒影响力的带动下,不到一周全部售罄。12月28日,韩寒在微博宣布《独唱团》无限期停出,创作团队解散。媒体称解散原因是没能获得刊号。

12日,塔读文学APP正式上线(塞班系统),实际负责人猪王(本名栗洋,后任17K总编)。塔读文学隶属于中国最大手机代理和分销国企天音通信集团,在手机预装方面具有渠道优势。作为率先探索移动模式的新兴网站,2013年在中国移动阅读市场中排名第三,仅次于掌阅和QQ阅读。

17日,鲁迅文学院组织第一期网络文学编辑培训班。

中央政治局专门就深化文化体制改革专题进行了第二十二次集体学习,胡锦涛总书记明确提出了"三加快一加强"的文化改革发展总体布局,强调要加快发展文化产业,增强文化产业整体实力和竞争力。

8月

1日,龙空论坛十周年庆,成功导入2003年至2008年年底的数据。12月,成立推书试读版,并在次年5月6日开启推书频道,进行建立网络小说评价和推荐体系的尝试。

9月

2日，水千丞在晋江文学城连载《娘娘腔》（2011年1月完结）。该文是耽美"渣攻贱受"类型套路的经典代表作。

中国电信在浙江杭州建立天翼阅读基地。

晋江论坛规避政治相关话题讨论。因钓鱼岛事件，晋江论坛闲情版出现许多讨论政治话题的帖子，后被闲情版驱逐至"风雨读书声"（编号15）版块。至年底，iceheart为规避风险决定关闭"风雨读书声"版块，引起了版块用户的反对，最终决定不关闭、不显示，将版块编号改为250以示嘲讽。事后，"风雨读书声"用户离开晋江论坛，建立"凤仪美食论坛"（后关闭）。此后，晋江论坛不再讨论政治相关话题，后来的"爱国少女小粉红"被误认为与晋江"小粉红"论坛相关，是因名称相同而产生的误解。

tangstory在随缘居连载《归剑入鞘》，该文是英剧《神探夏洛克》（2010年7月25日首播）的中文同人代表作之一，CP为"福华"，即"福尔摩斯×华生"。

28日，盛大文学云中书城测试版上线。盛大文学将无线运营权和版权运营权统一收归集团，不再由旗下起点中文网等原创网站运营。无线时代即将来临之际，此举成为日后起点团队出走的原因之一。次年2月14日，盛大文学云中书城正式版上线，启用独立域名（www.yzsc.com.cn）。

10月

17日，关心则乱在晋江文学城连载《知否？知否？应是绿肥红瘦》（2012年12月完结）。该文是"宅斗文"的经典代表作，2018年改编为电视剧。

27日，豆瓣读书推出原创作品平台作者/读书小站，从此豆瓣读书开始支持原创文学。

11月

言情小说网站四月天与17K女生频道合并。四月天原站长公子兰、原主编李贤建立蔷薇书院。至此，中文在线完成对四月天的整体收购，2012年4月26日，17K女生网上线，17K保留了四月天的独立品牌，原四月天网站被关闭、页面被注销。

12月

8日晚，中央电视台经济频道《消费主张》栏目曝光文学网站内容涉黄，列举了起点中文网、晋江文学城等6家网站的小说。当晚，盛大删除了该节目中提到的所有作品。晋江论坛连载文库暂时关闭。大批用户涌入个人同人论坛allcp。次年1月allcp论坛更名长佩文学论坛，主要发布中短篇（50万字以下）耽美小说，是对晋江文学城商业耽美写作的重要补充，在耽美圈内有一定影响力。

《二号首长：当官是一门技术活》（黄晓阳）在新浪读书连载。据新浪统计，最高订阅超过8万，在同期的网文中订阅量属最高级别。

28日，胡筱《网络小说的前世今生》发布于起点文学网[①]。该作讲述了1998年至2010年间的中国网络文学发展历程，细致梳理了网络原创小说早期的重要网站和作家作品，视野开阔，是网络文学原生文学史叙述的重要成果，也保存了不少网络文学早期发展状况的重要史料。

上海新闻出版局举办编辑培训班，对盛大旗下网站的总编辑、主编和骨干编辑进行培训；同时成立了审读机构，对起点中文网进行清查和监控，通过搜索引擎对网站作品进行关键词搜查。盛大文学逐步建立起四级审读的监控体系。时任盛大文学CEO侯小强这样解释这一监控体系：一是建立了涉嫌色情、淫秽、低俗内容的敏感词库，系统会对涉嫌违规的作品自动屏蔽，过滤有害内容；二是设立两级审读制，旗下各网站以人工审查方式进行一级审读，集团审读室进行二级审读；三是设立有奖举报，发动网友参与内容监督；四是盛大牵头成立学生评审团和专家评审团。

中国互联网络信息中心发布第27次《中国互联网络发展状况统计报告》：截至2010年12月底，网民规模达到4.57亿人，普及率达到34.3%；手机网民规模达到3.03亿，在总体网民中的比例提升至66.2%。中国互联网络信息中心《中国网络文学用户调研报告》称：截至2010年12月，网络文学用户规模达到1.95亿人，网络文学存在不同性别用户对文学类型的差异化需求等特点，新浪读书仅次于起点中文网，占据了23.2%的用户市场。

本年

中国移动手机移动阅读基地正式运营，网络文学进入无线时代。与此同时，二次元元素增加，政府监管力度加大，网络文学正在不可逆转地进入多媒介时代和主流化时代。

女频在VIP制度的引导下，继续推进着类型的成熟和演化。在"清穿"风潮为宫斗、宅斗接替之后，古风言情又衍生出庶女、嫡女、种田等热门

---

① 该作为首届起点文学网纪实文学大赛参赛作品，连载至2011年2月4日完结。

子类型。2009年9月独立建站的起点女生网,此时成为庶女文频出之地,逐渐将古风言情大类培养为网站的核心品类,在风格上因沾染了起点主站的"老白"气质,与同样主打古风言情的潇湘书院有所不同。晋江复名"晋江文学城"后进行了网站分区的全面改版,加之监管力量的入场,"女性向"包含的一些对主流文化构成冒犯的元素被边缘化,长佩(allcp)等其他小众平台应运而生。

年度代表作品有:《遮天》(辰东,起点中文网)、《仙葫》(流浪的蛤蟆,起点中文网)、《许仙志》(说梦者,起点中文网)、《重生之贼行天下》(发飙的蜗牛,起点中文网)、《琥珀之剑》(绯炎,起点中文网)、《崩坏世界的传奇大冒险》(国王陛下,起点中文网)、《限制级末日症候》(全部成为F,起点中文网)、《弄潮》(瑞根,起点中文网)、《黄金瞳》(打眼,起点中文网)、《重生之心动》(初恋璀璨如夏花,起点中文网)、《重生之大涅槃》(奥尔良烤鲟鱼堡,起点中文网)、《民国投机者》(有时糊涂,起点中文网)、《明末边军一小兵》(老白牛,起点中文网)、《我当阴阳先生的那几年》(崔走召,起点中文网)、《宰执天下》(cuslaa,纵横中文网)、《枭臣》(更俗,纵横中文网)、《问镜》(减肥专家,纵横中文网)、《橙红年代》(骁骑校,17K小说网)、《二号首长:当官是一门技术活》(黄晓阳,新浪读书)、《裸婚——80后的新结婚时代》(小鬼儿儿儿/唐欣恬,红袖添香)、《庶女攻略》(吱吱,起点女生网)、《知否?知否?应是绿肥红瘦》(关心则乱,晋江文学城)、《Blood×Blood》(妖舟,晋江文学城)、《扶摇皇后》(天下归元,潇湘书院)、《娘娘腔》(水千丞,晋江文学城)、《提灯看刺刀》(淮上,晋江文学城)、《归剑入鞘》(《神探夏洛克》同人,tangstory,随缘居论坛)。

2011年

1月

20日,破晓更新组(贴吧ID)注册。此时,热门网络小说都有专属贴吧,并以超快的盗版速度和活跃的讨论氛围聚集起数十倍乃至上百倍于正版的盗版读者。盗版内容最早由盗版网站发布,随着图文识别技术的普及和小说贴吧"手打组"(即以手打的方式规避网站的防盗措施)的兴起,2010年前后,小说贴吧读者开始自发组织更新组以"为吧友提供快速准确的文字更新"。破晓更新组是其中最大的一支,巅峰时期曾控制上百个大型网络小说贴吧,辐射上千万网络小说读者。

21日，腾讯公司推出微信，支持跨通信运营商、跨操作系统平台通过网络快速发送免费（需消耗少量网络流量）语音短信、视频、图片和文字，很快成为中国最重要的即时通讯应用。

掌阅发布移动阅读APP，是第一款可以打开txt格式文本文档的手机APP。当时流量资费昂贵，下载APP成本较高，掌阅与三星、华为、金立等手机厂商合作，通过手机预装的方式获取大量用户。此外，掌阅还是最早拥有《网络出版服务许可证》的平台之一，得以和出版社合作发行正版电子书。

2月

17日，文化部发布新修订的《互联网文化管理暂行规定》。第十八条规定"互联网文化单位应当建立自审制度，明确专门部门，配备专业人员负责互联网文化产品内容和活动的自查与管理，保障互联网文化产品内容和活动的合法性"。违反第十八条规定的处罚为"责令改正，并可根据情节轻重处20000元以下罚款"。

21日，晋江文学城与越南出版社签订海外出版合同，开始批量向越南输出言情小说。越南是晋江文学城最主要的输出国，到2014年已签约超过250部。2015年后也开始向泰国批量输出，规模略小于越南。

28日，蝴蝶蓝在起点中文网连载《全职高手》（2014年4月30日完结），该文是男频网游文成就最高、影响力最广的代表性作品，且为引发大规模"女性向"同人创作的现象级作品。

3月

14日，《中华人民共和国国民经济和社会发展第十二个五年规划纲要》通过，明确提出未来五年要推动文化产业成为国民经济支柱性产业。

30日，首届"西湖·类型文学双年奖"在杭州颁奖。该奖是中国首个关于类型文学的奖项。共有15部作品获奖：刘慈欣《三体》获金奖；流潋紫《后宫·甄嬛传》、猫腻《间客》获银奖；小桥老树《侯卫东官场笔记》、桐华《步步惊心》、阿越《新宋》、唐七公子《华胥引》获铜奖。后更名为"网络文学双年奖"。

飞卢中文网转型为原创文学网站，确定作者与网站订阅分成比例为7∶3。转型初期，以都市小说为主。飞卢以超强的防盗版能力、业内最高作者分成比例和高收订比（读者收藏和付费订阅的比例）而闻名，保障中下层作者收入普遍高于主流网站，并逐渐吸引到一些实力作者另换笔名前来赚"快钱",是发展最快的新兴网站之一。

4月

中国联通沃阅读基地正式上线,落户湖南长沙。至此,中国三大电信运营商的移动阅读基地全部建成。

5月

4日,国家互联网信息办公室成立(简称国家网信办),标志着中国互联网治理进入了新阶段。国家网信办负责落实互联网信息传播方针政策和推动互联网信息传播法制建设,指导、协调、监督有关部门加强互联网信息内容管理等职能,进一步整合互联网信息管理机制。

5日,中国移动手机阅读基地正式商用一周年。当月全网访问用户数4305万,计费活跃用户数1122万,日均页面浏览量2.8亿次,全网实收信息费1.28亿元,正式签约内容提供商124家。图书入库超20万册,平台上点击数超1000万次的书共计1050本,排名第一的图书点击数达11.7亿次。用户平台回复39.3万条书评、37.7万条留言,点击量最高的图书用户留言累计超5.3万条。中国移动阅读基地成为无线阅读的绝对霸主。此外,已经完结的作品在手机阅读二次推广时仍有极大市场,截至5月底,我吃西红柿的《盘龙》(起点中文网,2008)点击数达2.27亿次。

10日,上海市卢湾区人民法院做出一审宣判,认定百度公司侵犯盛大文学《斗破苍穹》《凡人修仙传》等作品著作权,判令百度公司立即停止对涉案作品的信息网络传播权的侵权行为,并赔偿盛大文学经济损失人民币50万元以及合理费用人民币44500元。

25日,盛大文学申请在美国纽交所上市,最高融资2亿美元,后因美国资本市场环境不佳被迫推迟。次年2月,盛大文学再次向纽交所提出上市申请。由于估值仍未达预期,又一次放弃。盛大文学自身认可的估值约在8亿美元。

6月

16日,第八届茅盾文学奖参评作品公布,网络文学首次被纳入茅奖评选范围,但要求必须已获得纸质出版。参评作品中只有七部符合要求,唯一进入复评的是菜刀姓李(本名李晓敏)的《遍地狼烟》(新浪读书频道连载,江苏文艺出版社2010年出版)。

25日,龙的天空推书频道开始制作每周推书榜单,初名"神农推书榜",后更名为"龙空粮草榜"(简称"龙粮榜"),一直更新到第65期。"龙粮榜"是龙的天空"粮草评价体系"——小说评价由低到高一般分为毒草、水草、干草、粮草和仙草五种——的主要实践和推广形式。这一榜单旨在推荐符合"老白"读者口味、适合追看的网文新书，在网文圈享有盛名。

西陆BBS站务发出《根据国家对互联网出版资质的相关规定，应主管部门要求，西陆网将于近期关闭所有含小说内容的论坛，请各位属主与广大网友做好相关准备，给您带来的不便敬请原谅!》一帖，随即西陆大部分文学论坛被关闭。同期，自2000年便悬于西陆首页主题专栏上的"文学"分类消失。

7月

1日，国家社科基金重点项目"网络文学文献数据库建设"获准立项，项目负责人为中南大学教授欧阳友权。

8月

1日，非天夜翔在晋江文学城连载《二零一三》，该文是女频"末世文"的开山之作。

15日，猫腻在起点中文网连载《将夜》。《将夜》为猫腻拿下起点中文网三项最重要奖项的"大满贯"：2011年"年度作家"、2012年"年度作品"和"月票总冠军"。在精英批评体系内也获得极高评价：2015年6月7日，获"2015腾讯书院文学奖"类型小说年度作家；2015年11月2日，获由浙江省作协等单位主办的"首届网络文学双年奖"金奖。

19日，中国互联网络信息中心发布《中国网络文学用户调研报告》，首次对网络文学领域进行系统的统计调查。截至2010年12月，中国网络文学用户规模达到1.95亿人，较2009年年底增长3300万人，使用率达到42.6%。同时，中国移动阅读基地主打的手机话费支付与包月收费成为最受中国网络文学用户青睐的支付与收费方式。

磨铁中文网正式上线运营，将悬疑推理类小说定为主打内容。同时，借用青海人民出版社藏文期刊《章恰尔》刊号创办杂志《超好看》，南派三叔任杂志主编，刊登中短篇通俗文学作品。

9月

10日，根据桐华《步步惊心》改编的同名电视剧播出。同年11月，根据流潋紫《后宫·甄嬛传》改编的电视剧《甄嬛传》首播，引发"穿越""清宫"题材影视热潮。由于这两部电视剧的走红和电影《失恋33天》的热映，2011年被称为"网络文学影视改编元年"。

14日,慕容雪村在天涯社区发出《告别天涯》一帖。作为天涯最具代表性的作家之一,慕容雪村的离开具有象征性,天涯的衰微之势已显。

22日,多人在线战术竞技游戏《英雄联盟》(League of Legends,简称LOL,拳头游戏研发)由腾讯游戏代理运营,在国内上线。作为近年来最为火爆、玩家数最多、电子竞技赛事最为成功的游戏,《英雄联盟》影响巨大。在内容方面,《英雄联盟》以英雄为基本扮演角色与行动单位,并以此构建了庞大的世界观。《英雄联盟》的角色、技能及相关要素出现在大量网文作品中,催生了诸如《英雄联盟之灾变时代》《我叫布里茨》等颇具影响力的同人作品。在游戏设定机制层面,多人在线战术竞技游戏(Multiplayer Online Battle Arena,简称MOBA)也被作为内嵌机制引入网文中,影响了《斗战狂潮》《星战风暴》等一系列作品。得益于《英雄联盟》电子竞技赛事完善、成熟的竞赛机制与商业体系,后来以《英雄联盟》为主题的电竞文占据着此类型的主流。知名作品有《英雄联盟之谁与争锋》《什么叫六边形打野啊》《英雄联盟:我的时代》等。

10月

广东省作家协会主办的《网络文学评论》创刊,该刊是中国首家网络文学研究杂志。

11月

9日,盛大文学发布云中书城移动互联网战略,打造自有渠道,全力进军移动阅读领域。据盛大文学2011年财报显示,2011年无线业务收入急剧增长,达到1.74亿元,同比大增188.2%,但主要来自为中国移动阅读基地提供内容的分成。截至2011年年底,盛大文学提供的内容在移动阅读基地总访问用户数1.15亿;2011年年总访问用户数6800万,总付费用户数2100万,月均页面浏览量16亿。在原创畅销总榜前十中占比60%,在原创畅销总榜前100中占比50%,其中,天蚕土豆《斗破苍穹》和鱼人二代《很纯很暧昧》分别排名第一和第二。本年,盛大文学成为中国移动手机阅读基地最大付费内容供应商,同时也是三大移动运营商阅读基地最大的内容提供商。

11日,豆瓣阅读(http://read.douban.com)成立,逐步建立起自由投稿、编辑筛选的电子书自出版体系,主打2—5万字的中短篇作品,试图完成"纯文学的网络移民"。自2005年上线以来,豆瓣以读书、电影和音乐三大主题为中心,以Web 2.0的方式聚集了近6000万文化程度较高的"文艺清新气质"用户。

逐浪网《黑道特种兵》《混沌修真诀》《九阴九阳》等多部非大神作品进入移动基地榜单前20名。在2011年移动阅读基地作品总榜排名前30的作品中，起点中文网16部、逐浪网4部、看书网4部、幻剑书盟2部、17K小说网1部、纵横中文网1部。进入移动时代后，逐浪网等中型文学网站依靠为移动阅读渠道提供内容而获得新生。

12月

1日，网易轻博客LOFTER开放注册。由于商业化困难，专门性同人网站一直稀缺，而进入移动时代后，同人论坛、贴吧访问不便。2014年起，LOFTER凭借较为完善的标签功能和规范的转载传播公约，吸引大量同人图文创作者自发前来，成为最重要的同人作品聚集地。

weid的《一部标签的丰富史，一则原创小说类型谈——试论二十一世纪以来大陆网络类型小说的兴起与演变》发布于龙的天空论坛，连载至2012年1月22日完成。该作梳理了类型小说发展演变的脉络，对网络类型小说性质的论断颇有启发性。无论是基于丰富阅读经验的类型史梳理，还是基于多方行业经验对网络文学商业化历程的描述和思考，都具有难得的参考价值。文章个性鲜明，独具慧眼，有史有论，自成一统，堪称网络原生评论家所写网文类型史中的翘楚之作。

腾讯集团旗下华夏原创网上线，后于2012年7月更名为原创阅读网。2013年6月1日，正式停止作家服务，并将旗下所有签约作家及签约作品移交创世中文网。

许维夏在百度"瓶邪"吧连载《万古如斯》（2012年6月完结），该文是《盗墓笔记》中"瓶邪"CP的同人作品，在圈内具有经典地位。"瓶邪"CP，即"张起灵×吴邪"组成的配对，是《盗墓笔记》乃至整个中文同人圈内最具影响力的CP之一。

韩寒陆续发表《谈革命》《说民主》《要自由》三篇博文，被称为"韩三篇"。次年1月15日，IT界知名人士麦田发表《人造韩寒》，质疑韩寒作品有代笔。随后，著名网络打假人方舟子连续发博文全面质疑韩寒人品、文品和水平。对此，韩寒坚决否认，引发"方寒大战"。

中国互联网络信息中心发布第29次《中国互联网络发展状况统计报告》：截至2011年12月底，网民规模突破5亿人，普及率达到38.3%；手机网民规模达到3.56亿，同比增长17.5%。网络文学使用率为39.5%，用户规模为 2.03 亿。

本年

移动时代对中国网络文学发展的巨大影响完全显现。中国移动手机阅读基地收入超过全部文学网站之和，成为移动阅读领域的霸主，并一直延续到 4G 时代的到来。盛大文学建立云中书城，全力进军移动阅读领域，同时也是包括中国移动在内的三大移动运营商手机阅读基地最大的付费内容供应商。移动端对网络文学的创作和传播也产生深刻影响。此时，因使用手机阅读的以"小白"读者居多，一种节奏更快、篇幅更长、更加"小白"的"无线文"逐渐流行并成为网络小说的主要样态，网文内部已经开始的精品化势头被暂时延宕。媒介变革更直接塑造了网络小说的内容形态，此后，为了提高手机屏幕的阅读体验，网文的平均章节字数有所减少，段落字数更大幅削减，几乎是一句一段。

进入移动时代，红袖添香、潇湘书院等女频网站也借由中国移动阅读基地的渠道和支付优势，实现了收入的迅速增长，网站内容开始向"无线文"发展。而晋江文学城却在移动时代显得有些难以融入。首先，"女性向"内容在接入时须经过全新标准的审核和筛选，许多作品并不适合大众读者通过手机进行碎片化阅读；其次，晋江的核心用户相对精英、"老白"，更适应在电脑 PC 端进行文学阅读，并不希望网站内容转向"无线文"。晋江的管理者在"女性向"核心粉丝与更广阔的手机用户群体中，更偏向满足前者。晋江在几大最主要的女频网站中，继最晚推行 VIP 付费阅读制度之后，再次成为移动化进程最慢的网站。然而，也正是这一举措，使晋江积攒了一批精品之作，培养了一群拥有大量死忠粉丝的明星作者，后来得以在 IP 时代实现逆袭。

年度代表作品有：《将夜》（猫腻，起点中文网）、《赘婿》（愤怒的香蕉，起点中文网）、《全职高手》（蝴蝶蓝，起点中文网）、《锦衣夜行》（月关，起点中文网）、《奋斗在新明朝》（随轻风去，起点中文网）、《赤色黎明》（绯红之夜，起点中文网）、《娶个姐姐当老婆》（又名《阴魂》，博得之门，起点中文网）、《易鼎》（荆轲守，起点中文网）、《最终进化》（卷土，起点中文网）、《最佳导演》（瓦力，起点中文网）、《贩罪》（三天两觉，起点中文网）、《妄心》（被 ko 格斗家元元，纵横中文网）、《三国之最风流》（赵子曰，纵横中文网）、《我的老婆是公主》（初恋璀璨如夏花，纵横中文网）、《全音阶狂潮》（灵宇，纵横中文网）、《罪恶之城》（烟雨江南，17K 小说网）、

《黑道特种兵》（巅峰残狼，逐浪中文网）、《一念路向北》（吉祥夜，红袖添香）、《非主流清穿》（我想吃肉，晋江文学城）、《庶女生存手册》（御井烹香，晋江文学城）、《我的老公是军阀》（两颗心的百草堂，晋江文学城）、《怨气撞铃》（尾鱼，晋江文学城）、《二零一三》（非天夜翔，晋江文学城）、《天下》（梦溪石，晋江文学城）、《重生夜话》（老草吃嫩牛，晋江文学城）。

2012年

1月

21日，中央宣传部、中央政法委、全国"扫黄打非"办联合发布《关于"扫黄打非"行动方案》。8月15日又发布《关于迎接党的十八大深化"扫黄打非"专项行动的紧急通知》。两大专项行动持续时间之长、涉及范围之广为近年少有。最高人民法院随后下发《全国法院系统"扫黄打非"工作方案》，明确要求各级法院对于各种非法出版和淫秽色情网站，只要"构成犯罪的，一律依法从严惩处"。

2月

2日，漫画《滚蛋吧肿瘤君，记录与肿瘤抗争的病院日子》（熊顿）在天涯的"娱乐八卦"版块和新浪微博同步连载，2015年改编成电影《滚蛋吧！肿瘤君》。

3月

12日，碧落黄泉的《论网络原创文学编辑的自我修养》发布于龙的天空论坛、碧落黄泉的新浪博客。碧落黄泉是起点中文网首批8个签约职业作者之一，代表作有《仙魔战记》。后来加入起点中文网做编辑，曾任起点中文网第一、第四组编辑组主编，起点中文网常务副主编。本文是他对网络文学编辑的基本职能、工作方法等内容的介绍，以修真的进阶体系为比喻，展示了编辑的学习成长过程，其中介绍了很多具体操作问题。

16日，新浪、搜狐、网易和腾讯微博共同实行微博实名制。

4月

盛大文学宣布自2012年第一季度开始盈利，净盈利逾300万元。VIP付费阅读制度（2003年10月）在成功运转8年多之后终于盈利，并且盈利部分主要来自无线端内容分成，说明网络付费阅读本身是一个微利的行业。

逐浪网创始人蒋钢、李雪明于2012年4月收购红薯网，重新定位布局后，网站体量大增，逐渐成为掌阅、爱奇艺等移动阅读平台的重要内容提供商。

5月

盛大旗下的云中书城宣布将投入百万元打造"白金书评人"机制,并试图借此搭建中国网络文学的评价体系。该计划后未见成效。

10日,《上海文学》资深编辑金宇澄以"独上阁楼"ID,在"弄堂"论坛发帖《独上阁楼,最好是夜里》,连载至11月4日,总计33万字,不包括未贴出的尾声。这个用沪语写下的故事引来论坛网友热烈讨论,网友与作者的对话也深刻地影响了小说的创作。2012年8月小说以《繁花》为名刊载于《收获》(长篇小说增刊秋冬卷),作者做了大量的修订,以便不懂沪语的读者阅读,总计29万字。2013年3月《繁花》单行本出版,作者再将部分网络初稿纳入其中,总计35万字。《繁花》荣获第九届茅盾文学奖(2015),作为第一部获得传统文学大奖的网络小说,它引发了传统文学界与网络文学界的广泛关注,也显示了网络文学创作的别样形态。

6月

3日,电视剧《裸婚时代》播出。该剧改编自唐欣恬《裸婚》(ID"小鬼儿儿儿",红袖添香,2010),引发关于"无产"青年"裸婚"现状的社会讨论。

11日,网易阅读更名为网易云阅读(http://yuedu.163.com/),发展重心由电脑端转向移动端。

11日,"ONE·一个"在腾讯网上线。它是以简约、优质为定位的网络文艺期刊,主编韩寒,也称"韩寒一个"。同年10月8日推出APP后,以移动端为主打。每天只发一条推送(包括一张图片、一篇文字和一个问答),所发内容均经编辑严格审查。"ONE·一个"是继榕树下之后再次明确以编辑导向定位的内容平台,在喜好清新自然的文艺青年中产生一定影响力,成为移动时代难得的小众文艺空间。

28日,中国作协主办的首届全国网络文学作品研讨会在北京举行,对各文学网站推荐的《遍地狼烟》(李晓敏)、《扶摇皇后》(天下归元)、《隋乱》(酒徒)、《新宋》(阿越)、《凝暮颜》(杨銮莹)5部网络文学作品进行研讨。

7月

2日,冰临神下在起点中文网连载《死人经》(武侠),100万字后才签约上架,被一群自称"挑剔老饕"的"老白"读者们发现,并被称赞为令几近陷入绝境的武侠小说起死回生。冰临神下是网文作者少有的中文系

（吉林大学）出身的，写作以"反套路"著称，在其后的《拔魔》（2014—2015，修仙）、《孺子帝》（2015—2016，历史）、《大明妖孽》（2017—2018，历史、悬疑、软科幻）、《谋断九州》（2018—2019，历史）中，大胆尝试超越常规类型文的写作模式。在网络文学类型文发展日臻成熟、寻求突破之际，其探索独树一帜，以"纯文学"资源为网络文学文学性的提升注入动力，丰富了网络类型小说的形态。

6日，国家互联网信息办公室、工业和信息化部发布《互联网信息服务管理办法（修订草案）》，将互联网内容管理责任落实到网络服务商身上，从而大大强化了互联网服务提供商对内容和用户的管理责任。同日，广电总局发布《关于进一步加强网络剧、微电影等网络视听节目管理的通知》。2014年1月2日，广电总局发布《关于进一步完善网络剧、微电影等网络视听节目管理的补充通知》。

9日，全国"扫黄打非"办发布《关于开展集中整治淫秽色情出版物及信息专项行动的通知》，部署从7月中旬至11月底在全国范围内开展集中整治淫秽色情出版物及信息专项行动，重点"打击互联网和手机媒体传播淫秽色情信息"，黑道文学作品成为新的重点治理对象。由于较强的现实指涉性，这一阶段，网络小说中黑道、帮派、官场等容易触碰管理红线的题材逐渐从文学网站退出，玄幻、仙侠等偏幻想的类型走强。同年，郑州警方以"传播色情小说"的罪名逮捕了耽美小说网的创办人王明，法院以"传播淫秽物品牟利罪"判处王明有期徒刑1年6个月，并处罚金10000元。起点女生网等网站下架耽美类型。

8月

23日，微信公众号平台正式上线，刺激了用户生产内容的热情，形成了主要依托于微信朋友圈的自媒体生态，为主要依托微信公众号的"新媒体文"的兴盛提供了基础条件。同年11月29日，公众号平台群发系统全面升级，新增图文消息编辑功能，并对发送的内容进行敏感词和安全性检测。

10月

百度与盛大文学签署《维护著作权人合法权益联合备忘录》，承诺用户在百度搜索小说名称时，将在首要位置显示来自盛大文学的正版作品。

11月

《华西都市报》发布"2012第七届中国作家富豪榜"，首次推出"网络作家富豪榜"子榜,唐家三少、我吃西红柿和天蚕土豆分别以3300万、2100万和1800万位列前三。

22日,中国电信举行天翼阅读文化传媒有限公司的揭牌仪式。经过两年运营,截至2012年9月底,天翼阅读用户突破8000万,规模比2010年底的250万增长了31倍,其中付费用户约有10%。

12月

微信注册用户快速增长至2.7亿。微信超越QQ成为中国网民中普及率、使用率最高的网络社交软件。

中国互联网络信息中心发布第31次《中国互联网络发展状况统计报告》:截至2012年12月底,网民规模达到5.64亿人,普及率达到42.1%;手机网民规模达到4.2亿,年增长18.1%,远超网民整体增幅。我国网络文学用户数为2.33亿,较2011年年底增长了3077万人,年增长率为15.2%。网民网络文学的使用率为41.4%,比2011年年底增长了1.9个百分点。

本年

网络文学进入"严监管"的新常态。在"扫黄打非"行动中,起点女生网取消"耽美文学"分类,黑道、帮派、官场等题材也逐渐从各大文学网站退出。次年,这一行动被命名为"净网行动",并成为国家"扫黄打非"办每年的常规和重点工作。同期,微信公众号平台上线,很快形成了依托微信朋友圈的自媒体生态。依靠微信的巨大流量,"新媒体文"开始兴起。这类"新媒体文"基本沿袭网文既有套路,但以更快的节奏、更短的篇幅、更大胆的题材吸引用户,很快就聚拢了海量此前并未接触过网络文学的新入网用户。而部分利用新的网络空间和监管死角打"擦边球"的"新媒体文",主要来自小网站和未成名作者。

女频网文也在不断寻找新的类型增量。此前,女频网文的世界设定大多可以归入"古风"和"现代都市"两种低度幻想的世界,到了这一阶段,许多高度幻想的世界设定元素陆续被引入女频。末日废土、怪兽异形、太空机甲、特异功能、系统外挂等电子游戏及动漫作品中常见的流行元素,与言情叙事相结合,发展为末世文、异形文/人兽文、机甲文、异能文、系统文等新类型。仙侠类型也受到男频修仙小说的影响,发展出升级体系鲜明的修真文子类型。女频创作的类型元素多元化了,但情感关系仍是作品的核心。

年度代表作品有:《繁花》(独上阁楼,弄堂论坛)、《死人经》(冰临神下，起点中文网）、《晚明》（柯山梦，起点中文网）、《雅骚》（贼道三痴，起点中文网）、《十州风云志》（知秋，起点中文网）、《大道争锋》（误道者，起点中文网）、《巫师世界》（滚开，起点中文网）、《唐砖》（孑与2，起点中文网）、《雪中悍刀行》（烽火戏诸侯，纵横中文网）、《烽烟尽处》（酒徒，17K小说网）、《重生小地主》（弱颜，起点女生网）、《奸臣之女》（我想吃肉，晋江文学城）、《盛夏晚晴天》（柳晨枫，红袖添香）、《心有不甘》（随侯珠，晋江文学城）、《机甲契约奴隶》（犹大的烟，晋江文学城）、《末世掌上七星》（月下金狐，晋江文学城）、《养父》（水千丞，晋江文学城）、《龙图案卷集》（耳雅，晋江文学城）、《总裁酷帅狂霸拽》（语笑阑珊，晋江文学城）、《探虚陵现代篇》（君sola，晋江文学城）。

2013年

1月

9日，起点中文网副总经理、起点中文网创始人之一罗立（网名黑暗左手）宣布从起点中文网离职。

3月

2日，起点中文网核心团队集体请辞，吴文辉等全部创始人和20多名核心中层出走。盛大文学CEO侯小强宣布直接接管起点中文网，并在内部信件中直斥起点中文网提出辞职的部分员工缺乏职业精神和商业伦理。9日，起点离职团队人员在龙的天空网文江湖版发帖批评侯小强。11日，盛大集团CEO陈天桥首次回应"起点出走事件"，称侯小强作为CEO"是称职的"，盛大会"全力支持他继续做大做强"。

5日，全国"扫黄打非"办发出通知，部署从3月上旬至6月底在全国范围内开展网络淫秽色情信息专项治理"净网行动"，以整治网络文学、网络游戏、视听节目网站等为重点。先后约谈苹果公司、腾讯、快播、新浪、网易、网龙（安卓网）、百度等大型网站，对提供淫秽色情软件和信息的问题提出整改意见，并依法处罚。

22日，唐家三少、我吃西红柿、天蚕土豆、骷髅精灵四位作者参加了湖南卫视的《天天向上》节目，这是网络作者首次参加知名综艺节目。在网站的推动下，部分顶级网络作家开始尝试明星化。

25日，红袖添香宣布获得原国家新闻出版总署颁发的"互联网出版许可证"。与红袖添香同一批获得此许可证的网站还有晋江文学城。此前，只有起点中文网和中文在线两家网站获得了许可证。

4月

简书上线,是基于线上笔记工具 Mailskine 建设的写作阅读平台,次年10月推出 APP。成立之初,由于审稿制度非常宽松,自带的文字写作模块和文章管理模式十分简洁,形成了"小而美"的生态,以诗歌、短篇小说等主流网络文学书站未能收容的体裁为主。

5月

30日,创世中文网(www.chuangshi.qq.com)上线,随吴文辉团队出走的原起点中文网内容运营部副总监杨晨出任总编辑。

6月

中国作家协会对外公示2013年拟发展会员名单,杨振东(辰东)、王小磊(骷髅精灵)、刘晔(骁骑校)、吴雪岚(流潋紫)、任海燕(桐华)等16位网络作家榜上有名。尽管这并非网络作家首次进入中国作协,但此次"上榜"的人数可观,还是引起诸多关注。

晋江手机 WAP 站收入超过 PC 网页端。

7月

9日,盛大文学宣布已完成总计1.1亿美元的私募融资,投资方共持有盛大文学不到20%的股份。同时宣称将推出开放战略,重塑起点中文网作者收益模式,订阅销售收入将通过"分成+奖励"的形式100%返还作者。但实际操作中难以实现。

19日,丁墨在晋江文学城连载《他来了,请闭眼》(2013年10月完结,后转到云起书院),该文将都市言情与侦探题材相结合,在都市总裁文亲密描写受到限制的情况下打开了新的突破口。2015年改编为同名电视剧。

张嘉佳在新浪微博以"长微博"的形式发布"睡前故事"系列短篇,连载几天内便获得数百万次转发,超4亿次阅读。11月,"睡前故事"系列结集出版,取名为《从你的全世界路过》(湖南文艺出版社,2013),6个月畅销200万册,打破了10年来单本畅销书的销售纪录,连续3个月蝉联3大图书畅销排行榜(当当网、京东商城、卓越亚马逊)榜首。后改编为同名电影。

8月

4日,龙的天空推出"龙门访谈"栏目,对网络文学界"各知名作者、大神、业内人士进行系列访谈活动"。截至2018年12月31日，已更新至第53期。

12日，纵横中文网宣称，网络文学界第一个"亿盟"诞生——网友人品贱格为梦入神机的《星河大帝》打赏了1亿纵横币（相当于一百万人民币），创造了当时网文界打赏金额之最。月底，与《星河大帝》争夺月票榜头名的烽火戏诸侯《雪中悍刀行》，获得了粉丝集资打赏的第二个"亿盟"。

12日，文化部发布《网络文化经营单位内容自审管理办法》，明确要求网站设立专门的内容管理部门对平台内容进行自审。

13日，越南华人He-man开始翻译《星辰变》（Stellar Transformations，我吃西红柿，起点中文网），是最早自发翻译中国网络小说的海外读者。

9月

10日，腾讯文学成立，腾讯集团正式进入网络文学领域。新推出女性原创文学网站云起书院，与男频网站创世中文网共同组成内容平台。此时，网络文学已从PC时代转向以智能手机为主的移动阅读时代。腾讯文学在无线门户、QQ阅读以及手机QQ阅读中心等渠道上拥有巨大优势。

10月

30日，17K小说网成立网络文学大学。17K将之定位为中国首家培养网络文学原创作者的公益性机构，莫言担任名誉校长，童之磊任校长。刘英（血酬）任常务副校长，并在网站连载小说创作指南《网络文学新人指南》《网络小说写作指南》作为重点教材。

录事参军在创世中文网连载官场小说《红色权力》，上架之后连续6个月成为创世中文网的月票榜冠军，次年在"净网行动"中下架。

12月

4日，中国首批4G牌照发放。4G时代的来临推动操作更简单、界面更精美、速度更快捷的手机APP超越WAP网站。4G时代到来后，掌阅很快超过中国移动手机阅读基地成为手机用户最多的网络文学平台。

5日，"2013第八届中国作家富豪榜主榜"由《华西都市报》独家发布。36岁的江南以2550万元的年度版税收入位居榜首，2012年诺贝尔文学奖得主莫言则以2400万元位居第二。这是网络文学作家首次登上主榜榜首，同时大部分上榜者都是网络文学作家。

12日，盛大文学CEO侯小强通过微博发布《我的告别信》，称因身体原因辞去CEO职务，转任盛大文学高级顾问。

25 日，国内首个网络文学本科专业由盛大文学和上海视觉艺术学院联合开设，致力于培养"学院派"写手。

27 日，完美世界宣布将纵横中文网出售给百度，作价 1.91 亿元。尽管纵横中文网归入百度，但百度贴吧仍长期存在大量来自纵横中文网的盗版小说。

中国互联网络信息中心发布第 33 次《中国互联网络发展状况统计报告》：截至 2013 年 12 月底，网民规模达到 6.18 亿人，普及率达到 45.8%；手机网民规模达到 5 亿，年增长率 19.1%。随着互联网普及率的逐渐饱和，中国互联网发展主题已经从"普及率提升"转换到"使用程度加深"。网络文学用户数为 2.74 亿，较 2012 年年底增长 4097 万人，年增长率为 17.6%。网民网络文学使用率为 44.4%，较 2012 年年底增长了 3 个百分点。

本年

网络文学开始成为泛娱乐产业链的上游，IP 大潮初起，也引动了对网络文学新一轮的"资本行动"。腾讯、百度等互联网巨头进入网络文学领域，开始布局泛娱乐产业，影视、游戏行业及相应的资本运作对网络文学的创作产生直接影响。以吴文辉为首的起点中文网创始人团队从盛大文学出走建立创世中文网，后在腾讯集团支持下组建腾讯文学，对盛大文学构成很大挑战。百度收购纵横中文网，同时旗下百度贴吧仍为最主要的盗版网络小说阅读渠道。中国网络文学的 IP 时代开始到来。

女频方面，起点女生网、潇湘书院的古风"大女主"书写仍是绝对主流，晋江文学城则继续探索言情叙事与高度幻想世界观的结合。随着女性意识的觉醒，女作家们笔下的理想女主角形象正急剧变化，不仅要有一技之长、参与历史争夺权力，更要突破传统男性中心文化的"女德"规训，"反白莲花"女主的"打脸"叙事流行起来，成为女频小说最重要的爽感机制之一。

年度代表作品有：《余罪》（常书欣，创世中文网）、《从前有座灵剑山》（国王陛下，创世中文网）、《我的二战不可能这么萌》（月面，创世中文网）、《红色权力》（录事参军，创世中文网）、《奥术神座》（爱潜水的乌贼，起点中文网）、《惊悚乐园》（三天两觉，起点中文网）、《升邪》（豆子惹的祸，起点中文网）、《重生之神级学霸》（志鸟村，起点中文网）、《回到过去变成猫》（陈词懒调，起点中文网）、《星战风暴》（骷髅精灵，起点中文网）、《第十一根手指》（法医秦明，天涯论坛）、《名门医女》（希行，起点女生网）、《仙灵图谱》（云芨，起点女生网）、《凤倾天阑》（天下归元，潇湘书院）、《玉楼春》(清歌一片,晋江文学城)、《他来了,请闭眼》(丁墨,晋江文学城/云起书院)、《黑女配,绿茶婊,白莲花》(又名《怦然心动》,玖月晞,晋江文学城)、《寒武再临》(水千丞,晋江文学城)、《银河帝国之刃》(淮上,晋江文学城)、《鬼服兵团》(颜凉雨,晋江文学城)、《谨言》(来自远方,晋江文学城)。

2014年

1月

1日,AcFun的"生放送"直播平台更名为斗鱼TV。随着大量电子竞技领域的知名选手与解说入驻,斗鱼TV成为早期最火热的游戏直播平台。斗鱼TV以游戏直播为主,涵盖娱乐、综艺、体育、户外等多方面内容。此后,经由直播平台和社交媒体的传播,部分知名电子竞技游戏类主播的习惯用语成为网络流行用语的一大来源。

7日,浙江省网络作家协会成立,是全国首家省级网络文学作家协会组织。麦家受聘为名誉主席,曹启文当选主席。夏烈、流潋紫、傅晨舟、沧月、曹三公子、烽火戏诸侯、天蚕土豆、陆琪、燕垒生、蒋胜男当选为副主席。

2月

27日,中央网络安全和信息化领导小组在北京成立,成为新的互联网管理和执法主体。其办事机构为中央网络安全和信息化领导小组办公室,简称中央网信办,由国家互联网信息办公室承担具体职责。习近平担任领导小组组长,主持召开了第一次会议并发表讲话。

3月

17日,宁波市网络作家协会宣告成立,是全国首家地市级网络作家协会。

4月

13日,全国"扫黄打非"办、国家互联网信息办、工信部以及公安部联合发布《关于开展打击网上淫秽色情信息专项行动的公告》,决定启动"扫黄打非·净网2014"专项行动。公告要求"全面清查网上淫秽色情信息"并"依法严惩制作传播淫秽色情信息的企业和人员",尤其是"对制作传播淫秽色情信息问题严重的网站、频道、栏目",要"坚决依法责令停业整顿或予以关闭,依法依规吊销相关行政许可","对制作、复制、出版、贩卖、传播淫秽电子信息涉嫌构成犯罪的"企业及其相关人员，还要"依法追究刑事责任"。网络文学、网络视频和网络游戏是"净网行动"的行动重点。问题严重的大型商业网站新浪、快播、百度、腾讯、迅雷等被当作专项行动的重点打击对象进行惩处。截至4月底，执法机关已关闭网站110个，关闭频道栏目250个，关闭微博、博客、微信、论坛等各类账号3300多个，删除涉黄信息20余万条。行动引发网文界"地震"，众多文学网站编辑纷纷加班自查，大量小说被下架或锁文。看书网、凤凰网原创频道、百度多酷文学网、移动都市频道、新浪读书、烟雨红尘小说网等相继闭站。

晋江文学城暂时关闭较为敏感的耽美同人站，全站作者、作品陆续进行修改名称、修改内容、锁文等处理。此后，耽美同人站改名纯爱同人站重新开放，"纯爱"成为"耽美"的代名词。

16日，竞业限制期满的吴文辉出任腾讯文学CEO，全权负责腾讯文学管理和运营工作，商学松任腾讯文学总裁。

17日，微博登陆纳斯达克，成为全球范围内首家上市的中文社交媒体。

17日，全国"扫黄打非"办向社会通报一批被查处的淫秽色情网站，包括广东广州"烟雨红尘小说网"传播淫秽色情信息案、浙江温州"翠微居小说网"传播淫秽色情信息案、福建福州"91熊猫看书网"传播淫秽色情信息案等8起案件。其中，"烟雨红尘小说网""翠微居小说网"和"91熊猫看书网"案被视为以"网络文学"的方式传播淫秽色情信息的典型案件。翠微居因"涉嫌传播淫秽色情信息、未经批准擅自从事互联网出版活动被依法取缔"。至今，仍有不少色情论坛和盗版网站冒用翠微居的名称吸引用户。

24日，全国"扫黄打非"办通报称新浪网涉嫌在其读书频道和视频节目中传播淫秽色情信息，决定吊销新浪的"互联网出版许可证"和"信息网络传播视听节目许可证"。新浪原创文学网部分高管被拘留。2015年6月26日，北京市海淀区人民法院一审宣判，新浪网编辑彭波被判处有期徒刑1年6个月，罚款5000元，签约作者谭兴祚被判处有期徒刑1年6个月，罚款1万元，签约作者乔有福被判处有期徒刑2年6个月，罚款2万元。

25日，非天夜翔在晋江文学城连载《金牌助理》（2014年5月完结），9月16日，缘何故在晋江文学城连载《御膳人家》（2014年12月完结），分别开启了"娱乐圈文"和"美食文"的新热潮。"净网"行动之后，此类相对安全的题材成为热门类型。

掌阅公版项目上线,打出"掌文学为公,阅经典之版"的口号。掌阅在对公版书进行数字化整理、校验和精排后,免费提供给读者。截至次年5月5日,共推出70余本,分为经、史、子、集、类丛5个部类,下载用户数量超1000万。

5月

10日,美籍华人RWX(本名赖静平)开始翻译《盘龙》(*Coiling Dragon*,我吃西红柿,起点中文网),很快吸引大量英语世界的用户追读。此前,他曾在网上自发翻译并连载金庸、古龙的武侠小说,但读者极少。

18日,幻剑书盟首页核心位置"独家巨献"推荐小说《神斧》发布第1919章,这是它的最后一次更新。幻剑书盟网站就此落幕。

20日,逐浪网总编孔令旗担任监制和策划的网络剧《谢文东》上线迅雷,原作《坏蛋是怎样炼成的》(六道)成为第一本改编为纯网剧的网络小说。

26日,晋江新增"无CP"标签,旨在为以情节为主、与性向无关的小说归类,此后一段时间里"无CP"成为耽美类型的避风港。

28日,猫腻转战腾讯文学,新书《择天记》连载于腾讯文学旗下的创世中文网。29日,在猫腻入驻腾讯文学暨《择天记》新书发布会上,腾讯文学CEO吴文辉表示,腾讯文学将为猫腻启动"作品制作人"制度,围绕猫腻及其作品,开展一系列泛娱乐尝试,其中一项重要的计划是,斥资5000万针对《择天记》作品同步展开动画制作。《择天记》成为首部正式动画化的网文作品。同年11月7日,巨人游戏《择天记OL》内测。2017年改编为电视剧《择天记》。

29日,蔡骏在新浪微博连载《最漫长的那一夜》,多次登上热门微博排行榜,其中多篇作品被《人民文学》《上海文学》《小说月报》《小说选刊》等文学期刊发表。

鲜文学网关停。自2012年后,台湾小说出版市场日益萎缩,且出现恶性价格战,鲜网实体书收益急剧下降。年初,鲜网出现资金周转困难,并开始拖欠作者稿费。

6月

5日,百度贴吧因登载传播《令人战栗的格林童话》系列、《黑暗童话》系列、《邪恶童话》系列等违法违规网络出版物,被国家新闻出版广电总局调查。百度宣布将开展"打击敏感不实信息专项行动"。

11日，阿里巴巴集团收购UC浏览器，此举被视为进军移动端阅读的举措。此前还传出阿里欲收购盛大文学的传闻。

7月

2日，中央电视台《新闻联播》通报"净网行动"成果，其中包括"晋江文学网及其网络写手传播淫秽物品案"。受此影响，晋江文学城原创言情站、纯爱同人站拆分为言情小说站、非言情小说站、原创小说站、同人衍生站4个分站。4日，晋江论坛完结文库、连载文库、同人文库、边缘文库等分区紧急关闭。17日，受同人文库关闭的影响，同人论坛随缘居迎来建站以来访客数顶峰，达8900余人。

3日，上海网络作家协会成立，陈村任会长，孙甘露、血红、骷髅精灵、蔡骏和洛水为副会长。

8日，由顾漫《杉杉来吃》（晋江原创网，2007）改编的电视剧《杉杉来了》热映，其中男主角封腾"我要让所有人知道，这个鱼塘，被你承包了"的台词广为流传。女频网文的"霸道总裁爱上我"套路进入大众流行文化。

16日，晋江上线网友评审系统，发动"人海战术"，邀请用户对网站上已有的1500万章小说内容进行评审。受到邀请的用户只需判断一个尺度——"有/无亲热描写或身体描写"，对此晋江执行的标准是"脖子以下不能描写"。凭借这一系统，晋江在8月之前完成了网站内容的全部审核工作。此后，网友评审成为晋江用户后台的固定功能，审核范围也从小说正文扩展到评论、论坛和政治舆情。

8月

4日，在盛大文学游戏版权拍卖会上，纵横中文网大神方想新书《不败王座》一字未写，手游改编权即拍卖出810万元。IP时代到来后，男频玄幻小说一度在手游市场拥有极高热度。

7日，国家互联网信息办公室发布《即时通信工具公众信息服务发展管理暂行规定》，提出即时通信工具服务提供者应当按照"后台实名、前台自愿"的原则，要求即时通信工具服务使用者通过真实身份信息认证后注册账号；公众账号需要备案，未经批准不得发布、转载时政类新闻。这一规定又被称作"微信十条"。

8日，新浪微博启动"打赏"功能公测，同时小范围测试"付费阅读"功能。自媒体作者在发布长微博时，可增加"打赏"按钮，读者如果对微博内容满意或表示支持就可以进行一定金额的打赏。"付费阅读"最开始涉及的领域基本是股票投资类。付费阅读和打赏功能为原创文学在微博平台的盈利提供了可能。

百度文学副总经理、熊猫看书总编千幻冰云出版《别说你懂写网文》（黑龙江教育出版社），这是第一本正式出版的系统性网文写作指导书籍。

晋江文学城 Android 系统 APP 上线。次年 7 月，IOS 系统 APP 上线。在老牌商业化文学网站中，晋江是最晚推出手机 APP 的平台，这与其用户和内容的 PC 属性和"老白"特质有关。

9 月

24 日，蝴蝶蓝的《全职高手》粉丝中达到"盟主"级别的超过千人，成为网络文学界第一部"千盟书"。盟主是起点作品书友的荣誉认证。为一部作品消费和打赏总计超 1000 元，即可成为作品盟主。

台湾龙马文化线上书城（隶属 2003 年建立的台湾龙马文化出版社）推出 VIP 付费阅读制度。龙马文化线上书城于 2014 年上线，与台湾鲜网关停和大陆"净网行动"直接相关。它推出的 VIP 制度不同于大陆的 VIP，用户购买的 VIP 章节阅读权限只维持三年。2017 年 3 月更名"海棠文化线上文学城"。

10 月

8 日，起点女生网作者北青萝（代表作《仙本无双》）因长期熬夜写作导致心脏病突发离世，年仅 24 岁，再次引发网友对于网络作家身体健康问题的热议。

15 日，习近平总书记在京召开文艺座谈会，72 名文艺工作者参与，其中网络文学作家代表只有周小平、花千芳，习近平寄语二人"希望你们创作更多具有正能量的作品"。习近平在文艺座谈会上指出"互联网技术和新媒体改变了文艺形态，催生了一大批新的文艺类型，也带来文艺观念和文艺实践的深刻变化。由于文字数码化、书籍图像化、阅读网络化等发展，文艺乃至社会文化面临着重大变革。要适应形势发展，抓好网络文艺创作生产，加强正面引导力度"。他还指出，在文艺创作方面，也存在着有数量缺质量、有"高原"缺"高峰"的现象，存在着抄袭、模仿、千篇一律的问题，存在着机械化生产、快餐式消费的问题。

11 月

17 日，赤戟在龙的天空发布推书帖《赤戟的无限流粮草备忘录》。赤戟（本名高健）为著名网评家，其推书单主题多样，评语简练、地道，更新稳定，持续时间长，代表性书单有《赤戟的书荒救济所》《赤戟的网文推书单》等。

27日，百度文学成立，旗下包括纵横中文网、91熊猫看书、百度书城。百度尝试打造以网络小说为核心的文化产业链。

腾讯集团以约50亿元人民币的价格收购盛大文学。12月5日，起点中文网和创世中文网同时发布公告，互为第三方渠道。次年1月4日，起点中文网的注册公司"上海玄霆娱乐信息科技有限公司"的法人变回吴文辉。起点创始团队重新执掌起点中文网。

12月

18日，国家新闻出版广电总局印发《关于推动网络文学健康发展的指导意见》，提出"设立网络文学精品工程""建立网络文学内容质量管理长效机制""落实编辑责任制""完善作品管理制度"等指导性意见。

22日，RWX建立中国网络小说英译网站Wuxiaworld，拉开了中国网络小说海外传播的序幕。1个月后，日活跃用户就超过1万。

中国互联网络信息中心发布第35次《中国互联网络发展状况统计报告》：截至2014年12月底，网民规模达到6.49亿人，普及率达到47.9%；手机上网人群占比提高至85.8%。网络文学用户规模为2.94亿，较2013年年底增长1944万人，年增长率为7.1%。网络文学使用率为45.3%，较2013年年底增长了0.9%。

本年

在网络文学主流化和IP化的进程中，本年是具有标志性的一年。

"净网行动"以雷霆万钧之势让网文界感受到前所未有的震动。此后，强政府监管进入常态化阶段。"净网行动"对网文创作的许多方面都产生了深远影响，其中对情色内容的无差别打击，尤其改变了"女性向"网文的创作生态。在"脖子以下都不能写"的自我审查之下，满足口舌之欲的"美食文"成为短暂的替代品，安全系数较高的"娱乐圈文"开始占据女频都市类型的主流。其他新类型的发掘、引入迫在眉睫。

与此同时，资本也大举进入。腾讯、百度甚至阿里巴巴都陆续有了大的动作。如果说此前在这个场域中展开资本角逐的参与者，多是规模和实力有限的游戏公司（包括曾收购起点中文网的盛大集团和收购纵横中文网的完美世界），那么2014年，则是由真正的互联网巨头在网文界裂土分疆。除了上述互联网巨头，还有更多资本以间接的方式参与了网络文学的价值开掘，这着重体现在所谓的 IP（Intellectual Property，即知识产权）运营和腾讯的"泛娱乐化"战略中。这一系列版权售卖行为和新的产业模式架构，意味着网文将直接对接影视、ACG(动画 Animation、漫画 Comic、游戏 Game) 和周边文化创意产业，意味着来自互联网行业之外的更大规模的资本注入。这就使得网文的 IP 价值超越了互联网的范围，融入更加广阔的大众娱乐市场。

在政治和资本的强力介入下，网络文学不可能再是"圈地自萌"的"化外之地"，而是真正变为各种力量博弈的"文学场"。

同期，中国步入 4G 时代，中国移动手机阅读基地逐渐被掌阅、QQ阅读等阅读 APP 超越，各主要文学网站从手机移动端获得的收入也普遍超过了 PC 网页端。

另外，还有一个重要潮流此时已然开端，尚未引起关注，即中国网络文学的海外传播。年底，RWX 建立中国网络小说英译网站 Wuxiaworld，拉开了中国网络小说海外传播的序幕。在接下来两三年中，Gravity Tales 等其他粉丝翻译网站和阅文集团旗下官方翻译平台起点国际纷纷建立，俄语、法语、西班牙语等其他语种的中国网络小说翻译网站也陆续诞生，中国网络小说的世界影响力持续提升。2016 年，经北京大学网络文学研究团队的介绍，中国网络文学的海外传播情况迅速引起政府、媒体、学界和网文行业各方的高度关注。

年度代表作品有：《择天记》（猫腻，创世中文网）、《俗人回档》（庚不让，创世中文网）、《我真是大明星》（尝谕，创世中文网）、《拔魔》（冰临神下，起点中文网）、《异常生物见闻录》（远瞳，起点中文网）、《疯巫妖的实验日志》（愤怒的松鼠，起点中文网）、《我欲封天》（耳根，起点中文网）、《儒道至圣》（永恒之火，起点中文网）、《文艺时代》（睡觉会变白，起点中文网）、《剑王朝》（无罪，纵横中文网）、《最漫长的那一夜》（蔡骏，新浪微博）、《末日乐园》（须尾俱全，起点女生网）、《制霸好莱坞》（御井烹香，晋江文学城）、《木兰无长兄》（祈祷君，晋江文学城）、《邪王追妻》（苏小暖，云起书院）、《宁小闲御神录》（风行水云间，起点女生网）、《女帝本色》（天下归元，潇湘书院）、《金牌助理》（非天夜翔，晋江文学城）、《御膳人家》（缘何故，晋江文学城）、《山河表里》（priest，晋江文学城）、《成化十四年》（梦溪石，晋江文学城）、《异世流放》（易人北，晋江文学城）。

2015 年

1 月

15 日，中国移动成立咪咕文化科技有限公司，启动"咪咕创星计划"，开始打造内容原创平台。此前，中国移动阅读基地曾长期是业界第一的第三方无线平台，但一直没有涉足内容原创领域。

21 日，北京中文在线数字出版股份有限公司在创业板上市，被称为国内"数字出版第一股"。

26 日，鲁迅文学院第一届网络作家高级研修班结业，共有 52 位网络作家参加。

27 日，SF 轻小说获得奥飞娱乐百万元天使轮投资，成为国内第一家拿到风险投资的轻小说网站。5 月 7 日，推出 VIP 付费阅读模式和打赏功能。9 月 1 日，"菠萝包轻小说"安卓客户端上线。

广电总局下发通知，要求各网站新引进的境外剧必须到"网上境外影视剧引进信息统一登记平台"登记引进计划、内容信息等，截止日期分别为 2 月 10 日以及 3 月 31 日。同年 4 月，全面禁播未登记境外剧。

粉丝翻译网站中规模仅次于 Wuxiaworld 的 Gravity Tales 建立。创始人为 18 岁的美籍华裔孔雪松（英文名 Richard Kong，网名 GGP）。

2 月

15 日，首届"和阅读"网文之王评选结果最终揭晓，其中"十二主神"为辰东、烽火戏诸侯、风凌天下、方想、酒徒、柳下挥、猫腻、梦入神机、天蚕土豆、唐家三少、我吃西红柿、月关，"五大至尊"为辰东、猫腻、梦入神机、唐家三少、我吃西红柿，最终"网文之王"称号得主为唐家三少。

3 月

6 日，风流书呆在晋江文学城连载《快穿之打脸狂魔》（2015 年 8 月完结），开启了"快穿文"潮流，此后"快穿文""系统文"成为女频热门类型。该类型篇幅长、更新快，长期霸占晋江 VIP 金榜前列。

16 日，龙的天空论坛新版推书频道"优书网"（www.yousuu.com）上线。

16 日，腾讯文学和盛大文学联合成立的阅文集团挂牌。吴文辉和原盛大文学 CEO 梁晓东担任联席 CEO，负责公司战略规划；商学松任总裁，负责公司运营；林庭锋任高级副总裁，负责公司内容。

31 日，北京大学网络文学研究论坛成立。该论坛依托于北京大学中文系副教授邵燕君开设的网络文学研究课程，这一课程自 2011 年春季起每学期开设,是高校中文系中开设时间最早、持续时间最长的网络文学研究课程。论坛由连续选课的同学组成,一批"网生一代"研究者在此成长起来。

4月

21日,首届中国数字阅读大会在杭州开幕,咪咕数字传媒有限公司(原中国移动手机阅读基地)发布"2015数字阅读白皮书":中国数字阅读用户规模达到2.96亿,其中16岁到45岁的用户超过九成,通过手机进行阅读的用户占到52.2%,是电脑阅读用户的2倍。

23日,阿里移动事业群推出阿里巴巴文学(阿里文学)。阿里文学旗下有淘宝阅读、书旗小说和UC书城,同时和天下书盟、微博有书开放版权共享。至此,百度、腾讯、阿里巴巴三家中国互联网巨头全部进军网络文学领域。

28日,掌阅宣布投入10亿元人民币进军网络文学原创领域。旗下掌阅文化、红薯网、杭州趣阅全面启动签约优秀原创作品,打造适合无线端的原创内容。5月,掌阅APP累计用户突破5亿,已与300多家出版社展开合作,共有正版书籍逾30万本。

5月

10日,广东省网络作家协会成立,杨克任主席。杨克为国内首个网络文学研究刊物《网络文学评论》(2020年7月改名为《粤港澳大湾区文学评论》)创刊主编。

13日,国务院常务会议提出,为"互联网+"行动提供有力支撑,需加快高速宽带网络建设,促进提速降费。随后,国务院办公厅印发《关于加快高速宽带网络建设推进网络提速降费的指导意见》,明确要求通过提升宽带服务质量和降低资费水平,深入推进实施"信息惠民"工程。同时制定目标,至2015年年底,全国设区市城区和部分有条件的非设区市城区80%以上家庭应具备100Mbps的光纤接入能力,50%以上设区市城区实现全光纤网络覆盖。

15日,三江学院(江苏省民办本科高校,1992年建校)文学与新闻传播学院联合中国当代文学研究会新媒体委员会共建"网络文学编辑与写作"本科专业,这是全国高校中首个网络文学编辑本科专业。

6月

1日,晋江作者长着翅膀的大灰狼被判处缓刑三年半,罪名是贩卖淫秽物品牟利罪。长着翅膀的大灰狼自2009年起在晋江发布都市言情小说,其处女作《盛开》开启的"流光"系列（2009—2010）是晋江都市言情类型进入商业化阶段后最具代表性的"霸道总裁文"，也是"女性向"情欲书写的代表作。这类创作通常无法进行正规出版，或只能删减后出版，部分作者会选择将完整版经由台湾或网络工作室制作为实体个人志，再通过网络进行贩售。长着翅膀的大灰狼涉嫌贩卖的"淫秽物品"指的即是这类网络贩售的个人志。

8日，文化部公布首批网络动漫"黑名单"，《东京残响》《寄生兽》《进击的巨人》等38部网络动漫作品下架。

9日，电视剧《花千骨》在湖南卫视播出，该剧改编自Fresh果果2008年在晋江原创网连载的小说《仙侠奇缘之花千骨》，是2015年暑期档最热门的电视剧。

12日，网络剧《盗墓笔记》（改编自南派三叔同名小说，欢瑞世纪出品）在爱奇艺播出，在观众和读者中引发热议。

17日，"2015腾讯书院文学奖"颁发，类型小说奖中"致敬作家"称号被授予科幻小说作家刘慈欣，由网络作家猫腻以《将夜》摘得"年度作家"桂冠。

山东师范大学网络文学研究中心成立，网络文学资深研究者周志雄教授任主任。

7月

1日，阅文集团将月票榜升级为"福布斯·中国原创文学风云榜"，榜单包含阅文集团旗下起点中文网、起点女生网、创世中文网、云起书院的所有上架销售作品。

4日，首个垂直类网文阅读APP"欢乐书客"上线，定位为"服务95后爱看宅文的二次元粉丝"，也是影响力最大、最专业的"宅文"平台。由重度"宅文"爱好者陈炳烨个人投资建立。欢乐书客APP参照B站首创"弹幕评论机制"，以便读者对小说内容进行实时吐槽。

10日，腾讯动漫与角川集团达成战略合作，称将首次大规模引进正版日本轻小说。10月26日，国务院办公厅发布"关于加强互联网领域侵权假冒行为治理的意见"，将"打击网络侵权盗版"放在突出监管的重点。同日，腾讯向四川省成都市双流县公安局举报轻之国度侵犯著作权。11月10日，轻之国度创始人林文勇（肥王）与重要管理人员马骏、张翔被刑事拘留。12月24日，漫游BT、迷糊动漫、轻之文库、轻小说文库等动漫资源网站受到波及，永久关站。

21日，阅文集团宣布战略投资国内最大音频分享平台喜马拉雅FM，将与喜马拉雅FM合作推动文学作品的有声改编和文学IP的衍生发展。

31日，由全国网络文学重点园地工作联席会议主办、中国作家网承办的2015年第一、二季度中国网络小说排行榜揭晓。酒徒《烽烟尽处》等10部作品入选"精品榜"、卧牛真人《修仙四万年》等10部作品入选"新作榜"。

8月

1日，百度文学和百度贴吧联手打造的百度小说人气榜上线，榜单向所有平台的所有作品开放。

16日，第九届茅盾文学奖公布，金宇澄的《繁花》获奖。

18日，欢乐书客APP改版，更加突出"宅文"特色，将作品分类调整为动漫穿越、热血竞技、女频、青春日常、未来幻想、游戏世界、异界幻想、超现实都市、战争历史、同人、推理灵异、神秘未知等12类。

23日，刘慈欣《三体》获第73届世界科幻大会颁发的雨果奖最佳长篇小说奖，这是亚洲科幻小说首次获得雨果奖。10月18日，在第六届全球华语科幻星云奖颁奖典礼上，刘慈欣获得世界华人科幻协会颁发的华语科幻文学最高成就奖。刘慈欣虽非网络文学作家，但因科幻小说是类型小说，《三体》亦在网文作者间广有影响，其获国际大奖，有利于提升中国网络类型小说的整体社会评价。

《华语网络文学研究》创刊，由浙江省作家协会、浙江省网络作家协会主办，主编曹启文，执行主编夏烈。这是继广东省作协主办《网络文学评论》之后，第二个由省作协主办的网络文学研究杂志。

9月

11日，中共中央政治局审议通过了《中共中央关于繁荣发展社会主义文艺的意见》，首次明确提出"大力发展网络文艺"。

14日，二次元网站不可能的世界正式上线。该站在"二次元资本浪潮"中诞生，始终以IP为导向。建站之初，签约罗森、兰帝魅晨、文舟、善水等老牌奇幻、玄幻作家，以"二次元"定位吸引新生代作者入驻。早期放弃通行的订阅模式，尝试以IP开发为核心的免费模式，按点击量用广告和IP收入来支付作者稿酬，但很快不可持续，后恢复订阅模式。

16日，起点中文网对站内作品进行大规模自查清理，存在暴力、恐怖、色情可能性的章节被全部隐藏，大量作品被暂时下架乃至永久屏蔽。起点同人区大量作品在此次行动中被屏蔽。此前，起点中文网长期以来对同人区实行少封推、不上榜、少签约的政策。大量起点同人作者转至飞卢中文网和欢乐书客。乘势而起的欢乐书客也不断严格自查规则，由于网站读者中低龄人群占比不小，后还在首页显著位置提供"家长监护"模式。

19日，电视剧《琅琊榜》（改编自海宴同名网文，山东影视传媒集团、正午阳光出品）播出，获得超高收视率，并赢得官方传媒、主流观众和网络粉丝的一致好评。

24日，首届"中国网络文学论坛"在上海揭幕，这是由中国作协主办、省级作协承办的规格最高、规格最大、最重要的官方论坛。论坛每年举办一次，各地轮流承办。

10月

31日，墨香铜臭在晋江文学城连载《魔道祖师》（2016年3月完结，8月更新精修版）。伴随作品人气的上升，网络上出现大量同人小说、漫画、视频等二次创作，为原作聚集了超高人气，《魔道祖师》及其主角魏无羡、蓝忘机组成的"忘羡CP"，逐渐成为"女性向"社区最为著名的IP和CP。

11月

2日，由浙江网络作协主办的"网络文学双年奖"（原"西湖·类型文学双年奖"）在慈溪颁奖，猫腻《将夜》夺得金奖，海宴《琅琊榜》、沧月《听雪楼之忘川》、烽火戏诸侯《雪中悍刀行》获银奖，酒徒《烽烟尽处》、骁骑校《匹夫的逆袭》、宝树《时间之墟》、周浩晖《死亡通知单》、桐华《长相思》、孑与2《唐砖》获铜奖，另有15部作品获优秀奖。

4日，不可能的世界发生"变身文"作者出走事件。《你好！小丑小姐》遭下架，作者活动人偶宣布退出网站。随后，同盟专用、南华SAMA、麻酒、寻常等"变身文"作者也宣布退站。"变身文"是二次元小说的核心子类型之一，男主角通过变身为女性体验不同性别带来的自由，打破对男性的刻板印象。"变身文"因阅读量大而获得较高的流量分成，但因难以进行IP开发，作者被网站区别对待。

5日，铁血网在新三板上市，是第一家在新三板挂牌的军事网站。本年，特种兵题材电影《战狼》大卖，后来的《战狼Ⅱ》更以56.8亿元居国产电影历史票房之首。"战狼"系列的编剧四人组中纷舞妖姬（董群）和最后的卫道士（高岩）即出身铁血网。

23日，中国作家协会网络文学委员会成立，是中国作家协会的第九个专业委员会，中国作协副主席陈崎嵘任主任。委员会由中国作协相关领导、著名网络文学研究专家、重要网站负责人、代表性网络作家组成。

25日，中文在线收盘报价243.10元，超越茅台，成为"两市"第一高价股。2016年中文在线定增20亿，但资金并未主要投入网络文学领域。

白熊阅读APP上线。白熊阅读由同人爱好者66、郭笑驰建立，是以二次元属性为招牌的"女性向"小说APP。以中短篇同人、耽美作品为主，非同人作品则带有较强的轻小说风格，致力于吸引"95后"为主的新人作者。

12月

4日，晋江文学城官方微博发布《"东南亚网络文学调查小组"志愿者开始招募啦!》。自2011年签订第一份越南文版权合同以来，晋江已向越南、泰国、新加坡等国家输出了数百部作品的版权。

10日，天涯文学在"莲蓬鬼话""舞文弄墨""天涯杂谈""煮酒论史"4个版块首次推出作品征稿公告——《天涯文学收稿啦——只要你敢来，我们就敢捧!》。字数在20万字以上的原创作品均可参与评审，入选作品得到出版和IP改编机会。然而论坛模式的开放性注定作者只把天涯视为一个扬名之地，天涯文学的商业化努力难获成功。

13日，乐视自制网络剧《太子妃升职记》播出，以其"雷剧"风格的台词、夸张的拍摄手段以及男穿女的"性转"情节，引发热议。该剧根据鲜橙的同名网文（晋江文学城，2010—2012）改编。

15日，起点中文网男频热门历史文《寒门崛起》（朱郎才尽，2015）由于涉嫌抄袭起点女生网《重生小地主》（弱颜，2012）被屏蔽，引发双方粉丝激烈冲突。20日，《寒门崛起》重新上架，修改字数11万字，朱郎才尽发表致歉声明，承认部分抄袭，但仍然继续创作该作品。大量网文作者在新浪微博、龙的天空声援弱颜，认为网站在处理抄袭方面存在严重不公。网文圈关于"抄袭"与"原创"的讨论愈发激烈。

16—18日，第二届世界互联网大会在乌镇举行，主题为"互联互通·共享共治——构建网络空间命运共同体"。习近平出席大会，并在开幕式上发表演讲。

中国互联网络信息中心发布第37次《中国互联网络发展状况统计报告》：截至2015年12月，网民规模达6.88亿，互联网普及率为50.3%。

手机网民规模达 6.20 亿，网民中使用手机上网人群占比由 2014 年的 85.8%提升至 90.1%。网络文学用户规模达到 2.97 亿，占网民总数的 43.1%，其中手机网络文学用户规模为 2.59 亿，占手机网民的 41.8%。

本年

腾讯文学和盛大文学联合组成的阅文集团成立，成为中国网络文学的龙头。在中文在线、掌阅、平治文学等网络文学集团陆续上市后，阅文集团的霸主地位也一直未被动摇，在作者作品的数量和质量上都处于绝对领先。同期，随着"95 后"乃至"00 后"的成长，中国网络文学内部的"二次元"力量逐渐壮大，形成了一波"二次元浪潮"，并推动网络文学发生重大转型。SF 轻小说成为第一家获得投资的"二次元风格"网站，欢乐书客、不可能的世界也先后建立。在此后的两三年间，阅文集团最受欢迎的作品大量出现"二次元"的风格和要素，起点中文网也重新推出了二次元分类。

网文 IP 在影视改编方面佳作频出，尤其是"女性向"IP，不仅有《花千骨》《太子妃升职记》《无心法师》等在年轻观众中间引起收视热潮的话题之作，还出现了《琅琊榜》这样兼具收视与口碑、在官方与民间评论中都获得认可的"良心剧"。"女性向"IP 的成功，与影视行业技术水平的整体上升有关，但更关键的原因仍是"女性向"社区背后孕育多年的女性文化和粉丝文化。各大影视公司开始大量抢购、囤积 IP 版权，部分人气作者的创作开始以 IP 为导向，或转行为职业编剧。

年度代表作品有：《一世之尊》（爱潜水的乌贼，起点中文网）、《修真聊天群》（圣骑士的传说，起点中文网）、《修真四万年》（卧牛真人，起点中文网）、《永不解密》（风卷红旗，铁血读书）、《魔道祖师》（墨香铜臭，晋江文学城）、《有匪》（priest，晋江文学城）、《我有特殊沟通技巧》（青青绿萝裙，晋江文学城）、《重生之国民男神》（水千澈，潇湘书院）、《快穿之打脸狂魔》（风流书呆，晋江文学城）、《国家一级注册驱魔师上岗培训通知》（非天夜翔，晋江文学城）。

2016 年

1 月

3 日，寒武纪年原创网上线，由寒武纪年贴吧管理团队建立，是贴吧耽美推文文化孕育的小众耽美商业网站。

6日,阅文集团举办成立后的首次年度庆典,联手福布斯中文版发布"2015年度福布斯·中国原创文学风云榜"。发布会上,由阅文集团发起的"正版联盟"成立。吴文辉表示,将团结业内所有正版化的平台公司,"打造2016年网络正版元年"。

7日,艾瑞咨询发布《2015年中国网络文学版权保护白皮书》,显示如果2014年盗版网络文学全部按照正版计价,PC端付费阅读收入损失达43.2亿元,移动端付费阅读收入损失达34.5亿元,衍生产品产值损失21.8亿元,行业损失近100亿元。另据阅文集团2017年发布的招股书估算,2014年中国网络文学正版付费阅读的总体市场规模为20.46亿元。也就是说,盗版收入是正版收入的近4倍。

8日,《从前有座灵剑山》(原作者国王陛下)动画版在网络播出,1月9日起在日本AT-X、东京MX等电视台放送。该作是首部登陆日本的中国网络文学改编动画,由腾讯动漫、绘梦动画和日本老牌动画公司Studio DEEN组成制作委员会共同出资制作,分中文、日语两个配音版本。2017年1月6日,推出第二季。

23日,由中国作协网络文学委员会主办、中国作家网承办的"2015年度中国网络小说排行榜"揭晓。分为精品榜和新书榜,精品榜有《奥术神座》(爱潜水的乌贼,起点中文网)等10部,新书榜有《原始战记》(陈词懒调,起点中文网)等10部。

26日,微博长文工具"头条文章"上线,次月28日,微博字数限制从140字放宽至2000字(该功能起初针对会员,后扩展到全体用户),原创文学在微博发表时不再受篇幅限制,"段子文"开始涌现。

29日,耽美网络剧《上瘾》全网上线,根据柴鸡蛋的小说《你丫上瘾了》(连城,2013)改编。此前,网络视频平台上已经陆续出现了一些改编自耽美小说的影视化作品,如2014年的电影《类似爱情》(改编自angelina《你是男的,我也爱》,晋江文学城,2013)、2015年同样出自柴鸡蛋之手的网络剧《逆袭》(连城,2013),但这些大多是爱好者的小成本之作,被诟病为粗制滥造的"耽丑",并未得到广泛传播和讨论。直到《上瘾》出现,立即在圈内引发热议,此后这类耽美改编的影视作品虽然随时面临下架的风险,却因耽美题材的特殊魔力而不断涌现,正式拉开了网文IP的"耽改"序幕。

北京大学网络文学研究论坛的"2015中国年度网络文学排行榜"发布,宣称榜单坚持学院派研究者立场,所推选作品"蕴含某些经典的要素和指向,或者某种对既有类型的突破性和颠覆性",同时又是"建立在不错的商业成绩和圈内口碑之上"的。榜单分男频、女频,各10部。男频有《清客》(贼道三痴,创世中文网)等10部作品入选,女频有《木兰无长兄》(祈祷君,晋江文学城)等10部作品入选。排行榜的实体书《2015中国年度网络文学》(男频卷、女频卷)于3月在漓江出版社出版。

2月

4日,国家新闻出版广电总局、工信部发布《网络出版服务管理规定》,取代了原国家新闻出版总署、信息产业部2002年6月27日颁布的《互联网出版管理暂行规定》。规定微博、微信、文学网站等网络出版服务提供平台需"依法经过出版行政主管部门审批,取得《网络出版服务许可证》",并对其平台上的所有内容承担主体责任,而非第三方责任。"避风港"原则(法律对网络服务商给予特殊保护)将不再适用于这类平台,网络文学网站的主体责任加大。

3月

2日,被戏称为"能把读者看太监的神作"《从零开始》(雷云风暴,起点中文网)完结。小说从2005年2月15日开始连载,时间长达11年之久,共3429章,2018万字,在起点中文网累计获得了超过1300万张推荐票。

上海浦东新区人民法院对起点中文网起诉神马搜索及UC浏览器侵权一案做出一审判决。判决认定UC浏览器内搭载的神马搜索提供转码阅读是侵权行为,要求神马搜索停止侵权并赔偿起点中文网损失。该案是认定转码搜索侵权行为的第一案。阅文集团在本年力推的打击盗版行动初见成效。

4月

8日,网络剧《最好的我们》在爱奇艺播出。该剧改编自八月长安《流水混账》(晋江文学城,2010,实体出版改名为《最好的我们》),是青春校园题材的代表剧作。

11日,上海首份网络文学批评电子刊物《网文新观察》上线。双月刊,由上海市作家协会主管,上海网络作家协会主办。上海网络作家协会会长、作家陈村担任主编。

18日,电视剧《欢乐颂》在浙江卫视、东方卫视首播,都市女性的生存境遇问题引发社会热烈讨论。该剧由阿耐同名小说《欢乐颂》(2010年9月28日在阿耐的新浪博客和晋江文学城连载,2012年由四川文艺出版社出版实体书）改编。

18日，中国新闻出版研究院发布《第十三次全国国民阅读调查》：2015年我国成年国民图书阅读率为58.4%，同比上升0.4%；数字化阅读方式的接触率为64.0%，同比上升5.9%。不同人口特征群体的手机阅读接触率不同，年龄越小的群体，手机阅读接触率越高，呈阶梯递增趋势，18—29周岁群体的手机阅读接触率最高，为89.6%；其次为30—39周岁群体，该群体的手机阅读接触率为82.2%。在手机阅读接触群体中，都市言情类成读者"最爱"（18.2%），其次为文学经典（14.3%）。历史军事类、武侠仙侠类、玄幻奇幻类以及悬疑推理类的选择比例分别为13%、12.7%、12.6%和12.3%。

25日，《南方都市报》发表《贴吧疯狂盗版网络文学 作家当不上作品的吧主》，文章采访了愤怒的香蕉、庚不让等多位网文作家，对贴吧盗文的猖獗状况、百度官方不作为的情况进行了详细揭露。

25日，由中国作家协会网络文学委员会、湖南省作家协会、中南大学三方联合设立的中国作家协会网络文学委员会中南大学研究基地成立，是首家国家级网络文学研究基地。中南大学教授欧阳友权担任基地主任和首席专家。

26日，国家版权局主办的中国网络版权保护大会在京举行。工信部、公安部、国家网信办等相关部门负责人及来自版权产业界的代表，探讨了网络转载版权保护、网络文学版权保护等议题。

5月

6日，爱奇艺文学正式成立。吸引唐家三少、南派三叔、水千丞、Fresh果果等大神组成"明星作家团"，并以爱奇艺文学奖等文学赛事吸引新生代作者，将"IP反向定制"生产模式带入网文界。配合一些热门影视剧的播出，还衍生了"剧改小说"，其更新时间完全配合剧目播出、宣传的节奏。此前，爱奇艺已于2015年10月上线阅读插件，推出同期热播影视剧原著阅读业务。2018年1月推出爱奇艺阅读APP。

20日，火星小说网上线。创立者为原盛大文学CEO侯小强。火星小说是一个以IP开发为导向的内容平台。一些早期在网络成名、后主要发展线下实体出版的"老牌大神"（如藤萍、施定柔等）受邀重新"入场"。

23日，吴文辉在微博上发布长文《把这场不该发生的战争打到底》，讨伐网络文学盗版，并发起"对盗版SAY NO"话题。24日，猫腻、月关、南派三叔、唐家三少、林海听涛、我吃西红柿、辰东等20位网络作家录制了短视频。同日，百度宣布将陆续关停"百度贴吧"文学目录下的全部贴吧，进行全面整顿并清查其中的盗版侵权内容。此后，更新组不再活跃于各大小说贴吧，贴吧盗版现象得到一定缓解。截至2018年，名气较小的小说贴吧已很少出现盗版内容，但不少热门小说贴吧置顶帖依旧是盗版的最新章节。

23日，改编自常书欣小说《余罪》（创世中文网，2013—2014）的同名网络剧在爱奇艺播出，不仅收获了极高的热度和良好的口碑，还斩获了金骨朵网络影视最佳网络剧、2016中国泛娱乐指数盛典网络剧榜Top10、第七届澳门国际电视节金莲花优秀网络剧大奖等多项荣誉。

6月

1日，学霸殿下在欢乐书客连载《我的大宝剑》，长期占据网站所有重要榜单的首位，是男频二次元小说的代表作。本月，欢乐书客积累小说达7000本，作者4000人，注册用户20万，日活用户5万，月活用户12万。

中旬，潇湘书院CEO鲍伟康、小说阅读网CEO刘军民、红袖添香CEO孙鹏、言情小说吧CEO宁辉等阅文集团旗下多家子公司CEO集体离职，阅文集团多位核心高管分别接管各网站。

新浪微博推出"超级话题"，将原有的话题模式与社区属性相结合，开发发帖、签到、交流、互评等社区功能。超话的社区属性使其成为现下同人创作和传播的重要基地之一，超话排名中也专门分出"CP榜"的分类。

7月

4日，根据南派三叔同名小说改编的电视剧《老九门》在东方卫视和爱奇艺同步上映。截至2016年9月27日，《老九门》网络播放量突破100亿，是全网首部播放量破百亿的自制剧。

12日，国家版权局、国家网信办、工信部和公安部四部门联合开展的"剑网2016"专项行动启动，重点打击网络侵权盗版，并将网络文学纳入2016年网络版权重点监管工作。关闭网站290家，包括顶点小说网、轻之国度。

31日，由萧鼎小说《诛仙》（幻剑书盟，2003—2007）改编的古装仙侠剧《青云志》在湖南卫视超级独播剧场播出。

LOFTER发布"同人创作月度榜"和"同人创作殿堂榜"，各同人圈的热度在榜单上得到直观展示，此后每月更新，可以视为网易对LOFTER

成为同人聚集地的一种默许和鼓励。

8月

5日,由南派三叔等担任编剧的电影《盗墓笔记》上映。

29日,中国互联网络信息中心发布《农村互联网发展状况研究报告》:截至2015年12月,农村网民使用手机上网的规模为1.7亿,占农村网民总数的87.1%。农村网民使用笔记本电脑和平板电脑上网的比例与城镇差距最大,随着智能手机的普及,农村网络文学用户大规模增长。

9月

19日,由国家版权局指导、中国版权协会主办的网络文学版权保护研讨会在京举行,会议宣布中国网络文学版权联盟成立,掌阅科技创始人张凌云代表联盟发布自律公约。

音乐创意短视频社交软件抖音上线。次年11月10日,今日头条以10亿美元收购北美音乐短视频社交平台Musical.ly,与抖音合并。

21日,著名网络原生评论家安迪斯晨风("推遍天下"自媒体创始人)在新浪微博组织发起"晨曦杯"华语通俗小说评比大赛,并表示本次活动"将带有鲜明的个人风格以及小圈子自娱自乐的色彩"。晨曦杯评委均来自安迪斯晨风的微博好友,约60人,共有《拔魔》(冰临神下,起点中文网,2014—2015)、《有匪》(priest,晋江文学城,2015—2016)等20部小说入选提名,其中19部为网络小说。12月24日,烽火戏诸侯在微博上转发晨曦杯评委袁从嘉批评《雪中悍刀行》的微博,引发其书粉与晨曦杯评委的激烈争论。袁从嘉给《雪中悍刀行》《女帝本色》《从前有座灵剑山》等小说打了0分,并附上用词尖刻的评语。

10月

10日,金庸状告江南,诉其小说《此间的少年》(清韵书院,2001)涉嫌侵犯了其著作权。原告金庸认为,杨治(网名江南)未经其许可,大量使用其作品的独创性元素创作小说《此间的少年》并出版发行,严重侵害了他的著作权。面对控诉,江南辩称,《此间的少年》在人物形象、人物关系、故事情节方面均不与金庸作品构成实质性相似,并未侵犯金庸的权益。庭审最后,原告金庸表示愿意在被告停止侵权并赔礼道歉的基础上进行调解,被告江南则希望在庭后与原告进行协商。金庸状告江南侵权案将业内和大众对同人作品法律地位的讨论推向了高潮,被媒体称为"国内同人作品第一案"。

13日,改编自秦明小说《第十一根手指》(2013年7月在新浪博客连载,2014年由湖南文艺出版社出版)的网络剧《法医秦明》在搜狐视频上映。《第十一根手指》曾获2015年首届网络文学双年奖。

中旬,艺恩数据报告显示,2016年流量在20亿以上的5部网络剧《老九门》《太子妃升职记》《最好的我们》《余罪》《重生之名流巨星》全部由网文IP改编。

11月

4日,国家版权局发布了《关于加强网络文学作品版权管理的通知》。要求建立网络文学作品版权监管"黑白名单制度",明确了通过信息网络提供文学作品以及提供相关网络服务的网络服务商在版权管理方面的责任和义务,细化了著作权法的相关规定,严厉打击侵权盗版行为。

7日,国家社科基金重大项目"我国网络文学评价体系的理论与实践研究"获准立项,项目负责人为中南大学教授欧阳友权。

11日,电视剧《锦绣未央》在北京卫视、东方卫视播出,立即在网络上陷入"抄袭门"争议。该剧由秦简的同名小说(2013年连载于潇湘书院,起初书名为《庶女有毒》,后更名《锦绣未央》)改编,早在2013年2月小说连载期间就已陆续出现质疑小说抄袭的声音,但纸质书仍于2013年7月由江苏文艺出版社出版。2013年8月有网友贴出了该文与21部其他网文作品的调色盘对比,至2016年7月,根据新浪微博账号"言情小说抄袭举报处"的整理,《锦绣未央》涉嫌抄袭的书目已经增加到219部。书目整理微博被网友转发数万次,并得到了著名编剧汪海林的声援,开始走法律诉讼程序,但电视剧仍如期播出。网文抄袭,进行IP改编的影视剧制作方是否需要承担相应的责任,开始成为网文圈不得不考虑并解决的问题。此后,《一世为臣》《庶女生存手册》等10余部小说的作者将《锦绣未央》作者秦简诉至北京市朝阳区人民法院。至2019年6月,立案的12案全部胜诉,《锦绣未央》被法律判定为抄袭之作。

30日,中国作协第九次全国代表大会在京召开。中国作协党组书记、副主席钱小芊在工作报告中透露中国作协将成立全国性网络作家组织。唐家三少、蒋胜男、血红等8名网络作家被选举为中国作协第九届全国委员会委员,其中唐家三少被选举为主席团委员。

12月

5日,《琅琊榜》(图书版,海晏)获得国内版权领域的最高奖项"中国版权金奖"。"中国版权金奖"的前身是"世界知识产权组织版权金奖",是由联合国所属的世界知识产权组织(WIPO)于2001年设立,在全球范围内广泛开展,代表版权领域的全球最高表彰制度。《琅琊榜》图书经电视剧带动在海内外以多种文字热销。

13日,杭州平治信息技术股份有限公司在创业板挂牌上市。平治信息建立于2002年,长期以为中国移动、电信、联通三大运营商提供手机有声阅读为核心业务。2016年前后,敏锐抓住以微信为代表的自媒体时代到来后阅读人群、阅读方式、阅读习惯的新变,以独创的"百足模式"(以提供资本和技术支持的方式,与具有内容资源的网文编辑、作者合作,孵化了近100个原创网站)灵活生产内容,并打造出以微信公众号为主的自媒体运营平台,将平台自有网文内容进行流量变现。

19日,根据天下霸唱的《鬼吹灯》(起点中文网,2006)改编的电视剧《鬼吹灯之精绝古城》在腾讯视频首播,同月26日开始在东方卫视播出。

中国互联网络信息中心发布第39次《中国互联网络发展状况统计报告》:截至2016年12月,网民规模达到7.31亿,相当于欧洲人口总量,互联网普及率达到53.2%。网络文学用户规模达到3.33亿,占网民总体的45.6%,其中手机网络文学用户规模为3.04亿,占手机网民的43.7%。

本年

网络文学长期存在的严重盗版问题得到缓解。在阅文集团的力推与主管部门的支持下,网络文学领域掀起了一场持续整年的打击盗版行动,大型盗版网站和百度文学类贴吧等主要的盗版渠道被暂时切断。在中国网络文学发展的初期,盗版虽起到过一定的推广作用,但在网络文学的发展进入成熟期后,盗版对网络文学生产机制的运行和网站、作家的权益都有极大损害。据估算,正版读者只占全部网络文学读者的5%左右。不过,由于网络的开放性和读者的巨大需求,在此次行动之后,盗版仍屡禁不绝。

继浙江、上海、广东等省市相继成立网络作协之后,中国作协也在筹备成立全国性网络作家组织,网络文学的主流化进一步加速。女频网文创作出现越来越鲜明的"数据库"式写作倾向。不仅是游戏、动漫等二次元的"数据库"作为一种全新的生活经验集合,转化为网络文学的重要创作资源,"数据库"更成为一种全新的故事消费模式。"数据库"既是直接投射到人物设定和世界设定当中的"萌元素",也以丰富多彩的"梗"的面貌,改变了网文的语言系统、叙事风格和意义结构。

年度代表作品有：《孺子帝》（冰临神下，起点中文网）、《异域神州道》（知秋，起点中文网）、《心魔》（沁纸花青，起点中文网）、《放开那个女巫》（二目，起点中文网）、《青叶灵异事务所》（库奇奇，起点中文网）、《美食供应商》（会做菜的猫，起点中文网）、《相声大师》（唐四方，起点中文网）、《大国重工》（齐橙，起点中文网）、《重生之出人头地》（闹闹不爱闹，掌阅）、《我的大宝剑》（学霸殿下，欢乐书客）、《未亡日》（藤萍，火星小说）、《锦桐》（闲听落花，起点女生网）、《你微笑时很美》（青浼，晋江文学城）、《我就是这般女子》（月下蝶影，晋江文学城）、《打火机与公主裙》（Twentine，晋江文学城）、《他从火光中走来》（耳东兔子，晋江文学城）、《有药》（七英俊，微博）、《默读》（priest，晋江文学城）、《撒野》（巫哲，晋江文学城）、《杀戮秀》（狐狸，长佩文学论坛）。

2017年

1月

6日，晋江文学城发布《2016年度IP改编盘点》。晋江自2009年以来每一年年初都会对上一年的作品进行盘点，包括年度十佳、现代言情/古代言情/纯爱/衍生等分类年度十佳等，这是晋江第一次单独列出年度IP改编的盘点榜单。上榜作者该年度均有多项（两项及以上）IP改编，且单部作品或单项均在百万以上。共7位作者上榜：非天夜翔（网站总积分第一，全年版权签约总金额过两千万）、priest（网站总积分第二，全年版权签约总金额过两千万）、淮上（网站总积分前十，创下该年度最短时间内签约及项目最多且签约金额过百万的纪录）、语笑阑珊（网站总积分前十）、蜀客、玖月晞、轻轻绿罗裙、小狐濡尾。

7日，由天蚕土豆的小说《斗破苍穹》改编的同名动画在腾讯视频上映。开播首日点击即迅速过亿，截至第12集播出，点击量已突破10亿，标志着国内动画市场的基本成熟。

16日，马伯庸、周行文的《白蛇疾闻录》在天地中文网连载，属于封神（北京）文化发展有限公司打造的"望古神话"系列IP。此系列还有流浪的蛤蟆的《蜀山异闻录》、月关的《秦墟》、天使奥斯卡的《星坟》、跳舞的《选天录》。这些IP定制小说篇幅都不长，字数在20万字左右。

19日，由国家新闻出版广电总局组织开展的"2016年优秀网络文学原创作品推介活动"推荐了《南方有乔木》（小狐濡尾，晋江文学城）等18

部作品。相较2015年，2016年参与申报的网站更多，作品主题更侧重现实题材。

21日，北京大学网络文学研究论坛发布2016年度网络文学榜单。女频有《慕南枝》（吱吱，起点女生网）等10部作品入选，男频有《赘婿》（愤怒的香蕉，起点中文网）等10部作品入选。

2月

13日，阅文集团发布《2016网络文学发展报告》。2016年，阅文集团网络文学用户规模首次超过3亿，新增网文作品50万部以上，过100万年薪作家超100人。

起点中文网借鉴"弹幕评论机制"，在起点读书APP上推出"本章说"，将网文阅读参与机制从PC时代（以书评机制为主）带进移动时代。

3月

16日，中国作家协会网络文学委员会发布"2016年中国网络小说排行榜"，《男儿行》等10部作品入选已完结作品，《乱世宏图》等10部作品入选未完结作品。

23日，《绝地求生》（*Playerunknown's Battlegrounds*，简称*PUBG*）[①]发售。其所代表的"大逃杀"游戏模式代替了传统的对称式竞技对抗模式，为网络文学中的竞技、竞争与获胜机制赋予了新的内容。更为重要的是，在《绝地求生》所代表的"大逃杀"游戏影响下，"竞争"模式由"对抗"转向"生存"，避险、求生的生存模式与生命形态成为网络文学书写的新一代潮流，"苟命流""稳健流"作品出现。

31日，新浪微博月活跃用户达到3.4亿。同期，推特（Twitter）月活跃用户约3.28亿。新浪微博超越推特成为全球用户规模最大的独立社交媒体。

---

① 《绝地求生》是由Bluehole（后更名为Krafton）工作室制作发行的一款多人"大逃杀"游戏。所谓"大逃杀"，即玩家在限定时间、限定区域内进行对抗与竞争，力争使自己成为最后存活的胜者。这一概念最早由高见广春的小说作品《大逃杀》（バトル・ロワイアル）提出，"大逃杀"游戏的出现则要追溯到《武装突袭2"箭头行动"》（*ArmA II: Operation Arrowhead*）的一款MOD "Battle Royale"。随后，《DayZ》《H1Z1》等作品出现，《绝地求生》更是作为这一类型游戏的代表掀起了"大逃杀"游戏热潮。《使命召唤》《战地》等诸多游戏纷纷更新"大逃杀"模式，新的"大逃杀"游戏也逐渐涌向市场，如《堡垒之夜》《Apex Legends》《永劫无间》。

4月

14日,中国作协网络文学研究院在浙江杭州挂牌成立,由中国作协、浙江省作协和杭州市文联三方合作建立。

16日,国内首家以中老年作家为主体的文学网站"银河悦读"上线,其前身是有着近15年网络文学创作史的榕树下"雀之巢"文学社团。社团成立后,为庆祝中国人民解放军建军90周年,发起并主办了"我们的队伍向太阳"征文活动。

5月

2日,国家网信办发布《互联网新闻信息服务管理规定》。第六条指出,申请互联网新闻信息服务许可,应当是新闻单位(含其控股的单位)或新闻宣传部门主管的单位,"符合条件的互联网新闻信息服务提供者实行特殊管理股制度"。文化企业的"特殊股"制度,是指参股国营单位委派有关专家或者行业资深管理人员参与企业决策,行使"特殊股"权益,以"一票否决"的权力,把关内容、监督导向。

15日,阅文集团旗下起点国际正式上线。截至2018年12月,起点国际的Alexa全球排名从2017年10月的7000多位跃升到了3000多,拥有超过200部翻译小说,更有超过6000部英文原创网络小说和超过3000名注册作者,将在粉丝翻译网站中零星出现的英文原创小说发展到了一个新高度。中国网络文学的海外传播领域形成了起点国际和Wuxiaworld双峰并峙的态势。

23—27日,人工智能阿尔法围棋(AlphaGo)在更新升级后,于乌镇围棋峰会对战世界排名第一的中国围棋选手柯洁,以3:0获得胜利。同年,《新一代人工智能发展规划》《促进新一代人工智能产业发展三年行动计划(2018—2020年)》等政策密集发布。

榕树下官方网站最后一次更新内容。2015年3月,榕树下随盛大文学并入阅文集团。

6月

1日,广电总局发布《关于进一步加强网络视听节目创作播出管理的通知》,强调网络视听节目要坚持与广播电视节目同一标准、同一尺度,把好政治关、价值关、审美关,实行统筹管理。不允许在广播电视播出的节目,同样不允许在互联网(含移动互联网)上播出。禁止在互联网(含移动互联网）上传播的节目，也不得在广播电视上播出。

5日，电视剧《楚乔传》在湖南卫视播出，该剧根据潇湘冬儿《11处特工皇妃》（潇湘书院）改编，是2017年暑期档收视率最高的人气作品。

9日，水千丞凭借《深渊游戏》获得首届"爱奇艺文学奖"一等奖，奖金100万元人民币。除一、二、三等奖外，另设"最佳CP小说奖""最佳合家欢奖""最佳虐恋奖"等特色奖项。

19日，晋江文学城与猫耳FM（又名Missevan弹幕音频网）达成广播剧版权合作，售出首批签约作品广播剧版权。次年7月，双方达成第二批广播剧版权合作。

26日，国家新闻出版广电总局发布《网络文学出版服务单位社会效益评估试行办法》，明确提出对从事网络文学原创业务、提供网络文学阅读平台的网络文学出版服务单位进行社会效益评估考核。

30日，中国网络视听节目服务协会发布《网络视听节目内容审核通则》。《通则》明确，互联网视听节目服务相关单位在网络视听节目内容审核方面，应坚持两项原则：先审后播原则和审核到位原则。《通则》中将同性恋与乱伦、性变态等相提并论的措辞引起了广泛的关注和讨论。

耽美圈内知名个志工作室天文台工作室被举报，同年11月耽美作者天一及工作室人员被警方传唤。消息传播到网络，引发了第一波耽美个志市场的震动，部分工作室停止贩售活动。2017年上半年，天一的小说《攻占》开始通过网络售卖个志，该作品写于2011年之前，因情色描写的桥段特别经典而在耽美圈内有一定知名度，由天文台工作室制作成实体书后，售出数千册。2018年10月一审判决，天一被判处制作、贩卖淫秽物品牟利罪获刑10年6个月，"耽美作者写黄文被判10年"成为网络热议话题。由于天一作品在耽美圈内也被公认为"黄文"，该事件的核心争议点在于法律的量刑标准。2018年12月17日，天一案二审开庭，庭审开通了网络直播，网友全程关注，当日播放量超过200万，二审结果建议本案发回重审。其间，耽美爱好者在微博发起话题#狗娃子天一减刑#并得到数万次评论。终审结果维持原判。

7月

4日，阅文集团发布招股说明书，披露了一系列重要的内部数据。截至2016年12月，阅文集团平台（阅文持有50%股权的晋江文学城也被作为阅文集团的一部分纳入统计）共有530万名作者，原创作品800万部。

截至 2017 年 6 月，阅文集团自有平台及自营渠道的月活跃用户总数为 1.918 亿，月付费用户为 1150 万，营收额为 19.24 亿元，上年度同期为 10 亿元；盈利 2.13 亿元，上年度同期亏损 238.1 万元。

阅文集团招股说明书里的中国网络文学市场数据（由投资咨询公司弗若斯特沙利文 Frost & Sullivan 调查采集）显示，2016 年，中国网络文学市场规模为人民币 46 亿元，占中国文学市场总规模的 11.4%。按所产生的在线阅读收入统计，中国五大网络文学公司（各公司的在线阅读收入占总在线阅读市场规模的百分比）分别为：阅文集团（43.2%）、掌阅（14.9%）、中文在线（6.6%）、百度文学（1.8%）、阿里文学（1.4%）。2016 年盗版网络文学带来的收入损失约为人民币 114 亿元，是该年网络文学市场收入的近 3 倍。截至 2016 年 12 月 31 日，中国网络文学作品总数达 1160 万部，中国五大网络文学公司按平台可提供的文学作品总数排名（占中国文学作品总数的百分比）为阅文集团（72.0%）、中文在线（27.5%）、掌阅（5.2%）、百度文学（3.4%）、阿里巴巴文学（1.7%）。截至 2016 年 12 月 31 日，中国原创网络文学作家约有 600 万，2016 年中国五大网络文学公司发布网络文学作品的作家总数排名（相关平台作家数目占中国网络文学作家总数的百分比）为阅文集团（88.3%）、中文在线（41.6%）、掌阅（33.3%）、百度文学（8.3%）、阿里巴巴文学（5.0%）。

19 日，由天下霸唱小说《河神》改编的同名网剧在爱奇艺上线。《河神》是近年来由网络小说改编的网剧中评价最高的一部。21 日，由天下霸唱小说《鬼吹灯》改编的网剧《鬼吹灯之黄皮子坟》在腾讯视频播出。

27 日，《战狼Ⅱ》上映，以 56.8 亿的总票房创下中国电影票房的新纪录。主要编剧董群，是曾活跃于铁血网的军事小说代表作者（ID 纷舞妖姬）。

连尚文学创立，由连尚网络控股。连尚网络（WiFi 万能钥匙）创始人兼 CEO 陈大年曾与其兄长陈天桥共同创立盛大集团。8 月，连尚文学收购逐浪网。

飞卢中文网规定每部作品每天更新不得超过 50 章，超过的部分系统将取消发布。飞卢站内竞争激烈，频繁出现作者或工作室通过密集更新提高作品曝光率的行为。网站为此采取了限制更新的手段，若发现有作品恶意更新，作者将被扣除当月 50% 的稿费，未上架作品将失去推荐资格。

8 月

9 日，唐七（原笔名唐七公子）在微博表达对四川九寨沟地震关怀的同时，宣称《三生三世十里桃花》经专业知识产权司法鉴定所鉴定得出了不构成抄袭的结论，引发热议。同日，匪我思存发布多条微博，指责流潋紫《甄嬛传》《如懿传》抄袭其《冷月如霜》等作，点燃了新一波的"反抄袭"热潮。10日，匪我思存发布微博文章《今日踩原创，请从匪我思存始》叙述事件始末，得到超过10万条转发支持。

11—13日，第一届中国"网络文学+"大会在京举办。由国家新闻出版广电总局和北京市人民政府指导，中共北京市委宣传部主办。会议以"网络正能量，文学新高峰"为主题，是官方举办的最大规模的网络文学大会。

22日，《人民日报》旗下人民网股份有限公司发布公告称，人民网认购铁血科技（铁血网母公司）总股本的1.5%。此次发行完成后，人民网将向铁血科技推荐一名董事。铁血科技将设总编辑一名，管理层设编辑委员会，总编辑为编辑委员会负责人。编辑委员会负责聘任或解聘铁血科技采编人员，主要股东及人民网均有权推荐编辑委员会成员候选人。铁血科技将与人民网签署内容审核服务合同，由人民网负责铁血科技的内容审核工作，铁血科技支付相应的审核费用。

23日，中国作协网络文学委员会发布2017年度中国网络小说排行榜半年榜。《择天记》（猫腻，创世中文网）等10部入选完结榜，《第五名发家》（多一半，阿里文学）等10部入选未完结榜。

9月

13日，上海作协召开网络作家签约会议，率先在全国推出签约网络作家制度。首批包括血红、骷髅精灵等16人。签约期间，上海作协将向签约网络作家每月提供2500元创作津贴，并对签约作家在深入生活、文学创作交流方面提供支持，作品完成后提供宣传推介服务。签约作家将接受年度创作进度和成果考核。

14日，艾瑞咨询发布《2017年中国网络文学出海白皮书》，对中国网络文学海外传播的发展历程、海外网络文学的发展现状、国内外文学的对比、海外网络文学用户画像及网络文学出海发展趋势进行了深入探讨。

14日，原起点中文网白金作者天蚕土豆新书《元尊》在阅文集团以外的全部重要网文平台发布。由纵横文学主办的新书发布会也于当天下午在北京召开，天蚕土豆表示要探索网络文学IP开发新模式。

21日，掌阅科技在上海证券交易所挂牌上市，首日开盘价为5.83元/股，市值为23.38亿元。

10月

29日,由天津市作协举办的"首届燧石文学奖"为年度最受争议的抄袭作品设立"白莲花奖"。经网友评选,入围该奖项的网络小说有《三生三世十里桃花》(唐七,2008)、《锦绣未央》(秦简,2013)和《英雄联盟之王者荣耀》(知白守黑,2015)。最终获奖的是《锦绣未央》。

11月

月初,据全国"扫黄打非"办通报,天津榕树下信息技术有限公司在未取得《网络出版服务许可证》情况下,擅自从事网络出版服务,违反了《网络出版服务管理规定》第七条的规定。执法大队根据群众举报的线索,依法查处,要求榕树下网站删除全部相关网络出版物,并做出罚款10万元的行政处罚。首个网络文学网站榕树下就此落幕。

3日,长佩文学(gongzicp.com)公测,它是长佩文学论坛商业化转型的产物,采取VIP付费阅读制度,部分保留了长佩论坛时期的小众取向,更多地服务于固定口味的读者。原免费论坛与之并行,影响力有所下降。

5日,浙江省作协主办的第二届网络文学双年奖公布。酒徒的《男儿行》夺得金奖;愤怒的香蕉的《赘婿》、疯丢子的《百年家书》、郭羽和刘波的《网络英雄传:艾尔斯巨岩之约》获银奖;齐橙的《材料帝国》、priest的《有匪》、祈祷君的《木兰无长兄》、孑与2的《大宋的智慧》、月关的《夜天子》、紫金陈的《长夜难明》获铜奖;另有15部作品获优秀奖。

8日,阅文集团在香港联合交易所正式挂牌上市,成为资本市场的"网络文学第一股"。开盘当天上涨约63%,报收于90港元,市值达到816亿港元。

21日,根据今何在同名小说改编的电视剧《九州·海上牧云记》在爱奇艺、优酷、腾讯视频同步播出,据传该剧之前被电视台"因质量问题"退订,但在网络平台获得了较高收视率。

31日,第二届"中华文学基金会茅盾文学新人奖"新增设的"网络文学新人奖"颁奖。获奖作家包括孑与2、酒徒、天下归元、唐家三少、天使奥斯卡、我吃西红柿、愤怒的香蕉、骠骑、爱潜水的乌贼、希行。

废文网(www.sosad.fun)建立。这是一个"女性向"小众免费平台,实行邀请/申请注册制,不对大众开放。创作设限较少,准入门槛较高。网站为论坛文库结构,2018年7月成立编辑组,在首页设置"编辑推荐"专区,并配备微博推文号"废文网御膳房"以扩大影响力,主推"有趣、有品、有点丧"的中短篇（10万字以内）作品。

12月

8日，北京大学网络文学论坛发布《2017中国年度网络文学》作品榜。女频有《未亡日》（藤萍）等10部入选，男频有《三国之最风流》（赵子曰）等10部入选。

20日，手游《恋与制作人》由苏州叠纸网络科技股份有限公司发行。这款恋爱经营手游主要面向年轻女性用户，迅速取得商业佳绩，引发广泛讨论，并形成规模较大、产出稳固的同人圈子。游戏内可攻略的四位男性角色分别为明星、总裁、教授、警察，均是女频网络小说中的经典人物设定。从2016年的《守望先锋》《阴阳师》，到2017年的《王者荣耀》《绝地求生》《恋与制作人》，众多电子游戏依靠社交平台吸引大量用户，其中包括众多从未接触过电子游戏的人群。随着智能手机普及、流量费用降低、上网速度提升，电子游戏正逐步成为更多用户的移动娱乐选择。

20日，《湖北日报》刊登一则《女研究生自行"出版"作品网售 涉嫌非法经营被刑拘》的新闻，在耽美圈内引起广泛讨论。武汉警方查获的"全链条网络制售非法出版物"团伙包括著名耽美作者深海先生（本名唐心），圈内传言该事件的起因是抄袭者打击报复，向警方举报其小说个志。事发后，由于涉案的记忆铺工作室同时贩售其他多位耽美作者的个志，存在了10余年的个志市场陷入巨大恐慌，随后停滞、瘫痪。一方面，针对个志、同人志乃至"女性向"网文出版的合法性问题，圈内展开了激烈深入的大范围讨论；另一方面，抄袭者通过举报原作者，借法律之手，行打击报复之事，这一现象既受到一致谴责，又成为一种新的恶性竞争方式，令一直处于"灰色地带"的耽美、同人类型面临新的危机。作为耽美圈的轰动性事件，该案受到持续关注。2019年5月15日一审判决，法院认定耽美作者唐心犯非法经营罪，判处其有期徒刑4年。

中国作家协会网络文学中心成立，为中国作协所属正局级事业单位，主要负责网络作家联络服务、网络文学研究评论和管理引导、有关文学网站和社团组织及各级作协网络文学工作的沟通联络等工作。负责人为何弘（原河南省作协文学院院长）。

中国互联网络信息中心发布第41次《中国互联网络发展状况统计报告》：截至2017年12月，网民规模达7.72亿，互联网普及率为55.8%。手机网民规模达7.53亿，网民中使用手机上网的人群占比达97.5%。网络文学用户规模为 3.78 亿，占网民总体的 48.9%；手机网络文学用户规模为 3.44 亿，占手机网民的 45.6%。

本年

由网络文学改编和受网络文学影响的影视剧、动漫、游戏大量出现，并在全社会范围内持续产生深广影响。自 2013 年左右开始酝酿的网络文学的 IP 大潮逐渐攀至顶点，本年中网络文学大神作家的 IP 收入普遍高于订阅收入。随着爱奇艺文学等 IP 导向的网文平台的诞生，以及 IP 反向定制模式的兴盛，IP 对网络文学的创作的影响越发深刻、直接，相当部分大神作者甚至放弃原有读者群，转向为游戏、影视量身定制作品。不过，随着 2018 年游戏、影视行业因政策原因纷纷"入冬"，网络文学的 IP 大潮逐渐冷却。加之中国互联网人口红利耗尽和"多元娱乐"兴起后的付费阅读见顶，中国网络文学也在 2019 年进入了行业的第一个"寒冬"。

在 IP 大潮中成绩突出的晋江文学城，在享受了最多且最持久的 IP 红利的同时，也为"女性向"社区招来了大量圈外新用户和主流的审视目光，耽美、同人作为晋江区别于其他网站的核心类型，迎来巨大挑战。个志等圈内文化遭到毁灭性打击，部分写作转入其他小众平台。IP 版权蕴含的巨大利益和女性读者的粉丝逻辑，使作品的原创性被置于至高无上的地位。"反抄袭"活动推行着极严苛的标准，成为粉丝争议的中心话题。

年度代表作品有：《大道朝天》（猫腻，起点中文网）、《大明妖孽》（冰临神下，起点中文网）、《大王饶命》（会说话的肘子，起点中文网）、《牧神记》（宅猪，起点中文网）、《超神机械师》（齐佩甲，起点中文网）、《剑来》（烽火戏诸侯，纵横中文网）、《战略级天使》（白伯欢，小红花阅读）、《天才基本法》（长洱，晋江文学城）、《西出玉门》（尾鱼，晋江文学城）、《六零年代好生活》（寒小期，晋江文学城）、《请叫我总监》（红九，晋江文学城）、《我开动物园那些年》（拉棉花糖的兔子，晋江文学城）、《残次品》（priest，晋江文学城）、《天宝伏妖录》（非天夜翔，晋江文学城）、《二哈和他的白猫师尊》（肉包不吃肉，晋江文学城）、《天官赐福》（墨香铜臭，晋江文学城）。

2018 年

1 月

15 日，由上海市新闻出版局支持、阅文集团主办的第二届网络原创文学现实主义题材征文大赛颁奖仪式举行。《大国重工》（齐橙）获特等奖,《明月度关山》（舞清影）获一等奖。

20日,改编自唐家三少同名小说的动画《斗罗大陆》在腾讯视频独播,成为迄今最成功的网文改编动画。

23日,国家新闻出版广电总局、中国作家协会共同发布2017年优秀网络文学原创作品推介名单,《复兴之路》(wanglong)、《岐黄》（漱玉）、《择天记》（猫腻）等24部作品入选。

24日,唐家三少当选第十三届全国政协委员。

28日,阅文集团与湖南卫视共同举办"2017阅文超级IP风云盛典暨第三届中国原创文学风云榜盛典",设立包括年度原创风云榜、年度改编潜力IP、年度潜力作家、年度影视改编IP、年度动漫改编IP、年度值得期待的游戏改编IP、年度受海外欢迎IP、年度成就作家、超级IP男女演员等榜单。辰东《圣墟》与叶非夜《亿万星辰不及你》分别获"男生作品"与"女生作品"榜单冠军,猫腻《择天记》获"年度原创最佳影视改编",蝴蝶蓝《全职高手》获"年度原创最佳动漫改编"。

31日,蒋胜男当选浙江省第十三届全国人大代表。

晋江文学城《2017年度IP改编盘点》发布。其中,"多版权最有价值"榜作者有：非天夜翔,priest,淮上,墨香铜臭,青浼；"影视最有价值"榜作者有：玖月晞,Twentine,红九,月下蝶影,容光,耳东兔子,咬春饼；"动漫改编成品展示"有非天夜翔《末日曙光》、墨香铜臭《魔道祖师》、语笑阑珊《帝王攻略》、荔箫《盛世妆娘》；"动漫改编签约展示"有priest《默读》、淮上《青龙图腾》、梦溪石《千秋》、巫哲《狼行成双》、月下桑《没有来生》等9部。

豆瓣阅读从豆瓣集团独立,并接受柠萌影业6000万人民币的A轮融资。4月,豆瓣阅读推出"豆瓣方舟文库"。第一批包括新文艺、新科幻、新女性、非虚构四类,是豆瓣阅读首次自主出版整套图书。

2月

28日,新浪微博推出评论审核功能。对读者的评论,博主可以先审后发。

3月

29日,中国作协网络文学委员会、上海市新闻出版局、上海市作家协会、阅文集团联合主办"中国网络文学20年发展研讨会"。会议公布了"中国网络文学20年20部优秀作品"榜单,猫腻《间客》(2009)荣登榜首,评委给予"网络小说的巅峰之作"的评语，痞子蔡《第一次的亲密接触》（1998）居次席。

跳舞的《跳舞说网文》发布于知乎网。跳舞是起点中文网白金作家，代表作《恶魔法则》《邪气凛然》等，2016年当选江苏省网络作家协会主席。《跳舞说网文》根据作者在三江学院的讲课教案整理而成。相对于《杨晨说网文》等网站编辑为新手编写的"入门攻略"，《跳舞说网文》显示了大神级作者的"高阶见解"，在一些基本要领上表现出对"惯例"的超越。

游戏版号的发放从本月开始事实上进入停滞，经过20余年的飞速发展之后，国内游戏行业在2018年陷入"冰点"。版号停发后，整个游戏市场的信心大受打击，与游戏相关的网文IP随之遇冷。

4月

1日，爱潜水的乌贼在起点中文网连载《诡秘之主》（2020年5月1日完结），将"克苏鲁神话"引入网络文学并成功本土化，此作成为现象级作品。

2日，翻译网站Wuxiaworld推出预读付费机制，这一"付费提前看"的模式与按章付费的"起点模式"的根本差别在于并非强制付费。截至2018年年底，Wuxiaworld上共有可"提前看"的小说29本，译者和网站一般按照七三分成，译者能拿到绝大多数付费收入。

4日，新浪微博著名扫文账号"紫色熄灭之纯爱扫文札记"注销。该账号是"女性向"网文圈内最著名的扫文推文账号，被粉丝昵称为"小紫"，巅峰时期微博粉丝数量达154万，几乎每条推文均有上万次评论、转发，在读者群体中有很大的传播力和影响力。其推文帖不仅有常规的主角CP属性、情节梗概等内容，还有极具个人特色的简评或长评，夸张的语言风格、简单粗暴但直接准确的描述辨识度极高，影响了许多其他推文号的语言风格和行文方式。

6日，现象级真人选秀综艺《偶像练习生》收官，第一名出道的练习生蔡徐坤成为"顶流"（登上微博"流量明星榜"榜首），9位出道选手组成的"乾坤正道""异坤""长得俊"等真人CP的同人创作在微博、LOFTER等平台热度居高。

13日，新浪微博官方账号"微博管理员"宣布，将开展为期3个月的针对违规漫画、游戏和短视频内容的集中清理行动，清查对象包括：涉黄、宣扬血腥暴力、同性恋题材的漫画及短视频内容，包含"腐、基、耽美、本子"等特征的内容；含有暴力内容的违法游戏（如侠盗飞车、黑手党、雇佣兵）及相关的动图短视频内容等。查封"同志之声"等同志资讯方面的微博，以及"瓶邪""盾铁""盾冬""锤基"等同人 CP 超话。这一公告因涉及"同性恋歧视"而引起了众多网友反对。同日，公众号"我的票圈"发表《渣浪你好，我是同性恋》并引爆舆论，LGBT 群体也在微博以"我是同性恋"为标签发起话题，阅读量很快突破 5 亿。16 日，在舆论压力下，"微博管理员"宣布"本次游戏动漫清理不再针对同性恋内容，而主要是清理涉黄、暴力血腥题材内容"，同性恋相关题材超话和账号解封，之后 CP 超话也陆续解封。

5 月

9 日，微博开始讨论"女性向"网文中的"四大新晋流量小生"，祁醉（《绝地求生》）、丁汉白（《碎玉投珠》）、贺朝（《伪装学渣》）、严峫（《破云》）四位角色获得提名最多，被并称为"四大流量"，各自的"骚话"表情包也在微博上流传，"骚"成为 2018 年最为流行的小说人物属性。这里的"骚话"指的不是下流话，而是情话，直截了当地表达喜爱的情话。

15 日，起点国际开始收费，其按章付费的模式基本参照起点中文网的 VIP 付费阅读制度。

16 日，第一届中国网络文学周在浙江杭州开幕，中国作家协会发布了《中国网络文学蓝皮书（2017）》和"2017 中国网络小说排行榜下半年榜"。共 20 部作品入选下半年榜，其中包括《孺子帝》（冰临神下，起点中文网）等 10 部完结作品和《未忘日》（藤萍，火星小说）等 10 部未完结作品。

28 日，崔永元在新浪微博上爆料范冰冰偷税逃税，随即引发影视行业监管风暴。6 月 27 日，中央宣传部、文化和旅游部、国家税务总局、国家广播电视总局、国家电影局等联合印发通知，要求加强对影视行业天价片酬、"阴阳合同"、偷逃税等问题的治理，控制不合理片酬，推进依法纳税，促进影视业健康发展。资本大量逃出影视业，网文 IP 的估值随即降到近年最低点。

趣头条旗下米读小说上线，以首创的"免费阅读＋观看广告"的模式引发了免费阅读冲击波。这一模式是以较低的成本向中小网站购买中底层作者批量生产的用于"充书库"的"套路文"，为对质量要求不高但对价格敏感的用户提供免费阅读服务，再通过大量投放广告来盈利。依靠这一互联网免费经济在网络文学领域中的实践，6 个月内，米读小说就实现了从 0 到 4000 万用户的飞跃，在 2018 年年底平均日活突破 500 万，为业内仅次于掌阅、QQ 阅读（阅文旗下）的第三大移动阅读平台。

6 月

13 日，网络剧《镇魂》在优酷视频播出，迅速爆红，成为 2018 年最热门的影视作品。该剧改编自 2012—2013 年 priest 在晋江文学城连载的同名小说，粉丝自称"镇魂女孩"，掀起了同人圈与偶像明星粉丝圈的集体狂欢。剧中角色沈巍、赵云澜组成的同人 CP"巍澜"及其扮演者朱一龙、白宇组成的真人同人 CP"朱白"，均成为 2018 年的现象级话题，嗑 CP 成为女性文化消费的核心驱动力。

21 日，国家社科基金重点项目"全球媒介革命视野下的中国网络文学发生、发展及国际传播研究"获准立项，项目负责人为北京大学长聘制副教授、研究员邵燕君。

6 月，起点国际收购排名第二的粉丝型翻译网站 Gravity Tales（2015 年建立）。

7 月

3 日，晋江文学城与 B 站达成动漫、游戏化合作第一弹，签约作品包括：墨香铜臭《天官赐福》、淮上《破云》、priest《残次品》、语笑阑珊《你在星光深处》、巫哲《解药》。一周后，达成合作第二弹，签约作品包括：非天夜翔《天宝伏妖录》、拉棉花糖的兔子《我开动物园那些年》、梦溪石《无双》、西子绪《死亡万花筒》。

9 日，动画《魔道祖师 第一季／前尘篇》（视美精典、企鹅影视出品）在腾讯视频播出，改编自墨香铜臭同名小说，24 小时内播放量破亿。次年 8 月 3 日，《魔道祖师 第二季／羡云篇》播出。此外，2018 年 6 月至 2019 年 10 月在猫耳 FM 连载的《魔道祖师》广播剧，三季累计付费播放次数超过 2.3 亿，约 400 万人次收听（收听全剧需 997 钻，折合人民币 99.7 元）。《魔道祖师》既是"女性向"读者社区内最成功的网文，长期占据晋江全站总积分排行榜第一位，也是动漫、广播剧等二次元领域改编最成功的网文 IP，2019 年又成为影视改编最成功的网文 IP，它的成绩证明了"女性向"粉丝读者的评价体系与整个女性社区 CP 文化的高度契合，最好的"女性向"网文提供了最好的 CP，同时也就是最好的 IP。

24 日，晋江文学城官方微博公布，墨香铜臭《天官赐福》单本版权交易金额破4000万。

8月

2日，电视剧《香蜜沉沉烬如霜》在江苏卫视播出。该剧改编自电线2008年在晋江原创网连载的同名小说，是2018年人气最高的古装仙侠偶像剧。

30日，教育部、国家卫生健康委员会等8部门联合印发《综合防控儿童青少年近视实施方案》，提出了到2030年中国6岁儿童近视率控制在3%左右的目标。此后，文学网站纷纷推出"青少年版"。

连尚文学推出连尚免费读书APP。依托WiFi万能钥匙的渠道优势和逐浪网的内容支撑，连尚文学以免费模式下沉到乡镇、农村市场，吸引了广大中小城镇和乡村的网络小说爱好者以及盗版网文阅读人群，截至2018年12月，月活跃用户超3000万。

七猫免费小说上线，并依靠重金推广后来居上，在2019年年中月活跃用户达3700万，超越米读小说和连尚免费读书，成为第三大移动阅读平台，并获得百度巨资入股。

9月

11日，PEPA在长佩文学连载《我嗑了对家×我的CP》。小说凭借对追星女孩嗑CP的现状做出的生动描述和精准解读，在整个女性读者社区中引发热议。

12日，阅文发布红袖读书APP，作为汇集阅文旗下女频内容的移动阅读APP，该平台整合了起点女生网、云起书院、潇湘书院、红袖添香、小说阅读网、言情小说吧的作品。

疯狂小强主编的《零基础教你写网文：网络小说写作教程》在沈阳出版社出版。疯狂小强（本名谢坚）曾是起点中文网签约作家，代表作为《超级系统》。2011年年底，他制作了名为玄派的姓名生成器，为自己和其他作家好友解决角色起名问题。由于效果显著，他又陆续制作了地名生成器、门派生成器等等，并引起了一场写作软件的热潮。2015年开始运营微信公众号"玄派"。作为一家写手培训公司，玄派的写作指南类文章特别注重可操作性，手把手地带领新手迈过第一道坎。其各种生成器也为写手们提供了直接的助力。

本月起，一批微博bot账号陆续开通。bot是robot的缩写，指的是不带主观感情、定期更新投稿的机器人账号。bot最早出现在推特上，由机器人发布符合bot主题的读者投稿，由于微博无法设置机器人自动更新，微博bot是模拟推特bot形式的人工管理账号。与推特bot相比，微博bot发展出了公共议题、文学、情感等更多种类。如热度最高的"鲁迅bot"，主要发布鲁迅小说和杂文的片段摘录，常常与当下公共话题中的女权、儿童成长、青年人的未来、社会公平等热点出现重合，并获得大量转发点赞。同年11月，"俄罗斯文学bot"开通，此后"英国文学bot""亚非文学bot""本国文学bot"等账号陆续开通，其中，网友普遍认为"俄罗斯文学bot"和"亚非文学bot"的投稿内容文学价值最高。

10月

11日，山东大学网络文学研究中心成立。该中心由中国作协与山东大学联合建设，是依托于山东大学文学院的非实体性科研机构，由文学院副院长、山东省作家协会主席黄发有教授担任中心主任和首席专家。

26日，全国"扫黄打非"办和国家新闻出版署就微信公众号传播淫秽色情和低俗网络小说问题约谈了腾讯集团。相关部门负责人指出，通过微信公众号传播淫秽色情和低俗网络小说的问题有所蔓延，以低俗内容为噱头吸引读者通过点击"阅读原文"、识别二维码等方式引流至其他公众号或网站的现象较为严重，严重干扰了网络出版秩序。

11月

2日，湖南卫视美声音乐综艺《声入人心》开播。随着节目的推进，音乐剧演员阿云嘎、郑云龙获得较高人气，两人的同人CP"云次方"吸引了大量的CP粉丝，是2019年人气最高的真人CP，长期蝉联微博CP榜前两名。"云次方"的走红，令原本小众的音乐剧和刚刚起步的中文音乐剧市场迅速升温，显示出CP在女性文化消费中的巨大驱动力。

3日，IG电子竞技俱乐部在《英雄联盟》2018全球总决赛中夺冠。中国电子竞技进一步商业化，同时也再次带动了网络文学中"电竞文"类型的发展。

6日，国家社科基金重大项目"中国网络文学评价体系建构研究""中国新媒介文艺研究"获准立项，项目负责人分别为安徽大学教授周志雄、杭州师范大学教授单小曦。2021年，国家社科基金重大项目"中国网络文学的文化传承与海外传播研究"获准立项，项目负责人为中国社会科学院研究员陈定家。

12月

21日，中宣部出版局有关负责人在2018中国游戏产业年会上表示，部分游戏已经完成审核，正在抓紧核发版号，同时由于申报的游戏总量比较大，所以工作的推进还需要一定时间，希望从业人士保持一定的耐心。消息一经发出，上市游戏公司股票全线大涨。

25日，电视剧《知否知否应是绿肥红瘦》在湖南卫视播出。该剧根据"宅斗文"经典之作《知否？知否？应是绿肥红瘦》（关心则乱，2010—2012，晋江文学城）改编。

26日，《少年歌行》（周木楠，不可能的世界）的动画版在B站和爱奇艺播出，制作方为中影年年。动画制作精良，时常占据B站"国创区（国产动画区）"排行榜榜首。

北京大学网络文学研究论坛推出《中国网络文学20年·典文集/好文集》，共收入40部网文。《典文集》是"粉丝型学者"的网文史导读；《好文集》是"学者型粉丝"的同好安利。"典文集"包括经典性作家代表作《将夜》（猫腻）、《大明妖孽》（冰临神下）、《赘婿》（愤怒的香蕉）、《默读》(priest)、《二零一三》（非天夜翔）；类型文代表作有《悟空传》（今何在）等15部；"好文集"包括《十大酷刑》（小周123）等20部。

截至2018年年底，加入平治信息CPS（全称Cost Per Sales，即以实际销售产品数量来计算广告费用）合作模式的自媒体超过30万家。依托于这些"流量终端"，平治连通了数千万随着微信普及而触网的新用户，进一步扩张了网络文学的大众阅读群体。新的受众和渠道也孕育出了一种新的网络文学形态——这类作品基本沿袭网文既有套路，风格趣味更接近传统通俗文学，以更快的节奏、更短的篇幅、更大胆的题材吸引读者，被业内称为"新媒体文"。

Wuxiaworld引入中文在线成为股东，收购排名第三的粉丝型翻译网站Volare Novels（2015年年底建立）。除中国网络小说，Wuxiaworld还上线了6部韩国网络小说的英译本。由RWX（赖静平）亲自翻译并最早在海外引发阅读热潮的 *Coiling Dragon*（《盘龙》，我吃西红柿），被制作成8部电子书登陆亚马逊，反响颇好。截至2018年年底，8部电子书共卖出15821册，收入37723美元。这标志着中国网文终于打通了英语世界的主流阅读平台。

推文科技（2017年11月成立）上线AI智能翻译系统，并推出了以此为基础的英译网站Babelnovel（babelnovel.com）。

蛋妈的《网文圈新手生存法则——蛋妈教你解读编辑脑回路》发布于

《网文圈》第 32 期。蛋妈，本名苏小苏，曾是网络作者，担任过起点中文网编辑、二组主编，又进入 17K 小说网，后任纵横文学副总裁，有着丰富的文学网站的编辑经验和运营经验。在该文中，蛋妈为新人作者提供了职业认知、基本技能以及如何处理与编辑、作者同行的关系等方面的建议，内容较为实用，也从侧面反映了网文作者的生存状态。

中国互联网络信息中心发布第 43 次《中国互联网络发展状况统计报告》：截至 2018 年 12 月，网民规模达 8.29 亿，互联网普及率为 59.6%。手机网民规模达 8.17 亿，网民中使用手机上网的人群占比达 98.6%。网络文学用户规模为 4.32 亿，占网民总体的 52.1%；手机网络文学用户规模为 4.10 亿，占手机网民的 50.2%。

本年

免费阅读崛起，并引起了免费阅读与收费阅读之争。免费阅读模式是以较低的价格向中小网站购买中底层作者批量生产的用于"充书库"的"套路文"，为对质量要求不高但对价格敏感的用户提供免费阅读服务，再通过大量投放广告来盈利。米读小说、七猫小说等免费阅读 APP 先后成为业内第三大阅读平台，受到冲击的阅文、掌阅也都在 2019 年陆续推出了自家的免费平台。同期，起点国际与 Wuxiaworld 先后推出付费模式，建成"起点国际模式"和"Wuxiaworld 模式"，中国网络文学的海外传播从内容传播进化到了模式输出。

女频读者"嗑 CP"成为一种常态，读者不再满足于看两个人物谈恋爱，而热衷于"嗑"一对 CP。这一变化发端于 2014 年前后，此时终于通过大量的典型文本显现出来，并且与以女性为主要受众的偶像粉丝工业形成互动。在构成了女性文化消费市场核心驱动力的 CP 文化保驾护航之下，晋江文学城在影视行业的寒冬中迎难而上，凭借 CP 的巨大能量，依然取得了丰硕的 IP 成绩。

年度代表作品有：《诡秘之主》（爱潜水的乌贼，起点中文网）、《大医凌然》（志鸟村，起点中文网）、《我有一座冒险屋》（我会修空调，起点中文网）、《深夜书屋》（纯洁滴小龙，起点中文网）、《芝加哥 1990》（齐可休，起点中文网）、《谋断九州》（冰临神下，起点中文网）、《穹顶之上》（人间武库，起点中文网）、《秦吏》（七月新番，起点中文网）、《死在火星上》（天瑞说符，起点中文网）、《攻略不下来的男人》（袖侧，晋江文学城）、《时光和你都很美》（叶非夜，云起书院）、《前方高能》（莞尔 wr，起点女生网）、

《破云》(淮上，晋江文学城)、《AWM［绝地求生］》(漫漫何其多，晋江文学城)、《死亡万花筒》(西子绪，晋江文学城)、《碎玉投珠》(北南，晋江文学城)、《全球高考》(木苏里，晋江文学城)、《地球上线》(莫晨欢，晋江文学城)、《迪奥先生》(绿野千鹤，晋江文学城)、《我嗑了对家×我的CP》(PEPA，长佩文学)。

2019年

1月

字节跳动旗下免费阅读平台番茄小说上线。凭借字节跳动的渠道优势（抖音、今日头条），番茄小说上线不久读者规模就跃居免费阅读平台前五。

阅文集团旗下免费阅读APP飞读小说上线。相较其他免费阅读APP，飞读小说虽然诞生较晚，但在内容上拥有绝对优势。阅文此前积累的众多大神完结作品，如唐家三少的《斗罗大陆》、辰东的《完美世界》都出现在其中供读者免费阅读。

随后，掌阅也推出免费阅读平台——得间小说。免费阅读不但成为网文行业的重要商业模式，对付费阅读模式造成猛烈冲击，也被视为互联网巨头必争的重要流量变现模式和内容生产基地。

2月

25日，国家新闻出版署和中国作家协会在北京联合发布"2018年优秀网络文学原创作品"推介名单，共有24部作品入选。本届评委会主任、中国作协网络文学委员会主任陈崎嵘认为，榜单的最大亮点是有一批优秀的网络文学现实题材作品脱颖而出。

27日，全国"扫黄打非"办要求各地各部门紧紧围绕新中国成立70周年主线，于3月至11月大力组织开展"净网2019""护苗2019""秋风2019"等专项行动。其中，"净网2019"专项行动将着重整治网络文学领域。

3月

月初，全国政协会议在北京召开。作为网络文学界唯一的政协委员，张威（唐家三少）提出《关于规范网络文学类产品审核标准的提案》，认为"如何强化相关网络服务提供者的管理责任，对于保护网络文学行业有着重要的作用"，监管部门"急需出台统一的审核细则，加大违规处理力度"。此提案被媒体报道后，引起了网文界的强烈反响，引发不少担忧。

唐家三少在其微博（3月12日）上解释称，自己的提案不是针对网文作品的，而是"针对网站、APP、网站、阅读类公众号的"。特别是那些以"擦边球内容"吸引流量的新媒体平台，"极大程度地破坏着网络文学的名誉"，"希望对他们能有统一的审核制度，并且有案可查"。他认为："网络文学二十年了，有关于我们的故事内容，也被审核了二十年了。正规网站根本就不会担心审核制度的出现，我们怕的不是有审核标准，而是没有审核标准的自由心证（原文'正'估计为笔误——编者注），怕的是过滤器把成语都过滤成星号。"在2019年的网络文学专项整治行动中，因为"强化网络服务提供者的管理责任"，不少文学网站主动删除、下架了一些作品，其中部分作品在作者修改后才得以重新发布。

18日，阅文集团公布了2018全年财报。据财报显示，阅文集团2018年共实现营收50.4亿元人民币，同比增长23%；全年经营利润达11.15亿元人民币，较去年同期增长81.4%；全年净利润9.106亿元，同比增长63.7%。然而，平台及自营平台渠道平均月付费用户数从2017年的1110万下降至2018年的1080万，付费比率从5.8%下降至5.1%。

19日，豆瓣阅读举行第一届长篇拉力赛，分为悬疑、女性、幻想、文艺、历史5组，参赛作品限时100天进行创作，引入影视、出版观察团推荐机制，与读者推荐票共同决定比赛结果。最终的总冠军是雨楼清歌《天下刀宗》。

21日，古装网络剧《新白娘子传奇》（爱奇艺、中文在线出品）宣布延期上线，影视剧圈内开始流传"限古令"，其中传播最广的说法是："从即日起至6月，包括武侠、玄幻、历史、神话、穿越、传记、宫斗等在内的所有古装题材网剧、电视剧、网大都不允许播出。已播出的撤掉所有版面，未播出的全部择日再排。"此后，《九州缥缈录》《陈情令》等古装题材影视剧均延期上映。

知乎上线盐选会员专栏，内容分为"看故事"与"涨知识"两类。其中"看故事"包括知乎原创故事、网络小说（与阅文集团合作，引入其作品库）、出版物电子书、讲书音频等。

4月

18日，"第13届中国作家富豪榜主榜单"公布，科幻作家刘慈欣登顶。

27日，安徽大学网络文学研究中心成立，周志雄教授任主任。

30日，中文在线旗下互动式视觉小说平台Chapters登录苹果商店中国区。据中文在线年报，Chapters 自 2018 年 2 月进入美国 iPhone Top Grossing 榜单后，基本稳定在 100 名左右，是中国网络文学海外传播的又一突破。

截至月底，在"本章说"开通后，起点平台上已累计产生了 7700 多万条读者"段评"。"本章说"表现出足以改造网文创作和阅读生态的力量。

5 月

11 日，第二届中国网络文学周在杭州举行。开幕式上，中国作家协会发布了《2018 中国网络文学蓝皮书》与"2018 中国网络小说排行榜"。共有 20 部作品上榜，其中已完结作品有《修真四万年》（卧牛真人，起点中文网）等 10 部，未完结作品有《诡秘之主》（爱潜水的乌贼，起点中文网）等 10 部。

文学周期间，发布了"网络文学名家名作导读丛书"（作家出版社）。该丛书挑选"公认的网络文学名家"的代表作，由活跃的网络文学评论家导读。中国作协网络文学研究中心研究员肖惊鸿任主编。丛书计划推出 5—10 辑。已出版的第一辑包括：《辰东与〈遮天〉》（肖惊鸿）、《骷髅精灵与〈星战风暴〉》（乌兰其木格）、《猫腻与〈将夜〉》（庄庸）、《我吃西红柿与〈吞噬星空〉》（夏烈）、《血红与〈巫神记〉》（西篱）。

6 月

27 日，电视剧《陈情令》在腾讯视频播出，据墨香铜臭《魔道祖师》改编。该剧是 2019 暑期档最热门的影视剧之一，剧中主角蓝忘机与魏无羡的扮演者王一博、肖战组成的"博君一肖"CP，是 2019 年人气最高的真人同人 CP。

7 月

2 日，微信官方信息发布平台"微信派"刊载《到此为止吧，小黄文》一文，对利用"小黄文"在微信公众号引流的新媒体文进行最严厉的警告，表示自 2019 年至今，微信团队处理违规小说账号超过 6.6 万个。

3 日，人民阅读成立。人民日报数字传播与瀚叶股份、深圳量子云科技有限公司拟共同出资设立人民阅读信息科技有限公司，主要从事数字阅读相关业务。其中，人民日报全资子公司人民日报数字传播占股 51%。

9 日，电视剧《亲爱的，热爱的》播出。该剧改编自墨宝非宝 2014—2015 年在晋江文学城连载的小说《蜜汁炖鱿鱼》，以电竞言情为主题，是 2019 暑期档最热的影视作品之一。

15日,按照全国"扫黄打非"办部署,北京和上海市"扫黄打非"办联合网信、新闻出版和文化执法等部门分别对晋江文学城、番茄小说、米读小说进行约谈,要求针对传播网络淫秽色情出版物等问题进行严肃整改。根据问题性质,责令晋江文学城网站及移动客户端自7月15日20时起停止更新、停止经营性业务3个月,并在首页登载整改公告。米读小说网站及移动客户端自7月16日12时起停止更新、停止经营性业务3个月,并在网站、移动客户端首页登载整改公告。番茄小说被责令停止更新、停止经营性业务3个月。整改期间,字节跳动推出红果小说,弥补市场空白。

26日,国产动画电影《哪吒之魔童降世》上映,最终票房49.72亿,仅次于《战狼Ⅱ》(56.8亿),位列中国影史票房第二位。电影主角哪吒与敖丙的同人CP"饼渣",在微博、LOFTER等平台引发了大量同人创作。

8月

1日,晋江文学城16周年暨第四届作者大会在北京举行。据大会公布的官方统计,与2016年8月第三届作者大会的数据相比,网站的总PV流量从日均1亿次增长至日均4亿次,半年消费用户数从2016年下半年的62.82万增长至2019年上半年的222.94万人,月均单用户消费额从16.61元增长至23.85元,作者平均千字收入从2016年下半年的62元增长至2019年上半年的180元。

9日,第三届中国"网络文学+"大会开幕式暨高峰论坛在北京举行。中国音像与数字出版协会发布《2018中国网络文学发展报告》:2018年,网络文学作品累计达到2442万部,较2017年新增795万部,同比增长48.3%。其中,2018年新增签约作品24万部,目前签约作品已达129.1万部。向海外输出中国网络文学作品的数量已达11168部。新增纸质图书出版1193部,新增改编电影203部、电视剧239部、动漫569部、游戏96款。国内网络文学创作者已达1755万,其中签约作者61万;在签约作者中,兼职作者占比61.9%,较2017年提升了6.9个百分点。网络文学作者中,男性作者占比56.6%,女性作者占比43.4%。在年龄分布上,90后作者已达50.6%。网络文学读者平均阅龄7.9年,近半数读者单次阅读时长在1—3个小时。

12日,阅文集团公布2019上半年财报。财报显示,阅文集团2019上半年实现总收入29.7亿元人民币,同比增长30.1%;毛利为16.2亿元,同比增长35.5%。版权运营收入同比大增280.3%至12.2亿元。然而，在线业务收入同比减少11.5%至16.63亿元，占总收入56%，上年同期该版块占比高达82.3%。其中，自有平台产品在线业务收入同比减少10.1%至9.85亿元；腾讯产品自营渠道在线业务收入同比减少13.7%至4.31亿元；第三方平台在线业务收入同比减少13.2%至2.46亿元。付费读者数量从1070万下降至970万。

18日，英文同人作品库Archive of Our Own（简称AO3）获第77届世界科幻大会雨果奖最佳相关作品奖，AO3创始人之一Naomi Novik在接受颁奖时发表演讲，与全世界所有对同人社群有归属感的人一起分享这个奖项。AO3是全球规模最大、最为知名的同人文库，也是中国作者最常使用的同人网站之一。作品以英语为主，支持多种语言，中文作品数量居第二位，此时已达10万余篇（英文作品450万篇）。

23日，阅文集团发布讣告称：网络文学著名作家、阅文大神作家格子里的夜晚意外离世。格子里的夜晚，本名刘嘉俊，生于1980年。1999年，以一篇《物理班》获首届新概念作文大赛一等奖，免试进入华东师范大学中文系文科基地班，毕业后供职于《萌芽》《上海壹周》《文学报》。2004年，以笔名Absolut在起点中文网发表小说，代表作有《数字生命》《时光之心》，是起点中文网第二批白金作家。

2019年度教育部哲学社会科学研究重大课题攻关项目"中国网络文学创作、阅读、传播与资料库建设研究"获准立项，项目负责人为北京大学长聘制副教授、研究员邵燕君。

30日，中国互联网络信息中心发布第44次《中国互联网络发展状况统计报告》：截至2019年6月，网络文学用户为4.55亿，其中手机网络文学用户为4.35亿。该报告首次关注用户在各类应用中时长占比数据。2019年上半年，手机网民常用APP的使用时长占比前六位依次为：通信类14.5%，网络视频13.4%，短视频11.5%，网络音乐10.7%，网络文学9%，网络音频8.8%。

9月

16日，阅文集团出台新版《阅文用户服务协议》，将付费订阅的服务期限修改为1个月。同时规定，超出服务期限后，阅文将尽最大努力无偿地延长阅读期限，但如收费小说超出上述服务期限后因版权纠纷、作者或作品自身原因（如违反法律法规、政策的规定或行业的规则，涉及侵权纠纷、违反公序良俗等）导致作品下架、被屏蔽无法正常阅读的，阅文不承担任何责任。

在线阅读行业的月活跃用户规模已从 2.6 亿增长至 3.6 亿，其中免费阅读类 APP 的合计月活规模超过 1 亿。

10 月

11 日，国家新闻出版署和中国作家协会在京联合召开"庆祝新中国成立 70 周年"主题网络文学作品暨 2019 年优秀网络文学原创作品发布仪式，共推荐 25 部网络文学作品，阿耐的《大江东去》、金宇澄的《繁花》等作品入选。据活动介绍，入选作品"代表了网络文学在现实题材创作上的丰硕收获与艺术成就"。

20 日，2019 苏州网络文学对话会举办，主题为"当下文学生态和网络文学的前景"，包括网络文学内部迭代、如何看待免费模式与如何推动网络文学的现实题材创作等议题。

25 日，电影《少年的你》上映，曾国祥导演，周冬雨、易烊千玺主演。电影因聚焦校园暴力等现实性问题，且在电影艺术层面上达到了较高水平，被部分影评人和观众誉为"国产良心""年度最佳"，在豆瓣也获得了 8.4 的高分。但与此同时，原著小说《少年的你，如此美丽》（玖月晞，晋江文学城，2015）被指涉嫌抄袭东野圭吾的《白夜行》等作，且作者玖月晞被反抄袭群体称作"融梗女王"，其多部小说均有抄袭争议，引发了网友对电影的反感和抵制。

11 月

16 日，第三届网络文学双年奖于慈溪揭晓，《燕云台》（蒋胜男）获金奖。

22 日，第 30 届银河奖于成都揭晓，《死在火星上》（天瑞说符）获最佳网络文学奖。

26 日，由猫腻小说《庆余年》改编的同名电视剧开播，广受好评。在 2020 年举办的第 26 届上海电视节上，编剧王倦获电视连续剧最佳编剧（改编）奖。

29 日，第二届茅盾文学新人奖·网络文学新人奖公布，骁骑校、萧鼎等 10 位作家获奖。

番茄小说重新上线。2020 年，字节跳动连续投资塔读文学、磨铁中文网等老牌文学网站，并与除阅文集团外的几乎所有网文平台建立合作，番茄小说成为免费模式领军平台。

12月

11日,《中国作家协会个人会员申请审批办法》发布。网络作家申请加入中国作协的标准为:"在具有网络出版服务许可证或互联网出版许可证的文学网站上,发表平均订阅量5000以上的原创完本文学作品不少于200万字。"

18日,今日头条推出木叶文学网(后更名番茄小说网),旨在为番茄小说提供内容。免费阅读平台逐步建立起适应免费模式的内容生产机制。

25日,阅文集团与彩云科技合作的30部人工智能(Artificial Intelligence,简称AI)翻译网文作品上线起点国际,AI翻译逐渐登上网络文学对外传播的舞台。

年内,晋江文学城与韩国出版社D&C Media、原创网络文学网站Munpia等平台达成合作①,签约《魔道祖师》《天官赐福》《镇魂》《杀破狼》《默读》等作品的韩文版权,这是第一批输出韩国的"女性向"网文。

本年

"本章说"表现出足以改变网文创作和阅读生态的力量。2017年诞生于起点中文网的"本章说"是与移动阅读相适应的新点评机制,让使用手机阅读的读者可以在任意一段小说文字之后,非常方便地开展即时的点评,比在纸书上做批注更便利的是,作者可以立刻看到评论而读者之间也能彼此互动。截至2019年4月,起点平台上已累计产生了7700多万条读者"段评"。"本章说"对读者的充分赋权使作者和读者的互动达到一个前所未有的高度,不但越出了印刷时代文学创作和阅读能抵达的边界,甚至超越了口头文学时代说书人和听书人的同盟。同时,"本章说"使一批具有新气象的作品脱颖而出,推动了网络文学的转型和"新神"的诞生。爱潜水的乌贼、会说话的肘子和我会修空调等一批"90后"大神,在"本章说"的加持下崛起,开始从网络文学界的中坚成为"顶流"。

女频出现了大量关注和探索世界设定的热门作品,在"嗑CP"成为

---

① D&C Media出版社是韩国最早上市的类型文学出版社,后转型为综合内容公司,以国内外网文、轻小说、网络漫画出版为主,还涉足游戏运营与IP改编。Munpia是韩国最大的网络文学网站之一,由武侠小说网站发展而来,长期主打男频网文,后增设女频,与主打女频网文的网站joara并称韩国网文界"双峰",2018年10月接受中国阅文集团投资、持股26%,双方开启了内容的双向输出。

女性文化消费常态的同时,女性开始从以爱情为绝对中心的叙事框架中挣脱出来,书写与爱情无关的世界设定和故事情节。造成这一现象的直接原因,是外部监管力度加大,女频的情欲书写空间步步压缩,作者被框定在"禁欲"的写作范围中,被迫回到自我、回到心灵、回到个体与世界的关系。但同时转向也具有内部驱动力,"90后"乃至"95后"女性群体逐渐成为网文用户主体后,文学诉求和审美偏好也发生了变化。新一代男频与女频的界限不那么泾渭分明,男频作品开始借鉴女频细致幽微的爱情叙事元素,而女频也更加注重无关爱情的那些文学题材。女频文对世界设定的探索,体现出新一代女性对理想世界与理想生活方式的新想象。

年度代表作品有:《绍宋》(榴弹怕水,起点中文网)、《天启预报》(风月,起点中文网)、《黎明医生》(机器人瓦力,起点中文网)、《变成血族是什么体验》(神行汉堡,起点中文网)、《亏成首富从游戏开始》(青衫取醉,起点中文网)、《赤心巡天》(情何以甚,起点中文网)、《伏龙》(石青秋,掌阅)、《小蘑菇》(一十四洲,晋江文学城)、《向师祖献上咸鱼》(扶华,晋江文学城)、《枕边有你》(三水小草,晋江文学城)、《破云2吞海》(淮上,晋江文学城)、《文学入侵》(鹿门客,晋江文学城)、《FOG[电竞]》(漫漫何其多,晋江文学城)。

2020年

1月

18日,阅文集团与东方卫视共同举办"2019阅文原创文学风云盛典",发布2019年度中国原创文学风云榜,爱潜水的乌贼《诡秘之主》、叶非夜《好想住你隔壁》分别位列男频、女频榜首,猫腻《庆余年》获2019阅文原创文学风云盛典超级影视改编作品推荐。

31日,中国作家协会网络文学中心发布《致全国网络作家和网络文学工作者的公开信》,号召网络文学界"开展主题创作,传播正能量""提振鼓舞战胜新冠肺炎的信心",各地网络作协和文学网站纷纷举行"抗疫"主题的创作活动。

2月

3日,江月年年在晋江文学城连载《影帝他妹三岁半》。此后,晋江涌现了大量标题中带有"三岁半""五岁半"的小说,这类小说以幼童为主角,将亲情作为叙事核心,是2020年度的女频热门题材,与同时期免费阅读平台流行的"一胎多宝文"形成对照。

6日,老鹰吃小鸡在起点中文网连载《万族之劫》。至2021年1月31日,不到一年的时间里,他更新了830多万字,平均日更超过2万。自2020年5月起,蝉联8次月票榜冠军;9月获超41万票,刷新起点月票纪录;10月获超46万票,再创新纪录。

20日,《诡秘之主》在连载期间均订(付费章节平均订阅数)超过10万,打破了网络文学界连载作品订阅纪录。完结作品的订阅记录一直由天蚕土豆的《斗破苍穹》保持,全渠道均订超过20万。

26日,偶像明星肖战粉丝因不满"博君一肖"CP的同人小说《下坠》(作者MaiLeDiDiDi)中对肖战的女性化描写,组织起对该小说的连载平台LOFTER、AO3以及其他同人平台的批量举报,造成27日百度AO3贴吧被封,LOFTER众多同人作品被屏蔽、封禁。这一举报行动立即遭到同人圈的激烈反扑,发起"227大团结"行动,对肖战LOFTER标签广场进行"屠版"(刷屏抗议)。此后,事件因29日AO3网站被中国大陆网络限制访问而进一步发酵,大批愤怒的同人用户发起对肖战粉丝群体与肖战及其影视剧、商务代言等相关作品的抵制行动。3月11日,最高人民检察院主办的《检察日报》以两个版面连发五篇文章,总结、评论这一事件,引发了围绕网络真人同人创作的法律问题展开的大量讨论。"饭圈"的反黑、举报、氪金打榜等活动如今已成追星常态,偶像是否能对这些粉丝行为进行有效引导、约束,耽改剧及其演员的主流化困境等话题,也引发热议。"227事件"以对中国大陆网络同人创作的沉重打击为代价,令这些在中国偶像粉丝社群文化中潜藏多年的问题暴露无遗。

27日,豆瓣阅读举行第二届长篇拉力赛,内容要求更加趋于类型化,分为女性、悬疑、幻想三组。赛事至同年9月落幕,最终总冠军是女性组的《装腔启示录》(柳翠虎)。其他分组冠军分别是:悬疑组《雪盲》(李大发),幻想组《双宿时代:占据陌生肉体的我们》(鹳耳)。

北京大学网络文学论坛发布《中国网络文学双年选(2018—2019)》作品榜。女频有《破云》(淮上)等10部入选,男频有《诡秘之主》(爱潜水的乌贼)等10部入选。

3月

17日,阅文集团公布《2019年业绩报告》。报告显示,阅文集团2019年实现总收入83.5亿元人民币,同比增长65.7%。其中,版权运营收入44.2亿元，同比增长341%，在线业务收入37.1亿元。在2018年报告中，阅文在线业务营收为38.3亿元，核心的在线业务收入呈现下降趋势。

20日，电视剧《鬓边不是海棠红》在爱奇艺播出，同年8月在北京卫视播出。该剧改编自水如天儿的同名小说（晋江文学城，2010—2017），是女频民国京剧名伶题材的代表作。

4月

21日，今日头条小说频道更名为"番茄小说"（与此前推出的小说APP同名），并宣布全场免费。字节跳动进一步整合旗下小说平台，全力投入免费阅读的新模式。

23日，中国音像与数字出版协会发布《2019年中国数字阅读白皮书》。数据显示，截至2019年，我国数字阅读用户总量达4.7亿，人均电子书年接触量近15本，接触20本以上电子书的用户达到53.8%，每周阅读3次及以上的用户占比达88.0%；数字阅读整体市场规模达288.8亿元，同比增长13.5%，其中大众阅读市场规模占比逾95%，是产业发展主导力量。从数字阅读用户年龄分布看，"90后"用户占比达55.6%，年轻化趋势明显，其中18—25岁的大学生付费意愿最为强烈。白皮书同时指出，2019年我国数字阅读内容创作者规模继续扩大，已达929万人，其中"90后"作者占比高达58.8%。改编上，覆盖人数Top10的电视剧中，文学IP改编作品高达9部，网络文学成为影视剧本最大内容源。

27日，起点中文网创始人吴文辉、商学松、林庭锋、侯庆辰、罗立从阅文集团集体"荣退"，时任腾讯集团副总裁、腾讯影业首席执行官程武接管阅文。吴文辉在离职信中表示：创始团队"成功从无到有，开创了网络文学的商业模式、运行体系和版权拓展机制，尤其是奠定了付费阅读这样影响深远的基础商业规则，铺就了整个行业发展的基石"。但如今"需要一个崭新的管理团队和协作模式，以便更好地强化网络文学与网络动漫、影视、游戏、电竞等腾讯数字内容业务的联动，更广泛地跟行业开放合作，进一步激发网络文学生态和优质IP的潜在能量"。

28日，中国互联网络信息中心发布第45次《中国互联网络发展状况统计报告》：截至2020年3月（受疫情影响而推迟调查日期），网民规模达9.04亿，互联网普及率为64.5%。手机网民规模8.97亿，网民中使用手机上网的人群占比达99.3%。网络文学用户规模为4.55亿，占网民总体的50.4%；手机网络文学用户规模为4.53亿，占手机网民的50.5%。截至2019年12月，手机网民常用APP的使用时长占比前六位依次为：通信类14.8%，网络视频13.9%，短视频11.0%，网络音频9.0%，网络音乐8.9%，网络文学7.2%。

29日，阅文作者小僧无花在龙的天空论坛发帖《今天下午，刚到手的新合同》，引述的部分合同条款激起论坛用户的极大愤慨，被指为"霸王条款"。随后几天，争议扩展到在免费阅读、作品版权等方面，作者的权益受到大平台侵占等问题，并在微博、知乎引发大讨论，部分作家随即号召在5月5日举行"网络文学5.5断更节"，通过中断小说更新来表示抗议、争取权益。这是网文作者与文学网站之间规模最大、影响最广的冲突，背后既有网络作者缺乏权益保障的积怨，也有阅文管理层变动、付费模式调整给作者群体带来的焦虑。

5月

2日，受阅文合同事件影响，作家月影梧桐在个人微信公众号发表《愿以卑微之力挽天倾》，表示愿以自筹七成、众筹三成的方式创办"联合阅读"，设立一个"专注于文化读书，不注重IP和版权开发的小众平台"。6月21日，更名为"息壤中文网"正式开放。

3日，阅文集团在官方微信公众号发布《关于近期不实传言的说明》与《关于阅文作家系列恳谈会和调研的安排》，宣称该合同是"2019年9月推出的合同"，并决定于5月6日召开恳谈会，与作家代表商议合同细节。

6月

3日，阅文集团推出"单本可选新合同"，作者可自主选择是否免费，同时授权可仅到完本20年，回应了作者关于免费阅读和作品版权的核心诉求。

5日，国家新闻出版署印发《关于进一步加强网络文学出版管理的通知》，要求网络文学控制总量，实行网络文学创作者实名注册制度。相关内容在作者中引发网文是否也会配发书号的讨论和担忧。

19日，中国作协网络文学中心和《文艺报》发布《2019中国网络文学蓝皮书》，提及收费阅读模式触及发展天花板，收入增长停滞，以流量换收益的免费阅读模式发展迅速，迫使各网站纷纷跟进，支撑中国网络文学发展的付费阅读商业模式受到挑战。

24日，晋江文学城作品文案页开始展示作品的"立意"信息，引导作者赋予作品正能量的创作动机。许多作者戏谑应对，如把"种田文"的立意写成"建设社会主义新农村"，引发网友热烈讨论。

8月

11日，阅文集团公布2020年中期业绩，上半年净亏33.1亿元，为上市以来首次录得亏损，主要亏损源自新丽传媒"商誉减值"。

9月

4—6日，第四届中国"网络文学+"大会在京举办，发布《2019中国网络文学发展报告》。报告显示，2019年网络文学行业市场规模达201.7亿元，作品数量达2590.1万部，作者数量达1936万人。在网络文学出海方面，输出作品数量达3452部。5日，番茄小说作为免费网文模式代表主办其中一场分论坛。

10日，四月天小说网新站重新上线。原四月天小说网成立于2006年，是老牌言情站点，2010年被中文在线收购后并入17K女生网，原网站被关闭、注销。本次上线的新站，是中文在线借"四月天"老品牌建立的全新平台，主打"古言"。

29日，中国互联网络信息中心发布第46次《中国互联网络发展状况统计报告》：截至2020年6月，网民规模达9.40亿，互联网普及率为67.0%。手机网民规模达9.32亿，网民中使用手机上网的人群占比达99.2%。未统计网络文学相关数据。截至2020年6月，手机网民常用APP的使用时长排名中，网络文学位列第十，仅占4.6%，前九位依次为：通信类13.7%，网络视频12.8%，网络音频10.9%，短视频8.8%，网络音乐8.1%，网络直播7.3%，网络游戏6.6%、在线教育5.9%、网络新闻4.7%。

28日，中国作协、中共深圳市委宣传部共同主办的中国网络文学排行榜（2019年度）发布仪式在深圳举行。《浩荡》等10部作品入选中国网络小说排行榜；《庆余年》等6部作品入选IP影响排行榜；《天道图书馆》等2部作品及"起点国际"入选海外传播排行榜。

10月

15日，中国社会科学院文学研究所网络文学研究室成立。中国社科院文学研究所所长刘跃进表示，此次网络文学研究室成立，是当下文学学科发展的现实需要，也是网络文学学科建设史上的一个大事件。研究室将聚焦对网络文学及相关文学现象做文学、文化及理论方面的勘察，坚持追踪、关注中国当下网络文学发展进程，综合研究并构建符合网络文学发展特点的前沿理论和评价体系。

11月

4日，字节跳动投资11亿元入股掌阅科技（占公司总股本11.23%），进一步成为网络文学领域的主要资本玩家之一，为旗下番茄小说领军免费阅读再增内容支持。

8日，豆瓣用户"夏天慢点走"发布帖子《刚刚看到的这个凡尔赛博主象们看到了吗》，吐槽微博用户"蒙淇淇77"炫富行为的虚假，"凡尔赛"一词迅速流行。"蒙淇淇77"被发现曾是言情小说作者。此后，各类社交平台出现了大量被称为"凡尔赛文学"的戏仿文字。

16日，2020首届上海国际网络文学周启动，发布《2020网络文学出海发展白皮书》。

12月

20—22日，第十届中国数字出版博览会在北京举办，番茄小说获2019—2020年度"优秀品牌奖""优秀展示奖"。

24日，"省级网络作协负责人组织建设研讨班"结业式上，血红代表136位网络文学作家宣读了《提升网络文学创作质量倡议书》。倡议内容包括：坚持正确的创作导向，弘扬社会主义核心价值观，抵制低俗、庸俗、媚俗；走出书斋，不做"码字工"，深入生活，扎根人民；勇挑时代重担，传承中华文脉；强化创新精神，拒绝跟风写作；注重社会影响，恪守职业道德，不以点击量和收入论英雄；坚定文化自信，拓展国际视野，讲好中国故事，推进网文出海。

26日，电视剧《阳光之下》播出。该剧改编自贝昕（常用ID：鲜橙）《掌中之物》（若初文学网），这一作品以"反斯德哥尔摩"为标签，是言情"虐恋"模式的反类型代表作。

29日，艺恩咨询发布2020年阅文集团女频年度好书阅读推荐榜，共有20部来自阅文女频的作品当选。榜单显示，女频题材正突破"言情"类型格式，呈现题材多元化、主流化的发展趋势，内容更加多元化，其中高糖、轻松、逆袭三大内容类型最为热门。

据艾瑞咨询《2020年中国网络文学出海研究报告》，2020年中国网络文学海外市场规模达到4.6亿元，而这是该年度中国网络文学总市场规模的 2.2%。①

据 2021 年 2 月 9 日的 SimilarWeb 统计，起点国际用户占比最高的是美国（21.35%），其次是印度尼西亚（4.58%）、菲律宾（4.45%）、印度（4.14%）、芬兰（3.51%）；Wuxiaworld 用户占比最高的是美国（26.24%），其次是巴西（4.75%）、印度尼西亚（4.03%）、法国（3.97%）、丹麦（2.93%）。

中国互联网络信息中心发布第 47 次《中国互联网络发展状况统计报告》：截至 2020 年 12 月，网民规模达 9.89 亿，较 2020 年 3 月增长 8540 万，互联网普及率达 70.4%。网络文学用户规模达 4.60 亿，较 2020 年 3 月增长 475 万，占网民整体的 46.5%；手机网络文学用户规模达 4.59 亿，较 2020 年 3 月增长 622 万，占手机网民的 46.5%。

本年

番茄小说在字节跳动的技术和资本支持下，成为最重要的免费阅读平台，也对阅文集团构成直接挑战。在免费阅读和抖音等短视频平台的冲击下，中国网络文学的付费读者数量持续下降，阅文集团的在线阅读收入也小幅降低，引发了吴文辉等人从阅文集团"荣退"。"起点创始团队"的退出和紧随其后的"阅文霸王合同事件"，意味着以"起点模式"为根基的中国网络文学的高速增长期结束。

免费阅读模式也对女频版图构成补充，吸引了大量 29—50 岁的女性读者。各大短视频平台开始探索网络小说的新型转化方式，一类恶搞霸道总裁梗的短视频在抖音、快手中流行开来，与男频的"歪嘴龙王"赘婿打脸梗形成呼应。"女性向"空间被商业化逻辑进一步侵蚀，加上主流目光的重重审核，不仅同人文化遭到重创，原创书写也被限制，类型趋同严重，作者梯队进入新老交替的过渡时期。

不过，免费阅读的模式虽一度有取代 VIP 付费阅读模式的势头，但最终形成"双活"之势。它的出现补全了网络文学商业模式的最后一环。生产机制的补足及其带来的匹配类型生成和目标读者全覆盖，标志着中国网络文学从成长期进入完熟期。

年度代表作品有：《赛博剑仙铁雨》（半麻，咕咕阅读/有毒小说网）、《长夜余火》（爱潜水的乌贼，起点中文网）、《从红月开始》（黑山老鬼，

---

① 《中国网络文学出海研究报告》，2020 年，艾瑞咨询，网址：http://report.iresearch.cn/wx/report.aspx?id=3644，查询日期：2022 年 12 月 21 日。

起点中文网)、《万族之劫》(老鹰吃小鸡,起点中文网)、《大奉打更人》(卖报小郎君,起点中文网)、《赛博英雄传》(吾道长不孤,起点中文网)、《影帝他妹三岁半》(江月年年,晋江文学城)、《判官》(木苏里,晋江文学城)、《我行让我来 [电竞]》(酱子贝,晋江文学城)、《兼职无常后我红了》(拉棉花糖的兔子,晋江文学城)、《装腔启示录》(柳翠虎,豆瓣阅读)。

(编撰者:吉云飞、肖映萱、李强、陈新榜、王恺文、金恩惠等[①],其中年度总结撰写者:吉云飞、肖映萱,统稿、审定:邵燕君)

[①] 本大事记由北京大学网络文学研究团队经多年积累共同完成。第一个版本为《中国网络文学大事记(1987—2015)》,作为附录编入《网络时代的文学引渡》(邵燕君著,广西师范大学出版社,2015),整理者为:陈新榜、肖映萱、王恺文、吉云飞、孟德才、李强、叶栩乔。在此版本的基础上,年表逐年更新。本版不仅时间延至 2020 年,更补充大量史料,加入年度总结,篇幅也扩充至 3 倍。参与本次修订工作的作者还有:王鑫、项蕾、许婷、谭天、杨采晨、孙凯亮、徐佳、秦雪莹、田彤、刘心怡、郑林、李皓颖、龚翰文、张旭、邢玉丹、马哲、雷宁、蔡翔宇、何岩,团队已毕业成员郑熙青、高寒凝、王玉玊、薛静、张芯等也提供了重要帮助。

下 编

重要网络文学网站简史

华夏文摘

（一）词条

全球首家中文网络杂志（周刊，每周五出刊），互联网发展早期在中国留学生、海外华人中影响最深广的中文网络媒体。1991年4月5日在美国创刊，初为文摘型综合性杂志，发刊词称"力图包容政治经济文化艺术科学等各个方面""注重新闻性、趣味性、知识性和资料性"。后兼有大量原创内容，作者多为理工科留学生，目前可考的第一篇中文网络原创杂文、文学评论、小说均发布于此。

由 China News Digest（《中国电脑新闻网络》，简称 CND，以编译中国新闻为主的英文网络杂志，由留学生梁路平等人于1989年创办）编辑部主办。初期通过邮件列表发行。1994年6月3日 CND 网站（http://www.cnd.org）建立后，也同时在网站发布。鼎盛期每期阅读人数达15万以上。

编辑为义务劳动，作者也不领取稿酬。目前由在美非营利组织华夏文摘国际有限公司（China News Digest International, Inc.）管理，靠志愿者、捐款和广告赞助运转。

（邵燕君　秦雪莹）

（二）简史

1989年

3月6日，留学加拿大的中国学生朱若鹏和留美学生梁路平、熊波、邹孜野等人成立了"新闻文摘电脑网络"（News Digest）。

8月，"新闻文摘电脑网络"（News Digest）与"中国学生电讯"（Electronic Newsletter for Chinese Students，其时已在美国成立一年多）、"中国新闻组"（China News Group，由姚明辉主持，通过电子邮件传输）合并，更名为"中国电脑新闻网络"（China News Digest，简称 CND）。发刊词称："旨在为海外中国学生学者和华人社区义务提供免费的新闻和信息服务。"

1990 年

CND 负责人、美国肯塔基州立大学的中国留学生徐刚利用"下里巴人"软件，通过 Bitnet(比特网) 第一次成功地将歌词《小草》以中文形式发送给 CND 部分用户朋友，开始了用电子邮件地址服务站传送中文的试验。

6 月 4 日，留美学生姚明辉第一次通过 CND 电子邮件地址服务器成功发送中文内容（北岛诗歌《悼亡》）。

1991 年

4 月 5 日，由 CND 主办的全球第一份华文网络杂志《华夏文摘》在美国诞生。

4 月 5 日，张郎郎(美国普林斯顿大学访问学者)的《太阳纵队传说(上)》发表在《华夏文摘》第 1 期上。这是目前有案可查的第一篇在网络上传播的华文散文。该文被一些研究资料认为是"第一篇华文网络原创散文"，但文章底部明确标注"本文转载自《今天问》（应为《今天》——编者注）文学杂志 1990 年第 2 期"。

4 月 16 日，张郎郎的《不愿当儿皇帝》发表在第 3 期上，是目前可考的第一篇华文网络原创杂文。

4 月 26 日，阿贵的《文如其人》发表在第 4 期上，是目前可考的第一篇华文网络原创文学评论。

4 月 26 日，少君（本名钱建军，美国得克萨斯州立大学博士，少君是其更广为人知的笔名）用笔名马奇投稿《奋斗与平等》一文，发表在《华夏文摘》第 4 期上。该文被一些研究资料认为是"第一篇华文网络原创小说"。但其由《中国之春》供稿，与张郎郎的《太阳纵队传说》一样，其网络原创性存疑。

11 月 1 日，一篇没有署名的小说《鼠类文明》发表在第 31 期上，以拟人的手法生动地讲述了饥荒年代老鼠们的一次聚会，是目前可考的第一篇华文网络原创小说。

1992 年

3 月 30 日，出版增刊第 1 期"参考消息专辑"，登载邓小平南方谈话和《李鹏在第十七次国务会议上的讲话摘要》两篇文章。从此，以专题形式发表的"增刊"成为《华夏文摘》的重要组成部分。

3 月，开辟了"乡情"有奖征文园地。同年 6 月，举办"我们"征文。

这两个专栏在读者间获得热烈反响，杂志进一步成为留学生自由交流思想、抒发情感的园地。

1993 年

2月26日，出版第100期，电子邮单直接订户数首次超过10000。编辑部估计《华夏文摘》读者总数为35000人。另外，在得知CND一直没有一台专用电脑后，热心读者们自发成立"《华夏文摘》之友"，开展为《华夏文摘》添置电脑的募捐活动。短短一个月内，各方捐款累计达到14300多美元，CND首次获得专用电脑。

10月10日，推出增刊第27期"留学生文学专辑"，收入梦冉、方舟子、图雅、凯丽、无名氏、俞毅、愚侠、山人、江源等人的作品。

1994 年

6月3日，CND的万维网站www.cnd.org建站，每周五《华夏文摘》发送给邮件订户的同时在网站发布。从此，非邮件订户也可以直接从万维网上浏览《华夏文摘》等CND出版物。《华夏文摘》将WORLD WIDE WEB（WWW）创译为"万维天罗地网"，简称"万维网"，这一译名后来被广泛接受、使用。

1995 年

11月，被美国图书馆界及联机计算机图书馆中心OCLC（Online Computer Library Center）正式编目。从此，全世界4000多所大学与公共图书馆的读者，都可以在其所在图书馆的网络上自由便捷地阅读《华夏文摘》往期及最新内容。

1996 年

2月，编辑部建立"网上文革博物馆"，以增刊的形式陆续发表收集到的史料。资料来源包括"文革"研究者、读者来稿、由读者推荐或编辑部收集到的散见于各种电子和印刷书刊的文章。

3月，波士顿的Brookline公共图书馆Coolidge Corner分部将《华夏文摘》打印本作为馆内杂志提供给公众阅读。这是《华夏文摘》第一次正式进入公共图书馆纸质收藏。

12月，出版第300期，它的万维网网页每周被访问151.1万次，其中CND主页为57000次，《华夏文摘》主页为91000次。电子邮单直接订户达到15151人，其中包括80多个转发邮单（每个人数为十几到几百）。其读者分布在50多个国家和地区，加上打印件、新闻组等，固定读者总数估计在15万以上。《华夏文章》逐步迈入鼎盛时期。

1999年

3月6日，CND将邮件发送站（Listserver）开放给读者，同时提供国标（GB）版、汉字（HZ）版和国标（GB）UU编码版三种版本的《华夏文摘》，方便读者自行选取下载阅读。

2000年

3月24日，筹建的"网上文革博物馆"正式向公众开放，包括文献资料、学术研究、史海钩沉、往事回忆、上山下乡、国际风云、文艺作品、人物追踪8个方面的资料。

2001年

1月5日，从第510期起，技术升级，不再使用传统的HZ码编排，每一行首尾部分的"~{"和"~}"符号消失，版面变得干净整洁。

2014年

3月6日，为庆祝CND成立25周年，网站启用了更方便作者、读者的版面和后台系统，新版面焕然一新并使用至今。

2018年

4月1日，推出了纪念杂志创刊27周年的特刊，并公布了由读者选出的"最喜欢的作者、作品评选"结果（参评作品须为2017年4月5日之前发布于CND《华夏文摘》或《华夏快递》的由作者投稿的原创作品），这是一次对《华夏文摘》创刊以来众多优秀作者与作品的集中展示，但"由于备选的作品、作者跨越年代久远、作品类别很广，自愿参与评选的读者有限，评选结果可能不尽全面"。

参考资料

1.《华夏文摘》发刊词，原载《华夏文摘》第1期，发布日期：1991年4月5日，网址：http://www.cnd.org/HXWZ/CM91/cm9104a.gb.html#1，

查询日期：2018年4月19日。

2. 鲁冰夫：《电脑中文杂志〈华夏文摘〉》，原载《华夏文摘》第34期增刊，发布日期：1994年4月，网址：http://www.cnd.org/HXWZ/ZK94/zk34.hz8.html，查询日期：2018年4月19日。

3. 理浩：《一期〈华夏文摘〉是怎样诞生的》，原载《华夏文摘》第34期增刊，发布日期：1994年4月，网址：http://www.cnd.org/HXWZ/ZK94/zk34.hz8.html，查询日期：2018年4月19日。

4.《一个完全在虚拟的电脑空间中诞生、成长、存在的媒体——CND简史》，原载《华夏文摘》，发布日期：2005年3月6日，网址：http://www.cnd.org/HXWZ/CM91/cm9104a.gb.html#1，查询日期：2018年4月19日。

5. 蒙星宇：《网起网落：新移民与北美华文网络文学——北美华文作家少君访谈》，《华文文学》2009年第5期。

6. 黄绍坚：《〈华夏文摘〉大事记（1991—2002）》，原载《华夏文摘》，发布日期：2018年4月20日，网址：http://hx.cnd.org/?p=153473，查询日期：2018年4月23日。

7. 黄绍坚：《第一份中文网络杂志——〈华夏文摘〉研究》，《粤港澳大湾区文学评论》2022年第2期。

（秦雪莹）

新语丝

（一）词条

全球首家以原创内容为主的中文网络杂志（月刊，每月 15 日出刊），互联网发展早期在中国留学生、海外华人中影响深广的中文网络媒体。1994 年 2 月，由留美中国学生方舟子等活跃于 ACT 新闻组[①]的"资深电网文人"创办。《新语丝》主要登载文学、艺术、史地、哲学、科普方面的稿件，设有"卷首诗"和"牛肆"（随笔、评论）、"丝露集"（诗歌、散文、小说）、"网里乾坤"（文史哲、科普知识小品）、"网萃"（个人或专题选集）4 个固定栏目，后增设"网讯"（网上时事评论）专栏。

"新语丝"之名源自新文化运动时期由鲁迅、周作人、钱玄同等人在北京创办的同人刊物《语丝》。方舟子在发刊词中以"吐语成丝，编织为网"赋予"语丝"一词网络时代的新含义。初期通过 ACT 和邮件列表发行。1996 年 9 月，新语丝网站 (www.xys.org) 建立后，以网站为主要发行渠道。

主要创刊者方舟子曾是《华夏文摘》活跃分子，在建立"文学副刊"的提议被《华夏文摘》编辑部拒绝后，独立办刊。在《新语丝》月刊外，新语丝网站还设有"新到资料""立此存照""电子文库""鲁迅家页""科学专辑""网络文学奖"等栏目，以及"读书论坛"和"科技论坛"两个讨论版块。网站发布的关于普及科学知识、揭露学术腐败和不实新闻的文章带有很强的方舟子个人印记。

（秦雪莹）

[①] ACT 新闻组（alt.chinese.text），是全球最早使用中文的网络论坛，中国留学生早期最重要的网络交流空间，由魏亚桂等在美中国留学生于 1992 年 6 月 28 日在 Usenet 上搭建。

（二）简史

1994 年

1 月 11 日，方舟子在 ACT 上贴出《关于出版中文网杂志的建议》，认为"目前在中文网上发表的作品不少，但多为随意贴出，过于分散，且不能为网外人士所了解。本网存档丰富，但过于庞杂，个人不易保存和阅读。因此，出版一份为本网所属的，发表新作、整理旧作的，发行网内外的杂志实有必要"。此前，方舟子向《华夏文摘》提出的每月编辑出版一期文学副刊的建议被否决。于是，他决定自己办刊并招募团队，开始了《新语丝》杂志的筹备工作。

2 月 10 日，《新语丝》杂志创刊，每月 15 日出版，并不定期出版专题增刊。

1995 年

6 月，"新语丝电子文库"建立，为收藏中文文史资料电子版（国标版）的 FTP 存档处。内容以《新语丝》杂志、中国文学经典作品、网络文学作品等为主，陆续发起"鲁迅著作电子化工程""宋词电子化工程"和"唐诗电子化工程"。文库按目前查阅版本设有 6 个收藏部，分别是《新语丝》杂志、"新语丝之友"张贴、中国经典、电子书籍、中文网人作品、中文网人照片。其中，新加入的文章被称为"新到资料"。从 1999 年 5 月方舟子率先在网上批判法轮功始，"新到资料"大量刊登网友撰写的评论文章，其"文库"色彩逐渐变淡，演变为时评发布平台。

1996 年

2 月 10 日，以邮件列表形式进行交流的"新语丝之友"通讯网创建，为《新语丝》的编辑、作者与读者提供了直接的沟通渠道。

9 月 25 日，新语丝网站建立，《新语丝》杂志的主要发行方式开始从邮件订阅转向网站发布。

9 月 27 日，"新语丝·鲁迅家页"建立，从鲁迅全集、传记、评论等方面收集整理鲁迅相关资料。

1997 年

2 月，新语丝社在美国加州正式登记为非营利性的社团，以"出版电子刊物、建立电子文库等方式在计算机网络传播中华文化"为宗旨，建社理事成员为：方是民（方舟子）、顾平（古平）和张朝晖（阿飞）。

4月10日，《新语丝》出版"校园文学"增刊，首次在网上全面介绍中国大陆校园文学。

10月，新语丝注册域名 xys.org。

1999 年

3月3日，方舟子在新语丝上发表《无句不误的〈社会契约论〉网上中译本》一文，这是其首次公开发布学术打假文章。

4月1日，方舟子针对记者陈洁惠于《中华读书报》发布的《网上文学原生态》一文，发表第一篇揭露国内假新闻的文章《网上"纯"文学与"纯"新闻——评〈中华读书报〉的报道》，认为其中关于海外网络文学的报道与事实大相径庭。

5月1日，方舟子发表《法轮功解剖》一文向法轮功发难，由此揭开了新语丝网站全面揭批法轮功的序幕。该文引发广泛关注。

5月，阿待（阿黛在《新语丝》发稿所用笔名）在《新语丝》杂志发表过的5篇小说（《乌鸦》《古玩》《路杀》《儿子》和《处女塔》）被海峡文艺出版社收录出版《处女塔——阿黛中短篇小说选》。

7月2日，新语丝读者论坛开通，方便网友发表评论、沟通交流。论坛分为"读书论坛""科技论坛"两个部分。

7月22日，新语丝网站（www.xys.org）被国内封锁。

9月11日，新语丝网站开通国内版，此后国内读者可以更加方便快捷地浏览网站内容。

2000 年

6月1日，《方舟在线》一书由北京理工大学出版社出版，收录了方舟子在网站上发表的科学、文史方面的争论文章。

9月15日，第一届"PSI-新语丝"网络文学奖评选正式开始，最终评出10篇作品，每篇奖励1000美元。新语丝要求参加评选的作品内容必须与海外华人留学生生活有关（包括留学准备、留学生涯、海外定居或归国等等），体裁和篇幅不限。评委则由新语丝编委组成，评委的作品不参加评奖，但可以列入专辑发表或结集出版。最后获奖的10篇（部）作品全部是小说，质量较高，风格迥异，基本上反映了海外网络小说的全貌。

12 月 15 日，网站设立"立此存照——打击学术、新闻、网络腐败"栏目，宣称"学术必须诚实，新闻必须真实，网络必须踏实。他们都应该与虚假无缘。如果有人不遵守游戏规则，不管地位多高，名气多大，我们都要揭露他"。此后，新语丝逐渐曝光"基因皇后""核酸营养品"骗局、多位弄虚作假的院士等内容，打击学术腐败成为该网站的重要内容之一。

2002 年

1 月 15 日，新华社发通稿《遏制学术造假的蔓延》报道新语丝网站揭露学术腐败事迹。

2 月 4 日，"新语丝 2"网站（www.xys2.org）被国内封锁。

2 月 5 日，为帮助国内网友继续了解新语丝网站动态，新语丝特开设邮件列表免费订阅服务（xys@yahoogroups.com）。该邮件列表每天发送一次新语丝网站更新的资料，每星期六发送一次每周精选，每月月底发送一次每月精选。欲订阅新语丝邮件列表的读者，只需向 xys-subscribe@yahoogroups.com 发送一封空白邮件即可。

2 月 6 日，新语丝开通首个网站镜像点。

12 月，华文网络文学先驱者、新语丝作者图雅的文集《图雅的涂鸦》由现代出版社出版。

2009 年

2 月 9 日，新语丝博客开始试运行。新语丝博客主要为新语丝的作者提供服务，不面向一般读者。

5 月 15 日，第一届"PSI-新语丝"网络科普奖评选正式开始，参加评选的作品题材必须为普及科学知识、科学思想或科学方法，体裁和篇幅不限，不接受学术论文和介绍未经国际同行评议的研究工作的文章。该奖之后与"PSI-新语丝"网络文学奖隔年轮流评选。

2013 年

1 月 13 日，第一届"PSI-新语丝"科学精神奖揭晓，首届得主为何祚庥。该奖项每年由新语丝编委会评选一次，用于奖励在帮助中国公众理解科学方面做出突出贡献的人士。

2017 年

新语丝网站最早的镜像点 xys.dxiong.com 在坚持了 17 年、更换了 12 次三级域名之后，被屏蔽。新语丝启动新的镜像点 newxys.com。

参考资料

1. 方舟子：《新语丝》发刊词，原载《新语丝》，发布日期：1994年2月，网址：http://www.xys.org/fang/doc/misc/fakan.txt，查询日期：2018年4月20日。

2. 方舟子：《新语丝社》，原载《新语丝》，发布日期：1997年10月，网址：http://www.xys.org/intro.html，查询日期：2018年4月20日。

3. 方舟子：《中文国际网络纵横谈》，原载《中国青年报》"电脑周刊"，发布日期：1998年，网址：http://xysblogs.org/fangzhouzi/archives/9865，查询日期：2018年4月20日。

4. 方舟子：《风雨纵横新语丝》，腾讯微博"方舟子"微博，发布日期：2004年7月，网址：http://p.t.qq.com/longweibo/index.php?id=341539025477764，查询日期：2018年4月20日。

5. 方舟子：《如何向新语丝投稿和订阅新语丝》，原载《新语丝》，发布日期：约1998年，网址：http://www.xys.org/subscription.html，查询日期：2018年4月20日。

（秦雪莹）

金庸客栈
（https://www.cwin.com/world/jinyong）

（一）词条

  中国大陆最早以文学为主题的网络论坛，也是中国网络文学初期最有影响力的文学原创和评论平台。创立于1996年8月，开创了中国网络文学的"论坛时代"，其孕育于网络空间的论坛模式成为日后文学网站的基础模式，是中国网络文学的起点。金庸客栈上承以金庸为代表的武侠小说传统，下开"大陆新武侠"和东方奇幻的创作潮流。中国第一批网络知名作家李寻欢、宁财神、王小山、南琛等，均活跃于此。今何在首发于金庸客栈的《悟空传》（2000年2—4月）更一度被誉为"网络第一书"，是网络文学早期重要的代表作。

  相较于榕树下（创立于1997年12月）的"编辑审稿制"，金庸客栈采用的网友自主发帖、多点互动的"论坛模式"，愈加凸显了网络的媒介特性，成为中国最早的网络趣缘社区，被许多"住客"视为网上的精神家园。天马行空的论坛文化，张扬了互联网诞生之初的自由风气和理想情怀，焕发出巨大的创作活力。作为以评论金庸小说和原创武侠小说起家的论坛，金庸客栈曾是"大陆新武侠"的代表人物（凤歌、沧月、小椴、杨叛等）的聚集地，也为网络类型小说的兴起积蓄了能量，东方奇幻的代表作"九州系列"即孕育于此，其发起者和主创者水泡、江南、今何在等都曾长期驻扎于金庸客栈。

  随着互联网的整体环境更向大众开放，金庸客栈最富生机、带有精英民主色彩的自由发帖机制遭遇困境。2000年8月26日发生"826事件"，新老网友之间、网友与版主及管理员之间积压多时的矛盾爆发出来，导致大批"老客"陆续出走到清韵书院、彼黍离离等论坛，这是金庸客栈由盛转衰的转折点。此后西陆BBS等更具专业性的原创文学论坛崛起，网络文学的"论坛时代"告一段落，金庸客栈也更加边缘化。2017年，新浪历史文化社区关闭，金庸客栈也随之闭站。

（吉云飞　邵燕君　郑　林）

（二）简史

1993 年

12月18日，香港利方投资有限公司与北京四通集团公司合资创建了北京四通利方信息技术公司，王志东出任四通利方信息技术有限公司总经理（1993—1998）。

1996 年

4月29日，四通利方的第一个中文网站（www.srsnet.com）的建设启动。四通利方网站最初的内容是提供该公司的汉化软件（Richwin For Internet）下载，并设立"Rich Win 问与答"论坛，解答用户使用软件过程中所遇到的问题。论坛的设立为广大网友提供了交流和讨论的平台，很快话题范围就拓展到了软件之外。为了迎合用户需求，四通利方开辟"天地会"网友交流平台，后演变成"谈天说地"论坛版块。再后来把"谈天说地"里面比较集中的内容一个一个地分拆出来，形成金庸客栈等多个主题垂直论坛。

8月，后来被称为"双子论坛"的"金庸客栈"和"体育沙龙"创立。其中，金庸客栈的帖子主要是对金庸小说的人物情节进行讨论，也有部分对其他影视、小说的评论文章，此外还有一些原创作品。金庸客栈的开设和日后的繁荣与王志东的"金庸迷"身份不无关系。

1997 年

4月，陈彤（1998—2014担任新浪网副总裁、总编辑）出任"体育沙龙"论坛版主。9月13日以持续发帖的形式进行了中国首场文字体育直播——亚洲区十强赛中国队第一场比赛（在大连金州举行），开创了网络直播的先河，使得访问人数在短期内大幅上升。

1998 年

12月，新浪网络公司成立，四通利方与华渊资讯网合并而成新浪网，王志东出任总裁兼CEO（1998—2001）。体育沙龙、金庸客栈等论坛被整合到新浪门户网的历史文化社区下。

1999 年

3月，王小山用"黑心杀手"的名字在新浪"体育沙龙"发表名为《最新消息：郝海东巧赴英伦，莽周宁面临无奈》的帖子，并称来源于"黑通社"

消息，帖子内容真假参半。"黑心杀手"后续帖子不断，不久，"红心杀手"王佩、"灰心杀手"猛小蛇、"花心杀手"李寻欢与"黑心杀手"王小山一起并称"四大杀手"，使得原本虚构的"黑通社"真正有了"社员"。"黑通社"这种游戏新闻，借"假新闻"之口来讽喻时事、娱乐大众的方式在之后被很多人效仿，引起一大风潮。

11月1日，王朔在《中国青年报》上发表《我看金庸》，将"四大天王"、成龙电影、琼瑶电视剧和金庸小说并列为"四大俗"。金庸对此作出回应。在此期间，引发网络"金王论战"风潮，而金庸客栈此时流入诸多金庸迷，发帖声援金庸，持续了将近一个月讨论热烈、发帖数众多的热闹场面，使得金庸客栈名声大振。

"金王大战"前后，与罗儿并列的另一位版主逐渐淡出隐退，于是金庸客栈正式进入了"罗儿时代"。被称为"老板娘"的罗儿以亲切包容的风格凝聚众多著名"住客"，客栈热闹温馨，此时期成为最被追忆的黄金时代。

2000年

2月18日，今何在开始在金庸客栈连载《悟空传》，连载至4月5日结束。该书共20章，借用孙悟空这个中国传统文学形象，重新诠释其身上与论坛时代自由风气相契合的不羁精神，金庸客栈自由开放的武侠风气为其提供了养料，甚至书中的重要人物"紫霞仙子"的原型就是金庸客栈当时活跃的写手"紫霞"。该书于2001年2月由光明日报出版社出版实体书后又引发阅读热潮。

8月26日，正处在鼎盛期的金庸客栈发生一场"内乱"，后被称为"826"事件。网友之间、网友与版主以及新浪工作人员长期积累的矛盾在当日爆发了出来，大规模的炸版、删帖、吵架乃至针对个人的人身攻击使论坛出现了大混乱。此后，金庸客栈还发生过两三次大的震荡，"新老之争""砖水之争"不断，大批"老客"也因此陆续出走到清韵书院、彼黍离离、第奥根尼等论坛。自此，金庸客栈由盛转衰。

2001年

3月26日，央视播出金庸小说改编的电视剧《笑傲江湖》（张纪中导演版）。有关"电视剧拍摄是否成功？""是否尊重原著？"等问题引起网民讨论热潮。网民分为"保央派"和"倒央派"，金庸客栈是"倒央派"的主战场，各种打油诗、笑话等批评言论在金庸客栈上层出不穷。

2003 年

6 月 14 日，金庸客栈时任版主以"客栈店老二"之名发表《金庸客栈文章导读（十）》。导读系列是版主之一的小号鲨鱼为挽救客栈人气，同时保持论坛风气和传统的尝试。但在本篇导读中，他也直言"客栈已全面进入今天菜园式的灌水时代和市场式浮躁做作的造砖时代""导读……也成了客栈没落的缩影"。

2004 年

4 月 1 日，由金庸客栈帖子集结的"无厘头丛书" 由中国友谊出版公司出版，包括：《无厘头之非常男女》《无厘头之搞笑天地》《无厘头之世说新语》《无厘头之冒牌金庸》。

2007 年

1 月 27 日，新浪论坛十周年庆典在北京举行，出版"新浪论坛十周年庆典丛书"（中国友谊出版公司），包括《情感画廊·十年》《金庸客栈·十年》《读书沙龙·十年》。

2017 年

新浪历史文化社区关闭，金庸客栈也随之闭站。

与金庸客栈同期产生重要影响的文学论坛，还有台湾的六艺藏经阁和无限传说，它们分别是海峡两岸武侠爱好者的网络聚集空间。

（三）专题

1. 金庸客栈论坛不同分期的发展状况及活跃作者

（1）初露锋芒——起步和发展（1996—1999）

1996 年金庸客栈成立，此后稳步发展，逐渐呈现出网络论坛霸主的态势。本时期活跃的 ID 有：老榕、多事、香蝶、李寻欢、宁财神、王小山、猛小蛇、紫霞、笑官、药铺、萧夜、小吃、聊胜于无、射覆、下善若水等。这一时期主题讨论帖和原创作品的质量都较高，具有一定的精英色彩，但写手的名气和文章的影响相较于鼎盛时期来说较小。自由、平等、开放的客栈文化在这一时期打下坚实的根基，武侠创作和对金庸作品的深度评论成为金庸客栈的主要话题。

(2)黄金盛世"罗儿时代"——繁荣和鼎盛(1999—2000)

"金王大战"前后的罗儿"掌门"时期,金庸客栈的"住客"规模不断壮大,各类写手慕名而来。主要写手和代表作品有:今何在的《悟空传》、成一虫的"另类武侠短篇系列"和长篇《新游侠传》、江南的《天王本生》(后被改编为游戏)、杨叛的《小兵物语》和"简单武侠系列"、直愚的《玉月亮》、射覆的《入水风情》、狼小京的"七公子系列"和《尖叫天国》、胡坚的《杨家传》和《岳飞传》、南琛的杂文等。

(3)步入黄昏——动荡和衰颓(2000"826事件"之后—2004)

罗儿退隐之后,今何在曾一度接任版主之位,并提出原创武侠精品的口号,旨在恢复原本客栈的武侠原创风气。但因为此时客栈本身的写手风格多样,而武侠写手已经一定程度上衰弱或离去,这一口号在当时并没有得到相关实力派写手的支持。当时知名杂文写手南琛,也逐渐减少了在金庸客栈的活动,转向其他平台。

客栈的"砖水之争"和"新老之争"矛盾越发突出,内部争端凸显。今何在在就职一个月后宣布辞职。此后,四乘一只眼、蝙蝠、石头、小号鲨鱼等人相继坐上版主之位。为恢复客栈繁荣,采取了诸多举措:如小号鲨鱼联络客栈活跃写手;归雁、店小八等人一起写客栈每日精品导读,用诙谐的点评和记事支持写手……然而均收效甚微。金庸客栈逐步走向衰退。

2. 金庸客栈的论坛文化

(1)"帮派文化"

网络突破空间局限,将天南海北的同好聚集一堂,在一个自由的社区内自然形成不同的趣缘社群。与金庸小说的侠义气、江湖味相契合,金庸客栈的趣缘社群形成独特的"帮派文化"。这些帮派有自成一体的"黑话""门规",彼此之间也经常"掐架"。虽然产生诸多内耗,但"帮派林立"也呈现了互联网发展早期论坛文化的盛况。

金庸客栈早期出现的几个帮派——"匪帮""骗帮""黑通社",不久后就转移至清韵书院等其他论坛网站。此后形成的延续时间较长、影响较大的帮派或协会主要有:掐架协会、拍马协会、骑墙派、花痴帮、玫瑰帮等。

掐架协会(简称"掐协")成员常在论坛上发表批评性评论(又称"拍

砖"),观点相反、实力相当的两派在论坛上持续留言反驳对方,形成妙语迭出、你来我往、唇枪舌剑、回帖热烈的情状,就是所谓的"掐架"。

拍马协会(简称"马会")成员倾向于在论坛中回帖赞扬甚至吹捧自己认同的论断和喜欢的作品,逐渐形成"拍马文化",被戏称"千穿万穿,马屁不穿"。

骑墙派成员没有明确的组织和纪律,被戏称"墙头不倒,立场不表"。

花痴帮成员以赢得女性青睐为目的,其成员包揽了论坛的主要原创写手,包括今何在、晕眩、狼小京、南琛等。

玫瑰帮因最初的组织者"玫瑰水手"而得名,是"新人"为了对抗"老人"而组织的"新人帮"。

这些"帮派"从命名到定位都有明显的自嘲和戏谑性质,鲜明地体现了网络论坛的话语风格和轻松氛围。

(2)论争文化:"砖水之争"和"新老之争"

论争是金庸客栈另一文化特色,其中"新老之争"和"砖水之争"是最核心的内部论争。

所谓"砖",指的是有质量的文章和评论(取"砖"质地紧密之意);所谓"水",则指代闲聊帖(取"水"质地稀松之意)。随着金庸客栈的发展,更多爱好者参与论坛讨论,金庸客栈逐渐出现了"水势过大"的趋势,即灌水的帖子过多而真正的原创文章和有深度的评论开始减少,"砖水平衡"被打破。同时,帮会通告和掐架文章应者如云,但是真正的好的原创故事却缺乏读者,随之而来的就是优秀原创作者的热情泯灭,聊天灌水的风气在论坛中逐渐形成。

"砖水之争"直接导致"新老之争"。老人们指责新人只知道灌水,发帖和评论的质量都不高,破坏了客栈原本的文化环境。新人们指责老人们光说话,不做事,在停止原创创作的潜水状态下,没有资格指手画脚。每次论战都难言胜负,但是"水多砖少"的现实仍在不断发展,日趋严重。金庸客栈内部两大矛盾的不断加剧,也侧面凸显了随着互联网的发展,金庸客栈的"住客"构成已经从精英、小众向草根、大众方向转化。这些矛盾未能得到有效解决,也是金庸客栈衰落的重要内在原因。

参考资料

1. 金庸客栈相关制度、作家作品等内容来自互联网档案馆的历史网页。

2. 一江春水:《客栈的三个黄金时期——客栈历史的不完全记忆》,原发布于金庸客栈,发布日期:2003年4月17日,已无法访问,转引自百度"今何在"吧,发布日期:2007年2月9日,网址:https://tieba.baidu.com/p/169174411?red_tag=2331460090,查询日期:2018年4月19日。

3. 南琛:《我眼中的金庸客栈》,原发布于金庸客栈,发布日期:2001年8月8日,已无法访问,转引自百度"陈二狗的妖孽人生"吧,有删节,发布日期:2010年9月17日,网址:https://tieba.baidu.com/p/890241718?red_tag=1305106248,查询日期:2018年4月19日。

4. 客栈潜水:《追忆客栈似水年华》,原发布于金庸客栈,发布日期:2003年4月14、16日,已无法访问,转引自百度"今何在"吧,发布日期:2007年2月9日,https://tieba.baidu.com/p/169174411?red_tag=2331460090,查询日期:2018年4月19日。

5. 沙欤:《归程:我的客栈往事》(上、中、下),发布于沙欤的新浪博客,发布日期:2007年4月20日,网址:http://blog.sina.com.cn/s/blog_53f7db26010008he.html(上),http://blog.sina.com.cn/s/blog_53f7db26010008hf.html(中),http://blog.sina.com.cn/s/blog_53f7db26010008hg.html(下),查询日期:2018年4月18日。

(郑　林)

金庸茶馆
（http://jinyong.ylib.com.tw）

（一）词条

中国互联网发展初期重要的文学论坛，1997年6月由拥有金庸小说台湾版权的远流出版社正式开通。远流自1986年开始在台湾地区出版《金庸作品集》，推动金庸作品"从出租小说提升到典藏小说"。依靠远流的资源，金庸茶馆发展迅速，在港台"金迷"中一度影响巨大。由于出版社定位相对精英，并不经营武侠小说在内的出租小说，金庸茶馆没有重点发展网络原创，主要是以"金学研究"为招牌汇聚"金迷"并推广金庸。金庸茶馆在1998—2002年间到达鼎盛期，其间举办"夜探金庸茶馆——金庸答客问"活动，直接对话金庸；2000年10月，还衍生出电子报，摘录网友精彩帖文。2017年7月，金庸茶馆电子报正式停刊，站点亦基本停止更新，但仍可以访问。

（吉云飞　李重阳）

（二）简史

1996 年

8月3日，金庸茶馆上线。大陆的金庸客栈也由四通利方在本月创立。不过，金庸茶馆迟至1997年6月才正式运作，这一上线时间的记录也仅见于茶馆自行制作的大事记。

1997 年

6月，留言讨论区"飞鸿雪泥"建立，金庸茶馆正式成立。

8月，推出听香水榭版，发布金庸茶馆丛书最新消息，也提供精彩片段以便网友抢鲜欣赏，并设有题库考查"金迷"对金庸小说的理解程度。

10月，推出网络购书版，包括金庸小说及改编漫画、"金学"论述等。

12月28日，建立在线聊天室。

1998 年

1 月，以新年新气象、金庸作品、金庸茶馆等单元为题开展贺岁词竞写活动，并根据新年特色改设留言区版面。

2 月，设笑倒江湖版，鼓励另类同人创作。

6 月，司马睿出任版主，并开放版主回应区，带动深度讨论的氛围。

8 月，飞鸿雪泥改版，将留言分为 5 类，并票选各类版主，形成去中心化的网络社区。

10 月 2 日，设立武侠世界版，鼓励网友发表个人原创武侠小说，并企划"茶馆找茬"，邀请"金迷"提出其发现的金庸小说的笔误。

11 月 2—7 日，推出"夜探金庸茶馆——金庸答客问"活动，票选出"金迷"最想向金庸提出的问题，并在活动现场由金庸本人答疑。

11 月 3—8 日，设立金庸旋风专区，派驻记者跟踪报道金庸来台参加"金庸小说国际学术研讨会"的行程；同时，茶馆收集所有研讨会相关的咨询，成为研讨会的新闻中心，并派驻观察员实时记录现场盛况。

11 月 7 日，和 Hi-Net、元定科技、理扬科技合作网络转播，并由中国电视公司通过卫星现场直播"夜探金庸茶馆——金庸答客问"活动；还同步开放聊天室，让不便赴会的"金迷"能够在网络上交换意见、及时发问。

2000 年

2 月，金庸茶馆第三次改版。

5 月，举办"武林大选"活动。

10 月，金庸茶馆电子报正式亮相。

11 月，诗词金庸单元登场。

2001 年

4 月，全程追踪报道金庸来台关怀之旅；同期进行年度飞鸿雪泥版主改选。

7 月，开放茶馆会员独享购书优惠活动。付费开通茶馆会员后，在金庸茶馆购买实体书可享受优惠。

9 月，"书画联展：笑傲特区"成立。

10 月，聚贤厅讨论区关闭，改为门派网站入口；同月，金庸茶馆电子报迎来改版。

2002 年

2月，举办"大声说出，我的最爱！金庸诗词全员集合！"活动，代替以往开春的贺岁词征选。

6月，飞鸿雪泥讨论区增设话题查询功能，输入关键词即可查到过去所有话题，并分4大版块、以时间顺序排列；同月，华山论剑版块增设新单元"孙子兵法"，意在探讨金庸作品与孙子兵法精神的相通之处。

2003 年

3月，金庸茶馆电子报迎来改版，由潘国森出任编辑；同期开设全新单元"金迷大会诊"。

6月，开辟全新单元"小宝抗压散"，阐释韦小宝人物形象的多元含义；同期刊登由"中国时报"浮世绘版、远流出版公司举办的"金庸武侠大会考"的各式考题。

10月，独家披露"2003年浙江嘉兴金庸小说国际研讨会暨金庸小说改编影视作品研讨会"会中消息及见闻。

2004 年

1月，另类金庸小说交流版上线；月末在台北、台中举行"我看金庸小说世纪新修版"座谈会，邀请茶馆用户前来聚会。

2月，开设全新名家专栏"回评金庸"，版主陈墨教授以《天龙八部》为评论主题撰写文章。

2005 年

5月，推出全新专栏"蝴蝶谷半仙"，以现代心理学观点为侠士侠女们把脉。

9月，全程跟踪报道金庸来台行程。

2006 年

3月，全面禁止4大讨论区与武林字典版面的语法功能，以禁绝"飞鸿雪泥"中的闹版情况。

2007 年

2月，举办新春活动"带着金庸去旅行"征文比赛。

2010 年

8月，金庸茶馆粉丝团在Facebook上成立。

2012 年

1 月，推出门派联合活动。

2 月，持续开展门派复兴运动，在各大版面设置众多任务，以门派为单位实行积分制排位。

5 月，情爱金庸版举行母亲节征文活动"推动摇篮的一双手"。

7 月，开展门派联合任务"茶馆人气王"，共分为交换日记、飞鸽传书、礼尚往来三部分内容。

10 月，开展门派联合活动"轻功门事件簿"。

2013 年

4 月，举办联合活动"如果有如果"，改编金庸小说中的情节；同期还举办"清宫门学院教师征试"活动，为金庸角色撰写履历表。

7 月，出台茶馆门派文化复兴案；同期举办金庸茶馆武林大会活动。

2015 年至今

尽管在 2012—2014 年，金庸茶馆各版举办了多样化的活动，各门派活跃度有所增加，网站迎来短暂的复兴期，但终究难以扭转论坛人气下滑、逐渐衰颓的趋势。在 2014 年后基本停办包括征文在内的各种活动，只有电子报仍然按期辑录论坛上的精彩帖文。

2016 年 3 月，金庸茶馆电子报发行最后一期。

2017 年 7 月，金庸茶馆电子报正式宣布停刊，金庸茶馆基本停止更新。但仍未闭站，至 2019 年仍有少量内容更新。

参考资料

1.《金庸茶馆电子报》合集（HTML 版），发布于远流博识网，网址：https://www.ylib.com/bookinfo/history.asp?paperno=3&page=1，查询日期：2022 年 7 月 14 日。

2.《金庸茶馆大事记》，发布于金庸茶馆，发布日期无法查询，网址：http://jinyong.ylib.com.tw/diary/diary.htm，查询日期：2022 年 7 月 14 日。

3.《金庸茶馆的历史》，发布于金庸茶馆飞鸿雪泥·另类金庸讨论版，发布日期：2001 年 5 月 6 日，网址：http://jinyong.ylib.com.tw/SnowTalk/show.asp?no=10495&ch=other，查询日期：2022 年 7 月 15 日。

4.金庸茶馆相关词条，发布于香港网路大典，发布日期无法查询，网址：https://evchk.fandom.com/zh/wiki/%E9%87%91%E5%BA%B8%E8%8C%B6%E9%A4%A8，查询日期：2022年7月15日。

5.《开馆缘起》，发布于金庸茶馆，发布日期无法查询，网址：http://jinyong.ylib.com.tw/diary/open.htm，查询日期：2022年7月15日。

（李重阳　吉云飞）

六艺藏经阁
（http://classicwriter.ath.cx）

（一）词条

中国互联网发展早期最大的原创小说网站之一，1997 年由高中生残月及其同学创立于台湾地区。最初是创始人用以发表武侠小说的个人主页，开放收录网友的原创小说后，吸引了大批作者入驻，在 2000 年夏推出由天涯浪人设计的中文阅读器 Chinese Reader 后，更成为当时作品和读者数量最大的原创小说网站。由于没有探索出一套行之有效的商业模式，在打通台湾出版渠道的小说频道和龙的天空崛起后，作者和读者逐步流失。2003 年前后，由于残月无力继续承担运营费用，六艺藏经阁闭站。2006 年，网站短暂恢复运营，但由于停站过久、人气流失，不复当年盛况，逐渐销声匿迹。

（李重阳　吉云飞）

（二）简史

1997 年

高中生残月（当时网名风灵居士）在台湾刚刚兴起的上网和制作个人主页的潮流影响下，架设了个人网页，并与同学在主页上发表原创武侠小说《天剑奇缘》和《乱世情仇录》，这是六艺藏经阁的雏形。其后，得益于创始人在元元讨论区的不懈推广，六艺藏经阁逐渐小有名气。

1998—1999 年

1998 年夏，残月苦练网页语法 HTML，独立将个人主页改版成了一个具有古风墨绿色调的网站，并新增贴文版与讨论区，开始收录网友创作的原创小说。最早加入的知名作者是雪玉楼主，有《红尘飞星》《雾锁明泉》等作品。其后，幕后黑手、JJJ、向天朗等陆续加盟，使网站规模不断扩大，影响力日益提升，在 1999 年月点击量就达数十万。

2000 年

夏，六艺藏经阁第二次改版。为应对盗版问题并进一步提升用户的阅读体验，残月推出天涯浪人设计的中文阅读器 Chinese Reader。作者发表的作品可以借由特殊的文件保护模式避免被随意复制；读者也可以通过 Chinese Reader 直版、翻页的设计得到更好的阅读体验。

冬，怀物采子在讨论区发起名为《六艺传说》的武侠创作接龙，要求参与者必须解开前一篇中至少一个伏笔，并多设定一个伏笔，同时还要考虑行文的流畅性，使前后情节逻辑完整。参与人数共计 23 人，写作 40 余段，共计 4 回，但未能形成一部完整的作品。其后，怀物采子与 Foxflame 又提出了"有机武林"的概念，设定好时间背景、门派与十三种武器，一次开放三种武器进行网络征文，由创作者自行选定展开主题创作；而评审组会从每阶段作品中挑选出"中轴组"，其余短篇不能与"中轴组"的作品相冲突。

六艺藏经阁开始进入鼎盛期。当年，网站已累计刊载武侠小说 59 部，其他类型小说 150 余部，其中包括奇幻小说《太古的盟约》（冬天）、《天庐风云》（飞凌）、《神魔领域》（路西法）、《幻魔战记》（Unknow）、《七武士》（阿丸）和武侠小说《英雄志》（孙晓）、《水龙吟》（Foxflame）等早期网文代表作。

2001 年

在头部作家的带领下，网站举办武侠小说征文比赛，由玉帛、孙晓、怀物采子、foxflame 4 位作者组成评审团。首奖是郭兼雨的《平安夜》，评审团推荐奖为旭阳《凄艳的甘露》、莹月《剑断情仇》。

在打通台湾出版渠道的小说频道和龙的天空崛起后，作者和读者逐步流失，网站由盛转衰。

2003 年

由于没有探索出一套行之有效的商业模式，尚为大学生的残月在储存空间到期后难以支付运营费用，六艺藏经阁因此闭站。

2006 年

2 月，柳孤音（即幕后黑手）在讲武堂发帖，宣告闭站已久的六艺藏经阁 BBS 版于无名小站重新开张，但由于停站日久、人气流失，且起点中文网等成功商业化的网站地位已难以动摇，新网站并未产生影响力，逐渐销声匿迹。

参考资料

1. 六艺藏经阁创设人之一：《七年光阴》，发布于 PChome 个人新闻台，发布日期：2005 年 1 月 9 日，网址：https://mypaper.pchome.com.tw/novelcash/post/1243917020，查询日期：2022 年 7 月 10 日。

2.《虚拟武林中的刀光剑影》，发布于触电新诗网，发布日期无法查询，网址：http://faculty.ndhu.edu.tw/~e-poem/poem/paper/31.html，查询日期：2022 年 7 月 10 日。

3. 须文蔚：《多向小说的跨媒体互文性现象——以台湾平面小说及数位多向小说为例》，发布于传统中国文学电子报，发布日期：2002 年 12 月 20 日，网址：https://paper.udn.com/udnpaper/POC0004/32832/web/，查询日期：2022 年 7 月 11 日。

4. 柳孤音：《六艺藏经阁 bbs 版开张》，发布于讲武堂，发布日期：2006 年 2 月 20 日，网址：http://www.jiang-wu-tang.com/JWTphpBBS/viewtopic.php?t=197&postdays=0&postorder=asc&highlight=%E5%85%AD%E8%97%9D%E8%97%8F%E7%B6%93%E9%96%A3&start=0&sid=ac7ddb1ec647e9f132105dc9735e7eb4，查询日期：2022 年 7 月 12 日。

（李重阳　吉云飞）

榕树下
（https://www.rongshu.com；
https://www.rongshuxia.com）

（一）词条

中国成立最早、规模最大的专业性文学网站，中国网络文学发展初期最有影响力的原创平台之一。1997年12月25日由美籍华人朱威廉（网名Will）创建。以"生活·感受·随想"为宗旨，以"全球中文原创作品网站"为定位，发布作品以散文、中短篇小说为主，也包括诗歌和杂文。采用"编辑审稿制度"，具有一定精英倾向，是文学青年最早的网络聚集地。多位早期网络知名作者（安妮宝贝、李寻欢、邢育森、宁财神、慕容雪村、沧月等）活跃于此。

榕树下初为朱威廉个人主页，来稿由其本人编审、发布。1999年7月，设立全球中文原创作品网编辑部，随后正式建站。榕树下一直是受主流文学界认可度最高的文学网站，最早"触网"的"先锋文学"作家陈村曾出任艺术总监。自1999年起，连续举办三届"网络原创文学作品奖"大赛，评委包括传统主流文学作家（贾平凹、王安忆、王朔、阿城、余华、陈村等）、网络作家（李寻欢、宁财神、邢育森、安妮宝贝等）、网友代表（清韵书院主编温柔等），产生很大影响。

作为以编审制度为统摄的文学网站，榕树下代表了从纸媒逻辑出发的建站模式，有"网上《收获》"之称。其"线上投稿—编审刊发—择优出版"的运营机制，亦可视为西方商业出版机制的网络延伸。即审即发、稿量不限、读者可留帖互动的模式，突破了《华夏文摘》《新语丝》等网刊模式的限制，但与取消"编辑把关制""去中心化"且更具网络基因属性的"论坛模式"（如在其前后建立的金庸客栈、清韵书院、西陆BBS）相比，仍具有媒介变革的过渡性质①。榕树下之后，虽有豆瓣阅读和 ONE·一个等以编辑为主导、以"文青风格"为主打的网络平台出现，但难以再有榕树下当年的规模和影响。

榕树下由朱威廉个人投资，曾尝试与出版社合作出版以及为媒体代理征稿等商业模式，均未能盈利。2002 年，被出版巨头贝塔斯曼收购，路金波（网名李寻欢）任总经理。2006 年，被贝塔斯曼卖出。后几经转手，2009 年，被盛大文学收购，2015 年，随盛大并入阅文集团。2017 年 5 月停止更新，同年 11 月因故被处罚，2019 年闭站。

（邵燕君　许　婷　吉云飞）

（二）简史

1997 年

12 月 25 日，美籍华人朱威廉（Will）注册创建个人主页榕树下，下设栏目："随笔""反映爱情的""反映工作的""海阔天空"。主页创立之初，朱威廉在聊天室邀请网友投稿，来稿由朱威廉独立编辑，文章以 BBS 列表的形式展示在主页上。

1998 年

上半年，网站改版，正式确立了"生活·感受·随想"的网站宗旨。

11 月，注册域名（www.rongshu.com.cn）。

1999 年

6 月，与上海人民广播电台联合制作文学节目"今夜不太晚·相约榕树下"。

7 月，榕树下全球中文原创作品网编辑部成立，确立了细致的编辑审稿细则，编辑审稿制度基本参照文学期刊的编辑负责制，是榕树下的核心制度。编辑制度指出："'生活·感受·随想'是检验稿件质量的最重要

---

① 榕树下也有网友可自由发帖的论坛版块，落选的作品可以贴在这里。其中，陈村任版主的"躺着读书"曾一度十分活跃。然而，因为有编辑把关制，被编辑选中并且能够正式出版的作品更贴近传统主流文学，作者也更有荣誉感。而在金庸客栈等"论坛模式"下，网友不但发帖自由，其荣誉感也在网络内部获得，更体现了网络去中心化的媒介属性。

标准，审稿时注意把握思想性第一的原则，对稿件的艺术性（或者说文学性）则不必苛求，有真情实感且文理通顺，均可以发表。对小说类稿件，适当从严把关。"

8月，朱威廉注册成立上海榕树下计算机有限公司，8月4日注册榕树下域名（www.rongshu.com）。

9月，与上海《文学报》合作开辟"榕树下网络文学专版"。

9月，资助刘郁宝、武文驹两位残疾人骑自行车穿越"生命禁区"罗布泊，编辑杨威利随行作跟踪报道，并在探险家余纯顺墓前和罗布泊湖心分别立起了刻有榕树下网址的纪念碑。

11月11日，举办"首届网络原创文学作品奖"大赛，评委包括传统主流文学作家：贾平凹、王安忆、王朔、阿城、余华、陈村、郦国义、郝铭鉴；网络作家：宁财神、邢育森、安妮宝贝、吴过、柳五、SIEG；网友代表：全景、残剑、温柔。尚爱兰的《性感时代的小饭馆》获小说一等奖，蚊子的《蚊子的遗书》获散文一等奖，宁肯的散文《我的二十世纪》亦在获奖之列。次年1月22日，大赛颁奖典礼在上海商城剧院举行，热门网络文学作品《第一次的亲密接触》（痞子蔡）、《活得像个人样》（邢育森）等被改编为话剧小品，在典礼上表演。

11月13日，注册域名www.rongshuxia.com。

12月，安妮宝贝担任榕树下内容制作主管，成立安妮宝贝工作室，创办电子杂志，后于2001年离职；宁财神担任榕树下运营总监，后于2002年离职。

12月，与上海东方广播电台合作"夜倾情·榕树下"节目开播，每天晚上11—12点，播送网友的精彩文章。

本年，安妮宝贝、李寻欢、宁财神、何员外等写手在网络上声名鹊起。作家吴过在1999年9月27日的《互联网周刊》中，将当时影响最大、作品转载最多的三位作家李寻欢、宁财神和邢育森命名为"网络文学的三驾马车"。

2000年

1月15日，被国家信息化办公室和中国互联网络大赛组织委员会授予"中国优秀网站"称号，与中国国家图书馆、中国期刊网、中国影视网等并列于文娱与体育类别。

1月22日，举办"首届网络文学研讨会"，朱威廉在会上发言："网络是一个大家庭，对于网络作家来说出书是好事，但出得少一点，不要泛滥。榕树下给予网络原创文学最高地位，我愿意和大家一起搭个草台，给予大家更多机会，从而挖掘出名作品、名作家，开拓出一片更广阔的天地。我给网络文学100分！"

1月23日，组织邢育森、安妮宝贝、宁财神、李寻欢、何从、花过雨等作家举行签名售书会。

2月3日，推出《榕树下·每周精选》电子刊物。

3月，与上海文化出版社合作推出"榕树下网站网络原创作品丛书"，出版在榕树下发表的网络原创作品。该丛书一直持续到2002年4月，共出8辑。朱威廉在丛书"前言"中称，榕树下"如今有30名全职、兼职编辑，并在中国以及世界各地设立编辑分部，有总数超过70余名编辑为朋友们服务""'榕树下网站'访问人数超过百万，拥有三万余篇热情洋溢的投稿"。

4月，先锋作家陈村出任榕树下艺术总监。同月，"榕树下首届网络原创文学作品"分3册《性感时代的小饭馆》《我爱上那个坐怀不乱中的女子》《蚊子的遗书》由花城出版社出版，陈村任主编。

6月，在北京开设第一家分公司。朱威廉主编的榕树下作品选集《另一个界面的生存》在文汇出版社出版。

7月，又先后在广州、重庆成立了分公司。

7月3日，陈村在榕树下发帖《网络文学的最好的时期已经过去了》，引起了网友大量回帖热议。陈村认为，线下出版纸质书不应该成为网络文学的最高成就。朱威廉则回应称，网络作者同样需要回报。

7月3日，起诉中国社会出版社"网络人生系列丛书"侵权。北京市第一中级人民法院于11日受理此案，12月1日判决被告中国社会出版社立即停止出版、发行《寂寞如潮》《网事悠悠》等侵权书籍，赔偿原告上海榕树下计算机有限公司损失人民币10001元。之后，榕树下曾高价购买作家学者书籍的网络版权，如朱伟《音乐圣经》（华夏出版社，1996）、陈思和《中国当代文学史教程》（复旦大学出版社，1999），力图建立网络正版阅读风气，但在日益泛滥的网络盗版之风中显得无能为力。

7月，与TOM中国文学网合作在北京举办网络文学研讨会，主题为："网络写手要不要成为传统作家？"

8月，与国内300多家传统媒体签署友好合作备忘录，代理征稿业务。8月3日，癌症患者陆幼青在榕树下网站挂出了第一篇"死亡日记"，在网站的推动下引起媒体广泛报道。10月23日，陆幼青以一篇《谢幕》结束连载。11月11日，日记结集为《生命的留言——〈死亡日记〉全选本》在华艺出版社出版。

9月，李寻欢加入榕树下担任内容总监，后又担任战略发展总监。

10月，在线作品交易平台搭建完成。报纸、期刊等传统媒体可以从榕树下的文库自由选稿，通过该平台向作者支付稿费，也可以委托榕树下代为征稿。

10月，开始组织"贝塔斯曼杯·第二届网络原创文学作品奖"评比活动。12月24日，颁奖典礼在上海美琪大戏院举行。大赛增设剧本和诗歌奖项，flying-max《灰锡时代》获最佳小说大奖，今何在《悟空传》获最佳人气小说奖。

本年开始，编辑部连续编选出版了4年的"年度最佳网络文学"（分别于2000、2001、2002、2003年由漓江出版社出版）。

2001年

1月，"相约榕树下"丛书在天津人民出版社出版，包括《当我再也无法离开》（邢育森）、《网络论剑》（俞白眉）、《水妖》（芭蕉）、《八虾过网——互联网八位男写手合集》（宁财神主编）、《比情人更亲近——网络最动人的爱情故事之一》（李寻欢主编）、《月牙儿指甲——网络最动人的爱情故事之二》（李寻欢主编）、《八姝在线——互联网八大女写手合集》（黑可可主编）、《柏林情人——域外情感小说》（旖旎）、《开心魔鬼辞典》（沈潇潇）等。

4月，"榕树下第二届网络原创文学作品"获奖作品出版为"网络之星丛书"（含《猫城故事》《人类凶猛》《灰锡时代》3册），由花城出版社出版，陈村任主编。

4月，以6位数美金的价格收购了面向高校的门户网站"下课了"（Classover）。

4月25日，王洋以"沧月"为笔名，在榕树下发表《星空战记》。之后，陆续发表《夕颜》《血薇》《沧海》等作品，并于2003年入驻榕树下作家最高荣誉殿堂"状元阁"。

7月12日，自称艾滋病患者的黎家明开始在榕树下连载《最后的宣战——一位艾滋病感染者的手记》，次年 5 月 1 日，文章结集为《最后的宣战》在天津人民出版社出版。连载期间，《最后的宣战》网络总点击量超过 400 万，网友留言达 3 万余篇。然而，也有大量网友对黎家明自述中的嫖娼行为加以攻击，更有网友认为黎家明其人并不存在，《最后的宣战》实为网站的炒作行为。

8 月 22 日，开始组织"贝塔斯曼杯·第三届全球网络原创文学作品奖"评比活动。受互联网泡沫破裂的影响，榕树下谈判受挫，资金不足，大赛融资困难，获奖作品并没有获得承诺的奖金。评委会主任陈村因此辞去评委及榕树下"躺着读书"版主之职。

9 月，朱威廉向媒体宣布，将以千万美元出售榕树下六到七成股份，寻求并购。

下半年启用名望制度。名望由名望值和称号构成，名望值达到一定的分值后授予相应称号。最低等级是"布衣"，最高等级是"文曲星"。名望制度是用户与榕树下网站互动程度的体现。

2002 年

2 月，朱威廉以数十万美金的价格将榕树下卖给世界文化出版巨头贝塔斯曼，离开了榕树下。路金波（李寻欢）出任榕树下总经理。

4 月，"第三届全球网络原创文学奖"获奖作品潘能军《烂醉如泥》、雷立刚《秦盈》，以及李寻欢主编的中短篇小说合集《飞翔》《春秋时期的爱情疯子》由杭州出版社出版。

12 月，增设社团版块。同时，网站开通付费业务，"个人留言板"项目开始收费。

本年，与上海文艺出版社合作，出版榕树下原创作品集《一个人不如两个人》《爱是绝版》。

2003 年

全面引入文学社团机制，将编辑权交给作者。大量用户开始组建文学社团，社团数量增长迅猛。相对于此前的编辑部制度，社团制度下作品的发表交流更加自由，但质量较以前难以把控。

举办"我与榕树下"征文活动，收取稿件 230 万份。网站利用这些作品与多家出版社、杂志建立了合作关系。

本年，榕树下继续与上海文艺出版社合作，出版榕树下原创作品集

《走过十字路口》《我知道我爱他》。

2005 年

5月，与北大方正合作推出CEB（Chinese E-paper Basic，方正拥有自主知识产权的版式文件格式）电子书。

2006 年

4月，贝塔斯曼将榕树下转让给欢乐传媒，据报道，收购价为500万美元。

本年，举行"文化奇迹'十年'"征文活动。

2009 年

12月24日，盛大文学收购榕树下，但拒绝透露收购价格。盛大文学首席版权官周洪立出任榕树下董事长，张恩超出任榕树下总经理。张恩超表示，新版的榕树下网站将定位于集中展示现实类题材作品的文学网站，并重视版权运营。

12月25日，新版榕树下正式上线，设有"长篇""短篇""读书""生活""论坛""社团"6个频道。

2010 年

1月4日，"第四届榕树下原创文学大展"正式启动。大赛分长篇组和短篇组。奖金总额高达32万元，最高奖5万元。这是时隔9年之后榕树下再次举办原创文学比赛，但并未发现后续有关于此奖的颁奖报道。

4月22日，网站改版，新增"群组""书评人""出版物试读"等栏目。网站被定位为华语文学门户。

5月，与十三月唱片发起的"榕树下·民谣在路上"巡演启动，巡演集合了万晓利、周云蓬、李志等众多民谣唱作人。

8月，推出文化名人视频访谈类节目"榕树下直播间"。

12月17日，与国内畅销书出版公司聚石文华图书公司共同举办"第五届榕树下网络原创文学大展"。比赛分为长篇小说和短篇作品两大赛区。长篇区分列都市情感、青春言情、军事历史、悬疑其他4个类别，短篇区分列散文、短篇小说、生活随笔、书评4个类别。宁财神、邱华栋、李敬泽、张小波、沈浩波、俞白眉、路金波等人担任终审评委。2011年12月20日，在北京举行颁奖典礼。导演张元，评论家白烨，作家邱华栋、九夜茴，磨铁创新空间总经理王小山，红袖添香 CEO 孙鹏等作为颁奖嘉宾出席了活动，《大赢家》和《全城裸恋》获特等奖。

年底，在《新周刊》主办的"2010 网络生活价值榜"评选活动中获得了"年度最有价值网站（文学类）"称号。

2011 年

9 月，接入中国移动阅读基地。

2012 年

9 月，宣布通过出版实体书和出售影视改编权帮助作者创造收益，其中出版是二八分成（作者八成），影视改编权是五五分成。

12 月 25 日，与花城出版社、接力出版社、漓江出版社以及影视合作伙伴小马奔腾和乐视网共同举办的"第六届网络原创文学大赛"在京揭晓。《别对爱说谎》《吕贝卡的救赎》《躲在背后说爱你》《敌后挺进队》分别获得都市情感类、都市生活类、青春言情类、军事历史类单项特别大奖。《急诊科的那些事》获得都市生活赛区最具畅销价值奖。

在榕树下成立 15 周年纪念活动中，盛大文学副总裁、榕树下董事长汪海英宣布将斥资 200 万元运作"状元作家计划"、300 万打造买断计划、600 万打造作者福利体系和付费订阅系统，提高榕树下作者收入水平；宣称网站将正式进军网络文学付费系统，未来会实现 VIP 付费制度。但这些计划都无下文。

推出首款手机客户端软件"榕树下故事会"。

2015 年

3 月，腾讯文学和盛大文学联合成立阅文集团，榕树下随盛大文学并入阅文集团。

2017 年

5 月，网站停止更新。

11 月初，据全国"扫黄打非"办通报，天津榕树下信息技术有限公司在未取得《网络出版服务许可证》情况下，擅自从事网络出版服务，违反了《网络出版服务管理规定》第七条的规定。天津滨海新区文化市场行政执法大队根据群众举报的线索，依法查处，要求榕树下网站删除全部相关网络出版物，并做出罚款 10 万元的行政处罚。中国第一家网络文学网站就此落幕。

2018 年

10 月 19 日，微博账号"相约榕树"发表微博《榕树一去二十载，归来依然是少年》，宣布已阔别网络文学十余载的朱威廉将重新开办榕树下，创立"相约榕树"全球中文原创作品分享社区。此前，朱威廉曾创设"袋鼠王"餐饮项目。

（三）专题

1. 编辑制度

榕树下于 1999 年 7 月成立全球中文原创作品网编辑部。编辑工作由编辑总监统一分配调度，网站编辑每人固定负责一个或多个栏目。编辑接收稿件（电子邮件），审阅后转入收件箱下依据栏目分类设定的文件夹（以下称栏目文件夹），每个文件夹下设"发表""退稿""压后""重复""转发"5 个子文件夹。网站编辑被要求严格掌握稿件发表的标准："生活·感受·随想"是检验稿件质量的最重要标准。这表明，榕树下的编辑原则是参照文学期刊制定的。

附：《榕树下网站编辑工作细则》（2000.2）[①]

员工的基本职责

1. 树立并发扬"勤劳刻苦、爱岗敬业"的精神，在日常工作中时刻保持良好的精神风貌，认真履行本岗位职责。

2. 严格遵守公司各项规章制度，服从领导尊重同事，做到有组织有纪律有风格。

3. 积极主动为公司各方面的建设发展出谋划策，勇于承担编辑部分配的各项临时性工作。

网站编辑日常工作

1. 根据编辑总监分配调度，网站编辑每人固定负责一个或更多个栏目。

2. 网站编辑每天上班立即开始接收稿件（电子邮件）。收件箱下依据栏目分类设定相应的文件夹（以下称栏目文件夹），每个文件夹下再设"发

---

① 《榕树下网站编辑工作细则》(2000.2)，由陈村提供，载《网文新观察》2016 年第 4 期。

表""退稿""压后""重复""转发"5个子文件夹。

3. 接收稿件到相应栏目文件夹完毕,网站编辑先记录各栏目文件夹中收到的投稿数,填写更新日报表中"收到稿件数"(同时由二审编辑汇总并与技术负责核对),然后网站编辑浏览投稿,待发表的稿件暂留在栏目文件夹中不要移动,将决定退稿的稿件移动至"退稿",决定推迟发表或有待推敲的稿件移动至"压后",凡是重复投稿移动至"重复"。重复有三种情况:该稿件在网站编辑正常工作程序尚未完成前向同一栏目投了两遍;该稿件同时投向一个以上的栏目;该稿件已经发布于本网站。

4. 稿件的分类应按照编辑部规定的标准(另见编辑部《稿件分类办法》),网站编辑不能依据个人喜好随意分类。如果网站编辑审阅稿件后认为此稿件不应属于自己负责的任何栏目,应将此稿件移动至"转发",然后通过内部电子邮件转发给相应栏目编辑。若无法确定对此稿件分类,可听取其他编辑的意见直至交付编辑总监决定。

5. 网站编辑应严格掌握稿件发表的标准:"生活、感受、随想"是检验稿件质量的最重要标准。审稿时注意把握思想性第一的原则,对稿件的艺术性(或者说文学性)则不必苛求,有真情实感且文理通顺,均可以发表。对小说类稿件,适当从严把关。

6. 不能发表的稿件标准:具有反动、黄色等国家法令法规定禁止的内容。对一些抨击社会阴暗面、措辞偏激的稿件,应交付集体讨论决定是否发表。

7. 思想性与艺术性相当完美统一的稿件,应当予以推荐。特别推荐语尽可能准确地把握原文中心或特点,要"画龙点睛",不能采用自问自答的形式,或摘抄原文段落。

8. 《榕树下》员工或兼职撰写的稿件,如需发表,应事先交付二审编辑或编辑总监审阅批准。如需特别推荐,必须事先交付编辑总监审阅批准。

9. 对作者在发表时指定采用笔名等要求,网站编辑要严格遵循。网站编辑有义务为作者的个人资料进行严格保密。(另见编辑部《信息安全制度》)

10. 网站编辑要按编辑部《文章排版规则》对发表稿件进行排版。

11. 网站编辑要负责纠正稿件中的错别字或笔误或错误的标点符号。如果对某些用词存在疑问,应主动与其他编辑一起商讨推敲。改错工作不须征得稿件原作者同意。

12. 网站编辑有权根据发表要求对稿件进行适当剪裁编辑,如加标点符号、重新分段、调整段落次序、删除段落等等。但是不论作何种编辑，稿件编辑完成后应立即把修改稿发还作者征求同意后才能发表。

13. 出现以下情况，稿件可推迟发表（自作者投稿之时起算不得超过72小时）：作者一次性投了三篇以上的稿件；稿件较为特殊，需交付编辑部讨论；与该作品类似的文章在最近一段时间里重复出现过多。推迟发表稿件应及时向作者发出通知。

14. 二审编辑应逐栏审核待发表稿件是否符合发表要求，准备退稿的稿件是否属于被遗漏。

15. 只有经二审编辑核准发表的稿件（以更新日报表最后签字为准），网站编辑才能进行发表。已发表稿件的原件（EMAIL）应移动至"发表"。

16. 决定退稿的稿件，网站编辑要负责撰写退稿信给作者，说明退稿原因，感谢作者投稿，并作鼓励。行文应诚恳生动，切忌机械化，信后署名规定为"您真挚的 榕树下 XXX"。

关于应用软件

1. 工作用电脑中只允许安装编辑部规定的应用软件，未经编辑总监批准，任何人不得以任何理由安装任何软件。

2. 编辑按规定使用编辑部指定的应用软件，任何人不得以任何理由拒绝使用。

3. 有关《榕树下》信息系统安全方面的问题，编辑部将另行规定，遵照执行。

编辑部成立之初栏目负责如下表：

版块	名 称	专职编辑	兼职编辑
散文	随笔小札	航云	常青
	心有灵犀	根号叁、AVA	杨威利
	旅人手记	何从	呼呼猪
	青青校园	小菜	云门
	浮生杂记	航云	常青

(续表)

版块	名称	专职编辑	兼职编辑
诗歌	诗路花语	萧飞	QY
	唐宋遗风	海萍	
	明人明言	根号叁	LEON
小说	非常小说	花过雨、宁财神	寄青
	仁勇风范	花过雨、宁财神	
杂文	拍案时分	小菜	云门、胡亮
	凭心而论	小菜	QY、杨威利
	点石成金	小菜	殷佳明
其他	开心一刻	AVA	许敏
	海阔天空	海萍	
	聊斋夜话	萧飞	寄青
	他山之石	何从	

2. 在线作品交易平台

于2000年10月推出，榕树下网站注册的用户可以借助在线交易平台将自己的作品发表在传统媒体上并获取相应稿酬。

根据榕树下网站投稿须知，作者在向榕树下投稿时须发表版权声明，选择不同的授权级别（A、B、C、D级）将发表后的作品授权给榕树下。A级授权以榕树下为作品的全权代理者，作品发表等相关事宜均由榕树下负责；B级授权是作者允许榕树下将作品推荐给媒体；C、D级授权意味着作者仅同意榕树下以一定的形式使用稿件。传统媒体可以从榕树下资源库自主寻找自己所需稿件，当投稿作品被选用后，用稿媒体可以向作者直接支付稿酬或者通过榕树下在线作品交易平台转交稿酬，榕树下网站本身则不向作者支付稿酬。

3. 社团制度

2002年年底，榕树下进行了改版，尝试文学社团机制。该机制是吸引文学爱好者参与榕树下，以解决网站编辑不足的问题。不久便已有30多个社团，如侠客山庄、墨派文学、雀之巢、诗词雅韵等。2003年，社团制度成为榕树下的重要制度。

社团结社基本人数为 5 人，社团初建时需要 1 名社长、至少 2 名社团编辑，社长与编辑都需在榕树下发表文章超过 10 篇，至少有一篇推荐文章（社团推荐和榕树下推荐都可），社团编辑只能服务于一个社团。社团职能包括审稿发稿，举办社团活动，管理社团 BBS。社团编辑如发现抄袭稿件、一稿多投等问题稿件，可以及时汇报榕树下编辑部，减少了编辑部的工作压力。众多社团的出现，降低了文章发表的门槛，但相对于 BBS 发表机制，仍有不少限制，最终榕树下也没有变成真正由读者决定的文学发表与交流平台。

4. 名望制度

榕树下于 2001 下半年启用名望制度。名望制度是用户与榕树下网站互动程度的体现。名望由名望值和称号构成，名望值达到一定的分值后授予相应称号。用户每发表 1 篇文章名望值增加 2，文章如被编辑推荐名望值增加 20。参加"翰林之路"考试，每做对一道题都会增加相应的名望值。

在榕树下，有些功能或活动只有当用户达到一定名望后才能使用或参与。如："白衣秀才"（或以上）级别用户发表的文章可以被任何级别的用户评论，"青衣童生"（或以上）可以评论任何级别用户发表的文章，"布衣"不能评论"白衣秀才"级别以下用户发表的文章。"白衣秀才"（或以上）级别用户在留言板发帖，标题栏字体自动加粗显示。"甲榜进士"（或以上）级别用户文章投稿后自行编辑发表。

这一制度带有网络游戏的升级色彩，对新人具有一定的吸引力。

等级	称号	图标			
1	布衣		11	预科进士	
2	白衣童生		12	同进士	
3	青衣童生		13	乙榜进士	
4	锦衣童生		14	甲榜进士	
5	白衣秀才		15	探花	
6	青衣秀才		16	榜眼	
7	锦衣秀才		17	状元	
8	白袍举人		18	翰林	
9	青袍举人		19	大学士	
10	锦袍举人		20	大文豪	
			21	文曲星	

参考资料

1. 榕树下的在线作品交易平台、社团制度、名望制度等内容,来自互联网档案馆的历史网页。

2. 陈村:《在榕树下》,原发布于榕树下,发布日期:1999年9月3日,链接已失效,由陈村提供。

3.《榕树下网站编辑工作细则(2000.2)》,由陈村提供,载《网文新观察》2016年第4期。

4. 陈村等:《网络文学的最好的时期已经过去了》网页讨论,原发布于榕树下论坛,发布日期:2001年7月3日,已无法访问,由陈村以网页方式提供。

5. 张翼轸:《榕树下:把所有利润吃透》,发布于搜狐网,发布日期:2001年4月2日,网址:http://it.sohu.com/20010402/file/0457,643,100038.html,查询日期:2018年4月14日。

6. 孙丽萍:《"榕树下"千万美元出售大半股份本月见分晓》,发布于新浪网,发布日期:2001年9月6日,网址:http://tech.sina.com.cn/i/c/2001-09-06/83580.shtml,查询日期:2018年4月14日。

7. 江筱湖:《原创文学网站,他们都在做什么》,《中国图书商报》2004年10月15日。

8. 江筱湖:《2005原创文学网站八大世家:网上网下"玩"牵手》,《中国图书商报》2005年2月4日。

9. 徐崇杰:《榕树下到底怎么了》,发布于晋江文学城,发布日期:2005年6月10日,网址:http://www.jjwxc.net/onebook.php?novelid=41991,查询日期:2018年4月20日。

10. 张见悦:《民营传媒收购新媒体第1案 "榕树下"500万美元易主》,发布于人民网,发布日期:2006年04月14日,网址:http://media.people.com.cn/GB/40606/4297906.html,查询日期:2018年4月14日。

11.《盛大文学宣布入股 "榕树下"今日改版》,《北京青年报》2009年12月25日。

12. 鲁大智:《榕树下宣布放弃免费阅读模式》,《中华读书报》2013年1月30日。

13.《为文学青年创造了空间,但走得太超前——榕树下创始人朱威廉访谈录》,邵燕君、肖映萱主编:《创始者说:网络文学网站创始人访谈录》,北京大学出版社,2020年。

14.《"我以为先锋的东西,网络并没有出现"——榕树下艺术总监、先锋文学作家陈村访谈录》,邵燕君、肖映萱主编:《创始者说:网络文学网站创始人访谈录》,北京大学出版社,2020年。

15.《中国网络文学应该有类型小说之外的可能性——榕树下前总经理、果麦文化创始人路金波访谈录》,邵燕君、肖映萱主编:《创始者说:网络文学网站创始人访谈录》,北京大学出版社,2020年。

（许　婷）

清韵书院
（https://www.qingyun.com）

（一）词条

中国最早的网络文学论坛之一，中国网络文学发展初期最具影响力的原创平台之一。1998年2月创建于澳大利亚，创始人老夫（本名陈健），后将总部迁至西安，与金庸客栈（1996）共同开创了中国网络文学的"论坛时代"。初期，以古典诗词为主，诗词论坛"诗韵雅聚"几乎齐聚当时的网络旧体诗人。2001年金庸客栈部分"出走人员"（主要是金庸客栈"新老之争"后出走的老成员，包括今何在、江南、小椴，以及多事、凤歌、沧月等"匪帮"一众）入驻后，成为大陆新武侠和东方奇幻的大本营，形成颇富创造力的社群文化，诞生了包括《听雪楼》系列（沧月）、《此间的少年》（江南）、"九州"系列（江南、今何在、大角、遥控、斩鞍、多事、水泡）在内的多部重要作品。

清韵书院与海外的《华夏文摘》和国内的金庸客栈都颇有渊源，创始人曾参与《华夏文摘》的编辑工作。清韵书院始终以非营利的爱好者家园为定位，秉持"清氛源远、韵致流长"的艺术风格。在网络文学进入商业化时代后逐渐衰落，于2009年闭站。

（邵燕君　郑　林）

（二）简史

1998年

2月，清韵书院创立，主办人为曾在《华夏文摘》活跃的老夫，主编为温柔（本名邓艳）。

1999年

将总部从澳大利亚迁到西安，在此之前大部分受众为海外华人，此后致力于吸引更多国内读者。

6月，版主温柔与旅澳诗人田园无忌创办的诗词论坛"文艺沙龙"合作，创建了专门的诗词论坛"诗韵雅聚"，将诗词在网站的影响推向高峰。

创办《网络新文学》[①]电子期刊，以选登中文网上最优秀的文学作品为宗旨。

2000 年

1月21日，田园无忌离开清韵。

举办第一届"清韵书院诗词大展"，展览诗友古体诗词创作中的优秀作品，促进诗友之间的交流。

2001 年

11月，与新浪网联合推出《清韵周刊》。

今何在、江南、小椴、多事、凤歌、沧月等金庸客栈部分"出走人员"（金庸客栈"新老之争"中被排挤出走的老成员）入驻清韵，形成了所谓的"清韵匪帮"，使该网站小说原创实力大增，成为大陆新武侠的重要阵地。

江南在清韵书院连载《此间的少年》。小说描述宋代嘉祐年间，乔峰、郭靖、令狐冲等金庸武侠中的同名人物在"汴京大学"（以北京大学为模板）中的校园生活。江南借用看似毫无关系的时间、地点、人物，由自身生活感悟出发，书写大学校园内关于青春的故事，引起众多书迷的情感共鸣。该小说于2010年9月由华文出版社出版，同年由胤祥执导改编为电影。2018年，金庸起诉《此间的少年》侵犯著作权并构成不正当竞争，最后判决为江南未侵犯著作权，但构成不正当竞争。此次风波引发诸多对同人书写是否侵犯著作权的讨论。

由于清韵站方的失误，清韵2000年之前的帖子不复存在。诗友稻香老农将清韵"诗韵雅聚"自1999年6月1日至2000年5月31日两年间的故事编成了章回体《清韵演义》，共120回，并设计了检索系统。

水泡在清韵论坛发帖，呼吁共同创作名为"凯恩大陆"的西方奇幻故事，响应热烈。后来大角（潘海天）提出中国缺乏自己的奇幻世界，经讨论，众人决定将这个群体创作改为东方风格。参与核心设定的7位写手——江南、今何在、大角、遥控、多事、斩鞍和水泡后被尊称为"九州

[①] 现查到的资料为2000年2月出版的第3期，因更新不规律，所以创刊时间到底为1999年还是2000年尚无法确认。

七天神"。当时江南正在创作的小说名为"九州",即后来的《九州·缥缈录》系列,经今何在提议,众人讨论后,最终使用"九州"为众人共创的东方奇幻世界命名。

沧月开始在清韵创作新武侠作品《听雪楼》系列。

2002 年

6月,开始运作出版"清韵书系"系列图书,逐步推出"品味集""在异乡""她写作"等几个系列图书。清韵书系以文化休闲类图书为主,主要面向当代"准知识阶层",即受过高等教育,具有一定文化艺术修养,具有较强的消费能力和欣赏水准,追求高质量生活的人士。

2003 年

沧月开始在清韵创作新武侠作品《镜》系列。

2004 年

完善书院的网上书店(www.qyboook.com),将其定位为专业的人文历史文化书店。

2006 年

清韵博客(http://blog.sina.com.cn/qingyunzhoukan)开通,主要推送《网络新文学》电子期刊的部分精选篇目。

2008 年

8月,闭站一个月。

2009 年

因技术原因闭站后再未重开。

(三)专题

1. 网站版块设置

在清韵书院创立初期,其栏目按照主题分为文学、艺术、饮食、武侠、中医、网站、节日,随着网站的逐渐发展成熟,清韵网上书店、清韵博客、清韵期刊、精选出版、论坛和写手专栏在首页推荐占据了大部分的版面,其主题分类也变更为文学、艺术、武侠、科幻、饮食。

清韵论坛"文学"版块下的"纸醉金迷"（武侠作品与争鸣）、"绝品网文"（文学创作与讨论）、"天马行空"（科幻创作与讨论）、"诗文雅聚"（诗词创作与讨论）等论坛逐渐壮大并形成了自身的论坛文化，不断吸引着新爱好者参与。

2. 网络诗词江湖的起源

清韵书院是网络诗词创作的发端和聚集地。清韵书院创立初期，古典诗词版块最为繁荣。创始时书院下设"品文——古代文学"论坛，主题为古代文学的品鉴，但该论坛逐渐聚集了许多原创诗词的作者。这一时期出现了西风、小鱼（本名余环宇）、阿夏、二公子（本名区泽）、中原郎（原名彩象）、如意、流星雨等国内早期网络诗人。这一时期虽然发帖频率不高，但精品汇聚，论坛氛围和谐。

1999年6月，温柔和旅澳诗人田园无忌创办的诗词论坛"文艺沙龙"合作，创建了专门的诗词论坛"诗韵雅聚"，清韵诗词达到顶峰。这一时期主要活动的诗词作家有：二公子、阿夏、无忧、无忌、伯昏子、白衣卿相、Little Fish、红袖添乱、梦天等。在此期间，田园无忌定期举办"诗词擂台"，为论坛吸引了许多诗词写作爱好者。但由于田园无忌个人政治兴趣浓厚，一些网友认为他忽视其他题材作品，且格律不精，不善评论，终于引发了长达两个月轰轰烈烈的"倒无忌"运动。1999年11月后，樱桃小丸子、对对胡、止止等马甲单挑田园无忌，田园无忌在2000年1月21日离开清韵。

由于清韵站方的失误，清韵2000年之前的帖子不复存在。2001年诗友稻香老农将清韵诗韵雅聚自1999年6月1日至2000年5月31日两年间的故事编成了章回体《清韵演义》，共120回，并设计了检索系统。现仅存回目：

〖第一回〗菩萨蛮开篇起鸿蒙，小鱼儿出水评五古
〖第二回〗无忌郎情颂强国赋，燕然女刺绣梅花图
〖第三回〗小申词奉和王安石，如意文细说夏完淳
〖第四回〗和尚下山锋芒初露，温柔出台诗韵雅聚
〖第五回〗悟斋居无忧步前韵，满江红无忌设擂台
〖第六回〗阿夏闲话格律断想，清韵燃起音韵烽烟
〖第七回〗伯昏子七律抒愁怀，云中君长篇咏沉舟
〖第八回〗蓉蓉儿转贴留香词，惠顾君清唱新曲儿
〖第九回〗天仙配感发凤栖梧，少室老宿醒蝶恋花

〖第十回〗无忌七夕引长相思，众人豪情赋鹧鸪天
〖第十一回〗二公子闲吟荷花谣，少室翁戏唱满江红
〖第十二回〗田横花残咏苏幕遮，打鱼人风平说风浪
〖第十三回〗东方欲晓聊说新韵，忽如其来天仙不配
〖第十四回〗伯昏子列举韵书说，二公子秋思秋千索
〖第十五回〗文人投刃台独分子，野老解说人道精神
〖第十六回〗中秋节雅聚中秋雨，冷月风试作小重山
〖第十七回〗小鱼儿五律说秋晨，伯昏子八句过丹阳
〖第十八回〗及时雨垂钓钓鱼岛，恒殊客秋思阮郎归
〖第十九回〗白衣相七律感渐老，伯昏子重提南乡子
〖第二十回〗斑竹辞呈诗韵雅聚，石浪转贴龙图阁诗
〖第二十一回〗桂枝香司马制新词，浣溪沙梦天题玉照
〖第二十二回〗赋诗四十种桃感怀，新词四品阿夏挑剔
〖第二十三回〗伯昏子悲吟永遇乐，及时雨唱和种桃人
〖第二十四回〗白衣卿相二绝咏史，清韵辉煌众口评说
〖第二十五回〗二公子二度水龙吟，柳如烟初填八六子
〖第二十六回〗白衣相自编三百诗，易水寒长歌葬花词
〖第二十七回〗清韵书院迁都西安，樱桃丸子粉墨登场
〖第二十八回〗白衣戏咏四大美眉，止止单挑清韵斑竹
〖第二十九回〗看客有感八声甘州，寥天怀古七律吴门
〖第三十回〗几番丸子轰炸清韵，三五元老还击护院
〖第三十一回〗黑白世道过客遭殃，诗韵颂歌澳门回归
〖第三十二回〗少室老华山永遇乐，火焰山首贴渔家傲
〖第三十三回〗火焰山祭作金陵文，言西早纵歌新世纪
〖第三十四回〗无忌君指路向小说，清韵客纷纷言退意
〖第三十五回〗阿夏君领锦瑟诗篇，二公子说诗余点滴
〖第三十六回〗无忌再次提出辞呈，诗韵雅聚群龙无首
〖第三十七回〗二公子集附庸风雅，温迪康解构回文诗
〖第三十八回〗阿夏杂说微言大意，伯昏感慨诗咏红场
〖第三十九回〗秋雨妙赋九张新机，青若反讽歪评老杜
〖第四十回〗及时雨诗论卜远途，象皮人登陆来拉人
〖第四十一回〗高咏蜀道无忌变法，旁敲唐诗野狐弄文

【第四十二回】伯昏七律讽赠骚莲，阿夏一组论诗绝句
【第四十三回】伯昏子解说子昏伯，众诗人悼驻南使馆
【第四十四回】三人联袂二易斑竹，野老例话新生事物
【第四十五回】微吟无板初至清韵，东来西往杂感有三
【第四十六回】子昏伯追念伯昏子，精华区误收古人作
【第四十七回】少室老连跳股市水，主评人惊艳青城记
【第四十八回】众诗友细说论书诗，燕河女敢进一家言
【第四十九回】莫谈诗畅评诸大侠，争高下大贴网易作
【第五十回】独惆怅聊赋中秋吟，卓至简一笑满江红
【第五十一回】静玄子次韵风景异，柳九变拉起还乡团
【第五十二回】江河浩荡诗刺当代，种桃自创素女新经
【第五十三回】铜豌豆咏刀高加索，及时雨夜谭望湖斋
【第五十四回】月如霜情牵广寒殿，筋斗云搬砖评毛诗
【第五十五回】扪虱谈评诗论至性，伯昏题松江朱舜水
【第五十六回】微吟无板改音梁父，扎针道人细评小卓
【第五十七回】微吟论毛诗之合掌，少室老诚征合掌联
【第五十八回】徐祥辉挥洒写诗论，砭微吟阿夏试金针
【第五十九回】诗词大展温柔揭幕，中秋明月众友赋诗
【第六十回】莼鲈归客一曲湘月，稻香老农寄友中秋
【第六十一回】大公子送人格分析，二公子睹诗坛怪象
【第六十二回】百晓生乱点名家谱，金刚犬转贴莼鲈词
【第六十三回】聚美东诗韵三家唱，入新年望山外婆吟
【第六十四回】玫瑰女作白领丽人，百晓生选网上名作
【第六十五回】化身人书院里作怪，二公子网络上声明
【第六十六回】格律诗用拗有心得，独角戏谁演起纷争
【第六十七回】无忌抗议删革命诗，冷嘲掀幕捉金刚犬
【第六十八回】聂绀弩诗入百花园，众诗友争说崔颢诗
【第六十九回】胖头鱼赋四美人诗，金刚犬步孟美眉韵
【第七十回】少室老除夕候佳丽，莼鲈客孤山咏白梅
【第七十一回】七证婴挥洒指月窟，胖头鱼推落云诗话
【第七十二回】二公子展海天一色，海天一色驳二公子
【第七十三回】考桐辨刃诗史开篇，莫谈诗人战毛天哲

【第七十四回】新世纪束龙评胡马，争拗救阿夏说体操
【第七十五回】杜甫诗学聚讼纷纭，胡马文章莫衷一是
【第七十六回】海天一色书院护花，中国诗人西方摇滚
【第七十七回】二公子纵论胡马集，三江月定约古董油
【第七十八回】二公子议诗歌发展，小鱼儿献义山全编
【第七十九回】诗词大展结果公布，出律孤平电脑能评
【第八十回】月暗感时何关虎皮，如霜长啸怒谴狼子
【第八十一回】阿夏君倡导绝句诗，二公子自选代表作
【第八十二回】论气象独挡阳关叠，赋海鸟送别老主持
【第八十三回】讨美帝诗篇皆强硬，定斑竹野老质温柔
【第八十四回】诗韵雅聚三易斑竹，月暗胖鱼二将受命
【第八十五回】象皮次韵西丝八首，寒溪咏史感怀百年
【第八十六回】陌上花开填望海潮，非匪无题拟清平乐
【第八十七回】悼王伟公子动真情，咏悲史乖崖称老辣
【第八十八回】伯昏子漫步海旁道，乐逸士提倡谱词乐
【第八十九回】稻香农趣味考感觉，念奴娇出关灌白水
【第九十回】廿八字老农揭谜底，十五首众人比功力
【第九十一回】孟依依再和长相思，凤飞廉苦吟江上行
【第九十二回】等闲之辈诗不等闲，情丝飞舞鱼系情丝
【第九十三回】慕容女闲题兰雪集，楚山郎慨咏武侯祠
【第九十四回】含章可贞设立专栏，白头宫女火并明王
【第九十五回】清韵附加用户注册，论坛新增旧贴查询
【第九十六回】胡僧展示春感十首，旧山评论高手过招
【第九十七回】碰壁斋主一鸣惊人，天涯明月白鹤冲天
【第九十八回】稻香农制清韵演义，伯昏子游东林书院
【第九十九回】莼鲈归客过苏公祠，三江有月袚春天梦
【第一百回】法雨炼字作荆棘诗，梦天登楼和种桃人
【第一百〇一回】韩国游乐逸士发兴，情关劫莫谈诗眉妩
【第一百〇二回】伤弓雁赋剑水龙吟，胖头鱼寄趣野山行
【第一百〇三回】乖崖重谈诗词格律，诗客哀悼帘影染笛
【第一百〇四回】微吟无板评说节奏，稻香老农求教艺文
【第一百〇五回】英译古诗杂采纷呈，古解洋文一枝独绣

〖第一百〇六回〗水凌君闺怨眼儿媚，静慈子咏物荐清诗
〖第一百〇七回〗三江有月闲话网名，象皮作寿相逢有约
〖第一百〇八回〗稻香侣比试荔枝吟，孟侬侬引颈白鹅咏
〖第一百〇九回〗问余斋主春愁七律，阿夏解说鱼诗三不
〖第一百十回〗稻香老农自挽三篇，月如霜女豪气万丈
〖第一百十一回〗青若遥想挥戈北伐，斋主浓情结集荷塘
〖第一百十二回〗电饭锅烹七绝三个，孟侬侬和菊斋二词
〖第一百十三回〗高丘看剑锋藏月暗，阳关唱曲愁满海西
〖第一百十四回〗舌灿莲花老农捧孟，言语唐突法雨道歉
〖第一百十五回〗何浩长歌彭大将军，碰壁说梦交错诗梦
〖第一百十六回〗三江有月自感求砖，巫毒译诗弃妇飞血
〖第一百十七回〗浪子佳人绮韵韶光，晓霁山行微吟无板
〖第一百十八回〗戏嘲人三制木兰花，感时世独咏南方报
〖第一百十九回〗喵喵登台佳作连篇，和尚感时真情十首
〖第一百二十回〗两年雅聚妙趣横生，风流尽在清韵演义

回目编辑：

稻香老农（一至三十三回，共三十三回）

小鱼（三十四至四十六回，共一十三回）

伯昏子（四十七至八十三回，共三十七回）

巫毒（八十四至一百二十回，共三十七回）

回目修改：阿夏，微吟无板

3. 大陆新武侠的开端

清韵书院的网络诗词热度逐渐散去后，武侠小说和奇幻小说开始占据论坛原创文帖的主流。大陆新武侠小说的代表人物沧月、小椴、杨叛、小非、香蝶、凤歌等人早期均活跃在清韵书院。

大陆新武侠是继港台武侠兴盛后，大陆逐渐兴起的武侠类型。根据《古今传奇·武侠版》官方网站编辑陈青眉的阐述，"大陆新武侠"的特点在于展现了"新江湖、新侠情、新体验、大武侠"。

新江湖是当代都市社会的投射和缩影，相对于传统侠情小说来说，新武侠小说的江湖更加丰富和复杂。同时，新武侠对于侠情也有了新的理解，在肯定侠客快意恩仇、拔刀相助、善恶分明、正邪对立、为国为民的

同时，也提倡多元、相对的侠客价值观念。此外，新武侠在发展传统的侠情小说的基础上，提倡和鼓励都市侠义小说、女子武侠小说、玄幻武侠小说等新题材的创作，给读者带来新的阅读体验。新武侠在继承金、古、梁、温、黄等大家传统的同时接纳当代丰富多彩的多元文化元素进入武侠世界，为武侠文化开疆拓土，展现出"大武侠"的风貌。

这一时代新武侠的代表作品有沧月的《听雪楼》系列、凤歌的《昆仑》《沧海》、小椴的《杯雪》《长安古意》、杨叛的《死香煞》《鬼缠铃》《傀儡咒》、小非的《游侠秀秀》、香蝶的《烟波江南》系列等。

4. 奇幻小说的发展

"奇幻小说"这一概念来自英文的 Fantasy，台湾奇幻文学翻译家朱学恒在其 20 世纪 90 年代撰写的文章《西方奇幻文学（Fantasy Literature）简介》中将其译为"奇幻"。在文章中，朱学恒这样描述"奇幻"：这类作品多半发生在另一个架空世界中（或者是经过巧妙改变的一个现实世界），许多超自然的事情（在我们这个世界中违背物理定律、常识的事件），依据架空世界的规范是可能发生，甚至被视作理所当然的。而中国本土的奇幻小说，部分遵循"正统西幻"的欧美经典奇幻体系，部分则增加新鲜设定，甚至引入中国元素，发展成为"西式奇幻"的独特分支。

"云荒"系列和"九州"系列是于清韵书院诞生的影响最大的西式奇幻作品。"云荒世界"创建者沧月、丽端、沈璎璎被称为"云荒三女神"。"云荒"系列包括：沧月的《镜》系列、《羽》系列，丽端的《云荒纪年》系列，沈璎璎的《云荒往事书》系列、《云荒·梦旅人》系列、《云荒·三色》系列。

著名的"九州"系列诞生于"天马行空"版区。如前所述，2001 年水泡在清韵论坛发帖，呼吁共同创作名为"凯恩大陆"的西方奇幻故事，响应热烈。后来大角提出中国缺乏自己的奇幻世界，经讨论众人决定将这个群体创作改为东方风格。为了解决参与者之间的意见和分歧，更加有效地打造"九州世界"，参与者们自发组建了核心领导的"设定小组"，7 位主要参与者——江南、今何在、大角、遥控、多事、斩鞍和水泡后被尊称为"九州七天神"。当时江南正在创作的小说名为"九州"，即后来的《九州·缥缈录》系列，经今何在提议，众人讨论后，最终使用"九州"为众人共创的东方奇幻世界命名。

2004 年 5 月，今何在发布了《九州基础设定与说明 ver3.1 版》，至此九州设定走向公开化。2002年5月,《惊奇档案》杂志开始刊载潘海天主持的"九州星野"栏目,这是九州从网络走向传统媒体的第一步。随后2004年1月,《科幻世界·奇幻版》创刊,以双月刊形式在2004年发行6期,几乎全为"九州"系列小说和设定。2002年10月,销售量突破10万册。2005年1月,《飞·奇幻世界》月刊创刊。自1月号至5月号,陆续刊载九州小说21篇,九州栏目3次。2004年12月,今何在、江南、潘海天在上海合资创办了实体公司。自2005年5月始,江南、今何在、大角相继在清华、北大、武大等各高校举办关于"九州"的讲座,盛况空前。5月10日,第一届"九州奖"征文开幕式在北京航空航天大学举行。5月21日,九州系列图书第一批——《九州·缥缈录》和《九州·羽传说》出版。2005年7月,属于九州自己的杂志《九州幻想》呼啸上市,在当年第10期即突破了10万册销量。2006年9月,九州北京分部制作的第二本杂志《幻想1+1》上市,以刊登非九州的幻想文章为主。而后江南与今何在、大角在财政方面撕扯不清,经营理念也发生分歧,2007年,江南离开《九州幻想》杂志,主持《幻想1+1》(后改为《幻想纵横》)。《九州幻想》则由大角、今何在主持,继续发行。9月,江南带领自己的团队打造的九州Mook《九州志》上市。由此形成"北九州"(江南主持编办的"九州"系列)和"南九州"(大角、今何在主持编办的"九州"系列)两条脉络。

早期"九州"设定的奠基之作主要有江南的《九州·缥缈录》系列、今何在的《九州·羽传说》《九州·海上牧云记》,大角的《九州·铁浮图》《九州·死者夜谈》《九州·白雀神龟》《九州·地火环城》,斩鞍的《九州·旅人》《九州·朱颜记》《九州·秋林箭》,水泡的《九州纪行》《九州·恶途》《九州·寒风谷》等。

"九州"系列后被改编为《九州世界online》《九州无双》《九州·海上牧云记》等游戏,以及《九州·海上牧云记》《九州·天空城》《九州·缥缈录》等电视剧。

5. 重要专栏写手及作品

清韵书院为优秀写手开设个人专栏,并在首页设置专栏访问量排行、个人专栏优秀文章推荐等版块。优质专栏及作家作品主要有:

专栏	作家	作品
沧海明月	沧月	《镜》系列、《听雪楼》系列、《大漠荒颜》、《曼珠沙华》、《飞天》等
别调·乱弹	小椴	《别调》系列、《杯雪》系列等
骑筒人的筒	骑筒人	《稚川行》系列、《微尘集》系列等
燕垒斋	燕垒生	《天行健》系列等
陌上花	沈璎璎	《云荒·往世书》《云荒·梦旅人》《云荒·三色》等
山中人兮	杜若	《天舞》系列等
非式写绘空间	小非	《游侠秀秀》系列等
香蝶作品	香蝶	《小说.烟波江南》系列、《绯门纪事》系列、《醉花阴》系列等
回忆未来	水泡	《回忆未来》系列、《细柳镇》系列等
尘缘千结	如意	《流水今日》系列、《明月前身》系列
挟剑而歌	杨叛	《简单武侠》系列等
石中火	江南	《九州·缥缈录》系列、《天琴空唱·神话和幻想》系列、小说《此间的少年》等
狼之巢	狼小京	《魔皇·前尘》系列、《怨灵》系列、《光明战记》系列、《创世福音录》系列

专栏周访问量排行	
2005年 12.25-12.31	2007年 7.28-8.5
1. 小非	1. 沧月
2. 沧月	2. 香蝶
3. 小椴	3. 小非
4. 杜若	4. 如意
5. 天平	5. 小椴
6. 湖衣	6. 燕垒生
7. 李祥瑞	7. 沈璎璎
8. 苏七七	8. 杜若
9. 韩松落	9. 冷调蓝猫
10. 骑桶人	10. 狼小京

6. 清韵"匪帮"

"匪帮"最开始在金庸客栈活跃,后将主要的活动阵地迁移至清韵书院,清韵"匪帮"中有大量创作新武侠小说的写手。

清韵"匪帮"人员一览:

匪一:多事

匪二:香蝶

匪三:杨叛

匪四:小僧

匪五:狗熊老瓣

匪六:水泡

匪七:凤歌

匪八:空缺

匪九:杨万里

匪十至匪十五空缺

匪十六妹:沧月

参考资料

1. 网站版块设置、重要专栏写手及作品来自互联网档案馆历史网页。

2. 江筱湖:《2005原创文学网站八大世家:网上网下"玩"牵手》,《中国图书商报》2005年2月4日。

3. 月饼、windlau、花盆君、苏冰:《九州编年史》,《九州幻想·裂章号》2006年6月。

4. 吕航、谭恋恋:《浅谈新媒体环境下幻想文学的产业化——以九州世界为例》,《资治文摘(管理版)》2009年第7期。

5. 诗坛笑笑生:《文学网站与清韵书院的创办》,原文发布处及发布日期无法查询,转引自西祠胡同,发布日期:2009年10月29日,网址:http://www.xici.net/d102079475.htm,查询日期:2019年6月17日。

6.《有人能评价一下曾经的清韵论坛吗?》,发布于知乎网,发布日期:2015年—2018年,网址:https://www.zhihu.com/question/23411899,查询日期:2019年6月17日。

(郑 林)

西祠胡同
（https://www.xici.net.cn，网络文学相关部分）

（一）词条

  中国大陆第一个大型综合性社区网站。1998年4月创立于南京，创始人响马（本名刘琥）。在BBS基础上，首创网友"自行开版、自行管理、自行发展"的开放模式。借鉴这一模式建站的西陆论坛（1999年6月）成为中国网络文学男频原创网站的总孵化器。西祠胡同在VIP收费模式方面的探索（2003年1月），亦可为中国网络文学付费阅读制度之参照。早期的西祠胡同热衷时事，各大时政论坛尤为活跃。众多记者在此开版增强了舆论影响力。文学方面，以讽喻杂文（仿王小波风格为多）和情感散文为主，另有大量时评、影评。2001年6月，应相关部门要求，关闭部分政治论坛并休站整顿，此后成为聚焦南京人生活的社区门户网站。

（邵燕君　田　彤）

（二）简史

1998年

  初春，响马在家开发出西祠胡同雏形。响马时为南京动力专科学校计算机系教师。据其回忆，他在1997年下半年接触了一个名叫珠江路（www.zjl.net）的BBS，从而兴起创建一个更随意的BBS的念头。因为喜欢北京的胡同文化，且常听收音机，对江苏省广播电视总台地址"西祠堂巷8号"印象深刻，遂将自己创立的BBS取名为"西祠胡同"。西祠胡同的诞生本是为了售卖软件——响马当时专门做了一个网站来推销自己的软件，西祠胡同只是用以提升网站人气的小版块。但结果是西祠胡同大火，网站反而荒废。

  4月14日，西祠胡同（www.xici.net.cn）正式上线。

  8月1日，在南京举行第一次网友聚会（版聚）。西祠的版聚传统深厚，并与地缘关系紧密。此时的互联网普及度不高，故新用户常是受老用户邀请的现实中的朋友,这也使西祠胡同逐渐形成了"城市生活社区门户网站"的定位。

11月,举办首次"网友议会",共21位网友参加。包括响马在内的网站工作人员与部分"斑竹"(版主)、"议员"共议网站发展。

12月19日,卫西谛创立电影影评讨论版"后窗"。"后窗"是中国最早的影评空间之一,卫西谛、张献民、影武者史航(鹦鹉史航)等知名影评人由此成长起来。

1999年

6月,启用新域名www.new.xici.net.cn,推出聊天室"叫魂"功能。此时的聊天室普遍简陋,要与某人私聊只能待其上线后在聊天室"提醒"他。"叫魂"就是一种具刷屏效果的方式,推出后深受网友欢迎。

6月,南京师范大学新闻与传播学院学生牛吃草(本名刘建平)创办讨论版"记者的家"。2000年9月,一位署名为肖余恨的网友在"记者的家"上发布了一组题为《南京报业歪评》的帖子,引起了南京媒体圈的注意。"记者的家"由此名声大噪,吸引众多记者入驻,一度成为中国传媒业最著名的讨论版,西祠胡同也成为中国媒体人的重要网上据点。除"记者的家"外,网站上还汇集了如"山西报业""上海媒体"等地方媒体人士创建的讨论版,其中活跃着来自全国各地的媒体人。他们既通过网站与同行交流信息,也挖掘新闻热点。推动了收容制度废除的2003年"孙志刚案"、揭露了富士康员工恶劣工作环境的2006年"富士康案"的报道线索,就是记者首先在西祠胡同上发现的。

2000年

2月22日,以75万元人民币现金和作价125万元人民币的股票被e龙收购。

10月10日,南京本地报纸《现代快报》刊登了一则《e龙"西祠胡同"竟开"淫香书院"》的报道,指责网站"疏于监控"。西祠胡同回应表示,"淫香书院"属于秘密讨论版,可以通过技术加密隐藏,讨论版由网友而非网站设置,讨论内容为个人隐私,未经版主和网友的允许,站方不得干涉。在更加平等自由的网络媒介中,小众空间能够以技术手段实现隐秘而独立的生存,但伸张的私人权利也需要和公权力重新磨合。此外,西祠胡同将秘密讨论版视为用户隐私并加以保护的态度,也反映了论坛更认同自己社区平台和部落空间的身份，而非公共媒体。

2001 年

3月初，第二次重大改版，确立媒体、文学、情感、聚会等18个频道的社区分类。

6月1日，"自由主义论坛"被关闭，网站宣布因技术原因休站7天。此后，多个时事政治类讨论版被关闭，一批讨论版被降级为秘密版。

8月，响马离开西祠胡同。

9月中旬，"9·11"事件引发西祠网友大讨论，时政论坛"锐思评论"创下单个版块在线千人历史记录。"锐思评论"是西祠著名时政论坛，其版主安替（Anti）更一度是西祠风头最劲的人物。安替（本名赵静）毕业于南京师范大学动力学院，毕业后曾跟随响马在西祠做产品经理，同时创建"锐思评论"。2002年，安替加入《华夏时报》，后任《纽约时报》评论员，成为资深媒体人。

10月12日，网友红颜静起诉网友大跃进在西祠胡同上发布侮辱她的帖子，侵犯了她的名誉权，这成为国内首例互联网名誉侵权案。法庭作出一审判决：被告停止对原告的名誉侵害并于判决生效之日起3日内，在e龙西祠胡同网站上向原告张某赔礼道歉；法院将在一家全国性网站上公布判决书，费用由被告承担；被告给付原告精神损害赔偿金1000元。此案表明，网民的网络身份开始与现实身份联结，网民须对自己在网络上的言论负责。

2002 年

4月，举办为期一个月的"爱国者"杯网络游戏CS大赛（南京赛区），一千多名CS爱好者报名参加。参赛者以5人战队形式报名，在南京的8个网吧参加比赛。最终，来自南京大学的SS战队获得了大赛冠军。

6月，《王小波门下走狗》出版。此书由西祠文学讨论版"王小波门下走狗大联盟"出版，其中收录了许多王小波爱好者（自称"王小波门下走狗"）的戏仿致敬文章。

8月17日，在南京举办首届斑竹（版主）大会。会议期间，与会版主和西祠代表围绕网站的发展问题进行了讨论。根据《如果明天西祠收费，我们怎么办？——首届斑竹大会之后的思考》记录，西祠管理层关心的主要话题是"西祠出书的时机是否成熟""西祠各版商业化发展能否先行一步""西祠网站商业化道路的进程"；而版主们关心的则主要是网站能否针对他们的需求优化功能。帖主云-鹤在文末推测,站方的言下之意是"西祠的商业化道路的捷径就是收费,收费之后可以提供更加优良的服务"。会后,与会版主对此次会议的记录文章在网站上掀起了关于"西祠是否应当进一步商业化"的大讨论。部分网友表示无法接受,但也有部分网友表示只要网站能够提供更好的服务,收费也无甚关系。从西祠胡同之后的举措来看,这次版主大会应该是网站实施收费制度前的舆论试水。

2003 年

1 月 1 日,推出 VIP 增值服务,按每月 5 元的标准收费,成为国内首个建立收费制度的网络论坛。网站发布《关于升级西祠 VIP 会员的详细说明》,推出 VIP 用户制度。由于本次改版规定,只有 VIP 用户才能建立公开讨论版和秘密讨论版,并且注册用户建立的讨论版只有 VIP 才能进入(甚至身为注册用户的版主也不能进入),导致大量注册用户无法访问自己常去的讨论版,直至 1 月 3 日方能访问。西祠方面的解释是技术原因导致前几天注册的网友暂时无法访问,但根据《西祠收费大起底》记者的说法,这并非技术原因,而是网站在遭到骂声一片后,为平息网友的怨言,才在 3 日凌晨把注册网友也升级到试用 VIP 用户的级别。e 龙总裁唐越表示,"我们从西祠的用户层次结构,看到了发展短信业务的巨大商机。虽然我们发展短信业务起步比其他公司晚,但也不能看着手里的资源白白浪费。西祠实行会员收费制最主要目的就是大力发展短信业务"。他还表示,西祠收费战略启动后,会根据收益情况进行公司结构上的调整,不排除把西祠单独注册公司进行商业运作的可能。e 龙正等待时机上市,达到一定条件后,西祠也会独立上市。然而,VIP 制度推出之后,西祠流失大量用户。

6 月,"专栏作家"版创立。"专栏作家"是由网友都市放牛和一些在《东方》杂志上撰写专栏的朋友创建,吸引了国内许多知名作者加入,如评论家王干、作家金海曙、专栏作家刘原等。

9 月,宣布实现盈利,成为国内唯一一家实现盈利的网络社区。其中,VIP 收费是盈利的关键。

12 月,入围《新周刊》评选的新锐媒体。

2004 年

1 月,第三次重大改版,建立 20 个频道:文学天地、情感两性、都市生活、教育培训、通信电子、电脑技术、游戏论坛、军事时评、爱车一族、自由市场、女性时尚、艺术兴趣、地区聚会、地方院校、影音天地、新闻传媒、经济金融、城市同业、社会人文、体育世界。

11月27日,举办首期"恋恋西祠 快速交友"活动。活动仿照曾流行于美国的"8分钟约会",挑选8男8女共16名报名网友参加,并使得每两名异性都能交谈8分钟。这是首次由西祠网站官方举办的具有相亲性质的线下活动。

2005年

2月,创始人响马重回西祠,与西祠站长刘辉重组管理团队。

7月2日,7月与冰果雪泡创建讨论版"败家MM集中营"。"败版"建立的初衷是让好朋友可以交换闲置物品,但随着讨论版越来越火,"败版"逐渐成为西祠胡同的一个线上商品交易平台,并且还创造出了早期的"团购"——团长开团以较优惠的价格囤购商品,定期与团员们线下"分赃"。"败版"的版主还在南京开了家"败家MM超市",主要售卖化妆品、进口零食等。

9月,开始改版,新版西祠胡同公测。

2006年

6月5日,正式推出"真实网友"。"真实网友"本是西祠胡同在1999年创造出的概念,即由网站实名认证过的网友。早期的"真实网友"是比"注册网友"高一级的级别,享有自行公开讨论版、发布图片等特权。但在网站推出VIP制度后,"真实网友"的核心特权(如建立完全公开的讨论版)便被转移至VIP用户身上。西祠在此时重新推出"真实网友",主要是为了接下来进一步限制注册用户的权限,以遏制私发广告。

7月3日,宣布修改站内用户权限,不再允许注册用户担任公开版的版主。响马在回答网友质疑时表示,这是为了降低网站运营成本,减轻盈利压力,缓解广告投放对网友的影响。

9月,未婚妈妈意悠然"通缉"落跑新郎,网络上掀起"人肉搜索"是否符合道德与法律、网络暴力是否可取的大讨论。

2007年

1月,网上商城"西祠大市口"开始试运行。西祠人气高涨之后,有许多商家（南京的商铺以及网友开办的网店）到网站建立讨论版，售卖自己的商品。"西祠大市口"就是把这些零散商业版集中起来的线上商城。

4月22日，10周年倒计时揭幕，西祠线下社区项目"西祠街区"正式启动。

9月27日，联合聚博商务打造的新型网络实体店模式——"西祠胡同·淘淘巷"正式开业。淘淘巷汇聚了西祠上的许多网店，如今依然是南京比较著名的中低端商业区。

2008年

5月，宣布将继续推行用户免费注册，并正式启动城市社区门户战略。此前，VIP服务已经取消（2007年1月），总经理刘辉称："2003年，西祠曾酝酿通过VIP用户收费，现在看来这种盈利模式并不太合适。"

2011年

8月28日，响马在40岁生日递交辞呈，再次离开西祠。据响马在访谈中回忆，他在2008年时便定下了将西祠剥离艺龙（原e龙，2005年更名艺龙）的计划，并将自己的40岁生日定为计划的最后期限。此时，西祠的剥离依旧没有眉目。

2013年

6月18日，发布《用户发表内容仅代表其个人观点，需承担相应法律责任！》。

2014年

10月23日，要求用户实名认证，限定"非真实网友"不能发帖。

2015年

3月19日，江苏紫金汇文传媒投资有限公司以7650万元人民币收购南京西祠90%的股份。响马在微博中称："西祠终于脱离了艺龙的控制，可喜可贺！我一直认为是艺龙扼杀了西祠，因为它不允许西祠拥有自己的技术部门，总想着让那个西祠给艺龙旅行网打工（流量导入）。西祠终于属于我们了。虽然江苏紫金汇文总部在常州，但也算是自己人啦。"

2016年

9月23日，被曝全员减薪。

2017 年

6 月 26 日，发布《账号实名制认证的通知》，宣布未经手机实名验证的用户只能浏览网站内容，无法享受其他服务。

2018 年

10 月 23 日，发布《关于西祠社区讨论版及相关功能清理优化的公告》，称将对 3 个月内消极管理的讨论版实行关闭、清理内容，网站运营将把重心转向移动端，西祠胡同小程序功能将全面开放。此帖发布后，人们多解读为网站将逐步关闭讨论版，收缩经营。网络上涌现出诸多回忆论坛时代、梳理西祠历史的怀念文章。

（三）专题

西祠胡同的商业化历程

西祠胡同建立初期以广告收入为主。2001 年被 e 龙收购后，开始涉足短信业务。2002 年，西祠胡同的营收渠道主要包括在线广告、短信业务、有偿信息使用 3 个部分，其中广告费收入占 60%，短信业务约占 30%，总收入约 170 万元人民币。

2003 年 1 月 1 日，西祠推出 VIP 增值服务，按每月 5 元的标准收费，成为国内首个建立收费制度的网络论坛。9 月，网站宣布以收费为跳板，突破盈利关卡。VIP 制度将建立公开讨论版等论坛核心功能划入 VIP 用户特权，迫使网站核心用户（主要为各大论坛的版主）加入 VIP。推出之后，部分用户因此流失，但也有部分用户愿意支持网站发展，希望网站今后能够提供更好的服务。然而，即便是推出了 VIP 制度，西祠的广告也未见减少，服务器还是时常崩溃；西祠 VIP 制度所依托的手机短信业务也总是出问题，常出现网友申请不了 VIP 或缴了费却发现自己依旧不是 VIP 等情况。尚不成熟的移动运营无法为网友提供便捷的收费环境，网站在技术维护方面的捉襟见肘更耗尽了用户的耐心，西祠用户持续流失。

2007 年，西祠取消 VIP 服务。VIP 收费制度失败之后，西祠的重心从 UGC（User Generated Content，即用户原创内容）转向电子商务，试图将网站彻底打造成城市社区门户，用线上社区带动线下营销。

西祠的营销氛围相当浓厚。早在网站建立初期，便有许多商家借论坛的人气为自己招揽客源,也有窥见商机的网友直接在论坛上开设网店。如前所述,西祠上红极一时的"败家MM集中营"就是从讨论版发展成的网络交易平台,版主甚至还开设了线下实体店铺。

西祠从中嗅到了商机,决定对网站的商业资源进行整合。2006年11月,西祠胡同推出积分"熊猫卡"。"熊猫卡"类似于商场的积分会员卡,网友持"熊猫卡"在线下联名商户使用,消费产生的"西贝"可抵扣在其他联名商户处的消费。西祠则通过向商铺收取管理费获得收益。2007年1月,网上商城"西祠大市口"进入试运行,集中管理西祠的网店。"熊猫卡"同样能在大市口使用。西祠胡同利用"熊猫卡"将线上网店和线下商铺整合为一体,使商业正式成为社区生态的组成部分,以期从中盈利。不仅如此,西祠还计划将网络社区搬至线下,启动了意图汇集西祠网店的线下社区项目"西祠街区",鼓励版主创业,凡是排名前1000名的讨论版在街区都可以享受半年的房租减免。西祠还联合聚博商务打造了实体商业区——"西祠胡同·淘淘巷",汇聚了西祠上的许多网店。

就在西祠胡同试图将线上人气转化成线下财气时,创建于2003年5月淘宝网正在努力将线下商铺带到线上。淘宝乘着国内快递业发展的东风急速扩张,西祠"线上带动线下"的战略却很快折戟沉沙。2009年4月21日,西祠街区打出"我错了"巨幅标语,承认经营失败。

响马曾在采访中表示:"我是资源论者,西祠有着强大的丰富的资源。所以西祠不会灭亡,除非西祠自己要灭亡。"[①] 资源论思维贯穿西祠的始终。相比起点中文网之后建立的为内容付费的VIP收费制度,西祠胡同的VIP收费制度则要求用户为服务付费。网站自始至终都把人气当作自己的资源,以此带动营销。

西祠胡同的商业运作模式具有极高的风险性和不确定性,核心乃是用户的维系。然而,随着论坛时代的结束,西祠失去了它唯一的优势。2018年10月23日,西祠胡同宣布关闭消极管理的讨论版,将网站运营的重心转向移动端。

西祠尝试的商业模式每每领风气之先,虽然都没有成功,但为文学网站的商业探索提供了丰富的参照。

[①] 牛吃草:《响马——西祠·媒体·离开》,发布于西祠胡同,发布日期:2001年7月19日,网址:http://www.xici.net/d2229181.htm,查询日期:2019年3月2日。

参考资料

1. 相关资料来自互联网档案馆历史网页。

2.《西祠胡同就"淫香书院"事件发表声明》，发布于新浪网，发布日期：2000年10月12日，网址：http://tech.sina.com.cn/internet/china/2000-10-12/38780.shtml，查询日期：2018年12月22日。

3. 网友"云－鹤"：《如果明天西祠收费，我们怎么办？——首届斑竹大会之后的思考》，发布于西祠胡同，发布日期：2002年8月21日，网址：http://www.xici.net/d6696492.htm，查询日期：2019年1月18日。

4. 曹天：《西祠收费大起底》，发布于《E时代周报》，发布日期：2003年1月10日，网址：http://forum.eepw.com.cn/thread/4768/1，查询日期：2019年1月18日。

5. 张会来：《西祠胡同成为国内惟一一家赢利网络社区网站》，发布于《江南时报》，发布日期：2003年9月16日，网址：http://tech.sina.com.cn/i/c/2003-09-16/1640234435.shtml，查询日期：2018年12月20日。

6. 夏天：《从乌托邦角落到记者的"家"》，发布于新浪网，发布日期：2006年4月11日，网址：http://news.sina.com.cn/o/2006-04-11/10068668420s.shtml，查询日期：2019年1月15日。

7.《西祠胡同继续推行免费注册打造网络社区新盈利模式》，发布于江苏新闻网，发布日期：2008年5月4日，网址为http://www.js.chinanews.com/news/2008/2008-05-04/1/33633.html，查询日期：2019年1月19日。

8. 爆料汇：《终于被艺龙出售，说说西祠胡同的辉煌与没落》，发布于钛媒体，发布日期：2015年3月24日，网址：http://www.tmtpost.com/217285.html，查询日期：2018年12月20日。

9. 崔西：《响马回忆西祠兴衰》，发布于新浪科技《人物》，发布日期：2017年11月12日，网址：http://tech.sina.com.cn/z/featurexm/，查询日期：2018年12月20日。

10. 小编也追星：《【20周年】响马访谈录》，发布于西祠胡同，发布日期：2018年4月11日，网址：http://www.xici.net/d246688581.htm，查询日期：2019年1月13日。

（田　彤）

黄金书屋
（https://www.goldnets.com）

（一）词条

中国网络文学发展初期规模最大的文学书站。成立于1998年5月，创办人youth，内容以武侠、玄幻为主，对国内原创网络小说（尤其是玄幻小说）的肇兴起了重要的孕育作用。

制作及搜集电子书籍资源是黄金书屋的主要工作内容。书站上传自己扫描校对的电子书，也搜集他人上传的电子书以及网络原生文学资源。所有书籍被分成古典文学、现代文学、武侠小说、哲学宗教等15个类别。文学资源整合的全面与更新的快速使黄金书屋成为网络阅读的综合基地与导航系统，一度主导了网络阅读风向。1997—1999年间，香港黄易的玄幻小说风靡一时。每月一卷的《大唐双龙传》甫一出版，就有人扫校上传。[①]黄金书屋所收录的版本是当时最精良的，加之武侠小说文库最全，几乎每日更新，因此吸引了一大批武侠、玄幻爱好者，当时有"上网读书不识黄金书屋，再称网虫也枉然"之说[②]。

随着实体书籍网络版权问题开始引发关注，以及集阅读、创作、交流于一体的文学BBS、论坛的兴起，书站很快失去了中心位置。1999年12月，被多来米中文网（Myrice.com）收购。

（邵燕君　田彤　吉云飞）

[①] 《大唐双龙传》的内地实体书出版比香港晚，因此许多读者上网看网友扫描上传的香港OCR（光学字符识别）版本。

[②] 后世史学家:《玄幻网站风云录》，发布日期：2005年4月8日—2005年7月5日，原发布处无法查询，转引自西子书院，网址：http://www.westshu.com/xiaolei32693/index.htm，查询日期：2018年4月19日。

（二）简史

1998 年

5月，youth 在湛江在线①网站申请了免费空间，创立黄金书屋（www.goldnets.com）。youth 把实体书籍扫描校对上传到网络，对网上已有的其他书籍也加以整理转载，几乎每日都有更新。凭借丰富的内容与细致的分类，黄金书屋上线第一个月的日均访问量就达到 3000 人次。

8月，日均访问量已超过 1 万人次。因东南亚金融风暴，香港子才资讯有限公司中止子才健康网的建设，自 1997 年起便负责这一块的 youth 决定全职运营黄金书屋。很快，日均访问量跃升到 3 万人次，邮件订阅量也达到 1 万人②，成为中国内地规模最大的网络书站。

在 1998 年全国个人主页大赛中，获得亚军。

年底，开设"网人原创"专栏，连载网络作者原创小说，但限于当时环境未能形成气候。

1999 年

被中公网评为 100 佳中文站点之一，信息量列全国第 11 位。

9月18日，王蒙等 6 位著名作家起诉北京在线网站（www.bol.com.cn）侵权胜诉后，黄金书屋等书站获取资源的风险陡增。

12月，被多来米中文网（Myrice.com）以 1200 美元的价格收购。多来米以 400 万元人民币的价格收购了网易个人网站排行榜前 20 位个人网站中的 16 家，从湛江在线（此时更名为碧海银沙）搬迁至网易的黄金书屋即位列其中。

被收购后，出于版权考虑，登载内容更加谨慎，不再随意扫描转载，内容优势逐渐丧失。虽然有心鼓励原创，但网站技术不足。网友不能在线发布作品，也不能直接在作品下评论，只能通过邮件方式投稿，由网站推荐发布。原创始终未能发展起来。于是，当集阅读、创作、交流于一体的

---

① 湛江在线始建于 1996 年年初，是全国首个开通个人主页服务并且不限制个人主页空间的网站。我国早期的一些著名的个人网站如"完全上网手册""黄金书屋""华军个人主页""追日软件"等都出自湛江在线。1999 年 1 月，湛江在线更名为"碧海银沙"。

② 据中国互联网络信息中心发布的《中国互联网络发展状况统计报告（1999/1）》，截至 1998 年 12 月 31 日，上网用户数为 210 万。

文学类 BBS 日渐兴起后，黄金书屋这个一度主导网络阅读的中国最大文学书站，便难以避免地走向了衰败。

（三）专题

书籍是网站的主要内容。黄金书屋的书籍资源十分丰富，分类尤其细致，包括古典文学、现代文学、武侠小说、科幻小说、军事天地、纪实文学、外国文学、侦探小说、政治经济、哲学宗教、电脑书籍、黄金文摘、历史作品、英文经典、网友原创等 15 个类别。网站还会在首页显示当日更新的作品，以方便读者。

除了书籍之外，黄金书屋还将大量网站分类，为网友提供网址导航。由于当时国内搜索引擎尚不发达，网友通常须通过一个网站方能访问与其相连的另一个网站，所以当时的黄金书屋在很大程度上承担了网址导航大全的作用。

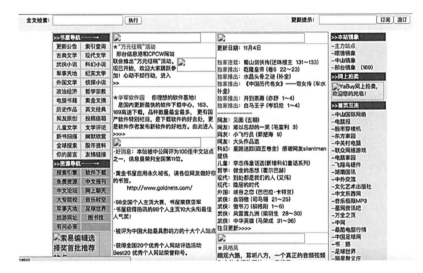

1999 年 11 月 4 日页面

多来米的创始人叶仁浩在收购黄金书屋后接受采访时说："我们找到黄金书屋。这是一家个人网站，创始人都在家办公，有人负责一页页地扫描书，有人负责写图书摘要。因为缺少程序员，他们自己做所有的事，但效果并不好，所以每个个人网站都很相像。他们看上去非常疲倦，有人甚至希望离开这个行业，当然也有人在寻求技术、资金的支持希望做得更好。价格很好谈，黄金书屋只花了1200美元就买下来了。"①

参考资料

1. 吴过：《网上有间黄金书屋——网路访youth》，根据内容判断约发布于1998年8月到1999年12月黄金书屋被多来米中文网收购之间，原发布处无法查询，转引自秀莎在线书库，网址：http://xiandangdai.xiusha.com/w/wuguo/short/020.htm，查询日期：2019年3月2日。

2. 林军、范军：《网上有书屋》，《电脑报》1999年第11期。

3. 后世史学家：《玄幻网站风云录》，发布日期：2005年4月8日—2005年7月5日，原发布处无法查询，转引自西子书院，网址：http://www.westshu.com/xiaolei32693/index.htm，查询日期：2019年1月7日。

4. weid：《网上阅读10年事（1998—2008）》，发布于龙的天空论坛，发布日期：2008年6月15日，后修改于2010年5月9日，网址：http://www.lkong.net/thread-236350-1-1.html，查询日期：2019年1月7日。

（田　彤）

---

① 和阳：《Menue 叶仁浩：拒绝做富二代》，发布于i黑马网，发布日期：2013年3月11日，网址：http://www.iheima.com/article-33947.html，查询日期：2019年1月7日。

桑桑学院
（https://www.sun_sun.yeah.net；
https://www.sunsunplus.com）

（一）词条

中国大陆最早的日本动漫专题网站之一，由 sunsun（桑桑）等动漫爱好者于 1998 年 5 月 24 日建立。专门设立耽美版块，开创了大陆最早的"女性向"网络空间，孕育了最早的中文耽美同人创作（包括小说、漫画等形式）。

由小众精英爱好者主导。起初主要发布"世纪初三大圈"（即日本动漫《灌篮高手》《银河英雄传说》《圣斗士星矢》）及其同人圈创作的资讯、翻译、评论，成为大陆耽美同人爱好者的启蒙空间和聚集地。其中"耽美小岛"版块（后改名"唯美地带""唯美主义"）是中国大陆最早的耽美专门版块，明确宣称只发布"女性所书写，只适合女性观看，小众范围的文字"，崇尚耽美的"唯美主义"文学风格且不允许情色描写，这是中文网络世界对耽美文化和"女性向"文学最早的界定。

"耽美小岛"之外的版块属开放空间。"原创地带"版块曾吸引马伯庸（bucock）、江南、沧月、今何在、老庄墨韩等网络知名作者发表作品。

坚持非商业个人站点的管理方式，一直辗转搬迁于各个免费服务器空间，其间用户不断流失。2001 年之后影响力渐弱，2015 年后停止更新。

（肖映萱　徐　佳）

（二）简史

1998 年

年初，水木清华 BBS 开辟 Comic（动漫园地）版，这是中国大陆最早的日本动漫主题版块之一，也是目前能够追溯到的最早的同人创作发布平台。sunsun、迷迷等日本动漫爱好者曾活跃于此。

5月24日，以sunsun为首的ACG爱好者们创立桑桑学院，网站的自我定位是："漫画动画卡通游戏，从宫崎骏到押井守，从Clamp到尾崎南，浪漫少女，热血少年漫画，完全评论，99.9%的原创评论和长篇连载完全空间。"

1999年

夏，桑桑学院与迷迷的个人动漫主页"迷迷漫画世界"合并为"桑桑学院Plus"，后又加入"Greenland的动漫长廊"的内容，sunsun继续担任站长，迷迷、Greenland是核心成员。其自我定位是"非商业性的独立个人站点"，改版后分为动漫评论、原创地带、耽美小岛三个版块。耽美小岛（后更名唯美地带、唯美主义）版块副标题为"开给女孩子的地方"，专门发布"女性所书写，只适合女性观看，小众范围的文字"，这可以看作中文网络对耽美同人和"女性向"文学最早的界定。该版块以《灌篮高手》《银河英雄传说》《圣斗士星矢》《幽游白书》等日本动漫的同人作品为主，是大陆最早的耽美同人专门版块。

sunsun发表SD（《灌篮高手[Slam Dunk]》的简称）仙流（仙道彰×流川枫）同人文《最后，世纪末的流星雨》，在SD同人圈产生极大影响。此文被称为"大陆耽美的开山之作"。

12月28日，ducky不满于耽美小岛不允许发布情色内容的版规，故意预告要发布含有情色内容的SD同人，被桑桑学院封杀ID。ducky转而在网盛（www.netsh.com，后更名"乐趣园"）开设免费加密论坛露西弗，即露西弗俱乐部的前身。

2000年

搬迁至网易的免费论坛空间（域名www.sun_sun.yeah.net，后改为www.sunsunplus.com），并配有繁体中文版（members.nbci.com/sunsunb/index.htm）。之后又经历一系列搬迁，从武汉热线、网盛、e龙、衡阳、中文论坛系统，迁至乐趣园论坛（www.netsh.com）。

此时，主要版块有：供用户聊天交流的大会堂，发布动漫相关评论、同人、翻译作品的动漫厅（后更名ACG厅），以用户原创作品为主的原创馆，发表影视和音乐评论文章的影音馆，收录其他作品、分享下载资源的杂品殿（后更名文学院）。此外，学院还为在中国影响力最大的日本动漫设立作品专区，用以发布相关的动漫评论和同人作品，包括银英分院（《银河英雄传说》子版块）、剑心分院（《浪客剑心》子版块）、高达分院（《机动战士高达》子版块）、SD 分院（《灌篮高手》子版块）、CLAMP 分院（CLAMP 作品子版块）。由于免费空间的不稳定性，这些版块大多分散挂靠在乐趣园等论坛中，在学院主页以导航形式汇聚起来。

2001 年

8 月 3 日，银英专用版块"命之星辰"开放。

12 月 1 日，大会堂版块地址迁至 my.clubhi.com/bbs/660021。

2003 年

1 月 1 日，Polyhymnia（圣歌女神）栏目的第一卷《孤独的预言者·卡珊德拉》发布。该栏目用于发布学院成员关于古希腊神话中 9 位缪斯女神的介绍、考据、评论等。

5 月 4 日，2003 年度 F1 征文活动开始。这一活动模仿 F1 赛车的比赛机制，设 16 站。主办方在每一站设置不同主题、题材、要求的命题作文，由 5 名裁判评选出该赛段的冠亚军。最终计算总得分，评选出赛事的总冠军。此类征文活动后来成为桑桑学院的年度常规活动。

5 月 24 日，"学院刊·风雅颂"栏目创刊号《西泽尔·波尔金》发布。

7 月 24 日，"学院刊·风雅颂"栏目第一期《法国革命》发布。

10 月 20 日，2003 年度 F1 征文活动结束，用户 Multivac 成为积分总冠军。

11 月 17 日，2004 度年 F1 征文活动开始。

2004 年

5 月 24 日，sunsun 发布 6 周年纪念文章《纪念日》。

2005 年

5 月 24 日，sunsun 发布 7 周年纪念文章《之后，各自的一年》。

2006 年

5 月 24 日，sunsun 发布 8 周年纪念文章《总有些日子要拿来纪念》。

2007 年

ATV-2007 活动开启。该征文活动模仿美剧的播出模式，在某一时段固定进行某一体裁的创作（7 点新闻，8、9 点电视剧 / 小说，10 点综艺节目，11 点深夜档），并以周播的方式进行连载，持续 24 周。其成果按周一、周二、周三、周四、周五、周六、幕后 7 个子栏目分别收录。活动不设评委，以"收视率"论结果。

5 月 24 日，sunsun 发布 9 周年纪念文章《与过去、未来一样重要的，现在》。

2008 年

5 月 24 日，sunsun 发布 10 周年纪念文章《更好的日子》。两年后的 5 月 24 日，发布 10 年庆纪念会专题，回忆举行过的 10 周年献礼、红白会战（模仿日本一年一度的最大型歌唱晚会红白歌会）等庆祝活动。

2009 年

5 月 25 日，sunsun 发布 11 周年纪念文章《第十一年》。

2010 年

8 月，离开乐趣园论坛，再次踏上寻找免费论坛之旅，搬迁至 sunsunplus.51.net。这一版本的学院采用邮箱投稿制，作者将作品发送至指定邮箱，经学院管理组筛选后，在网站刊登。作品免费阅读，不提供稿费；不限制作品转载权，转载须征得作者同意。

8 月 25 日，sunsun 发布 12 周年纪念文章《年轮》。

2012 年

5 月 24 日，sunsun 发布 14 周年纪念文章《我所爱的已经共我团聚》。ATV-2007 活动的成果开始更新。

8 月 26 日，大会堂版块搬迁新址（sunsunplus.yescity.cn）。

2015 年

春节，耀塔创作组受安德烈·斯帕克沃斯基的作品《猎魔人》启发，举行"耀塔 2015 新春·魔狩纪"征文活动：12 位作者共用一位主角，并遵循对主角和时空背景的基本设定；同时，每位作者选取一个传统故事模板（如孟姜女哭长城、狸猫换太子等）进行"故事新编"，再选取一种《山海经》里的魔物植入故事中，创作出 12 篇短篇小说，形成"魔狩纪"故事集。青铮、神原茜、齐梁后尘等作者参与了本活动。

2016 年

4 月 9 日，启用官方微博"学院 Academy"。

12月9日，学院新站 the Academy（www.acadamy.cn，下文简称 Academy）测试版上线。网站设有原创、同人、翻译三大栏目，保留了唯美主义版块。Academy 实行作者邀请制，只供少量被邀请用户发表作品，并禁止18禁（即18岁以下禁止观看——编者注）内容和真人同人。新站的活跃作者有青铮、神原、Greenland、Rene、Aki、Viper、齐梁后尘等。

12月10日，Academy 开始整理桑桑学院 1998—2016 年的作品。

12月27日，2016冬季档接龙活动开始。7位作者在24小时之内按指定顺序，进行3轮写文接力。

2017 年

2月14—19日，举办情人节创作活动，主题为拆 CP。

3月1日，"三人一文，圆文奇想"（3位作者共同写作一篇文）活动第一乐章"古希腊的贫穷与荣光"开启。

2018 年

5月24日，筹备线下场地，举办20周年学院庆纪念活动。

6月15日，2018年度F1赛事报名启动。26日，F1赛事赛程公布。29日，开设赛事专门公众号"F1赛事"，用以发布信息、写手报名。随后，各个写手队伍亮相，开始"世界观比拼"。

7月2日，2018年度F1赛事热身赛开始，主题为信使。

9月3日，举办"白露拆 CP"活动。

（三）专题

1. "女性向"版块分众策略

在网络早期的论坛当中，桑桑学院最早出现了专门"开给女孩子"的版块，即"耽美小岛"（后更名"唯美地带""唯美主义"）。在正式进入"唯美地带"之前，桑桑学院特设一则通告：《唯美地带外围》。通告强调了"女性向"耽美文学的小众化、私密性特征，有意识地对男性读者进行区隔。这是"女性向"网络空间最早的分众策略，后来露西弗的加密论坛和答题注册制、晋江的匿名注册制，都有着相似的目的和功能。

《唯美地带外围》（原发于桑桑学院 plus，链接已失效；2018年7月17日从互联网档案馆所保存的历史网页中摘出）：

★唯美地带外围★

男生的场合——

无论是出于怎样的理由而进入这里,请在这里停一下,并三思。

之下的场合,是小众、私人的领域。

是女性所书写,只适合女性观看,小众范围内的文字。

无论出于怎样的原因,都并不适合您。

请珍重自己选择的权利,离开这里。

学院中影音、原创、评论,和其他的同人作品,也许更适合您的阅读。<< 离开

再次重复,之下是并不适合您的场所。

纵使您是以宽容理解的心态想要了解,

也请注意,这只是小众范围的作品。

……郑重请您离开。 << 离开

女生的场合——

之下的场合,是小众、私人的领域。

是诉诸女孩们"浪漫唯美"的感官追求,与感性透明心思的作品。

在您选择进入前,请仔细阅读以下文字:

首先,唯美并不等于耽美,

从英国流传到日本,所谓唯美的定义,已发生重大的改变,

而在日本,由唯美而演变成日后被以耽美所称的文字,

也是经历了漫长的历史。

所以我们在这里谈论的,已经不是正统意义上的唯美,

与"艺术只为艺术"的唯美主义。

以下作品是更偏重耽美向的,

由女性所书写,只适合女性观看,小众范围内的文字。

而这段解释,也只是私人、小众性质的,

无论是属于这部分归类下的作品,

或者这段文字本身,

性质都只是如此而已。

是不适合在公开版面上讨论,

亦希望能不被引用、不被干扰、不被过分重视的

私人性质区间。

在进入之前,请先切实了解这点,

并请在今后,切实遵守。

十分多谢。

2. 投稿筛选制度

由于网站页面与资料的散失,桑桑学院早期的投稿筛选制度不可考。根据部分关键事件与用户回忆,推测有较为严格的筛选标准,区分转载与原创内容,不接受18禁以及其他可能会引起争议的作品,版主与版块管理员有删帖、封禁用户ID等惩罚权限。

2010年搬迁至sunsunplus.51.net后实行邮箱投稿制,仍带有较强的动漫粉丝属性,且投稿门槛较高:作者需将自己的作品保存为特定格式后,发送给指定邮箱,经管理组筛选后在网站刊登;接受的稿件范围是一切与动漫、电影、音乐、小说有关的文字作品及漫迷自己的画作,包括动漫评论以及原创脚本、剧本、小说和同人作品;投稿需注明投稿类别,如[原创][同人][评论]等,耽美类作品需特别写明,同人作品需写上原作名;原则上不接受18禁的作品以及其他可能会引起争议的作品;作品供免费阅读,不提供稿费;不限制作品转载权,版权归作者本人所有,转载须征得作者同意。

2016年建立的新站Academy实行作者邀请制,是一个作者小圈子自娱自乐的平台,但投稿仍须经过审核:管理组向受邀作者发送账号与密码,作者登录后,可在自己的专栏发布作品,经管理员审核后正式发布;作者文责自负,拥有对作品的一切权利,学院不要求与作者及其作品相关的任何权力和利益(如分享版权和收益等);禁止发布18禁内容和真人同人;管理组有权删除作者的违规发文或发言,并保留在不事先通知的情况下终止作者发文及发言的权力。

在20多年的发展历程中,桑桑学院始终保持着精英化、半封闭、非营利的特征,管理组拥有筛选、审核、发布、删除作者文章的权力,对网站内容实行强有力的管控;网站不分享任何版权与收益,一切版权归作者所有,将非商业化进行到底。

3. 代表作家作品

注:参考桑桑学院plus(sunsunplus.51.net)作品库录入时间进行排序。其中部分作品不只在桑桑学院一处发表。(原帖已丢失,无法查询

作品准确的发布时间）

（1）马伯庸/Bucock：《三篇作文》（《一只小船》《送伞》《记一次难忘的劳动》）《[药师寺同人]东方夜谭》《论艺术的精神》《[哈利波特与龙枪同人]时空的交集》《海难十日谈》《[英雄物语]最长的一夜》《迟暮英雄——张兴世传》《我在江湖》《[银英]银河英雄传说镜中传》《陌生的情人节》《葫芦兄弟》《迷雾后的真相》《殷商舰队玛雅征服》等。

（2）江南：《拍砖十二流》、《武林情圣成名指南》、《银灯·相逢·是梦中》、《一千零一夜之死神》、《天王本生》、《九州》三部（《初·虎牙》《盛·星野变》《终·最后的姬武神》）等。

（3）沧月：《乱世》《夕颜》《曼青》《火焰鸢尾》《血薇》《星空战纪》《[英雄物语]九州系列之：星坠》《指间砂》《夜船吹笛雨潇潇》《镜·双城》《飞天梦魇》等。

（4）今何在：《悟空传》《若星汉英雄传说》等。

（5）嫣子危：《他不在现场》《心声热线》《不如发生》等。

（6）蓝莲花：《千帐灯》《湄澜池》《雨记》《吉尔意大唐留学记》《一树碧无情》等。

（7）杨叛：《无名》《枭雄》《刺杀》《今生》《江湖》《侠女灵襄》《梅影埋香》《创世纪》《血之爱》《雨之恋》《王子与灰姑娘》《灶王爷的故事》《孤魂物语》等。

（8）燕垒生：《时无英雄》《武道》《长街》《白蛇》《蜃楼》《吸血鬼故事》《活下去》《和饼干盒子说话的人是没有的》《蔷薇园》《妖楼》等。

（9）迦楼罗：《阿斯帝迦》等。

（10）程灵素：《红颜弹指老刹那芳华》等。

（11）清水：《魔王传》等。

（12）潘海天：《黑暗中归来》《克隆之城》《我们脚下的土地》等。

（13）飞花：《成化年间的爱情故事》《公子无忌》《玄奘西行》等。

（14）米兰lady：《柔福帝姬》等。

（15）飞凌：《天庐记事》《天庐风云》等。

（16）小椴：《杯雪》等。

（17）红猪侠：《庆熹纪事》等。

（18）丽端：《水清水浊》等。

（19）青枚：《[十二国同人]一步之遥》等。

参考资料

1. 桑桑学院作品集网址：http://www.acadamy.cn/book.php?id=331。

2. 桑桑学院：《学院站务》，发布于桑桑学院plus，发布日期无法查询，网址：http://sunsunplus.51.net/stuff.php，查询日期：2018年3月27日。

3. 桑桑学院：《唯美地带外围》，发布于桑桑学院plus，发布日期无法查询，网址：http://broadspectra.com:80/gb/cartoon/blindex.htm/，查询日期：2018年3月28日。

4. 桑桑学院：《投稿细则》，发布于桑桑学院plus，发布日期无法查询，网址：http://sunsunplus.51.net/submit.php，查询日期：2018年3月27日。

5. Sunsun：《与过去、未来一样重要的，现在》，发布于桑桑学院plus，发布日期：2007年5月24日，网址：http://sunsunplus.51.net/aniversary09.php，查询日期：2018年3月28日。

6. Sunsun：《年轮》，发布于桑桑学院plus，发布日期：2010年8月25日，网址：http://sunsunplus.51.net/aniversary12.php，查询日期：2018年3月28日。

7. sz_quake等：《还记得桑桑学院这个网站的人进来报一下到吧》，发布于天涯论坛，发布日期：2005年10月22日，网址：http://bbs.tianya.cn/post-funinfo-102759-1.shtml，查询日期：2018年3月27日。

8. Dagou：《那么年少》，发布于机核网，发布日期：2019年2月19日，网址：https://www.gcores.com/articles/106571?tdsourcetag=s_pctim_aiomsg，查询日期：2019年2月22日。

（徐　佳　肖映萱）

天涯论坛（https://bbs.tianya.cn，网络文学相关部分）

（一）词条

中国互联网发展早期最大的综合性论坛之一，中国网络文学最重要的原创平台之一。1999年3月建立，2010年前后流量减少，但作为恐怖、悬疑、职场等类型小说的发布平台长期活跃，是以上类型进入主流文学网站之前最主要的发展基地。

仅从中国网络文学发展格局而言，天涯论坛的定位介于榕树下与金庸客栈、清韵书院之间。一方面，"论坛模式"使其更具有互联网属性（相对于前者的"编辑审稿制"）；另一方面，与主流文化也有更多的连通性（相对于后者的亚文化圈子性质）。在论坛模式下，几个文学"热版"凝聚的力量促进了网络文学的类型化（如盗墓文、历史文、职场文以及直播帖）发展。建站之初即开辟的小说原创论坛"舞文弄墨"，吸引一批最先"触网"的作家在此发布小说（如慕容雪村《成都，今夜请把我遗忘》，2002）。此后开版的"莲蓬鬼话"（2001）是中国最早的悬疑、恐怖小说论坛（代表作天下霸唱《鬼吹灯》，2006），"煮酒论史"（2003）是最早引发"草根说史"热的论坛（代表作当年明月《明朝那些事儿》，2006—2009）。

天涯论坛是中国大陆最具人文气息的网络社区之一，也是新世纪之初中国思想文化论争的重要基地之一。"天涯杂谈"（1999）一度是中国大陆最活跃的资讯交流论坛，有"全民话题，杂谈制造"之说；"关天茶舍"（1999）更凝聚了一批思想精英；"天涯纵横"（2000）是与著名思想学术杂志《天涯》合办的论坛。

"天涯"取名于"天涯宝岛海南岛"，全名为天涯虚拟社区，由海南在线的子频道发展而来，但一直用独立域名运作，创建者邢明。随着微博、微信等以移动网络为主要平台的社交网络的兴起，以PC端为主体的天涯社区用户开始流失。并且，由于长期缺乏将内容变现的商业模式，影响力逐年衰落，2023年4月1日后无法访问。

（邵燕君　金恩惠）

（二）简史

1999 年

年初，海南天涯在线网络科技有限公司成立，创始人邢明，开设综合门户网站海南在线。当时海南省政府推出建立"信息智能岛"的系列政策，海南在线是其扶持对象之一，为当时全国唯一由民营企业运营的省级门户网站。天涯社区建立时起就用独立域名，最初是股票论坛，后增设不同版块扩展为独立论坛。

2月27日，"天涯杂谈"开版。该版是互联网普及初期中国最重要的讯息交流论坛之一，如前所述，有"全民话题，杂谈制造"之说。社会各界名人有不少曾活跃于此，如吴敬琏、李银河、柴静、大张伟[①]等。

3月1日，"书虫茶社"开版，后改名为"闲闲书话"，是书评、书讯的交流论坛；同日，"艺文漫笔"开版，后改名为"舞文弄墨"，该版是天涯社区首个原创小说论坛。

6月13日，"影视评论"开版，首席版主为宁财神。

11月10日，宁财神在"天涯杂谈"发布《天涯这个烂地方》，以"正话反说"的方式称赞天涯社区在管理模式等方面的优越性，表现出天涯社区已经成为网友进行自由交流、思想交锋的人文网络空间，为众多网友所喜爱。

11月27日，"关天茶舍"开版。"关天茶舍"之名出自陈寅恪的七律《挽王静安先生》"吾侪所学关天意，并世相知妒道真"。该版为关注民生、讨论社会热点话题而设立，迅速跃升为天涯社区用户活跃度最高的版块之一。王怡、朴素、雷立刚、李宪源等国内著名作家、学者都曾在此活跃发言。

1999年年底，天涯社区被《电脑报》评为"最有人情味社区"。

2000 年

1月21日，宜家家居在"关天茶舍"发布《本世纪最后的论战：中国自由左派对自由右派》，梳理了20世纪90年代中后期文化界关于"新左派"和"新自由主义"的讨论的脉络，显示了天涯作为民间人文思想讨论社区的重要地位。

[①] 原名张伟，歌手，艺名为"大张伟"。

1月29日,光盘贩子在"关天茶舍"发布《"网络文学":写了吧您的!》,批评希望得到纯文学界认可的网络作家,引发热烈讨论。讨论主要涉及网络文学的定义和评价标准等。

8月,国内著名人文思想类杂志《天涯》官方网站天涯之声在天涯社区开设论坛"天涯纵横",第一任版主为著名学者李陀。该版是天涯社区与《天涯》杂志正式进行品牌合作的标志。一年之后,天涯社区与《天涯杂志》合作到期,"天涯纵横"关闭。①

11月8日,西门大官人在"舞文弄墨"发布长篇言情小说《你说你哪儿都敏感》,小说以年轻人刚步入社会后的迷惘为题材,延续了痞子蔡、安妮宝贝等人引发的第一轮网络小说热。该小说很快获得出版(中国电影出版社,2001),并在2005年改编为电视剧《一言为定》(编剧为西门大官人)。

2001年

4月3日,"莲蓬鬼话"开版。该版是中国最早的惊悚、悬疑类型文学网络论坛,天下霸唱、红娘子等作家都曾在此发布小说,推动了中国盗墓、恐怖、悬疑、推理类型小说创作,至今依然是天涯社区最活跃的版块之一。

2002年

4月5日,慕容雪村在"舞文弄墨"版连载小说《成都,今夜请将我遗忘》,点击量迅速超过20万次,迅速跃升为2002年中文论坛最火网络小说之一。该小说在2003年由天津百花文艺出版社出版,2007年分别改编为电影和电视剧,2008年入选"中国网络文学十年盘点"(由中国作家协会、17K小说网、《长篇小说选刊》杂志社联合评选)。

12月18日,榕树下推行会员收费制度,大批用户迁至天涯社区。此后天涯社区对连载小说进行了更细致的分类(历史类版"煮酒论史"和武侠类版"仗剑天涯"先后推出)。

---

① 天涯纵横关闭的直接原因是某些网民在此发布过度言论,具体内容现已无法查询,有网民记录"7月间因论坛上某些过度言论,加以天涯杂志与海南在线的合作正好到期,于是关坛了事"。《2001年中文论坛过眼录(全文)》,发布于天涯杂谈·天涯论坛,发布日期:2001年11月11日,网址:http://bbs.tianya.cn/post-free-54904-1.shtml,查询日期:2019年3月17日。

2003 年

6月12日,"煮酒论史"开版,该版是民间历史爱好者集聚的平台。十年砍柴、赫连勃勃大王、当年明月、曹三公子等作家陆续在此发布"草根说史"。

12月,天涯博客试行版发布,天涯社区从此成为国内第一个将BBS公共社区与个人博客相结合的网站。

12月17日,"仗剑天涯"开版,该版为武侠小说爱好者而设立,至今依然是天涯社区最活跃的版块之一。

2004 年

1月,十年砍柴在"关天茶舍"发布《闲看水浒》系列,通过"闲话"对当时的诸多社会问题进行讨论,获得了"以水浒注世事"的赞赏。该书6月由同心出版社出版,长期占据畅销榜。

7月,天涯社区、《天涯》杂志、海南移动通信联合举办"全球通首届短信文学大赛"。

12月31日,天涯社区同时在线用户超过28000人。

2005 年

2月2日,"天涯真我"开版,该版为网友分享自我生活状态设立。从5日起,天仙妹妹、芙蓉姐姐、小天女、凤姐、犀利哥、韩燕、张梓琳、黄曦等众多网络红人、选秀明星涌现,使改版成为"草根造星"基地。

7月3日,天涯社区获得A轮投资,投资方为IDG和清客,投资方式为联合投资。

11月16日,"图书出版"开版,该版为作家、图书出版策划人互相交流而设立。

2006 年

本年度,在由《互联网周刊》主办的"第三届中国商业互联网发展论坛"上,天涯社区获得"商业网站100强"称号。

1月,"闲闲书话"版主动联系上海世纪出版集团,由上海人民出版社出版"天涯社区'闲闲书话精选'"(全3册);同月,漓江出版社推出天涯社区选编的《2005中国年度网络文学》。

1月23日,天下霸唱在"莲蓬鬼话"首发《鬼吹灯》,该小说掀起"盗墓题材"热潮。从2006年2月20日开始转至起点中文网连载，2006年9月由安徽文艺出版社出版（共8卷）。

3月10日，当年明月（最初ID为"就是这样吗"）在天涯论坛"煮酒论史"连载《明朝的那些事儿——历史应该可以写得好看》（后改名为《明朝那些事儿》），迅速创下近2000万的点击量并产生了粉丝群"明矾"。然而，高点击量也引发了小说在点击量上"造假"的争论，争论主要以时任版主的赫连勃勃大王和当年明月的粉丝为中心展开。5月22日，《明朝那些事儿》转到当年明月的新浪博客（http://blog.sina.com.cn/dangnianmingyue）连载，北京磨铁图书公司从2006年9月开始出版（出版社为中国友谊出版公司）。该书共7册，完结于2009年3月，在5年内印数便突破千万册，成为有史以来最畅销的历史类书籍，在出版市场上掀起"明史热"。

12月3日，天涯社区获得B轮投资，投资方为联想、谷歌、分众传媒江南春，投资方式为联合投资。

2007年

4月，在中国首届网络文学节(主办单位为中国首届网络文学节组委会)上，天涯社区获"最具成长性文学网站"奖。

6月17日，腾飞在"天涯杂谈"连载赌博题材小说《我是怎样成为一个职业的老千的》，登上天涯头条。该书2008年由鹭江出版社出版，书名改为《我的老千生涯》；2015年在香港改编成电视剧（导演罗棋、元宝、林凤玲），掀起了"赌博"题材热。

8月31日，"书赢天下——方正科技杯中外百家出版社寻找优秀中文作者"网络征文大赛，正式开通天涯分赛区。

9月19日，京城洛神(本名崔曼莉)在"舞文弄墨"连载职场小说《浮沉》第一部。该书2008年由博集天卷出版公司推出（陕西师范大学出版社），成为年度畅销书；2012年改编成电视剧，将女性职场文热扩展到了影视领域。

2008年

12月23日，"舞文弄墨"发起首届"年度舞文十大图书评选"，评选结果于2009年1月16日公布，墨心人《本城公案》、赵启杰《农村兵》等获奖。

2009 年

10月,《天涯文学十周年作品精选》由广东经济出版社出版。该书由评论家朴素作序,共分 3 卷:煮酒论史卷、莲蓬鬼话卷、舞文弄墨卷。

11月,看着月亮离开在天涯社区"情感天地"发布直播帖《看我如何收拾贱男与小三》,引起广泛关注,迅速跃升为当年最热帖之一,于 2012 年改编成电影《浮城谜事》(导演娄烨)。

12 月 4 日,新版天涯文学(网页版)上线(网址为:https://book.tianya.cn)。

12 月 11 日,天涯文学开展"抵制低俗之风,净化网络文学活动"活动。作品上传—审核—后发的机制被采纳,作品评论功能被关闭。

2010 年

7 月 19 日,天涯文学推出 VIP 商业模式,加速商业化进程。

7 月 27 日,《天涯》杂志与天涯社区签订全面战略合作协议,在天涯社区推出《天涯》杂志电子版,并在天涯社区开设《天涯》杂志实名制论坛。该论坛分设"作家立场"和"民间语文"两个子论坛。

10月,名为"蓉荣"的网友在天涯论坛发布上海游记直播帖,讲述了一名叫"小月月"的妹子对自己和男友的雷人行为。此事后被称为"小月月事件","小月月"一度成为"极品女"的代表。

12 月 31 日,新版天涯文学首届年终盘点公布,紫金陈等作家当选为"最给力作家"。

2011 年

9 月 14 日,慕容雪村在天涯发出"告别帖"①,内容为:"时间差不多啦,谢谢各位捧场,祝朋友们平安吉祥,也祝天涯社区能够重振雄风。再见。"作为从天涯出道的最具代表性的作家之一,慕容雪村的离开具有某种象征性,显示了天涯的式微。

2012 年

2 月 2 日,漫画家熊顿在天涯的"娱乐八卦"版和新浪微博同步连载

---

① 慕容雪村:《告别天涯微博》,发布于天涯社区,发布日期:2011 年 9 月 14 日,网址:http://www.tianya.cn/114190,查询日期:2019 年 3 月 17 日。

漫画《滚蛋吧肿瘤君,记录与肿瘤抗争的病院日子》。该漫画2012年9月由微漫画推出实体书《滚蛋吧!肿瘤君》(北京理工大学出版社),于2015年改编成同名电影。

5月9日,天涯文学、悦读中国版合作在天涯文学举行"写书评,奖话费"活动。

2013年

5月13日,天涯文学开启长篇作品"重金买断计划",申请前提为每月交稿量不低于10万字,断更天数不超过3天。

2015年

12月10日,天涯文学在"莲蓬鬼话""舞文弄墨""天涯杂谈""煮酒论史"首次推出作品征稿公告:《天涯文学收稿啦——只要你敢来,我们就敢捧!》。公告称,字数在20万字以上的原创作品均可参与评审,入选作品可得到出版和IP改编机会。

2017年

7月7日,天涯论坛"红袖天涯"开版,主要为发布网络文学、摄影作品而设立;同日,"天涯银河"开版,为创作、评论平台,主要涉及文学、影视。

2023年

4月1日,天涯论坛官方微博称,"天涯社区近期将进行技术升级和数据重构,在此期间平台将无法访问。目前技术团队正在积极推进,届时我们将在第一时间告知广大网友,请大家耐心"。但此后天涯论坛网站和APP一直无法访问。据报道,天涯论坛此次是被法院强制执行,关闭服务器。截至关闭时,天涯社区网络科技股份有限公司存在6条被执行人信息,累计执行标的超1.46亿元。该公司及创始人邢明还存在数十条限制消费令。此外,该公司还涉及数百个包括名誉权纠纷、侵害作品信息网络传播权纠纷等案件。天涯论坛的关停引发了网友的讨论,掀起了一股"悼念潮"。

（三）专题

1. 社区管理

天涯论坛的不同版块，采取的是社区主管、社区管理员、社区编辑、版主组成的梯级管理体系。

社区主管：负责社区发展规则、审批栏目、设置管理人员权限、对外交流、发布社区重要公告及协调社区管理团队工作等事务。

社区管理员：根据社区安排负责管辖区域的社区事务结局、问题解答、版主审批及考核等工作。

社区编辑：负责社区内容监管工作。

版主：负责管理所辖栏目，内容主要包括论坛公共秩序维护、精华文章遴选、组织论坛活动等工作。

2. 重要作家作品

（1）言情

西门大官人《你说你哪儿都敏感》，2000年11月起连载于"舞文弄墨"，中国电影出版社2001年出版。

慕容雪村（本名郝群）《成都，今夜请将我遗忘》，2002年4月5日起连载于"舞文弄墨"，百花洲文艺出版社2003年出版。

（2）历史

十年砍柴（本名李勇）《闲看水浒》，2004年1月起连载于"关天茶舍"，同心出版社2004年出版。

当年明月（本名石悦）《明朝那些事儿》，2006年3月10日首发于"煮酒论史"，5月22日起转至新浪博客，2006年3月起由磨铁公司推出，出版社为中国友谊出版公司。

曹三公子（本名曹升）《流血的仕途：李斯与秦帝国》，2006年起连载于"煮酒论史"，中信出版社2007年出版。

赫连勃勃大王（本名梅毅）《纵欲时代——大明朝的另类历史》，2006年12月18日起连载于"煮酒论史"，华艺文艺出版社2008年出版。

（3）盗墓

天下霸唱（本名张牧野）《鬼吹灯》，2006年1月23日首发于"莲蓬鬼话"，2月20日转至起点中文网，安徽文艺出版社2006年起陆续出版。

（4）职场

京城洛神（本名崔曼丽）《浮沉》，2007年9月19日起连载于"舞文弄墨"，陕西师范大学出版社2008年出版。

（5）其他

腾飞《我的老千生涯》，2007年6月17日起连载于"天涯杂谈"，鹭江出版社2008年出版。

"闲闲书话"版"天涯社区'闲闲书话'精选"（全3册），上海人民出版社2006年出版。

天涯社区选编《2005年中国年度网络文学》，漓江出版社2006年出版。

舞文弄墨、莲蓬鬼话、煮酒论史选编《天涯文学十周年作品精选》，广东经济出版社2009年出版。

熊顿《滚蛋吧！肿瘤君》，北京理工大学出版社2012年出版。

鄙视抢沙发（本名温骏轩）《谁在世界中心》，2009年7月9日起连载于"国际观察"，中信出版社2017年出版。

参考资料

1.《2001年中文论坛过眼录（全文）》，发布于天涯杂谈·天涯论坛，发布日期：2001年11月11日，网址：http://bbs.tianya.cn/post-free-54904-1.shtml，查询日期：2019年3月17日。

2. 玛雅虎：《〈中国互联网年鉴（2002）〉记载的观天茶社（转载）》，发布于天涯论坛，发布日期：2002年11月30日，网址：http://bbs.tianya.cn/post-174-321813-1.shtml，查询日期：2019年3月17日。

3. 江筱湖：《原创文学网站，它们都在做什么》，原发表于《中国图书商报》2004年10月15日，网络转载时被更名为《原创文学网站之五大世家》。

4. 江筱湖：《2005原创文学网站八大世家：网上网下"玩"牵手》，《中国图书商报》2005年2月4日。

5.《天涯社区简介》，发布于天涯社区，发布日期无法查询，网址：http://job.hainan.net/tianyahr/introduce.html，查询日期：2019年3月17日。

6. 当年明月：《出现罕见情况的个人说明》，发布于天涯社区"煮酒论史"版，发布日期：2006年4月28日，http://bbs.tianya.cn/post-no05-37404-1.

shtml，查询日期：2018年7月30日。

7. 赫连勃勃大王：《为了告别的聚会》，发布于天涯社区"煮酒论史"版，发布日期：2006年6月16日，网址：http://bbs.tianya.cn/post-no05-40814-1.shtml，查询日期：2018年7月17日。

8. 十年砍柴：《天涯部落和网路捷径——谨以此文贺天涯社区八周年》，发布日期：2007年3月16日，网址：http://bbs.tianya.cn/post-books-92006-1.shtml，查询日期：2019年3月17日。

9. 杨雪梅、刘阳：《〈杜拉拉升职记〉：多种文化产业链的范例》，发布于凤凰网，发布日期：2011年9月27日，网址：http://culture.people.com.cn/GB/12124149.htm，查询日期：2019年3月17日。

10. 朴素：《网络文学的明与暗——以天涯社区为例》，《网络文学》第2辑，花城出版社，2012年。

11. 彭青林、杜颖：《初创者的回想：海南崛起"网络大省"的基因》，《海南日报》2014年6月30日。

12. 天涯文学：《天涯文学收稿啦——只要你敢来，我们就敢捧》，发布于天涯社区，发布日期：2015年12月10日，网址：http://bbs.tianya.cn/post-culture-965624-1.shtml，查询日期：2019年3月17日。

（金恩惠）

西陆论坛
（https://www.xilu.com）

（一）词条

中国互联网发展早期最大的论坛之一，中国网络文学男频原创网站的总孵化器。在鼎盛期（1999—2001）与天涯社区、西祠胡同齐名，且是其中唯一以文学论坛为主导的。创立于1999年6月，创始人邹子挺（网名连天，笔名苏秦）、孙立文（网名西域浪子）。

邹子挺原为大陆最早的网络社区269古城热线（1996年中国大陆公众互联网开通后由西安电信局建立）技术骨干，IT版版主。1999年年初建立个人网站西陆资讯网，后迁至北京。

西陆创建伊始，就在强大的技术支持下，奠定了自由、开放的基本格局。2000年6月，西陆被央企三九集团收购，有比较充足的服务器资源供网友自由开版。恰逢2000年互联网泡沫破灭，众多失去免费空间的文学书站、论坛需要新的落脚地。2000年10月，西陆开版数突破3万，成为中国最大的BBS群。玄幻文学论坛是这一时期西陆最活跃的部分，大批玄幻爱好者入驻西陆，开辟了一个个集阅读、交流、创作于一体的小论坛。

网友自主建版、版块独立、即时互动的论坛模式，逐步战胜了以黄金书屋为代表的书站模式。相对于金庸客栈等垂直兴趣社区，西陆规模更大，更具兼容性。龙的天空、幻剑书盟、起点中文网三家先后领军的文学网站均孕育于此，天鹰文学、翠微居、逐浪网等早期重要网站亦成型于此。

随着作者、读者规模的扩大，论坛模式再度被打破。龙的天空、幻剑书盟、玄幻文学协会（起点中文网前身）先后出走，创建独立的文学网站，以满足作者、读者更专门化、个性化的需求。2002年涟漪小居等耽美文学论坛入驻，西陆又为四处游牧的耽美爱好者提供了自由空间，2002—2009年间，成为耽美文学的栖居地之一。2006年前后，耽美文学几乎占据西陆的半壁江山。

2009年年初,国新办、工信部、公安部等多部门联合开展"整治互联网低俗之风专项行动"。西陆全站自查,绝大部分耽美论坛被波及。2011年6月,宣布"关闭所有含小说内容的论坛"。目前,西陆论坛是中国军事门户网站西陆网(www.xilu.com)的一个栏目,曾经兴盛一时的各文学论坛的页面上多显示"论坛已锁定"。

(邵燕君　田　彤　吉云飞)

(二)简史

1999年

6月,邹子挺、孙立文联手创立西陆论坛,邹子挺负责技术,孙立文负责日常管理、内容维护。此时西陆全部资产为一台作为服务器使用的PC机。

7月4日,西陆正式上线运营。当时的西陆论坛由BBS、wwwchat和网灵通三部分组成。用户在西陆论坛内可以自主申请免费BBS和免费聊天室,还可以通过类似ICQ的网灵通实现用户间的实时通讯。BBS自由建版与独立版块的特有模式吸引了众多网友。

2000年

年初,三九集团投资西陆,北京西陆信息技术有限公司成立。创始人邹子挺、孙立文先后离开西陆。

8月,西陆BBS上的自娱自乐、一意孤行、红尘阁、五月天空乱弹等4个文学论坛成立"龙的天空原创文学联盟"。

10月,小书亭、石头书城、凝风天下、书情小筑几个小型论坛宣布组成幻剑书盟。同月,西陆BBS开版数突破3万,成为中国最大的BBS群。至2001年1月,西陆论坛开版数已突破4万;同年4月,这个数字增长到6万。

12月,天鹰论坛建立。

本年是西陆的鼎盛期,自由开版创造的良好网络环境,使创作气氛空前活跃。五朝臣子、李寻欢、老木等知名网络作者常在此发帖,文学芳草、半壶凉茶等文学BBS在整个中文社区都很具影响力。最有人气的还要数玄幻类BBS。因为很多人是为了追看《大唐双龙传》的最新连载才"触网",先到黄金书屋等书站看书,又转到西陆,所以,西陆网友中以玄幻文学爱好者居多。

2001年

1月，龙的天空独立出西陆BBS，成立"龙的天空原创联盟网站"。随着玄幻文学规模的不断壮大，专门化诉求逐渐出现。作者需要相对私人的空间与读者沟通，读者也需要更加独立的空间讨论。龙的天空成立后，几位创始人曾约见当时的网站负责人，希望能为当时流量最巨的龙的天空争取更加个性化的支持。但网站方没有重视。于是几位创始人决定独立出西陆，成立自己的网站。

3月，翠微居士来到西陆，据称是为追读完整版的《风姿物语》（罗森，1997—2006），随后建立翠微居。

5月，幻剑书盟独立出西陆BBS，成立幻剑书盟网站。

11月，宝剑锋等人在西陆BBS创建玄幻文学协会。

冬，西陆咖啡屋上线。咖啡屋属于私密型社区，申请人即为属主，他人进入社区必须经过属主授权。咖啡屋具有成员讨论、即时通讯、权限设置、多讨论区、发布公告、论坛制订、通讯录、上传文件、客户端等功能。

2002年

5月15日，玄幻文学协会更名为原创文学协会，筹备成立文学网站。6月，起点中文网（简称起点）第一版网站（www.cmfu.com）推出，开始试运行。

6月21日，风起涟漪在西陆建立涟漪小居，连载个人耽美作品，后来也发布其他作者的耽美作品。风起涟漪是耽美界早期较有影响力的作者，位列"旧三风"（风弄、风维、风起涟漪）之一。

在玄幻文学论坛纷纷出走后，耽美文学开始崭露头角。在2003年2月1日的论坛排行榜上，涟漪小居就已跃居第50名。接下来的几年，西陆耽美论坛的数量不断增多。仅一位名为"上官无心"的网友2006年8月21日发表在搜狐博客上的《西陆部分耽美论坛列表》中整理列举的耽美论坛便有150余个。同一时期，耽美题材几乎占据了西陆文学的半壁江山。

2003年

7月中旬，天鹰正式启用独立域名，建立天鹰文学网。

2004 年

入选《互联网周刊》"中国商业网站 100 强"门户类网站第 19 名。西陆是入选此榜单的唯一社区门户。

被《iResearch 网络社区专项研究报告》（艾瑞调研）评为"最受网民欢迎的网络社区"。

获全球中文论坛 100 强网友评选第 2 名。

西陆的玄幻类 BBS 百战和翠微居在《世界经理人周刊》和"世界 IT 实验室"共同发起的 2004"中国 BBS 版块 100 强"评选活动中，分别获得第 2 名、第 72 名。

龙的天空、幻剑书盟出走之后，百战、天鹰、翠微居填补了它们空下来的位置，西陆的玄幻文学依旧兴盛了一段时间。2002—2004 年，西陆在网站评选中获奖频仍，堪称与天涯、西祠等论坛齐名的中文社区领军者。

随着原创文学网站如雨后春笋般出现，作为综合性社区的西陆 BBS 在专业化、商业化上显现出天然的劣势。作者逐渐流失，读者随之减少，西陆文学不可避免地走向衰落。

2006 年

6 月，被上海广典传媒集团收购。

2007 年

4 月，全国组织开展为期半年的依法打击网络淫秽色情专项行动，西陆全站自查，关闭了大量耽美论坛。

2008 年

4 月 15 日，风起涟漪在涟漪小居发表退出宣言。

2009 年

年初，国新办、工信部、公安部等多部门联合开展"整治互联网低俗之风专项行动"。

2 月，西陆论坛再次大范围自查，暂时封锁 2008 年以前所有帖子，先审核后放出。绝大部分耽美论坛被锁，部分言情论坛也被关闭。

3 月 30 日，陆续开放经审核论坛。启用敏感词过滤系统，凡涉及敏感词的帖子由系统过滤后转为人工审核，审核通过后方可显示。

2011 年

6 月，西陆站务发帖《根据国家对互联网出版资质的相关规定，应主管部门要求，西陆网将于近期关闭所有含小说内容的论坛，请各位属主与广大网友做好相关准备，给您带来的不便敬请原谅!》，大部分文学论坛被关闭。同期，自 2000 年便悬于西陆首页主题专栏上的"文学"二字消失。

2013 年

西陆大部分文学论坛的首页显示"论坛被锁定"。

参考资料

1. 西陆论坛栏目设置等资料均来自互联网档案馆历史网页。
2. 李颖骅：《西陆文学：风骨清奇，深厚广博》，《互联网天地》2006 年第 3 期。
3. 上官无心：《西陆部分耽美论坛列表》，发布于搜狐博客"上官無心"，发布日期：2006 年 8 月 21 日，网址：http://yuyouwuyue.blog.sohu.com/10615046.html，查询日期：2019 年 1 月 8 日。
4. weid：《网上阅读 10 年事（1998—2008）》，发布于龙的天空，发布日期：2010 年 5 月 9 日，网址：http://www.lkong.net/thread-236350-1-1.html，查询日期：2019 年 1 月 6 日。
5. 石头333：《有感于西陆文学关闭：西陆文学，没落还是中兴?》，原发布于天涯论坛，转发自半壁江中文网，发布日期：2011 年 10 月 26 日，网址：http://news.banbijiang.com/dongtai/chuban/2011/1026/89625.html，查询日期：2019 年 1 月 6 日。
6. 《见证与评说——龙的天空创始人、网评家 weid 访谈录》，邵燕君、肖映萱主编：《创始者说：网络文学网站创始人访谈录》，北京大学出版社，2020 年。

（田　彤）

红袖添香（https://www.21red.net；https://www.hongxiu.com）

（一）词条

中国网络文学早期知名网站，后转型为以"都市总裁文"为主打的女频商业网站。1999年8月由孙鹏（网名heavenboy）等人创建。

前身为世纪青年网（www.21youth.com，1999年7月），1999年8月成立第一个系列站红袖添香文学站（www.wenxue.21youth.com），由女网友芭蕉负责，因以女性成员为主导，被称为"仕女网站"。2001年1月，红袖添香网站新版（www.21red.net）开通，孙鹏任站长。原定位于"中文原创文学家园"，以发表散文、随笔/杂文、诗歌为主，采取编辑审稿制度。2004年迫于商业压力开始发布长篇连载，后逐渐转型为女性言情网站。2006年下半年在女频网站中率先推出VIP付费阅读制度，打造"都市总裁文"招牌类型，并打通线下出版市场，与晋江原创网/文学城、潇湘书院、起点女频/女生网并列为"女频四大网站"。

2008年3月被盛大文学并购，仍以"都市总裁文"为核心类型。2015年随盛大文学并入阅文集团。2016年孙鹏离职。2018年阅文整合女频资源，推出移动阅读APP"红袖读书"，红袖添香作为阅文旗下网站，亦成为内容提供平台之一。

（许　婷　肖映萱）

（二）简史

1999年

6月，孙鹏（网名heavenboy）在商都管理员论坛上与disha、虎牙等网友组建荆棘鸟制作组，筹备制作综合性主页。

7月20日，荆棘鸟制作的世纪青年网（www.21youth.com）正式开通，是挂靠在商都信息港下的综合站点，提供图片、音乐、资讯等多种内容。

8月20日，世纪青年的第一个系列站红袖添香文学站（www.wenxue.21youth.com）正式开通。该站由女网友芭蕉负责策划，最初只允许女性参与网站建设。之后，世纪青年又陆续推出荆棘图库、弦音歌舞等专题站。

10月，改版，设立红袖之舞、经典文祠、水调歌头等栏目，主要发布散文、诗歌等内容，被网友称为"仕女文学站"。其中，红袖之舞栏目公告称："'红袖之舞'是一个旨在加强联络、共同促进网络原创文学发展的女性文化团体。"此外还设立了红袖添香讨论区、红袖添香聊天室。10月下旬，开始制作个人文集。

2000年

7月，世纪青年网受到雅虎、搜狐、中央教育电视台等媒体的推荐介绍。

11月，投稿程序开发完成。红袖购买安装了拓创论坛，搭建完成红袖论坛。红袖论坛不仅设有专门的文学讨论版，还设有青梅煮酒、情绪现场等版块，主要讨论两性情感问题。

2001年

1月，红袖新版正式开通（www.21red.net），新站由站长孙鹏主导，定位为"中文原创文学家园"，设有小说、随笔、情感、诗词、文集、文摘、回顾等栏目，技术上实现了在线投稿更新等管理功能。世纪青年网公告中称，新版红袖旨在做成一个开放式管理的文学社区，网站先前对性别的强调被淡化。

4月，红袖编辑部正式成立。编辑部根据文体划分为散文组、小说组、随笔组、诗词组，延续了传统期刊文学的作品分类。编辑部成员均为文学爱好者，无偿参与网站工作。

12月，编辑部发布《红袖编辑部章程》，明确编辑部工作内容、工作方式。

本年，随着互联网泡沫的破灭，孙鹏的合作者陆续离开红袖，红袖除了还有大量网友支持外，经济上已经举步维艰。

2002年

9月，与珠宝品牌潮宏基合作举办"我要的幸福"征文大赛。

10月，编辑部开办红袖周评栏目，每周分别对散文、随笔、小说、诗词四类作品进行点评，希望以此确立审稿标准、引导创作方向。

2003 年

2月，编辑部将随笔组改为杂文组。

3月，文学栏目分类改为散文、小说、杂文、诗歌、歌词，同时设置文集、推荐、周评、论坛等栏目。网站首页增设快报、专题引导。论坛新增读编交流论坛。首页"抄袭曝光台"改为"打假论坛"。

5月，推出媒体栏目。红袖与报纸、杂志、出版社、电台、电视台、网络等各类媒体进行合作，用户在这一栏目内可向合作媒体进行投稿，媒体在此发布征稿信息及用稿通知。

7月，《红袖时报》创刊，设"息息相关""星像馆""编辑手记"3个栏目。"息息相关"发布编辑部相关资讯通知，"星像馆"发布采访稿件，"编辑手记"则是编辑的自述性散文。

9月，编辑部对稿件审核制度进行改革。编辑部决定对稿件进行分级审核，按一般（C级）、较好（B级）、优秀（A级）3个级别进行审核把关。同时推行积分制度，按发布稿件级别获取相应积分，发布评论也可获得积分，网站首页设置积分榜对高积分用户进行推荐。截至此时，红袖的稿件库存累计达到18万篇，日均投稿量千余篇。

10月13日，日记栏目正式上线。日记分为情感、记事、随感、笔记、校园5类，用户申请日记本后，无须编辑审核就可发表日记，但编辑可对优质日记进行首页推荐。

10月，红袖社区上线，设红袖文学、休闲娱乐、媒体合作、社区公告4个版块。红袖文学又细分为散文随笔、新新小说、青梅煮酒、现代诗歌、诗风词韵、读书生活、读编交流7个小版块；休闲娱乐则细分为情感话题、旅游摄影、音乐时空等小版块。这一社区结构对2004年改版后的红袖论坛有直接影响。

11月，长篇连载系统正式启用。

12月31日，由于网站维护成本不断提高，为维持网站发展，红袖正式注册北京红袖添香信息技术有限公司，首期投入50万。

2004 年

1月，开通长篇连载栏目，下设爱情、生活、玄幻、武侠、古典、实验、侦探、纪实8大类。除编辑"推荐长篇"外，还设"长篇排行榜"，栏目下还设有"你最喜欢的小说类别"的投票调查。

4月,新增"人气周榜",设小说、散文、诗歌人气榜单,在首页展示。

5月1日,新论坛上线。新论坛设散文论坛、小说论坛、读书论坛、诗歌论坛、媒体征稿、灌水论坛、打假论坛等14个版块,对老论坛各个版块进行细分。此后,红袖论坛不断增设新版块,但基本保持了文学类版块与生活类版块两大区块。

12月1日,长篇频道改版,小说增设了流行类别科幻、军事、网游、惊悚。

12月,编辑部创办《红袖文学期刊》,设评文乱弹、小说百家、思想钩沉、散文天下、汉诗部落、文艺批评、作家频道、长篇连载、小编茶室等栏目。

2005 年

2月,首页增加两个版块,提示长篇小说和论坛热帖的最新更新。

4月,正式涉足出版业。红袖与北京双城印象、朝华出版社合作推出"书香红袖"图书品牌,品牌作品由红袖编辑部参考作品质量、浏览量、读者评论等因素选录出版。次月,"书香红袖"首批图书《鸳鸯锦》《十年》《月光走失在午夜》正式出版。

4月30日,《互联网著作权行政保护办法》正式出台。5月,中国互联网协会"网络版权联盟"成立,红袖作为首位成员加入联盟。

5月11日,起诉联想经典时空网,控告网站盗版红袖原创内容并以此收费牟利。12月,红袖一审胜诉。

7月20日,开展"红袖有约,六周年倒计时"特别活动,网站全面启用新域名www.hongxiu.com。

9月2日,红袖添香建立WAP站,设有魅力小说、纵论天下、情爱画廊、心情日记、精品书库等栏目,每日和网站同步更新。红袖是第一家设置WAP站点的网络文学网站。

9月15日,开通创作日志系统。创作日志鼓励用户按照文学栏目投稿的要求进行日志写作。优秀日志将会被编辑收入文学栏目,同时收入作者的个人文集。

2006 年

3月1日,与中华书局(香港)联合举办"2006新武侠小说大赛",孔庆东、韩云波等任大赛评委,奖金总额超过20万元,单项奖金高达5万元。香港作家郑丰的《多情浪子痴情侠》获"最受欢迎作品奖"。

5月8日，对长篇小说分类进行调整，改为言情（原"爱情"类）、都市（原"生活、实验、纪实"类）、武侠、玄幻、惊悚、悬疑（原"侦探"类）、科幻、历史（原"古典"类）、军事、游戏（原"网游"类）。

5月10日，红袖博客正式开通，分为文学、情感、人文、校园、相册5大内容，同时设有热点博客、博客排行和同城博客。之后，红袖日记合并至红袖博客。

5月31日，在MSN开通读书频道（hongxiu.msn.com.cn），内容包括长篇小说、短篇小说、散文与诗歌。

6月10日，小说频道增设评论榜、收藏榜、推荐榜、活力榜、字数榜和作者人气榜。

6月，编辑部"编委会"编选的短篇合集《绽放——红袖8年精选集》（包括《开过〈诗经〉的老式火车》《种在瓶子里的幸福》《狼情》《爱上绿苹果》）由南海出版公司出版。

下半年，红袖开始尝试VIP付费制度，开设VIP专区，实行VIP会员制，会员付费阅读签约的VIP作品。会员依充值金额分为普通会员、初级会员、高级会员、至尊会员，享受不同权限。

2007年

5月2日，开通VIP论坛，对VIP相关问题进行答疑。

5月24日，开通书友会。书友会是依托阅读兴趣组成的用户小组，其中既有"《红楼梦》书友会"，也有"《极品妖妻》书友会"，种类繁杂，数量众多。

7月，为吸引作家加入VIP签约，推出"红袖作家成功计划"，提供多种优惠条款。

9月25日，联合听网推出"听网－红袖版"，用户可通过手机收听红袖小说的有声书版本。

10月20日，VIP开通手机充值方式。

12月29日，新版上线，首页小说版块一家独大（多为长篇类型小说，区别于"短篇小说"版块）。此前占据较醒目位置的杂文、散文、诗歌、短篇小说依旧保持较醒目的位置。

年内，VIP区作品数量大幅提升。

2008年

7月4日，盛大集团宣布收购红袖添香，成为最大股东。

7月14日，盛大整合起点中文网、红袖添香、晋江原创网成立盛大文学，红袖被定位为"女性阅读网站"。

10月，首页新增标签栏目，按小说热度对标签进行排序推荐，总裁、豪门、契约等标签位列前茅。

2009年

3月20日，推出无线版权结算平台"移动阅读版权自助结算平台"，未签订VIP协议的作者进行签约授权后，可自助完成稿费结算。

4月23日，新增出版影视频道。

8月11日，寅公发布于红袖添香的作品《阳关古道苍凉美》被收录进牛津大学出版社（香港）的语文教材，作者成为首位作品进入香港教科书的内地写手。该文还曾经是"2008年全国高考语文试卷卷一"的阅读试题。

8月20日，举办"红袖添香十周年文学盛典"。红袖联合新浪读书、搜狐读书、腾讯读书、网易读书、榕树下、逐浪网6家网站倡议，将每年8月20日设立为"数字阅读日"。

12月，新版排行榜上线，设有点击榜、评论榜、更新榜、收藏榜、推荐榜、新书榜、积分榜、订阅榜、字数榜、道具榜。

2010年

1月21日，实行按质定价体系，改变此前网络小说统一定价的模式，作者申请后由网站审核，审核通过的小说可对售价进行调整。

3月，首页在现代言情小说、古代言情小说的分类外，增设总裁馆、风尚馆、穿越馆等栏目，对小说进行细分，重点推荐总裁文。

3月22日，唐欣恬（ID：小鬼儿儿儿）在红袖添香连载《裸婚》（同年5月28日完结），获得"红袖添香2010华语言情大赛"冠军，同年4月出版为《裸婚——80后的新结婚时代》（华文出版社），2011年改编为电视剧《裸婚时代》。

5月，设立100万元反盗版基金，展开大规模维权行动，起诉文轩阁、自由看等侵权网站。

2012 年

6月12日,与台湾联合线上股份有限公司合作,在台湾地区开通"udn读小说·红袖添香"网站(novel.udn.com),同时推出 PC 版与手机版,吸引了较高流量。

11月,推出短篇文学手机站,向手机用户免费提供网络短篇小说、散文、杂文、诗歌等内容,同时设有投稿平台。

2013 年

3月25日,宣布获得国家新闻出版总署颁发的"互联网出版许可证"。CEO 孙鹏表示,许可证的取得将大大加快红袖添香互联网出版和手机出版业务整合,助其抢占数字出版发展先机。与红袖添香同一批获得许可证的网站还有晋江文学城。此前,只有起点中文网和中文在线两家获许可证。

年内,开设微信公众号"红袖小说",是国内首家女性小说阅读微信平台,用户可通过公众号阅读网站部分连载小说。

2014 年

3月13日,因为网站刊载小说含有淫秽色情内容,北京市文化市场行政执法总队对红袖进行了行政处罚,罚款2万元。

4月,"净网行动"深入展开。

5月5日,全国"扫黄打非"办通报了打击网上淫秽色情专项行动第三批案件查处情况,红袖被勒令关站整改,后恢复运营。

2015 年

3月,盛大文学和腾讯文学联合成立阅文集团,红袖随盛大文学并入阅文集团,孙鹏留任红袖 CEO。

2016 年

6月,孙鹏离职。同一时期,阅文集团旗下小说阅读网 CEO 刘军民、潇湘书院 CEO 鲍伟康、言情小说吧 CEO 宁辉也相继离职。

7月22日,红袖论坛关闭。

2017 年

7月,首页改版。旧版首页的短篇文学栏目被取消。

2018 年

9月12日，阅文发布新产品"红袖读书APP"，是汇集阅文旗下女频内容的移动阅读平台，整合了起点女生网、云起书院、潇湘书院、红袖添香、小说阅读网、言情小说吧的作家作品。

（三）专题

1. 分级审核制度

红袖编辑部于2003年9月17日开始实行分级审核制度。编辑部对来稿按照一般、较好、优秀三个级别进行审核把关。

（一）A级稿件即优秀稿件，经编辑审核，归入文章列表，纳入作品推荐区，并在网站首页醒目位置重点进行推荐，同时收入个人文集；

（二）B级稿件即质量较好的稿件，经编辑审核，归入文章列表，并在网站首页显示，同时收入个人文集；

（三）C级稿件即一般性稿件，经编辑审核，归入作者个人文集，但不纳入文章列表和网站首页显示。

附录：《红袖稿件审核制度改革方案》

（发布于红袖添香，发布日期：2003年9月17日，网址：http://www.21red.net:9-/view/view.asp?od=230479，查询日期：2018年4月20日）

红袖添香网站的一贯宗旨是给广大写手提供一方文化净土和精神家园，长期坚持以人性化的管理模式，互动的审稿机制，方便快捷的交流模式，吸引着一批批文学爱好者长驻于此。

四年来，红袖的稿件库存累计达到18万篇，日均投稿量千余篇。在这样一个可喜的数字面前，我们更多看到的是稿件的频繁滚动和更新，因其作品的良莠不齐，使得部分文章的阅读人数寥寥无几，评论匮乏。无数的优秀作品瞬息便被淹没于文山帖海之中，不能不令人惋惜。

红袖当前亟待解决稿件的质量问题和红袖网站的文化层次问题。我们要在壮大红袖作者和读者群体的同时，突出红袖的精品意识、原创意识、积极参与意识，让好的作者和优秀的作品浮出水面，真正体现红袖的整体实力。

自2001年红袖成立编辑部以来，尽管对作者的投稿实行了相对严格的审核制度，不断完善和提高了审稿的尺度标准，但一边面对作者的积极参与和投稿热情，一边是读者的精品呼唤和众口难调，常使编辑在退稿与通过之间屡屡犯难。

为此，红袖编辑部在反复研究协商后决定，稿件审核标准从即日起作出下列相应调整，原有稿件审核制度同时作废。

一、稿件实行分级审核制。除建议修改和退稿的稿件依然按照原有审稿尺度和标准进行，其他拟通过稿件按一般、较好、优秀三个级别进行审核把关。

（一）A级稿件即优秀稿件，经编辑审核，归入文章列表，纳入作品推荐区，并在网站首页醒目位置重点进行推荐，同时收入个人文集；

（二）B级稿件即质量较好的稿件，经编辑审核，归入文章列表，并在网站首页显示，同时收入个人文集；

（三）C级稿件即一般性稿件，经编辑审核，归入作者个人文集，但不纳入文章列表和网站首页显示。

二、为调动广大读者与作者的写稿、评稿积极性，红袖现推行积分制。

积分规定如下：A级文章加30分，B级文章加10分，C级文章加5分，一篇评论回复加1分，如因恶意灌水被删除扣1分。每日积分排名前三十位者将在红袖首页专区积分榜作公布。红袖将不断推出新的服务，完善积分体系，作者不仅能够借此更广范围宣传自我，宣传文集和作品，更可优先享受红袖新近推出的各项功能。

三、需要说明的几点：

（一）分级审核制的出台，不是降低红袖的审核标准，而是为了进一步提升红袖稿件的整体水平，解决作品多点击率少的问题。在相对有限的时间和空间范围里，以最有效快捷的方式把相对优秀的作品呈现给我们的读者。

（二）为鼓励写作水平相对有限作者的投稿参与热情，给更多的作者提供一个建立自己文集的空间和机会，红袖仍然按一定审核标准将此类作品审核发表，但不再为其占用首页和列表空间。一般读者通过搜索或者直接浏览作者个人文集，将可以阅读到这些作品。

（三）积分只能证明作者写作的勤奋和当前取得的成绩，并不能据此论资排辈。

四、红袖作品审核尺度（暂行）

（一）退稿：

1.文章内有部分字句涉及国家有关政治内容；

2. 文章内容有较为严重的民族、地域或个人歧视；
3. 文章内容有淫秽、色情、赌博、暴力、凶杀或恐怖等成分在内；
4. 文章内容有强烈的人身攻击成分；
5. 文章有剽窃或抄袭的痕迹；
6. 文章过于简短，内容言之无物，不知所云，便告以结尾；
7. 文章缺乏主题，散漫不堪的；
8. 文章语言过于烦琐拖沓，或幼稚无知，或颓废阴暗的；
9. 多名投稿或代别人投稿；
10. 文章过于单薄，与栏目规定相差甚远的；
11. 其他不符合投稿要求的。

（二）建议修改：
1. 文字单薄，但内容尚有一定新意；
2. 内容尚可，个别段落语句不太通顺；
3. 文章立意不新，主题不明确；
4. 文字平淡，无特色；
5. 文章引用或涉及的文学常识有误；
6. 语言组织涣散，结构零乱。

（三）一般作品（各栏目在此基础上结合自身特点进行补充或调整）
1. 行文基本顺畅，表达意思较准确、结构较完整，但文章特点、立意不鲜明，过于泛泛；
2. 文章要素齐全，情节较为丰满，没有断章取义或是过分的铺陈，但体裁写法陈旧单一，情节老套絮叨，千篇一律；
3. 内容健康，具有一定的可读性。但文字或华丽堆砌或过于平淡白水，反而削弱了文字主题；
4. 较少错别字，标点符号运用正确；
5. 排版格式符合红袖要求。

（四）较好作品（各栏目在此基础上结合自身特点进行补充或调整）
1. 行文流畅自然，表达意思准确、完整；
2. 文章不作过分铺陈，不拖沓；
3. 内容健康，言之有物，情节丰满；
4. 结构合理、文字紧凑，文章要素齐全；
5. 基本没有错别字；

6. 排版格式符合红袖要求。

（五）精华推荐标准（各栏目在此基础上结合自身特点进行补充或调整）

1. 文风独特，文字流畅，措词精练且逻辑周密，文采颇佳；

2. 文章观点中肯，见解独到，论述精湛；

3. 文章思想深刻，寓意深远，特色鲜明，引人深思，启人良知；

4. 文章字、词、句注重锤炼；段、节、章及整个谋篇独具匠心，错落有致；

5. 无语病与错别字，排版格式符合红袖排版标准。

2. 按质定价体系

红袖于2010年1月21日实行"按质定价体系"，一改此前网络小说一概千字0.03元的模式，对不同级别的作者、不同品质的作品按照市场接受程度确定销售价格。

"按质定价体系"调价平台主要包括提价、降价、负价格三个功能。提价作品须满足总点击量超过100万、收藏数2000以上、单日订阅超过2万等硬性指标。

同时，红袖还成立了由总编辑、主编、内容主管、资深媒体、出版人、资深读者组成的"调价评估委员会"来对文本质量、文学价值等作出评估，以确保调价的作品更符合读者的预期。

作品如需调价，要求作者和编辑双向发现并提交申请。网站接到申请后，提取各类数据，并进行真实性筛查对比。之后，由评估委员会对申请作品的实际创作水准及作品价值进行评判，并同作者签署合同，网站才会做出调价的动作。

3. 代表作家作品

附录：《红袖·艺文志》

（"红袖·艺文志"是红袖添香官方发布的排名，收录各年有代表性的红袖作品，包括历届大赛获奖作品、影视改编作品及受到普遍关注的作品。）

2005年

1. 唇药《黑帮恋人》

2. Blue安琪儿《葬雪吟（魔幻之都）》

3. 凌眉《且行且爱恋》

4. 罗惜惜《虚空中一朵梨花》

2006年

1. 高克芳《七年之痒》

2. 千寻千寻《停尸房的哭声》

3. 怀旧船长《惊世大海难》

4. 吉振宇《红棺新娘》

5. 美丽的水妖《爱是寂寞撒的谎》

6. 北雁《武林大风歌》

7. 郑丰《多情浪子痴情侠》

8. 倾泠月《且试天下》

2007年

1. 黛咪咪《陪嫁丫鬟——紫嫣》

2. 寂月皎皎《梦落大唐：繁花落定》

3. 携爱再漂流《普兰誓言》

4. 秦嬴儿《错爱大秦：秦殇》

5. 罗莎夜罗《代嫁王妃》

6. 水凝烟《后宫：落尽梨花春又了》

7. 花蕊随风飘《爱在大清后宫》

8. 莫语绢《痴情只为你》

9. 千媚恩姿《周末女佣》

10. 薇络《契丹王妃》

2008年

1. 提刀狼顾《我的美女老板》

2. 之上《家有诡女初长成》

3. 北雁《江湖封侯》

4. 寂月皎皎《幻剑之三世情缘》

5. 叶洁辉《逍遥游》

6. 郯城《狮子山》

7. 红娘子《青丝》

2009年

1. 涅槃灰《逃婚俏伴娘》

2. 寂月皎皎《胭脂乱：飞凤翔鸾》

3. 莲赋妩《凰宫：滟歌行》

4. 微若洁茹《云画扇红泪未央》

5. 拓拔瑞瑞《惹上首席总裁》

6. 恋月儿《九岁小妖后》

7. 唐莲卡《捕婚时代（原名：花点心思谈恋爱）》

8. 奔跑的诗《朵朵的格子间爱情》

9. 叶萱《纸婚》

10. 寅公《阳关古道苍凉美》

11. 洪湖浪《牛小米外企打拼记》

2010 年

1. 墨舞碧歌《再生缘：我的温柔暴君》

2. 涅槃灰《隐婚》

3. 王芸《s 女出没，注意》

4. abbyahy《妃池中物：不嫁断袖王爷》

5. 天琴《错嫁豪门新娘》

2011 年

1. 唐欣恬《裸婚》

2. 白槿湖《蜗婚：距离爱情一平米》

3. 寂月皎皎《幸福的黑白法则》

4. 纤手破新橙《前妻来袭》

5. 三千宠《草婚》

6. 狐小妹《空姐日记》

7. 吉祥夜《一念路向北》

8. 顾盼琼依《撒旦危情Ⅰ休掉撒旦总裁》

9. 红了容颜《豪门游戏Ⅲ：BOSS，请自重》

10. 墨舞碧歌《非我倾城：王爷要休妃》

11. 明珠还《蔓蔓情陆》

2012 年

1. 柳晨枫《盛夏晚晴天》

2. 墨舞碧歌《非我倾城：王爷要休妃》

3. 吉祥夜《一念路向北》

4. 冰蓝纱 X《美人谋：妖后无双》

5. 尼卡《一斛珠》
6. 芥末绿《叔途桐归》
7. 恍若晨曦《死神集团③：老公，滚远点》
8. 明珠还《蔓蔓情陆》
9. 妖千千《暖妻：总裁别玩了》
10. 江潭映月《妻子的外遇》
11. 天下尘埃《花语系列之五：苍灵渡》
12. 秋雨春燕《七幅美人图》
13. 雍榉《铜雀春深》

参考资料

1. 网站相关资料均来自互联网档案馆历史网页。

2. 江筱湖：《原创文学网站，它们都在做什么》，原发表于《中国图书商报》2004年10月15日，网络转载时被更名为《原创文学网站之五大世家》。

3. 江筱湖：《2005原创文学网站八大世家：网上网下"玩"牵手》，《中国图书商报》2005年2月4日。

4. 郑辉：《从红袖的改版到文学网站的革命》，发布于红袖添香杂文版，同时发布于郑辉新浪博客，发布日期：2007年3月24日，网址：http://blog.sina.com.cn/s/blog_4854ba19010008qx.html，查询日期：2018年4月20日。

5. 《成为言情小说网站是读者的自然选择——红袖添香创始人孙鹏访谈录》，邵燕君、肖映萱主编：《创始者说：网络文学网站创始人访谈录》，北京大学出版社，2020年。

（许　婷　肖映萱）

露西弗俱乐部
（https://www.lucifer-club.com）

（一）词条

中国大陆最早的耽美文学垂直论坛，1999年12月28日由ducky（本名高薇嘉）创立，是2000—2003年间最具影响力的中文耽美网络文学平台。

"露西弗"译自"叛天使"路西法（Lucifer），旨在反抗当时更具小众精英倾向的桑桑学院，强调"女性向"网络文学愉悦女性的功能，采用自由发帖的论坛机制，且不为内容设限。露西弗的建立使大陆耽美创作迅速蓬勃发展，培养出风弄、风维/NIUNIU、嫣子危、fox^^等知名作者。

为了保障"女性向"空间的小众性和私密性，露西弗首创答题注册制，建立起一套耽美爱好者准入制度。此外，露西弗最早确立了耽美圈的转载授权规则，开辟了大陆耽美的个人志模式。露西弗俱乐部壮大之后，大陆耽美创作的规模、质量、影响力开始全方位超过台湾地区，中文耽美文化生态初步形成。

随着论坛形式的式微和商业化转型的失败，2005年后露西弗逐渐衰落。直至今日，一些忠实用户仍坚守阵地，维系着露西弗的运营。

（肖映萱　徐　佳）

（二）简史

1999年

12月28日，ducky[①]不满于桑桑学院耽美小岛版块不允许发布情色内

[①] ducky，本名高薇嘉，70后科幻作家，曾凭借科幻小说《风之子》获第十届中国科幻银河奖二等奖；露西弗俱乐部创始人、精神领袖，2003年后逐渐淡出管理。

容的版规，故意预告要发布的 SD 同人文《海版仙流》的情色部分[①]，被桑桑学院封杀 ID。ducky 转而在网盛（www.netsh.com，后更名"乐趣园"）开设免费加密论坛露西弗（sh.netsh.com/wwwboardm/881/，因编号 881，又被称作"881 论坛"）。如前所述，"露西弗"译自"叛天使"路西法（Lucifer），旨在反抗当时大陆论坛普遍禁止情色内容的状况，宣扬自由、尊重、包容，减少版主对帖子内容的干涉，并强调"女性向"网络文学愉悦女性的功能。论坛密码为"bl"，即日式英语"boys' love"的缩写，是当时对耽美类型的常见称呼。

论坛密码通过口口相传的方式传播，不断吸纳喜爱日本及中国台湾耽美作品的新成员。因当时大陆的耽美作者作品较少，论坛出现了大量从阳光沙滩[②]"BB LOVE 绝爱版"、iClubs 网路社群"耽美天堂"等台湾耽美论坛转载而来的内容。

2000 年

2 月，对台湾耽美作品的无授权转载，引发了 881 论坛与台湾耽美论坛之间的矛盾。阳光沙滩"BB LOVE 绝爱版"与 881 用户爆发激烈争吵，最终阳光沙滩总版出面协调，双方达成和解。881 获得了一些作品的转载授权，并确立了耽美圈内的转载规则：原创作品须经作者授权才能转载，并在篇首出示授权证明。同时，ducky 拒绝了将 881 变为台湾耽美转载站点的提议，将露西弗的发展基调确立为以大陆原创耽美为核心，培养自己的作者。

此后，由于人数和访问量过多，服务器不稳定，881 论坛不堪重负，从乐趣园转移到中文热讯论坛（yescity.cn）。

4 月，881 论坛撤销加密，自由注册，正式对外开放，旨在"开创华语

[①] SD 即井上雄彦的体育漫画作品《SlamDunk》（中译名《灌篮高手》）的简称，是当时大陆耽美同人创作的热门原作之一。"仙流"指漫画角色仙道彰和流川枫的配对。ducky 声称要发布的那篇含有情色内容的 SD 同人《海版仙流》，是一篇《灌篮高手》中的仙道彰和流川枫的耽美同人，"海版"指的是海洋版，小说将漫画原著中的角色都"萌化"成了一群海洋生物，流川枫是一只寄居蟹，而仙道彰是一只八爪章鱼，所谓的"情色内容"，只是 ducky 用章鱼的触手开了一个日式情色中常见的"触手系"玩笑，姿态大于内容。

[②] 阳光沙滩是台湾最早的 BBS 之一，建立于 1996 年。在大陆的动漫专题论坛建立之前，阳光沙滩的各大动漫讨论版块聚集了两岸的日漫爱好者，其中"BB LOVE 绝爱版"是耽美、同人小说的聚集地，在爱好者中有一定知名度。

圈第一耽美原创网站"。Apple、SEIKO、fox^^等作者纷纷进驻,掀起了大陆原创耽美的热潮。随着论坛规模的扩大与作品类型的多样化,露西弗陆续开通分支版块,包括:分享影视动漫作品的"梦开始的地方",扫校转载日本和台湾地区耽美漫画和小说的"倾斜五度"及"紫雾的对岸",发布原创或授权转载绘图的"美术广场",人工推荐优秀内容、提供发文引导的"夜露追想",交易实体书的"千色书店",供用户闲聊注水联络感情的"月狐轩聊天室",供写手玩cosplay文字游戏的"露西弗大陆"等。

10月,中文热讯公司倒闭,但服务器尚未到期。露西弗继续使用,经常出现掉线问题,迫切需要建立独立服务器。同月,露西弗计划将论坛上第一部完结长篇小说《郎心如铁》(作者Apple)印刷为个人志,却被大陆盗版商抢先。这是大陆第一部被盗版的原创耽美小说。经交涉,对方停止了盗版行为。

11月,初兮小居未经许可盗取台湾iClubs"耽美天堂"上的文章,发布在露西弗论坛,耽美天堂要求露西弗删除无授权内容。由于此前已经出现多次大陆出版商盗印台湾小说的行为,部分耽美天堂用户发表歧视、侮辱大陆的言论,引发了与露西弗用户的激烈骂战。耽美天堂实行"清版令",清理论坛中所有大陆用户。9日,露西弗发布《露西弗致耽美天堂公开信》表明态度:其一,初兮小居盗文属于用户个人行为,与露西弗无关,露西弗并非盗版的背后主使;第二,耽美天堂的删帖、道歉等正当要求可通过沟通解决,但部分台湾网民的不当言论才是纷争的开端。

经过与台湾论坛的两次"干仗",露西弗在中文耽美爱好者中拓展了知名度与影响力,部分在台湾论坛发文的大陆作者回流到露西弗。此后,露西弗成为中文耽美创作与爱好者的主要聚集地。

2001年

3月,发售一周年纪念同人志①《天之翼、地之翔》,由会员、管理员捐款募集印刷资金,共计发售1000本(含200本精装典藏版)。这是露西

---

① 同人志(或同人本)一词源自日语的"同人志(どうじんし,dōjinshi)",在亚文化语境中,指的是不走商业出版途径的自制印刷品。露西弗的同人志,与同人创作的同人志意义不同,其中收录的大多是原创作品,相当于后来说的"多人志/合志"。日本同人文化传入中国大陆之后,一些网络小说也开始以类似日本同人志的方式印制、售卖,其中不仅有同人作品,也有原创作品,尤其是耽美作品,因为它们在中国大陆和同人一样难以(转下页)

弗的第一部同人志，也是大陆原创耽美界的第一部同人志，自此开启了大陆耽美定制印刷的潮流。同月，露西弗开始与台湾出版社同学馆协商，为大陆作者出版实体书。

6月，依靠同人志预售收入、会员捐款等，租下服务器并购置了第一台主机，在管理员Jess及其丈夫Tony的技术支持下开通主域名，拥有了自己的独立网站露西弗俱乐部，实行会员制、答题注册制和积分制，拒收未成年会员。主要版块有衍生版（包括灌篮高手、幽游白书、银河英雄传说）、原创版（包括成人型、清纯型、极度型）和动漫综合版。由于技术限制，管理员们手动搬迁原881论坛中的帖子，881论坛则保留为闲聊"灌水"之地。

独立网站成立后，Tony和Jess拒绝了投资方的收购提议。ducky提出建立VIP收费制度的构想，因资金、技术、内容敏感等多方面原因，未能实行。

9月，露西弗在同学馆代理签约出版的作品已有《兽性之夜》（Rain）、《花花游龙》（星）、《惹魔上身》（月幽）、《唐夫人》（月幽）、《兰陵王》（零）、《郎心如铁》（Apple）、《无忧之恋》（海晴）7部，同学馆称签约书籍已发售，销量达1500—1800册。此后，同学馆拖欠稿费，与露西弗中断联络。

10月12日，柠檬火焰开始连载《束缚》（6月8日完结），引发争议，一度被管理员删除。ducky提出异议，坚持露西弗的自由发表原则和多元化氛围。经所有管理员投票表决，该文被恢复，导致一些反对者退出露西弗。围绕《束缚》展开的争议，是中文耽美圈关于情色描写"尺度"讨论的代表事件。

12月，露西弗得到正式消息，同学馆中间商破产，书款被卷携。同学馆提出以书抵债。几经辗转后，露西弗获得110本样书，但稿费未追回。

年底，露西弗推出第一本个人志《伤逝》（七月），与露西弗2002年春季刊同人志一同征订，以成本价捆绑销售。《伤逝》是大陆第一本非盗版

（接上页）进入常规的出版渠道。"多人志/合志"指的是印刷品收录了多个作者的作品，对应的是"个志"概念，即收录单个作者的作品。后来，越来越多的原创耽美小说选择以自制印刷的方式进行实体书售卖，且绝大多数时候是单个作者，"个人志/个志"或"原耽（原创耽美）个志"渐渐成为原创耽美小说自制印刷品的称谓，以与同人作品的"同人志"说法相区分。今天网络上使用的"同人志"一词，一般指的是同人小说的印刷品；而"个人志/个志"一词，如果没有冠以"同人"的前缀，一般指的就是原创耽美小说的自制印刷品。

的耽美个人志。此后，露西弗的个人志"镜花水月"系列陆续推出。

截至 2001 年，露西弗俱乐部注册会员超过 4000，日浏览量上万，99%以上的用户为 18—33 岁的女性；原创、同人作者数均超过 1000。

2002 年

5 月初，同学馆与露西弗官方联络，希望继续合作，出版露西弗作者 Rain 的《傀儡师》。露西弗发布《露西弗与同学馆往来详情暨与作者道歉书》，澄清事实经过，向被拖欠稿费的作者道歉，并决定不再承担代理业务，请出版社直接与作者联系。

本年，推出"露西弗时代"系列 4 套同人志：春季刊《春赏夜樱》；夏季刊《夏望繁星》，除主刊外，还包括 4 本个人志——朱夜《DEVIL》、星宝儿《庭上》、嫣子危《假如你觉得不幸福》、暗夜流光《十年》，副刊 SD 同人专辑《你是我的传说》；秋季刊《秋观冷月》，除主刊外，还包括个人志鸭子《暗银对话录》、魃《应公案》、烟雨江南《欢喜冤》、慕岚无雪《青蓝之瞳：飞象过河前传》，副刊《人气番外特集》；冬季刊《冬会初雪》，除主刊外，还包括个人志风弄《昨天》上下册、迷音《沉睡前别说爱我》、Live《色迷系列》，副刊《银河英雄传说》同人专辑《背月光》。每本印量约 1000 册，只在露西弗网站公布的书店贩售，合作商分布在广州、北京、上海、重庆、南京、台湾。

2003 年

ducky 正式辞去俱乐部站长一职及在管理组内的一切职务，并将 881 论坛转为个人论坛，不再供露西弗备用应急。

本年，推出 3 周年典藏特刊《日之恒月之升》，包括个人志 Apple《情迷吉尼亚》、朱夜《Secret Garden》。此外，露西弗还推出了 2 套同人志：上半年刊《残暑见舞》，包括个人志古木《我爱你，只是交易》《爱，不可错过》、和也《双虎缘》，副刊《魔戒》同人专辑；下半年刊《余寒见舞》，包括个人志乔君《小人物》、Bunny《至爱小鬼》，副刊《哈利·波特》同人专辑。

2005 年

社区程序改版，在 DZ 论坛正式启用第二版。

露西弗工作室改组，成立译制并免费发布国外影视作品的字幕组。作品于"露梦 BT"版块首发，发布 3 日后开放非商业性质的转载。

此后，因资金不足、数据量庞大、网站程序无法优化，服务器频出故障。管理层也在商业化问题上出现分歧，始终未能成功实行 VIP 收费制度或其他商业化转型。网站用户逐渐流失，开始走向衰落。大陆原创耽美的"露西弗时代"结束，取而代之的是"晋江时代"。

2007 年

10 月，社区及分支部门总体迁移至 DZ 论坛。旧社区的程序永久保留，仅供原会员怀旧之用。

11 月 9 日，因一桩耽美圈内公案引发巨大争议。原晋江原创网作者神奇兔因涉嫌抄袭被晋江删文、封号，更名剑走偏锋后，又因疑似抄袭而遭到警告。露西弗论坛版主风溯月发帖推荐剑走偏锋的作品，称其没有抄袭，引发众怒，导致许多知名作者通过自封 ID、删文的方式表示对露西弗的抗议。数日后，露西弗发布公告，承认剑走偏锋抄袭，并为风溯月的包庇行为公开道歉，然而流失的作者已无法挽回。剑走偏锋抄袭事件是露西弗发展史上的一个转折点，加速了露西弗的没落。

2009 年

5 月，俱乐部新文库（www.lucifer-club.com）正式上线运行，所有小说类内容由 DZ 论坛转至新文库。

2010 年

7 月，服务器托管商与机房发生纠纷，导致服务器被扣，损失 2009 年 11 月 24 日至 2010 年 7 月的文库数据。

9 月，旧社区服务器硬体损坏，导致除文章作品外的其他数据（包括露西弗成立以来所有的推荐评论、摄影绘图及其他各种精华帖）损失殆尽。旧社区正式关闭。

10 月，10 周年纪念刊《拾年·拾露》发布，包括新老会员及管理员们的露西弗 10 周年感想、露西弗历史、过往网站、漫展回顾等内容。与纪念刊同时发布的还有露西弗设计的丝巾、胸章等纪念品。

11 月 30 日，论坛发布《屡挫屡战，不言败，不言休——致露会员》一文，解释服务器损坏的原因，表达重建的决心。

12 月 1 日，网站恢复，发布公告《露西弗归来，欢迎回家》。同时，宣布开放注册免答题通道：有一技之长的耽美爱好者，若申请成为文库作者、文评创作者、美工或工作组成员，可直接联系露西弗官方，无须答题即可获得会员资格。同日，露西弗发布《关于对危害网站安全之违规作品处理公告》，声明管理员有权对淫秽、色情、反动或其他不符合国家规定的作品进行修改、删除等操作，不再另行通知，具体尺度由当值管理员掌控。并提出两条具体规定：1. 严禁纯肉文，发现就锁文。2. 标题、标签、作品简介、章节名称严禁露骨词汇。

2011 年

4月3日，发动"沧海拾珠"活动，动员论坛成员找寻、汇总在2010年服务器损坏事件中丢失的旧帖。

2013 年

12月28日，露西弗工作室版主印天发布《露西弗工作室作品汇总》，整理露西弗成立14年来的各类作品，呼吁论坛成员补档、找寻丢失的资源。

2016 年

6月21日，注册官方微博"露西弗俱乐部"。

7月2日，微信公众号"露西弗俱乐部"（luciferclub1999）开放。

2018 年

发布新版《登录说明》，对"答题注册制"作出调整：若无法答对全部题目，可关注"露西弗俱乐部"微信公众号，通过"注册"菜单获得答案，准入门槛进一步放宽。

2019 年

5月15日，发起"露西弗同人站"众筹项目，目标是众筹11万元以建立新的同人站点，内容包括国产、欧美、亚洲三大同人版块。最终资金未能募集到，但招募到了义务劳动的前后端技术人员。

12月28日，20周年庆，开设淘宝店铺贩售周边，以继续为建立同人站筹措资金。

2020 年

12月28日，21周年庆，露西弗同人站（slash.lucifer-club.com）正式上线。同人站延续了露西弗的免费传统，要求会员年满16周岁（自觉执行）。

首页参照随缘居，采取论坛模式；文章详情参照露西弗俱乐部；作品分类与作品搜索、筛选参照 AO3。网站宗旨是自由平等（但出于现实考虑，禁止 RPS 即真人同人）、圈地自萌（如果看不惯对家，战略上藐视对方，战术上专注自家产粮，以压倒对方）、创作初心（希望网站是一个开心写作、交流、分享的地方，每个人都能有所归属）。

2021 年

3 月 22 日，ducky 授权微信公众号"媒后台"（meihoutaipku）发布《向历史之箭画个靶子玩——写在大陆女性向文学 21 周年》一文，纪念露西弗建立 21 周年，并回溯了大陆"女性向"文学的发展历程。

（三）专题

1. 答题注册制

答题注册制是露西弗俱乐部的一大特色，用户必须答题及格，才能注册成为正式会员。2000 年，881 论坛转移至热讯论坛后，露西弗就开始尝试以会员制代替加密论坛。2001 年 6 月，露西弗俱乐部开通主域名、成立独立网站，正式实行会员制与答题注册制，并沿用至今。

通过答题注册制设置准入门槛，一方面是为了区隔非耽美爱好者，维持"女性向"网络文学社区的封闭性、私密性；另一方面，由于露西弗允许情色内容的存在，这一制度也限制了 18 岁以下用户的进入。

答题注册制所需的入会试题由管理层轮流出题，并定期更换以防漏题。早期露西弗的入会试题分为"耽美基础知识"和"露西弗会员守则"两大部分。"耽美基础知识"共 20 题，要求至少答对 10 题，主要涉及日本及台湾地区的耽美小说与漫画，后来加入了部分大陆原创耽美作品相关的考题。"露西弗会员守则"共 12 题，要求全部答对，主要考察对版规等网站守则的了解。答题通过后，用户还需递交申请表，填写自己喜爱的 5 个耽美角色配对及入会宣言。经机器判卷、人工批准后，获得会员资格的用户将收到确认邮件。

题目涉及面广、难度较大，给部分想成为会员却无法达到及格要求的耽美爱好者带来困扰。答题注册制推行初期，晋江论坛等其他耽美论坛上甚至出现了详解试题内容、辅导答题技巧的"应考指南"。

2010年后,随着露西弗用户流失、人气下降,为吸纳更多的新用户,答题注册制逐渐调整、放宽,准入门槛下降。不仅必答的试题数量减少(至2018年已减少至5题),还提供了其他便捷注册途径:2010年12月1日,露西弗宣布开放文库注册免答题通道,有一技之长的耽美爱好者,若申请成为文库作者、文评创作者、美工或工作组成员,可直接联系露西弗官方,无须答题即可获得会员资格;2018年,发布新版《登录说明》,若无法答对全部题目,可关注"露西弗俱乐部"微信公众号,通过"注册"菜单获得答案。

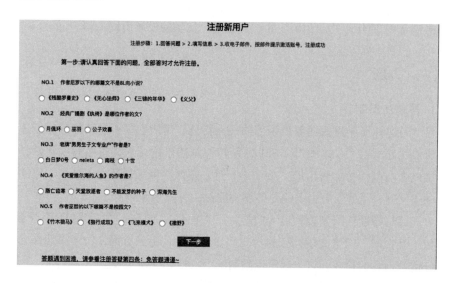

附录:露西弗俱乐部入会试题一例

(原发布于露西弗俱乐部,网址:http://www.lucifer-club.com/exam1.dll,链接已失效。入会试题定期更换,该试题为互联网档案馆所保存的2003年10月试题,2018年5月13日查询。原题无答案,题后所附的参考答案为露西弗管理组征集用户意见并讨论后,于2019年6月28日向编者提供。)

(以下问题为露西弗基础知识问答卷一,所有问题回答正确一半[10题]以上,系统就会为您递交入会申请,小心回答哦……^Q^)

1. 耽美中跟"攻"搭配的词是 _____
   ○受 ○击 ○防 ○打

2. 以下最容易跟耽美联想在一起的是 _____

○高跟鞋与平跟鞋   ○剃须刀与刮胡刀
○洗发水与牙刷   ○美女与名车

3. 季泰雅的后妈是 _____ ?
    ○马南嘉   ○马北嘉   ○朱夜   ○朱日

4. 下面哪一位是台湾本土的小说家?
    ○木原音濑   ○拓人   ○风弄   ○苹果（APPLE）

5. 最有耽美特色的词是 _____ ?
    ○凤凤于飞   ○比翼连理   ○情同手足   ○阳春白雪

6. 赵小明谈恋爱的背景发生在哪里?
    ○中国南方   ○中国北方   ○新加坡   ○美国

7. 以下哪家台湾出版社不是正式授权出版的（就是说专出D版的）?
    ○东立＆尖端   ○长鸿＆青文
    ○林立＆典亚   ○东贩＆博英

8. 以下哪本是露西弗三周年纪念刊?（可至特刊部查看）
    ○天之翼地之翔   ○春之花秋之实
    ○日之恒月之升   ○风之音水之明

9. 哪位没画过耽美漫画?
    ○新田佑克   ○叶芝真已   ○藤原薰   ○西炯子

10. 下面哪一本是风弄的小说?
    ○相会于加勒比海   ○相逢于加勒比海
    ○相遇于加勒比海   ○相识于加勒比海

11. 下面哪一篇不是同人（衍生）文?
    ○《仙道岚的家居生活》   ○《魔盒》
    ○《小狗米罗的爱恋》   ○《雅典娜的宠物日记》

12. 下面哪一个故事是用第一人称叙述的?
    ○《我爱你，只是交易》   ○《束缚》
    ○《花花游龙》   ○《双虎缘》

13. 请选出喜剧：
    ○《大侠》   ○《青玄》   ○《墙》   ○《DEVIL》

14. 下面的哪篇文是强强对抗型?
    ○《眩晕》BCD   ○《危险业务员》
    ○《再见，我的爱》   ○《间之楔》

15. "互攻"是指 _____
    ○互相指责　　○关系对抗　　○且1且0　　○互相按摩
16. 哪一篇不是同志文学?
    ○《小文正传》　　○《新生第一年》
    ○《北京故事》　　○《宿敌》
17. 哪一篇的背景有时空转移?
    ○《沉睡前别说爱我》　　○《燕歌行》
    ○《风舞狂沙》　　　　　○《凤于九天》
18. 哪一篇不是年下攻?
    ○《千重门》　　○《背德之剑》
    ○《七天七夜》　○《奈何天》
19. 下面哪一句出自《东京巴比伦》?
    ○我是天才
    ○如果是为了我想要的东西，就连星宿的位置我也能改变
    ○无论他是男人或女人，是XX，XXX，XXXX，还是XXXXX，我都一定要把他找出来，好好爱他
    ○樱树下埋着尸体
20. 《绝对丽奴》的题材是 _____：
    ○战争　　○SM　　○宫廷斗争　　○暧昧类型

参考答案：

1. 受

2. 剃须刀与刮胡刀

3. 朱夜

4. 拓人

5. 凤凤于飞

6. 美国

7. 林立＆典亚

8. 日之恒月之升

9. 藤原薰

10. 相会于加勒比海

11. 《魔盒》

12.《我爱你，只是交易》

13.《大侠》

14.《间之楔》

15. 且1且0

16.《宿敌》

17.《凤于九天》

18. 不明（由于入会试题发布至今间隔的时间较长，其后出现了同名的耽美作品，露西弗管理组无法确定出题时指的是哪一部作品，故无法提供本题的准确答案——编者注）

19. 樱树下埋着尸体

20. SM

2. 转载授权制

2000年2月阳光沙滩事件后，露西弗管理层经讨论，定下转载授权制：转载文章必须申请作者授权，并在帖子开头注明转载来源和授权信息。这一制度不仅是露西弗的网站守则，也为大陆耽美圈定下了转载规则。虽然转载授权书在桑桑学院时期已存在，但在阳光沙滩事件后，才在整个耽美圈普及。

露西弗俱乐部规定，作者在文库转载作品必须标明原作者并张贴原作者的转载授权书。如发布未授权作品，经查属实，初次警告，二次禁言一周，再犯禁止ID访问。转载他人作品，没有作者授权，或未标明"转载"等字样，且在管理员3次提醒之后，7日之内没有补充提交作者授权，或没有证据证实发布者系作者本人的，视为抄袭。授权转载的作品首转人超过1个月未更新的，其他会员可以重新向作者申请授权，继续转载。这一制度体现了露西弗尊重原作者版权、反对抄袭的决心。

3. 重要作家作品

(1) 风弄：《奴才》《孤芳不自赏》《凤于九天》《金玉王朝》等。

(2) 风维/NIUNIU：《凤非离》《一个爹爹三个娃》《帝台春》等。

(3) 嫣子危：《新房客》《流莺》《东区十九街》等。

(4) fox^^：《重返人间》《过激行为》《纨绔子弟》等。

(5) 水天/seeter：《怎见浮生不若梦》《长风万里》等。

（6）Apple：《星愿》《星恋》系列、《郎心如铁》等。

（7）朱夜：《secret garden》等。

附：转载授权书一例

```
当前位置: 首页 >> 南阙 >> 《倒霉鬼》的转载授权书 >> 《倒霉鬼》的转载授权书000    [背景颜色⇵] [字体颜色⇵]
                      《倒霉鬼》的转载授权书000
                                                    目录  下一页  缩小字体  加大字体  加入收藏

[投诉] №6 网友：钰薇 评论：《倒霉鬼》 打分：2 发表时间：2006-02-11 09:26:03  所评章节：41
南阙大人~
我想申请转载你的《倒霉鬼》去露西弗http://www.lucifer-club.com/
保留您的一切权利。
恳请大人批准，谢谢大人。

================================================================

№3 网友：南阙 评论：《倒霉鬼》 打分：0 发表时间：2006-02-11 15:20:31  所评章节：41
[投诉] №3 网友：钰薇 评论：《倒霉鬼》 打分：2 发表时间：2006-02-11 09:26:03  所评章节：41
南阙大人~
我想申请转载你的《倒霉鬼》去露西弗http://www.lucifer-club.com/
保留您的一切权利。
恳请大人批准，谢谢大人。
_____
_____
转吧转吧。谢谢喜欢。

                                        徐离钰薇于2006-02-11 15:56发布
                                        徐离钰薇于2006-02-11 15:56最后修改

                                                    目录  下一页  缩小字体  加大字体  加入收藏
```

参考资料

1. 露西弗俱乐部答题注册制度、转载授权制度等资料均来自互联网档案馆历史网页。

2. 露西弗工作室：《小露十七岁了》，发布于露西弗俱乐部文库，发布日期：2017年3月5日，网址：https://www.lucifer-club.com/chapter-83434-1.html，查询日期：2018年3月27日。

3. 《耽美天堂公告》，发布于iClubs耽美天堂，发布日期无法查询，网址：http://www.iclubs.com.tw:80/leisure/manhua/BL/blparadise/，查询日期：2018年11月26日。

4. Dagou：《那么年少》，发布于机核网，发布日期：2019年2月19日，网址：https://www.gcores.com/articles/106571?tdsourcetag=s_pctim_aiomsg，查询日期：2019年2月22日。

5.《"女性向"的理想主义——露西弗俱乐部创始人ducky等访谈录》，邵燕君、肖映萱主编：《创始者说：网络文学网站创始人访谈录》，北京大学出版社，2020年。

（徐　佳　肖映萱）

鲜文学网
（https://www.myfreshnet.com）

（一）词条

中国台湾规模最大的文学网站，整个华语地区影响力最大的早期文学网站之一，对中国大陆网络类型小说的萌芽和发展起到了重要的培育作用，简称"鲜网"或"鲜鲜"。成立于2000年6月1日，创始人沈元。

鲜网脱胎于巨豆广场下设的情色小说论坛元元讨论区（创立于1998年）。2000年，元元讨论区出现了一些不以情色为主要内容的小说创作，沈元尝试建立收费制度，但遭到情色文学作者一致反对。6月，沈元建立鲜网，专门发布非情色小说，罗森等部分成名于元元讨论区的作者继续在鲜网创作。鲜网聚集了多位知名奇幻、玄幻作者，中国网络文学发展早期"三大奇书"中的两部——《飘邈之旅》（萧潜）、《小兵传奇》（玄雨），即出于此（另一部为萧鼎《诛仙》）。在类型文学之外，鲜网也包含其他文学的栏目，如乡土文学、同志文学等，纪大伟、周洁茹等大陆作者曾在此发布作品。

在建立在线收费制度失败之后，沈元建立鲜鲜文化出版社，以台湾租书屋为主要渠道，开创了网络小说"线上连载—线下出版"的运营模式，成为起点中文网成功建立VIP付费阅读制度（2003年10月）之前，网络小说的主导商业模式。此后，狮鹫、万象、飞象等台湾出版社也与大陆龙的天空等网站合作，加入这一商业模式。在这一模式的运作下（每月一卷、每卷6万字、千字数十到数百元人民币），大量大陆网文作者转为职业作者。巅峰时期其签约作者达数百位。在中国网络文学商业化的整体进程中，鲜网等台湾网站、出版社与大陆网站、作者的合作运营，是不可忽视的重要一环。

大陆VIP付费阅读收费制度成功运转之后，鲜网的影响力开始下降。2005年后，曾与大陆文学网站合作，效仿推出VIP订阅模式，但随着大陆文学网站的日益成熟及台湾出版行业的整体下滑，鲜网逐年衰落。2014年

5月，鲜网闭站。

（吉云飞　刘心怡　邵燕君）

（二）简史

1998 年

台湾地区网络使用者数量突破 200 万。当局开始接管服务器，虎二、凹凸俱乐部等由私人搭建的部分情色文学网站关停。

网友元元（原名沈元）创立巨豆广场论坛，并添设元元讨论区，讨论区的主要内容依然为情色文学，服务器架设于北美，作者来自海峡两岸暨香港及海外。罗森开始于元元讨论区创作《朱颜血》《阿里布达年代记》等情色作品，并开始连载《风姿物语》前传，对大陆读者产生深远影响。

1999 年

1月1日，各电视台统一实施《电视节目分级处理办法》，采用"普遍级、保护级、辅导级、限制级"四级制。

1月25日，台湾当局废除《出版法》，取消严格的出版审查。

9月，成立于1983年的台湾连锁书店金石堂宣布成立"金石堂网络书店"，以网店形式贩售图书。

年底，从不乱于元元讨论区发表《对1999年情色文学的一个总结》，对当年的情色文学作者作品进行评点。

2000 年

罗森《风姿物语》前传由万象出版社出版。

飞象文化出版社推出"紫藤集"书系，为台湾首个专注BL题材的书系；6月，同属飞象出版社的"花间集"书系同样转向BL题材。

大陆作者泥人（代表作《江山如此多娇》《人世间》）、端木（代表作《风月大陆》）、半只青蛙（代表作《炼狱天使》）声名鹊起，号称"大陆三杰"。

6月1日，沈元在元元讨论区出现了部分非情色文学创作的背景下，另起炉灶创立鲜文学网，放置非情色文学，同元元讨论区形成区分，并通过网站所属的鲜鲜文化出版社推动小说出版盈利。原先于元元讨论区连载作品的罗森、蓝晶、玄雨、手枪、萧潜等作者开始在鲜网发表创作。其中蓝晶《魔法学徒》、手枪《天魔神谭》、萧潜《飘渺之旅》等作品成为玄幻题材的经典作品。同时纪大伟、周洁茹等风格倾向传统文学的作者也开始在鲜网上进行创作。

网站在网络类型文学之外，也包含传统纯文学的栏目：作品分类中留有乡土文学、同志文学等子类目。成立之际，每日网页浏览量达 40 万，网站预估 2000 年年底浏览量达到每日 120 万。成立伊始，读者可以投票支持喜爱的作者。作者每获得 1000 票读者投票，即可获得 1 美元稿酬，收入达 20 美元后鲜网将寄出支票发放稿酬。

12 月 20 日，鲜网出版 5 本"重量级新书"，涵盖惊悚、都市、同志文学、诗歌、短篇小说等不同类型，标志着网络文学先经由读者评分筛选，再出版盈利的机制初步确立。5 本书分别为紫天使、物非与、Jascha 3 人所著惊悚小说《白雪公主杀人事件》、纪大伟所著同志文学《当孙悟空爱上唐三藏》、雷瑄等 7 人所著诗集《网上，一些诗人在漫步》、Ek-read 等 5 人所著短篇集《烘焙我的情人》、F&J 所著长篇都市小说《裸身十戒》。图书由金石堂网络书店发售。

2001 年

4 月，网站小说分类第一次改变，鲜网作品的类型性和商业性均大大增强，类型得到细化：游记、文学评论、心灵小说、乡土小说、写实小说、超写实小说分类取消；散文与杂记合并，罗曼史变为罗曼史／言情，推理悬疑变为推理／惊悚，历史与武侠合并，科幻与奇幻合并；超类型小说排名提前至第二位。

9 月，巨豆广场和元元讨论区关停。恶魔岛等情色网站出现，成为元元讨论区的延续。

各大出版社先后推出 BL 题材书系。2000—2005 年，台湾地区耽美题材出版达到高峰。

2001 年

10 月，推出"异谜小说"书系，力图打造"华文世界自己的推理作家"。

2003 年

10 月，举办"浪漫奇幻类"征文活动，从此鲜网出现结合罗曼史和奇幻小说风格的"浪漫奇幻"新分类，并在此后成为鲜网标志性作品类型之一。

2004 年

3月，网站公告要求作者不得发表"SM、色情（H文）及带有政治意味"的小说，但同时说明"若是因故事情节需要，偶出现且适当的性爱描述，是可接受的"。

6月，网站新设"同人"分区，其中作品以日本ACG同人为主。

2004 年

6月，鲜鲜文化出版集团宣布年营业额创新高，突破新台币1亿元。

10月1日，网站实行全面会员制，为VIP订阅模式蓄势：读者注册成为会员后才能阅读网站小说并进行留言、评论等操作。同时推出经验点数制度，读者在进行投票、留言等操作后可积累经验点数，用于网站功能拓展。

2005 年

3月，在大陆文学网站纷纷推出VIP付费阅读制度的情况下，鲜网也推出了VIP订阅模式。但鲜网VIP以"自由行"为口号，即作者可自由指定收费章节与字数，也可以中途退出VIP。同时，鲜网决定与大陆其他非独家型VIP文学网合作，让作家可以不受限制，在全球所有非独家型VIP文学网站上传文章。

5月3日，正式与幻剑书盟展开战略合作，以对抗得到盛大集团支持的起点中文网。

6月，鲜鲜文化出版集团宣布年营业额突破新台币2亿元。

8月，提高奇幻题材和耽美题材作者的出版稿费：针对奇幻题材作者，作品一旦出版，最低稿酬为每千字新台币600元，较起点订阅收入更为稳定；如实体书销量超过鲜网最低保证数量，则可以领取版税。当作者同意鲜网在台湾地区以外的市场出版或改编为游戏、电影时，可以获得一笔授权金。同时，作为鲜网策略联盟伙伴，中国原创文学联盟（幻剑书盟、天逸文学、龙的天空、爬爬E站、翠微居、逐浪文学）的作者也可向鲜网编辑投稿。针对耽美类作者：如果在鲜网出版量达到3本以上（同一书名或系列为一本），第四本的稿费将提高到新台币3万元以上。这一消息在大陆作者群体中引发热议。

2006 年

飞象出版社传出倒闭传言,后改组为红豆文化出版社,出版量大大下降。

1月,鲜网在投稿量增加的情况下,取消"网上优先出版权"的限制,吸引更多作者转向鲜网开设专栏。此前,鲜网拥有视作品质量决定是否出版的优先权利,如在作者投稿的1个月内,鲜网决定出版该作品,则必须在6个月内出版,否则6个月后出版权回归作者所有,作者可以投稿至其他出版社。

3月13日,鼓励读者在鲜网的网络书店购买纸质书或充值购买电子书以成为"鲜鲜书友","鲜鲜书友"可以免费阅读一部分鲜网推出的电子书第一集。同时大陆文学网站的当红电子书也在鲜网的网络书店上架。

5月,针对网站盗文、抄袭现象频繁的状况,推出了相应的举报及处理方法。读者可以在讨论版留言或发送邮件以举报盗文或抄袭,鲜网会进行调查并给作者3天回应时间,3天内作者如道歉或说明情况,则相关专栏会被删除;如3天后作者不作回应,则会被封停账号;如同一IP屡次出现盗文现象,该IP将被封锁。

6月,网站页面改版。作品类型区分度提高,更注重读者群体的细分;四大作品分区——异文馆、浪情馆、同人馆、拿铁馆——的格局基本奠定。其中,异文馆中有武侠仙侠、玄幻奇幻、推理悬疑及轻小说等类型;浪情馆中有浪漫奇幻、耽美、罗曼史等类型;同人馆中可以发布同人文和同人图;拿铁馆则可以发布诗歌、散文、同志文学等作品。

2007 年

7月,向读者征集"试阅大队",读者可申请试阅即将出版的小说并提出意见建议。

2008 年

9月,推出新VIP制度及新的虚拟货币"鲜币",与新台币的比率及与奇豆购物金的比率均为1:1。大陆用户可以通过支付宝和信用卡充值鲜币。同时,受大陆VIP机制影响,鲜网推出新VIP制度,开始按照字数收费而非按篇数,每千字的价格为0.2新台币。作者加入VIP后,将有专属的网络编辑,鲜网暗示实体出版也会在VIP作品中寻找目标,同时VIP作品依然可以获得读者投票。然而,囿于出版作品不能在网络连载结局的规定,读者依然更倾向线下购买实体书，而非线上付费阅读，VIP 订阅收入并非作者收入的主要来源。

12 月，扩招耽美及轻小说题材的编辑。耽美成为鲜网的类型特色。

2009 年

1 月，网站页面再次改版，页面中部出现"每日推文"，每天按分类向读者推荐作品。读者无须自行检索、发现作品，网站编辑和推荐位对作品人气的影响提高。

1 月 26 日，推出"作家之星"活动，在非 VIP 作者行列中发掘受到读者欢迎、更具潜力的新人作者，并鼓励新人作者与网站签约入 V。

2 月，网站推出分级制度。作家可以将已有文章移入资料夹内并进行分级（主要用于区分是否含 18 禁内容），读者可以在个人设置中选择是否接受 18 禁内容。

4 月，新推出"绘图馆"版块，画师可以发表插画、同人图、漫画、绘本和 Gif 动画。

6 月，推出专属作者的管理页面，作者可以在不登录会员的情况下以作家身份登录管理文章，使得管理系统更加稳定便利。

8 月，读者每日可投票数量由 2 票变为 3 票，可以支持 3 个作家的不同专栏，每票可折合为 2 点作家点数；浪情馆中的"罗曼史"类别更名为"爱情小说"类别。

2010 年

年初，开始开拓手机电子书的合作项目，在中国移动（大陆地区）、中华电信（台湾地区）、远传电信（台湾地区）等通信商的手机电子书商城上架，并已着手与两岸电子阅读器大厂合作。

3 月，推出代印代售同人志服务，服务项目包括印前制作、印刷及委托奇豆购物网寄售等。

4 月，针对大陆地区访问鲜网时有连接困难的情况，增设大陆地区专用域名：http://xianxian.mooo.com 或 http://mfn.mooo.com。

6 月，放开对读者登录的限制，读者在不登录的情况下也可阅读部分免费且公开的文章；针对连续两个月无更新且无法联系作者的 VIP 作品，提供退款服务。

7 月，针对某些题材色情内容日益增多的情况，强制要求作者对含 18

禁内容的作品进行再分级或修改。

2011年

1月，鲜币与奇豆购物金分开使用，鲜币成为鲜网的专属虚拟货币。1新台币可折合25鲜币，VIP作品每千字价格变为5鲜币。

10月，再次强制要求作者将纯H内容、人兽H、涉及未成年（儿童）H内容或血腥暴力内容占30%的作品分级为"18禁"，以避免被举报；网站版面再次改动，凸显榜单意义：作品分类移至顶部，占据视觉核心位置的是每周推文和VIP鲜上架两大榜单。

12月，手机版网页推出。繁体为http://www.myfreshnet.com/BIG5/MF；简体为http://www.myfreshnet.com/GB/MF。

2012年

台湾出版市场出现恶性价格战，鲜网实体书市场收益急剧衰退。

3月，晋江文学城部分作品入驻鲜网，鲜网为之特设"晋江馆"分区，其下子版块有浪漫奇幻、耽美BL、耽美GL、爱情小说、耽美同人、同人文6类，但部分晋江作者在晋江论坛表示晋江并未告知这一情况。

4月，鲜网子版块"鲜书城"上线，读者可付费下载电子书。

5月，凤鸣轩、纵横中文网部分作品入驻，鲜网同样提供特别分区。凤鸣轩分区"凤鸣轩馆"下有奇幻玄幻及爱情小说2类；纵横中文网分区"纵横馆"下有奇幻玄幻、推理惊悚、爱情小说、武侠仙侠4类。

2014年

4月，服务器频繁出现异常状况。

5月，出现经营不善、资金周转短缺的情况，并传出拖欠作者稿费的消息。据悉每位作者的被积欠稿费少则几千多则几十万新台币。据鲜网作者夏滟称，欠款金额已累计至几百万新台币，一些作者欲前往办公室所在地理论，却发现人去楼空。网站以"人手不足"等理由拒绝回应。在此情况下，不少作者决定收回在鲜网签约的作品版权并提起司法诉讼，但因网站负责人身在海外的缘故，并未成功。同时，鲜网更新规章制度，称将对超过两个月未使用VIP服务的读者收取每月500鲜币（约合20台币）的"服务费用"，引发众怒。5月，鲜网网站无法登录，网站关停。

（三）专题

1. 公司架构

鲜网以鲜鲜文化出版集团为依托，致力于实现网络小说连载与实体书出版的结合。鲜鲜集团旗下的出版公司共有 3 个：

鲜鲜文化，致力于原创幻想武侠题材出版，长期经营以租书店为主的此类题材租书市场，2014 年每月出版 60 余种；

鲜欢文化，主要针对"女性向"市场，出版类型包括罗曼史、耽美、浪漫奇幻及惊悚推理，每月出版 20 余种；

心鲜文化，负责出版各类生活实用书籍。每年均有大量作品参与台北国际书展，每本书的价格大约在 100—200 新台币，一本书字数在 6—8 万。

2. 出版机制

鲜网出版分为不同书系，书系和网站作品类型分类略有不同。不同书系稿费略有差异。主要书系有：

（1）"异想"：奇幻文学类别，包括但不限于西方魔法、东方修真、宇宙争霸、半写实幻想及网游文；

（2）"异侠"：以东方古代为背景的奇幻武侠小说；

（3）"奇异果"：更精致、更有文学性、兼具深度广度的幻想文学；

（4）"鲜角色"：强调鲜明的角色魅力且节奏较为轻松的奇幻小说，即轻小说；

（5）"逸想、鲜奈尔"：女性向爱情奇幻小说；

（6）"黑子"：含推理、惊悚、悬疑、恐怖等元素的作品；

（7）"绿叶森林"：风格较为浓烈震撼的耽美小说；

（8）"甜菊糖"：风格较为轻松甜蜜的耽美小说；

（9）"鲜同萌"：耽美同人小说，主要为历史同人；

（10）"爱魔力"：言情类小说。

鲜网出版作品主要面向台湾租书店及实体书市场，同时也为大陆地区提供邮寄服务。为了方便大陆读者购买，鲜网网提供"暂存金"服务，大陆读者可以通过向大陆的鲜网合作网站汇款，购买各类实体和电子版书籍。

鲜网针对作者的出版合约主要有二，一是优先出版权，二是永久出版权。

优先出版权，指鲜网拥有视作品质量决定是否出版的优先权利。鲜网必须在作者投稿的1个月内决定是否出版。如决定出版，则必须在6个月内完成出版；如决定不出版，作者可投至其他出版社完成出版。优先出版权合约期限为5年。从2006年1月1日起，鲜网取消网上优先出版权，作者在鲜网上发布的文章可以授权其他出版社出版而不受鲜网限制，鲜网的垄断地位略有松动。

永久出版权则适用于已经出版的作品：一旦鲜网为作者出版一部作品，则日后再版出版权也归鲜网所有；当此作品销量超过印数的90%时，鲜网必须在4个月内为作品再版，如鲜网没有做到，作者可以收回出版权并授权其他出版社出版。

3. 读者投票制度

鲜网以读者网上投票机制建立评价体系，并让出版社找到有出版价值的作者作品。成立伊始，读者每日可获得1票"正票"、1票"负票"，前者用于表示支持，后者用于表示批评。网站鼓励读者多投正票，慎投负票。

从2009年1月起，读者每日可获得2票用于支持作者，并可通过投票兑换网站货币，这一机制导致读者投票积极性上升。当年8月，读者每日可投票数量由2票变为3票，可以支持3个作家的不同专栏。

4. 作者收入制度

作者收入主要分为出版稿费收入、奖励金收入和VIP订阅收入。

奖励金收入主要取决于读者投票数量多寡。成立伊始，读者每天可投1票"正票"用于支持作者。作者每获得1000票读者投票，即可获得1美元稿酬，收入达20美元后鲜网将寄出支票发放稿酬。

从2009年1月开始，读者每天可投出2票用于支持作者，每票可折合为5点作家点数，每65点数折合1元新台币，积累满600元新台币后网站将寄出稿酬。从2009年8月开始，读者每天可投3票，每票可折合作家点数变为2点。

在鲜网，作者可以自由选择是否加入VIP行列或中途退出，也可自由选择VIP文章数量及字数。最初的VIP制度始于2005年3月，按篇数收费，每篇收费新台币1元，作者可获得订阅收入的50%；从2008年9月起，VIP制度改为按字数收费，每千字的价格为0.2新台币。作者加入VIP后，有专属的排行榜和网络编辑。而读者需要先充值一定数量的奇豆购物金或鲜币,才能在鲜网中消费阅读 VIP 作品。

5. 代表作家作品

鲜网成立伊始,既有玄雨、蓝晶等网络类型小说作者,又有纪大伟等传统文学作者加入,且均依赖"读者推荐—编辑审稿—实体出版"这一机制。很快,网络类型小说便占据了网站的主流,许多类型小说作者成为日后的知名作家。

(1)奇幻玄幻小说

在鲜网,奇幻小说和玄幻小说的区别并不明显,均以热血、幻想、架空世界观和不断的战斗为主要特征,在鲜网成立伊始就具有相当的影响力。这类小说属于网站分类中的"异文馆"及出版书系中的"幻武"书系。鲜网的奇幻玄幻小说作者读者均以男性为主,其创作也直接影响了大陆之后的玄幻小说创作热潮。代表作品有手枪的《天魔神谭》(2001 年 12 月出版第一集),玄雨的《小兵传奇》(2003 年 7 月出版第一集),萧潜的《飘渺之旅》(2003 年 1 月出版第一集)。

(2)浪漫奇幻小说

2003 年 3 月,鲜网举行针对"浪漫奇幻"题材的征文,标志着一个非常庞大的类型的开端。浪漫奇幻小说隶属"浪情馆",出版书系为"逸想、鲜奈尔",主要针对女性读者,作品以"罗曼史"(言情小说)的特征为主,同时具有相当的奇幻色彩。强调男主角形象"美型",视觉化倾向明显。

(3)推理惊悚小说

这类小说在网站上与奇幻玄幻小说同属"异文馆",在出版书系中则归入"黑子"书系,所面向的读者群体性别区分并不明显,或多或少含有惊悚及悬疑元素。主要内容有校园鬼话、盗墓题材、灵异、推理、异能等。某些作品的风格与大陆天涯社区"莲蓬鬼话"下的鬼话、灵异故事相近,某些"异能"题材则更接近所谓的"都市异能"。

(4)轻小说

2005 年鲜网推出的"鲜角色"书系,强调具鲜明特征的角色,被称为"角色小说",其实是在日本轻小说影响下出现的台湾地区轻小说。在设定和题材上,一方面有明显借鉴日本轻小说元素的特点,如"召唤师""异能学院""捉鬼团"等要素在不同的轻小说中均反复出现;另一方面,也受到鲜网和大陆本土的网络小说影响，许多题材同已有的奇幻玄幻题材相近，同时"网游文"也被归入轻小说之中。代表作者作品有双子星罗《作弊艺术》（2008）、狼妖山《汪汪，国王陛下》（2013）等。

（5）耽美小说

鲜网成立之初，部分作者已经在原本指向纯文学或纪实风格的"同志文学"分类下进行耽美小说书写，后来"耽美"题材才独立出来，凸显其网络性和类型性。最早的耽美创作受日本影响明显，分为耽美蔷薇（即BL）和耽美百合（即GL）两类，此后BL呈绝对性优势。出版书系有"绿叶森林""甜菊糖"与"鲜同萌"。由于鲜网的审查较宽松，出版较便利，不少大陆耽美作者也愿意在鲜网连载或出版。代表作者作品有蓝淋《双程》（2004）、《不可抗力》（2005），易人北《马夫》（2005），阿彻《蝴蝶牙医》（2007）、《HBL系列》（2006），彻夜流香《乱紫夺朱》（2009），素熙《Tempo Tango》（2010）等。

参考资料

1. 相关历史资料来自互联网档案馆历史网页。
2. 鲜文学网：《鲜网首次为旗下鲜文学网的作者出书》，发布于鲜文学网，发布日期：2000年6月6日，网址：http://www.myfreshnet.com:80/BIG5/literature/books.asp，查询日期：2018年4月19日。
3. 鲜文学网：《鲜作家VIP自由行FAQ》，发布于鲜文学网公告栏，发布日期：2005年8月8日，网址：http://www.myfreshnet.com:80/BIG5/freelancer/free_faq.asp，查询日期：2018年4月19日。
4. 鲜文学网：《注意！！注意！！作家最高稿酬大公开，想成为作家的看仔细啰！！！（千字千元稿酬获得大公开）》，发布于鲜文学网公告栏，发布日期：2005年8月8日，网址：http://www.myfreshnet.com/BIG5/literature/announce/20050808.htm，查询日期：2018年4月26日。
5. 鲜文学网：《畅通投稿管道，共荣奇幻市场》，发布于鲜文学网公告栏，发布日期：2005年8月8日，网址：http://myfreshnet.com:80/BIG5/literature/announce/20050825.htm，查询日期：2018年4月26日。
6. 后世史学家：《玄幻网站风云录》，发布日期：2005年4月8日—2005年7月5日，原发布处无法查询，转引自西子书院，网址：http://

www.westshu.com/xiaolei32693/index.htm，查询日期：2019 年 1 月 7 日。

7. weid：《网上阅读 10 年事（1998—2008）》，发布于龙的天空论坛，发布日期：2008 年 6 月 15 日，后修改于 2010 年 5 月 9 日，网址：http://www.lkong.net/thread-236350-1-1.html，查询日期：2019 年 1 月 7 日。

8. 焚云日：《那些年，我们记忆中的鲜网》，发布于焚云日网易博客，发布日期：2013 年 8 月 7 日，网址：https://pilling18.rssing.com/chan-10194084/article115.html，查询日期：2021 年 7 月 31 日。

9. 苹果日报：《我的小说咧？鲜网欠费　作家罢工》，发布于苹果日报，发布日期：2014 年 4 月 21 日，网址：https://tw.appledaily.com/new/realtime/20140421/382718/，查询日期：2018 年 4 月 19 日。

10. 啾咪三小姐：《我在鲜网的日子》，发布于知乎，发布日期：2017 年 7 月 24 日，网址：https://zhuanlan.zhihu.com/p/28081447，查询日期：2019 年 1 月 7 日。

（刘心怡）

花雨
（https://www.inbook.net）

（一）词条

中国大陆最早的言情小说出版网络平台，2001年由书商"花雨"在广州建立。其前身"花蝶"编辑室创立于1999年1月，主打言情小说出版（与出版社合作）。自2000年起大量引进台湾言情小说，并通过一年一度的"花与梦"原创征文大赛向大陆作者征稿。2001年建立原创小说网站，发展"线上征稿—线下出版"模式，主打中短篇（6—10万字）言情小说。其打响招牌的"花雨口袋书"系列，完整借鉴了台湾言情"口袋书"的出版、发行、出租模式，是21世纪初大众阅读市场言情小说生产的典型代表。

2007年后，出版销量下降、入不敷出，虽然尝试了打击盗版、推行VIP付费等举措，也无法遏制颓势。2014年，连续举办13年的"花与梦"大赛因投稿数量不够告终，宣告了花雨的没落和言情"口袋书"模式的终结。目前，网站仍保持运营，还有少量内容更新。

（肖映萱）

（二）简史

1999年

1月22日，广州市富广有限公司图书经营部成立，旗下的"花蝶"策划编辑室致力于言情小说、杂志的出版和版权引进，是"花雨"的前身。

2000年

1月，举办第一届"花与梦"原创浪漫小说征文大赛，面向全国作者征稿，主题为"蝶舞夏日"。一年后公布获奖名单，藤萍的《锁檀经》获得第一名。

本年起，与出版社合作，推出"花雨"系列，以言情"口袋书"的形式发行。这是一种便于携带的64开（850mm×1168mm）小开本，每册篇幅为 6—10 万字，每册定价 4.5 元，价格低廉。至 2009 年，"花雨"系列共推出 14 辑，每辑 48 册，共 672 册。其中既有左晴雯、简璎等台湾作家的作品，也有从征文大赛中挖掘的藤萍、叶迷等大陆作家。"花雨"系列大获成功后，还延续这一模式陆续推出了"花雨Ⅱ""流星族休闲花园""季候风""花雨青春酷语""花蝶情怀""锦绣园""花季小说丛书""新花雨青春文集"等十余个"口袋书"系列。

2001 年

建立"花雨"网站，定位口号为"看精选小说，写原创出版"，部分签约作品和"花与梦"的参赛作品会在此发布。但网站的核心宗旨仍服务于实体出版征稿，作品样式也以 6—10 万字的言情小说为主，超过 15 万字则被称作"大书"。

2002 年

举办第二届"花与梦"原创大赛，征文主题为"谁是花与梦中人"。

2003 年

举办第三届"花与梦"原创大赛，征文主题为"后来"。

5 月 29 日，成立广州市花季文化有限公司，负责内容开发和版权引进。

9 月 1 日，成立广州市朝扬图书有限公司，负责图书发行和数字发行，与当当、卓越等网上书店及贝塔斯曼等书友会达成合作，并在全国各省市建立批发代理商网络，尝试推出"花雨"连锁加盟租书店。这一套运营模式，完整地借鉴了台湾言情"口袋书"的出版、发行、出租模式。

2004 年

举办第四届"花与梦"原创大赛，征文主题为"平凡"。

7 月，推出《花雨 Flowers》杂志，定价 6.8 元 / 册。目标读者为 15—30 岁的言情爱好者，"以浪漫中短篇爱情小说为主要内容，结合时下在青少年中风行的动漫元素"。起初刊号为 CN44-1181/1，原计划按月发行，但后续改为不定期以书代刊（内蒙古人民出版社），到 2008 年共发行 48 期。

2005 年

举办第五届"花与梦"原创大赛，征文主题为"上班族"。

2006 年

举办第六届"花与梦"原创大赛,征文主题为"梦想制造"。

7 月,推出《花与梦》杂志(以书代刊,内蒙古人民出版社),定价 10 元 / 册,到 2008 年共发行 10 期。

2007 年

举办第七届"花与梦"原创大赛,征文主题为"运动会"。

年初,招牌的"花雨"系列每本销量已不足 3000 册,按照 8% 的版税 (3000 册 × 4.5 元 × 8%=1080 元),甚至不足以支付作者的稿费(散约 1800 元 / 本,长约 2800 元 / 本[①])。"花雨"认为,猖獗的盗版是导致销量下降的主要原因。

2 月,为打击盗版侵权,发起"言情网络联盟",宣布其作品出版 5 个月后将对联盟成员开放免费转载权限,并对联盟网站的原创内容进行优先出版。此后,四月天、心栖亭、金蔷薇、书香小筑、爱情游乐园、竹轩墨坊、怡文心苑等言情站点同意加入这一联盟,晋江拒绝加入。

4 月,声称将状告晋江文学城扫校书籍涉嫌盗版侵权,并向晋江索赔。"花雨"认为晋江文学城扫校了其拥有版权的 3000 本书,每本书索赔 2000 元,共 600 万元。受此影响,晋江关闭了扫校电子书的文学城和涉及实体出版的小魔女书店。不过双方最终并未对簿公堂,事件不了了之。据网络传言,"花雨"与作者签订的版权协议中并不包括网络著作权。

2008 年

举办第八届"花与梦"原创大赛,征文主题为"秘密""黑白配"。

2 月,网站开始实行 VIP 付费订阅制度。后陆续推出 VIP 言情小说"贝贝熊"等系列,及 VIP 耽美小说"纯爱"系列。

2009 年

举办第九届"花与梦"原创大赛,征文主题为"错·爱""心愿"。

2010 年

举办第十届"花与梦"原创大赛,征文主题为"幸福""十年"。

---

① "散约"即零散签约,"长约"即长期签约。

2011 年

举办第十一届"花与梦"原创大赛,征文主题为"如果"。

2012 年

年初,举办第十二届"花与梦"原创大赛。

12 月,举办"花雨杯"轻小说大奖赛。

2013 年

举办第十三届"花与梦"原创大赛,征文主题为"爱你一生"。

2014 年

尝试组织第十四届"花与梦"原创大赛,因投稿数量不够,未能举办。

参考资料

1.《花雨——关于我们》,发布于花雨,发布日期无法查询,网址:http://www.inbook.net/gongsijj/gsjj-gk.htm,查询日期:2022 年 8 月 1 日。

2.《〈花雨 flowers〉出版解密》,发布于花雨论坛,发布日期:2007 年 3 月 9 日,网址:http://www.inbook.net/huayubbs/dispbbs.asp?postid=18127&bbsid=5&type=%A1%B6%BB%A8%D3%EAflowers%A1%B7%A3%BA%B0%AE%C7%E9%BF%AA%CA%BC%B5%C4%B5%D8%B7%BD,查询日期:2022 年 8 月 1 日。

3.《〈花与梦〉杂志介绍》,发布于花雨论坛,发布日期:2007 年 3 月 9 日,网址:http://www.inbook.net/huayubbs/dispbbs.asp?postid=18129&bbsid=186&type=1,查询日期:2022 年 8 月 1 日。

(肖映萱)

小说频道
（https://www.nch.com.tw）

（一）词条

中国台湾规模最大、最具影响力的文学网站之一，与鲜文学网和冒险者天堂并称为三大繁体网络小说发行网站，由说频文化出版社建立于2001年6月。

原为游戏频道，有讨论区供网友交流游戏经验，并出版游戏攻略集。2001年第一次互联网泡沫破灭后，转向网络小说出版，采取线上连载、线下出版的商业模式。《异侠》（自在WADE）、《异人傲世录》（明寐）等作品都在小说频道连载并由说频文化出版；首发于幻剑书盟的《诛仙》亦于2003年由说频文化发行，销量居当年港台畅销书冠军榜。但由于缺乏网文创作的基因，小说频道在作品数量、质量和销量上都落后于鲜文学网；起点中文网VIP付费阅读制度兴起后，小说频道影响力又进一步下降。其后，逐渐放弃线上连载业务，集中代理发行来自大陆的网文作品。2021年7月，宣布于月末闭站，专注实体出版。

（李重阳　吉云飞）

（二）简史

2001年

6月，在第一次互联网泡沫破灭后积极寻找可行的商业模式，在原有的游戏频道基础上开辟小说频道，并上传《作品上传解说方法——文图并茂版》。

8月，开放购物频道，为读者提供线上购买实体书服务。

2002年

8月，自在WADE开始连载《异侠》，实体书于次年1月由说频文化出版。《异侠》不但是小说频道最畅销的实体小说之一，网站累计人气也高达 1800 多万点，在人气排行榜、推荐票总榜上均位居第一。

2003 年

明寐开始连载《异人傲世录》，实体书于 2005 年 1 月由说频文化出版。

最早发表于幻剑书盟的《诛仙》台湾版由说频文化出版，销量居当年港台畅销书冠军榜。

8 月，出版限制级情色小说《狡猾的风水相师》。

2005 年

12 月，依据台湾地区管理部门制定的《电脑网路内容分级处理办法》，要求作者删除违反法令的相关内容。

2008 年

尝试参照起点中文网推出付费阅读制度，但因与台湾读者的阅读习惯相悖等原因，未能成功施行。

2009 年

受新出版法规影响，公布本社"限制级"出版品名单，《风月大陆》《狡猾的风水相师》等影响力较大的作品均在列。

2010 年

开设 Facebook 官方频道，宣传已出版发行的作品。

2021 年

7 月，发布通告称"小说频道网站、爱恋频道网站、购物频道网站，将于本年 7 月 31 日关站，专注于实体小说的出版"，宣布闭站。

参考资料

1. 任秀芸：《当 Internet 遇上金庸 初探小说网站的 4C 分析》，原发布处及发布日期无法查询，网址：http://www3.nccu.edu.tw/~jschiou/case/NCCUIB_CASE_9602_04.pdf，查询日期：2022 年 7 月 20 日。

2.《说频文化有限公司介绍》，发布于雅玛黄页网，发布日期无法查询，网址：https://www.yamab2b.com/%E8%AA%AA%E9%A0%BB%E6%96%87%E5%8C%96%E6%9C%89%E9%99%90%E5%85%AC%E5%8F

%B8-54161.html，查询日期：2022 年 7 月 20 日。

3. 小说频道词条，发布于台湾百科全书，发布日期无法查询，网址：https://pedia.fandom.com/zh/wiki/%E5%B0%8F%E8%AA%AA%E9%A0%BB%E9%81%93?variant=zh，查询日期：2022 年 7 月 19 日。

4. Eyb602：《小说频道讨论区》，发布于台湾 ptt 论坛，发布日期：2015 年 9 月 11 日，网址：https://ptt-web.com/CFantasy/l/WEB.M.1441903572.A.339，查询日期：2022 年 7 月 20 日。

5. 志祺七七：《当年火热的网路小说热潮，为何后来没落了》，发布于简讯部落格，发布日期：2021 年 8 月 4 日，网址：https://blog.simpleinfo.cc/shasha77/nine-knives-fujii-shu-plankton-tsai-orange-then-the-hot-internet-fiction-boom-why-did-it-fall，查询日期：2022 年 7 月 27 日。

（李重阳　吉云飞）

龙的天空（https://www.lkong.net；https://www.lkong.cn）

（一）词条

中国网络文学发展早期最先从论坛中独立出来的原创文学网站，2001—2002年间文学网站的领军者，以线上发布—线下出版为主要盈利模式。后转型为网络文学评论网站，着力打造网络文学推文标准和评价体系。

前身为龙的天空原创文学联盟（简称"龙的天空"或"龙空"），于2000年8月1日成立，由西陆BBS的四个论坛（自娱自乐、红尘阁、一意孤行、五月天空乱弹）合并而成。2001年1月正式建站，独立出西陆。早期管理者为楼兰雪、weid、流水等。借助玄幻文学的迅猛发展，快速成为国内最重要的文学网站。《迷失大陆》（读书之人，2001）、《都市妖奇谈》（可蕊，2002）、《紫川》（老猪，2001）、《北京战争》（杨叛，2001）等早期著名网文均首发于此。2002年，迫于服务器升级和资金压力，将发展重心转向线下出版，与台湾、大陆出版社合作出版大量网络原创小说。这一"线上连载—线下出版"的"龙空模式"，数年间为百名以上的大陆作者带来稳定收入，成为VIP付费阅读模式以外最重要的商业模式。与此同时，在线业务受到很大损害（正在连载的作品被下线或缓更），其领先地位被坚持走在线商业化道路的幻剑书盟、起点中文网超越。

龙的天空论坛（简称龙空论坛）原为龙空下属社区，后发展为国内最大的凝聚网络文学原生评论力量的评论论坛。2002—2004年间，曾发生数次堪称网络文学发展关键性节点的论争（《我是大法师》事件等）。后创建"龙空粮草榜"（2011—2016）、"优书网"（2015—2016），力图打造网文圈内部的独立评价体系，亦诞生了一批高质量的网文史（如weid《一部标签的丰富史，一则原创小说类型谈》等）、评论帖（如暗黑之川kind-red等网友的网文年度总结帖等），颇富真知灼见，且保存了大量珍贵史料。

2008年1月，龙空关闭线上书库业务和出版业务，转型为网络文学评论论坛。2010年，新网址（www.lkong.net）启动，力图强化其作为第三方评论网站的定位和作用。虽然成绩斐然、意义深远，但上述努力终因用户数量和质量逐年下滑而难以为继。随着起点中文网等商业网站推出粉丝推荐系统（"起点书单"，2016年10月），龙空论坛的影响力进一步减弱。

（谭　天　吉云飞　邵燕君）

（二）简史

2000年

8月1日，西陆BBS的随缘、红尘、水之灵（后更名为流水）、五月天空（后更名为羽色）、weid五位论坛管理员将各自管理的文学论坛（自娱自乐、一意孤行、红尘阁与五月天空乱弹）联合为"龙的天空原创文学联盟"，网络文学界简称其为"龙的天空"或"龙空"。

10月1日，建立作者社区，Aflyingfly、ppower、Rly、飞凌、杨雨、如风、mayasoo、今何在、狼小京、新唐、天照幸运（龙的天空网站命名人）、水泡、常昆、丹共14人成为第一批驻站作者。网站还取得了罗森、莫仁、苏逸平、LQY 4位台湾作者与六艺藏经阁、无限传说两个台湾小说站所有作品的转载权（无限传说简体站即红尘阁，龙的天空最早组成部分之一）。

年底，暗黑之川在龙的天空原创评论版发布《2000年网络奇幻文学小盘点》，对当年的网络文学作家、作品、网站与相关活动进行点评。

2001年

1月，龙的天空宣布正式退出西陆BBS，下属的四个论坛改组合并为一个独立的新网站（http://www.dragonsky.net）。

7月，成立关联出版机构——北京世纪幻想文化发展有限公司，注册人为网站当时的管理者之一李利新（网名楼兰雪）。

8月1日，网站改版为四大版块：简体书库、繁体书库、简体社区、繁体社区。

9月，与文化艺术出版社合作出版《网络骑士》（网龙），该小说被列入"龙的天空幻想丛书"。龙的天空从此开始了大陆地区的实体出版业务。

12月，与台湾狮鹫文化有限公司合作出版《神魔纪事》（rly）繁体版，开创了大陆网络文学在台湾地区出版的先河。此后4年间，龙的天空与台湾 8 家出版公司合作出版各类型长篇小说 140 余部。

同月，为应付日渐增多的流量，龙的天空向用户发起募捐，以更新服务器硬件设备。在此之前，红尘、流水、weid、楼兰雪等 17 位网站固定会员每人每月交费 100—300 元维持网站运行。

本年，龙的天空已成为大陆地区规模最大、访问量最多的原创文学网站。①

2002 年

1 月，推出短篇小说合集"龙的天空幻想文丛"，由天津古籍出版社出版，共 3 册，分别是《光子列车》（罪天使、乌米、三国阿飞、羊、TOM SHI）、《再见楼兰》（过千山、六翼炽天使）与《不一样的江湖》（杨叛、高云一方、水泡）。

4 月，开展邮购业务，读者可直接写信汇款订购实体小说。

5—6 月，网络作者碧绿海在龙空社区发帖批评《我是大法师》（网络骑士）以及类似的小说"意淫"②、"贪快"③，引发激烈讨论，当时整个网络文学界都卷入这场论战，YY（意淫）小说一词诞生于此。

8 月，与天津人民出版社合作，出版长篇奇幻小说书系"奇幻之旅"，首批推出《迷失大陆》（读书之人）、《秘魔森林》（方晓）、《艾尔帕西亚佣兵》（段瑕）3 部作品。至 2005 年，"奇幻之旅"累计出版长篇小说 12 部，主要经销书店遍布全国各省。

9 月，与花雨文学网站、广西人民出版社合作，出版长篇玄幻小说套系"腾龙奇幻书系"。第一辑收录《创世圣战》（剑惊天）、《除魔事务所》（direking，又名戴瑞肯）、《神魔纪事》（rly）、《骑士风云》（大胖头鱼，又名陆双鹤）4 部原创作品。

10 月，开通天空书店在线邮购业务，读者可直接在网站上订书。

12 月，发布《关于天空书店发货的说明以及天空的致歉声明》，为实

---

① 红色木槿：《龙空与网络文学之历史印象馆》，发布于龙的天空，发布日期：2010 年 7 月 25 日，网址：http://lkong.cn/thread/273122，查询日期：2019 年 1 月 9 日。

② 晓风飞翔：《经典重温：由龙的天空原创作家发起的——"对玄幻作品的讨论"》，发布于龙的天空，发布日期：2003 年 11 月 4 日，网址：http://www.lkong.net/thread-231-1-1.html，查询日期：2018 年 8 月 11 日。

③ 同上。

体书出版邮寄效率低下一事道歉。

本年，为应对资金短缺与服务器升级的压力，将经营重心从线上连载转向实体出版市场，签约买断了一批优秀作品，使其停止或放缓在线连载，以便实体版发行。自此，逐渐被幻剑书盟、起点中文网超越，不再居于文学网站一线行列。

2003 年

1—4 月，在台湾地区出版王晋康、刘慈欣、郑军等大陆著名科幻作者的个人作品集。

6 月 28—29 日，受邀赴广州参加由《传奇文学选刊》杂志社、大然文化公司和广州文化部门联合举办的"大然传奇中国首届奇幻文学笔会"。会上，起点中文网提出新的 VIP 付费阅读计划，龙空与其他文学网站都不看好这一方案。

本月，开始征稿进行代理出版，中短篇 1—3 万字，长篇 20 万字，每千字 40—80 元人民币，稿件不得在网上连载超过一半，投稿方式为电子邮件。

6—9 月，龙空创始人之一、原创评论版版主 weid 提议建立"龙门茶社"封闭式论坛，邀请少数资深读者进驻其中，共同构建一套网络小说评价打分体系。但因台湾狮鹫文化有限公司停业的关系，该提议中途夭折。后来盛行的粮草评价体系产生于龙的天空用户们的交流，与此计划想法相似，但并无具体关联。

7—8 月，网友旭阳在龙的天空原创评论版发表《信口雌黄——网络小说之四大名妓》，对当时各大文学网站上最火的 4 部情色小说逐一进行讽刺，由此引发了一场对网络文学中色情、暴力等内容的争论。这场争论牵涉了多个文学网站，影响广泛，被称为"文以载道"事件。

11 月 2 日，为应对原创评论版的流量，新版龙的天空论坛建立，论坛"第二纪元"开启。但论坛此前的服务器数据全部丢失。

本年，网站注册用户突破 30 万，在台湾地区合作出版 50 余部长篇武侠、奇幻小说，在大陆地区出版了《骑士的沙丘》（文舟）等 12 部长篇小说。

2004 年

1 月 2 日，论坛原创评论版推出"龙门夜话"系列访谈栏目，对网络作者进行采访，旨在"促进写手与读者之间的互动"[1]。但由于数据丢失等原因，该栏目现在仅存 3 期资料，栏目中断时间不详。

2 月，与空中网、TOM 网等合作，推出一系列手机无线产品。

4 月，与移动梦网开展合作，读者可以使用手机阅读网站上的小说。

5 月 29 日，天流陨星在龙的天空论坛发表《九州是根香蕉，我的感想》一文，认为"九州""只是一个披着东方皮的西方设定"，"是一根香蕉"。[2]他的观点引发网络文学界的激烈争论，"九州"开创者、著名网络作家和网站管理者都卷入其中。这场论战被称为"九州香蕉论"事件。

11 月，与九州奇幻世界交换链接。

12 月，与海洋出版社独家合作，正式推出"幻想之城"系列小说。首批推出《狩魔道》（文舟）、《灵魂战记》（何子丘）、《邪域龙神》（查羽龙）3 部作品。

本年，在台湾地区合作出版 60 余部长篇武侠、奇幻小说，在大陆地区出版了《紫川》（老猪）、《中国 A 组》（杨叛）等 10 部长篇小说。

2005 年

1 月，网站注册用户突破 100 万。

4 月，合并书库和作者专栏，两个月后取消专栏。

5 月，加入了由幻剑书盟与天逸（即天鹰）、爬爬书库、翠微居、逐浪等文学网站组建的中国原创文学联盟（简称 CCBA）。该联盟旨在通过 VIP 共享来增加作品的阅读量，联合对抗得到盛大集团支持的起点中文网。此后，双方展开了一系列抢夺作者、读者的斗争，而起点中文网最终凭借技术、资金、内容与充值网络等优势胜出。

9 月，与海洋出版社合作，正式推出了"龙空书系"。

2008 年

1 月 29 日，发布《龙的天空停止书库服务公告》，宣布关闭免费书库服务，线上书店随之一并关闭，并称"新的网站正在开发中"。此后，龙

---

[1] kind_red：《[龙门夜话]读书之人访谈录》，发布于龙的天空，发布日期：2004 年 1 月 2 日，网址：http://lkong.cn/thread/6014，查询日期：2018 年 4 月 24 日。

[2] 天流陨星：《九州是一根香蕉——我的感想》，发布于龙的天空，发布日期：2004 年 5 月 29 日，网址：http://www.lkong.net/thread-19527-1-1.html，查询日期：2018 年 8 月 16 日。

的天空只剩下论坛部分。

12月15日,"海洋出版社与北京世纪幻想文化发展有限公司、李利新行纪合同纠纷案"在京开庭审理,被告"北京世纪幻想文化发展有限公司"(即龙的天空关联出版机构)赔付海洋出版社书款1414677.08元。

2009年

4月13日,将dragonsky.net域名和部分中文书库业务转让给纵横中文网。

2010年

3月4日,由于北京世纪幻想文化发展有限公司在2008年12月15日审理的《海洋出版社与北京世纪幻想文化发展有限公司、李利新行纪合同纠纷案》中败诉,龙的天空受此案牵连,服务器被封。

8日,论坛新网址(www.lkong.net)启动,标志着"第三纪元"开始,服务器架设在国外。此后,网站主要依靠杭州羽色科技有限公司与众网友资助募捐维护服务器正常运营。但因管理员羽色(即龙的天空创始人之一五月天空)失职,近一年的论坛数据未能保存备份。

8月1日,论坛10周年庆,成功导入2003—2008年年底的数据,2009年至服务器被封时的数据因管理员失职未能保存下来。

12月,论坛系统升级,成立推书试读版,并在次年5月6日开启推书频道。

2011年

6月25日,推书频道开始制作每周推书榜单,初名"神农推书榜",后更名为"龙空粮草榜"(简称"龙粮榜"),一直更新到第65期。

12月17日,论坛原创评论版年度总结改为"2011年网文行业及作品回顾总结"征文活动,包括网文运营模式、作者访谈、书站发展、产业展望、类型总结、八卦盘点、最有影响力的100小说评选等内容。一个月间共收到征文207篇。

2012年

8月,新版页面(www.lkong.cn)开始内测,次年8月1日公测使用。从此以后,龙的天空论坛开启了两版并用时代。

2013 年

3 月 2 日,开展"在当前的网文环境下,应该怎样发展评论?"主题征文活动,向论坛用户征集看法和意见,探讨龙的天空论坛在网文评论领域该如何发展。

8 月 4 日,推出"龙门访谈"栏目,旨在对网络文学界"各知名作者、大神、业内人士进行系列访谈活动"。截至 2018 年 12 月 31 日,该活动已经更新至第 53 期。

12 月 25 日,在本年度的年终总结活动中新增了专门的"女频小说"版块(此前,女频与男频混在一起),但活动参与人数远不如 2011 年,最终全站只收到征文 33 篇。

2015 年

3 月 16 日,新版推书频道优书网(www.yousuu.com)开始公测使用。为了争取移动端用户,优书网以短评和推书榜单为主打,便于用手机进行浏览。

2017 年

12 月 20 日,由于原本的年终总结活动参与人数不断下降,论坛的"网文江湖"版块与"女频小说"版块联合举行了"2017 年度个人总结"征文活动,将总结重点转移到作者自身。

2018 年

12 月 18 日,全站范围举行"2018 年终总结"征文活动,共收到征文 152 篇,内容不局限于网络文学。在网络文学部分,大多数征文类似于个人阅读或写作经验总结,对年度网络文学情况的整体点评已极为罕见。

(三)专题

1. 龙空粮草榜

2011 年 6 月 25 日,龙的天空论坛推书试读版开始制作每周的推书榜单,初定名为"神农推书榜",亦称"龙空推书榜",从第 4 期开始更名为"龙空粮草榜",简称"龙粮榜"。这一推书榜旨在推荐符合大众向口味、适合追看的网文新书。由于龙的天空论坛网友将这类网络小说称为"粮草",

所以论坛官方就采用"龙空粮草榜"来明确榜单的定位和取向。每期推荐10本网络小说，以"毒草—干草—粮草—仙草"为打分标准，按网友打分排序。此外，推书频道在每5期"龙粮榜"后还会推出一次"龙粮小结榜"，用来反馈与总结这5周的情况。

"龙空粮草榜"先由管理员发布"制作帖"，论坛网友们要用【提名】为前缀单独发帖推书，一帖只提名一本书，推荐要求如下：1. 所推粮草为正在连载的新书（或渐入佳境又起高潮的连载小说）。2. 推荐理由不少于200字。推荐帖符合要求会获666龙币的奖励（自第54期起改为18龙币，第61、62期曾短暂取消该奖励），高质量推荐会奖励龙晶、精华。当推荐书目受到采纳后，推荐者会被额外奖励1龙晶与1000龙币（自第54期起改为1龙晶与28龙币，第61、62期曾短暂变为1龙晶与50龙币）。

管理员鼓励网友对提名帖进行试读点评，试读者单独发表试读帖可以得到相应的龙币奖励。非全榜试读者的试读内容（排除引用原文部分）达到300字每篇奖励666龙币（自第50期起降为18龙币）。全榜试读者帖子加精者可得一万龙币，获龙晶者可再得5000龙币（自第50期起分别降为100、50龙币）。

最后，"龙粮榜"在每周五到周六下午正式放榜，榜单内容为评价前10名的小说，按照类型、书名、作者、提名者的表头顺序公示信息。榜单的2楼到11楼分别是10部小说的提名帖与对应的试读评价，相互参照。

每5期"龙粮榜"后会推出"龙粮小结榜"，根据网友对龙粮榜的反馈试读评论，将5期龙粮榜的50本上榜小说分为4个榜：一品推荐榜、二品推荐榜、三品推荐榜、不推荐榜。一品至三品推荐榜收录较多好评的书，并按好评程度与数量分为三个等级，不推荐榜收录差评较多的书，都会以类型、书名、作者、所上期数、评论所在楼层的表头顺序发布榜单。

"龙粮榜"最初为每周一期，后来更新不稳定，大约为每周或每两周一期，第61期至62期之间中断了一年半未发布榜单（2014年7月1日—2016年2月7日）。2016年7月16日，第65期"龙粮榜"发布，其后再未发布新榜单。"龙粮小结榜"一直发布到第8季（2013年1月1日，第36—40期"龙粮榜"总结），后再未更新。

2. 评价体系

龙的天空论坛盛行一套粮草评价体系来评价网络小说质量。这套体系产生于论坛网友的相互交流，由于网友认可度较高，最终被论坛官方接受使用。网友们将试读小说戏称为"神农尝百草"，并将不同质量的书对应为不同性质的草。由于这套标准来自读者粉丝们的交流，所以评判比较主观、模糊，大体上分为"毒草""干草""粮草""仙草"，分别对应糟糕、平庸、中上、优秀的网络小说。个别网友还会添加"水草"（拖字数灌水的小说）、"剧毒"（比毒草更糟糕的小说）、"干粮"（质量介于干草与粮草之间的小说）等称呼来细化评价。

优书网建立后，龙的天空论坛在优书网实行五星评价制度，星星越多评价越高，但大部分书友还是会在书评中习惯性使用粮草评价体系来划分小说质量。

3. 优书网

优书网（http://www.yousuu.com/）是龙的天空论坛旗下的一个附属网站，前身为龙的天空论坛的推书频道（于 2011 年 5 月 6 日上线），2015 年 3 月 16 日开始公测。龙的天空论坛首页有进入优书网专区的链接。该专区包括"最新推书""精选小说"与"优秀书单"，点击即可直接进入。"最新推书"是按最新发表时间排列的优书网书评。"精选小说"在优书网页面显示为"龙空精选集"，是"以优书网综合评分为主，综合考量资深用户口碑、作品人气、评论数量等多方因素，不定时更新排列"的小说榜单。"优秀书单"是优书网用户们自己开列的书单，下分为"精品书单""最新书单""女频书单"三类，"精品书单"收录质量较高、点赞数较多的书，"最新书单"按发布时间倒序排列新书，"女频书单"专门收录女频小说（前两类中也包含女频小说）。这些书单都是用户自己整理而成，分类多样，新奇有趣，如"工科宅男的书单书稿""扫雷黑名单，剧毒慎入""赤戟的援共类小说盘点""那些无 CP、单女主、恋爱情节较少的萌萌哒男频文"等，是该网站最有特色的部分。

在优书网首页，除去上文提到的三种分类外，还存在"大神新作推荐""龙空新书""每周专题"与"最新入库"4 个类别。"大神新作推荐"就是著名网络作家的新书推荐。"龙空新书"主推新人新作，按算法自动更新。"每周专题"是网站官方人工排布的榜单，依照主题推荐书目，每次 10 本，每周一更新，目前共有 89 期（2018 年后再无更新）。"最新入库"是最新被优书网收录建立书籍页面的书目名单。

作为不参与市场竞争的第三方力量，优书网收录书目的来源非常广泛。根据网站官方的介绍，优书网目前支持的网站包括男频的起点中文网、创世中文网、纵横中文网、逐浪小说网、17K 小说网、塔读文学、磨铁中文网、红薯中文网、掌阅中文网、飞卢中文网、黑岩阅读网、不可能的世界、铁血读书、刺猬猫、阿里巴巴文学、网易云阅读、小红花阅读、神起中文网、酷匠阅读、女频的起点女生网、云起书院、潇湘书院、红袖添香小说网、晋江文学城、17K 女生网、言情小说网等。

优书网收录的每本书都有各自的书籍页面，龙的天空论坛帖子提到该书时（出现书名号），点击书名会自动跳转到优书网的相应书籍页面。页面包括该书的封面、作者、字数、章节数（五星制，星星越多质量越高）、正版首发网站链接、更新时间、最新章节等信息，并汇总了优书网用户发布的评价。用户可以针对每本书执行追看本书、养肥本书、已看本书、不看本书、加入推书单、写书评等操作。

书单与评论是优书网的最大特色，分别代表推荐与批评两个重要功能，体现出龙的天空论坛打造网络文学原生评论中心的意图。但主论坛的流量滑落、用户群的不良生态与网站方的定位失误，导致优书网未能完全实现其目标。

优书网的最后一次更新在 2016 年的 9 月 23 日。次月，起点书单功能上线，将重点放在作品推荐上；与之相对，优书网的重心逐渐滑向批评打分，跟龙的天空论坛趋同。

4. 内部用户制度与收费模式

龙的天空论坛可以自由注册，不需要邀请码。普通用户分为 10 级，各自权限不同，可通过发帖增加活跃度与积分，进而提升等级。

论坛内部有专门的虚拟货币：龙币。100 龙币 =1 元人民币。龙币可以充值兑换，用来购买论坛道具与美工封面、进行黑市区交易、打赏散财，或是卖出换成人民币。用户发表高质量文章或参与活动后，将获得龙晶。

龙晶只能由版主发放，用于奖励优质帖子或作为活动奖品。龙晶不能转赠、交易，可以用来增加积分（1 龙晶增加 2 积分）和兑换改名卡（10 龙晶 1 张改名卡，改名卡出售价格在 100—150 元）。当用户发表违规话题时，会被扣除龙晶，龙晶为负无法发帖。

用户可通过完成论坛任务来赚取龙粮，龙粮能够让负数龙晶回归为零。此外，当用户发表100个精华帖或者对网站有重大贡献时，会给予龙威，龙威用户发帖时有积分加成。

附录：龙空榜单例举

（1）龙空粮草榜

（括号内信息为编者所加，依次是作品开始连载的年份、首发网站、优书网评分、评价数。优书网数据截至2019年7月5日。）

第一期

书名	作者	提名者
盗香（2011，纵横中文网，7.5，361）	走过青春岁月	戴假发的老夫子、红心K
丹朱（2011，起点中文网，6.7，152）	贼道三痴	看盗版的人
大魔头（2011，起点中文网，6.4，158）	仙子饶命（傲无常）	jxh231314
弑梦空间（2011，纵横中文网，7.0，73）	薄葬子	beloved
大地魔骑（2011，起点中文网，5.2，49）	梦狂风	天落歌
法师手札（2011，起点中文网，7.3，329）	沁纸花青	tim8889
极品农民（2011，起点中文网，6.6，35）	随身种田	高摩
全职高手（2011，起点中文网，8.4，2090）	蝴蝶蓝	湿鸟、忧湖
都市透视眼（2011，起点中文网，5.4，88）	红肠发菜	xinjun
神马浮云记（2011，纵横中文网，7.6，294）	曲甲	绯红衣、戴假发的老夫子

第二期

书名	作者	提名者
殖装（2011，起点中文网，7.0，324）	铅笔刀	天落歌
锦医卫（2011，起点中文网，7.1，259）	猫跳	雪域龙魂
毁灭游戏（2011，纵横中文网，6.6，194）	人怜众神	萧萧风云
仗剑高歌（2011，起点中文网，7.4，584）	踏雪真人	戴假发的老夫子
星际游澜（2011，起点中文网，0.0，7）	猫夜叉	beloved
美女赢家（又名全音阶狂潮，2011，纵横中文网，7.1，1248）	灵宇	yjl52175217
基甲彪汉（2011，起点中文网，6.7，57）	麻烦	水树无名
少女契约之书（2011，起点中文网，5.8，257）	放开那只女王	5335867
抗战之红色警戒（2011，起点中文网，6.0，109）	大刀老猿	东土大唐
重生之变强变帅变聪明（2011，起点中文网，5.0，42）	小郭先生	xinjun

（2）优书网榜单

优书网有影响力的榜单是用户自己创建的书单，官方榜单以"龙粮榜"为主，有时也会推出一些主题榜单。优书网的榜单会根据读者评分变化，实时调整，没有形成固定的总榜。下面选录的是2016年11月4日优书网官方发布的"优书热门追更"榜单，此榜单统计了当时被优书网用户加入"追更书架"数量前十的作品，每部作品后都精选了一则读者短评，对读者选书有一定参考意义。

作品	作者	精选短评
永不解密	风卷红旗	引用 @风萤月的评论： 红旗大叔出品，年度谍战大戏，文字精炼传神，剧情跌宕起伏，奇特的风格里有股瘦骨嶙峋中透着活泼泼精气神的英魄。当一名重生人士带着记忆中超越时代的国家核心战略机密回到上世纪八十年代，他最终带来的将是幸福还是灾难？惊心动魄的国际谍战传奇，就由这一封来自数十年后神秘重生者的"剧透"秘信瞬间开启。PS：请特别注意，本书江湖匪号——《永不更新》。欢迎大家一起来跳坑！ 发表于 2016-09-09 16:34
一世之尊	爱潜水的乌贼	引用 @己未癸酉的评论： 乌贼的书越写越好，这本叫好又叫座，本书总体感觉比奥数更加自然和浑元一体，没有奥数那种有些刻意制造的逼格和爽点，对于轮回和"鱼"的思考很有深度，跟亵渎中关于命运长河中飞鸟与鱼的叙述有异曲同工之妙。力量体系和钓鱼人关系的构建确实很用心，是按照乌贼设定的大纲一步一步铺陈开来的。这书是近一两年来看过的最棒的武侠仙侠作品，也是格局最宏大剧情最精彩之作。乌贼确实是认真思索了自己的三观，并进而将之投影到自己的这部书当中，大而不空的世界观，热血与诙谐结合巧妙，设定精细而又规模宏大，确实是见证了一次史诗级武侠仙侠大作封神之作。 发表于 2016-09-09 16:32
宰执天下	cuslaa	引用 @优书优选的评论： 小怪兽的这本也同样属于历史小说中必推的佳作。作者对相关资料掌握得很透，当宋朝元丰改制前官制和典故的科普文也没问题。情节也是一个高潮紧接一个高潮，主角惯会掀桌打脸，经常有意料之外情理之中的神转折。人物塑造也很不错，对手也没有一个弱智。 发表于 2016-09-09 16:29

(续表)

作品	作者	精选短评
惊悚乐园	三天两觉	引用 @lcx916 的评论： 本书属于另类无限流作。作者文笔十分出色，场景描绘也不落俗套。从诸多恐怖副本中的描写中来看作者对恐怖小说，电影之类的很了解，写起来得心应手。 注：以上均不是本书看点，作者成功地塑造了一个失去恐惧的高智商神经病，在诸多恐怖副本里，不断地作死，硬是让人在恐怖片里看出了喜剧味，但又不失逻辑，情节通顺，可见作者笔力深厚。 总评：仙草 发表于 2016-09-09 16:26
大道争锋	误道者	引用 @夜青苍的评论： 《大道争锋》这书，我也是在龙空看见的推荐，跑去看了。简单打个分就是：此书前期8.9分，后面部分（进入门派修行后）7分。 前期主角修行的路数很有意思，小说主要是通过蚀文的修行来推进情节，比起一般的仙侠文一开始就打斗，夺宝，获取经验，升级的路数要有意思很多，行文也很流畅，因此给8.9分。 后期进入山门修行后，还是走的打斗——夺宝——获取经验——升级的路数，所以我给的评分降低一些，但是作者也善于挖坑和填坑，情节一环扣一环，也能吸引住读者继续读下去而不觉枯燥。 总体而言，此书甚好，我给7.5分。 发表于 2016-09-09 16:22
文艺时代	睡觉会变白	引用 @南国冰封的评论： 老司机说得好。这是一个平行时空的异界白莲花版娱乐圈，但是作者过人的笔力却硬是以假乱真写出了这样一个另类时空的大气时代感。本书文笔确实妙极，能让书迷从骨子里感到舒服，而且虽是文艺但绝不文青，质朴中自带三分幽默的笔锋，有一种"清水出芙蓉，天然去雕饰"的震撼。正所谓大剑无锋，大巧不工，三言两语

(续表)

作品	作者	精选短评
文艺时代	睡觉会变白	中就流畅地将故事背景、人物形象勾勒而出，栩栩如生。真正让我惊喜的是作者讲故事的功底，没有过多的笔墨去勾勒主线外的杂务，寥寥数笔全方面展现了人物性格顺带埋下伏笔，笔锋一转，主线迅速推进到故事本身，每三五章就蕴藏着一个小高潮，主角事业线的爽点也抓得比较到位。 发表于 2016-09-09 16:16
问镜	减肥专家	引用 @赤戟的评论： 仿史诗级西幻，或可称之为史诗级仙侠吧！本书是迄今为止，除还珠蜀山外体系设定最具野心，最为严谨，最为恢弘的仙侠巨著。设定党的神作！其文字的缜密性，在网文界难出其右者，在长达五年的时间里，笔耕不辍，持续更新的情况下，保持设定的高度完整性，一致性，自洽性。作者有超强的架构力，毅力和稳定性，在如此庞大繁杂的设定中还能保持高水准的故事推进，勾勒出存在感超强的人物形象，在我看来这就是个奇迹！仙侠文的一块丰碑，绝不是夸言，而是一个既成的事实。 发表于 2016-09-09 16:13
春秋我为王	七月新番	引用 @己未癸酉的评论： 又名赵始皇的崛起之路。作者考据严谨、文笔颇佳、行文间带着浓浓的古风，剧情安排也比较紧凑，把春秋末期那种礼崩乐坏的历史背景、君主诸侯士卿大夫的错综复杂关系、军事贵族阶级逐步崛起的历史必然、各国间的激烈军事对抗等方面都勾勒得很好，合理党表示很满意。如果不崩，有望仙草。 发表于 2016-09-09 16:12

(续表)

作品	作者	精选短评
重生之神级学霸	志鸟村	引用 @北冥家的小五 的评论： 主角是个重生的，还变成了一个大帅哥，明明可以靠脸吃饭，偏偏要靠才华的典型例子。这是本真正意义上的学霸文，从作者重生开始，虽然夹杂一些挣钱啊，搞小组织啊，打脸啊之类的情节，但重点一直是在学习这方面。主角重生后，就一直坚定地在学术上专研，能把枯燥的完全不明白的学术知识，让大家都看得觉得兴致盎然，不明觉厉，不得不说水鸟实在是太厉害了，而有关学术圈的某些小内幕也是很有趣，虽然不知道真假，但是作者写的让人觉得很真，这就够了。 发表于 2016-09-09 16:10
异常生物见闻录	远瞳	引用 @dfghhg433 的评论： 继承了前作宏大的世界观，作者突飞猛进的文笔对比前作更是巨大的进步，轻松温馨的日常与恢宏沉重的主线相互衬托，此文在我混的几个论坛都是粉丝众多，到此为止不用多说了，个人仙草。 发表于 2016-09-09 16:05

参考资料

1. 龙的天空相关历史梳理、制度介绍、作家作品等资料来自互联网档案馆历史网页。

2. 晓风飞翔：《经典重温：由龙的天空原创作家发起的——"对玄幻作品的讨论"》，发布于龙的天空，发布日期：2003 年 11 月 4 日，网址：http://www.lkong.net/thread-231-1-1.html，查询日期：2018 年 8 月 11 日。

3. kind_red：《[龙门夜话] 读书之人访谈录》，发布于龙的天空，发布日期：2004 年 1 月 2 日，网址：http://lkong.cn/thread/6014，查询日期：2018 年 4 月 24 日。

4. 天流陨星：《九州是一根香蕉——我的感想》，发布于龙的天空，发布日期：2004 年 5 月 29 日，网址：http://www.lkong.net/thread-19527-1-1.

html，查询日期：2018年8月16日。

5. 江筱湖：《2005原创文学网站八大世家：网上网下"玩"牵手》，《中国图书商报》2005年2月4日。

6. 后世史学家：《玄幻网站风云录》，发布日期：2005年4月8日—2005年7月5日，原发布处无法查询，转引自西子书院，网址：http://www.westshu.com/xiaolei32693/index.htm，查询日期：2019年1月7日。

7. weid：《网上阅读10年事（1998—2008）》，发布于龙的天空论坛，发布日期：2008年6月15日，后修改于2010年5月9日，网址：http://www.lkong.net/thread-236350-1-1.html，查询日期：2021年7月31日。

8. 红色木槿：《龙空与网络文学之历史印象馆》，发布于龙的天空，发布日期：2010年7月25日，网址：http://lkong.cn/thread/273122，查询日期：2019年1月9日。

9. 胡笳：《网络小说的前世今生》，原发布于起点文学网，发布日期：2011年1月26日，已无法访问，转引自汗牛精舍转发至360个人图书馆的版本，发布日期：2017年2月25日，网址：http://www.360doc.com/content/17/0225/10/16040822_631863546.shtml，查询日期：2018年9月10日。

10. 焚云日：《弹指一挥间，龙空十三载》，原发布于网易博客，已无法访问，转引自作者转发至龙的天空论坛的版本，发布日期：2013年8月2日，网址：http://lkong.cn/thread/819511，查询日期：2019年3月17日。

11. 云中仙客：《龙门访谈第一期：人物有奖竞猜答案揭晓【圣者晨雷】》，发布于龙的天空，发布日期：2013年8月3日，网址：http://lkong.cn/thread/820133，查询日期：2019年1月5日。

12. 《盛于实体出版，守护心中的梦想——龙的天空创始人楼兰雪访谈录》，邵燕君、肖映萱主编：《创始者说：网络文学网站创始人访谈录》，北京大学出版社，2020年。

13. 《见证与评说——龙的天空创始人、网评家weid访谈录》，邵燕君、肖映萱主编：《创始者说：网络文学网站创始人访谈录》，北京大学出版社，2020年。

（谭　天）

幻剑书盟（https://www.hjsm.net；https://www.hjsm.tom.com）

（一）词条

中国网络文学发展早期最重要的文学网站之一，继龙的天空之后曾一度（2002年年底至2004年年初）领跑中国网络文学。

前身为西陆BBS中的书站联盟，包括书情小筑（站长司马笑）、石头书城（站长小石头）、小书亭（站长iapetus）、凝风天下（站长凝风）。联盟于2000年10月成立，口号为"精心收集整理网上武侠、奇幻、科幻精品，力争成为广大书虫的乐土"。2001年5月独立建站，注重评论功能，建立"幻剑论坛""幻剑文学院"，强化精英粉丝团体的点评推荐影响力。2002年前后，文学网站普遍面临商业转型压力。此时孔毅入职任总经理，网站正式公司化、商业化。资金与服务器两大难题被解决后，幻剑书盟迅速壮大，超过了被迫转向实体出版的龙的天空，成为当时国内规模最大的文学网站。《异时空－中华再起》（中华杨，2002）、《搜神记》（树下野狐，2001）、《新宋》（阿越，2004）、《狂神》（唐家三少，2004）等网络文学早期重要作品均首发于此。

2003年，在大陆文学网站建立商业模式的关键时期，整体商业意识、网站技术建设等方面都稍逊起点中文网一筹，错过了接受资本投资的最佳时机，同时也比较倚重精英粉丝团体的评价体系，致使血红等最具人气的网文作者出走起点中文网。虽然继起点之后很快推出VIP付费阅读制度（2004年2月10日），但并未获得成功，2004年后被起点赶超。2006年被TOM在线集团收购后影响力逐步下降，2014年停止更新。

（邵燕君　谭　天）

（二）简史

2000年

10月，西陆BBS下属的书情小筑（站长：司马笑）、石头书城（站长：

小石头)、小书亭（站长：iapetus）、凝风天下（站长：凝风）等书站联合成立论坛书站联盟——幻剑书盟。联盟的口号是"精心收集整理网上武侠、奇幻、科幻精品，力争成为广大书虫的乐土"。

2001 年

1 月，titan 加入，担任技术总监。

5 月，各成员站在小书亭站的程序基础上正式合并成一个站点，启用新网址（http://www.hjsm.net）。网站宗旨改为"成为众多书虫的乐土"。

2002 年

10 月，因服务器与资金问题，国内最大的文学网站龙的天空将发展重心转至实体出版市场，出版作品不再于网站上完整连载。自此，网络小说线上连载领域里，幻剑书盟取代了龙的天空的地位，在年底 Alexa 全球排名中进入 2000 名。

本年，孔毅入职，担任网站总经理。他带来的资金与服务器支持推动幻剑书盟迅速发展，吸纳了大批因龙的天空服务器不稳而离开的用户。同时，他还在运营一家游戏公司，至 2004 年 8 月才开始全职运营幻剑书盟。

2003 年

3 月，网站服务器硬盘崩溃，后在书友支持下恢复数据。

6 月，北京幻剑书盟科技发展有限公司成立，幻剑书盟开始由个人网站向商业网站转型。

28—29 日，受邀赴广州参加由《传奇文学选刊》杂志社、大然文化公司和广州文化部门联合举办的"大然传奇中国首届奇幻文学笔会"。如前所述，会上起点中文网提出新的 VIP 在线收费计划，幻剑书盟与其他文学网站均不看好。10 月，起点中文网上线 VIP 作品。11 月，幻剑书盟也开始筹备自己的 VIP 收费制度。

8 月 1 日，网站改版，试图允许作者自主上传作品（此前需要靠网站编辑完成这一工作）。但因技术问题，读者账户中的藏书信息并未转移到新版网站中，读者不得不手工添加收藏作品。据首页公告表示，由于"服务器资源紧张和耗时改进优化程序"的关系，幻剑书盟在改版期间暂时取消了读者积分系统。同年 11 月 30 日，网站将积分系统恢复。

本次改版还进一步突出了评论区功能，在网站首页为原创评论版设立

"评论区"链接，强化以暗黑之川（kind_red）为代表的网络精英粉丝评审团的作用，倾向于用更具文学性、思想性的标准选书推书。

29日，读者魏岳在幻剑书盟评论区发表了题为《疑问幻剑对文章的监督审核》的帖子，就《我就是流氓》（作者血红，当时笔名为ricewhu）等黑社会题材小说上榜的情况进行批评，引发了对网站作品题材的争论。

30日，发布作品收录原则2.1版，宣布将限制含较多情色、暴力描写的作品上榜。血红等一批作者离开幻剑书盟，转投起点中文网。

11月，在网站上做收费调查。25日，收费服务调查结束，据网站官方表示："有上万人参加了调查，愿意付费的用户占到将近40%。"[1]

12月15日，公开邀请作者加盟收费电子书计划。（一说是幻剑书盟"从9月以前接触作者"[2]，为收费做准备。）

31日，公布第一批电子书签约作者名单，共计78人，包括树下野狐、萧鼎、读书之人等著名网络作者。

2004年

2月10日，开启收费制度。15日，开始招收第一期VIP会员。18日，正式推出收费电子书服务。

6月，在网站论坛设立幻剑文学院讨论区，准备组建幻剑文学院。幻剑文学院是幻剑书盟邀请"著名作者、资深书友和优秀评论者"[3]组成的一个官方小说点评团。

7月，成立专门的运营团队。

---

[1] 幻剑书盟：《书盟收费服务调查结束，内附投票结果》，原发布于幻剑书盟，发布日期：2003年11月25日，已无法访问，转引自互联网档案馆，网址：http://web.archive.org/web/20041209181309/http://www.hjsm.net:80/news/2003/1036.html，查询日期：2018年5月16日。

[2] 后世史学家：《玄幻网站风云录》，发布日期：2005年4月8日—2005年7月5日，原发布处无法查询，转引自西子书院，网址：http://www.westshu.com/xiaolei32693/index.htm，查询日期：2019年1月7日。

[3] 幻剑书盟：《幻剑文学院点评榜上榜规则及说明》，原发布于幻剑书盟，发布日期无法查询，已无法访问，转引自互联网档案馆，网址：http://web.archive.org/web/20050206122046/http://www.hjsm.net:80/expandbb.php?boardid=24&node=454484&total=1，查询日期：2018年4月21日。

同月，幻剑文学院正式成立，幻剑书盟首页开辟文学院点评榜，专供文学院点评作品上榜。

8月27日，宣布获得台湾小说频道授权，在网站上发布《异人傲世录》（明寐）简体电子版。

11月24日，发起《共建网络原创环境倡议书》，试图与盗版小说论坛达成妥协，希望盗版收费作品的论坛能延迟发布OCR盗版小说。

12月，幻剑书盟创始人之一iapetus在接受采访时表示："现在网站基本运营成本在3—5万元/月，收入在5—10万元/月，略有盈余；主要开支就是人员工资、稿酬和服务器成本，收入则主要来自会员费和广告。幻剑书盟正朝商业化网站转型，但限于财力和人力，发展还不够快。"并称"我们对自己估价4000万—6000万元"。[①]

2005年

2月8日，发布《2005年幻剑书盟给读者的一封信》，表示VIP业务开通一年来"一直都是在亏钱，数额还很多"[②]。

4月29日，宣布将从5月3日起与台湾鲜鲜文化出版社（鲜文学网）合作，发布鲜文学网实体书的简体电子版。

5月18日，与天逸（即天鹰）、龙的天空、爬爬E站、翠微居、逐浪网组建中国原创文学联盟，通过VIP共享来增加作品的阅读量，联合对抗得到盛大集团支持的起点中文网。此后，双方展开了一系列抢夺作者、读者的斗争，而起点中文网最终凭借技术、资金、内容与充值网络等优势胜出。

本月，作者唐家三少离开幻剑书盟，签约起点中文网。

6月，与磨铁图书合作，出版网站签约作品《诛仙》第一册（共8册，朝华出版社推出前6册，花山文艺出版社推出后2册）。截至2006年年初，《诛仙》前5册销量已经超过100万册[③]。

---

① 皇甫征声：《"书"中自有"黄金屋"?》，《电脑报》2004年12月8日。

② 幻剑书盟：《2005年幻剑书盟给读者的一封信》，原发布于幻剑书盟，发布日期：2005年2月8日，已无法访问，转引自互联网档案馆，网址：http://web.archive.org/web/20050408193753/http://www.hjsm.net:80/news/2003/1125.html，查询日期：2018年5月16日。

③ 戴婧婷、荣郁：《玄幻小说：80后的速食读本最流行的消遣读物》，原发布于《中国新闻周刊》2006年第1期，转引自中国新闻网，发布日期：2006年1月6日，网址：http://www.chinanews.com/news/2006/2006-01-06/8/674586.shtml，查询日期：2019年3月17日。

8月，宣称网站在2005年第二季度的PV（页面浏览量）超过4000万。同时，起点中文网宣布自己的季度PV达到6000万。这一局面当时被许多读者称为"南起点，北幻剑"[①]。

本年，收购明杨品书网，接收了明杨残留的VIP作品及会员。

2006年

3月14日，TOM在线集团（由李嘉诚控股，旗下TOM网在当时国内门户网站中排名前三）宣布以2000万元收购幻剑书盟80%股权[②]。

4月15日，在北京主办"2006网络文学发展与出版峰会"，旨在加强网络文学与实体出版的合作，宣言是"成就写作梦想，创造百万销量"。参加活动的有上海人民出版社、作家出版社、春风文艺出版社等出版机构，新浪、搜狐、《经济日报》等媒体以及萧鼎、阿越、树下野狐等幻剑书盟作者。

5月16日，发表声明称起点中文网刊载了幻剑书盟拥有合法独家网络收费刊载权的《诛仙》（萧鼎）和《飞翔篮球梦》（八戒）两部书的部分章节，之后起点中文网将两部作品的收费部分撤下。

2007年

1月12日，由中国出版研究所主办、《出版参考》杂志和幻剑书盟等文学网站联合举办的首届"网络原创作品出版操作实务研修班"在北京召开，活动主题为"促进畅销书出版"。

2008年

5月24日，TOM在线集团宣布以500万元人民币收购幻剑书盟所持剩余股份。根据协议，幻剑书盟将与TOM集团的无线互联网部门整合，并为无线互联网部门的手机电子书业务提供内容。依照收购时的协定，总经理孔毅此时从网站离职。

[①] 韩方航：《从最大的玄幻文学网站到消失，幻剑书盟做错了什么？》，发布于好奇心日报，发布日期：2017年11月15日，网址：http://www.qdaily.com/articles/47016.html，查询日期：2018年3月31日。

[②] 孙珙：《TOM在线2000万收购原创文学网站幻剑书盟80%股权》，原发布于《第一财经日报》，发布日期：2006年3月14日，转引自 http://tech.163.com/06/0314/03/2C55CFS000091KT0.html，查询日期：2018年5月1日。

2010 年

7月12日，在新浪微博开通官方账号，试图借助新媒体招揽人气。

2011 年

网站改版，宣布推出"免费看书"的全新运营模式。读者可通过网站指定方式免费阅读 VIP 章节。据网站官方公告表示："永久免费产生的成本完全由幻剑书盟承担，读者免费阅读 VIP 章节后，作者仍然能得到全额稿酬，与正常订阅毫无区别。"

2012 年

1月19日，手机站（wap.hjsm.tom.com）上线公测。

4月28日，公布《2012年幻剑书盟第一批无线稿酬发放名单》，共有519部作品，其中部分作品来自唐家三少等早已离开网站的作者。但据部分网友反映，稿酬一直未发放①。

2013 年

11月1日，官方新浪微博发布最后一条消息，此后再无更新。

2014 年

5月18日，首页核心位置"独家巨献"推荐的小说《神斧》发布第1919章，这是其最后一次更新。该小说至今依旧处于同一推荐位。

（三）专题

1. VIP 制度的探索

2003年11月，幻剑书盟开始为 VIP 制度做准备（一说是幻剑书盟在9月就开始秘密准备 VIP 制度）。2004年2月，正式推出 VIP 付费阅读制度。

幻剑书盟的 VIP 制度内容与起点中文网相似：一部小说起初可以免费阅读，当小说字数超过一定量，点击数、收藏数达到一定水平后，网站编辑就会将这部小说"入 V"，后面发布的章节开始收费，每千字 2 分钱，每

---

① 帝星普照我是魔：《终于有人要上法院告幻剑书盟了，支持一个！！》，原发布于幻剑论坛，已无法访问，转引自网友"不是新人"转发至龙的天空论坛的版本，发布日期：2012年8月9日，网址：http://www.lkong.net/thread-635393-1-1.html，查询日期：2018年4月27日。

章不少于5000字，收取的费用按5:5的比例分给网站与作者，在推广促销期间该比例为1:9。购买收费章节后，读者须下载电子书阅读器HJViewer才能阅读收费内容。

网站消费使用幻剑币。幻剑币是一种虚拟的电子货币，可通过手机短信（2005年起因手机用户欠费状况严重而取消）、网上在线支付或汇款购得，定价为1元人民币买10个幻剑币。幻剑书盟刚推出这一电子币时，为了鼓励读者充值，宣布在2004年4月5日前，一次汇款50元以上的书友，可获赠所汇款总额10%的幻剑币。汇款方式包括首信在线支付汇款（一种第三方支付平台）、银行汇款、邮局汇款与paypal海外汇款（后期添加了更多支付方式）。除去幻剑币外，幻剑书盟还代销位于台湾小说频道网站的方舟币与鲜文学网的鲜鲜币，用于购买两家繁体网站出版的小说，避免大陆、台湾之间汇款的麻烦，购买方式与幻剑币相同。

当读者交纳100幻剑币后，就可以成为幻剑书盟的VIP会员，享受专用书架、书架扩容等特殊优惠服务。

2004年7月14日，幻剑书盟推出手机包月服务。网站用户可直接用200幻剑币购买（2004年10月1日前5折优惠），或用手机短信订阅"幻剑书盟会员读物更新消息"服务（15元人民币）的方式获得"幻剑书盟电子书包月阅读资格"，手机包月订阅的分账比例为5：5(网站：作者)。

2006年，幻剑书盟被TOM网收购，幻剑币购买方式随之增多，分为Tompay支付（TOM网官方充值渠道）、手机点播、手机套餐、在线支付、神州行卡充值、快钱支付、快钱实卡充值、鸿联固话充值、116固话充值、银行汇款与港台汇款。

不过由于网站经营状况变化，幻剑书盟在2011年部分放弃VIP收费制度，推出"免费看书"的新模式，网站下端打出"中国首家永久免费原创文学网站"的宣传语。

根据介绍，读者用户可以通过财富订阅与抢鲜两种方式免费阅读VIP章节。财富订阅是指读者完成网站指定任务获取财富值，100财富值可以充作1幻剑币使用。抢鲜则是指每个VIP章节的第一个订阅者将免费获得该章节永久阅读权限。免费看书方式产生的成本完全由幻剑书盟承担。如前所述，网站官方公告说："读者免费阅读VIP章节后，作者仍然能得到全额稿酬，与正常订阅毫无区别。"同时，网站依旧接受幻剑币充值。但在 2012 年，幻剑书盟被曝拖欠作者稿费，并未按公告中的《2012 年幻剑书盟第一批无线稿酬发放名单》发放作者稿费。

2. 幻剑论坛 / 幻剑书院的精英粉丝评论

幻剑书盟主要是由四个文学论坛合并而成，早期带有明显的个人论坛色彩。"个人"即网站创始人阅读偏好，"论坛"指论坛讨论风气。幻剑书盟深受上述二者的影响，非常重视精英读者评论。

在创立之初，网站就设立了"幻剑社区"（后改名为"幻剑论坛"）版块，供读者讨论交流。2003 年，新版幻剑论坛将原奇幻评论部分（2002 年设立）收入其中，开设奇幻评论讨论区，包含原创评论版与好书推荐版，专门用于小说评论与推荐。次年，论坛开辟幻剑文学院专区，幻剑书盟邀请"著名作者、资深书友和优秀评论者"加入该区，组成一个注重文学性的官方点评团，按照论坛内的点评打分规则对小说进行定期推荐与点评，并且在首页开辟文学院点评榜，供点评作品上榜宣传。

根据 2005 年 6 月 28 日网站官方发布的招聘启事，该点评团对成员的要求如下：上网时间每天有 4 个小时以上，熟悉网络作品，文字功底好。任务是每个月要交 1 篇 1000 字以上的评论和 3 篇 400 字左右的点评，质量必须得到幻剑方面的认可。待遇为每月 100 幻剑币，每写 1 篇点评就多奖励 25 个幻剑币，多写 1 篇评论奖励 40 个幻剑币。有意加入的人需要向相应管理员的邮箱发送 1 篇 1000 字以上的评论来展示自身水平。

幻剑书盟被 TOM 网收购后，自身经历数次改版。到 2011 年版的时候，网站论坛中的幻剑点评团和文学院均已被取消。

参考资料

1. 陈龙、赖春华：《综述：网络原创文学 正在下蛋的金鸡》，原载金羊网－新快报，转引自新浪，发布日期：2003 年 7 月 29 日，http://tech.sina.com.cn/i/c/2003-07-29/1413214788.shtml，查询日期：2018 年 5 月 1 日。

2. 幻剑书盟：《书盟收费服务调查结束，内附投票结果》，原发布于幻剑书盟，发布日期：2003 年 11 月 25 日，已无法访问，转引自互联网档案馆，网址：http://web.archive.org/web/20041209181309/http://www.hjsm.

net:80/news/2003/1036.html，查询日期：2018年5月16日。

3. 江筱湖：《原创文学网站，它们都在做什么》，原载《中国图书商报》2004年10月15日，网络转载时被更名为《原创文学网站之五大世家》。

4. 皇甫征声：《"书"中自有"黄金屋"？》，《电脑报》2004年12月8日。

5. 江筱湖：《2005原创文学网站八大世家：网上网下"玩"牵手》，《中国图书商报》2005年2月4日。

6. 幻剑书盟：《2005年幻剑书盟给读者的一封信》，原发布于幻剑书盟，发布日期：2005年2月8日，已无法访问，转引自互联网档案馆，网址：http://www.hjsm.net:80/news/2003/1125.html，查询日期：2018年5月16日。

7. 张素娟：《幻剑书盟：自己长大》，《中国电子商务》2006年第1期。

8. 戴婧婷、荣郁：《玄幻小说：80后的速食读本最流行的消遣读物》，《中国新闻周刊》2006年第1期。

9. 后世史学家：《玄幻网站风云录》，发布日期：2005年4月8日—2005年7月5日，原发布处无法查询，转引自西子书院，网址：http://www.westshu.com/xiaolei32693/index.htm，查询日期：2019年1月7日。

10. 孙琲：《TOM在线2000万收购原创文学网站幻剑书盟80%股权》，原载《第一财经日报》，转引自网易，发布日期：2006年3月14日，网址http://tech.163.com/06/0314/03/2C55CFS000091KT0.html，查询日期：2018年5月1日。

11. weid：《网上阅读10年事（1998—2008）》，发布于龙的天空论坛，发布日期：2008年6月15日，后修改于2010年5月9日，网址：http://www.lkong.net/thread-236350-1-1.html，查询日期：2021年7月31日。

12. 胡笳：《网络小说的前世今生》，原发布于起点中文网，发布日期：2011年1月26日，已无法访问，转引自汗牛精舍转发至360个人图书馆的版本，发布日期：2017年2月25日，网址：http://www.360doc.com/content/17/0225/10/16040822_631863546.shtml，查询日期：2018年9月10日。

13. weid：《一部标签的丰富史，一则原创小说类型谈——试论二十一世纪以来大陆网络类型小说的兴起与演变》，发布于龙的天空论坛，发布日期：2011年12月23日—2012年1月22日，网址：http://www.lkong.net/thread-527863-1-1.html，查询日期：2018年4月20日。

14. x4489981：《永远不要高估老白评论的力量——重温幻剑书盟的衰落》，发布于龙的天空论坛，发布日期：2014年8月17日，网址：http://

lkong.cn/thread/1041041，查询日期：2018年3月31日。

15. 战斗猫：《幻剑书盟是怎么没落的?》，发布于知乎，发布日期：2015年9月25日，网址：https://www.zhihu.com/question/20663078/answer/65091699，查询日期：2018年3月31日。

16. 韩方航：《从最大的玄幻文学网站到消失，幻剑书盟做错了什么?》，发布于好奇心日报，发布日期：2017年11月15日，网址：http://www.qdaily.com/articles/47016.html，查询日期：2018年3月31日。

17.《做一个有口碑、有好看内容的精品网站——幻剑书盟前主编、纵横中文网创始人邢月访谈录》，邵燕君、肖映萱主编：《创始者说：网络文学网站创始人访谈录》，北京大学出版社，2020年。

（谭　天）

铁血网／铁血读书（https://www.tiexue.net；https://book.tiexue.net）

（一）词条

中国影响力最大的军事爱好者网络社区，成立于 2001 年。原名虚拟战争网，2001 年 9 月改名铁血军事网，创始人蒋磊。2004 年成立读书频道"铁血读书"，主打原创军事小说，被称为"中国原创军文的摇篮"。2005 年更名为铁血网。

"铁血"之名来自德意志铁血宰相俾斯麦，据蒋磊称："铁——是坚忍不拔的意志，血——是激昂澎湃的理想。"[①] 该网站具有浓厚的探讨军史知识和议论时政的氛围，活跃者多持民族主义、国家主义立场。铁血读书频道善于吸收、转化"军迷"的智慧和激情，孕育出了《从春秋到战国》（梦回汉唐，2002）、《醒狮》（卫华，2002）、《夜色》（卫悲回，2003）、《汉风》（克劳塞维茨，2004）、《石油咽喉保卫战》（中悦，2005）、《特战先驱》（业余狙击手，改编为《雪豹》，2006）、《中日战争——第三次世界大战的序幕》（最后的卫道者，2007）、《永不解密》（风卷红旗，2015）等代表性作品，部分作者后来成为著名主旋律影视剧的重要编剧[②]。

铁血读书的军事小说的思想资源，多来自铁血社区"军迷"间的交流。但随着网络审核的收紧，"军迷"的交流空间日益压缩，铁血社区于 2022 年 3 月永久关闭。

（李　强）

[①] 吴言：《蒋磊：宅男宅出的铁血网》，《人物周刊》2012 年第 12 期。
[②] 例如，克劳塞维茨（董哲）为电影《建国大业》《建党伟业》《智取威虎山》的编剧，纷舞妖姬（董群）、最后的卫道者（高岩）为《战狼》系列电影编剧。

(二) 简史

2001 年

年初，大学生蒋磊（ID 为江泪）利用免费空间，创立虚拟战争网（www.v-war.net）。他将一些军事类文章整理出来发布在该网站，上传的第一篇文章《台风今晚登陆》第二天浏览量就超过 1000。他还在不少论坛发帖留下自己的邮箱，吸引了不少爱好军事题材的网友前来投稿。

super_zyh 发布《铁流》，该作后来被视为铁血的第一部原创小说。

5 月，虚拟战争网有了第一笔 66 美元的广告收入，来自国外搜索引擎。蒋磊立即拿这笔钱买了铁血网的域名。9 月，虚拟战争网更名为铁血军事网，网站标识是狙击步枪的瞄准镜。网站改名理由是"当时很多网友很喜欢铁血宰相俾斯麦"[①]，蒋磊解释称"铁——是坚忍不拔的意志，血——是激昂澎湃的理想"。蒋磊任站长，邀请同学欧阳成为合伙人。

秋季，在网友的捐款赞助下有了自己的第一台服务器。

2002 年

9 月，转载了中华杨的《异时空－中华再起》（该作当月首发于幻剑书盟），第一天点击量就过万。

11 月，在铁血军事网点击量颇高的《我绑架了一艘航空母舰》（作者 ID：就值一文。出版时署名"一文"）在中国三峡出版社出版，这是铁血网第一部线下出版的军事小说。

铁血论坛建立，访问量急剧增长。

2003 年

本年，成为网络军事小说作者最集中的聚集地。据时任版主 Fox 回忆，当时有名的作者包括：本来就从事武器研究的西山闲人、yangbai；大热军文作者卫悲回（《夜色》）、大米稀饭（《共和国之辉》）、克劳塞维茨（《汉风》）、天俊、红色猎隼；精通军棋推演的存鹰之志、海神、devil；事业有成的龙血、盛极一时、雪狼狐、98 红茶、吃鬼子的老虎；年轻热血的布列斯、逍遥望月、狼之血印；多才多艺的美女版主孬孬、画

[①] 吴言：《蒋磊：宅男宅出的铁血网》，《人物周刊》2012 年第 12 期。

舞、小米稀饭；等等。①

2004 年

年初，电子杂志《铁血军事》创刊，主编是克劳塞维茨（本名董哲，著有《汉风》）。发刊词称："我们立志于成为我国最好的网上军事爱好者基地，为国家培训大量的军事后备人才，藏军于民。重铸我们民族的尚武精神！"

3月国内掀起"保钓"运动，25日，铁血军事网一位 ID 叫烈鹰少校的网友发表了一篇激烈檄文，导致服务器被查没，此事被称为"325 事件"。此后，一些网友转入西陆成立了"避难所"版块，号称"铁血游击队"。在蒋磊写下检讨和保证书后，网友捐款购买的服务器在4月5日得以重新上线。后来，曾在"铁血避难所"签到的网友得到了"325 留守纪念章"，为购买服务器捐款的网友获得了"325 贡献勋章"。网站人气迅速恢复。

"325 事件"成为网站发展的转折点。据时任版主 FOX 称："铁血的版主团队经此挫折，热血消退，士气低迷。论坛人多了之后，没营养的帖子、各种水楼也开始蔓延，发帖质量越来越差。这时的铁血，已经没有了当初小范围、高质量、志同道合的讨论氛围。"②

4月27日，北京铁血科技有限责任公司成立。铁血军事网管理员之间为收费阅读发生争论，最终大部分版主反对收费阅读。此时起点中文网 VIP 制度已逐渐完善，铁血网因为没有稿酬，一些优质的作者流向起点中文网。

为吸引流量，蒋磊和欧阳决定开放美女图，并设立美女图版块。一批老铁血网友觉得这是对铁血理念的玷污和背叛，女版主画舞认为这是对铁血女性的不尊重，最终导致早期的版主集体辞职。此后取消版主制度，改为职业编辑团队管理。

ID 名为马踏天山的铁血网友到北京与蒋磊见面，捐款1万元人民币，并且向铁血投资100万元人民币，取得了控股权。蒋磊任 CEO。铁血网开始商业化尝试。

6月12日，新成立的铁血读书频道（http://book.tiexue.net）对部分小

---

① 吴言：《蒋磊：宅男宅出的铁血网》，《人物周刊》2012年第12期。
② 同上。

说试行"付费提前阅读制"。克劳塞维茨的《汉风》是该网站第一本 VIP 小说。实行收费之后，该作品当日独立 IP 点击数超过 4000。

本年开始，铁血花了两年时间做网络游戏，但都以失败告终。

2005 年

网站 Alexa 世界排名进入前 1000，由铁血军事网正式改名为铁血网。

网传国家新闻出版总署发布紧急通知，要求全国网站立即下架 15 部"有严重政治问题的网络长篇小说"[①]，这 15 部小说中有多少是铁血读书首发的已不可考，但网站可能转载过其中一部分。铁血读书的许多小说受此影响而下架整顿。

漠北狼（另一个笔名是我是特种兵）的《兵王》在铁血网连载，2006 年由时事出版社出版。

7 月，签约作者卫悲回的《夜色》由北方文艺出版社出版。

8 月，《石油咽喉保卫战》修改版（中悦）在铁血发布，作者分析国际局势，还对未来十数年的重大问题作出预测，引起热议。该作于 2003 年夏在凤凰网论坛首发，凤凰网论坛改版停刊期间，作者参考读者意见，对原稿作出较多修改后发布于铁血网。

2006 年

1 月，蒋磊正式全职出任铁血科技 CEO。在此之前，他已被保送清华大学硕博连读，权衡之后决定休学两年创业。

铁血论坛开始第一次军旅征文活动，主题为"新兵"。从此之后，大量中国军人开始在铁血论坛讲述亲身经历的军旅生活、军营趣事，这成了铁血论坛的特色之一。

---

① 此通知未查到任何官方出处，不排除网友杜撰的可能。在网络流传的版本中，作品名录是一致的，包括《重建帝国》《共和国之怒》《中国特工》《共和国士兵》《新中华战记》《共和国 2049》《历史篡改者》《2008，小鹰号沉没》《民殇》《红旗漫漫》《国之利刃》《百年庆典》《我在黑暗中》《北京战争》《角落里的枪》。关于该通知的发布时间，多数人认为是 2007 年 4 月 18 日，张英在《网络文学"扫黄打非"十年记》（《南方周末》2014 年 5 月 29 日）一文中就采纳此说，且被多方引用。但根据现有资料，此通知在网络出现的时间可追溯至 2005 年 4 月 25 日，例如网友 sl72205：《中国新闻出版署查禁 15 部网络长篇小说的紧急通知》，发布于超级大本营，发布日期：2005 年 4 月 25 日，网址：https://lt.cjdby.net/thread-173599-1-1.html，查询日期：2019 年 4 月 14 日。

7月20日,业余狙击手的《特战先驱》发布于铁血网,该小说后被改编为电视剧《雪豹》(2010)。

9月26日,网友文存在铁血社区发布《进一步玷污董存瑞的人是不自量力的最后挣扎》,该帖批评《大众电影》2006年第8期发表的《〈董存瑞〉:"真实"创造的典型》(沙丹)一文,文中称"没有人看见董存瑞托起炸药包"。2007年1月5日,中国电影家协会起诉北京铁血科技有限责任公司,认为"'铁血'没有严格履行信息审查义务,导致会员'文存'发布的侵权信息使原告名誉受到严重损害"。3月8日开庭,原告改告发帖人文存。第一次开庭时,铁血社区得到了北京数十名律师组成的律师团及众多热心网友(包括老将军)的助阵。3月29日,董存瑞的妹妹董存梅和老兵将《大众电影》杂志社、导演郭维、中央电视台告上法庭。后达成庭外和解。不久,铁血社区删除了事件相关文章。

铁血网推出"东海是我们的"主题文化衫。

2007年

开设警察论坛,大量警察网友在其中讲述自己的亲身经历。

2008年

4月,在全球华人"反分裂护圣火"运动中,藏族网友无敌哥在发布《我身为藏族,可我为我的某些同胞感到不齿!》一文,该文被网友翻译成多国文字传播。

蒋磊与另一合伙人以200多万元赎回了铁血科技的控股权。

铁血网开始独立开发网页游戏《热血文明》。2008—2013年间,尝试独立开发了3款游戏,开发运营团队规模最大时达150人。

2011年

铁血旗下汽车连、捧腹网、悄悄App、钓鱼、骑行等多个项目上线。铁血网逐渐从侧重军事讨论的社区变成涵盖军迷生活的"网络生态圈"。

本年,获得渣打银行与APEC中小企业工作组颁布的"中国最具成长性新锐企业奖"。

2012年

6月,发起"关爱老兵"公益项目活动。

10月,注册用户达到1000万,月度覆盖超过3000万,PV过3亿。

2015 年

3月3日，风卷红旗的《永不解密》在铁血读书发布，该作因"采用第一人称视角和旁观者设定，通过吸纳转化网络'军迷'和网文圈的文化，为军事小说带来了鲜活之气，也在审查力量强势入场后的网络文学场里为军事小说找到了一条突围之路"，入选了北京大学网络文学研究论坛编选的《2016中国年度网络文学》（男频卷，漓江出版社，2017）。

11月5日，登陆新三板上市，成为第一家在新三板挂牌的军事网站，也是第一家在新三板挂牌的社区电商公司。挂牌当天市值超7亿。

本年，军事题材电影《战狼》票房大卖，后来的《战狼Ⅱ》成绩与口碑更上层楼。《战狼》系列的编剧四人组中，有两位出身铁血网，即纷舞妖姬（董群）和最后的卫道士（高岩）。纷舞妖姬早年活跃于铁血论坛，后转至起点中文网写出了《弹痕》（2006—2007）等知名军事小说。最后的卫道者是铁血网签约作家，代表作《中日战争——第三次世界大战的序幕》（2007—2017）长期位居铁血读书点击榜前列。

2015年3月13日，习近平主席在十二届全国人大三次会议解放军代表团全体会议讲话中提出要把军民融合发展上升为国家战略。5月，中国国防白皮书提出军民融合战略。铁血科技开始尝试为军警等专业机构提供定制化服务，12月，拿到了首张军方订单，为某武警部队生产一批主要针对火灾消防的战斗服。

2016 年

铁血科技进军影视产业，成立子公司铁血文化。推出"蒋校长"专栏（以创始人蒋磊为名开办的军事资讯专栏）、"军事头条"APP、"铁血军事"微信公众号、短视频节目《每日点兵》。

2017 年

5月2日，国家网信办发布《互联网新闻信息服务管理规定》（自2017年6月1日起施行），要求"通过互联网站、应用程序、论坛、博客、微博客、公众账号、即时通信工具、网络直播等形式向社会公众提供互联网新闻信息服务，应当取得互联网新闻信息服务许可，禁止未经许可或超越许可范围开展互联网新闻信息服务活动"。第六条指出，申请互联网新闻信息服务许可，应为"符合条件的互联网新闻信息服务提供者实行特殊管理股制度"。文化企业的"特殊管理股"制度，是指委派有关专家或者行业资深管理人员参与企业决策，行使"特殊管理股"权益，以"一票否决"的权力，把关内容、监督导向。（2013年11月15日中共十八届三中全会发布的《中共中央关于全面深化改革若干重大问题的决定》中提出，转制后的重要国有传媒企业应探索特殊管理股制度。）

8月22日，《人民日报》旗下人民网股份有限公司发布公告称，人民网将以7.89元/股的价格，认购铁血科技发行的91.33万股非限售流通股股票，占发行后铁血科技总股本的1.5%。公告称，此次发行完成后，人民网将向铁血科技推荐一名董事。铁血科技将设总编辑一名，管理层设编辑委员会，总编辑为编辑委员会负责人。编辑委员会负责聘任或解聘铁血科技采编人员，主要股东及人民网均有权推荐编辑委员会成员候选人。铁血科技将与人民网签署内容审核服务合同，由人民网负责铁血科技的内容审核工作，铁血科技支付相应的审核费用。

2018年

12月7日，人民网发布公告称，与铁血科技签订新的《战略框架协议》，铁血科技拟向人民网发行913326股普通股股票，发行价格为人民币2.85元/股。按此计算，人民网投资金额约为260.3万元。此前的2017年8月，人民网与铁血科技签署了原《战略框架协议》，此次新协议相比原协议存在多处调整：一是发行价格从每股7.89元调整为2.85元，整体投资金额从720.61万元调整为260.3万元，下调接近65%；二是铁血科技拟向人民网发行的913326股由非限售流通股修改为有限售条件股。

财报数据显示，铁血科技2018年上半年实现营业收入7658.52万元，其中广告及技术服务业务实现营业收入2405.38万元，军品业务实现营业收入5253.14万元，分别同比下降27.52%与1.2%，公司整体亏损152.63万元。

2021年

12月20日，铁血社区发帖《对不起，要和大家告别了——致亲爱的铁血家人们》，宣布："我们万分不舍却又不得不遗憾地通知大家，铁血社区将于2021年12月20日停止用户发帖、回帖功能，2022年3月1日起，铁血社区将正式永久关闭。""铁血社区起始于Web1.0，壮大在Web2.0。如今Web3.0已经来临，遗憾的是，在移动互联和万物互联的热潮中，我们没能跟上时代的发展。"铁血社区的关闭，有网络论坛这种形式"没能跟上时代的发展"的原因，但作为一个存续了20年仍有一定活跃度的网络军事社区，选择此时彻底关站，与举报风气日盛、网站审核压力空前变大的互联网环境也有关系。

参考资料

1. 铁血网的相关历史资料，部分来自互联网档案馆，部分参见铁血网，网址：http://www.tiexue.net/company/，查询日期：2018年12月10日。

2. 吴言：《蒋磊：宅男宅出的铁血网》，《人物周刊》2012年第12期。

3. Fox：《大元帅归来，开扒铁血十五年秘史》，原发布于铁血论坛，发布日期：2015年10月22日—11月18日，网址：http://bbs.tiexue.net/post_9741426_1.html，但第一季已被删除，本条所参考的第一季转引自bbbo转发至360图书馆的版本，发布日期：2015年10月13日，网址：http://www.360doc.com/content/12/0121/07/4310958_507696710.shtml，查询日期：2018年12月10日。

4. 胡笳：《网络小说的前世今生》，原发布于起点文学网，发布日期：2011年1月26日，已无法访问，转引自汗牛精舍转发至360个人图书馆的版本，发布日期：2017年2月25日，网址：http://www.360doc.com/content/17/0225/10/16040822_631863546.shtml，查询日期：2018年9月10日。

5. 唐文：《人民网参股铁血社区母公司铁血科技 负责内容审核》，发布于TechWeb，发布日期：2017年8月23日，网址：http://www.techweb.com.cn/finance/2017-08-23/2577118.shtml，查询日期：2018年12月10日。

（李　强）

SC 论坛
（https://www.sonicbbs.com）

（一）词条

中国大陆军事爱好者的重要网络聚集地，也称"音速论坛""二战论坛""上班族论坛"。成立于 2001 年，以最能体现网络论坛"集体智慧"的"跑团小说"著称。

相对于同时期的军事文化论坛铁血网，SC 论坛更加专业化、精英化，讨论水准更高。"跑团小说"主要诞生于军事架空版，最著名的是《天变——崇祯二年》（2006），以其为底本形成了群体穿越小说"临高三屠"：《迷失在一六二九》（陆双鹤，2008，起点中文网）、《一六二二》（石斑鱼，2009，起点中文网）、《临高启明》（吹牛者，2009，起点中文网）。

SC 论坛网友常就军史知识和现实问题展开辩论。为说服对手，他们往往会提供大量相关知识来"举证"，形成了"用材料说话"的讨论风气。他们在论战中也形成了自己的语言策略，擅长讽刺和戏谑，甚至以"钓鱼"[①]的方式教训对手，形成了有名的"SC 钓鱼党"。因内部冲突和技术薄弱等原因，后分为"南朝"（原 SC 论坛，服务器在上海）、"北朝"（https://bbs.northdy.com/forum.php，服务器在北京）。

（李　强）

（二）简史

2001 年

SonicBBS 聊天室和几个军事站点（战争的艺术、燃烧的岛群、德国军

[①] "钓鱼"是一种网络论争中的战术，钓鱼者依据其论敌的立场、观点与逻辑，编造具有明显事实漏洞的文章（被称为"钩子"），引诱论敌阵营转发，并在转发达到一定数量之后公布真相来"打脸"。

事中心、泥泞中的老虎等）联合推出军事论坛"音速论坛"，也被称为"二战论坛"。

2002 年

因为域名所有权者失联的缘故，Sonicbbs 改名，先后使用过 Sbanzu（为了推广一款名为上班族的游戏）、SonicChat 等名字。

经过几年发展，音速论坛的二战版块、古代战争版块、影视书刊、军事贴图、公共贴图、军事架空、灌水乐园、动漫卡通等几个版块成为论坛的主力版块。公共贴图区因为是"公知粉"盘踞的主要据点，成为 SC 最吸引眼球的地方。SC 形成了自己的网站文化，对整个互联网流行元素也有过贡献。活跃在 SC 论坛的网友称为 scer。原来的军事爱好者退缩到二战版、军普版、军事架空版等地方。此后 SC 分家出现的新论坛，基本都是这几个版的出走 scer 建立的。

但商业化运作之后，论坛的服务并没有得到很大提升，反而多次出现论坛严重停摆事件，甚至出现了每个月都有几天无法访问的情况，引起广大 scer 不满。一些 scer 出走，混迹于超级大本营、KDS、铁血、龙的天空等论坛。

2006 年

独孤求婚在 SC 论坛的军事架空版（架空区在 SB 论坛点进去之后的地址末位是 63，所以又称 63 区）上提出了一个问题："如果我们携带大量现代物资穿越到了明末，会怎么活下去并改变历史？"论坛上的网友积极参与这个帖子，贡献资料，出谋划策。由独孤求婚、紫炎法师发起，一些人认领了角色，通过角色扮演，使故事剧情持续发展。故事吸收了 winter_z《小职员穿越记》的"双向物资传递虫洞"设定和马前卒《SC 兄弟会》的"组团重建文明"设定，最终产生了类似于游戏《跑团记录》的"跑团小说"《天变——崇祯二年》。

时为军事架空版版主的"解放军席卷亚洲"因时常删帖，被版友在同人里写成了一个叫作席亚洲的小丑化的角色。

2007 年

因团队内技术维护人员缺失，网站代码无人维护，数据丢失，系统时常崩溃。从 2008 年起，就陆续有一些军宅自找服务器建立各种新站（戏称为"伪SC""伪站")。每次SC长时间的崩溃之后,各种SC新站虽然如雨后春笋般冒出,但都无法取代SC,甚至连长期生存都很难做到,有"胡无百年气运,伪站不过一年"的魔咒。直到2010年"北朝"论坛出现,SC进入了"南北朝"时代。

5月24日,灰熊猫受SC论坛的集体穿越设定启发所创作的《窃明》(2008年完结)开始在起点中文网连载。

2008年

12月7日,参与过《天变——崇祯二年》设定的大胖头鱼(陆双鹤)开始依据这个群穿设定创作《迷失在一六二九》,发布于起点中文网。该小说在当时也迅速获得了跑团众的认可,在SC、龙空军史爱好者小团体里掀起了团穿小说的第一次热潮。但此后的"白人公主事件"[①]让一些人觉得作者陆双鹤有严重的"白人至上"倾向。经此事件,加上之前在技术细节和思想观念上的分歧,在该书中扮演角色的"跑团众"纷纷失望,不再为其提供支持。

2009年

3月,SC论坛网友穆好古从网上找到毛体字字库,用画笔、扫描仪、打印机,制作出了一张所谓"三亿五千万金卢布收据"的假图,以《真相党用专图》为题,先将图片发在音速论坛上供军迷们欣赏,后来不满足于小众娱乐,又将图片悄悄地编入了"维基百科"的《中华苏维埃共和国》条目。为了宣示该图片是用以嘲弄"果粉"(即"国粉",吹捧国民党的粉丝)和"真相党"的戏谑作品,穆好古特地在信笺下方加了一行"花粉研究所制真相党专用"的页脚。不过,有好事网民故意抹去这行字,然后将图片转发到凯迪、天涯等社区论坛。"钓鱼党"概念第一次出现正是在这个《真相党用专图》的跟帖中。先是有网民(逍遥海盗)建议说:"要放长线吊(钓)更多的鱼,等个半个月再出来澄清吧。"这句话被随后跟帖的网民反复引用,网民LYKKND不失时机地振臂一呼:"钓鱼党成立了!!!祈祷早日

[①] 在小说《迷失在一六二九》中,穿越者们因为物资短缺,且害怕土著们报复,赶走了一对土著母女(第40章)。但后来,他们却以很高的待遇接纳了意大利美奇公主(第71—73章)。这种"双重待遇",激起了一些参与"小说跑团"的网友的民族主义情绪,他们认为作者陆双鹤有严重的"白人至上"倾向。

钓上鱼啊！！"①在网络论战的混乱局面下，唯有专业性的技术知识能够成为发言的资本，这也正是"钓鱼党"依赖的话语优势。

5月24日，石斑鱼的《一六二二》在起点中文网开始连载，该作是以《天变——崇祯二年》为底本的群穿小说。

6月6日，吹牛者的《临高启明》开始在起点中文网连载，这也是一部以《天变——崇祯二年》为底本的群穿小说。作者吸取了大胖头鱼的教训，接受了scer及其他龙套党提出的合理建议，小说也一直走合理化技术路线，让每个章节都能尽量经受住考证。此后，SC军事架空版几乎成了临高启明版，吹牛者也从中获得了大量养料。该作入选北京大学网络文学研究论坛《2017中国年度网络文学》（男频卷，漓江出版社，2018）。

2010年

用户无法登录SC论坛，ID为党人碑的原版主杨超将自己负责的新科动漫频道论坛www.cctvdream.com.cn开放给scer，成功吸引了大量老用户转入。www.sonicbbs.com的服务器在上海，所以称为"南朝"；www.cctvdream.com.cn的服务器在北京，故称"北朝"。

2011年

9月18日，关于"八尺"的段子引申而来的"钓鱼文"《八尺协定》②发布于飞扬军事论坛，其中有从穆好古"三亿五千万金卢布"中引申出来的"旧鱼钩"。该文先后出现在人人网、新科动漫论坛、百度贴吧、超级大本营军事论坛等多个网络社区，其中尤以人人网影响最大，吸引来不少人"上钩"，许多海外媒体也将其当作"真实秘史"来转载、引用。

2012年

7月，被称为"工业党向情怀党隔空喊话"的《大目标——我们和这个世界的政治协商》由光明日报出版社出版。此书的4位作者中有2位活跃于SC论坛，且在《临高启明》中扮演角色（任冲昊扮演马督公、王巍

---

① LYKKND在穆好古《真相党用专图》中的跟帖，发布于上班族网站，发布日期：2009年3月6日，已无法访问，转引自施爱东：《钓鱼谣言：为辟谣而造谣》，《民族艺术》2013年第6期。

② 该钓鱼文标题全称：《〈八尺协定〉——九一八80周年看中日外交史上最大的卖国条约》。

扮演司凯德)。

2013 年

时任观察者网主笔、新闻总监的任冲昊(马前卒,被网友称为"马督公")在"北朝"论坛因发言触犯论坛规则而被封杀。他在观察者网搭建了观察者 BBS,被称作"东朝",但不久就关停。

2015 年

8 月,新科动漫的非动漫部分论坛迁移到 bbs.northernbbs.cn。

2016 年

12 月底,"北朝"启用新域名 bbs.northdy.com,公众号为"看北朝"。

参考资料

1. 无法不甜:《SC 论坛简史》,发布于《临高启明》灰机 wiki,网址:http://lgqm.huijiwiki.com/wiki/SC,查询日期:2018 年 9 月 12 日。

2. 知乎网友对"国内互联网上常说的北朝论坛、南朝论坛、SB 论坛、SC 论坛、S1 论坛都是什么来历?"的讨论综合,发布于知乎,网址:https://www.zhihu.com/question/20678312/answer/104169369,查询日期:2018 年 9 月 12 日。

3. 胡勇:《18 年论坛史,这个最先进、最优越产品形态的最全面总结》,发布于钛媒体,发布日期:2016 年 2 月 7 日,网址:http://www.tmtpost.com/1503476.html,查询日期:2018 年 9 月 12 日。

4. 吹牛者、邵燕君、李强等:《〈临高启明〉与互联网时代的写作·访谈》,未刊稿,2017 年 5 月 28 日。

(李　强)

冒险者天堂
（http://paradise.ezla.com.tw）

（一）词条

中国台湾规模最大的小说原创网站之一，与鲜文学网和小说频道并称为三大繁体网络小说发行网站，由铭显文化出版社创立于2002年4月。与鲜网、说频同样采取线上连载、线下出版的商业模式，特点是内容整体风格偏向日系，尤以轻小说闻名，是台湾最重要的二次元和同人创作社区之一，诞生了《1/2王子》（御我）、《零度领域》（猫逻）等重要作品。

下设综合讨论版、书评论坛、贴图区等多个论坛，收录大量同人创作。部分作者还在网站自发结盟，组建"圆梦互助会"，以清晰明确的入会资格和会规团结作者、互助创作。2011年，网站作品总浏览量超10万的作家逾百位，其后由于大陆原创网站的竞争与台湾出版市场的萎缩，原创网站—租书屋的经营模式难以维系，影响力随之下降，仅靠同人创作维持热度。社交平台兴起后，同人创作也纷纷转移，网站再无生存空间。

2015年9月4日，站内公告宣布以Facebook作为主要平台，原冒险者天堂小说论坛将于10月30日停止运营。2016年10月4日，宣布停业，将业务移交飞燕文创。飞燕文创同期开辟新冒险者天堂网站（http://paradise.feiyan.tw），与旧冒险者天堂网站并存。2018年6月25日，飞燕文创/冒险者天堂Facebook官方账号宣布旧网站将于2018年7月15日凌晨闭站，资料统一迁移至新网址。2021年12月1日，宣布新冒险者天堂将于12月31日正式闭站。

（李重阳　吉云飞）

（二）简史

2002年

4月，铭显文化出版社成立，主要出版轻小说、杂志书和杂志，同期创建网络投稿小说平台冒险者天堂。

8月,《神魔变》(白夜)开始连载,小说总点击量超过320万,位列总榜榜首,是网站初期最重要的小说。

2004 年

6月,《1/2王子》(御我)开始连载,卷一《传说的开始》同年10月由铭显文化出版。小说总点击量超过230万,是网站最具影响力的轻小说。

8月,《混乱学园》(猫逻)开始连载,总点击量超过120万。小说首发于起点中文网,但由铭显文化在台湾出版。

2008 年

6月,举办璁假轻小说展。

2010 年

4月,界面迎来重大改版,其中公会部分将文学公会以及亲友公会分为两个版面,并简化公会活动流程;讨论版新增"全部留言板"一栏。

2014 年

举办年度轻小说征稿活动。

2015 年

9月,站内公告宣布以Facebook作为公司主要平台,原冒险者天堂小说论坛将于10月30日停止运营。后又发布公告称撤回停站通告。

2016 年

10月,铭显文化在官方Facebook发布消息,称公司因经营问题停业,下属作品版权交由飞燕文创运营。飞燕文创接手原官方Facebook账号以及站点,同期开设新冒险者天堂网站。

2018 年

6月,冒险者天堂/飞燕文创Facebook官方账号宣布旧网站将于7月25日闭站,相关资料正在迁移至新站。

2021 年

12月31日,新冒险者天堂闭站,Facbook官方账号仍在运营。

参考资料

1. 绿裛：《两岸原创文学网站之冒险者天堂》，发布于明日武侠电子报，发布日期：2011年7月1日，网址：https://paper.udn.com/udnpaper/POI0028/197189/web/，查询日期：2022年8月2日。

2. 李洛克：《冒险者天堂关站！网路小说的版图和未来？》，发布于故事革命，发布日期：2015年9月4日，网址：https://www.rocknovels.com/ezla.html，查询日期：2022年8月2日。

3. 新人×文龙：《小说网站〈冒险者天堂〉即将关站》，发布于巴哈姆特，发布日期：2015年9月7日，网址：https://home.gamer.com.tw/creationDetail.php?sn=2955438，查询日期：2022年8月3日。

4. 薇依：《冒天掰掰》，发布于巴哈姆特，发布日期：2016年10月6日，网址：https://home.gamer.com.tw/creationDetail.php?sn=3345196，查询日期：2022年8月4日。

5. 炎忏：《关于冒险者天堂的种种回忆》，发布于巴哈姆特，发布日期：2018年5月23日，网址：https://home.gamer.com.tw/artwork.php?sn=3999050，查询日期：2022年8月2日。

6. 铭显文化维基百科词条，发布于维基百科，发布日期无法查询，网址：https://zh.m.wikipedia.org/zh/%E9%8A%98%E9%A1%AF%E6%96%87%E5%8C%96，查询日期：2022年8月3日。

7. 飞燕文创/冒险者天堂Facebook页面，网址：https://www.facebook.com/FeiYan2016，查询日期：2022年8月4日。

（李重阳　吉云飞）

起点(起点中文网/盛大文学/阅文集团)
(https://www.cmfu.com;
https://www.qidian.com)

(一)词条

全球规模最大、最具开创性和影响力的文学网站。成立于2002年5月15日,其创建并成功运行的"起点模式"(包括VIP付费阅读制度、职业作家制度和读者反馈机制),奠定了中国网络文学的基本形态。在中国网络文学发展的总体格局中,"起点"长期处于领先和主导地位,孕育了绝大多数男频重要作家,网络文学发展进程中次第兴起的重要网文类型也大都诞生、壮大于此。

"起点"的发展大致经历了起点中文网、盛大文学和阅文集团三个阶段。前身是宝剑锋(本名林庭锋)、意者(本名侯庆辰)、黑暗左手(本名罗立)等人于2001年11月在西陆BBS成立的中国玄幻文学协会(Chinese Magic Fantasy Union,简称CMFU)。2002年5月,宝剑锋、藏剑江南(本名商学松)、黑暗之心(本名吴文辉)、意者、黑暗左手、5号蚂蚁(本名郑红波)等人正式建立起点中文网(宝剑锋任站长),2003年10月试运行VIP付费阅读制度,取得成功。

2004年8月,起点中文网被上海盛大网络发展有限公司收购。借助盛大游戏的点卡支付渠道优势,VIP付费阅读制度得以稳固发展,职业作家制度和读者反馈机制随后逐步建立,体系完备的生产机制将中国网络文学的发展带进商业化时代。2005年5月15日,起点女频上线。2008年7月,盛大文学有限公司成立,吴文辉任总裁,侯小强任CEO。盛大文学旗下有起点中文网、晋江原创网和红袖添香文学网三个各具代表性的文学网站,此后又陆续收购榕树下、潇湘书院、小说阅读网等重要网站,号称"网络文学的航空母舰",并主动与传统文学界多方合作,推动中国网络文学走上集团化、主流化发展的轨道。2009年11月,起点女生网上线。2010年,与中国移动手机阅读基地合作,为无线阅读提供内容。2013年3月,起点创始团队集体离职，5月创建创世中文网（www.chuangshi.qq.com，腾讯集团注资）。2013年9月，主打女频的云起书院上线，与创世中文网、QQ阅读共同构成腾讯文学的内容版图。2015年3月，腾讯文学与盛大文学整合，起点创始团队重掌"起点"。新组建的阅文集团（吴文辉、梁晓东任联席CEO，商学松任总裁）大力发展移动端（QQ阅读、起点读书APP），以"全民阅读"和"泛娱乐"IP开发为核心战略。2017年5月，起点国际（Webnovel）上线，成为中国网络文学海外传播的第一个官方平台。2017年11月，阅文集团在香港联合交易所上市。2020年4月，以吴文辉为首的起点创始团队集体荣退，程武（时任腾讯集团副总裁）出任阅文集团CEO，阅文集团被进一步纳入腾讯的泛娱乐产业布局中。

"起点"一直是网络文学生产机制的探索者和标准制定者。从爱好者论坛到商业化网站，从粉丝经济到资本运营，从PC端到移动端，从国内发展到海外传播，"起点"经过不同商业模式和媒介形式的嬗变，形成了不断完善发展的"起点模式"，成为行业标杆。可以说，"起点"的发展历程本身就是一部中国网络文学发展史的缩影。

（李　强　邵燕君　吉云飞）

（二）简史

2001年

11月，宝剑锋、意者、黑暗左手等人在西陆论坛创建中国玄幻文学协会。不久，搭建CMFU论坛网站。协会里活跃的还有读书之人、老猪、PIG、木头等早期代表性作家。[①]

[①] 根据2002年3月27日玄幻文学协会的网页截图，玄幻文学协会名誉会员有：罗森、典玄、老猪夜摩、无常、杨叛、波波、勿用、意者、幻冰、影动、无限、九虎、冷钻、周易、亚伯、碧绿海、宝剑锋、易飘零、梦非天、舞叶缃、二代淇、月桂树、独自醉、飞上天、金魔针、焰冰凌、rayiii、读书之人、黑暗左手、灭世天使、半只青蛙、kelen999、寒月清光、服部半藏、不胖老高、mayasoo、sendoh、雅娜卡拉、小分队长、痴人弄蝶、月夜见、X、清风明月1980、夜星、kaya、百里芜虚、tomgod、红颜爱红颜、烂袖、黑色天空、海知风、霜满天、windy、合伙人、圣者晨雷、Necroman。资料来自互联网档案馆，网址：http://web.archive.org/web/20020327155042/http://www.cmfu:80/，查询日期：2018年8月10日。

2002 年

5月15日，玄幻文学协会改名为原创文学协会，筹备成立文学网站。筹备当天，江南武士闯进聊天群，对协会的书库提出诸多意见，得到协会成员认可。江南武士改名藏剑江南，以自己设计的江南书库为蓝本设计新的网站架构，并拉来黑暗之心加入协会负责网站后台设计。

6月，起点中文网（www.cmfu.com）正式上线。宝剑锋、黑暗之心、藏剑江南、意者、黑暗左手、5号蚂蚁为共同创始人，站长为宝剑锋。网站小说分类有玄幻魔法、武侠异侠、历史军事、都市言情、推理灵异、科幻动漫、散文诗词，该标准参照了龙的天空、幻剑书盟，但有细化扩展。书库设置有推荐票、积分、作家评论区、精华，读者可以从书架点击进入阅读页、详情页，了解作品简介、字数、更新信息、作家简介等，用户体验远超同类型网站。

9月，起点论坛建立。

年底，作者计有408位，作品624部。

2003 年

6月28日，在《传奇文学选刊》杂志社举办的"大然传奇中国首届奇幻文学笔会"上，宝剑锋等人提出VIP方案，但不被同行看好。

8月，推出第二版升级版本，推动网站流量大幅上涨，赢得2003年个人网站大赛第一名。此后，这一版本长期成为网文行业的网站设计模板。

8月16日，日PV访问量达到335万人次，日更新作品210部，世界排名1050。

成立"起点原创文学工作室"，下分写作组、评论组和出版组。写作组根据出版社或杂志社的要求接稿，完成相关写作任务，负责推动起点中文网本地原创文学的发展，负责人为5号蚂蚁。评论组接受起点站内作品的自荐，对自荐作品进行内容、风格、文字等方面的评论，并将评论结果进行分级，评论级别为优秀的作品将获得首页的全力推荐，拥有更多的出版机会，负责人为倚舟刻剑。出版组接受站内的原创文学作品投稿，在规定时间内进行第一次审稿后，将合格作品推荐给出版社或杂志社，负责人有砖头小妖、黑暗左手、宝剑锋、意者、藏剑江南。

8月，因在幻剑书盟连载《我就是流氓》而引起争议的血红转投起点中文网，26日，开始连载《林克》。血红的加入，为起点中文网带来了巨大流量。

9月17日，起点书库收录的原创文学作品达到3000部。

国庆节期间，刚成立数月的天下书盟抢先推出VIP付费阅读制度，不但收费模式和标准（千字2分）与起点一致，还从起点挖走半数将加入VIP计划的作者和两位版主。[1]

10月10日，推出第一批8部VIP付费阅读作品[2]，VIP会员计划正式启动。起点中文网决定在第一个月对会员免费，并且确立了2分/千字的收费标准。成为VIP读者至少要交纳50元人民币，其中30元是第一年VIP会费，剩下款项兑换成等额的起点虚拟货币，作为预存阅读费用。为吸引作者，起点首月将所有订阅收入分配给作者，因此首月就有作者稿费超过千元（流浪的蛤蟆《天鹏纵横》第一个月拿到稿费1296.08元，每个章节的平均订阅数超过500；圣者晨雷的《神洲狂澜》第一个月拿到稿费441.46元）。

10月26日，启用新域名www.qidian.com。

11月10日，VIP优惠期结束，此时共有23部VIP作品。

12月，访问量首次跃居世界前500，国内排名前100。

2004年

年初，起点书库作品达6000部。

2月14日，在上海举办书友会，这也是网站创始人两年多来第一次线下集体见面。

3月21日，网站日流量2100万，日更新公众作品650多部，日更新VIP作品32章次。

5月31日，网站访问量世界排名100，成为国内第一家跻身世界百强的原创文学门户网站。

8月26日，注册成立上海玄霆文化传播有限公司，吴文辉任总经理。

---

[1] 材料来源为词条编撰者对起点中文网创始团队的采访，以及在网文界的求证。参见《起点中文网的"总设计师"——起点中文网创始人藏剑江南访谈录》，邵燕君、肖映萱主编：《创始者说：网络文学网站创始人访谈录》，北京大学出版社，2020年。

[2] 据现有网页资料，当时通知"隔晚独家首发VIP作品《十六少年兄之山猫》、《现代军人启事录》、《启示录（NewRevelation）》各一章"。资料来自互联网档案馆起点中文网2003年10月5日页面，网址：http://web.archive.org/web/20031005052813/http://www.cmfu.com:80/，查询日期：2018年8月10日。

8月，以2000万元人民币的价格被盛大网络收购，成为盛大全资子公司。据起点创始人团队回忆称，当时TOM网提供的收购方案出价更高，还有办理香港定居绿卡的承诺，但起点创始人必须在两年之后离开；盛大则承诺保留创始人团队。因此，起点创始人团队选择了盛大。①

9月，开始接入盛大游戏的点卡支付系统，盛大的点卡支付系统有覆盖全国的销售网络。此前，VIP付费阅读多是通过银行汇款的形式。据宝剑锋称，盛大对起点最大的支持就是点卡系统，还有在游戏中导流，促进了起点用户群的扩大。②

2005年

2月，推出月度评选票，简称"月票"，读者可对当月自己满意的VIP作品进行投票。经过10余年的发展，月票制度多次完善。月票榜在很长一段时间内是作者和读者最为看重的榜单。

3月31日，推出"起点职业作家体系"，开始招聘职业作家，实行保底年薪制，即底薪＋分成＝年薪。该计划要求作者每月更新字数达到8—10万字、平均订阅数3000—5000；超出3000订阅的部分，每一个订阅的每千字分成1分。起点中文网选聘了8大职业作家：血红、流浪的蛤蟆、碧落黄泉、肥鸭、周行文、最后的游骑兵、云天空、开玩笑。其中，云天空的年底薪为税后5万元。职业网络文学作家大规模出现。

5月15日，在成立3周年庆之际，推出了VIP用户分级体系，VIP用户被分为初级VIP会员和高级VIP会员。前者充值30元，VIP章节每千字付费3分；后者充值50元，VIP章节每千字付费2分。此后，这一分级体系进一步细化，不同等级读者获得的保底月票和订阅月票的数量不同。同日，起点女生频道成立，主打女性网络原创文学。

7月31日，宣布当月签约作品稿酬发放突破100万元。

10月，推出作家福利制度，通过以网站补贴的形式奖励作家来建设创作扶持体系，并推动作家福利制度成为网文行业标准，为网络文学创作持续化、作家职业化提供重要制度保障。

12月，网站宣布累计支付作者稿酬达到1500万。

---

① 《网络文学崛起的历史细节——起点中文网创始人宝剑锋访谈录》，邵燕君、肖映萱主编：《创始者说：网络文学网站创始人访谈录》，北京大学出版社，2020年。

② 同上。

2006年

4月1日,起点中文网实施"天道酬勤——起点签约作者保障计划",规定:"凡签约起点电子分成协议的起点作者,自作品上架第二个月起,凡每个月发表字数超过十万字但单月稿酬不足800元的作品,可以向起点中文网提出加入作者保障计划,起点中文网根据申请会将其稿费补足为800元发放,以保证作者每月稿酬最低收入为800元。当作品单月稿酬(含正常稿酬+奖励稿酬)超过800元时,则按正常应得作品稿酬发放。"这是起点中文网"低保"制度的雏形。

5月25日,一起看文学网(www.17k.com,简称17K)成立。由原起点中文网编辑黄花猪猪(潘勇)牵头,中文在线投资组建。起点在这一次"挖人"竞争中损失巨大,原团队17个编辑中有11人出走,包括蛋妈(苏小苏)、血酬(刘英)等核心员工。同时,17K又以高价买断的承诺挖走了血红、云天空、酒徒、烟雨江南等堪称"台柱"的顶尖作者。

7月10日,为应对17K的竞争,推出"白金作家计划"。首批签约的"白金作家"包括唐家三少、流浪的蛤蟆、我吃西红柿和梦入神机。

8月,宣布启动作家福利中的"半年奖"项目,首个"半年奖"即发放150万元。

9月,日平均浏览量突破1亿。

10月,推出起点移动书库,在2007第三届中国优秀无线互联网站点TOP50强评选活动中位列前50。

11月,推出起点漫画频道。

12月,推出起点海外站,面向繁体阅读为主的港台市场。

设立"三江阁",由编辑发掘文笔好、有创意和有深度的新书入榜。"三江榜"是起点唯一的人工推荐榜单,长期肩负着起点中文网平衡小说文学性和商业性的责任。

2007年

3月7日,盛大宣布向起点中文网增加1亿注册资本。起点推出"千万亿计划"。其中,"亿"即盛大集团向起点中文网增加1亿注册资本。"万"主要是针对原创作者的一项综合福利计划。增资以后,起点向所有的起点签约作者承诺,在完成与起点所签署合同的前提下,将给予他们一年不少于1万元人民币的收入保证。"千"是千人培训计划,建立专项教育培训基金培训作者，包括"网络作者文学创作高级研修班"。

4月，与上海社科院联合举办"网络文学创作高级研修班"，这是首个网络文学与研究机构合作的培训项目。

5月，发布《起点作家完本奖励计划》。

7月，提出2007年起点作家福利体系，对作者许诺较高福利。作者只要月更4万字即可拿到完本奖。

2006—2007百度小说年度搜索排行榜前10部作品中，有8部来自起点中文网。网站流量排名居全国网站30强。

2008年

1月，推出WAP站。

1月，起点女频包月用户突破2万。

7月1日，开始实行新的《起点作品"完本奖励"计划》，规定"凡签约并遵守起点电子分成协议的起点作者在签约作品上架销售半年期间内，凡每月完成更新6万字的签约作品，即可获得协议稿酬40%的稿酬奖励"。

7月，盛大文学有限公司成立，吴文辉任总裁，侯小强任CEO。盛大文学旗下有起点中文网、晋江原创网（50%股权）和红袖添香文学网（60%股权）三个各具代表性的文学网站，中国网络文学开始走上集团化发展的轨道。此后，盛大文学继续展开一系列并购，收购一大批文学网站及出版公司，号称"中国网络文学的航空母舰"。具体包括：2009年，收购聚石文华、中智博文、华文天下51%股权、榕树下51%股权；2010年，收购女性向文学网站潇湘书院70%股权、小说阅读网55%股权、天方听书网60%股权、悦读网53.5%股权。

9月9日，盛大文学举办"30省作协主席小说擂台赛"。刘庆邦、蒋子龙、谈歌、杨争光等30位在省作协担任主席、副主席的作家，于起点中文网连载自己的长篇小说，主办方根据读者点击率和网络评委的评审进行评奖，冠军得主将获得人民币10万元奖金。"擂台赛"开始不久即引起争议，盛大文学先后将名称改为"全国30省作协主席小说竞赛""全国30省作协主席起点写作大赛""全国30省作协主席小说巡展"。2009年9月，"巡展"结束。吉林省作协主席张笑天凭《沉沦与觉醒》获得一等奖，点击量为240多万。当时起点中文网点击排行榜前50的网络小说，点击量至少千万。

2009年

1月1日，推出粉丝值系统，通过提高读者荣誉度区分来提升读者的参与积极性和消费意愿。起点中文网成为第一批大规模使用粉丝互动道具的网站。

年初，中国移动手机阅读基地启动建设，在10月试运营。起点中文网开始为其提供内容。

4月，血红从17K小说网回归起点中文网。

6月，推出"打赏"功能。"打赏"是一种自愿付费模式，收入由网站和作者平分。

10月28日，推出"打赏月票"，即VIP会员每给主站VIP作品一次性打赏100元人民币，系统就将自动为该作品送上1张月票，单部作品的赠送上限为5票。"打赏"很快成为读者粉丝支持自己喜欢的作家最直接有效的方式。

11月18日，起点女生频道改为起点女生网。

本年，腾讯公司的QQ阅读APP在塞班系统发布，2011年3月，正式在Android与iOS端发布1.0版本。2011年1月，掌阅的iReader正式发布。移动端阅读逐渐兴起。

2010年

1月1日，又推出新的《起点作品"完本奖励"计划》，规定："凡签约并遵守起点电子分成协议的起点作者在签约作品上架销售半年期间内，每月完成更新VIP字数6万以上（含6万，但不包括免费章节字数）以上的签约作品，即可获协议稿酬20%的稿酬奖励。凡签约并遵守起点电子分成协议的起点作者在签约作品上架销售半年期间内，每月完成更新VIP字数12万以上（含12万，但不包括免费章节字数）以上的签约作品，即可获得协议稿酬40%的稿酬奖励。在实现完本奖励的同时，配合创作全勤计划，还可以获得500元全勤奖金！VIP作品上架当月与完结当月的完本奖励均不受VIP更新字数限制。"

7月，梦入神机、方想从起点中文网转到纵横中文网。

9月，盛大文学成立云中书城，并将无线运营和版权运营单列，不再由原创网站直接对接，而由盛大统一运营。

11月8日，起点出版频道改为起点文学网，下设都市·校园、官场·职场、婚姻·言情、历史·军事、悬疑·灵异、社科·乡土6大类别，并设置出版专区以及完本作品展示专区。

2011 年

2月，流浪的蛤蟆从起点中文网转到纵横中文网。

5月，盛大文学在美国纽交所申请 IPO，但因美国资本市场环境惨淡，被迫推迟上市。

7月21日，原计划在7月下旬路演的盛大文学在海外称，已决定暂停在纽交所融资2亿美元的首次公开募股（IPO），直到市场状况改善为止。

11月，盛大文学发布云中书城移动互联网战略。据盛大文学2011年财报显示，2011年无线业务收入急剧增长，达到1.74亿元，同比大增188.2%，盛大文学提供的内容自移动阅读基地运营以来截至2011年年底总访问用户数1.15亿；2011年年度总访问用户数6800万，总付费用户数2100万，月均pv16亿；在原创畅销总榜前10中占比60%，在原创畅销总榜前100中占比50%。其中阅读市场上比较受欢迎的《斗破苍穹》和《很纯很暧昧》分别排名第一和第二。

本年，盛大文学成为中国移动手机阅读基地最大付费内容供应商，同时，也是三大移动运营商阅读基地最大的内容提供商。

2012 年

2月，盛大文学再次向纽交所提出上市申请。但因为估值没有达到盛大文学理想中的水平，最后放弃纽交所 IPO。根据同期股权转让情况，盛大文学自身认可的估值约在8亿美元。

4月，盛大文学公布数据，自2012年第一季度开始正式盈利，净利逾300万元。

2013 年

1月9日，起点中文网副总经理、起点中文网创始成员之一罗立（黑暗左手）宣布从起点中文网离职。

3月2日，起点中文网核心团队集体请辞，创始人吴文辉与20多名核心中层出走。盛大文学 CEO 侯小强宣布接管起点中文网，并在内部信中直斥起点中文网提出辞职的部分员工缺乏职业精神和商业伦理。该信被转载到龙的天空论坛，引起很大反响。9日，起点离职团队人员纷纷在龙的天空"网文江湖版"发言，讲述出走原因。11日，盛大集团 CEO 陈天桥首次回应"起点出走"事件，称侯小强作为 CEO "是称职的"，盛大会"全力支持他继续做大做强"。

5月30日，由腾讯注资的创世中文网（www.chuangshi.qq.com）上线，随吴文辉团队出走的前起点中文网内容运营部副总监杨晨出任总编辑。

7月9日，盛大文学宣布已完成总计1.1亿美元的私募融资，将推出开放战略，以盛大文学旗下起点中文网为承载平台，让作者的作品能够自主上架销售，并享有分成和奖励。此外，盛大文学宣称要重塑起点中文网作者收益模式，连载订阅销售收入将通过"分成＋奖励"的形式，100%返还作者。但这在实际操作中难以实现。

9月6日，云起书院（yunqi.qq.com）成立，与创世中文网、QQ阅读共同构成腾讯文学的内容版图，主打女频内容。2015年3月腾讯文学与盛大文学联合成立阅文集团后，云起书院成为阅文旗下最主要的女频网站之一。

9月10日，腾讯文学正式成立，创世中文网为旗下核心网站。此时，网络文学阅读市场逐渐从PC转向以移动设备为主的多端融合。腾讯文学在无线门户、QQ阅读以及手机QQ阅读中心等移动阅读渠道上有巨大优势。腾讯旗下原本已有腾讯读书（2004年9月上线）原创频道、原创阅读网（原华夏原创网，成立于2011年12月）等网文平台，为打造腾讯文学，对既有内容进行了整体性的整合，将男频内容迁移至创世中文网，女频内容则迁移至云起书院，且推出QQ阅读APP作为移动阅读平台。

12月12日，盛大文学发布公告称，侯小强由于身体原因，"需要较长时间的专心治疗和休养"，提出辞职申请。董事会批准侯小强辞去盛大文学CEO的申请，特聘其担任盛大文学高级顾问。

2014年

4月15日，纵横中文网和起点中文网达成合作，纵横中文网的小说将会逐步接入起点中文网，互为第三方渠道。该计划于腾讯收购盛大文学后终止。

4月，竞业限制期满的吴文辉出任腾讯文学CEO，全权负责腾讯文学管理和运营工作，商学松为腾讯文学总裁。

11月19—21日，第一届世界互联网大会在乌镇举办。马化腾在会上发表题为《连接时代的探索》演讲，表示将借助"泛娱乐"打造IP新生态。次年，"泛娱乐"这一从2011年提出的概念被业界公认为"互联网发展八大趋势之一"。

11月，腾讯通过第三方资本运作以50亿元人民币收购盛大文学。12月5日，起点中文网和创世中文网同时发布公告，互为第三方渠道，稿酬在扣除渠道费之后再五五分成。

2015 年

1月4日，起点中文网的注册公司上海玄霆娱乐信息科技有限公司的法人变更为腾讯文学CEO吴文辉。至此，起点创始团队重新执掌起点中文网。

3月，腾讯文学和盛大文学联合成立的新公司阅文集团正式挂牌。吴文辉和原盛大文学CEO梁晓东担任联席CEO，负责公司战略规划；商学松任总裁，负责公司运营；林庭锋担任高级副总裁，负责公司内容。

3月30日，在UP2015腾讯互动娱乐年度发布会上，阅文集团CEO吴文辉宣布基于腾讯文学的全新的阅文集团正式成立，强调"全民阅读"的集团发展目标，力图打造中国最大最全最优质的数字阅读平台。他表示，"不让作家继续清贫，不让读者无书可看"的网络文学梦想已经实现。"互联网时代的阅读是广义的"。因此，对于新的阅文来说，基于文本进行全产业延伸的"泛娱乐"依然是集团的核心IP战略，并且随着平台扩大而得到加强。集团将在开放合作的基础上，严格把控合作方的资质与开发行为，并打通产业链，深入IP开发制作过程，以保证IP价值在出版、影视、游戏、动漫、音乐、周边等各产业领域的充分开发、优质开发，让"文学超越文学"。①

7月1日，阅文集团正式将月票榜升级为"福布斯·中国原创文学风云榜"，该榜单包含了阅文集团旗下起点中文网、起点女生网、创世中文网、云起书院的所有上架销售作品（不含出版类作品），第三方授权作品也将陆续开放。

7月，阅文集团宣布战略投资国内最大音频分享平台喜马拉雅FM，并与喜马拉雅FM就文学作品有声改编和文学IP的衍生开发等展开合作。

2016 年

1月，"2015年度福布斯·中国原创文学风云榜"颁奖盛典在上海举行。盛典期间，阅文集团主持发起"正版联盟"。阅文集团CEO吴文辉提出"打造2016年网络正版元年"。

3月，上海浦东新区人民法院对起点中文网起诉神马搜索及UC浏览

---

① 《阅文集团正式亮相，吴文辉领启"全民阅读"》，发布日期：2015年3月30日，网址：http://up.qq.com/webplat/info/news_version3/7694/11827/11828/11830/m9146/201503/311403.shtml，查询日期：2018年6月10日。

器侵权一案作出一审判决。判决认定 UC 浏览器内搭载的神马搜索提供转码阅读是侵权行为，要求神马搜索等停止侵权并赔偿起点中文网损失。该案件成为认定转码搜索侵权行为的第一案。同月，阅文集团启动内容品类化运营改革，网络文学内容进入深度运营时代。

5月，阅文集团发起"对盗版 SAY NO"等系列活动，呼吁正版阅读，数百位知名作家、明星、公众人物参与。

6月，阅文集团推出"IP 共营合伙人制"，尝试链接全产业链上下游。

12月13日，中国作协网络文学委员会上海研究培训基地在上海大学挂牌，该基地由中国作协网络文学委员会、上海市作协、上海大学中国创意写作中心、阅文集团共同创办。第一期"网络文学高级研修班"同日开班。府天、孑与2、希行等24名历史类网文作者成为研修班首批学员。

2017 年

2月13日，阅文集团发布《2016 网络文学发展报告》。报告显示，该年度阅文集团网络文学用户规模首次超过3亿；新增网文作品50万部以上；总计稿酬发放近10亿元，超过100万年薪作家超100人；旗下有唐家三少等8位作家入选中国作协全委会委员。

2月，"本章说"上线，这一参照弹幕评论机制设计的评论功能极大地调动了读者粉丝的参与热情，增强了网络文学的移动互联网属性。

5月15日，起点国际正式上线，宣称目前以英文版为主打，将逐步覆盖泰语、韩语、日语、越南语等多语种阅读服务。

6月6日，召开阅文集团首届"生态大会"，开启"全内容生态模式"。同月18日，阅文集团携手腾讯影业、腾讯游戏和万达影视成立合资公司，打造航母级的 IP 开发新模式。

7月4日，阅文集团发布招股说明书，披露了一系列重要的内部数据。数据显示，截至2016年12月，阅文集团平台上共有530万名作者，原创作品800万部。截至2017年6月，阅文集团自有平台及自营渠道的月活跃用户总数为1.918亿，月付费用户为1150万，营收额为19.24亿元，上年度同期为10亿元；期内盈利为2.13亿元，上年度同期为亏损238.1万元。

11月8日，阅文集团在香港联合交易所正式挂牌上市，宣称为首登资本市场的"网络文学第一股"。开盘当天上涨约63%，报收于90港元，市值达到816亿港元。

11月22日,"阅文集团·上海大学创意写作学科产学研合作"签约仪式在沪举行。自此,中国网络文学第一个创意写作硕士点正式设立。

2018年

1月15日,由上海市新闻出版局支持、阅文集团主办的第二届网络原创文学现实主义题材征文大赛颁奖仪式举行。《大国重工》(齐橙)获特等奖,《明月度关山》(舞清影)获一等奖。

1月28日,阅文集团与湖南卫视共同举办"2017阅文超级IP风云盛典暨第三届中国原创文学风云榜盛典",设立包括年度原创风云榜、年度改编潜力IP、年度潜力作家、年度影视改编IP、年度动漫改编IP、年度值得期待的游戏改编IP、年度受海外欢迎IP、年度成就作家、超级IP男女演员等榜单。辰东《圣墟》与叶非夜《亿万星辰不及你》分别获"男生作品"与"女生作品"榜单冠军,猫腻《择天记》获"年度原创最佳影视改编",蝴蝶蓝《全职高手》获"年度原创最佳动漫改编"。

3月29日,中国作协网络文学委员会、上海市新闻出版局、上海市作家协会、阅文集团在上海市作家协会联合主办"中国网络文学20年发展研讨会"。会议公布了"中国网络文学20年20部优秀作品"榜单,猫腻《间客》(2009)荣登榜首,评委给予"网络小说的巅峰之作"之评语,痞子蔡《第一次的亲密接触》(1998)居次席。

9月12日,阅文发布红袖读书APP。作为汇集阅文旗下女频内容的移动阅读APP,该平台整合了起点女生网、云起书院、潇湘书院、红袖添香、小说阅读网、言情小说吧的作家作品。

为应对"三江阁"人工榜单难以处理海量新书的问题,上线"新书投资""新书押宝"功能,调动"老白"力量参与挖掘新人。

2019年

1月,阅文集团旗下免费阅读APP飞读小说上线。相较其他免费阅读APP,飞读小说虽然诞生较晚,但在内容上拥有绝对优势。阅文此前积累的众多大神完结作品,如唐家三少的《斗罗大陆》、辰东的《完美世界》都出现在其中供读者免费阅读。

2月18日,阅文集团正式发布《2018网络文学发展报告》,指出已有多年发展历史的网络文学正不断进化和迭代,在各个维度均展现出全新的面貌特征。

3月18日，公布了2018年全年财报。财报显示，阅文集团2018年共实现营收50.4亿元人民币，同比增长23%；全年经营利润达11.15亿元人民币，较去年同期增长81.4%；全年净利润9.106亿元，同比增长63.7%。然而，平台及自营平台渠道平均月付费用户数从2017年的1110万下降至2018年的1080万，付费比率从5.8%下降至5.1%。

5月21日，起点中文网发布"正视问题 严肃整改"的置顶公告。表示为严格落实有关部门要求，自5月21日15:00起至5月28日15:00止，起点中文网"异术超能"、起点女生网"N次元"栏目暂停更新7天，进行全面彻底的自查整改。

6月27日，阅文集团旗下的阅文游戏召开《新斗罗大陆》发布会。《新斗罗大陆》是成立于2015年的阅文游戏自主研发的第一款手游。

7月23日，阅文集团发布公告招募举报志愿者。公告称：为了积极响应上海市委网信办指导，新民网和上海市互联网违法和不良信息举报中心主办的"争做中国好网民 上海网民在行动"活动，加强阅文平台内用户对网络不良信息的认知，扩大网络举报志愿者队伍，夯实网络举报工作基础，即日起，特向平台内用户招募志愿者。

8月12日，阅文集团公布2019年上半年财报。财报显示，阅文集团2019上半年实现总收入29.7亿元人民币，同比增长30.1%；毛利为16.2亿元，同比增长35.5%；版权运营收入同比大增280.3%至12.2亿元。然而，在线业务收入同比减少11.5%至16.63亿元，占总收入56%，而上年同期该版块占比高达82.3%。其中，自有平台产品在线业务收入同比减少10.1%至9.85亿元；腾讯产品自营渠道在线业务收入同比减少13.7%至4.31亿元；第三方平台在线业务收入同比减少13.2%至2.46亿元。付费读者数量从1070万下降至970万。

8月28日，阅文集团与上海图书馆合作设立"中国网络文学专藏库"，通过永久保存的形式，收藏阅文集团旗下网络文学作品电子版，《将夜》（猫腻）、《大国重工》（齐橙）、《写给鼹鼠先生的情书》（吉祥夜）等10部作品首批入藏。

9月16日，阅文集团出台新版《阅文用户服务协约》，将付费订阅的服务期限修改为1个月。同时规定，超出服务期限后，阅文将尽最大努力无偿地延长阅读期限，但如收费小说超出上述服务期限后因版权纠纷、作者或作品自身原因（如违反法律法规、政策的规定或行业的规则、涉及侵权纠纷、违反公序良俗等）导致作品下架、被屏蔽无法正常阅读的，阅文不承担任何责任。

12月25日,阅文集团与彩云科技合作的30部人工智能翻译网文作品上线起点国际,AI翻译逐步登上网络文学对外传播的舞台。

2020年

1月18日,阅文集团与东方卫视共同举办"2019阅文原创文学风云盛典",发布2019年度中国原创文学风云榜,爱潜水的乌贼《诡秘之主》、叶非夜《好想住你隔壁》分别位列男频、女频榜首,猫腻《庆余年》获2019阅文原创文学风云盛典超级影视改编作品推荐。

2月18日,中国社会科学院发布《2019年网络文学发展报告》。报告以"阅文集团数据为蓝本","在内容创新、作家迭代、粉丝社群、IP联动及网文出海几方面进行梳理,试图勾勒网络文学的年度画像"。

3月17日,阅文集团公布《2019年业绩报告》。报告显示,阅文集团2019年实现总收入83.5亿元人民币,同比增长65.7%。其中,版权运营收入44.2亿元,同比增长341%;在线业务收入37.1亿元。在2018年报告中,阅文在线业务营收为38.3亿元,核心的在线业务收入呈现下降趋势。

4月27日,起点中文网创始人吴文辉、商学松、林庭锋、侯庆辰与罗立从阅文集团集体"荣退",时任腾讯集团副总裁、腾讯影业首席执行官程武接管阅文。吴文辉在离职信中表示:创始团队"成功从无到有,开创了网络文学的商业模式、运行体系和版权拓展机制,尤其是奠定了付费阅读这样影响深远的基础商业规则,铺就了整个行业发展的基石"。但如今"需要一个崭新的管理团队和协作模式,以便更好地强化网络文学与网络动漫、影视、游戏、电竞等腾讯数字内容业务的联动,更广泛地跟行业开放合作,进一步激发网络文学生态和优质IP的潜在能量"。

4月29日,阅文作者小僧无花在龙的天空论坛发帖《今天下午,刚到手的新合同》,引述的部分合同条款激起论坛用户的极大愤慨,被指为"霸王条款"。随后几天,争议扩展到在免费阅读、作品版权等方面,作者的权益受到大平台侵占等问题,并在微博、知乎引发大讨论,部分作家随即号召在5月5日举行"网络文学5.5断更节",通过中断小说更新来表示抗议、争取权益。

5月3日,阅文集团在官方微信公众号发布《关于近期不实传言的说明》与《关于阅文作家系列恳谈会和调研的安排》,宣称该合同是"2019年9月推出的合同",并决定于5月6日召开恳谈会,与作家代表商议合同细节。

6月2日,人民日报数字传播有限公司与阅文集团正式签署战略合作协议,阅文集团加强了与官方平台的合作。

6月3日,阅文集团推出"单本可选新合同",作者可自主选择是否免费,授权可只到完本20年。这场争论是网文作者与文学网站之间规模最大、影响最广的冲突,背后既有网络作者缺乏权益保障的积怨,也有阅文管理层变动、付费模式调整给作者群体带来的焦虑。

6月5日,阅文集团发出进一步扩大网络文学正版联盟的公告,宣传将联手行业伙伴坚决打击一切侵权盗版行为。

8月11日,阅文集团公布2020年中期业绩,上半年净亏33.1亿元,为上市以来首次录得亏损,主要亏损源自新丽传媒"商誉减值"。同时,由于分销渠道扩张以及用户对阅读内容的付费意愿增加,2020年上半年,在线业务收入同比增长50.1%至24.95亿元,自有平台产品及自营渠道的平均月活跃用户数(MAU)同比增加7.5%至2.33亿,每名付费用户月均支付(ARPU)同比增加51.6%至34.1元。

8月31日,由国家图书馆与阅文集团主办的"珍藏时代经典,悦享网络文学"发布会在京召开。阅文集团成为国家图书馆互联网信息战略保存基地,同时,来自阅文平台的百部作品典藏入馆。收录标准并不完全是商业成绩与传播度,对现实题材也给予了一定的倾斜。

9月22日,阅文集团首席执行官程武发布了以《面向未来 升级组织与人才》为题的内部信,宣布成立阅文影视业务的创作委员会。

11月20日,阅文起点大学成立,发力网络文学作家培养。

(三)专题

1. VIP付费阅读制度

网络文学中的VIP付费阅读制度,是"以按网文更文字数收费"为基础模式的网络微支付会员制度。这套与网络媒介特性匹配的原创商业模式,由起点中文网创建并成功实践,是中国网络文学迅猛发展、成为世界性奇观的核心动力因素。

网络文学网站发展早期,一直没有找到适合的商业模式。当时的文学网站除了广告收入之外,最可靠的商业模式是与台湾和大陆出版社合作进行线下出版。持这一模式的代表网站是龙的天空，然而，经营重心的转移也让其很快失去了领军文学网站的地位。在起点中文网之前，也有网站尝试过线上收费模式，如博库网（按本收费）、读写网（按本收费，2002年2月）、明杨·全球中文品书网（千字2分，但稿酬只分给作者10%），但因为种种问题而未能成功。

起点中文网的创始人之一宝剑锋受银行的VIP服务启发，提出了后来成为业内标准的VIP会员概念。在起点中文网最早的收费制度设计中，成为VIP读者至少要交50元人民币，其中30元是第一年VIP会费，20元是账户金额，兑换成等额的起点虚拟货币，作为预存阅读费用。2003年10月10日，起点中文网正式推出第一批8部VIP电子出版作品，VIP会员计划正式启动。起点中文网决定在第一个月对会员免费，并且确立了2分/千字的稿费标准，不足1分的零头忽略不计。11月10日，起点中文网VIP优惠期结束，此时仅23部VIP作品。

由于起点中文网为吸引作者而全额支付作者稿费（即2003年10月10日到2004年12月所有订阅收入均归作者），首月就有作者稿费超过千元。起点中文网后来对VIP付费阅读制度有所完善，与读者消费金额挂钩，进一步明确了读者的VIP等级。根据读者阅读消费起点币（1起点币=0.01元人民币）的金额将读者分为普通会员（一次性充值100起点币）、高级会员（12个自然月内消费≥19900起点币）、初级VIP（12个自然月内消费≥120000起点币）、高级VIP（12个自然月内消费≥360000起点币）4个等级，不同等级读者获得的保底月票和订阅月票的数量不同。

具体而言，VIP付费阅读是从一部作品的签约、"入V"开始的。一部作品最初连载时至少20—30万字是免费阅读的，在持续更新到一定长度，同时读者点击数、收藏数也达到一定量之后（具体数量视网站而定），网站编辑会将该作品"入V"。作品"入V"之后的章节就开始收费，作者可取得基本订阅稿酬，"入V"的章节可以单独订阅。

起点中文网VIP付费阅读制度的成功建立是网络文学发展史上的里程碑，被其他网文网站借鉴，成为网文生产机制中最核心的制度。VIP制度中的免费试读、分章节订阅的低廉价格能够吸引读者付费阅读。更重要的是，VIP制度为网络作者获得在线收入提供了保证，使网络作家的职业化写作成为可能；在稿酬直接依赖读者点击的制度激励下，作者将会最大限度去发现并满足读者需求，这也增强了网络文学读者中心制的特征。网站通过签约提成，有了造血功能，能够得到较稳定的利润。总之，VIP付费阅读制度使网络文学生产中读者、作者、网站这3个主要参与方的利益都得到了协调和保障，网络文学开始告别业余阶段，走上了可持续发展的产业化路程。

2. 职业作家制度

早期网络文学创作多是爱好者行为，在VIP付费阅读制度建立之后，作者签约作品有A级、B级、C级之分，主要是出版权的不同。有一部分人转为职业作家。但大多数作者不能靠写作维持生计，常出现小说不能完结（"断更""太监"）的现象。

2005年3月31日，起点中文网推出"起点职业作家体系"，开始招聘"职业作家"，实行保底年薪制，即底薪+分成=年薪。该计划要求作者每月更新字数达到8—10万字、平均订阅数3000—5000，超出的部分享受分成和奖励。网络文学首批职业作家陆续诞生。7月10日，起点中文网选出了8大职业作家：血红、流浪的蛤蟆、碧落黄泉、肥鸭、周行文、最后的游骑兵、云天空、开玩笑。其中，云天空的年底薪为税后5万元，超出3000订阅的部分每个订阅、每千字分成1分。31日，起点中文网宣布当月签约作品稿酬发放突破100万。10月，起点中文网推出了作家福利制度，成为首个通过网站补贴、奖励作家的创作扶持体系。该体系成为网文行业标准，为网络文学创作持续化、作家职业化提供了重要的制度保障。同年12月，起点中文网累计支付作者稿酬达到1500万。2006年8月，起点中文网宣布仅作家福利中的"半年奖"项目发放达150万元。

2006年5月，一起看（即17K）文学网成立，从起点中文网挖走了大量编辑和作者资源。为了应对挑战，同年7月10日，起点中文网推出了"白金作家计划"，该计划是对之前的职业作家制度的补充。"白金作家"签约的基本要求有两个：至少有1本完结书，至少有1本书订阅数在1万以上。首批签约"白金作家"包括唐家三少、流浪的蛤蟆、我吃西红柿、梦入神机。"白金作家"成为起点作家体系的最高档次，是"大神中的大神"，也是作家群体的榜样和职业目标。其后，起点中文网更加注重中低层作者的培养，提高作家福利等基础待遇，加上新书榜等一系列措施，此前被挖走的重要作家留下的空缺迅速被新兴的作者填补上，逐渐形成了一个层级分明的职业作家体系。

2007年3月，起点中文网宣布启动"千万亿计划"，建立专项教育培训基金培训作者，并完善"起点保障金制度"和"起点福利制度"等各项作者保障制度。4月，起点中文网与上海社会科学院联合举办"网络文学创作高级研修班"，这成为首个网络文学与研究机构合作培训项目。5月，起点中文网发布作家保障、支持、奖励计划。7月，实行2007年起点作家福利体系，对作者许诺较高福利，作者只要月更4万字即可拿到完本奖。

至此，网络职业作家制度基本确立，此后进一步细化完善，成为网络作家职业化的重要保障。

3. 读者反馈机制

起点中文网通过月票、打赏制度、榜单制度、丰富的读者评论机制，吸引读者展开多种形式的评论，逐渐建立了一套有效的读者参与推荐—激励的反馈机制，为网文的商业化与粉丝文化的发展提供了保证。

（1）月票、打赏制度

起点中文网的月票制度自2005年2月开始实施，最初是对"优秀VIP作品""优秀的新进VIP作品"进行月度评选。每名VIP会员每月拥有1张评选票，即月度评选票，简称月票，读者可给当月自己满意的VIP作品投票。经过10余年的发展，月票制度多次修改完善。月票分为保底月票、订阅月票、打赏月票3种。获得月票的数量与读者的VIP等级有关，但打赏月票的门槛对所有会员来说是一致的，即每打赏1万起点币（相当于100元人民币）默认投该书1张月票。所有月票（包含保底、订阅和打赏月票）一律当月有效，过期作废。起点中文网对月票总数进行排名并发放奖金，每月月票排名前十的新书、老书以及每年月票累计排行前列的都有奖金。除了奖金，月票也是作者人气和读者粉丝实力的表现，作品的月票数量有着不可替代的激励作用和象征意义。月票榜也因此成为作者人气的战场（例如2009年6月，猫腻的《间客》与天蚕土豆的《斗破苍穹》争夺起点月票榜第一，读者粉丝就展开了刷榜攻势），几乎所有作者都会在章节结束时呼吁读者给自己投月票。起点中文网有自己的月票查刷和封禁机制，防止刷票的行为，但仍不时有人爆料某作者通过淘宝等渠道购买月票刷榜。总体来看，月票制度的修改方向是逐渐降低新用户的投票门槛。起点中文网的月票制度，通过作者呼吁、读者参与，使得作者与读者之间的联系更加密切。

2009年1月1日，起点中文网推出粉丝值系统，通过提高读者荣誉度区分来刺激读者的参与积极性和消费意愿。起点中文网成为大规模使用粉丝互动道具的第一批网站。这标志着网络文学粉丝运营时代的来临。6月，起点中文网推出"打赏"功能。"打赏"即"给作者赏钱"，是一种自愿付费模式。"打赏"收入由网站和作者平分。10月28日，起点中文网又推出了"打赏月票"，即VIP会员每给主站VIP作品一次性打赏100元人民币，系统就将自动为该作品送上1张月票，单部作品的赠送上限为5票。"打赏"很快成为读者粉丝支持自己喜欢的作家最直接有效的方式。

（2）起点榜单说明（2018）

A. 新书榜说明

主站新书榜有4个，分别为：签约作者新书榜、公众作者新书榜、新人签约新书榜、新人作者新书榜。以上榜单不会同时收录同一部作品。

1）签约作者新书榜收录标准：作者在起点已有A级签约作品，成为起点作家后拥有两部或两部以上发表作品，总字数低于20万字、加入起点书库30天内、每3天内更新过一次的作品。

2）公众作者新书榜收录标准：作者在成为阅文作家后发表两部或两部以上的非签约作品（起点、创世、云起平台签约均包括），总字数低于20万字、加入起点书库30天内、每3天内更新过一次的作品。

3）新人签约新书榜收录标准：作者成为阅文作家后发表的作品中第一部签约作品，授权状态改为A签后30天内、每3天内更新过一次的作品。

4）新人作者新书榜收录标准：作者成为阅文作家后发表的第一部作品，而且是非签约作品（起点、创世、云起平台签约均包括），总字数低于20万字、加入起点书库30天内、每3天内更新过一次的作品。

榜单潜力值计算公式为：当周会员点击＋当周推荐×5＋总收藏×2。

B. 会员点击榜说明

会员点击榜指符合条件的起点注册用户在登录状态下对作品产生的非订阅点击数据排行榜。

C. 新锐·会员点击周榜说明

入库时间5个月内且已经签约的作品，会计入新锐会员点击周榜，并根据每周的会员点击数据进行排行。

D. "三江阁"推荐榜说明

"三江阁"本为起点中文网负责新人挖掘的编辑组组名，在2006年正式成为起点中文网的重要推荐榜单，影响力延续至今。"三江阁"以新加入VIP的作者自荐为主，以文笔好、有创意和有深度为主要上榜标准，长期肩负着起点中文网平衡小说文学性和商业性的责任，是起点唯一的人工推荐榜单，也是唯一以文学性而非商业性为重的榜单。

（3）"新书投资"和"新书押宝"

随着作者和新书增多，编辑人工推荐越来越力不从心。2018年推出的"新书投资""新书押宝"功能成为"三江阁"的补充。这两项功能旨在调动"老白粉丝"的参与性，义务发掘新人，享受"伯乐"荣誉。

"新书投资"要求读者花费一定时间、精力，阅读若干新书并对其中品质较好的进行投资（当日阅读满10分钟后在书籍页面点击"投资作品"即可，每月网站会依据用户等级免费发放固定次数的投资机会），作品签约，读者即算投资成功，可获得特定数量的起点币奖励。另外，读者若能投资成功10次，则可获赠象征"慧眼如炬"的徽章和头像挂件，它们具象化了成为"伯乐"的成就感，并将其长久保存、示之于众。

"新书押宝"要求读者猜"三江阁"的口味。用户可以用起点币购买福袋、参与预测，预测内容为当前作品能否在固定期限内登上"三江榜"（起点中文网）或"青云榜"（起点女生网）。预测成功，则用户依据投入的福袋数获得起点币奖励；预测失败，没有奖励。

（4）读者评论机制

A. 长评

长评是PC网站时代起点中文网的核心读者评论机制。自论坛时代以来，网络文学的读者就有发表长评的传统。进入PC网站时代后，读者主要在小说的评论区发表长评，通常是对小说的整体或某一重要方面开展评论，字数常在千字以上。评论的形式与纸质小说的文学评论相近，门槛和平均质量都较高，评论者大多是精英读者和核心粉丝。因此，重要的长评对作者创作也有相当的影响力。

B. "本章说"

"本章说"是移动阅读时代起点中文网的核心读者评论机制。2017年2月，起点中文网借鉴"弹幕评论机制"，在起点读书APP上推出"本章说"等"批注点评机制"，将网文评论机制从PC时代带进移动时代。"本章说"让使用手机阅读的读者可以在任意一段小说文字之后，非常方便地开展即时的点评，作者可以立刻看到评论而读者之间也能互动。"本章说"不但大大降低了文学评论的门槛,更表现出足以改变网文创作和阅读生态的力量,对读者的充分赋权使作者和读者的互动达到一个前所未有的高度,使作者在小说中"玩梗"、读者"接梗"成为常态,更让小说文本成为一个众声喧哗的公共场所而非作者宣讲布道的神圣空间。同时,"本章说"使一批具有新气象的作品脱颖而出,推动了网络文学的转型和"新神"的诞生。爱潜水的乌贼、会说话的肘子和我会修空调等一批"90后"大神,便在"本章说"的加持下迅速崛起,开始从网络文学界的中坚成为"顶流"。

4. 历年入榜作家作品

(1)起点历年"月票总冠军"

月票榜是起点最具含金量的榜单,标志着作品的人气和粉丝的忠诚度。"月票总冠军"即起点中文网年度月票总数第一的作品。

年份	作品	作者	类型
2005	《亵渎》	烟雨江南	奇幻-西方奇幻
2006	《兽血沸腾》	静官	玄幻-异界大陆
2007	《回到明朝当王爷》	月关	历史-架空历史
2008	《恶魔法则》	跳舞	玄幻-异界大陆
2009	《斗罗大陆》	唐家三少	玄幻-异界大陆
2010	《斗破苍穹》	天蚕土豆	玄幻-异界大陆
2011	《吞噬星空》	我吃西红柿	科幻-未来世界
2012	《将夜》	猫腻	玄幻-东方玄幻
2013	《莽荒纪》	我吃西红柿	仙侠-古典仙侠
2014	《完美世界》	辰东	玄幻-东方玄幻

2016年1月6日,阅文集团举办成立后的首次年度庆典,联手福布斯将年度月票榜单升级为"2015年度福布斯·中国原创文学风云榜"。

(2)起点金键盘奖(年度作家作品)

"起点金键盘奖"是起点中文网于2010年设立的奖项,每年评点一次,由起点用户投票产生,而非专家评选。首届金键盘奖分为三个奖项——年度作家奖、年度作品奖、年度盟主奖,分别奖励起点专属 A 级签约作家、起点专属 A 级签约作家以及用户粉丝等级为盟主以上的读者领袖。第二届(2011)增设年度版主奖,特别奖励正担任该活动参选作品书评区副版主的书友。从 2016 年 1 月开始,阅文集团统一发布"网络原创文学风云榜"。

A. 首届金键盘奖(2010)

2010 年度作家			2010 年度作品		
名次	作者	票数	名次	作品	票数
1	月关	19582 票	1	《间客》	97882 票
2	猫腻	11037 票	2	《凡人修仙传》	69840 票
3	辰东	9943 票	3	《斗破苍穹》	18689 票
4	我吃西红柿	8012 票	4	《吞噬星空》	11894 票
5	唐家三少	7260 票	5	《仙逆》	11722 票
6	忘语	6654 票	6	《迷失在一六二九》	8365 票
7	霞飞双颊	5871 票	7	《异世邪君》	8230 票
8	七十二编	5835 票	8	《重生之康熙末年》	8161 票
9	天蚕土豆	5683 票	9	《搬山》	7799 票
10	撞破南墙	5600 票	10	《仙葫》	7464 票

B. 第二届金键盘奖(2011)

2011 年度作家			2011 年度作品		
名次	作者	票数	名次	作品	票数
1	猫腻	54141 票	1	《锦衣夜行》	80413 票
2	月关	11497 票	2	《仙逆》	41687 票
3	辰东	11029 票	3	《吞噬星空》	15161 票
4	七十二编	10761 票	4	《裁决》	10778 票
5	撞破南墙	10636 票	5	《最终进化》	8868 票
6	豆子惹的祸	10528 票	6	《我的老婆是军阀》	7395 票
7	Deathstate	10424 票	7	《将夜》	7369 票
8	陆双鹤	10225 票	8	《凡人修仙传》	7327 票

(续表)

2011 年度作家			2011 年度作品		
名次	作者	票数	名次	作品	票数
9	霞飞双颊	10204 票	9	《医道官途》(后更名《国医高手》)	6981 票
10	雁九	10109 票	10	《大周皇族》	6220 票

C. 第三届金键盘奖（2012）

2012 年度作家			2012 年度作品		
名次	作者	票数	名次	作品	票数
1	七十二编	55183 票	1	《将夜》	30664 票
2	月关	19181 票	2	《裁决》	24666 票
3	唐家三少	18810 票	3	《凡人修仙传》	20372 票
4	黑土冒青烟	18485 票	4	《天才相师》	15294 票
5	徐公子胜治	10343 票	5	《全职高手》	11959 票
6	给力大老虎	10185 票	6	《斗罗大陆Ⅱ绝世唐门》	11871 票
7	骷髅精灵	8603 票	7	《莽荒记》	11849 票
8	我吃西红柿	8552 票	8	《求魔》	11564 票
9	猫腻	7481 票	9	《傲世九重天》	11444 票
10	辰东	7072 票	10	《光明纪元》	11228 票

C. 第四届金键盘奖（2013）

2013 年度作家			2013 年度作品		
名次	作者	票数	名次	作品	票数
1	风凌天下	100223 票	1	《全职高手》	665087 票
2	黑暗荔枝	46348 票	2	《完美世界》	345801 票
3	打眼	42187 票	3	《斗罗大陆Ⅱ绝世唐门》	217901 票
4	七十二编	41427 票	4	《最强弃少》(后更名为《三生道诀》)	107761 票
5	一代名屠	37372 票	5	《宝鉴》	59867 票
6	蝴蝶蓝	37222 票	6	《唐砖》	53516 票

(续表)

2013 年度作家			2013 年度作品		
名次	作者	票数	名次	作品	票数
7	天蚕土豆	34874 票	7	《大主宰》	38752 票
8	辰东	34267 票	8	《醉枕江山》	38163 票
9	骷髅精灵	33664 票	9	《奥术神座》	37338 票
10	唐家三少	20405 票	10	《星战风暴》	36567 票

E. 第五届金键盘奖（2014）

2014 年度作家			2014 年度作品		
名次	作者	票数	名次	作品	票数
1	蝴蝶蓝	24797 票	1	《我欲封天》	51090 票
2	辰机唐红豆	1505 票	2	《天醒之路》	34324 票
3	吉屎	967 票	3	《完美世界》	19964 票
4	雾外江山	643 票	4	《魔天记》	11032 票
5	唐家三少	608 票	5	《大宋的智慧》	9518 票
6	冰临神下	436 票	6	《黑暗血时代》	9199 票
7	李大米	351 票	7	《明扬天下》	9042 票
8	尽欢朝夕	351 票	8	《深渊主宰》	6987 票
9	我吃西红柿	337 票	9	《胖子的韩娱》	6071 票
10	天涯逐梦	324 票	10	《惊悚乐园》	5099 票

第五届金键盘奖投票人数有限，榜单未能反映实际情况，尤其是年度作家有效投票数过低。此后的金键盘奖被阅文年度盛典取代。

（3）阅文原创 IP 盛典·中国原创文学风云榜

2015 年阅文集团成立，旗下涵括了起点中文网、创世中文网、红袖添香小说网、潇湘书院等文学网站。2016 年 1 月，阅文集团与福布斯中国合作推出"2015 年度福布斯·中国原创文学风云榜"。该榜单中的男/女生频道作品前十名，即阅文旗下网站的月票榜年度前十名，其他奖项多以 IP 改编价值为基本评选标准。该榜单每年发布一次，有"IP 开发风向标"之称。

时间	类别	作品	作家
2015年度	男生作品TOP10	《我欲封天》	耳根
		《造化之门》	鹅是老五
		《一世之尊》	爱潜水的乌贼
		《天域苍穹》	风凌天下
		《星战风暴》	骷髅精灵
		《超品相师》	九灯和善
		《大宋的智慧》	孑与2
		《三界独尊》	犁天
		《完美世界》	辰东
		《择天记》	猫腻
	女生作品TOP10	《邪王追妻》	苏小暖
		《国民老公带回家》	叶非夜
		《金陵春》	吱吱
		《惊世毒妃》	白天
		《炮灰攻略》	莞尔wr
		《诛砂》	希行
		《绝世神医》	夜北
		《征服游戏》	公子如雪
		《倾世宠妻》	寒武记
		《爆笑宠妃》	梵缺
	年度人气作家	《魔天记》（代表作）	忘语
		《国民老公带回家》（代表作）	叶非夜
	年度新锐作家	《黄金渔场》（代表作）	全金属弹壳
		《史上第一宠婚》（代表作）	北川云上锦
	原创最佳电影改编	《寻龙诀》（出品方：万达影视）	天下霸唱
	原创最佳电视剧改编	《琅琊榜》（出品方：正午阳光）	海宴
	原创最佳动画改编	《择天记》（出品方：阅文集团）	猫腻
	年度最佳游戏改编	《莽荒纪》页游（发行商：妙聚网络）	我吃西红柿

(续表)

时间	类别	作品	作家
	年度最佳网络剧改编	《盗墓笔记》（出品方欢瑞世纪、爱奇艺）	南派三叔
	年度最具改编潜力作品	《谁与争锋》	乱
2016年度	男生作品TOP10	《玄界之门》	忘语
		《我真是大明星》	尝谕
		《一念永恒》	耳根
		《天影》	萧鼎
		《雪鹰领主》	我吃西红柿
		《弑天刃》	小刀锋利
		《五行天》	方想
		《龙皇武神》	步征
		《美食供应商》	会做菜的猫
		《银狐》	孑与2
	女生作品TOP10	《邪王追妻》	苏小暖
		《君九龄》	希行
		《隔墙有男神》	叶非夜
		《慕南枝》	吱吱
		《绝世神医》	夜北
		《傲娇男神住我家》	叶非夜
		《神医弃女》	MS芙子
		《毒步天下》	穆丹枫
		《Hello,继承者》	公子衍
		《长嫡》	莞尔wr
	原创文学年度成就奖		猫腻
	年度新锐作家	《美食供应商》（代表作）	会做菜的猫
		《凤朝江山》（代表作）	紫薯酱
	最受QQ书迷喜爱作家	《校花的贴身高手》（代表作）	鱼人二代
		《绝世神医》（代表作）	夜北

(续表)

时间	类别	作品	作家
	原创最佳电影改编	《微微一笑很倾城》	顾漫
	原创最佳电视剧改编	《如果蜗牛有爱情》	丁墨
	原创最佳网络剧改编	《老九门》	南派三叔
	原创最佳动画改编	《全职法师》	乱
	原创最佳游戏改编	《雪鹰领主》	我吃西红柿
	最具改编潜力作品	《武动乾坤》	天蚕土豆
	最受欢迎原创人物	叶修（身份：《全职高手》主角）	蝴蝶蓝
2017年度	男生作品TOP10	《圣墟》	辰东
		《一念永恒》	耳根
		《不朽凡人》	鹅是老五
		《天道图书馆》	横扫天涯
		《修真聊天群》	圣骑士的传说
		《斗战狂潮》	骷髅精灵
		《我的1979》	争斤论两花花帽
		《美食供应商》	会做菜的猫
		《重生之都市修仙》	十里剑神
		《放开那个女巫》	二目
	女生作品TOP10	《亿万星辰不及你》	叶非夜
		《一世倾城》	苏小暖
		《卦妃天下》	锦凰
		《神医弃女》	MS芙子
		《许你万丈光芒好》	囧囧有妖
		《大帝姬》	希行
		《慕南枝》	吱吱
		《天医凤九》	凤灵
		《国民校草是女生》	战七少
		《覆手繁华》	云霓

(续表)

时间	类别	作品	作家
	年度成就作家		唐家三少
	年度潜力作家	《宠物天王》(代表作)	皆破
		《六零有姻缘》(代表作)	三羊泰来
	年度改编潜力IP	《牧神记》	宅猪
	年度影视改编IP	《择天记》电视剧(出品方：腾讯影业等)	猫腻
	年度动漫改编IP	《全职高手》动画(出品方：阅文集团等)	蝴蝶蓝
	年度值得期待的游戏改编IP	《吞噬星空》手游(开发商：北京梦幻果冻科技有限公司)	我吃西红柿
	年度受海外欢迎IP	《天道图书馆》(译者：StarveCleric)	横扫天涯
2018年度	男生作品TOP10	《大王饶命》	会说话的肘子
		《牧神记》	宅猪
		《圣墟》	辰东
		《修真聊天群》	圣骑士的传说
		《汉乡》	孑与2
		《太初》	高楼大厦
		《诡秘之主》	爱潜水的乌贼
		《道君》	跃千愁
		《凡人修仙之仙界篇》	忘语
		《全球高武》	老鹰吃小鸡
	女生作品TOP10	《时光和你都很美》	叶非夜
		《恰似寒光遇骄阳》	囧囧有妖
		《神医凰后》	苏小暖
		《后来偏偏喜欢你》	公子衍
		《吾欲成凰》	夜北
		《余生漫漫皆为你》	浮屠妖

(续表)

时间	类别	作品	作家
		《一世倾城》	苏小暖
		《神医弃女》	MS芙子
		《天医凤九》	凤灵
		《师父如花隔云端》	穆丹枫
	超级IP成就作家		辰东
	超级IP新锐作家	《我有一座冒险屋》（代表作）	我会修空调
		《暖风不及你情深》（代表作）	青青谁笑
	超级IP海外原创作品	Reborn: Evolving From Nothing	Wiz
	超级IP国际传播作品	《许你万丈光芒好》（译者：Tam Xueh Wei）	囧囧有妖
	超级IP杰出作品	《龙族V》	江南
	超级影视改编IP	《如懿传》	
	超级动漫改编IP	《星辰变》	
	超级游戏改编IP	《新斗罗大陆》	
2019年度	原创文学风云榜男生频道	《诡秘之主》	爱潜水的乌贼
		《全球高武》	老鹰吃小鸡
		《谍影风云》	寻青藤
		《伏天氏》	净无痕
		《大医凌然》	志鸟村
		《手术直播间》	真熊初墨
		《星临》	育
		《修真聊天群》	圣骑士的传说
		《我要当学霸》	晨星LL
		《第一序列》	会说话的肘子
	原创文学风云榜女生频道	《好想住你隔壁》	叶非夜
		《余生有你，甜又暖》	囧囧有妖
		《夫人你马甲又掉了》	一路

(续表)

时间	类别	作品	作家
		《神医凰后》	苏小暖
		《你好，King先生》	锦凰
		《遇见，傅先生》	无尽相思
		《你是我戒不掉的甜》	浮屠妖
		《南城待月归》	公子衍
		《这个大佬画风不对》	墨泠
		《倾国策之西方有佳人》	寒武珊
	超级风云成就作家		爱潜水的乌贼
	风云潜力青年作家		天瑞说符
	风云海外原创作品	《天才娇妻是巨星》	
	超级动漫改编作品	动画电影《全职高手之巅峰荣耀》	
		动画番剧《斗破苍穹特别篇2：沙之澜歌》	
	超级游戏改编作品	《新斗罗大陆》手游	
	超级影视改编作品	《庆余年》	
	超级影视改编价值男频作品	《大医凌然》	志鸟村
		《我的1979》	争斤论两花花帽
		《罪无可赦》	形骸
		《生活系游戏》	吨吨吨吨吨
		《商踪谍影》	虾写
	超级影视改编价值女频作品	《花娇》	吱吱
		《帝凰》	天下归元
		《重生之药香》	希行
		《似锦》	冬天的柳叶
		《乔先生的黑月光》	姒锦

(续表)

时间	类别	作品	作家
	超级游戏改编价值作品	《第一序列》	会说话的肘子
		《崩坏星河》	国王陛下
		《天下第九》	鹅是老五
		《黎明之剑》	远瞳
		《超神机械师》	齐佩甲
	现实主义改编价值作品	《他从暖风来》	舞清影
		《生活挺甜》	徐婳
		《投行之路》	离月上雪
		《凶案调查》	莫伊莱
		《职场新生》	艾左迦
2020年度	年度最佳作品	《大奉打更人》	卖报小郎君
	年度男频人气十强作品	《万族之劫》	老鹰吃小鸡
		《我师兄实在太稳健了》	言归正传
		《诡秘之主》	爱潜水的乌贼
		《第一序列》	会说话的肘子
		《大奉打更人》	卖报小郎君
		《轮回乐园》	那一只蚊子
		《当医生开了外挂》	手握寸关尺
		《亏成首富从游戏开始》	青衫取醉
		《我真没想重生啊》	柳岸花又明
		《明天下》	孑与2
	年度女频人气十强作品	《我的房分你一半》	叶非夜
		《喜欢你我说了算》	叶非夜
		《大神你人设崩了》	一路烦花
		《夫人你马甲又掉了》	一路烦花
		《农家小福女》	郁雨竹
		《他从地狱里来》	顾南西
		《余生有你，甜又暖》	囧囧有妖

(续表)

时间	类别	作品	作家
		《我全家都是穿来的》	YTT桃桃
		《老公每天不一样》	锦凰
		《这个大佬画风不对》	墨泠
	年度海外作品	My Vampire System	JKS Manga
	年度轻小说	《我真的不是气运之子》	云中殿
	年度冒险悬疑小说	《从红月开始》	黑山老鬼
	年度古风传奇小说	《辞天骄》	天下归元
	年度当代生活小说	《稳住别浪》	跳舞
	年度科幻畅想小说	《长夜余火》	爱潜水的乌贼
	年度爱情小说	《余生有你，甜又暖》	囧囧有妖
	年度东方幻想作品	《大奉打更人》	卖报小郎君
	年度游戏竞技作品	《亏成首富从游戏开始》	青衫取醉
	年度出版改编期待作品	《大耍儿》	天下霸唱
	年度漫画改编期待作品	《亏成首富从游戏开始》	青衫取醉
	年度动画改编期待作品	《全球高武》	老鹰吃小鸡
	年度影视改编期待作品	《大奉打更人》	卖报小郎君
	年度游戏改编期待作品	《鬼吹灯》	天下霸唱

参考资料

1. 起点中文网相关制度、作品榜单等均来自互联网档案馆。

2. 后世史学家:《玄幻网站风云录》，发布日期：2005年4月8日—2005年7月5日，原发布处无法查询，转引自西子书院，网址：http://www.westshu.com/xiaolei32693/index.htm，查询日期：2019年1月7日。

3. weid:《网上阅读10年事（1998—2008）》，发布于龙的天空论坛，发布日期：2008年6月15日，后修改于2010年5月9日，网址：http://www.lkong.net/thread-236350-1-1.html，查询日期：2021年7月31日。

4. weid:《一部标签的丰富史，一则原创小说类型谈——试论二十一世纪以来大陆网络类型小说的兴起与演变》，发布于龙的天空论坛，发布日期：2011年12月23日—2012年1月22日，网址：http://www.lkong.net/thread-527863-1-1.html，查询日期：2018年4月20日。

5. 焚云日：《起点制度变更史——起点磨剑十二年》，发布于龙的天空论坛，发布日期：2013年1月28日，网址：http://www.lkong.net/thread-708580-1-1.html，查询日期：2018年7月27日。

6. 焚云日：《起点作者体系发展史：实践出真知，作者用脚投票》，发布于龙的天空论坛，发布日期：2013年4月2日，网址：http://www.lkong.net/thread-741594-1-1.html，查询日期：2018年7月27日。

7. 焚云日：《起点月票制度演变史》，发布于龙的天空论坛，发布日期：2013年10月17日，网址：http://www.lkong.net/thread-861356-1-1.html，查询日期：2018年4月13日。

8. 焚云日：《起点中文网充值渠道的演变》，发布于焚云日网易博客，发布日期：2013年12月12日，网址：http://pilling18.rssing.com/chan-10194084/latest.php#item20，查询日期：2018年7月27日。

9. 焚云日：《八年来，起点中文网的白金作家们》，发布于焚云日网易博客，发布日期：2014年1月8日，网址：http://pilling18.rssing.com/chan-10194084/latest.php#item30，查询日期：2018年7月21日。

10. 王恺文：《作品筛选与大神战略："起点模式"发展探究》，《名作欣赏》2015年第1期。

11. 邵燕君主编：《网络文学经典解读》，北京大学出版社，2016年。

12. 吴文辉：《阅文集团的前世今生》，选自《上海出版改革40年》（下），上海教育出版社，2018年。

13. 《网络文学恢复了千万人的阅读梦和写作梦——起点中文网创始人吴文辉访谈录》，邵燕君、肖映萱主编：《创始者说：网络文学网站创始人访谈录》，北京大学出版社，2020年。

14. 《起点中文网的"总设计师"——起点中文网创始人藏剑江南访谈录》，邵燕君、肖映萱主编：《创始者说：网络文学网站创始人访谈录》，北京大学出版社，2020年。

15. 《网络文学崛起的历史细节——起点中文网创始人宝剑锋访谈录》，邵燕君、肖映萱主编：《创始者说：网络文学网站创始人访谈录》，北京大学出版社，2020年。

16. 《网络文学职业作家体系的建立——起点中文网创始人意者访谈

录》,邵燕君、肖映萱主编:《创始者说:网络文学网站创始人访谈录》,北京大学出版社,2020年。

17.《IP运营与网络文学的主流化——起点中文网创始人罗立访谈录》,邵燕君、肖映萱主编:《创始者说:网络文学网站创始人访谈录》,北京大学出版社,2020年。

18.《"我是给网络文学做加法的人"——盛大文学前CEO、火星小说创始人侯小强访谈录》,邵燕君、肖映萱主编:《创始者说:网络文学网站创始人访谈录》,北京大学出版社,2020年。

(李　强　柳浩贤)

四月天原创网
（https://www.4yt.net）

（一）词条

　　以线下出版为主导商业模式的言情小说原创网站。前身为四月天网站（馆林见晴 2002 年建立），以扫校台湾言情小说为主。2006 年转型为原创网，公子兰任站长，李贤任主编。2006—2009 年间，曾吸引辛夷坞、桐华、缪娟、藤萍等知名作家入驻，累计代理出版小说超过 3000 部。

　　2007 年 8 月，建立 VIP 付费阅读制度，在借鉴起点 VIP 模式的基础上，结合自身特点采用了作品买断制（一次性预付作者单部作品的稿酬，读者按章节进行 VIP 订阅）。2010 年，被中文在线整体收购。2012 年 3 月并入中文在线旗下 17K 小说网，与 17K 女生网合并，但仍保留四月天独立品牌。

（肖映萱　秦雪莹）

（二）简史

2000 年

　　寻爱的浪漫一生论坛成立。

2002 年

　　寻爱的浪漫一生论坛因矛盾分裂，其中一群网友创建了四月天（www.4yt.net），第一任站长 ID 是馆林见晴。

2003 年

　　寻爱的浪漫一生论坛的另一群网友创立凤鸣轩。

　　同年，一直向四月天提供免费服务器的中微子，因公司重组无法与四月天继续合作，四月天因为高昂的服务器托管费用陷入困境。馆林见晴发布关于四月天服务器的募捐公告，通过网友捐款筹得资金渡过难关。

2004 年

2月，服务器升级完毕，四月天网站版面更新，初具规模。网站主体是扫校台湾言情小说、提供各类图书在线阅读服务的"人间书馆"版块，此外还有作者读者交流版块"有凤来仪"，新人作者作品推荐版块"小荷初露"，精华书评版块"评风秋色"，汇集言情小说网站、出版社等资料的"言情白皮书"，帮助读者寻找作者作品的"寻书文案"，下载言情小说相关图片的"美图馆"，以及供作者发表原创作品、讨论言情小说创作、便于出版社获得作品资讯的"论坛"。

4月，人间书馆更新，由于流量过大，服务器资源严重不足，书馆被迫采用"低峰不定时开放"方法，即在线人数少时开放，服务器速度整体变缓后关闭。

2005 年

6月，四月天再次发布 2005 年主机费用募捐公告，两次募捐所得共计 3 万多元，用于购买服务器。

11月，人间书馆恢复正常运营。

2006 年

春，原清新中文网（2003 年建立）创始人公子兰进入四月天，成为新任站长，李贤出任内容主编，开始推进网站的商业化转型。

3月19日，四月天将经营重点逐渐转向大陆原创言情小说（包括耽美类型），四月天原创网（http://yc.4yt.net）作为其子频道开始试运行。网站首页新开辟部分版面，对原创作品予以推荐。

4月8日，四月天原创网发布《投稿须知》，从作者投稿方式、版权所属、稿酬、剽窃问题等方面对作者投稿做出了较为细致、全面的规范。

4月11日，倾泠月、匪我思存、阿白白、顾漫、海地、楚惜刀等知名网络作家进驻四月天原创网，陆续将此前发表在别处的作品迁移至此并建立文集。随后，四月天推出网站作者访谈活动，匪我思存成为第一位受访者。

7月，举行"扬帆 2006 四月天原创征稿"活动，征稿类型包括言情、校园、奇幻、武侠等，投稿时作品审核字数为 3.5 万字，完成字数须达到 10 万字以上。作品通过审核后，可签约四月天原创网，稿酬为 1000—5000 元。该活动持续举办，征得的稿件无论作品类型还是篇幅，都适应于传统出版的单行本畅销书模式。

2007 年

2月，因拥有大量台湾言情小说版权的花雨开始打击盗版，人间书馆曾扫校过的一些言情电子书也在其列，双方协商后四月天同意加入花雨发起的"言情网络联盟"，花雨将有权优先出版四月天的热门作品。此后，四月天更加重视培养自己的原创势力，开展"我也要做四月新贵——四月天原创网新贵榜自荐、推荐、评选"活动，旨在发掘原创新人作者。

5月，四月天原创网接到网监处警告，展开"绿色阅读，清理不健康作品"活动，严格审查标准，屏蔽、删除带有色情内容的作品。

7月，四月天融资成功。

8月，"花雨事件"促使四月天将人间书馆独立出去（独立域名book.4yt.net），全面改版后推出四月天原创网正式版（www.4yt.net），彻底转为原创言情文学网站。新版网站由新贵榜、强力推荐榜、推荐榜、积分榜、签约作品点击月榜、签约作品推荐月榜等排行榜，以及热门连载作品、作家专访、论坛新帖、出版合作等部分组成。

9月，首批专属签约作品稿酬汇出。

10月，正式推出VIP作品收费制度，借鉴起点VIP模式，永久会员费30元，之后每1元人民币兑100点四月币。此外，结合自身特点，四月天还实行作品买断制，一次性预付作者单部作品的稿酬，读者按章节进行VIP订阅。VIP制度推出后，1个月内有近60位作者收入超过2000元，8位作者收入过5000元，其中收入最高的作者稿酬超过11000元。

11月，四月天引进起点月票机制，开始实行VIP作品月票奖励计划。月票奖励分为两类：一是月票奖，针对所有上架的VIP作品，每月月票排名前十的作者将获得不同金额的奖励；二是全年奖，按作者每月所获的VIP作品投票数累计排行，评选出全年奖前三名。

2008 年

3月，网站文学类别达到16种，作品数量总计超过5万本。同月，四月天开通手机版网页（wap.4yt.net），建立移动书库，与主站内容实时同步更新，方便读者随时随地浏览、阅读，进一步开拓移动阅读市场。

8月，四月天得到中文在线的投资，开始尝试新的"PK榜"机制，但效果不佳，至2009年初取消。

12月，四月天按作品分类推出都市、古风、耽美三大频道，并设置奇幻、科幻、悬疑、同人版块。

2009 年

出于网站未来发展规划，耽美、同人类型受到限制。

年内，四月天累计上架 VIP 作品达到近 5000 部。辛夷坞、桐华、缪娟、藤萍、人海中等知名网络作家签约入驻。累计代理出版的小说超过 3000 部。

2010 年

中文在线完成对四月天的整体收购，四月天成为中文在线旗下网站，其办公地点从广州迁至北京，公子兰、李贤等网站创始人离开四月天，网站由中文在线团队接管运营。

11月14日，公子兰、李贤回到广州创建女性言情小说网站蔷薇书院。

2012 年

3月31日，四月天与中文在线旗下 17K 小说网女生频道合并，宣称要打造"全网最强大最温暖的女生小说网站"。

4月26日，17K 女生网上线。17K 保留了四月天的独立品牌，四月天原网站关闭、页面注销。

参考资料

1. 四月网原创网：《扬帆 2006 四月天原创征稿》，发布于四月天论坛，发布日期：2006 年 7 月 4 日，网址：https://web.archive.org/web/20070617132539/http://bbs.4yt.net:80/showtopic.aspx?topicid=169977，查询日期：2018 年 12 月 20 日。

2. 四月网原创网：《写在四月 VIP 开通满 20 天》，发布于四月天原创网，发布日期：2007 年 11 月 3 日，网址：https://web.archive.org/web/20071103173721/http://bbs.4yt.net:80/showtopic-224345.aspx，查询日期：2018 年 12 月 20 日。

3. 李贤、肖映萱：《四月天创始人李贤访谈》，2018 年 1 月 29 日，受访人已确认，未刊稿。

（秦雪莹　肖映萱）

新浪(新浪读书、新浪博客、新浪微博,网络文学相关部分)

新浪读书(https://book.sina.com.cn)

(一)词条

新浪读书为中国门户网站中成立最早、影响最大的读书频道,传统文学爱好者最主要的"触网"平台。2002年上线。2010年,网络文学用户数量居全国第二,仅次于起点中文网。

新浪读书初期为综合性文学频道,小说部分主要是与出版社合作推出的实体书电子版。2004年新增"原创特区",将此前发布在新浪文教频道(2000年,宁肯的长篇力作《蒙面之城》亦在此连载)的原创小说转移至此,持续与出版社合作打造畅销书。截至2013年,推出《藏地密码》(何马)、《二号首长》(黄晓阳)等400多部热销作品,其中30余部被改编成影视剧。

2013年,新浪读书被拆分出新浪网,整合微博读书、微漫画成立北京新浪阅读信息技术有限公司。新公司加大商业化力度,试图转型为类型小说网站。2014年4月"扫黄打非·净网2014"专项行动中,因传播淫秽色情信息被查处,新浪网被吊销《互联网出版服务许可证》,新浪读书被迫退出原创文学领域。2017年,新浪借道微博再次开放原创,重新建立了原创文学版块。

(邵燕君　郑林)

(二)简史

2002年

新浪读书频道成立,该频道发源于文化频道的原创连载版块,但原创力相对不足,后将重心转向纸质出版物的网络阅读,连载春树的《北京娃娃》、王文华的《蛋白质女孩》及痞子蔡的系列作品等。

2004 年

12月8日,"新浪第二届华语原创文学大奖赛"开幕,在《投稿须知》中规定:作品体裁为长篇小说,"在征稿期间只能在论坛上发布作品前2/3的内容"。

新浪读书原创文学上线。

2005 年

9月15日,"新浪第三届原创文学大赛"(名称较前略有变动)正式开赛,并推出"打造通俗文学"概念。大赛奖金高达40万元,设置了奇幻类、悬疑类、言情类、百姓故事类、军事历史类、青春校园类6大门类。

2006 年

12月20日,由新浪读书频道和逐浪网主办的"第四届原创文学大赛·奇幻武侠奖"启动,在2007年的后续评选中,猫腻《朱雀记》获得玄幻类金奖。

2007 年

9月21日,新浪读书原创文学正式推出付费制度,采用订阅分成与其他版权运营分成的方式为作者结算稿费。付费阅读部分的收费标准为千字2—3分钱,网友可以通过网银、手机短信等方式进行便捷支付。

2008 年

1月15日,《藏地密码》在新浪阅读开始连载,该书主要讲述了以西藏和藏文化为背景的探秘历险故事,被誉为"一部关于西藏的传奇"。20日,《藏地密码》新浪点击量冲破100万,留言近千条,同时该书被网友转载到几百个中文论坛上,百度搜索量突增17万。该书共11部,由重庆出版社出版(2008—2011)。

2009 年

新浪好书榜上线,好书榜以月榜为基础,每年7月推出"半年榜",年底推出"年终总榜"。新浪好书榜秉持"品质"标准,期冀利用网络平台让更多的好书走入读者视野。

2010 年

12月,中国互联网络信息中心发布《中国网络文学用户调研报告》,

其中对"网络文学用户使用网站"的调查数据显示,新浪读书仅次于起点中文网,占据了23.2%的用户市场。

2011年

8月14日,第八届茅盾文学奖20部提名作品对外公布。这是茅盾文学奖首次纳入网络文学作品参选,在新浪读书连载的《遍地狼烟》(江苏文艺出版社,2010)成为唯一入选复评的网络小说,但在复评中落选。

2013年

6月,新浪分拆读书频道,整合微博读书、微漫画成立了新公司——北京新浪阅读信息技术有限公司,旗下拥有新浪读书、微博读书、微漫画的品牌业务。

8月13日,新浪读书以新浪阅读的名义发布全新的"2013新浪原创作家福利体系"。该福利体系覆盖新浪旗下所有作者,细化原创作家福利制度,为作者提供的全勤奖最高达每年6万元;此外,作者签约、作品完本等福利细则也同时推出。

8月,新浪收购炫果壳,测试果壳小说网。该网站被视为新浪为了加强品牌认知感所设立的匹配站点,新浪阅读不满足于文学频道的已有成果,开始向专业文学网站的领域扩展。

2014年

4月24日,新浪网因涉嫌在其读书频道和视频节目中传播淫秽色情信息被查处并吊销《互联网出版许可证》和《信息网络传播视听节目许可证》,同时被勒令停止从事互联网出版和网络传播视听节目的业务。在"净网行动"中,新浪是继快播以来第二个被查处的著名互联网企业。新浪网读书频道登载的《全村女人的梦中情人:极品小村医》《霸占全村美妇:山村美娇娘》等20部作品以及新浪拍客等视频节目登载的《女子交响乐团》《比基尼美女表演》等4部视听节目被视为涉淫秽色情而被查处。相关作者谭兴祚、乔有福及相关编辑彭波被判处1年6个月的有期徒刑及罚款,并被追缴没收相关收入。

2015年

9月11日,新浪进行"亚洲好书榜"启动仪式,建立中国首个面向畅销出版新书和人气原创小说的跨平台联合榜单,榜单分为"亚洲好书出版榜"和"亚洲新书原创榜"两部分，秉承"粉丝力量引领畅销"的主旨，为发现潜力 IP 打下基础，实现服务粉丝、读者以及未来市场的对接。

（三）专题

1. 新浪读书的出版、影视改编

新浪读书原创文学与人民文学出版社、作家出版社、中影集团、华谊兄弟等国内知名出版机构和影视公司开展合作，截至 2013 年，先后出版了《草样年华》（孙睿，远方出版社，2004）、《驻京办主任》（王晓方，作家出版社，2007）、《藏地密码》（何马，重庆出版社，2008—2011，共 10 册）、《倾世皇妃》（慕容湮儿，中国画报出版社，2008）、《二号首长》（黄晓阳，重庆出版社，2011）、《青盲之越狱》（张海帆，花山文艺出版社，2008）、《遍地狼烟》（李晓敏，江苏文艺出版社，2010）等 400 多部热销作品，30 余部作品被改编成影视剧。其中新浪阅读首发的《遍地狼烟》成为唯一入选第八届茅盾文学奖复评的网络小说，也是第一部获得国家新闻出版广电总局"出版政府奖"的网络作品。

2. 新浪读书栏目内容特点

新浪读书成立之初具有栏目多样，体裁全面，内容精英化、传统化的特点。新浪读书是新浪门户网下的一个子频道，其内容建构具备与门户网多元信息提供相匹配的特点，主要体现为栏目的多样化。新浪读书的内容设置主要是书籍评论、免费或付费的原创网络小说、已出版的热门图书与经典作品等，此外还包括热门社会、文化议题相关的资讯以及知名作家和评论家的访谈。在体裁方面，除了主推的各类长篇小说外，"美文其他"栏目收入了短篇小说、散文随笔、诗词曲赋等多种题材，呈现出全面多元的特点。在内容方面，新浪读书主打传统精英文学，"名人访谈"、"新浪好书榜"、"壹周读"（每周推荐和介绍作家、作品）等栏目的精英化和高端性十分明显。相比之下，原创网络文学的影响力不足。

2013 年以后新浪读书在商业化推动下加大原创比重，使之成为主营业务。网络原创长篇小说分为"男生""女生""出版"三类。"男生"版块下，又细分"都市校园""玄幻奇幻""武侠仙侠""悬疑灵异""历史军事""科幻末世""游戏竞技""同人小说"几大标签。"女生"版块下细分"穿越重生""古风古韵""浪漫青春""总裁豪门""都市情缘""幻想言情""同人言情"几大标签。"出版"版块下细分"流行小说""时尚生活""两性情感""经管励志""社科科普""文学艺术"几大标签。

推荐系统也由"编辑推荐"转为以读者推荐为主，但仍有精英导向。榜单包括男生小说排行榜、女生小说排行榜、出版排行榜、亚洲好书榜4个实时榜单。其中，男女生小说排行榜下设人气榜、畅销榜、新书榜、完结榜和收藏榜。出版排行榜下设畅销榜和收藏榜。

新浪博客（https://blog.sina.com.cn）

（一）词条

新浪博客为中国大陆最早创立且人气最高的博客平台，2005年7月推出。

博客由英文Weblog的简写Blog翻译而来，正式名称为"网络日记"，又音译为"部落格"或"部落阁"，是一种为个人用户提供在网络上不定期发表、出版和张贴文章等服务的网站。

新浪博客拥有广大的明星博主，是许多知名作家、公共知识分子和明星连载作品、发表社论和表达生活随感的平台。当年明月（连载《明朝那些事儿》）、徐静蕾（被誉为"中国博客第一人"）、韩寒、郭敬明等人均是新浪的明星博主。此外，某些本已成名于专业文学网站的作者，如流潋紫等，也会因为与原网站解除合约或发表内容受限等原因而选择在个人博客上继续连载小说。新浪博客也就成了知名作者们自立门户、积蓄人气的最佳选择。

2008年前后，由于碎片化阅读更加适应快节奏时代，人们的阅读习惯发生转变，微博、微信等媒介的兴起也对博客的发展产生了很大的冲击，新浪博客的影响力和媒介地位逐渐下降。

（二）简史

2005年

7月，新浪博客成立。

9月，新浪决策者决定推动博客走"名人战役"路线，邀请文化名人建立博客，并全力提供技术服务。作家余华成为第一个在新浪上开博客的作家，其博客开了一个月后，点击率已近百万。随后，陈染、郭敬明、韩寒等名人陆续开博。

10月25日,徐静蕾开通博客,之后长期占据新浪博客浏览量榜首的位置,仅仅开通112天,点击量就突破1000万大关,630天时则一举突破1亿次点击量。2006年5月4日,徐静蕾的博客还曾登上全球博客搜索引擎Technorati的排行榜首,成为第一个登上该榜榜首位置的中文博客。徐静蕾因此被称为"博客女王""中国博客第一人"。

2006年

5月22日,当年明月开通新浪博客,将原本在天涯社区煮酒论史论坛连载的《明朝那些事儿》转至新浪博客连载。11月,当年明月博客点击量已达830万。

2007年

10月,新浪博客商业化正式启动,小范围实行测试广告计划,在受邀参与计划的博主的博客界面嵌入广告,广告收入"根据广告被显示的次数计算金额",新浪和博主五五分成。

2009年

3月,新浪推出"新浪博客广告共享计划",为博客用户提供分账式广告服务。

6月,中国互联网络信息中心发布《2008—2009博客市场及博客行为研究报告》,报告显示新浪博客利用门户网站的流量优势和新浪的品牌影响力,成为浏览量最多的博客。"经常浏览的博客网站"调查数据显示,新浪博客占据了49%的用户市场。

新浪提出"草根名博"的口号,对优质个人博客予以扶持。

2011年

12月,韩寒陆续发表《谈革命》《说民主》《要自由》三篇博文,被称为"韩三篇"。韩寒的受关注度和影响力急剧扩大。次年1月,IT界知名人士麦田对韩寒作品是否为亲自执笔产生疑问,一篇《人造韩寒》的博文引发网络争议;著名网络打假人方舟子随后发博文质疑,并进一步认为韩寒的成名作就存在"硬伤",韩寒对此坚决否认,由此引发"方寒大战"。

2014年

5月,"新浪博客广告合作项目"启动,满足每月原创优质博文4篇以上，每周阅读数 20 万以上的博主可申请加入，并通过在个人博客主页嵌入广告的方式获得广告收入分成。

（三）专题

1. 博客写作的特点

不同于早期的 BBS 论坛话题多元，天南海北的网友无所不谈，博客本质上是趣缘群体的进一步细分，小圈子交流、亲缘交流在博客空间成为可能，因此博客同时具有私密性和公开性的双重特征，而部分个人博客写作也因私密性发展出了抒情性和纪实性的特征，主要以抒发个人对现实生活、人生和人性的思考，展现个人生活经历为主要内容。但同时，博客的公共性又使其成为一个作品、评论迅速传播的广阔平台，部分网络写手会选择在博客发表自己的连载作品，而公共知识分子和时事评论家也在博客找到了施展拳脚的舞台。

博客的"零进入壁垒"——零编辑、零技术、零成本、零形式，使得准入门槛进一步降低，得以面向更为广泛的群体，相对于早期文学网站来说更具备平民性和草根性。发表内容和更新时间的随心所欲，可以无主题限制地表达自己所思所感所想，使得博客相对于其他形式的网站来说令大众获得了更加强烈的参与感。

2. 博客写作的盈利方式

博客作家及平台盈利的主要方式是广告植入。从 2007 年 10 月新浪博客商业化正式启动开始，新浪在 2008 年 3 月推出"新浪博客广告共享计划"，在 2014 年 5 月推出"新浪博客广告合作项目"，在 2015 年"Z 计划"中推出打造垂直广告分包平台等计划。新浪博客在知名博主博客页面中植入广告，并与博主进行广告收入分成。

对于博客作家来说，博客写作辅助的盈利机制是博客图书出版。博客出版的实践主要有两种：其一是出版网上已经汇集了一定人气的具有盈利可能的优秀作品。这一机制的主要代表作品为徐静蕾《老徐的博客》、梅子《恋人食谱》、北京女病人《病忘书》等。其二是将书籍的部分内容放到博客，根据博客的回复和评论来收集信息和评论，最后根据连载进行分析，以作为编辑、营销和发行的参考。这一机制的主要代表作品为谢耘《修炼中——一个管理者的职场十年》，47 天连载约占全文 60% 内容的过程中，博客人气指数接近733万，是图书出版主动寻求与博客网站接合的典型案例，对国内完整意义上的博客图书进行了首次探索和实践。

3. 新浪博客明星博主

韩寒：2006年11月，韩寒开博，之后持续关注社会热点和公共事件，以一事一评的方式点评时事，笔锋犀利，视点独特，吸引众多粉丝。2011年，韩寒接连发表了3篇博文——《谈革命》《说民主》《要自由》，试图从整体上表达对中国当今发展一些宏观命题的看法。文中，韩寒指出了中国各个不同阶层之间的隔阂，阶级诉求之间的巨大差异，以及"自由""民主"等概念在不同人群中理念的鸿沟，引发网友讨论热潮。这3篇博文也成为韩寒博客的代表作，被称为"韩三篇"。

当年明月：2006年5月22日，当年明月开博，将原本在天涯社区煮酒论史版连载的《明朝的那些事儿》转至新浪博客连载，以"历史应该可以写得很好看"为目标，书写和阐释明朝历史。11月，博客点击量已达830万。2009年3月21日连载完结，也出版了实体书，销量超过500万册。当年明月的博客内容主要为《明朝那些事儿》的连载章节以及网友的评论精选。

徐静蕾：2005年10月25日，徐静蕾开通博客，之后长期占据新浪博客浏览量榜首的位置。如前所述，仅仅开通112天，点击量就突破1000万大关，630天时则一举突破1亿次点击量。2006年5月4日还曾登上全球博客搜索引擎Technorati的排行榜首，成为第一个登上该榜榜首位置的中文博客。徐静蕾因此被称为"博客女王""中国博客第一人"。徐静蕾认真经营博客，其博客的主要内容为生活随感，以优美的文笔和对待生活的乐观幽默的态度吸引了一大批读者。同时，作为最早开博的明星之一，徐静蕾的博客为大众揭开了明星私生活的面纱，满足了大众好奇心，其博客超高的热度也与"明星效应"不无关系。

新浪微博（https://weibo.com）

（一）词条

新浪微博由新浪网于2009年创立，最初主要效仿推特开创的短消息发布模式，是一个提供微型博客服务的社交网站。随着用户规模的急速扩张，新浪微博在新浪网的产品架构中越发显得举足轻重，历经数次版本更新与模块升级，逐步整合了新闻门户（分类话题、热搜榜单）、原创作品发布（头条文章）和垂直兴趣社区（超级话题）等功能，进化为一个大型综合类社交平台。2014 年，新浪微博更名为"微博"，2017 年 3 月 31 日超越推特，成为全球用户规模最大的独立社交媒体平台。

微博是微型博客（MicroBlog）的简称，相较于博客而言具有更强的实时性、互动性，鼓励短小精悍的文字表达。早年由于 140 字的字数上限，催生了包括微小说和段子在内的独特文体。2010 年 1 月 29 日，首部微博体小说《围脖时期的爱情》上线，同年新浪微博举办了首届"微小说大赛"，但终究后继乏力，数年内日渐式微。段子则一直发展良好，且形成了相对成熟正规的内容创作与商业转化机制。

近年来，从长微博的发明到头条文章功能的出现再到字数限制的开放（从 140 字增加到 2000 字），新浪微博也逐渐从单纯的状态分享平台转变为原创作者青睐的内容发布平台。除能赚取读者打赏之外，新浪微博还具有极强的社交平台优势，能更好地为原创作品聚集人气，推动它们走向出版或影视改编。张嘉佳（"睡前故事"系列）、蔡骏（《最漫长的那一夜》）、马伯庸（《四海鲸骑》《显微镜下的大明》）和七英俊（《有药》）等作家都是这一模式的成功实践者，新浪微博也因此成为优质 IP 的培育基地之一。此外，新浪微博通过关注、话题、超话等功能联结构建而成的趣缘网络，也为特定话题的爱好者提供了更加广阔的互动平台，现已成为大众文艺评论和同人创作互动的新基地。

（二）简史

2009 年

8 月，新浪微博试运营，新浪成为门户网站中第一家提供微博服务的网站，发博字数上限为 140 字。

2010 年

1 月 29 日，首部微博体小说《围脖时期的爱情》开始在新浪微博上线连载，正式宣告微博体小说诞生。作者闻华舰实践实时在线写作，随时接受网友的互动参与。小说中除了主要的几个人物是虚构的，其他都是真实的微博网友，他们的互动评论和留言都被写进了小说里，甚至包括最真实的微博链接地址，读者可以直接点击进入相关人物的微博。该书于2011年由沈阳出版社出版。

10月27日，新浪微博推出中国首届微小说大赛。根据大赛要求，网友可以将幽默、恐怖、科幻、爱情、悬疑等元素，浓缩成140字以内的微小说，分享到微博。在为期一个月的投稿阶段结束后，参赛作品多达14万余篇，相关讨论达100多万条。在转发人气榜上，人气最高的作品转发量上万。

根据2010年新浪官方公布数据显示，新浪微博每天发博数超过2500万条，其中有38%来自移动终端，微博总数累计超过20亿条。新浪微博成为国内最有影响力、最受瞩目的微博运营商。

2011年

年底，新浪微博在美国推出英文版微博服务，与推特竞争。

2012年

6月18日推出微博会员制度，会员享有的服务包括关注上限提高、VIP专属标识、专属模板等，会员费为每月10元。7月19日，新浪微博推出新的会员特权——微博置顶，选择的微博可在用户自己的微博页面置顶。

2013年

2月20日，新浪公布财报，新浪微博的总收入约为6600万美元。截至2012年12月底，新浪微博注册用户数超过5亿，同比增长74%；日活跃用户数达到4620万。

4月，新浪微博推出"粉丝通"服务，会根据用户属性和社交关系将广告信息精准地投放给目标人群，并同时具有普通微博的全部功能，如转发、评论、收藏等。"粉丝通"成为新浪微博广告的主要形式之一，同时也是微博商业化的重要举措。

7月，张嘉佳开始在新浪微博以"长微博"①的形式发布"睡前故事"系列，数日内便达到了数百万次转发、超4亿次阅读。

---

① 微博流行后因140字的限制不能发表大段文字，博主们利用程序员开发的非官方软件将文字转换为图片即可突破字数限制发表"长微博"。新浪微博正式推出长微博的时间为2014年4月15日。

2014 年

2 月 25 日，新浪发布了 2013 年第四季度和全年财报，宣布新浪微博首次实现季度盈利。

3 月 17 日，新浪微博正式登陆纳斯达克成功上市。

3 月 27 日，"新浪微博"更名为"微博"。

5 月 29 日，蔡骏开始在新浪微博连载《最漫长的那一夜》，多次登上热门微博排行榜。

8 月 8 日，新浪微博启动"打赏"功能公测，同时小范围测试"付费阅读"功能。自媒体作者在发布长微博时，可增加"打赏"按钮，读者如果对微博内容满意或表示支持就可以进行一定金额的打赏。"付费阅读"功能最开始在股票投资类版块使用，如 "林奇看盘"（针对 A 股投资）、"BT 美股手纪"（提供美股投资的内容）等。付费阅读和打赏功能为原创文学在微博的盈利提供了可能性。

2016 年

1 月 20 日，微博首席执行官王高飞在其个人微博透露微博将放开 140 字的发布限制，1 月 28 日起对会员开放，2 月 28 日起对微博全量用户全面开放，限定字数为 2000 字以内。

1 月 26 日，全新的微博长文工具"头条文章"正式上线，使用头条文章可以让长文在信息流中以更醒目的方式呈现，同时，编辑效果和打开速度也得到提升，用户的阅读体验得到优化。微博字数限制的放宽和微博长文工具的应用解决了原创文学在微博发表时的篇幅限制问题。

6 月，新浪微博推出"超级话题"，将原有的话题模式与社区属性相结合，开发发帖、签到、交流、互评等社区功能，为长期热门话题聚集粉丝部落，提供粉丝交流和分享的基地，以及沉淀话题相关的优质内容。超话的社区属性使其成为现下同人创作和传播的重要基地之一，超话排名中也专门分出"CP 榜"的分类。

10 月 21 日，"2016 亚洲好书榜年度盛典"在北京举行，揭晓产生微博年度影响力作家、微博年度影响力作品、微博粉丝影响力作者等 10 余项奖项，沈煜伦（《四世生花》）、苑子文和苑子豪（《穿越人海拥抱你》）、刘同（《谁的青春不迷茫》）、张艺兴（《而立·24》）等获奖。本届好书榜共有 264 万人次参与打榜，榜单阅读数达 76 亿人次。

2017 年

3月31日，新浪微博月活跃用户达到3.4亿，相比之下，推特月活跃用户约3.28亿，至此，新浪微博超越推特成为全球用户规模最大的独立社交媒体公司。

8月31日，新浪文化历史论坛版块下线。

12月6日，由微博、微博读书联合主办的"阅读V时代·V影响力峰会读书年度盛典"在北京举办。盛典云集马伯庸、周梅森、张召忠、匪我思存、张皓宸、安东尼、郭斯特等当红作家，揭晓产生亚洲好书榜、微博影响力作者、微博影响力作品、微博年度话题作者、粉丝影响力作者等十余项奖项。刘同凭新书《我在未来等你》位列亚洲好书榜总榜冠军。

微博读书公布并实行作者福利制度，自2014年4月新浪阅读原创被封，新浪借道微博，再次开发原创。

2018 年

1月27日，北京网信办发布公告通报微博平台存在的内容管理问题，微博表示接受批评，积极整改，并下线热搜榜、热门话题榜、微博问答功能、热门微博榜明星和情感版块、广场头条栏目情感版块等，进行为期一周的整改。

2月13日，微博发布2017年第四季度及全年财报，全年总收入突破10亿美元。微博首席执行官王高飞表示"已经达到了一个重要的里程碑"。

2月28日，新浪微博发布公告称，为了提高评论审核的效率，有效管理微博评论，微博面向头部用户和正式会员用户开通评论审核的功能。开通此功能的网友可对自己微博下的评论实现先审后放，即收到的评论不会直接在前台显示，只有通过审核的才能显示。用户可在必要时开启此功能，避免评论区出现违规内容。

3月1日，微博读书公布并实行作者福利制度，面向与微博读书独家签约作者和符合上架要求的作品。

3月13日，新浪微博与咪咕阅读举办"博阅众长，读聚匠心"战略合作发布会，宣布未来双方将整合资源，为会员提供更为优质的阅读内容和更为便捷的在线阅读方式。

3月19日，微博正式与中国版权保护中心、平壑科技达成合作，接入中国版权保护中心DCI（Digital Copyright Identifier，数字版权唯一标识符，用于标识和描述数字网络环境下权利人与作品之间一一对应的版权权属关系)体系，为平台原创内容开通版权认证。微博平台上的头条文章原创内容，将由中国版权保护中心提供基于DCI体系的数字作品版权登记。经过登记认证的微博原创内容，中国版权保护中心将为拥有其版权的用户提供盗版侵权监测及快速维权服务。

4月13日，随着政府整治互联网传播内容力度的加大，今日头条、网易新闻、凤凰新闻被暂时下架，快手和抖音负责人相继被约谈，新浪微博在压力之下由微博管理账号"微博管理员"宣布开展为期3个月的针对违规漫画、游戏和短视频内容的集中清理行动，清查对象包括涉黄、宣扬血腥暴力、同性恋题材的漫画及短视频内容，包含"腐、基、耽美、本子"等特征的内容，含有暴力内容的违法游戏（如侠盗飞车、黑手党、雇佣兵）及相关的动图短视频内容等，并查封"同志之声"等同志资讯方面的微博以及"瓶邪""盾铁""盾冬""锤基"等同人超话。这一公告因涉及"同性恋歧视"而引起了很多网友的情绪反弹。同日，公众号"我的票圈"发表《渣浪你好，我是同性恋》引爆舆论热点。同时，LGBT（即女同性恋者Lesbians、男同性恋者Gays、双性恋者Bisexuals与跨性别者Transgender的英文首字母缩略字）群体在微博以"我是同性恋"为标签纷纷发起话题，阅读量突破5亿人次。

4月16日，在舆论压力下，新浪微博管理账号"微博管理员"宣布"本次游戏动漫清理不再针对同性恋内容，而主要是清理涉黄、暴力血腥题材内容"，同性恋相关题材超话和账号解封，之后CP超话也陆续解封。

（三）专题

微博写作特点

微博写作具有原本的博客写作的许多特征，包括多媒体创作、大众化传播工具、根据作家意愿随时修改文本等特点，但同时也具备其自身的独特特征。

第一，碎片化阅读和写作模式。

在微博刚开通的时候，发博字数限制在140字内，迎合了当代快节奏生活中碎片写作和碎片阅读的趋势。相对于需要构思、酝酿的长篇幅博客来说，用一两句话在闲暇零散时间表达自己的心情和了解他人的动态，是微博写作抓住使用者的一个重要因素。

第二，更强的互动性和实时性。

微博通过关注他人的微博动态、@功能、转发功能、热搜榜等可以使热门的单条微博的传播速度和影响力呈几何级数增长。人们能够实时得知发生在周围的重大事件，并且通过自己的评论、转发使得消息进一步传播。微博通过人们之间的纽带构成了紧密联结的信息网，其互动性和实时性相对博客来说更强。

第三，微博推动文艺批评大众化。

微博打破了文艺批评的专业壁垒，启动了文艺批评的大众化时代。不需要长篇大论和专业眼光，微博鼓励的短小篇幅和独到见解使得大众文艺批评成为可能。大众的影评、视评、乐评通过微博"话题"得到联结，使得大众有了自己的批评场域，形成了"人人皆可发声"，大众文艺批评繁荣的现象。

第四，微博聚集作品人气，促生优质IP。

相较于原本博客写作"展示—出版"的机制，微博写作借助新浪微博广大的用户平台进行作品展示，聚集人气后的流向更加多元。微博写作文本作为一个优质IP，可以流向图书出版、影视和游戏改编等不同的方向。

张嘉佳和蔡骏是微博写作模式的两位成功的实践者。

如前所述，张嘉佳从2013年7月开始在新浪微博以"长微博"的形式发布"睡前故事"系列，刚连载几天便达到了数百万次转发、超4亿次阅读。同年11月，"睡前故事"系列结集出版，取名为《从你的全世界路过》。该书仅6个月就畅销200万册，打破了10年来单本畅销书的销售纪录，连续3个月蝉联3大畅销排行榜榜首。

蔡骏从2014年5月29日开始在新浪微博连载《最漫长的那一夜》。他每每能抓住社会热点事件应景而作，多次登上热门微博排行榜。《最漫长的那一夜》成为互联网热门话题小说，引发全网超4亿人次阅读、近百万次讨论。此外，其中的单篇故事斩获多个文学奖项，多篇作品被《上海文学》《人民文学》《小说月报》《小说选刊》《中国作家》《萌芽》《新民周刊》《新华文摘》收录。《北京一夜》更是相继获得《小说选刊》"茅台杯"最佳短篇小说奖、《小说月报》"百花文学双年奖"。《最漫长的那一夜·第一季》于2015年9月出版，《最漫长的那一夜·第二季》于2016年5月出版。其中多篇故事被着手改编为电影、超级网剧、电视剧。

第五，"话题"联结趣缘群体，成为同人创作和交流的新基地。

微博的"话题"和"超级话题"成为趣缘群体的重要聚集地，同时也为同人写作开辟了新基地。新浪微博开放字数限制，使得长博文同样能够在微博上进行发表，这就为同人文的写作提供了有利的条件。同时，新浪微博提供视频、图片、文字多种媒体形式，使得多种形式的同人创作借此平台得到分享和传播，包括同人文、同人图、同人歌、同人视频等。如前所述，2016年6月，新浪微博推出"超级话题"，将原有的话题模式与社区属性相结合，开发发帖、签到、交流、互评等社区功能，以为长期热门话题聚集粉丝部落，提供粉丝交流和分享的基地，以及沉淀话题相关的优质内容，使得优质的博文在趣缘群体内得到更加广泛的传播。这种更接近于社区、兴趣贴吧的模式使得同人创作有了更加合适的交流和分享场所。

参考资料

1. 新浪相关历史资料来自互联网档案馆历史网页。

2. 陈彤、曾祥雪：《新浪之道：门户网站新闻频道的运营》，福建人民出版社，2005年。

3. 中国互联网络信息中心：《中国网络文学用户调研报告》，发布日期：2011年8月19日，网址：http://www.cnnic.cn/hlwfzyj/hlwxzbg/201108/P020120709345276389530.pdf，查询日期：2018年12月19日。

4. 新华网：《净网清源：新浪涉嫌传播淫秽色情信息》，发布日期：2014年4月24日，网址：http://www.xinhuanet.com/video/2014-04/24/c_126431544.htm，查询日期：2018年4月18日。

5. 新华网：《2014年"扫黄打非"十大数据、十大案件》，发布日期：2014年12月25日，已无法访问，转引自中国扫黄打非网，发布日期：2014年12月25日，网址：http://www.shdf.gov.cn/shdf/contents/767/235767.html，查询日期：2018年4月18日。

6. 新华网：《新浪发言人接受新华社采访：将从四方面整改》，发布日期：2014年4月25日，网址：http://tech.sina.com.cn/i/2014-04-25/09559344869.shtml，查询日期：2018年4月18日。

7. 新华网：《北京市网信办依法约谈新浪微博》，发布日期：2018年1

月 28 日,网址:http://www.xinhuanet.com/2018-01/28/c_1122328199.htm,查询日期:2018 年 4 月 18 日。

8. 微博管理员:《新浪微博自查声明》,发布于新浪微博社区管理官方微博,网址:https://weibo.com/u/1934183965,查询日期:2018 年 4 月 18 日。

(郑　林)

百度贴吧（https://www.baidu.tieba.com，网络文学相关部分）

（一）词条

百度贴吧为依托百度搜索引擎建立的垂直兴趣社区。2003年建立后，成为文学网站之外最大的评论、创作平台（以同人创作与直播贴为主）与网文传播渠道（以盗版为主）。

贴吧用户可通过搜索关键词进入或创立该关键词的讨论区。基于这一功能，贴吧面世伊始就聚集了大批网文读者与同人创作者。用户在各大贴吧中进行评论交流，发布同人创作[①]与原创作品。原创作品中，直播贴影响最大。贴吧直播贴与天涯、豆瓣的直播贴相比虚构成分更多，读者大多将其视作小说。2012年后，不少新兴文学网站通过在贴吧开直播贴的方式为网站引流，催生出了"贴吧文"这一类型。

贴吧建立后，几乎所有热门网络小说都有专属的贴吧，并以超快的盗版速度和活跃的讨论氛围，聚集起超过正版阅读数倍乃至数十倍的盗版读者。盗版内容最早由盗版网站发布，随着图文识别技术逐渐普及和小说贴吧"手打组"（即以手打的方式规避网站的防盗措施）的兴起，2010年前后，大型网络小说贴吧的书友开始自发组织更新组，为吧友提供快速准确的文字更新。破晓更新组是其中最大规模的一个，巅峰时期曾控制上百个大型网络小说贴吧，辐射上千万网络小说读者。在盗版暂时无法得到彻底治理的情况下，贴吧盗文客观上在提高作品知名度、扩大读者群体等方面发挥了一定作用，小说作者对更新组和百度小说贴吧的态度长期以来颇为复杂，不少作者也会在自己作品的贴吧内与读者进行交流。随着网文行业的成熟，贴吧对网络文学生态造成的伤害日益显现。在网文作者与文学网站的不断控告、抗议下，百度于2016年5月封禁大量小说贴吧，对吧内盗版内容进行清洗后重新开放。此后，盗版情况有所缓解，但未能根除。

（许　婷　吉云飞）

[①] 如南派三叔《盗墓笔记》即是在"鬼吹灯"贴吧内连载并获得广泛关注的。

（二）简史

2003 年

11月25日，百度贴吧（http://post.baidu.com）开始内测。网站首页展示娱乐、明星人物、文化科学等9类热门讨论区，文化科学讨论区中文学栏目排名第一。

12月3日，贴吧百度首页设贴吧入口，贴吧正式上线。次日，贴吧首页上线。

2004 年

3月26日，贴吧首页改版。搜索框下增加"进入贴吧"和"贴吧搜索"选项，贴吧分类更新，加设游戏、动漫等区域。

6月7日，贴吧首页分类改为商业、科技、文化、生活、体育、地区、娱乐六类。文化类贴吧划分为学科、教育考试以及作家3小类。作家类中，除了鲁迅、张爱玲等传统文学作家外，还包括网络文学作家痞子蔡。

8月11日，贴吧首页改版，增加今日热门贴吧、今日热门贴子栏目。热门贴吧主要为港台明星、日本动漫类贴吧，热门贴子则以动漫、电视剧作品同人文、心情随笔、作品分析盘点为主。《百变小樱TV版续集（原创）：百变小樱－失落的记忆》一贴长期盘踞于热门贴前十名内。该贴自2004年6月9日开始连载，截至次年3月18日，回贴数达109898篇。

2005 年

12月，贴吧独立域名（www.tieba.baidu.com）正式启用。

12月13日，首页分类调整，设置明星名人、娱乐、体育、动漫、时尚生活、情感、游戏、文学与艺术、教育与人文、电脑数码、科学与军事、个人空间、百度特区以及贴吧家族9大类。

其中，文学与艺术大类下设贴图、文学艺术类作品、文学艺术类人物、特色艺术4个子类别。作品子类中有大量网络小说贴吧，如"新宋"吧、"坏蛋是怎样练成的"吧等，这些贴吧首页的置顶贴往往是小说盗版章节的最新内容。作品子类下还有大量创作贴吧，如"原创小说"吧、"小说连载"吧、"BL小说"吧等。人物子类中，出现大量网络文学作家贴吧，如"安妮宝贝"吧、"步非烟"吧等，同时还有以文学作品中角色命名的贴吧，如"黄蓉"吧、"贾宝玉"吧等，这类贴吧中发布有大量围绕角色展开的同人原创作品。

动漫大类下设动漫周边子类,有大量动漫角色CP吧,如"佐鸣"吧(《火影忍者》中的佐助与鸣人)、"新兰"吧(《名侦探柯南》中的新一与小兰)等,这类贴吧中聚集了一批同人爱好者,发布有大量同人作品。

贴吧家族大类较为特别,主要是以作品、作者为核心衍生出的具有原创性质的贴吧合集。贴吧家族最早有哈利波特、火影忍者、三国三大家族,之后又不断扩充。各家族中贴吧类型庞杂,有大量以作品名、角色名、CP名、演员名乃至作品中出现的地名、物品名命名的贴吧,这些贴吧无一例外都发布有大量同人原创作品,是同人爱好者们的趣缘聚集地。

2009 年

12月,盛大文学起诉百度。诉讼中列举了七条起诉理由:1.百度侵害了盛大文学签约作者的版税收入。2.百度导致盛大文学重点作品被盗链、盗用现象严重。3.百度操纵排行榜,无故屏蔽盛大文学小说进入热点搜索排行。4.百度贴吧成网络文学盗版重灾区。5.百度对要求删除盗版内容反应迟钝。6.百度对盗版网站的纵容破坏整个创意产业发展秩序。7.百度导致盛大文学损失严重。2011年5月10日,上海市卢湾区法院对盛大文学诉百度侵权案做出一审判决,认定百度公司存在间接侵权和直接侵权行为,应赔偿盛大文学经济损失人民币50万元以及合理费用人民币44500元。

2010 年

6月8日,贴吧开通同人频道。频道按照小说、动漫、电影、电视剧、游戏等分类推荐优秀同人作品,还设置了"本周最热同人"榜单,"同人达人"版块则用来推荐同人创作精英。

8月4日,贴吧推出电子杂志服务"吧刊"。各贴吧可发布属于自己贴吧的电子杂志,并显示在贴吧首页的"吧刊阅览室"。

8月19日,贴吧开通小说频道。用户可以在小说频道的后勤贴吧"贴吧小说"吧中发帖推荐原创小说或直播贴,后台筛选通过后将在首页进行推荐。贴吧连载小说与直播贴分属两个推荐榜单。

小说频道还设置有子频道"脱水小说"吧。受贴吧发帖形式限制,连载小说、直播贴中除楼主发布的原创内容外充斥有大量的读者回贴,为方便读者阅读,贴吧产生了仅搬运楼主发布正文的"脱水小说"。"脱水小说"

吧不对外开放，仅允许"脱水小说协会"成员发布获得推荐的作品的正文内容。"脱水小说协会"由贴吧志愿者组成，须通过小说频道考核后，按时按量完成脱水工作。

2011 年

1月20日，破晓更新组（贴吧ID）注册。网络小说贴吧自建立起，长期充斥大量盗版内容。盗版内容最早由盗版网站发布，随着互联网技术的发展，图文识别功能逐渐普及，2010年前后，大型网络小说贴吧的书友开始组织更新组，发布盗版内容，破晓更新组是其中最大的一支。

这些更新组的创立最初是为了抵制盗版文学网站，更新组发布的盗版章节文末都会附上小说原文链接，鼓励读者购买正版。由于贴吧盗文在提高作品知名度、培养扩大读者群等方面有一定作用，更新组与小说作者的关系极其复杂。这一时期，贴吧内的评论贴也日渐兴旺，贴吧逐渐取代了部分小说网站的评论区，不少作者也会在自己作品的贴吧内与读者进行交流。

2012 年

2月8日，"脱水小说"频道关闭。贴吧"只看楼主"的新功能取代了脱水小说的功能，受点击量与热度等原因，"脱水小说"吧停止官方运营。同时，"贴吧小说"吧改为只接受小说类内容首页推荐的申请。

10月，百度与盛大文学签署《维护著作权人合法权益联合备忘录》。百度承诺，用户在百度搜索小说名称时，将在首要位置看到来自盛大文学的正版作品。

2013 年

12月27日，百度以1.915亿元人民币收购纵横中文网。尽管如此，贴吧内依旧存在大量盗版纵横中文网小说的内容，"永生"吧、"焚天"吧的置顶帖都是最新更新章节的盗版内容。

2014 年

6月5日，贴吧被国家新闻出版广电总局相关部门调查，理由是涉嫌登载传播《令人战栗的格林童话》系列、《黑暗童话》系列、《邪恶童话》系列等涉黑、涉暴、涉淫秽色情违法违规网络出版物。事后百度宣布将展开"打击敏感不实信息专项行动"。

本年度,贴吧首页小说栏目取消。

2015 年

贴吧首页出现小说栏目,下设奇幻、言情、灵异、穿越、连载、修真、历史、架空文 8 类。小说子目录之后又进行改动,改为历史、穿越、改编、宫斗、后宫、连载、清宫、小说人物等 20 多个小类别,划分方式与大多数文学网站相似。

2016 年

4 月 25 日,《南方都市报》发表《贴吧疯狂盗版网络文学 作家当不上作品的吧主》,文章采访了愤怒的香蕉、庚不让等多位网文作家,对贴吧盗文的猖獗状况、百度官方不作为的情况进行了详细揭露。愤怒的香蕉表示,在百度搜索他的小说《赘婿》时,百度推荐的是一个名为"赘婿 dt(盗帖)"的贴吧。即使读者点击进入"赘婿"吧,百度仍提示可以自动跳转"赘婿 dt"吧。《南方都市报》进一步指出,"原创作者更新作品,盗版方会在第一时间跟进,这些举动根源在于盗版团体与百度贴吧运营方的千丝万缕联系"。

5 月 23 日,阅文集团 CEO 吴文辉发布微博,发起 # 对盗版 SAYNO# 的微博话题。唐家三少、小刀锋利、猫腻等多位网络作家参与该话题。次日,阅文官方微博发布胜己、小刀锋利、猫腻、辰东等 20 位一线网络作家拍摄的反盗版宣传视频。

5 月 23 日,贴吧发起打击盗版行动,包括《鬼吹灯》《盗墓笔记》等小说类贴吧大多数被封禁,用户在进入上述贴吧时会有"根据相关法律法规和政策,本吧暂不开放"的提示。贴吧称此举是"为加大正版保护力度,维护原创作者权益"。

6 月 7 日,贴吧文学类吧开始分批恢复,首批开放了《龙族》《盗墓笔记》等百余个小说贴吧。贴吧开通"贴吧曝光台"、"全民举报"吧两条绿色举报通道,同时规定,小说类贴吧吧主应主动承担删除吧内盗版内容之责,禁止吧主将盗版内容加精、置顶,对于不符合规定的吧务团队,将予以撤销处理。

7 月 10 日,"吧刊"功能关闭。

2018 年

自 2016 年贴吧对盗版小说进行清理整顿后，贴吧更新组不再活跃于各大小说贴吧，贴吧盗版现象得到一定程度的缓解。及至 2018 年，名气较小的小说贴吧很少出现盗版内容，但不少热门小说贴吧，如"大道朝天"吧、"汉天子"吧等，置顶贴依旧是最新章节的盗版内容。一些小说类别贴吧，如"言情小说"吧、"BL 小说"吧等也常常出现集中发布网络小说盗版电子资源的贴子。贴吧盗版情况依旧不容乐观。

参考资料

1. 《贴吧小说频道开通寄语》，发布于"贴吧小说"吧，发布日期：2010 年 8 月 19 日，网址：http://tieba.baidu.com/p/864907568，查询日期：2018 年 10 月 20 日。

2. 人品贱格：《科普贴吧更新组和破晓》，发布于龙的天空，发布日期：2014 年 5 月 17 日，网址：http://lkong.cn/thread/978938，查询日期：2018 年 10 月 20 日。

3. 巫九：《看最近这么多人说贴吧文，我也聊聊自己所知道的"贴吧文"》，发布于龙的天空，发布日期：2015 年 5 月 24 日，网址：http://lkong.cn/thread/1218730，查询日期：2018 年 10 月 20 日。

4. 王佳：《贴吧疯狂盗版网络文学 作家当不上作品的吧主》，《南方都市报》2016 年 4 月 25 日，网址：http://epaper.oeeee.com/epaper/A/html/2016-04/25/content_30634.htm，查询日期：2018 年 10 月 20 日。

（许　婷）

晋江（晋江原创网／晋江文学城）
（https://www.jjwxc.net）

（一）词条

　　全球规模最大、最具创造力和影响力的"女性向"文学网站，是中国大陆唯一以"女性向"立足且言情、耽美、同人并重的主流网站。2003年8月建立，依靠自发形成的、具有性别革命意义的"女性向"文化，打造出深度依赖粉丝经济的"晋江模式"。绝大多数"女性向"作家成长于此，绝大多数"女性向"网文类型诞生于此。

　　"晋江"的发展经历了"晋江文学城""晋江原创网"和"晋江文学城"（恢复原名）三个阶段。1999年7月，福建晋江电信局"晋江万维信息网"建立文学站点"晋江文学城"（2007年4月关闭），由sunrain等爱好者扫校、上传港台言情小说，是"晋江"的前身和准备阶段。2003年8月，iceheart（本名黄艳明）等人建立"晋江原创网"，专门发布与扫校对应的原创内容，兼具言情、耽美、同人类型。2005年10月以后，iceheart独任站长。2007年11月接受盛大注资，2008年1月施行VIP付费阅读制度，开始商业化转型。2010年再度更名"晋江文学城"。

　　虽然晋江自"原创网"时代才真正转型为原创文学网站，但作为其精神底蕴的"论坛文化"早在"文学城"时期就已发源，建立起"女性向"文化。2000年8月，晋江文学城开辟的"网友交流区"版块，是大陆文学网站中第一个匿名女性论坛，后来发展为孕育了中国"女性向"网络文化的女性综合社区——晋江论坛（因页面为粉红色，又称"小粉红"论坛）。由于论坛入口的隐秘和匿名发帖的自由，许多极具突破性的女性相关话题在网友留言区（又称"兔区"）、（耽美）闲情、战色逆乐园等著名版块得到了充分讨论，"女性向"文化成为晋江的底色。在原创网建立之前，原创内容也已在晋江论坛"原创贴文区"（后发展为"连载文库""同人文库"等版块）迅速成长，积累了"晋江"的初代作者、读者和网站管理者。

　　晋江文的三大核心类型（言情、耽美、同人）各具特色，且都受到"女性向"文化滋养。言情类型，继承了港台言情资源，发展出都市言情文（霸道总裁、娱乐圈、职场、甜宠）和古代言情文（穿越、宫斗、宅斗、种田、仙侠）两大脉络；耽美（2014年改名"纯爱"）类型，是晋江最具活力的"女性向"核心竞争力所在，早期受日本BL文化影响，后从言情、男频类型中汲取套路资源，迅速培育出末世、西幻、东方奇幻、快穿、系统等独特类型，并以更先进的性别文化反哺言情类型；同人类型，为了规避二次创作的版权困境，发展出有别于同人圈的"晋江同人"模式，以"综同人"、红楼同人、洪荒同人等版权问题较小的类型为主，创作模式也更贴近商业类型文。

2007年11月，晋江原创网向盛大公司售出50%股权，成为盛大旗下唯一享有自主管理权的网站，与起点女频（后独立为起点女生网）、红袖添香、潇湘书院等平台共同构成盛大文学的女频版图。2015年，随盛大文学并入阅文集团，仍保持自主管理。进入IP时代后，凭借密集的优质作品、强大的粉丝经济力，成为网络文学IP价值高地。

"晋江"在海外具有广泛的影响力，尤其是在越南、泰国等东南亚国家，自2011年起已有上千部作品输出海外版权，更出现了shushengbar、hui3r等海外翻译网站，自发将晋江小说翻译为英语等多国语言。

（肖映萱）

（二）简史

1. "晋江文学城"时代（扫校、转载）

1999年

7月，福建晋江电信局建设的晋江万维信息网（http://jjinfo.com）开设文学站点晋江文学城（http://wenxue.jjinfo.com，2002年12月搬迁至www.jjwxc.com），由电信局员工楚天、sunrain负责。言情小说爱好者sunrain自发承担起内容更新任务，开始大量扫描、校对以港台言情小说为主的电子书。一些网友开始义务参与电子书的扫校工作。

此时，晋江文学城根据扫校类型分为现代文学、古典文学、科幻小说、言情小说、纪实文学、武侠小说、外国文学、网络文摘、网友留言版块。

2000 年

2 月，楚天调离，sunrain 独自负责网站维护、更新。

3 月，晋江文学城新增书库"言情小说作家作品集"及搜索系统"言情小说查询系统"。

8 月 15 日，晋江文学城增设网友交流区（http://jjpt.net.cn，2001 年 10 月搬迁至 http://bbs.jjinfo.com，2003 年搬迁至 bbs.jjwxc.net），下设网友投稿区、网友留言区、提供文案区（2001 年关闭）、读书心得区、买卖新书区、原创文学区，10 月后增加耽美文学区。网友交流区即后来晋江论坛（bbs.jjwxc.net）的前身。

2001 年

7 月 16 日，sunrain 在论坛发布《sunrain 告大家书》，宣布自己将因离职而告别晋江，并说明她走后电信局负责文学城的工作组仅剩两名员工，网站可能无法维系的紧迫情况。此后，晋江文学城虽能正常访问，但页面已停止更新。

12 月 28 日，洁普莉儿在论坛发布《拯救晋江计划》，呼吁网友一同拯救晋江，想办法恢复更新，得到晋江用户热烈响应。sunrain 回帖表示可以提供账号密码，并继续负责后台系统、论坛的数据库管理，但无法承担页面的更新工作。网友 iceheart 回帖表示可以负责网站维护及网页更新。其他网友纷纷加入，义务分担录入、校对等工作。此后，iceheart 开始接手晋江的程序工作。在 sunrain、楚天等电信局员工的帮助下，iceheart、nina、青枚等网友接管晋江，恢复页面更新，通过 FTP 权限下载保存晋江文学城的已有内容，为晋江的独立做充分准备。

2002 年

1 月，在 iceheart 等网友的努力下，晋江文学城恢复更新。

5 月，晋江文学城首页改版，主打"独家推出"和"转载小说"两大版块，内容仍是扫校电子书。

6 月，由于中共第十六次全国代表大会即将召开，楚天通知 iceheart 关闭晋江论坛，并收回 FTP 权限。此后，晋江从电信局独立出来的诉求愈发强烈。

8 月，网友交流区（即晋江论坛）耽美区进行内部整顿，10 月重新开放，并增设了原创驻站作家专栏。

11月,晋江与博朗电子书达成广告合作,这是晋江最早的商业化尝试,也是第一条收入渠道。据iceheart称,这一广告支持了晋江两年左右的服务器托管费用。

12月,iceheart为晋江申请了顶级域名www.jjwxc.com和www.jjwxc.net。

年底,晋江推出原创试剑阁,即晋江文学城个人主页系统,青枚、晴空、洁普莉儿、慕容、蓝莲花等作者进驻。当时的个人主页系统只有作者其人、文采飞扬、个人论坛、鸿雁传书4个栏目,但个人专栏已经具有文章发布功能,是后来晋江原创网的雏形。

2. "晋江原创网"时代

2003年

1月10日,由于主机频繁故障,无法支撑日益增长的访问量,iceheart在论坛发布《晋江救援书》,向网友公开募捐。据年终公布的《捐款使用报告》,共募得39244.882元。同时,晋江文学城首页推出晋江英雄榜栏目,感谢洁普莉儿等网友对晋江的贡献。

3月22日,管理组用网友的捐款支付了服务器购买(19000元)和托管(14400元)费用。

3月29日,网友交流区搬迁至新网址(bbs.jjwxc.net)并正式建立晋江论坛。论坛分为交流区、评论区、耽美区、交易区、原创区、原创作家专栏等版块。

5月,服务器调试完成,新系统编写完成,晋江文学城正式从晋江电信局独立出来。

6月,原创试剑阁建立"原创筛选委员会"和"原创拍砖委员会",开始编选原创电子刊物《原创月刊》,至2007年3月共发布18期,内容包括名家访谈、短篇精品、精彩评论、主题征文、活动特刊等。

8月,晋江原创网独立建站,并于同年12月2日启用单独域名www.jjwxc.net。晋江原创网页面背景是绿色,而晋江论坛的页面背景是粉红色,因此又分别被称作"绿晋江"和"红晋江"。原创网创立之初,邀请了江南、沧月、蒋胜男、红猪侠、燕垒生、沈璎璎等已成名的作者入驻。

9月,晋江原创网向出版社推荐的作品第一次成功签约,晋江有了继广告合作之后的第二条收入渠道。

10月16日,顾漫开始在晋江原创网连载《何以笙箫默》(2004年2月正文完结),7万字左右的篇幅、校园青春与都市爱情的结合、连载更新的方式,既继承了台湾言情"口袋书"读者的阅读趣味和习惯,又开始向网络原创连载转型,为"都市言情"类型奠定了基础。

12月,晋江原创网增加分类阅读查询系统,根据"类别"(后拆分为"性向"和"类型")和"属性"(后改名"标签")两种分类选项对作品进行分类,此后,晋江形成了独具特色的标签分类系统。标签由网站根据作品类型元素的变迁而增加或删减,并根据标签热度调整排序,用户无法自主创设,因此标签的增减和顺序变化也可以看作晋江类型趋势变化的一个缩影。如"清穿""重生""末世""娱乐圈""快穿"等标签是晋江文的代表类型,"虐恋情深""破镜重圆"等标签则是"女性向"网文的经典叙事套路。

本年起,晋江原创网开始评选"年度十大佳作",是参考自然榜及作品影响力排出的人工榜单。这一榜单后来成为晋江最具影响力和公信力的作品排行榜。"2003年十大佳作"是:明晓溪《烈火如歌II》、暝色《白衣传》、候已《宠物饲养法》、姬泱《郑传——破城》、明晓溪《烈火如歌I》、浮生偷欢《长生传》、米兰Lady《柔福帝姬》、娜娜《清见月和他的狐狸》、水心沙《尼罗河之鹰-雷》、浮生偷欢《韩子高》。

2004年

3月20日,晋江推出网络书店"小魔女书店"(www.jjwxc.cn),主要经营由晋江代理、合作出版的纸质实体书。凭借能够购买晋江在台湾出版的耽美作品的特色优势,"小魔女书店"迅速超过大陆其他耽美网购书店。这是晋江的第三条收入渠道。

4月,明晓溪的"明若晓溪"系列由晋江代理出版(记忆坊工作室,广东新世纪出版社)。明晓溪的一系列作品《小魔女的必杀技》(2003)、《烈火如歌》(2003)、《会有天使替我爱你》(2004)、《泡沫之夏》(2005—2006)等,均由晋江代理出版。明晓溪的作品因融入了日本少女漫画元素,迅速成为畅销书,《泡沫之夏》的两位男主角欧辰和洛熙,分别是都市言情文中经典的"总裁"和"明星"形象,开启了女频"总裁文"和"娱乐圈文"的风潮。

5月底,晋江论坛增设战色逆乐园版,用于讨论女性感情生活与其他私密话题。这类论坛在当时并不多见,"战色"迅速成名,吸引众多女性用户。

6月15日,潇湘书院未经授权转载晋江文学城独家扫校的OCR言情小说。7月29日晋江文学城寻书区版主发帖谴责,希望潇湘遵循晋江"独家扫校小说两个月后才开放转载"的转载规则。8月1日双方达成协议,潇湘书院同意遵守晋江文学城的转载规则。

7月1日,金子在晋江原创网连载《梦回大清》(2007年10月完结),此文后来被称为"清穿三座大山"之一,开创了"清穿文"的先河。

8月1日,晋江原创网成立一周年。据《原创月刊》第10期"周年特刊"称,截至当日,晋江原创网注册作者数量突破11000(其中6000多稳定发文),发布作品数量达13608篇,代理出版40余本纸质书。

8月20日,晋江论坛改版,分为交流区、原创区、耽美区、管理区4个版块。原创区包括碧水江汀、创作交流、原创评论和原创作家专栏等子版块,耽美区包括耽美闲情、耽美作家专栏等子版块,10月新增连载文库、完结文库版块。

12月22日,晋江原创网新增"关键字"检索功能,作者在发布作品时可自行设置主角名、配角名、其他关键物品等"关键字",读者可通过"关键字"检索到对应作品。

这一阶段,晋江的核心团队共3人:站长iceheart、nina(刘念,生于1975年),主管青枚(苏向晖,生于1978年)。其中nina主要负责论坛和推荐出版等业务,青枚主要负责原创和作者交流,iceheart在网站总体管理之外主要负责服务器维护、程序设计。

本年,"晋江原创网2004年十大佳作"是:我愿乘风《狼影啸啸》、匪我思存《寂寞空庭春欲晚》、呱姜《情何以堪》、之之《(望天第二部)将军明若》、季风《竹枝词》、倾泠月《且试天下》、施定柔《迷行记(纸书版)》、森林唱游《在黑暗的河流上》、晓月听风《清宫 情空 净空》、金子《梦回大清,上部》。

2005年

5月,晋江原创网推出"精华长评"功能。超过1000字且有标题的读者评论即为"长评",如经过编辑审核被加精为"精华长评",将大大增加所评作品的积分。这一读者评论制度,使晋江评论区成为所有网络文学网站中最为活跃的评论版块，孕育了晋江独特的长评文化。同时，晋江原创网的分类阅读标签新增"风格"选项。

5月16日，桐华在晋江原创网连载《步步惊心》（2006年完结，版权后转到起点女生网），与金子《梦回大清》、晚晴风景《瑶华》（一说月下箫声《恍然如梦》）并称为"清穿三座大山"。

7月1日，晋江原创网与台湾倍乐文化合作出版"月涧草"耽美丛书，计划每月推出3部作品，两岸同步发行。8月正式出版繁体书。至次年2月合作结束，共出版18本耽美小说。

9月1日，葡萄在晋江原创网连载《青莲记事》（2008年11月完结）；14日，流玥在晋江原创网连载《凤霸天下》。这两部作品共同创造了"女穿男"的"（伪）耽美"经典穿越模式，并掀起了2006—2007年晋江"逆后宫"模式的风潮。

10月9日，nina在晋江论坛发布《我和晋江有个约会——关于NINA退出晋江目前管理层的声明》，宣布退出晋江；同日，iceheart发布《iceheart告晋江同胞书》作为回击，晋江管理层正式分裂。此后，nina、青枚离开晋江，创办九界文学网（www.jjwenxue.com）。

本年，"晋江原创网2005年十大佳作"是：流玥《凤霸天下》、葡萄《青莲记事》、大风刮过《又一春》、明晓溪《泡沫之夏》、寐语者《帝王业》、金子《夜上海》、梦过千秋月《爱江山更爱美男》、金子《梦回大清·中部》、桐华《步步惊心（下）》、千年一叹《爱在何方》。

2006年

2月13日，天籁纸鸢（后改名"君子以泽"）在晋江原创网连载《花容天下》，作品中含有"男男生子"元素，后来成为耽美中极具争议性的情节元素。其续作《十里红莲艳酒》《月上重火》（言情），都在晋江积分总榜上名列前茅。天籁纸鸢是2006—2008年最具人气的晋江作者。

3月，晋江原创网获得中国移动梦网第一届"原创文学网站手机PK大赛"第一名，前十名依次为：晋江原创网、黄金书屋、铁血、逐浪文学、潇湘书院、若雨网、天涯、红袖添香、飞天网、起点。

3月13日，北京晋江原创网络科技有限公司成立，黄艳明（iceheart）任总裁、法人代表。

8月24日，海飘雪在晋江原创网连载《木槿花西月锦绣》（2014年3

月完结),此文成为晋江"宅斗文"的早期代表作。

9月17日,匪我思存在晋江原创网连载《佳期如梦》(2007年1月完结),男主角孟和平、阮正东都是军队大院出身的高干子弟,此文成为言情"高干文"类型的代表作之一。2010年改编为同名电视剧。

10月,海宴开始在晋江论坛连载文库版连载《琅琊榜》,是影响力较大的"女性向"大历史文。因连载文库版默认发布耽美作品,而《琅琊榜》主角感情走向暧昧,引起读者"是耽美还是言情"的争议。海宴后将《琅琊榜》转至晋江原创网连载,又转至起点女频并签约VIP(12月25日后优先发布在起点女频,2007年8月31日完结)。2015年改编为同名电视剧《琅琊榜》,成为该年的现象级热门影视剧,并引发大量耽美同人创作。

10月17、26日,晋江论坛连续两次出现关于小说《后宫·甄嬛传》涉嫌抄袭的投诉。管理层与作者流潋紫取得联系后,27日在晋江论坛碧水江汀版块公布《正式处理公告》,判定《后宫·甄嬛传》中30多处情节、语句、描写与其他小说雷同。流潋紫表示愿意修改涉及情景描写雷同的部分,但针对整部近40万字的作品,不承认抄袭。由于此类抄袭事件在法律上以及晋江管理方皆无明文可依,晋江决定修订注册条款,增添抄袭判定标准:"在晋江原创网,若两篇文章雷同文字超过20处但占据全文比例不超过10%,其文字在网络出现时间较晚者,以借鉴过度论处。在管理层通知时限内不作修改,以抄袭论处。"事后,流潋紫离开晋江,转至新浪博客。

本年,"晋江原创网2006年十大佳作"是:狂言千笑《斜阳若影》、海飘雪《木槿花西月锦绣》、天夕《鸾:我的前半生 我的后半生》、双鱼座《停车坐爱枫林晚》、狸猫R《出云七宗"罪"》、宫藤深秀《四时花开》、妖舟《穿越与反穿越 第一卷》、天籁纸鸢《花容天下》、夜安《归路》、南州《越江吟》。

2007年

4月4日,辛夷坞在晋江原创网连载《致我们终将腐朽的青春》,同年8月出版(更名《致我们终将逝去的青春》,朝华出版社),2013年改编为电影《致我们终将逝去的青春》;16日,九夜茴在晋江原创网连载《匆匆那年——80后情感实录》(2009年2月完结),2015年改编为电影《匆匆那年》。这两部作品是晋江"青春校园"言情类型的代表作。

4月下旬,花雨声称将状告晋江文学城扫校书籍涉嫌盗版侵权,并向晋江索赔。主打言情小说出版的花雨引进了很多台湾言情小说的版权,为打击盗版，花雨在这一年2月发起"言情网络联盟"并向大量扫校了其作品的晋江文学城发出邀请，但由于加入联盟意味着花雨将拥有优先出版晋江原创网作品的权利，晋江拒绝加入。此时，花雨声称晋江文学城扫校了其3000本书，每本书索赔2000元，共600万元。受此影响，晋江立即关闭了扫校电子书的晋江文学城和涉及实体出版的小魔女书店，核心页面只余晋江原创网和晋江论坛。原晋江文学城域名www.jjwxc.com直接跳转晋江原创网，原小魔女书店域名www.jjwxc.cn停用（2009年11月改为"囧囧商城"，2017年11月关闭）。

4月25日，iceheart在晋江论坛发表《致歉信》，为晋江文学城、小魔女书店页面的关闭向晋江用户道歉。信中称："对不起大家，你们把齐心协力养大的孩子交到我手上，我没有带好，我没法再养他"，"到今时今日，二子殒而一子存，这仅存的一子，仍有狼环伺，择机而发"。

4月27日，花雨进一步发难，发布《谅解备忘录》，声称将拥有原小魔女书店的域名www.jjwxc.cn及相关权益，双方共同开办"小魔女－花雨"，且要求拥有晋江原创网作品的优先出版权。28日，晋江管理员03（即晋江副总裁刘旭东）在论坛发帖回应，称晋江管理方正依照法律途径与花雨谈判，暂时没有与花雨达成任何协议。此后，晋江未再针对该事件做出任何官方回应，花雨也没有与晋江对簿公堂，事件不了了之。根据网络传言，花雨与作者签订的版权协议中并不包括网络著作权。不过，"花雨事件"是晋江后来接受投资的重要原因。

7月5日，晋江原创网与无线互联网门户网站3G门户（3g.cn）合作，正式开通"3G@晋江专区"（3g.jjwxc.net）。

11月，晋江原创网接受盛大公司投资，出售50%股权。投资方不控股，不派人参与网站管理，晋江仍拥有自主管理权。

11月16日，乐小米在晋江原创网连载《凉生，我们可不可以不忧伤》，此文成为著名的言情"兄妹文"。

本年，"晋江原创网2007年十大佳作"是：影照《午门囧事》、谈天音《皇后策》、小春《不负如来不负卿》、四叶铃兰《江山如画》、千夜绯雪《[网王.火影.死神.猎人]穿梭在动漫世界——流星雨般的爱恋》、狂言千笑《百折而后弯的小黄（净水红莲）》、书闲庭《长生》、海青拿天鹅《双阙》、天籁纸鸢《十里红莲艳酒》、卿妃《月沉吟》。

3. 盛大文学时代（VIP、移动阅读）

2008年

1月8日，晋江原创网实行VIP付费阅读制度，晋江进入商业化的新阶段。

5月1日，Fresh果果在晋江原创网连载《仙侠奇缘之花千骨》。此文是言情"仙侠"类型的代表作，2015年被改编为热门电视剧《花千骨》。

5月9日，唐七公子在晋江原创网连载《三生三世十里桃花》（2012年10月由湖南文艺出版社出版）。此文是这一时期"古风言情文"的代表作，但因致敬晋江作者大风刮过而陷入抄袭争议（唐七早期承认致敬，后否认），这成为女性读者圈最轰动的公案之一。

7月14日，盛大文学有限公司正式成立，晋江原创网作为旗下网站，正式进入盛大文学时代。

8月30日，顾漫在晋江原创网连载《微微一笑很倾城》（2009年11月完结），开启言情"网游文"的先河。2016年分别被改编为同名电影、电视剧。

10月，晋江原创网开始进入手机无线平台。至2009年年底，已推广至移动、联通、电信开设的手机阅读项目，并接入诺基亚、三星等手机终端。

10月20日，桔子树在晋江原创网连载《麒麟》。此文长期位列作品积分榜单首位，是耽美特种兵文的代表作。但由于衍生于电视剧《士兵突击》的同人创作，作者"同人转原创"的尝试在同人圈遭到抨击。

12月31日，晋江原创网改版上线。新版网站首页分为8个频道：古代言情、武侠仙侠、现代言情、奇幻网游、幻想悬疑、耽美频道、同人频道、短篇频道。每个频道都有属于自己的特色标签和榜单。另外增加了"业界新闻·晋江出版报告"和"最新签约"两个资讯版块。在已有的官推榜、八仙榜（8个频道的首页展示榜单）、月榜、季榜、年榜及精华书评外，还在首页左上角显著位置增加了编辑推荐榜。

据晋江提供的资料，2008年1—12月，晋江注册用户从46万增长至225万。这一迅猛增长可能直接受到VIP制度推行的影响：在VIP制度推行之前，晋江用户不必注册就可阅读、评论；而VIP制度实施后，用户必须注册才能购买VIP章节。

年中，晋江推出定制印刷业务。作者可在个人专栏自主发起作品征订,网站根据文章长度、插图张数计算印刷成本并联系印刷商(最早 20 本起印,2011 年 7 月 13 日起调整为 10 本起印),读者支付晋江币预订购买。晋江定制是晋江作为商业网站发行的"印刷品"而非"出版物",本质上仍属于同人志的范畴,是晋江官方发行的同人志。2016 年后,晋江停止了该项业务。

本年,"晋江原创网 2008 年十大佳作"是:天籁纸鸢《月上重火》、萧楼《流水迢迢》、平素有酒《西北》、老草吃嫩牛《乐医》、桔子树《麒麟正传 [军文现代]》、Fresh 果果《仙侠奇缘之花千骨》、蜀客《穿越之天雷一部》、梦枕幻花《因缘妙美人》、蜀客《穿越之武林怪传》、顾漫《微微一笑很倾城》。

2009 年

1 月 26 日,妖舟在晋江原创网连载《不死》(2009 年 5 月完结)。此文是日本动漫《hunter×hunter(全职猎人)》的同人小说,也是晋江动漫同人的代表作之一,在作品榜单上长期高居前列。

2 月 1 日,蝶之灵在晋江原创网连载《给我一碗小米粥》。此文与后来非天夜翔《飘洋过海中国船》(2010)、蝶之灵《最强男神》(2014),都是耽美"网游文"的代表作。

3 月 13 日,长着翅膀的大灰狼在晋江原创网连载《盛开》。长着翅膀的大灰狼是"霸道总裁文"的代表作家之一,以亲密描写见长。

据晋江发布的新闻公告,2008 年第三季度至 2009 年第二季度,晋江原创网的无线阅读收入超过百万元。

7 月 29 日,张鼎鼎在晋江原创网连载《三步上篮》(2010 年 4 月完结)。此文是耽美体育竞技题材的代表作品。

10 月 24—27 日,第二届中国国际版权博览会在北京举行,晋江原创网在"中国网络文学节"主题活动中被评选为"年度最佳文学网站",晋江作者安宁凭借《温暖的弦》获得"年度最佳作者"大奖。

12 月,晋江原创网手机 WAP 站(曾用域名 wap.jjwxc.net、m.jjwxc.net、wap.jjwxc.com,现域名 m.jjwxc.com)上线。

12 月 1 日,青罗扇子在晋江原创网连载《重生之名流巨星》(2011 年 10 月完结)。此文作为较早的女频"重生"之作,开启了晋江的"重生"风潮,也是女频"娱乐圈文"的早期代表。

本年,"晋江原创网 2009 年十大佳作"是:妖舟《[猎人同人] 不死》、吴沉水《重生之扫墓》、小晚《下堂妻的悠哉日子》、蝶之灵《给我一碗小米粥》、爱爬树的鱼《莫笑我胡为(颠覆妲己)》、文艺地金刚芭比《我靠!被潜了!》、多云《花朝奇事》、芙娅《综漫 无限反派》、狂言千笑《路鸟(强强)》、爱神苏西《云翻雨覆》。

2010 年

1 月 21 日,天望在晋江原创网连载《生而高贵》(2010 年 5 月完结)。此文是《哈利·波特》系列的晋江同人代表作,CP 为"德哈",即"德拉科·马尔福 × 哈利·波特",也是《哈利波特》同人创作的重要 CP 之一。

2 月,晋江原创网复名"晋江文学城",并进行页面改版,原创言情(yq.jjwxc.net)与耽美同人(tr/dm.jjwxc.net)成为两个独立分区,拥有独立的页面和榜单。

9 月,因"钓鱼岛事件",晋江论坛闲情版出现许多讨论政治话题的帖子,后被闲情版驱逐至"风雨读书声"(编号 15)版块。至年底,iceheart 为规避风险决定关闭"风雨读书声"版块,引起了版块用户的反对,最终决定不关闭、不显示,将版块编号改为 250 以示嘲讽。事后,"风雨读书声"用户离开晋江论坛,建立"凤仪美食论坛"(后关闭)。此后,晋江论坛不再讨论政治相关话题,后来的"爱国少女小粉红"被误认为与晋江"小粉红"论坛相关,是因名称相同而产生的误解。

9 月 2 日,水千丞在晋江文学城连载《娘娘腔》(2011 年 1 月完结)。此文是耽美"渣攻贱受"类型套路的经典代表作。

10 月 17 日,关心则乱在晋江文学城连载《知否?知否?应是绿肥红瘦》(2012 年 12 月完结)。此文是晋江"宅斗文"的经典代表作,2018 年改编为同名电视剧。

11 月 19 日,第三届中国国际版权博览会在北京举行,晋江文学城蝉联"中国网络文学节"主题活动"年度最佳文学网站"奖,顾漫获"年度最佳作者"奖。

12 月 8 日,CCTV2《消费观察》节目曝光网络文学情色内容,涉及耽美作者郑二发布于晋江论坛连载文库版的情色片段。连载文库版暂时关停,大批用户涌入个人同人论坛 allcp。次年 1 月 allcp 论坛更名长佩文学论坛,主要发布中短篇(50 万字以下)耽美小说,是对晋江文学城商业耽美写作的重要补充，在耽美圈内有一定影响力。

12月10日，淮上在晋江文学城连载《提灯看刺刀》。此文是经典的"虐文"。

自2010年之后，晋江官方评选的年度作品改为各个分类版块分别推出"十大佳作"，且类型逐年细化、榜单逐年增多。

本年，"2010年耽美年度十大佳作"是：尼罗《义父》、狂上加狂《狱鬼》、焦糖冬瓜《飞尘》、priest《七爷》、颜凉雨《幻生之手》、非天夜翔《武将观察日记》、非天夜翔《飘洋过海中国船》、青罗扇子《重生之名流巨星》、梦溪石《山河日月》、南枝《穿越种田之棠梨叶落胭脂色》；"2010年同人年度十大佳作"是：耳雅《游龙随月》、thaty《黑魔法防御术教授——奇洛》、Astronomy Tower《绝代双骄之怜星》、烟波江南《东方不败之东君归田》、deruca《[综]M.P.D// 多重人格II巡礼》、忘却的悠《[综漫]爸爸，你在哪里》、听空《[暮光、HP]巫师与吸血鬼》、沈微之《荣耀之光[傲慢与偏见同人]》、迟意音《红楼同人之老书生》、八月薇妮《还珠之凤凰重生》。

2011年

2月11日，非天夜翔在晋江文学城连载《灵魂深处闹革命》（2011年4月完结）。此文是在天下霸唱《鬼吹灯》、南派三叔《盗墓笔记》等"男性向"作品影响下出现的"女性向"耽美"盗墓文"代表作。

4月9日，老草吃嫩牛在晋江文学城连载《重生夜话》（2011年6月完结），进一步发展了"重生"元素。此后，"重生"元素遍布现代言情、古代言情和耽美、同人各个类型，取代"穿越"成为一个更为常见的女频情节元素。

7月1日，梦溪石在晋江文学城连载《天下》（2012年3月完结）。此文是明朝历史穿越类型的代表作。

8月1日，非天夜翔在晋江文学城连载《二零一三》（2011年9月完结）。此文是女频"末世文"的开山之作。

10月13日，晋江文学城参加第61届法兰克福国际书展，参展作品包括《梦回大清》《夜芙蓉》《沥川往事》《不负如来不负卿》《鹦鹉》《长大》等20余部。

本年，"2011年现言年度十大佳作"是：张鼎鼎《妲己的任务》、钫铮《相依为病》、小孩你过来《我恨你爱我》、校长恨霸王太多《玛丽在隔壁》、欣欣向荣《婚过去后（高干）》、两颗心的百草堂《我的老公是军阀》、千山红叶《重生之离婚前夕》、苏格兰折耳猫《你好，中校先生》、心裳《你听说了吗?》、香朵儿《小房东（下部）》；"2011年古言年度十大佳作"是：看泉听风《仙家悠闲生活》、多木木多《失落大陆》、薄慕颜《金玉满堂》、两颗心的百草堂《大宋美人传》、橘花散里《将军在上，我在下》、清歌一片《女法医辣手摧夫记》、欣欣向荣《钟鸣鼎食》、八月薇妮《桃红又是一年春》、落叶归途《废后》、月上眉梢《妾居一品》；"2011年耽美年度十大佳作"是：非天夜翔《二零一三》、酥油饼《有珠何须椟》、犹大的烟《盗墓之祭品》、老黍吃嫩牛《重生夜话》、淮上《提灯看刺刀》、朱砂《我们的灵异生活》、焦糖冬瓜《拆弹精英》、抽烟的兔子《刺客甲》、月下金狐《我的男友是怪物》、水千丞《娘娘腔》。

2012年

3月，晋江文学城部分作品入驻鲜网，鲜网为之特设"晋江馆"分区，其下子版块有浪漫奇幻、耽美BL、耽美GL、爱情小说、耽美同人、同人文6类。

7月3日，月下金狐在晋江文学城连载《末世掌上七星》（2013年6月完结）。此文与之前的《机甲契约奴隶》（作者犹大的烟，后更名《机甲契约》，2011年11月2日开始连载，2013年11月完结）和之后的《寒武再临》（作者水千丞，2013年3月1日开始连载，2014年2月外传完结）都是耽美"末世文"热潮的代表作。

7月3日，我想吃肉在晋江文学城连载《奸臣之女》（2013年3月完结）。在这篇"宅斗文"中，女主角父亲的权谋算计占据了作品的核心地位。此后，晋江的言情"宅斗文"开始往剧情向转型。

本年，"2012年现言年度十大佳作"是：两颗心的百草堂《离婚365次》、随侯珠《心有不甘》、长着翅膀的大灰狼《情与谁共》、晨雾的光《一婚还比一婚高》、丁墨《枭宠》、清枫语《诱之以禽》、九紫《孟醒》、达娃《重生之军医》、楚秋《大丈夫小媳妇》、金大《多大点事儿》；"2012年古言年度十大佳作"是：关心则乱《知否？知否？应是绿肥红瘦》、我想吃肉《非主流清穿》、绝世小白《慢慢仙途》、烟波江南《重生之花开富贵》、茂林修竹《论太子妃的倒掉》、海青拿天鹅《嬅语书年》、耳雅《江湖不挨刀》、素衣渡江《嫡妻不好惹》、八月薇妮《九重天，逍遥调》、平林漠漠烟如织《南安太妃传》;"2012年耽美年度十大佳作"是:梦溪石《天下》、犹大的烟《机甲契约奴隶》、老草吃嫩牛《蚌珠儿》、石头与水《嫡子难为》、非天夜翔《王子病的春天》、酥油饼《误入正途》、水千丞《你却爱着一个傻逼》、静舟小妖《重生职业军人》、巫哲《第九条尾巴》、香小陌《警官,借个胆爱你》。

2013年

3月,晋江文学城与红袖添香一同获批由国家新闻出版总署颁发的"互联网出版许可证"。

5月7日,来自远方在晋江文学城连载《谨言》,主角穿越到民国,与爱国军阀联手发展实业、提升军备,最终成功抵御外寇,将中国发展为世界强国,彻底改变了历史。这一尝试引发了读者的诸多争议,并在2014年4月的"净网"行动中因"篡改历史"遭到举报。

6月,据晋江提供的资料,手机WAP站收入正式超过PC网页端。

7月20日,丁墨在晋江文学城连载《他来了,请闭眼》(2013年10月完结,后转到云起书院),将都市言情与侦探题材相结合,在都市总裁文亲密描写受到限制的情况下打开了新的突破口。2015年改编为同名电视剧。

9月1日,淮上在晋江文学城连载《银河帝国之刃》(2014年4月完结);11月,蝶之灵在晋江文学城连载《在校生》(又名《军校生》,2014年4月完结)。这两部作品将ABO设定从同人创作引入原创耽美创作中,是原创ABO类型的代表作。

本年,"2013年现言年度十大佳作"是:丁墨《他来了,请闭眼》、玖月晞《黑女配,绿茶女,白莲花》、九紫《白莲花,滚粗!》、梦溪石《天之骄女》、随侯珠《情生意动》、金大《睡住不放》、清枫语《擦身而过》、梦里闲人《虐渣指导手册》、欣欣向荣《缠爱》、长着翅膀的大灰狼《子时》;"2013年古言年度十大佳作"是:我想吃肉《女户》、御井烹香《豪门重生手记》、薄慕颜《顾莲宅斗日记》、清歌一片《大药天香》、决绝《穿越之复仇》、一度君华《灰色国度》、天如玉《这日子没法过了》、尤四姐《宫略》、盛世清歌《重生贵女嫡妻》、春温一笑《绮户流年》;"2013年耽美年度十大佳作"是:来自远方《谨言》、priest《大哥》、淮上《银河帝国之刃》、衣落成火《穿越之修仙》、水千丞《寒武再临》、酥油饼《旁观霸气侧漏》、爱看天《暖阳》、梦溪石《权杖》、语笑阑珊《总裁酷帅狂霸拽》、SISIMO《纯阳》；"2013年百合年度十大佳作"是：君sola《《[GL盗墓]探虚陵现代篇》》、凭依慰我《三万英尺追妻记（GL）》、绝歌《不二不幸福（gl）》、洛倾《下嫁(GL)》、佘睦瑟《妖三儿，你色胆包天!》、宁远《吸引力(GL)》、晓暴《越诗越爱》、枫随絮飘《清平于世（GL）》、小白NO1《为爱赖上你（GL）》、桑鲤《鬼医煞（GL）》。

2014年

4月中旬至11月，全国"扫黄打非"办、国家互联网信息办、工业和信息化部、公安部联合发起"净网2014"行动。"净网行动"开始后，晋江暂时关闭了较为敏感的"耽美同人站"（首页不显示，但网址仍可访问），对全站作者作品陆续进行了修改名称、修改内容、锁文等处理。此后，"耽美同人站"改名"纯爱同人站"重新开放，"纯爱"成为"耽美"在敏感时期的代名词。

4月25日，非天夜翔在晋江文学城连载《金牌助理》（2014年5月完结）。晋江的创作开始倾向于"娱乐圈"等相对安全的题材。

5月26日，晋江新增"无CP"标签，旨在为以情节为主、与性向无关的小说归类。但此后一段时间里"无CP"实际上成了耽美类型的避风港。

6月25日，绿野千鹤在晋江文学城连载《鲜满宫堂》，9月16日，缘何故在晋江文学城连载《御膳人家》（2014年12月完结），开启了"美食文"的新热潮。"净网"行动之后，相对安全的"美食文"和"娱乐圈文"成为热门题材。

7月2日，中央电视台《新闻联播》通报"净网行动"成果，其中包括"晋江文学网及其网络写手传播淫秽物品案"[①]。受该事件影响，晋江文学城原创言情站和纯爱同人站拆分为言情小说站、非言情小说站、原创小说站、同人衍生站4个分站。4日，晋江论坛完结文库、连载文库、同人文库、边缘文库等分区紧急关闭。17日，受同人文库关闭的影响，同人论坛随缘居迎来建站为止的访客数峰值，达8900余人。次年4月，连载文

[①] 《新闻联播》报道原文是全国"扫黄打非"办"通报打击网上淫秽色情信息专项行动第五批案件查处情况。这些案件包括晋江文学网及其网络写手传播淫秽物品案……9起案件"。该案指涉的是晋江作者长着翅膀的大灰狼在网上贩售的定制印刷作品中掺杂情色描写，以涉嫌贩卖淫秽物品牟利罪被刑事拘留一事。

库、同人文库重新开放。

7月16日,晋江上线网友评审系统,发起"拯救晋江大作战,晋江邀您来评审"活动,发动"人海战术",邀请用户对网站上已有的1500万章小说内容进行评审。①受到邀请的用户只需判断一个尺度——"有/无亲热描写或身体描写",对此晋江执行的标准是"脖子以下不能描写"②。每一章内容将由3位网友交叉审核,一致判定无问题才能通过,有问题则由内部工作人员再审。网友参与审核可累积章节数换取晋江币,但如审核意见多次被驳回,会被取消审核资格。凭借这一系统,晋江在8月之前完成了网站内容的全部审核工作。此后,网友评审成为晋江用户后台的固定功能,审核范围也从小说正文扩展到评论、论坛和政治舆情。

8月,晋江文学城 Android 系统手机 APP 上线。据晋江提供的数据,此时网站注册用户数为1315万。

8月3日,月下桑在晋江文学城连载《原始再来》(2015年2月完结)。此文将穿越的时间放在侏罗纪时期,是"原始穿越"潮流的代表作。

10月28日,晋江文学城与台湾城邦原创股份有限公司达成合作,将无线阅读业务拓展到台湾地区(繁体版)。

---

① 2014年7月16日,晋江站长 iceheart 在晋江论坛碧水江汀版块发布《网友评审答疑》帖,邀请读者参与网站的自审,解释了发动"人海战术"的原因:"为网站安全考虑,今年形势太严峻,几次上新闻,几次被罚款,几次被点名,于是审核标准提高了,以前过审的文章现在需要重审,大约涉及1500万个章节。时间紧任务重,已经不是传统雇人、培训、上岗这种方式来得及的了。八月前审完1500万章,只能采用人海战术。……我们来算一笔账,1500万个章节,每个审三次,就是4500万次。按晋江全职审读的速度,一小时大约能审300章稍多。我们不能寄希望于网友一天按八小时工作这样审,比较可能(而且有点高估)的是所有人平均每天审半小时,连审十天,这样的话,4500万/10/150=3万。也就是说,需要3万个网友连续十天,每天审150条,才能完成目标。这样的工作量,不采取人海战术,有可能完成吗?"网址:http://bbs.jjwxc.net/showmsg.php?board=17&boardpagemsg=1&id=351403(已删除),发布时间:2014年7月16日,查询时间:2016年5月17日)

② "脖子以下不能描写"是"女性向"网文圈内通行的一个对"H"的戏谑性说法。网络上最早流传的版本是,晋江编辑在与作者聊天时,提及网站对性描写的审查标准正在紧缩,提醒作者最好"脖子以下的部位都不能描写"。这句话在网络上流传开来之后,引起"女性向"受众群体性的调侃,如"XX脖子以下不能描写的部位已经非常地不能描写了"。然而在"净网"行动之后,这一标准又被重新提出。在发起网友评审活动后,iceheart 在《网友评审答疑》帖中对"脖子以下不能描写"做出了具体解释。

本年，晋江的年度盘点进一步细化了类型榜单，大类上分现言组、古言组和纯爱组。现言组又分出都市青春、幻想现言、科幻悬疑网游3个子类。

都市青春的十佳作品是：红九《我们住在一起》、随侯珠《相去复几许》、玖月晞《亲爱的弗洛伊德》、苏鎏《薄幸》、北倾《何处暖阳不倾城》、狴犴《影后人生》、蓝白色《谁许情深误浮华?》、疯子三三《昏事》、师小札《浅情人不知》、酒小七《隔壁那个饭桶》；幻想现言的十佳作品是：御井烹香《制霸好莱坞》、多木木多《重回初三》、月下金狐《追男神这点小事》、随侯珠《别那么骄傲》、夏听音《重生之名媛再嫁》、伯研《夺舍成妻》、三水小草《心有不甘》、细品《遭遇二百零一万》、两颗心的百草堂《重生脚踏实地》、泪染轻匀《重生空间之夏晴蕊的华丽人生》；科幻悬疑网游的十佳作品是：欣曳露《末世女王临世》、一曲日水吉《末世重生之被逼成圣母》、雾矢翊《末世重生之绝对独宠》、易人北《人小鬼大》、风起雪域《末世重生之黑暗女配》、大嘴巴《末世之炮灰的重生》、夙夜笙歌《重生机甲时代》、尾鱼《半妖司藤》、山月《未来之符文镂刻师》、城里老鼠《星河光焰》。

古言组又分出古代言情、古代穿越、玄幻奇幻3个子类。

古代言情的十佳作品是：御井烹香《贵妃起居注》、薄慕颜《皇家儿媳妇》、七和香《鹂语记》、杀猪刀的温柔《狄夫人生活手札》、酒小七《陛下请淡定》、春温一笑《青雀歌》、尤四姐《浮屠塔》、笑佳人《欢喜债》、楚寒衣青《见善》、悄然花开《重生之续弦》；古代穿越的十佳作品是：多木木多《清穿日常》、我想吃肉《诗酒趁年华》、明月珰《四季锦》、绞刑架下的祈祷（祈祷君）《老身聊发少年狂》、石头与水《千金记》、缓归矣《簪缨世族》、飞翼《富贵锦绣》、雾矢翊《毒妻不好当》、梦溪石《国色》、杀猪刀的温柔《皇妻》；玄幻奇幻的十佳作品是：揽清月《修仙带着作弊器》、花日绯《梅夫人的生存日记》、一度君华《主公自重》等。

"2014年纯爱年度十大佳作"是：非天夜翔《金牌助理》、缘何故《御膳人家》、priest《山河表里》、来自远方《清和》、酥油饼《济世》、易人北《异世流放》、语笑阑珊《巨星手记》、SISIMO《丐世英雄》、月下蝶影《福泽有余[重生]》、绿野千鹤《鲜满宫堂》。

4. 阅文时代（IP 全盛时期）

2015 年

3 月 6 日，风流书呆在晋江文学城连载《快穿之打脸狂魔》（2015 年 8 月完结），开启了"快穿文"潮流。此后"快穿文""系统文"成为女频热门类型，因篇幅长、更新快，长期霸占晋江 VIP 金榜前列。

3 月 16 日，腾讯文学与盛大文学联合，正式成立阅文集团。晋江进入"阅文时代"。

6 月 1 日，长着翅膀的大灰狼被判处缓刑三年半，罪名是贩卖淫秽物品牟利罪。大灰狼自 2009 年起在晋江发布都市言情小说，其处女作《盛开》开启的"流光"系列（包括《然后，爱情随遇而安》《应该》《谁的等待，恰逢花开》，2009—2010）是晋江都市言情类型进入商业化阶段后最具代表性的"霸道总裁文"，也是"女性向"情欲书写的代表作。这类创作通常无法进行正规出版，或只能删减后出版，部分作者会选择将完整版经由台湾或网络工作室制作为实体个人志，再通过网络进行贩售。大灰狼涉嫌贩卖的"淫秽物品"指的即是这类网络贩售的个人志。这些印刷品被执法机关判定为淫秽色情小说，进一步压缩了"女性向"情欲书写的空间。

年中，据晋江提供的资料，晋江手机 WAP 站上半年流量正式超过 PC 网页端。

7 月，晋江文学城 IOS 系统手机 APP 上线。据晋江提供的数据，此时网站注册用户数为 1489 万。在老牌商业化文学网站中，晋江是最晚推出手机 APP 的平台，这与其用户和内容的 PC 属性和"老白"特质有关。

7 月 6 日，网络剧《无心法师》在搜狐视频播出，该剧改编自尼罗 2011 年在晋江文学城连载的同名小说。

10 月 31 日，墨香铜臭在晋江文学城连载《魔道祖师》（2016 年 3 月完结，8 月更新精修版）。伴随作品人气的上升，网络上出现大量同人小说、漫画、视频等二次创作，为原作聚集了超高人气。随后，晋江论坛等平台陆续爆出墨香铜臭种种营销炒作手段，引发了关于网络文学推广营销的巨大争议，成为 2016 年女频网文的热门事件。此后，《魔道祖师》及其主角魏无羡、蓝忘机组成的"忘羡 CP"，逐渐成为"女性向"社区最为著名的 IP 和 CP。

本年，晋江的年度盘点延续了上一年的分类方式。

现言组都市青春的十佳作品是：琅邪·俨《我有四个巨星前任》、茴笙《等你的星光》、明月珰《戏剧女神》、玖月晞《他知道风从哪个方向来》、随侯珠《拾光里的我们》、浩瀚《惹火上身》、峦《康桥》、北倾《我和你差之微毫的世界》、清枫语《此颜差矣》、酒小七《浪花一朵朵》；幻想现言的十佳作品是：青青绿萝裙《我有特殊沟通技巧》、酥脆饼干《每天都在征服情敌》、柔桡轻曼《[古穿今]玄学称霸现代》、夏听音《重生名媛计中计》、泪染轻匀《许嘉重生记事》、花鸟儿《重生步步为营》、情知起《重生之豪门佳媳》、老衲吃素《重生之老而为贼》、脂肪颗粒《纸上人》、月离争《软妹写手成神记》；科幻悬疑网游的十佳作品是：尾鱼《七根凶简》、雾矢翊《古穿未之星际宠婚》、三千琉璃《星际女武神》等。

古言组古代言情的十佳作品是：明月珰《千金裘》、一度君华《东风恶》、我想吃肉《凤还巢》、花日绯《赠君一世荣华》、笑佳人《宠后之路》、狂上加狂《危宫惊梦》、尤四姐《禁庭》、海青拿天鹅《暮春之令》、女王不在家《盛世娇宠》、烟波江南《将军家的小娘子》；古代穿越十佳作品是：祈祷君《木兰无长兄》、雾矢翊《妻心如故》、石头与水《美人记》、梦溪石《天香》、薄慕颜《御前女官》、飞翼《盛宠王妃》、月下蝶影《八宝妆》、抹茶曲奇《吾家娇妻》、蒋牧童《如意书》、怀愫《庶得容易》；玄幻奇幻的十佳作品是：老娘取不出名字了《修真之上仙》、九鹭非香《护心》、看泉听风《太素》等。

纯爱年度佳作（16部）有：风流书呆《快穿之打脸狂魔》、来自远方《帝师》、priest《过门》、月下桑《没有来生》、非天夜翔《国家一级注册驱魔师上岗培训通知》、梦溪石《成化十四年》、衣落成火《我有药啊[系统]》、蝶之灵《最强男神（网游）》、淮上《提灯映桃花》、月下蝶影《娱乐圈演技帝》、水千丞《一醉经年》、巫哲《格格不入》等。

2016年

1月29日，根据柴鸡蛋小说《你丫上瘾了》（2013年发布于连城）改编的网络剧《上瘾》全网上线；同年7月2日，由晋江写手担任编剧的网络电影《韩子高》上线。这类影视作品一旦出现，立即在耽美读者中引起热议，虽然大多是粗制滥造之作，且面临着下架的风险，却携带着耽美题材的特殊魔力，拉开了此后网文IP的"耽改"（耽美改编）序幕。

11月4日，晋江文学城公布墨香铜臭《魔道祖师》与非天夜翔《二零一三》共同列入腾讯动漫百万级改编计划。

本年,晋江年度盘点将现代言情分为都市言情、幻想现言、科幻网游3类。

都市言情的十佳作品是:青浼《你微笑时很美》、红九《别怕我真心》、耳东兔子《我曾在时光里听过你》、月下蝶影《回归的女神》、Twentine《打火机与公主裙·长明灯》、清枫语《你的声音,我的世界》、笑佳人《黛色正浓》、怀愫《苗小姐减肥日记》、袖侧《女王的小鲜肉》、临渊鱼儿《时光与你有染》;幻想现言的十佳作品是:雾矢翊《掌中妖夫》、随侯珠《苏醒的秘密》、御井烹香《时尚大撕》、三水小草《还你六十年[娱乐圈]》、池陌《第一神算[重生]》、甄栗子《每个世界苏一遍》、Jenni《我居然上直播了》、葡萄果汁《全能女配[快穿]》、清越流歌《影帝的老婆》、安然一世《言灵师的娱乐圈》;科幻网游的十佳作品是:雾矢翊《星际之宠妻指南》、笙落落《总有人类要投喂我[末世]》、无聊到底《网游之另类师徒》等。

古言年度十大佳作是:明月珰《七彩星》、闻檀《首辅养成手册》、石头与水《千山记》、八月薇妮《与花共眠》、花日绯《帝台娇宠》、时镜《我不成仙》、风流书呆《爱谁谁》、女王不在家《将军家的小娇娘》、priest《有匪》、笑佳人《春暖香浓》。

纯爱年度佳作有:priest《默读》、淮上《夜色深处》、月下蝶影《论以貌取人的下场》、月下桑《魔王》、非天夜翔《相见欢》、巫哲《撒野》、陈灯《权宦》、捂脸大笑《簪缨问鼎》、语笑阑珊《帝王攻略》、绿野千鹤《失忆了别闹》、漫漫何其多《想起我叫什么了吗》、西子绪《快穿之完美命运》、缘何故《东山再起[娱乐圈]》、徐徐图之《你喜欢的样子我都有》等。

2017 年

1月6日,晋江文学城发布《2016年度IP改编盘点》,这是晋江第一次单独列出年度IP改编的盘点榜单。上榜作者该年度均有多项(两项及以上)IP改编,且单部作品或单项均在百万以上。共7位作者上榜:非天夜翔(网站总积分第一,全年版权签约总金额过两千万),priest(网站总积分第二,全年版权签约总金额过两千万),淮上(网站总积分前十,创下该年度最短时间内签约本书及项目最多且签约金额过百万的纪录),语笑阑珊(网站总积分前十),蜀客,玖月晞,轻轻绿罗裙,小狐濡尾。

6月19日,晋江文学城与M站(www.missevan.com,Missevan弹幕音频网,后改名猫耳FM)达成广播剧版权合作。首批签约广播剧版权的10位作者是:非天夜翔,priest,淮上,月下桑,巫哲,语笑阑珊,荔箫,石头与水,余姗姗,笙茵。

8月8日,寒小期在晋江文学城连载《六零年代好生活》(2018年1月完结)。此文是2017年以来流行的"年代文"中成绩最好的代表作。这类作品以20世纪60、70、80年代为穿越背景进行半架空的幻想书写。

10月,据晋江提供的数据,此时网站注册用户数达到2255万。

本年,晋江盘点的现代言情十大佳作是:Twentine《炽道》、十月微微凉《重生国民娇小姐》、金面佛《重生学霸女神》、寒小期《六零年代好生活》、红九《请叫我总监》、月下蝶影《人不可貌相》、玖月晞《若春和景明》、唧唧的猫《她的小梨涡》、北倾《他站在时光深处》、老衲吃素《银河尽头的小饭馆》;古代言情十大佳作是:假面的盛宴《王府宠妾》、笑佳人《国色生香》、女王不在家《半路杀出个侯夫人》、闻檀《嫡长孙》、石头与水《龙阙》、七和香《如意缘》、文理风《天生不是做官的命》、启夫微安《外室》、花日绯《嫡妻在上》、若然晴空《快穿之妲己》;纯爱十大佳作是:非天夜翔《天宝伏妖录》、priest《残次品》、淮上《不死者》、墨香铜臭《天官赐福》、巫哲《一个钢镚儿》、月下蝶影《不要物种歧视》、西子绪《我五行缺你》、风流书呆《神造》、梦溪石《步天纲》、颜凉雨《空降热搜》;衍生十大佳作是:拉棉花糖的兔子《我开动物园那些年》、采枫《[剑三+综]快穿之开宗立派》、浮云素《[综]我们城主冷艳高贵》等。

2018年

1月,晋江文学城发布《2017年度IP改编盘点》。其中,"多版权最有价值"上榜作者有:非天夜翔、priest、淮上、墨香铜臭、青浼;"影视最有价值"上榜作者有:玖月晞、Twentine、红九、月下蝶影、容光、耳东兔子、咬春饼;"动漫改编成品展示"有:非天夜翔《末日曙光》、墨香铜臭《魔道祖师》、语笑阑珊《帝王攻略》、荔箫《盛世妆娘》;"动漫改编签约展示"有:priest《默读》、淮上《青龙图腾》、梦溪石《千秋》、巫哲《狼行成双》、月下桑《没有来生》等9部。

6月,根据墨香铜臭《魔道祖师》改编的广播剧开始在猫耳FM连载。至2019年10月第三季完结时,三季累计付费播放次数已超过2.3亿,约

400万人次收听（收听全剧需付费997钻，折合人民币99.7元）。

7月2日，晋江文学城与猫耳FM达成第二批广播剧版权合作。

7月3日，晋江文学城与B站达成动漫、游戏化合作·第一弹，签约作品包括：墨香铜臭《天官赐福》，淮上《破云》，priest《残次品》、语笑阑珊《你在星光深处》、巫哲《解药》。一周后，达成合作·第二弹，签约作品包括：非天夜翔《天宝伏妖录》、拉棉花糖的兔子《我开动物园那些年》、梦溪石《无双》、西子绪《死亡万花筒》。

7月9日，根据墨香铜臭《魔道祖师》改编的动画《魔道祖师 第一季／前尘篇》（视美精典、企鹅影视出品）在腾讯视频播出，24小时内播放量火速破亿。次年8月3日，《魔道祖师 第二季／羡云篇》播出。

7月24日，据晋江文学城官方微博，墨香铜臭《天官赐福》单本版权交易金额破4000万。

本年，晋江盘点的现代言情十佳作品是：元月月半《后娘［穿越］》、priest《无污染、无公害》、栖见《白日梦我》、打字机N号《我是大反派［快穿］》、红九《撩表心意》、三分流水《恐怖女王［快穿］》、西淅《掌门人不高兴》、石头与水《元配》、春风榴火《小温柔》、缘何故《反转人士［互穿］》；古代言情十佳作品是：风流书呆《女配不掺和（快穿）》、月下蝶影《勿扰飞升》、蓬莱客《春江花月》、墨书白《山河枕》、雪花肉《白月光佛系日常》、笑佳人《快穿之娇妻》、春溪笛晓《玩宋》、狂上加狂《重生之归位》、厘梨《牡丹的娇养手册》、老衲不懂爱《寒门夫妻》；纯爱年度佳作是：淮上《破云》、非天夜翔《图灵密码》、莫晨欢《地球上线》、西子绪《死亡万花筒》、巫哲《解药》、漫漫何其多《当年万里觅封侯》、语笑阑珊《那月光和你》、木瓜黄《伪装学渣》、缘何故《古董下山》、绿野千鹤《迪奥先生》、梦溪石《无双》、月下蝶影《为科学奋斗》、木苏里《一级律师［星际］》、木兮娘《大撞阴阳路》、醉饮长歌《妖怪公寓》；百合十佳作品是：玄笈《林视狼顾》、清汤涮香菜《和她假戏真做了》、苏楼洛《情深逢时》等；衍生十佳作品是：拉棉花糖的兔子《非职业半仙》、安静的九乔《我在红楼修文物》、王辰予弈《成精的妖怪不许报案！》、银发死鱼眼《尖叫女王》、向家小十《［美娱］肖恩的奋斗》等。

2019年

1月24日，晋江文学城发布2018年度盘点，新增了"最受欢迎作家／作品投票"。年度最受欢迎作者是：现代组——priest（40326 票）、栖见（6722 票）、Twentine（4155 票），古代组——月下蝶影（13034 票）、风流书呆（12135 票）、南岛樱桃（11193 票），纯爱组——墨香铜臭（77300 票）、非天夜翔（20683 票）、木苏里（16187 票），衍生组——银发死鱼眼（12284 票）、轻云淡（4691 票）、拉棉花糖的兔子（4394 票）；年度最受欢迎作品是：现代组——栖见《白日梦我》、梦萝《我穿越回来了》、元月月半《后娘［穿越］》，古代组——南岛樱桃《旺夫命》、风流书呆《女配不掺和（快穿）》、春溪笛晓《玩宋》，纯爱组——非天夜翔《图灵密码》、缘何故《古董下山》、淮上《破云》，衍生组——银发死鱼眼《尖叫女王》、洛娜215《［综］我在故宫装喵的日子》、霜雪明《我始乱终弃了元始天尊》。

6 月 27 日，根据墨香铜臭《魔道祖师》改编的电视剧《陈情令》在腾讯视频播出。该剧是 2019 暑期档最热门的影视剧之一，剧中主角蓝忘机与魏无羡的扮演者王一博、肖战组成的"博君一肖"CP，是 2019 年人气最高的真人同人 CP。至此，《魔道祖师》在动漫、广播剧、影视剧三方面的 IP 改编均大获成功，且作品积分仍旧保持晋江全站总积分榜第一位，成为"女性向"社区内最成功的作品。它的成绩证明了"女性向"粉丝读者的评价体系与整个女性社区 CP 文化的高度契合，最好的"女性向"网文提供了最好的 CP，同时也就是最好的 IP。

7 月 15 日，按照全国"扫黄打非"办部署，北京和上海市"扫黄打非"办联合网信办、新闻出版和文化执法等部门对晋江文学城进行约谈，要求针对传播网络淫秽色情出版物等问题进行严肃整改，责令晋江文学城网站及移动客户端自 7 月 15 日 20 时起停止更新、停止经营性业务 3 个月，并在首页登载整改公告。

8 月 1 日，晋江文学城十六周年暨第四届作者大会在北京举行。据大会公布的官方统计，与 2016 年 8 月第三届作者大会的数据相比，网站的总 PV 流量从日均 1 亿次增长至日均 4 亿次，半年消费用户数从 2016 年下半年的 62.82 万增长到 2019 年上半年的 222.94 万人，月均单用户消费额从 16.61 元增长至 23.85 元，作者平均千字收入从 2016 年下半年的 62 元增长至 2019 年上半年的 180 元，千字收入最高纪录从 3 年前的 930.55 元／千字上升为 10207.96 元／千字。

年内，晋江文学城与韩国出版社 D&C Media、韩国原创网络文学网站

Munpia 等平台达成合作，签约《魔道祖师》《天官赐福》《镇魂》《杀破狼》《默读》等作品的韩文版权，这是第一批输出韩国的"女性向"网络文学作品。D&C Media 出版社是韩国最早上市的类型文学出版社，后转型为综合内容公司，以国内外网文、轻小说、网络漫画出版为主，还涉足游戏运营与 IP 改编。Munpia 是韩国最大的网络文学网站之一，由武侠小说网站发展而来，长期主打男频网文，后增设女频，与主打女频网文的网站 joara 并称韩国网文界"双峰"，2018 年 10 月接受中国阅文集团投资、持股 26%，双方开启了内容的双向输出。

  本年，晋江盘点的现代言情分为现实类与幻想类两大部分，其中现实类十佳作品是：红九《服不服》、竹已《偷偷藏不住》、蒋牧童《全世界都想要的他，属于我》、北倾《星辉落进风沙里》、耳东兔子《三分野》、不止是顾菜《不二之臣》、曲小蛐《吻痣》、陌言川《对你不止是喜欢》、翘摇《降落我心上》、图样先森《我家真的有金矿》；幻想类十佳作品是：春刀寒《老婆粉了解一下 [娱乐圈]》、女王不在家《福宝的七十年代》、九紫《杀马特又又又考第一了》、缘何故《窈窕珍馐》、春风榴火《在冷漠的他怀里撒个娇》、十尾兔《谈恋爱不如上清华》、甜即正义《嫁给男主的植物人哥哥》、退戈《有朝一日刀在手》、浣若君《后娘最彪悍》、糖中猫《好男人操作指南 [快穿]》。古代言情十大佳作是：墨书白《长风渡》、扶华《向师祖献上咸鱼》、月下蝶影《造作时光》、黍宁《穿成白月光替身后》、鹊上心头《我见贵妃多妩媚》、沐沐良辰《穿书后我嫁给了残疾暴君》、假面的盛宴《媵宠》、春溪笛晓《闲唐》、我要成仙《太子妃娇宠日常》、樱桃糕《长安小饭馆》。纯爱年度佳作是：淮上《破云 2 吞海》、木苏里《全球高考》、priest《烈火浇愁》、非天夜翔《定海浮生录》、巫哲《嚣张》、漫漫何其多《FOG[电竞]》、风流书呆《灵媒》、语笑阑珊《一剑霜寒》、北南《别来无恙》、引路星《我喜欢你的信息素》、连朔《穿成校草前男友 [穿书]》、萝卜兔子《上位 [娱乐圈]》、龙柒《游戏加载中》、苏景闲《咬上你指尖》、一十四洲《C 语言修仙》。百合年度佳作有：闵然《余情可待 [重生]》、讨酒的叫花子《如蜜似糖 GL》、玄笺《放肆 [娱乐圈]》等。

2020 年

  2 月 3 日，江月年年在晋江文学城连载《影帝他妹三岁半》。此后，晋江涌现了大量标题中带有"三岁半""五岁半"的小说，这类小说以幼童为主角，将亲情作为叙事核心，是2020年度的热门题材。

6月24日，晋江文学城作品文案页开始公开展示作品的"立意"信息，引发热烈讨论。晋江作品出现了大量正能量立意文案。

7月6日，晋江文学城发布公告，小说中不允许出现宣扬自杀（包括但不限于直白的描写自杀情节）、赤裸展示血腥暴力、教唆犯罪等有害信息，要求作者进行审读修改。

9月7—21日，晋江文学城暂停"纯爱-无CP"版块的内容更新，对其他多个栏目的文章也进行了全面重新审核。据称，栏目关停的原因是《我和魔王是老乡》（作者璃石）中有不当的调侃内容。

本年，晋江盘点的现代言情仍旧分为现实类与幻想类两大部分。其中现实类十佳作品是：红九《扫描你的心》、竹已《难哄》、耳东兔子《深情眼》、翘摇《错撩》、北倾《想把你和时间藏起来》、曲小蛐《别哭》、素光同《天才女友》、春刀寒《上天安排的最大啦》、半截白菜《替身》、多梨《白莲花掉马以后》；幻想类十佳作品是：红刺北《砸锅卖铁去上学》、故筝《高门主母穿成豪门女配》、糖中猫《所有人都知道我是好男人[快穿]》、江月年年《影帝他妹三岁半》、西淅《豪门父母和顶流哥哥终于找到了我》、赵史觉《偏执男主白月光我不当了》、大哥喝冰阔落《我在娱乐圈爽文里当咸鱼》、怀愫《重回九零》、明桂载酒《我就想蹭你的气运》、退戈《凶案现场直播》。古代言情十大佳作是：春刀寒《满级绿茶穿成小可怜》、罗青梅《明月千里》、发达的泪腺《长安第一美人》、南楼北望《这个师妹明明超强却过分沙雕[穿书]》、纪婴《不断作死后我成了白月光》、狂上加狂《娇藏》、九月流火《我给男主当嫂嫂》、扶华《奇怪的先生们》、临天《穿成炮灰女配后和反派HE了》、龚心文《妖王的报恩》。纯爱年度佳作是：木苏里《判官》、木瓜黄《这题超纲了》、酱子贝《我行让我来[电竞]》、非天夜翔《天地白驹》、北南《跨界演员》、语笑阑珊《山海高中》、睡芒《演技派》、稚楚《营业悖论[娱乐圈]》、西子绪《骷髅幻戏图》、青色羽翼《忧郁先生想过平静生活》、一世华裳《该我上场带飞了[全息]》、龙柒《荣光[电竞]》、巫哲《熔城》、微风几许《薄雾[无限]》。衍生十佳作品是：三千世《紫藤花游记》、鱼危《穿成残疾男主怎么走剧本？》、夜夕岚《英灵变身系统2》等；原轻（原创轻小说）十佳作品是：拉棉花糖的兔子《兼职无常后我红了》、银发死鱼眼《诈欺大师》、轻云淡《末日领主》等。

（三）专题

1. 晋江版块 / 分站

自 1999 年晋江文学城建立之后，晋江的网站结构和分区经历了多次变更，由于历史页面的湮灭，许多时期的版块分站已不可考。根据目前搜集到的资料，大致变革如下：

1999 年：晋江文学城主站，按照扫校类型分为"现代文学""古典文学""科幻小说""言情小说""纪实文学""武侠小说""外国文学""网络文摘""网友留言"版块。

2000 年 3 月：晋江文学城新增"言情小说作家作品集合"版块，可按作家、作品进行查询检索。

2000 年 8 月：独立开辟"网友交流区"，分为"网友投稿区"、"网友留言区"（编号 2 的版块，又称 two/ 兔区）、"提供文案区"、"读书心得区"、"买卖新书区"、"原创文学区"版块。

2002 年 12 月：晋江文学城新增"原创试剑阁"个人主页（即"晋江文学城个人主页系统"）。

2003 年 8 月：晋江原创网建立，晋江分为三大独立站点："晋江文学城""晋江原创网""晋江论坛"。

2003 年 9 月：晋江论坛改版，分为"交流区""原创区""耽美区""管理区"，这一格局延续至今。

2004 年 3 月：新增"小魔女书店"。

2007 年 4 月后：晋江文学城、小魔女书店关闭，晋江原创网、晋江论坛正常运营。

2008 年 12 月 31 日：晋江原创网改版，首页分为 8 个频道：古代言情、武侠仙侠、现代言情、奇幻网游、幻想悬疑、耽美频道、同人频道、短篇频道。

2010 年 2 月：晋江原创网更名为晋江文学城，进站导航页显示"原创言情"（yq.jjwxc.net）、"耽美同人"（tr/dm.jjwxc.net）、"台湾言情"（by.jjwxc.net，后改为"完结作品库"）、"晋江商城"（www.jjwxc.cn）、"晋江论坛"（bbs.jjwxc.net）5 个版块。

2014 年："净网行动"之后，原本的"原创言情""耽美同人"版块，拆分为"言情小说站""原创小说站""非言情小说 / 纯爱小说站""衍生小说站"。

2017 年之后：类型版块固定为"言情小说""纯爱 / 无 CP""衍生 /

轻小说""原创小说"4大分站。

此外,"完结作品库"("完结半价库""完结文库")、"游戏娱乐"、"出版影视"、"晋江商城"("囧囧商城""团购频道")等展示性、功能性版块,也根据实际需求发生了一系列的变迁。

2017年12月,四大类型分站的频道分类为:

"言情小说站":古代言情、都市青春、幻想现言、古代穿越、玄幻奇幻(2019年更名"奇幻言情")、未来游戏悬疑、二次元言情、衍生言情、完结。

"纯爱/无CP":现代纯爱(2019年拆分为"现代都市纯爱"和"现代幻想纯爱")、古代纯爱、百合、无CP、衍生纯爱、完结。

"衍生/轻小说":二次元言情、衍生言情、衍生纯爱、完结。

"原创小说":古代言情、都市青春、幻想现言、古代穿越、玄幻奇幻、未来、现代纯爱、古代纯爱、百合、无CP、完结。

据晋江官方介绍,截至2021年7月,晋江文学城已有在线网络小说429万余部,出版小说近万部,签约版权作品25万余部;注册作者数逾185万,平均日更新字数超过3600万,网站累计发布字数超过1043亿;注册用户超4825万,日平均在线时间长达80分钟。

2. 标签、关键词系统

晋江作品的检索分类系统,是晋江的网站特色之一。作者在发表作品时,可以自主选择作品的"原创性""性向""视角""时代""类型""风格"和其他标签(主角名称),网站会根据这些分类区分出相应的作品榜单,而读者也可以根据阅读兴趣,在检索系统中勾选对应的分类选项来筛选作品。如前所述,该系统由网站通过后台管理设置,用户无法自主增加或删减。晋江会根据作品类型的发展变迁去调整分类的核心逻辑,增加或删减分类及标签,并根据作品数量、热度来调整标签显示的顺序。因此,分类的改变、标签的增减和顺序变化,可以看作晋江类型趋势变化的一个缩影。

后来这些分类逻辑也被其他女频网站借鉴,但由于标签的增减需要对读者阅读趣味、需求变化的敏锐把握和细致区分,唯有在建立起有效读者互动、评论机制的空间当中才能发挥其最大作用,晋江的标签系统始终是所有文学网站中最为丰富、有效、有活力的。

2003年8月晋江原创网开辟之初,根据晋江论坛当时已有的原创内容,网站的分类是按照"类别"和"属性"两种逻辑来设计的,"属性"

相当于后来的"标签",而"类别"后来分化为更加详细的分类标准。最初的"类别"包括:言情、武侠、玄幻、恐怖、历史、传奇、军事、科幻、童话、侦探、散文、诗歌、同人、耽美、评论、随笔。可以看出,此时晋江的耽美、同人创作才刚刚起步,没有得到足够的重视,因此言情或耽美的"性向"与原创或同人的"原创性"尚未被作为最核心的分类逻辑,而与其他主流的故事类型归在了一起。直到 2008 年 5 月下旬,"类别"才进一步细分为"原创性""性向""时代"三项,原本在"类别"当中的同人被转移到"原创性"分类下,分为原创、同人两类;言情和耽美则被转移到"性向"分类下,分为言情、耽美、百合;原本在"属性/标签"中的古色古香、摩登世界(后更名近代现代)、架空历史则转移到"时代"分类下。

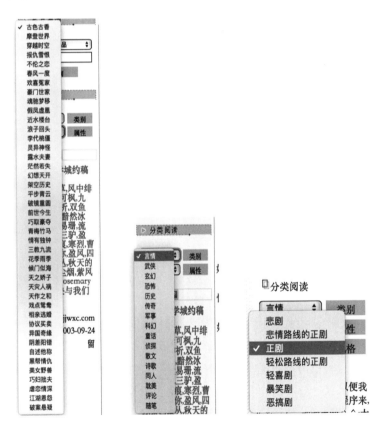

晋江原创网内容分类

左图、中图是晋江原创网分类阅读区"类别"与"属性"截图(2003 年 12 月 4 日)

右图是 2005 年 5 月新增的"风格"截图(2005 年 5 月 8 日)

2003年12月，晋江原创网最初的分类系统为：

类别：言情、武侠、玄幻、恐怖、历史、传奇、军事、科幻、童话、侦探、散文、诗歌、同人、耽美、评论、随笔；

属性：古色古香、摩登世界、穿越时空、报仇雪恨、不伦之恋、春风一度、欢喜冤家、豪门世家、魂驰梦移、假凤虚凰、近水楼台、浪子回头、李代桃僵、灵异神怪、露水夫妻、茫然若失、幻想天开、架空历史、平步青云、破镜重圆、前世今生、巧取豪夺、青梅竹马、情有独钟、三教九流、花季雨季、侯门似海、天之骄子、天灾人祸、天作之和、戏点鸳鸯、相亲逃婚、协议买卖、异国奇缘、阴差阳错、自述他称、黑帮情仇、美女野兽、巧妇拙夫、虐恋情深、江湖恩怨、破案悬疑。[1]

2005年5月新增了"风格"分类，最初包括正剧、悲剧、悲情路线的正剧、轻松路线的正剧、轻喜剧、爆笑剧、恶搞剧，后来逐渐简化为悲剧、正剧、轻松、爆笑、暗黑。后来又增设了"视角"分类，包括男主、女主、主攻、主受、互攻、不明，是"女性向"读者趣味和分类标准进一步细化的产物。

截至2018年9月的完整标签检索系统如下：

范围：全站、完结半价、VIP库；

发表时间（用于读者检索）：两个月内、一季度内、半年内、一年内、两年内；

原创性：原创、衍生；

性向：言情、纯爱、百合、女尊、无CP；

视角：男主、女主、主攻、主受、互攻、不明；

时代：近代现代、古色古香、架空历史、幻想未来；

类型：爱情、武侠、奇幻、仙侠、游戏、传奇、科幻、童话、惊悚、悬疑、轻小说、古典衍生、东方衍生、西方衍生、其他衍生；

风格：悲剧、正剧、轻松、爆笑、暗黑；

标签（检索时可求交集，也可求并集）：快穿、甜文、重生、穿书、娱乐圈、系统、穿越时空、爽文、种田文、随身空间、仙侠修真、综漫、强强、情有独钟、星际、生子、末世、英美衍生、豪门世家、网王、灵异

---

[1] 来自互联网档案馆，网址：http://web.archive.org/web/20031204153944/http://www.jjwxc.net:80，查询日期：2018年12月1日。

神怪、校园、女配、年代文、异能、火影、青梅竹马、无限流、美食、异世大陆、清穿、虐恋情深、超级英雄、天作之合、宫廷侯爵、直播、游戏网游、性别转换、破镜重圆、现代架空、武侠、打脸、天之骄子、古穿今、都市情缘、悬疑推理、家教、未来架空、宫斗、猎人、少年漫、女强、前世今生、年下、欢喜冤家、逆袭、升级流、东方玄幻、黑篮、红楼梦、励志人生、竞技、奇幻魔幻、复仇虐渣、少女漫、幻想空间、民国旧影、网红、灵魂转换、机甲、婚恋、海贼王、女扮男装、布衣生活、西幻、业界精英、洪荒、恐怖、平步青云、科幻、港台、因缘邂逅、历史衍生、血族、科举、宅斗、相爱相杀、原著向、江湖恩怨、西方罗曼、朝堂之上、花季雨季、死神、西方名著、市井生活、异国情缘、古典名著、日韩、网配、银魂、近水楼台、乔装改扮、时代奇缘、成长、制服情缘、姐弟恋、阴错阳差、美娱、授权衍生、乡村爱情、三教九流、恋爱合约、小门小户、都市异闻、七五、商战、传奇、七年之痒、职场、边缘恋歌、经商、骑士与剑、爱情战争、霹雳、圣斗士、时尚流行、婆媳、SD、魔法幻情、聊斋、古代幻想、亡灵异族、我英、超能、异术、齐神、史诗奇幻、秘术、异想天开、异闻传说、大冒险、奇谭。

此外,作者还可以添加作品、作者、主角、配角、其他等关键词,读者根据这些关键词也可检索到相关作品。

3. 文库为表、论坛为里与匿名制(2008年之前)

晋江至今仍采取文库为表、论坛为里的内外嵌套结构。文库的架构,既参考了起点中文网的范式,引入了作者专栏、详情页、目录页、积分、评论区等功能版块,又针对"女性向"作者、作品的实际需求做出了调整。如作品详情页与目录页合二为一,一目了然地展示作品更新进度(因为"女性向"作品篇幅普遍较短,不用另设目录页);增加长篇书评更新区,服务于晋江用户的长评习惯。晋江论坛则一直保留了早期匿名论坛的形态,在原创网主页只有一个并不明显的入口导航,拦截了多数并未深入"女性向"圈子的外部读者,聚集了核心的粉丝用户,孕育了晋江最核心的"女性向"社区文化。

2008年推行VIP付费阅读制度之前,在晋江原创网阅读、评论作品和在晋江论坛发帖都无须注册。这既是受限于设计之初的技术水平,也是为了让用户更加便捷地使用网站功能。注册,这样一个小小步骤的省略,带来的却是非常大的不同。无须注册，原创网的用户可以用任意 ID 在作品后留下评论、打分，激发了读者的评论、互动热情。读者最常用的 ID 是"＝＝"两个等号，也被戏称为"双眼皮"。

无须注册，也使晋江论坛的交互逻辑与通用的论坛结构不同。在晋江论坛发帖时，发帖 ID 也是不固定的，每一次发帖都可在发帖人处填上任意 ID，用户也没有个人的主页和文集。这就意味着，每个用户的过往发言是不可考的，同一个用户甚至可以用不同的 ID 伪造出一栋看似热闹的帖子楼。这种机制的便利，被用户形容为"匿名论坛"，发帖 ID 并不会被隐去，但没有人能够追溯到 ID 背后究竟是谁，这就大大增加了论坛的私密性和安全性。桑桑学院的准入宣言挡不住硬闯的男性，露西弗的答题注册制无法保证用户发言的自由，而晋江的匿名制度却做到了让女性能够在一些"女性向"带有冒犯、僭越性的问题上真正畅所欲言。在"女性向"的空间里，男性虽然不在场，许多女性内心深处仍藏着一个男评委，而匿名之后，言论不可追溯、不再需要付出代价，反而给了女性将男性目光彻底驱逐出去的自由。

2008 年后，由于 VIP 制度的推行，用户必须注册才能购买 VIP 章节，晋江原创网迎来了注册用户规模的爆发。注册后，用户在评论时仍旧不必使用固定昵称，可以使用任意 ID 作为"马甲"，但其评论都可在评论专栏中追溯，实际上取消了匿名制。晋江论坛的匿名制仍旧延续。2020 年后，伴随全网实名制的趋势，晋江论坛用户必须完成实名认证才能继续发帖，真正意义上终结了晋江的匿名制。

4. VIP 及霸王票、营养液

（1）VIP 用户体系和消费标准

晋江文学城从 2014 年 1 月 1 日起施行新的用户体系方案至今，具体如下。

A. 用户体系说明

等级	升级方式	操作方式
普通用户	在晋江文学城成功注册，或者通过其他第三方账号成功登录的，即可成为普通用户	无须用户操作，系统自动赋予"普通用户"等级

(续表)

等级	升级方式	操作方式
消费用户	方式1.普通用户单笔成功充值3000点晋江币（人民币30元起）即可手动申请升级至消费用户	充值成功后，由用户登录后在【基本信息】→【用户等级】处点击升级按钮，经系统判断符合条件即可立即升级
消费用户	方式2.普通用户自2014年1月1日起，15天内累积消费满1500点晋江币（人民币15元起），则从第16天起自动升级至消费用户	无须用户操作，满足条件后系统会在第16天自动升级
初级VIP	方式1.普通用户或消费用户单笔成功充值到账10000点晋江币（人民币100元起）即可手动申请升级至初级VIP	充值成功后，由用户登录后在【基本信息】→【用户等级】处点击升级按钮，经系统判断符合条件即可立即升级
初级VIP	方式2.普通用户或消费用户自2014年1月1日起，30天内累积消费满3000点晋江币（人民币30元起），则从第31天起自动升级至初级VIP	无须用户操作，满足条件后系统会在第31天自动升级
高级VIP	初级VIP用户，365天累计消费大于等于120000点晋江币（人民币1200元起），则自动升级至高级VIP	无须用户操作，满足条件后系统会在第366天自动升级

说明：

1.采用充值方式升级，都将按照实际到账的晋江币点数计算，请注意不同充值方式，渠道方所收取的手续费问题。站内转账不属于充值行为，不能用来升级。充值请使用晋江官方提供的充值方式，其他通过非官方方式所获得的晋江币，可能会被取消。

2.以上内容中的消费行为仅限在主站和WAP站订阅VIP和投霸王票，其他平台暂不支持。

3.凡是在2014年1月1日之前注册的并且账户有过充值（只有站内转账方式充值的除外）的用户，则在2014年1月1日自动升级至高级VIP用户（因从事非法活动、违反网站规定的行为，或其他官方认为不适合升级的用户除外）。

4. 囧囧商城的消费项是不算在内的。

B. 不同等级用户消费 VIP 的价格说明

	普通用户	消费用户	初级 VIP 用户	高级 VIP 用户
普通章节价格	5 分 / 千字	5 分 / 千字	4 分 / 千字	3 分 / 千字
最新章节价格	10 分 / 千字	5 分 / 千字	4 分 / 千字	3 分 / 千字
VIP 和霸王票折扣	无	无	有机会获得打折卡	有机会获得打折卡

说明：

1.【普通章节】指章节首发时间在 72 小时以上的 VIP 章节。读者在文章目录页，将鼠标移动到相应章节的"更新时间"一项上，即可看到章节的首发时间。

2.【最新章节】指章节首发时间在 72 小时以内的 VIP 章节，此类章节在 VIP 订阅界面标题以红色显示。

3.【消费折扣】指初级和高级 VIP 用户激活折扣卡后，在订阅 VIP 章节或投霸王票时，可享受在当前等级价格基础上的打折优惠，具体折扣可查看下文优惠卡相关说明。

4. VIP 订阅界面显示的晋江币点数，为系统按照当前用户等级和折扣计算后的数值，读者直接支付即可。自动续订及霸王票都是自动按照等级及折扣后应扣费金额。

5. 以上内容中的消费行为仅限在主站和 WAP 站订阅 VIP 和投霸王票，其他平台暂不支持。

6. 在 APP 上，打折卡购买文章和投雷都是不享受折扣的。

C. 优惠卡

优惠卡种类	说明	获取方式	其他
高级 VIP 卡	高级 VIP 卡有效期 180 天，有效期内激活后，可获得为期 15 天的高级 VIP 资格（可享受高级 VIP 等级特权，但并不是高级 VIP 用户）	初级 VIP 用户，每个自然月消费大于等于 5000 点晋江币（人民币 50 元起），可获得一张高级 VIP 卡	激活后，可使用 2000 个月石延长高级 VIP 资格 5 天，每张卡只有一次延期机会

(续表)

优惠卡种类	说明	获取方式	其他
金卡	金卡有效期90天，累积3张金卡可兑换一张打折卡	初级VIP用户和高级VIP用户，上月消费大于等于2000点晋江币(人民币20元起)并且本月超过上月消费额1000点晋江币（含1000点）的，本月可得一张金卡	使用2000个月石，可自动将最早获得的一张未过期的金卡过期日延长30天，每张卡只有一次延期机会
打折卡	打折卡有效期180天，激活并使用打折卡30天内消费VIP、霸王票八折优惠	累积3张有效金卡即可兑换一张打折卡	

说明：

　　1. 以上各类优惠卡用户所获得的具体数量及相应期限会在【基本信息】→【优惠卡】一项中详细展示。

　　2. 在【优惠卡】"金卡"一项当中，当累积到3张以后，可点击兑换按钮，系统会自动将最早获得的3张金卡兑换为打折卡。

　　3. 每种卡都需要用户在【优惠卡】一项中手动激活或延期才起效。

　　4. 以上内容中的消费行为仅限在主站、WAP站和APP客户端订阅VIP和投霸王票，其他平台暂不支持。

　　5. 高级VIP卡和折扣卡可以同时激活使用。

　　6. 在APP上，打折卡购买文章以及投雷是不享受折扣的。

（2）霸王票

　　霸王票是针对晋江签约作者及作品的一种支持鼓励系统，通过投票的方式实现。读者投票来支持自己喜爱的作者及作品，所有投票统称为霸王票。通过霸王票产生的收益也将成为作者收入的一部分。系统设置的霸王票种类分为五个等级，分别对应不同的晋江点数，同时也关联相应的霸王荣誉。

　　霸王票等级分为：地雷（100晋江点）、手榴弹（500晋江点）、火箭炮（1000晋江点）、浅水炸弹（5000晋江点）、深水鱼雷（10000晋江点）。

霸王票仅能充值购买晋江点数（100 晋江点 = 1RMB），不得以其他方式获取。霸王票的利益，根据平台不同，作者与网站会各自获得不同分成。

（3）营养液

不跳章订阅一篇 V 文，每满 30 万字可得营养液 10 瓶，60 万字 20 瓶，依此类推。

不满 30 万 V 字数即完结的 V 文，全文订阅也可得营养液十瓶。

包月文、限免文不计算在内，完结半价计算在内。

拿到营养液即可以给自己心爱的任意 V 文施肥，使其茁壮成长，并可在首页"读者栽培榜"查看到按施肥数量排列的文章榜单。

被全文订阅或满 30 万不跳章订阅的 V 文，自动获得营养液一瓶并自动被施肥。

获得的营养液会在次日发送到账户，可以在"互动活动"-"植树造林"查看营养液数目。

5. 发表与代理授权

作者于晋江原创网发表文章时，对于文章是否独家、是否宣传等问题均需表态。目前发表方式有独家发表、独家首发、保护性发表、一般发表 4 种。

独家发表：作者将作品至少 $\frac{2}{3}$ 的内容独家发布于晋江原创网，而于其他网站发表的部分则在整个文章发表的任何阶段不超过发布于本站的 $\frac{1}{3}$，且注明在本站独家发表全文。作者不得在专栏、文章等任何地方，以明示或暗示的行为宣传其他文学类网站或其他网站的文学相关渠道。

独家首发：作者将作品独家首发于晋江原创网，其任何章节在其他的网站发表、更新的时间至少比晋江原创网晚两周，并且在其他网站发表时，注明在晋江原创网首发。作者不得在专栏、文章等任何地方，以明示或暗示的行为宣传其他文学类网站或其他网站的文学相关渠道。

保护性发表：作者将作品非独家发布于晋江原创网，不得在专栏、文章等任何地方，以明示或暗示的行为宣传其他文学类网站或其他网站的文学相关渠道。

一般发表：作者将作品非独家发布于晋江原创网。

实体出版代理授权：由晋江原创网代理授权作品在世界范围内的繁简体实体书出版相关事宜。出版成功后，晋江原创网将收取本作品部分稿费作为代理费用。作者不得跳过晋江原创网与任何书商、中介等组织单独联系出版，出版事宜将由晋江原创网负责。

非实体出版代理授权：由晋江原创网代理授权作品在世界范围内的繁简体非实体出版事宜，包括但不限于手机阅读、收费下载、漫画、影视改编等。收费阅读下载类代理成功后，晋江原创网将与作者按一定比例分配收入。影视改编类一般数额较大，就个案另行协商。同样，作者不得跳过晋江原创网单独与他人联系相关事宜，全权交由晋江处理。

6. 榜单

晋江的榜单分为自然榜和人工榜。其中，只有"官推"（官推言情榜、官推耽美同人榜）、"强推"（VIP强力推荐）、"封推"（封面推荐）3种人工榜，其余大多是自然榜。自然榜根据周期自动更新；人工榜需自行申请，每周四更换，申请后于下周四公布上榜。申请完后，编辑会给予作者上榜，作者于上榜期间必须完成与榜单规定相符合的字数。所谓的"自然榜"当然不是自然形成的，而是经过一套积分算法自然换算出来的积分排序（详后）。

目前，晋江的主要榜单有：

官推言情榜：人工榜，由筛选委员会言情组推荐上榜；

官推纯爱衍生榜：人工榜，由筛选委员会纯爱衍生组推荐上榜；

VIP金榜：自然榜，VIP文7日销量排行榜；

完结金榜：自然榜，完结文30日销量排行榜；

千字金榜：自然榜，入V后30天千字收益榜；

VIP强力推荐：人工榜，自2009年9月1日起，每两周推荐12部VIP小说，2014年7月3日（第128期）开始转为每周推荐12部；

读者栽培榜：自然榜，VIP文章按照所获营养液数（即"被施肥数"）的月度排行；

封面推荐：人工榜，由编辑筛选；

霸王票周榜：自然榜，获得霸王票最多的作者排行榜；

霸王周榜：自然榜，投出霸王票最多的读者排行榜；

勤奋指数榜：自然榜，勤奋指数以3个月内获得的小红花数计算。倒数第三个月小红花数／当月天数 ×0.15+ 倒数第二个月小红花数／当月天数 ×0.35+ 倒数第一个月小红花／当月天数 ×0.5；

驻站榜：自然榜，全站驻站作家积分最高的前 200 部作品；

新晋榜：自然榜，申请成为作者 30 天内（读者因评论被系统自动升级为作者的时间段不算）发的文按积分排序，31 天后下榜；

月榜：自然榜，发文时间在第 11—40 天内按积分排序，全文存稿的时段不计算在内，按实际发表的最早日期计算，首页榜单如果已上季榜，则在本榜隐藏；

季榜：自然榜，发文时间在第 41—130 天内按积分排序，全文存稿的时段不计算在内，按实际发表的最早日期计算，首页榜单如果已上半年榜，则在本榜隐藏；

半年榜：自然榜，发文时间第 131—310 天内按积分排行，全文存稿的时段不计算在内，按实际发表的最早日期计算；

长生殿：自然榜，发文时间（首章面世时间）超过一年仍在连载，最近一周（按章节创建时间计，修改不算）有更新且大于 2 万字（存稿不算），签约入 V 的文按积分排序，首页榜单数据不够时，会临时放宽要求；

总分榜：自然榜，所有文章积分大排行，无下榜期限；

字数榜：自然榜，文章字数大排行，无下榜期。

7. 晋江积分

自 2003 年原创网建立以来，晋江就开始探索作品的积分算法。2005 年 3 月，站长 iceheart 在晋江论坛公布了第一版积分公式：

全文点击数／章节数 ×Ln(全文字数)× 平均打分＋（Ln(书评字数)× 书评打分）之和＋精华书评特别加分

（说明：Ln 只是一个大概的参数，实质的公式里，Log 的底数是一个经过反复调节的数，所以，该公式只能大致指明各项因素的比重，无法进行严格代入计算。）[①]

在最初的积分算法中，被考虑在内的加权项包括：点击数、字数（包括章节数）、读者打分、书评（包括书评字数）和精华书评。其中，读者

[①] 参考 iceheart：《原创网新版积分公式及评论规则，请读者作者都进来看一下》，发布于晋江论坛碧水江汀版，发布日期：2005 年 3 月 2 日，网址：https://bbs.jjwxc.net/showmsg.php?board=17&id=669737，查询日期：2020 年 2 月 2 日。

打分是晋江独创的读者评分体系，读者在一部作品的每一个章节后都有资格留下一条带打分的评论，打分有五种，分别是：2分 | 鲜花一捧、1分 | 一朵小花、0分 | 交流灌水、-1分 | 一块小砖、-2分 | 砖头一堆。0分评论不限次数，不登录也可打分。0分的设定除了评分用之外，若读者发表与书评无关的灌水聊天、歌词典故，而作者欲回复答谢读者皆用此分数，若发现该使用0分而未用者，管理员有权修改为0分。0分不影响总积分。每一章节仅允许读者发言评论一次。

如前所述，2008年实行VIP在线收费制度后，增加了以销售金额为核心指标的"金榜"，如VIP金榜（7日销量排行）、完结金榜（完结文30日销量）、千字金榜（入V后30天千字收益）。在增设了"霸王票"（相当于男频的"打赏"）、"营养液"和"小红花"（更新全勤奖）制度后，也有了对应的霸王票/霸王周榜、读者栽培榜、勤奋指数榜。

2016年，晋江修订了积分算法，并公布了计算公式。[①]

从这一版积分公式中，可以看到字数、评论、收藏仍旧是最重要的考量标准，此外增加了违规扣分（黄牌、红牌）、签约年限、授权系数的加权项——违规扣分是2014年"净网行动"之后网络文学审查标准整体收缩的应对之策，而签约年限和版权授权则是为IP时代抢夺大神作者作品的竞争环境设下的屏障。

附录：《晋江积分管理制度》（2017年10月17日最新版）

目录

1. 积分综述
2. 积分增加的途径
3. 积分减少的途径
4. 积分的计算方式
5. 什么是授权范围
6. 什么是发表方式
7. 关于长评
8. 什么是编评

[①] Iceheart：《2016版积分公式说明》，发布于晋江论坛碧水江汀版，发布日期：2016年7月13日，网址：https://bbs.jjwxc.net/showmsg.php?board=17&id=426250，查询日期：2020年2月2日。

9. 什么是刷分

10. 黄牌、

11. 红牌

新版积分公式：

$$\left\{ \frac{R_1}{Q} \left[\text{(断章字数系数} \times \log_{1.005}(\text{断章点击率} + 1) \right] + R_2 \right\} \cdot \left\{ \sum_{i}^{\text{评论数}} \left[\alpha \cdot \log_{1.005}(\text{断章评论字数} + 1) / \text{评价打分} \right] + R_3 \cdot \text{文章收藏数} \cdot 1000 + R_4 \cdot \text{作者收藏数} \cdot 500 + \beta + \text{编辑简章加分} \right\} \cdot \left(1 - 30\% \cdot \text{黄牌数} - \sum^{\text{扣分}} \text{浮动红牌系数} \right) \cdot \text{年限系数} \cdot \text{授权系}$$

详细说明：

1. **章节字数系数：**
由于同样的9000字，分一章发和分三章发，点击与评论会相差将近三倍，为了平衡章节字数不同带来的积分不公，同时推荐最佳章节字数，为每个章节增加了一个字数系数。网站推荐的章节字数为3000到9000字，在这个字数区间，章节字数系数最佳，低于3000字时，越接近3000字，系数增长速度越快，高于9000字时，系数不再增长。
旧版公式章节推荐字数为5000字，高于5000字系数增长放缓，但会一直增长。因此改版后，老文章节小于3000字或大于9000字的受影响最大，3000至5000字的受影响最小，5000至9000次之。

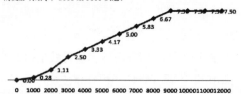

0-3000字：系数 = $\frac{2.5}{9} * (\frac{字数}{1000})^2$

3000-9000字：系数 = $2.5 * \frac{字数}{3000}$

9000字以上：系数都按7.5算

2. **评论打分与α值：**
评论打分从-2至2，字数会影响到α值，评论字数小于一定数值，则α=1；评论字数大于该值，则α=2，即较长的评论所增长的积分是较短评论的两倍。
旧版积分公式有精华长加分，长评加精华由场馆操作，由于长评数量与建站之初的规模已经无法同日而语，因此无法再顺利公平全面地执行人工长评加精操作，新版公式去掉了这一部分积分。长评较多的文章积分会受到较大影响。

3. **收藏：**
一条文章收藏为该文增加原始积分1000分，一条作者收藏为该作者的所有文章增加原始积分500分

4. **β值：**
为鼓励作者新文创作，文章写到7万字时，会有额外增加原始积分，因此，当全文字数≥7万，则β=11万。
旧版积分公式这里是5万字为坎，根据目前网站总的情况，把这里变为7万字，当前字数介于5-7万间的文章积分会受到影响。

5. **编辑简章加分：**
编辑简章分为金章和银章，是由编辑在管理后台给符合条件的签约作者添加推荐奖章。金章增加的原始积分是银章增加积分的2倍。

6. **黄牌减分：**
每张黄牌扣除积分的30%，不是积分*(1-30%)ⁿ 而是积分*(1-30%*n)，n为黄牌数量，所以文章的积分是有可能为负的。

7. **红牌减分：**
红牌扣除该作者所有文的积分，按照违纪的不同严重程度，扣除百分比不固定，扣除方式与黄牌一样。

8. **系数 $R_1R_2R_3R_4$：**
$R_1R_2R_3R_4$分别为章节点击与字数、评论、文章收藏、作者收藏，这四项的系数，用来调节全站这四项对于积分的不同占比，最终达到点击与评论与打分、文章与作者收藏在全站的分数，各占三分之一的结果。
这四个系数调节了全站总积分中四项的占比情况，而不是每篇文章各自积分的占比，具体到一篇文章，还是会根据具体情况，这四项的占比有所不同的。与旧版积分公式比较，这里的变动较大，三项不平衡的作者，积分受影响较大。

9. **年限系数、授权系数**
签约作者积分优待，在原始积分的基础上增加年限系数与授权系数。年限系数是由合同剩余年限计算而来，授权系数是由授权项目计算而来。
年限系数从1-20年不等，当所有授权都授予晋江时，20年的系数是3.24，1年的系数是1.8，20年系数是1年的1.8倍，5年的1.5倍，是10年的1.3倍，是15年的1.13倍。
授权系数分为单本作品授权（系数0.5），作者身份授权（系数0.8），实体出版授权（系数0.5），影视及其它衍生授权（系数0.8），无线授权（系数0.4）五种，五种授权总和系数为3，每少一种授权，扣除相应系数，该系数用以与年限系数相乘共同作用决定分数。比如缺少无线授权的20年约，系数是3.02，而全授权的则是3.24。
旧版积分公式关于授权方面的规则分为实体授权，非实体授权，独家发表，独家首发，一般发表，保护性发表，几种授权全选的系数是3.5。新版公式缩小授权差距，在加上年限的基础上，减低为3.24，稍微减少了签约与非签约文章的差距，占主体的五年约全约作者与非签约作者的差距从3.5变为1.96倍。
本次授权系数的改革不再由作者自行选择，而是直接由后台通过合同录入取相应，该项调整受影响最大的是原本没有签约，但在发表时选择了全部3.5倍授权的文章。

晋江2016年版积分算法

1. 积分综述：

一篇文章发表在晋江文学城上，通过相应的授权等级、发表方式（已下线）、章节字数、点击数、阅读数、下载数、收藏数、评论数、评论字数、读者打分等综合因素，系统会计算出该文章的相应分数。分数的主要目的是用来参与各种按积分自动排行的榜单的竞争。

2. 积分增加的途径：

2.1 年限系数，签约作者收到积分优待，在原始积分的基础上增加年限系数。年限系数是由合同剩余年限计算而来。

年限系数从1—20年不等，当所有权限都授予晋江时，20年的系数是3.24，1年的系数是1.8，20年系数是1年的1.8倍，是5年的1.5倍，是10年的1.3倍，是15年的1.13倍。

2.2 文章字数、点击、阅读、下载、收藏、评论、评论字数、读者打分的增加（在此澄清两个谣言：一是"空评不加分"。空评并非不加分，只是加分绝对比有字的评少。二是"五字以下的评不加分"。空评都加分了，五字以下的评当然也会加分，但总的来说，自然是评论的字数越多越好）。

2.3 获得编评、主题推荐等其他加分项。

3. 积分减少的途径：

3.1 降低授权范围和发表方式（已下线）。

3.2 文章字数减少、点击数被扣、阅读被扣、下载被扣、读者删收藏、评论被删除、评论打分被清零、章均评论字数减少、读者打负分、读者打分低于章均打分。

3.3 新增章节（因为多项参数中，章节数都作为分母，因此每次新增章节时，必然伴随积分的暂时性降低，但随着该章的点击、评论等回升，文章积分随之回升）。

3.4 被罚黄牌、红牌。

4. 积分的计算方式：

4.1 作者更新章节后，系统重算该文章积分。

4.2 系统每隔一小时，重算一批文章的积分，一天24小时，所有文章积分重算一遍。

5. 什么是授权范围（已下线）

5.1 定义：授权范围是指作者在本站发表一篇文章时，授权本站对该文章进行处理的权利范围，目前包括实体出版代理授权和非实体出版代理授权两种。

5.2 实体出版代理授权指：由晋江文学城代理授权作品在世界范围内的繁简体实体出版事宜。出版成功后，晋江文学城将收取本作品部分稿费作为代理费用。作者不跳过晋江文学城与任何书商、出版社、中介单独联系，如果有任何组织或个人联系作者出版，作者会将此事转给晋江文学城处理。

权益说明：积分系数增加1点，并且发文即增加1万积分，达到5万字再增加10万积分。有更多机会获得编辑点评、评论组点评。成功出版的作品被列入晋江文学城出版列表，并在首页有新书封面介绍。

5.3 非实体出版代理授权指：由晋江文学城代理授权作品在世界范围内的繁简体非实体出版事宜。包括但不限于手机阅读、收费下载、音频改编、漫画、影视改编等。收费阅读下载类代理成功后，晋江文学城将与作者按一定比例分配收入。影视改编类一般数额较大，就个案另行协商。作者不跳过晋江文学城与任何组织或个人单独联系，如果有任何组织或个人联系作者，作者会将此事转给晋江文学城处理。

权益说明：积分系数增加0.5点，到达5万字时增加5万积分。有更多机会获得编辑点评、评论组点评。

6. 授权方式（已下线）

7. 关于长评：

7.1 什么叫长评：超过1000字，且填写标题的评论。

7.2 长评清零或删除规则：

7.2.1 对小说人物的主观臆想式评论。

例：他，应该是那种佯装乖巧事实上却桀骜不驯的孩子吧？我可以想象，这样一个人心中，埋藏了多少的痛苦；XXX在桃花树下回眸一笑，那一瞬间，我知道，我已经不能不喜欢这篇文；XXX就是那么可爱的一个人，我喜欢XXX的帅气，喜欢他的霸道，喜欢他不经意流露的柔情；我就是不喜欢XXX这么做作；小说写的和我想的一样……所以我喜欢；皇帝就是应该如此的……

7.2.2 抒发对于小说情节联想与臆测的评论。

例：我支持BL/BG所以……；他怎么可能不爱她？如果不爱她他怎么会对她做出如此如此举动的啊；大大与其写他们发生争执，不如干脆一点，两人恩恩爱爱在一起好了，这样的情节不是虐待读者吗？如果再这样下去，我都不愿意追文了；我猜XXX以后会跟XXX在一起，因为大人一开始就写了XXX对XXX的态度跟对其他人不同；他是孤独的，所以他害怕受伤，童年的苦难，让他以后还要怎么相信别人，想必他是个非常没有安全感的人……

7.2.3 借论述人物、情节之名将小说人物在小说中心路历程或原文情节进行复述，即小说简介式的文字。

例：年轻的她如何，经过某某她成长了，现在如何，这样的她怎么不让人喜欢；她和他经历了……之后产生了纠结等。

7.2.4 无理取闹文字。

例：大大怎么不更新啊；大大我好喜欢她，不许你如何如何；大大我好爱好爱你的，你不能做后妈啊……

7.2.5 就评论者已发表评论进行讨论，或读者之间就人物及情节将来走向的探讨。

7.2.6 对于小说情节、人物角色自己进行续写和衍生，即番外。

7.2.7 全篇文字书写格式为诗歌形式或个人情感抒发散文；全文过多网络用语，借空行、符号以及感叹语调等充字数。

7.2.8 全文过多无关评论内容，聊天部分超过1/3的长评，或者引用部分超过全评1/3。

7.2.9 系列长评：同一评论者对于同一篇小说发表一篇长评以上的评论，保留第一篇长评分值，其余清零。

7.2.10 人物背景资料帖或转载其他读者评论。

7.2.11 刷评：同一作者（或多名作者）对同一小说一天之内连续发评，致使首页长评榜内几乎被该小说占领，扰乱了榜内正常秩序。

7.2.12 小说作者为达到广告宣传效应，侵占读者发言领域，利用长评制度发文、发言。

7.2.13 全篇包括大量非中文文字的评论。

7.3 长评补充规则：

7.3.1 综述：关于评论，我们首先要有一个理念，那就是评论不是文章的附属物，它有自己的立意、框架、逻辑、行文风格等骨架。但不管是鲜花还是拍砖，评者在写评的时候需要谨慎定位自己的评论，而针对长评，更会在长评汇总中做荣誉性展示，所以长评应做到以下五项基本规则。

7.3.2 客观合理，言辞得当。

7.3.3 针对文章本身评论。（即不包括衍生的番外等作品，所评文章的情节、人物介绍等。）

7.3.4 字数必须超过 1000、有标题、简体中文字体。

7.3.5 评论中大段引用原文、其他文章资料，与正文无关话题，或使用外文超过 1/3 左右的，按充长评作清零甚至删除处理。

7.3.6 诗词歌赋（无论古代现代）的引用不得超过八句，全文引用者有充数嫌疑，作清零甚至删除处理。

8. 什么是编评：

8.1 释义：编评全称编辑简评，是指经晋江文学城编辑看过文章后，总结文章大意、优缺点的简短评论。经编评的文章，在文章目录页的右上角处，会有一个写着"简"字的小勋章，其中，红色的为 A 级，蓝色的为 B 级。

8.2 如何获得编评：因人力所限，编评无自荐机制，由编辑自由看文给评。

9. 什么是刷分：

9.1 释义：刷分行为是指通过使用比常人少动脑或动手的方式，达到增加或减少积分的目的不正当竞争手段，具体表现有以下几种：

9.1.1 原则上，每个章节只允许每个读者打一次分，再留言请打零分。因此使用计算机技术，突破程序限制，在同一章节多次打正负分或增加点击的，是刷分行为。

9.1.2 原则上，每个读者的留言内容不得相同。因此使用简单的复制、粘贴，在相同或不同章节内，回复同样或稍加改动的留言的，是刷分行为。

9.1.3 在回帖内大量引用文中内容或其他回复的内容，甚至引用内容大大超过自己所写的内容的，是刷分行为。

9.1.4 在回帖内大量使用标点符号，以达到不需要动脑写字即可增加字数的目的，甚至标点（包括回车、空格）大大超过文字的，是刷分行为。

9.1.5 在回帖内堆砌由符号组成的图案、文字的是刷分行为。

9.1.6 在不打 0 分的情况下，大量引用资料、灌水聊天、引用歌词和诗歌的，是刷分行为。

9.1.7 炮制或使用万能书评的，是刷分行为。

9.1.8 一篇文章内的评论者 IP 分布规律与网站访问者的 IP 分布规律严重不同的，是刷分行为。（比如网站大约有 15% 的境外 IP 访问，如果一篇文章的留言中境外 IP 超过 30%，则认定为利用代理刷分。）

9.1.9 其他管理员认为符合刷分基本定义的行为。

9.2 刷分清理规则：

9.2.1 重复的评论有意义的删除至只剩一条。

9.2.2 不重复的刷分评，原则上把违规评论清零，但在违规评论数量过于庞大，管理人员无法手工处理时，也会选择该 ID 或 IP 所发全部评论清零。(由于没有确凿证据可证明来自同一个地方、同时在看同一文章并且不约而同积极留言的同一 IP 是不同读者，因此本站不接受因为局域网等因素造成的同一 IP 不是同一个读者的理由来为刷分做辩解。并且考虑到还有大量拨号上网用户 IP 不固定，同一读者也会有不同 IP 的现象来平衡这种误差，因此，同一 IP 在本站即当作同一读者看待。)

9.2.3 引用他人评论的，原则上清零，但引用部分占整个评论的百分比过高的（比如 90%），管理员也可选择删除。

9.2.4 大量使用标点符号的，原则上清零，但标点符号占整个评论的百分比过高的（比如 50%），管理员也可选择删除。另外，因使用过多标点符号，撑开页面，破坏网站美感的，删除。

9.2.5 堆砌由符号组成的图案的，删除。

9.2.6 引用资料、诗词、文章、聊天、写番外的，清零。如引用无关资料、文章等情节恶劣的，删除。

9.2.7 发布万能书评的，删除。

9.3 刷分投诉：

为创造公平竞争的写作环境，保障每个作者每篇文章的应得利益，我们欢迎任何人，通过任何能达到效果的方式，举报、投诉刷分行为。

投诉途径（推荐使用投诉书评或举报刷分）：

9.3.1 在意见簿（http://bbs.jjwxc.net/board.php?board=22）发帖。

9.3.2 在举报中心举报刷分（http://www.jjwxc.net/report_center.php?report_type=1）。

9.3.3 使用原创网"求助投诉"功能里的"投诉书评"（http://my.jjwxc.net/backend/auto.php?act=6）。

9.3.4 直接点击回帖旁的"投诉"链接。

9.3.5 登录后使用网站提供的站内短信功能通知"管理员"。

9.4 刷分处罚：以增加积分为目的的严重刷分文章，由管理员向该文章下发黄牌。每张黄牌会扣除文章积分的 30%。恶意刷负分的 IP 将会被系统屏蔽发言。(被恶意刷负分的文章根据读者或作者循正规途径投诉反映的情况,经核实后再进行相关恢复性处理。)

9.5 刷分监督:

9.5.1 网站监督。网站将重点监督所有正在首页新晋榜、月榜、季榜、半年榜上以及即将上榜的作品,争取做到上榜作品无刷分或一有刷分即被处理。

9.5.2 网友监督。为了净化阅读环境,欢迎网友认真监督,积极投诉刷分行为。投诉刷分鼓励机制正在酝酿中。

9.5.3 作者自行监督。作者的主要精力放在写作上,但若发现文内有刷分现象,请作者尽量处理,如精力有限,无法处理,欢迎向管理员求助,请管理员协同处理。作者自行处理可避免管理员因处理量太大而进行 12.2.2 条提及的批量删除或清零操作。

10. 黄牌:

10.1 黄牌的定义:黄牌是指以管理员身份在作者文章的目录页下方发表的评论,因其表格底色是不同于其他位置的黄色,并有醒目的红字"黄牌"标注,故名黄牌。(形象类似,但在标注"黄牌"的位置标注着"通知"的,不是黄牌,不具有惩罚性,仅为提醒读者或作者之用。)

10.2 黄牌制度的定义:黄牌制度是指以打击刷分,保护公平竞争为目的的专项治理制度。其宗旨是为了还原文章的真实积分,给所有作者以公平竞争的环境,给所有读者以公平选择的机会。黄牌制度首先规范了管理员发黄牌的权力,做到有法可依,依法行事。其次是组织一场人民战争,请所有读者、作者都积极参与,保护自己的权利不受侵犯。在保护自己的同时,净化环境。

10.3 黄牌执行方案:

10.3.1 什么样的情况下会挂黄牌:

10.3.1.1 同一 ID 或 IP 发布正分评论总数超过文章章节数 2 倍。

10.3.1.2 同一 ID 或 IP 发表同样内容的正分评论大于等于文章章节数。

10.3.1.3 刷评总数超过文章章节数 10 倍。

10.3.1.4 作者在任何场合(包括但不限于文中、回帖中)索要积分、评论,尤其是长评者(解释:比如在文后打上"请大家留下对该文的意见"这不算,但是打上"今天回帖/点击不够 100 不贴文""为了冲月榜,请大家多多打分""谁给我发长评,我以一篇番外回报""现在展开长评写作比赛，题目如下：XXX"之类，就有问题）。

10.3.1.5 作者在任何场合（包括但不限于文中、回帖中）以其他任何方式诱导读者回复并达到刷分之目的者（解释：比如在文中打上"请大家告诉我，究竟选男 A 好还是男 B 好？""一个人在国外，有什么简单的中餐做法？""你心目中的十大经典文是什么？""请大家发一些关于 XX 的资料"之类，但没有同时提示读者此类回答打 0 分的。）

10.3.1.6 作者在自己文下发非 0 分评论的。长评一篇为限，短评 5 篇为限。

10.3.1.7 作者披马甲在自己文下打分的，一篇为限。

10.3.1.8 伪更：

10.3.1.8.1 伪更定义：以增加首页曝光率为目的，在并无足够字数以供正常更新的情况下，多次更新文章，以达到长期占据首页更新列表的目的。

10.3.1.8.2 伪更的处理方式：是否属于伪更由管理员根据更新情况及影响的恶劣程度判断。初犯者，由管理员发通知提醒作者；再犯者，黄牌警告；影响恶劣且拒不改悔者，则向作者发红牌。

10.3.1.9 抄袭。被举报文字抄袭或者剧情抄袭，判定结果中要求发黄牌的。

10.3.1.10 其他管理员认为情节严重，足以影响网站正常秩序的行为。

10.3.2 挂了黄牌会怎么样：

10.3.2.1 同一篇文下，发黄牌一张，积分扣除 30%。

10.3.2.2 同一篇文下，发黄牌两张，积分扣除 60%。

10.3.2.3 同一篇文下，发黄牌三张，积分扣除 90%，该文永久失去上榜资格。

10.3.3 怎么做可以避免黄牌：

10.3.3.1 不以任何方式怂恿读者刷分，遇有交流，如需要资料、意见等，提示读者打 0 分。

10.3.3.2 遇到刷分，能删除的主动删除，不能删除的主动投诉，请管理员协助删除，并规劝、提示读者。

10.3.3.3 提示读者帮忙投诉刷分。

10.3.4 怎么做可以撤销黄牌（撤销黄牌，所受惩罚也相应减轻）：

10.3.4.1 实属发牌失误，可申请撤销黄牌。

10.3.4.2 自本 ID 所有文章的最后一张黄牌起，两周内未出现刷分现象，可申请撤销黄牌一张。

10.3.4.3 因其他原因得到黄牌的，由管理员在认为适当的时候取消，或在其他本站制度规定的期限后取消。

11. 红牌：

11.1 红牌的定义：因作者严重违反晋江规则，由管理员发出的最后的警示。红牌在专栏可见，并作用于作者的任何一篇文章。

11.2 得了红牌会怎么样：得红牌的作者，专栏内所有文章，无论旧文还是新发表的文，都会扣除一定比例积分，具体比例由作者违规程度决定。

11.3 什么样的情况会得红牌：

11.3.1 违反授权范围及发表方式的作者。

11.3.2 累计两篇文章因刷分严重被发黄牌的作者。

11.3.3 违反发文规定，将已发表过的文章改头换面，以图重新上榜的作者，第一次做下榜处理，第二次发现，红牌一张。

11.3.4 因被发红牌，重新注册笔名，改头换面，以期规避红牌处罚的作者。

11.3.5 因被认定为抄袭，情节严重，管理员认为需要发红牌的。

11.3.6 其他管理员认为情节严重，足以影响网站正常秩序的行为。

11.4 如何摘除红牌：

11.4.1 因违反授权范围及发表方式而得红牌的作者，认错态度诚恳，并积极消除影响，且红牌发出满一个月者。

11.4.2 因违反刷分、上榜等规则而得红牌的作者，认错态度诚恳，并认真约束规劝读者，连续两篇10万字以上文章未再得黄牌者。

11.4.3 因其他原因得到红牌的，由管理员在认为适当的时候取消，或在其他本站制度规定的期限后取消。

11.5 红牌摘除以一次为限，第二次再得红牌者，不再摘除。

8. 长评文化

早在晋江原创网建立之初，首页最下方就设有专门的"长篇评论最新更新"展示版块，超过1000字且有标题的读者评论即为"长评"，会在首页和作品页的"长评汇总"区域得到单独的展示。此外，有专门的书评管理员对长评进行审核筛选，如果被选为"精华长评"，将会给所评作品带来额外的"精华书评特别加分"，大大影响作品在榜单上的曝光情况——有时"精华长评"带来的积分甚至能够与作品本身的其他积分数额相当。

因此常常一评难求，出现了刷长评的现象，也随之发生了关于"精华长评"判定标准的诸多争议。

什么样的长评才能被加精？负责评论管理的 nina 曾这样回答过提出疑问的用户：

> 我们首先定义，分析性的那种，才叫作评，晋江目前是有很多长文跟帖，但是大多都只能算是读后感，而不是评。……根据评论到位与否，再考虑是不是精华评论，硬性标准就是，人物个性塑造的分析，整体布局把握，思想方面的点评，情节合理与否等与小说创作有关的分析与建议。……另一个比较特殊的就是，读者看完小说后，由此写的番外篇，我们是鼓励的。因为这种番外往往是对作品有很深刻的了解后才会写的，而且晋江的原则是鼓励原创，因此这种回帖我们也会加精。①

在这样的标准下，晋江的评论区出现了大量作品细读式的分析性长评，以及为作品正文续写的同人式番外，这是晋江长评文化的基调，为晋江的读者—作品—作者之间的有效互动起到了非常大的促进作用。许多作者会互相"邀稿"、彼此给对方作品写下质量较高的评论；而在免费阅读的机制下，粉丝读者向作者表示喜爱和感谢的最佳途径，就是竭尽所能地为他／她写一篇长评，努力提高自身评论水平，争取被评为"精华"。

当然，这一制度在 2005—2007 年间也造成了晋江作者、读者之间的许多乱象：一些读者成为知名"评论家"，反过来受到作者的追捧、邀稿；在摸清了书评管理员的审核思路之后几种"精华长评"的模板也被总结出来、批量套用；一些已经被加精的长评也会遭到其他读者的质疑，被重新审定后"去精华"。无论如何，晋江的长评文化一定程度上培养了早期读者对作品人物、布局、思想、情节以及其他与创作有关话题的审美判断能力和评论写作水平。

---

① nina：《精华长评的标准（不清楚的 MM 看进来）》，发布于晋江论坛碧水江汀版，发布日期：2004 年 7 月 11 日，转载日期：2005 年 5 月 24 日，网址：https://bbs.jjwxc.net/showmsg.php?board=17&id=4855，查询日期：2020 年 2 月 2 日。

9. 抄袭处理制度

由于网络文学的新媒介特性与出版时代的著作权法并不匹配，对作品抄袭、侵权的判定标准常常无法可依，有待网络作者、读者在已有法律的基础上共同探索出一套"圈规"。在这一探索过程中，晋江的抄袭判定是女频圈内最为广泛接受的标准。

附：《抄袭处理制度》（2017年8月最新修订版）

一、受理流程

投诉抄袭必须走正规投诉检举流程，在网站举报中心"举报抄袭信息"中，填齐必要信息，方才受理。

1. 低级抄袭（原封不动或者基本原封不动地复制他人作品）且涉嫌抄袭文未签约，可由管理员经过对简单事实的判断，直接认定为抄袭。

2. 高级抄袭（经改头换面后将他人受著作权保护的独创成分窃为己有）或签约文的举报，符合标准的举报在被客服部门受理后，将整理资料转交编辑部跟进。

3. 相应类型文章的举报交由相应编辑组受理，编辑组将负责逐一整理比对相应资料，并对作品的情况给出处理意见。

4. 客服部整理编辑部的处理意见，并将对作品的最后判定反馈给举报者，如果对作品有相应的处罚措施，则一并实施。

5. 整个流程的结束距离投诉之日不超过20个工作日，如遇特殊情况，则会在20个工作日内及时说明。

二、举报要求

1. 涉嫌抄袭文章必须是发表在晋江站内的文章，发表在其他外站、实体出版等文章不在晋江受理范围内。

2. 可以受理的举报须包含以下内容：

（1）涉嫌抄袭与被抄袭的文章名字、地址以及涉嫌抄袭段落最早的发表时间。被抄袭文章非直观的电子网页的，所提供的最早发表时间依据要形成完整证据链。

（2）涉嫌抄袭与被抄袭文章中涉嫌抄袭部分的详细对比，每段对比文字要提供相应章节号。如果被涉嫌抄袭文章超过一篇，每篇被涉嫌抄袭文章都要提供详细对比，具体到章节。

3. 针对VIP章节的抄袭举报，举报人账号内必须有该章节的订阅记录。

4. 举报人必须保证提供的文章内容为发表在晋江本站的内容，内容对比为确实存在于涉嫌抄袭与被抄袭的两方文章内的真实内容对比，不得捏造虚假内容或总结虚假内容脉络。如遇不实举报，该涉嫌抄袭文章将拒绝该用户ID继续举报以杜绝恶意举报行为。

三、判定前提

1.著作权法保护的是表达形式而非思想本身，因此独立的创意是不受保护的。受到保护的是表达该创意的具体文字，或者将很多个创意链接起来的顺序、逻辑和因果关系。

例如：

（1）"撞车后穿越"，这个创意本身任何人都可以使用，但描述这段故事的文字不能与他人雷同。

（2）即使不是"撞车后穿越"这种常见创意，而是一个非常独特少见的创意如"无限流主神空间发布任务，主角完成任务升级，完不成任务抹杀"，为鼓励创作丰富题材，这样的创意也不应被初创人垄断。

（3）一篇文章的粗纲往往等于一个创意，如"血海深仇的少年被追杀坠崖，遇高人学武升级，最后报仇雪恨"，这样的大脉络是不受保护的，但一篇文章的细纲，是用于丰富粗纲中每一个节点的具体呈现形式，使其合理性、独特化的一个创意链，这样的细纲受到保护。

2.抄袭的目的是"掩人耳目""据为己有"，如果作者已明确表示或显而易见某段文字/某些创意属于其他作品，不属于抄袭行为。但使用其他作品的内容不能超过"合理使用"范畴。

例如：

（1）作者受到其他作品的启发，声明（或显而易见）"灵感来自《XX》"，且使用了《XX》中的部分创意不属于抄袭，但使用比例过高，已经超过必要部分，甚至超过作者本身自有创意比例的，参见前提1。

（2）衍生作品因情节需要使用原著剧情、引用原著原文的，不属于抄袭（但有可能侵权），但其使用比例过高，已经超过必要部分，甚至超过作者本身创造的剧情、文字的，参见前提1。

3.被抄袭作品的发表时间必须早于涉嫌抄袭作品，且被抄袭部分必须具有独创性。

例如：

（1）使用历史背景、客观事实、统计数字、社会事件、真人真事的不属于抄袭（但有可能侵权），因其不是哪个作者独创的。但用于描述上述事实的语言雷同的，参见前提1。

（2）具体描述语言上雷同，但雷同段落不具独创性的（如：她的脸红得像苹果），或已具有广泛知名度的（如名人名言），或雷同段落少于25个汉字的（因句型结构简单，易撞车），不认定为抄袭。但雷同段落文字性质为诗、词、歌词等短体裁作品的，不受25个汉字的限制。

四、判定标准

1. 文字或全文情节走向（细纲）方面完全雷同，或者基本雷同，认定为抄袭。

2. 具体描述语言上雷同，并且不是判定前提中所列的例外情况的：雷同总字数低于1000字的，判定为借鉴过度；超过1000字的，判定为抄袭。

3. 非衍生作品模仿或使用他人作品创意链（细纲）超过原著十分之一的，或者超过自身十分之一的，判定为借鉴过度；超过原著五分之一的，或者超过自身五分之一的，判定为抄袭。

4. 衍生作品使用原著原文超过3000字，或超过衍生作品本身字数十分之一的判定为借鉴过度；使用原著原文超过10000字或超过衍生作品本身五分之一的，判定为抄袭。

5. 衍生作品使用原著剧情超过本身创作剧情五分之一的，判定为借鉴过度；超过本身创作剧情三分之一的，判定为抄袭。

五、处罚规定

1. 构成借鉴过度的，发黄牌（该文积分减少30%）并锁文（无法上任何榜单）要求清理，清理干净之前不得解锁撤牌。

2. 构成抄袭的，发黄牌（该文积分减少30%）并锁文（无法上任何榜单）。可清理的，挂红牌（该作者专栏所有文章积分减少30%，无论新发旧发）至少半年，文章被列入"涉嫌抄袭事件录"黑名单，在清理干净之前不得解锁。不可清理的删除文章，在专栏盖抄袭章。

3. 被判定借鉴过度或以上的文章如果是V文的，并处扣除该作者本文全部榜单，并剥夺其任意笔名发表新文前十万字的申请榜单资格。如新文不到十万字就弃文开新，则继续扣下个新文前十万字榜单，以此类推。

4. 被判定抄袭的文章如果是V文且不可清理的，并处解V返还读者全部收入。

5. 专栏内有一篇文章被判定借鉴过度或抄袭后，再创作的新文章/章节（以发表或存稿时间中较早的为准）又出现问题的，加重一档处罚，最高至删除笔名。网站有权与作者解约以及要求赔偿。

本制度发布之日起，即为晋江文学城处理此类投诉的唯一依据，以前的制度至今日停止执行。以前做出的判定，不受本制度的影响，但以前判定的文章如果修改解锁后再次被举报的，将按本制度执行。

修订说明：

1. 2009 年的制度未考虑到签约作者问题，制度有空白部分，本次修订增加此部分内容。

2. 2009 年的判定主要以文字描写为标准，本次修订增加对于创意、情节等方面的标准。

3. 2009 年的制度未考虑衍生作品有部分地使用原著文字、剧情的合理性，本次修订增加此部分内容。

4. 本次修订明确"致敬"类作品的合理"致敬"范围。

5. 2009 年的制度对于恶意举报没有限制，本次增加限制，以期杜绝开无数小号恶意举报报复等行为。

6. 修订了原制度中叙述上啰嗦重复的部分文字。

7. 增加了对于发表位置的约束，增加了超过自身十分之一、五分之一的约束。

8. 2017-8-5 修订了对于扣榜单惩罚中，新文的限定。

10. 定制印刷

晋江 2008—2016 年曾推出"定制印刷"服务。由作者发起为期 30 天的征集，根据文章长度、插图张数计算印刷成本，作者可在成本基础上自由设定盈利数额，生成最终购买价格。公布后，读者可自由预定。征集足够人数后（最早 20 本起印，2011 年 7 月 13 日起调整为 10 本起印），由晋江联系印刷商。在征集期间，读者在作者专栏的定制印刷界面下单，支付晋江币购买。单本书印刷统一为 32 开，页数最少 40 页，最多 600 页，约可容纳 51 万字。可选择分册印刷。晋江固定收取 10 元/册排版装订费。印刷不受屏蔽字影响，但被锁住的章节不得印刷，须等章节解锁。"晋江定制"是晋江作为商业网站发行的"印刷品"而非"出版物"，本质上仍属于同人志的范畴。

晋江的"定制印刷"页面及解释说明

11. 内容审查 / 用户自审系统

晋江的内容审查，由机器审读、人工审读和编辑审读三方面构成。其中编辑只有在人工审读发现问题时，才会做进一步的确认，主要的审查任务还是由机器和人工两方面完成的。

机器审读，即敏感词自动捕捉，最为简单粗暴，因而也最被诟病。无论语境如何，只要出现被放进敏感词库的字句，机器会自动识别并将该词汇屏蔽（如"下体"一词被屏蔽后显示为"□□"）。而敏感词库是实时更新且不公开的。

人工审读，早期是由网友义务承担，商业化之后则是与慈善机构合作，为一些有阅读能力的残疾人提供工作机会[①]。起初，人工审读的工作

---

① 该情况是肖映萱 2013 年上半年在晋江文学城考察期间，在晋江内部的办公系统中获知的，不确定 2013 年之后情况是否发生了变化。

量并不太大，随着作品数量、章节数量（审读是以章节为单位进行的）的增加，人工审读的速度已经远远跟不上作品发布的速度，于是晋江作品在相当长的时间里，都是先发布、再审读的，一般在发布后的 24 小时内才能完成人工审读——24 小时已经足够追文的死忠读者看完更新，也足够盗文网站扒下全文，此后如果被人工审读捕捉、章节被锁住要求修订，则作者可以再发布一个"删减后"的版本。这一机制为一些"不合规矩"的内容留出了一个时间差和缓冲带，且在某种程度上是被管理方察觉并默许的，这使得晋江的"女性向"创作在很长时间里都保持着较大的张力和自由空间。

2014 年 4 月的"净网"行动之后，由于审核标准的收紧，晋江面临巨大的内容审核压力——当时晋江的作品库中已经有 1500 万个作品章节，需要按照新的审核标准一一重新审读，审一章放一章。在提前知会作者自行修改旧文的前提下，如前所述，2014 年 7 月 16 日晋江发起了"拯救晋江大作战，晋江邀您来评审"活动，邀请网友参与评审，判定网站内的文章"有/无亲热描写或身体描写"。凭借这一系统，晋江以"人海战术"在 8 月之前完成了网站内容的全部审核工作。

参考资料

1.《sunrain 告大家书》，发布日期：2001 年 7 月 16 日，网址：http://bbs.jjwxc.net/showmsg.php?board=2&id=2560，查询日期：2018 年 7 月 25 日。

2.《拯救晋江计划》，发布日期：2001 年 12 月 28 日，网址：http://bbs.jjwxc.net/showmsg.php?board=2&id=3597，查询日期：2018 年 7 月 25 日。

3.《晋江救援书》，发布日期：2003 年 1 月 10 日，网址：http://bbs.jjwxc.net/showmsg.php?board=2&id=7885，查询日期：2018 年 4 月 25 日。

4.《2003 年晋江文学城年终总结及捐款使用报告》，发布日期：2004 年 1 月 13 日，网址：http://bbs.jjwxc.net/showmsg.php?board=2&id=40005，查询日期：2018 年 7 月 25 日。

5.《晋江原创网介绍》，发布日期：2004 年 8 月 2 日，网址：http://bbs.jjwxc.net/showmsg.php?board=18&id=5058，查询日期：2018 年 7 月 25 日。

6.《关于精华长评的几点说明》，发布日期：2005 年 5 月 25 日，网址：

http://bbs.jjwxc.net/showmsg.php?board=17&id=4880，查询日期：2018年9月15日。

7.《iceheart告晋江同胞书》，发布日期：2005年10月9日，网址：http://bbs.jjwxc.net/showmsg.php?board=2&id=95280，查询日期：2018年7月25日。

8.《晋江原创月刊》第1—18期，2003年6月—2007年3月，网址：http://www.jjwxc.net/monthcollect.php，查询日期：2018年7月25日。

9.《晋江融资公告》，发布日期：2007年11月14日，网址：http://bbs.jjwxc.net/showmsg.php?board=2&id=121844，查询日期：2018年7月26日。

10.《VIP上线公告》，发布日期：2008年1月8日，网址：http://bbs.jjwxc.com/showmsg.php?board=17&id=47090，查询日期：2018年7月26日。

11.《晋江原创网六周年庆典》，发布日期：2009年8月2日，网址：www.jjwxc.net/sp/6years/main/web.html，查询日期：2018年4月25日。

12.《关于无CP名称的讨论》，发布日期：2014年5月26日，网址：http://bbs.jjwxc.net/showmsg.php?board=17&id=342116，查询日期：2018年9月15日。

13.《网友评审答疑》，发布日期：2014年7月16日，网址：http://bbs.jjwxc.net/showmsg.php?board=17&id=351403，查询日期：2018年9月15日。

14.《因为"不专业"才走到今天——晋江文学城创始人iceheart访谈录》，邵燕君、肖映萱主编：《创始者说：网络文学网站创始人访谈录》，北京大学出版社，2020年。

（肖映萱）

逐浪网（https://www.zhulang.com）— 红薯中文网（https://www.hongshu.com）

（一）词条

逐浪网是中国网络文学发展早期及移动阅读时代的重要网站之一，成立时间最早、延续历史最长、最具代表性的中层网站。成立于2003年10月，创始人蒋钢、李雪明。

逐浪网前身为蒋钢和李雪明1999年建立的个人书站"文学殿堂"。2004年9月，仿效起点中文网实行VIP付费阅读制度。2005年5月曾加入中国原创文学联盟（天逸文学、幻剑书盟、读写网、爬爬E站、翠微居、逐浪网），联合对抗起点中文网的竞争。2006年，被大众书局收购。2009年，转售给空中网，蒋钢、李雪明主动离职。2017年逐浪网被连尚网络收购，加入连尚文学，成为连尚免费读书APP最重要的内容来源。

逐浪网所代表的中层文学网站，显示了起点中文网等主流网站之外更基层网站的运行状态。这类网站通常声名不显，但盈利的能力很强。它们不倚重大神作家，专注于推送能带来高订阅量的类型文，为大批中下层作者带来丰厚盈利，也培养了不少新人作家，但是流失较快。逐浪网作品中唯一知名的是《坏蛋是怎样炼成的》（六道，2004—2005）。在移动端兴起后，成为中国移动手机阅读基地等移动平台稳定的内容供应商。

红薯中文网（www.hongshu.com）是中国网络文学移动时代新兴网站。2009年12月上线，最初由掌阅投资，掌阅创始人王良任总经理，苏小苏带领原17K都市频道主要编辑人员负责内容运营。早期作品以都市题材为主，主打站内全免费，靠移动端的收益支撑。2012年4月被原逐浪网创始人蒋钢、李雪明收购①，重新定位布局后，网站体量大增，逐渐成为掌阅、书旗、咪咕、爱奇艺等移动阅读平台的重要内容提供商。红薯网对外

---

① 2018年5月和2019年1月，掌阅两次收购红薯网股份，总计拥有38.5%的股权，但未控股。

宣传很少，主要靠作者口碑相传，重视新人培养，数十位新人作者年收入超过百万元，多名作者单月最高收入曾过百万，部分作品曾位列全渠道销售前10名。2017—2019年连续三年发放稿费过亿元，是发展最快的新兴网站之一。同时注重作品版权的开发，对出版、漫画、有声、翻译、影视等领域均有涉猎。

（李　强　吉云飞）

（二）简史

1999年

蒋钢创立文学殿堂网，该网站和黄金书屋、书路一样，主要做文学作品的转载和推荐。同时，蒋钢与李雪明在西陆BBS上做了小说版块"幻之天空"。

2003年

10月，蒋钢、李雪明在文学殿堂和幻之天空的基础上成立了逐浪网。

起点中文网实行VIP付费阅读制度以后，逐浪网依靠吸引对收费制度不满的用户，曾一度成为起点中文网、幻剑书盟之外的第三大网站。

2004年

3月，六道的《坏蛋是怎样炼成的》在逐浪网连载（2005年8月完结），成为黑道流小说的代表作。实体书于2005年由内蒙古人民出版社出版。六道在很长一段时间内都是逐浪网最大牌的作家，代表作有《唐寅在异界》《叛逆的征途》等。

6月，逐浪网的Alexa排名进入3000名。

9月17日，逐浪网仿照起点中文网，正式推出VIP付费阅读系统。

2005年

3月，逐浪网的Alexa排名进入前1500名。

5月18日，逐浪网与天逸（即天鹰）、幻剑书盟、龙的天空、爬爬书库、翠微居等6大文学站点组建中国原创文学联盟（简称CCBA），通过VIP共享来增加作品的阅读率，联合对抗起点中文网。两大阵营展开了一系列抢夺作者、读者的斗争，但联盟很快因为内部协调等问题而解体。

12月,逐浪网注册会员过百万。

2006年

3月,逐浪网的Alexa排名进入前500名。

6月,逐浪网被新加坡鸿国集团旗下的大众书局收购。

9月,逐浪网第一版的改良升级工作完成,加入更多贴近读者的阅读设置。

12月,与新浪合作举办"新浪—逐浪奇幻武侠、都市言情文学大赛"。

2007年

3月,《坏蛋是怎样炼成的2》单章订阅突破2万人次。

5月,针对会员开通个性化印刷业务,T恤、杯子、抱枕、画册等随需随印。

8月,逐浪网与奥地利最大的大众图书出版社卡尔·于波罗特(Carl Ueberreuter)出版社合作,成为"霍尔拜恩幻想文学奖"的唯一征稿平台。2008年9月,"霍尔拜恩幻想文学奖"大奖揭晓,逐浪网作者崔岸儿创作的《龙图腾》喜获殊荣。同时签署《龙图腾》德文版及其他外文版的出版合同。

9月,逐浪女生(mm.zhulang.com)上线。

2008年

2月,逐浪网推出新的鲜花月榜奖励制度,增加鲜花新书月榜,更多奖励支持新人新书。

3月20日,在由中国社会科学研究院互联网发展研究中心、中国当代文学研究会等多家机构组织的"2007网络文学发展高峰论坛"上,逐浪网获得"2007年最具投资价值文学网站"和"2007年10大最具影响力文学网站"荣誉。

10月,在中国国际版权博览会组织的"2008原创网络文学评选"活动中,逐浪网被组委会授予"2008原创文学网站优秀奖"。

12月,逐浪网作品礼物系统上线。

2009年

6月,逐浪网开始对作者发放衍生版权稿酬奖励。

9月,逐浪网新版WAP全新上线,数据完全与网站同步,支持逐浪用户 WAP 登录，支持 WAP 订阅 VIP 章节，支持各种游戏点卡、Q 币点卡、神州行充值卡 WAP 在线付费，极大地方便了手机用户的随时随地阅览。

11 月 12 日，无线互联网公司空中网宣布以总价 234 万美元及空中网普通股 100 万股，全资收购逐浪网，同时购入其囊中的还有专事海外中文小说版权管理的 SuccessBlueprint 公司。随后逐浪网的创始人团队离开，建立红薯网，该网站成为无线渠道的重要供应商。

2011 年

8 月，前逐浪网作者汉隶称，逐浪网请枪手续写他的作品。之后，逐浪网克扣无线稿费等问题爆发。

11 月，逐浪无线阅读新增与腾讯、电信、联通等多家知名合作商合作，销售量日增。《黑道特种兵》《混沌修真诀》《九阴九阳》等多部作品进入移动基地榜单前 20 名。在 2011 年移动阅读基地作品总榜排名前 30 的作品中，起点中文网 16 部、逐浪网 4 部、看书网 4 部、幻剑书盟 2 部、17K 小说网 1 部、纵横中文网 1 部。依靠先发优势而在无线版权收入方面领先的逐浪、看书、幻剑，作品尽管在互联网领域并不出彩，却依靠无线用户大量吸金。

2017 年

8 月 2 日，工商变更信息显示，连尚网络从空中网及其他人手中收购了逐浪网 70% 的股份。

2018 年

8 月，连尚网络推出连尚免费读书，大力推进免费阅读模式，逐浪网成为其主要内容提供平台。

参考资料

1. 逐浪网部分相关资料来自互联网档案馆历史网页。

2. 后世史学家：《玄幻网站风云录》，发布日期：2005 年 4 月 8 日—2005 年 7 月 5 日，原发布处无法查询，转引自西子书院，网址：http://www.westshu.com/xiaolei32693/index.htm，查询日期：2019 年 1 月 7 日。

3. weid：《网上阅读 10 年事（1998—2008）》，发布于龙的天空论坛，发布日期：2008年6月15日，后修改于2010年5月9日，网址：http://www.lkong.net/thread-236350-1-1.html，查询日期：2021年7月31日。

4. 胡筇：《网络小说的前世今生》，原发布于起点文学网，发布日期：2011年1月26日，转引自汗牛精舍转发至360个人图书馆的版本，发布日期：2017年2月25日，网址：http://www.360doc.com/content/17/0225/10/16040822_631863546.shtml，查询日期：2018年9月10日。

5. weid：《一部标签的丰富史，一则原创小说类型谈——试论二十一世纪以来大陆网络类型小说的兴起与演变》，发布于龙的天空论坛，发布日期：2011年12月23日—2012年1月22日，网址：http://www.lkong.net/thread-527863-1-1.html，查询日期：2018年4月20日。

6.《中层网站的生存之道——逐浪网创始人、红薯中文网董事长蒋钢访谈录》，邵燕君、肖映萱主编：《创始者说：网络文学网站创始人访谈录》，北京大学出版社，2020年。

（李　强）

豆瓣网／豆瓣阅读（https://www.douban.com；https://read.douban.com）

（一）词条

豆瓣网为榕树下之后中国最大的文艺青年网络聚集地，2005年3月由杨勃创建。从书评分享网站起步，后增设影评、乐评区。技术架构稳定、升级迅速，率先推出"口味最像"等用户导航功能，激活了个人用户主导的内容生成机制，"豆列"（用户个人推荐系列）等同好分享推荐功能凝聚了大量具有"文艺范"的精英用户，是当前中国最具影响力的书影音评分网站。

书评区是豆瓣最早建立的版块，是中国网民最重要的读书"导航"之一；千姿百态的趣缘群体"豆瓣小组"极具流行话题、话语生产力，与天涯、百度并列为中国最重要的直播帖生成地，代表作有大丽花《小说，或是指南（失恋33天）》（2009）等。

豆瓣阅读版块是成立于2011年的文学原创平台。主打2—5万字的中短篇作品，试图实现"纯文学的网络移民"[①]。投稿经编辑筛选后，可自助制作电子书，并被推荐线下出版。自2013年起每年举办"豆瓣阅读征文大赛"。2015年后，随着IP热兴起，开始向科幻、推理等类型小说靠拢。

（金恩惠）

（二）简史

2005年

3月6日，杨勃创立书评分享网站豆瓣。豆瓣取名于杨勃编写网站代码的咖啡馆所在地——北京豆瓣胡同。杨勃是留美物理学博士，曾担任IBM公司顾问、物理软件公司CTO。豆瓣的界面设计主要参照图片分享社

[①] 白惠元、范筒：《豆瓣阅读：网络时代的"纯文学"移民——访"豆瓣阅读"作品编辑范筒》，《网络文学评论》第3辑，花城出版社，2012年。

区 Flickr 与电子商务平台亚马逊，这些网站的页面升级以小时为单位，系统架构的稳定性极强，这为豆瓣功能的充分实现提供了技术支持。

3月8日，"豆瓣小组"上线。豆瓣小组类似小的兴趣"论坛"，是用户在豆瓣内设立的独立的兴趣分享平台，采用"UGC（User Generated Content，用户生产内容）"模式，产出大量"原生态"内容。有影响力的小组有"买书如山倒 读书如抽丝""咆哮组""鹅组""冷笑话小组""荒野求生小组"等。

4月19日，新功能"口味最像"上线。该功能是根据用户浏览信息，主动分析出"口味最像的人"，领先国内相关网站，是豆瓣提高用户黏性的重要技术基础。

5月2日，"豆瓣电影"上线。从此，豆瓣内容由书扩展到电影，用户根据喜好列出电影清单，与他人分享、评论。小组"爱看电影"的迅速增殖在此栏的开通中起到了重要作用。

7月6日，繁体字版豆瓣上线。该版因"香港書蟲"小组成员的大幅增长而推出（"香港"标签上升为豆瓣第二大 Tag）。

7月18日，"豆瓣音乐"进入测试。

8月23日，"豆瓣同城"上线。它是线下活动信息分享平台，活动范围集中在北京、上海、广州三个一线城市，提供的信息有：音乐、演出、展览、电影、讲座/沙龙、戏剧/曲艺、生活/聚会、体育、旅行、公益等。

12月11日，英文版豆瓣网（beta.douban.com）正式运行。英文版突出了用户评论和推荐功能；在商业收益方面，与电子商务公司亚马逊（Amazon）合作，意图通过图书销售获得利益分成。

2006年

1月，豆瓣获得第一轮融资。融资金额为200万美元，投资方为联创策源。

2007年

3月22日，为纪念纳博科夫逝世30周年，豆瓣邀请纳博科夫研究专家、赫鲁晓夫孙女妮娜·L.赫鲁晓娃在北京朝阳区举办读书交流会。

2008年

1月26日，豆瓣"东方学"小组出现热门文章《尊敬的萨伊德先生，您穿秋裤吗》。文章就"是否穿秋裤"的问题，结合海德格尔、《史记》、萨伊德，对韩、日、英、法进行了"文化研究"，得出如下结论："穿秋裤的中国人"是一种含有东方主义色彩的消极界定。这个颇具"文青范儿"的"学术帖"引发网友热议。

2月27日，豆瓣音乐出现热门文章《该评价的，是评价照片的人》，文章结合歌手陈冠希的"艳照门"事件，以色情图片为什么被广泛称为"艳照"切入，总结出其原因在于主流媒体频繁使用该词，批判普通人被动地接受主流媒体，失去主动性。

3月10日，豆瓣与《电影世界》杂志合作，以豆瓣上百万名影迷的观影数据作为样本，统计并分析了中国电影青年的观影趣味。

3月27日，由于《尊敬的萨伊德先生，您穿秋裤吗》《该评价的，是评价照片的人》等"日记式"文章在豆瓣当前架构中无法归类，豆瓣推出新服务"日记"。

5月30日，豆瓣与《新京报》合作，推出娱乐月选榜。榜单数据来自150万豆瓣用户在豆瓣上的影音收藏、打分、推荐及其在朋友间的传播。榜单同时可以在豆瓣、《新京报》查看，推出时间为每月月末最后一个周五。

11月20日，"豆瓣音乐人"上线。音乐人以民谣歌手和说唱歌手为主，小凡say、幼稚园杀手、MC光光、呆宝静等21000多位独立音乐人入驻。

2009年

1月，豆瓣获得第二轮融资，金额近千万美元，投资方为挚信资本、联创策源。

直播帖《小说，或是指南（失恋33天）》（大丽花，本名鲍鲸鲸）在豆瓣小组连载，成为豆瓣当年热度最高的帖子之一，后整理成小说《失恋33天：小说，或是指南》（中信出版社，2010）出版，又改编为电影《失恋33天》（2011）、电视剧《失恋33天》（2013）。

5月27日，"豆瓣评分"上线。该功能是对豆瓣用户评价数据进行统计，得出平均值，展现用户对电影、书、音乐的平均评价。特别需要指出的是，豆瓣电影评分此后发展为中国电影最具有参考价值的评价标准。

12月1日，豆瓣读书推出"购书单"。用户把想购买的图书添加到购物车后，可以直接在豆瓣"货比三家"，选出书目最全、价格最低的网上书店购买。

12 月 14 日，"豆瓣 FM"上线。豆瓣 FM 是个性化音乐收听服务平台，以数字分析技术领先同时期其他音乐网站。

2010 年

1 月 8 日，手机豆瓣（m.douban.com）上线。

4 月 23 日，"豆瓣电台"上线。不同于倾向"个人"的已有音乐服务，豆瓣电台是"公共"服务，即它不需要用户设置喜欢的歌手、曲子，只需要打开它，就可以听到它根据该用户的数据分析出的符合其口味的音乐。

10 月 27 日，豆瓣读书推出作者 / 读书小站。此版块是原创作品平台，从此豆瓣读书不仅支持图书评论，还支持原创。

12 月 27 日，"小豆"上线。小豆是仅适用于"打赏"的虚拟币，从此，用户对一篇文章的喜好可直接以现金来表示。

2011 年

1 月 24 日，豆瓣读书推出"读书笔记"。用户在豆瓣阅读图书时，可以直接进行批注、摘录以及发表随感。

8 月，豆瓣获得第三轮融资，金额为 5000 万美元，投资方为挚信资本、红杉资本和贝塔斯曼亚洲投资基金。

11 月 11 日，"豆瓣阅读计划投稿系统"先行启动，供个人用户自由投稿，旨在吸引优秀作者。作品不受既往出版形式的限制，多为 3—5 万字、定价 1.99 元的短作品。

2012 年

1 月 20 日，豆瓣阅读（网页）上线，"豆瓣阅读器（支持 Web、iPad、Kindle）"发布。不同于长条状的网页，阅读器采用的是分页、翻页的形式。与此同时，多个免费文本上线。与网页版本一样，在阅读器中读完作品后，读者仍然可以点评、打星。

5 月 7 日，豆瓣阅读推出"作品商店"，付费文本正式上线。首批发售 300 篇内容，主要是科幻、推理、诗歌、哲学读物。主要合作方为九州幻想、环球科学、世界文学。豆瓣阅读格外重视阅读感受，强调、标点挤压、引用等都进行了精心处理。据豆瓣官方介绍，豆瓣阅读要建立的是"作品"，即脱离时间、长度、出版形式之约束的"作品"。

8 月底—9 月初，豆瓣阅读在第 19 届北京国际图书博览会（简称

BIBF）设立展位。这是豆瓣阅读首次参与 BIBF。

12月，豆瓣"周边生活"上线。该功能支持用户分享美食、服装店等信息，用户到指定区域后可搜索这些信息，自己也可以发布信息丰富相关内容。

2013 年

1月7日，豆瓣 FM 付费版"豆瓣 FM PRO"上线。费用为每月10元，半年50元。与免费版的区别是，付费版提供的音质更高，并且免除了广告。

1月20日，李海波以"你这个贱人"的 ID 在豆瓣小组发直播帖，后整理为《与我十年长跑的女友明天要嫁人了》，引起热议，同年由江苏文艺出版社出版。

5月，豆瓣阅读启动星云奖（Nebula Award）翻译项目，开始正式购买星云奖获奖作品的版权。星云奖是由美国科幻奇幻作家协会授予科幻、奇幻小说的年度奖项。首届举行于1965年，是当今最大的科幻奖。

9月17日，豆瓣"东西"上线，供用户分享吃穿住用行等物质层面的信息。

8月16日，豆瓣阅读举办第一届豆瓣阅读征文大赛，征稿截止日期为同年11月15日，征文对象为小说和非虚构作品。其中，小说组以"复兴中篇"为主题，字数限制为2—5万字，与传统期刊中短篇小说的字数限制一致；非虚构组以"我的非虚构写作"为口号，以"我的田野""我的历史""我的职业""我的爱好"为主题。本届比赛共收到来稿2222篇，共有986位读者自愿担任评委。

2014 年

9月16日，豆瓣音乐人推出"金羊毛计划"。这是豆瓣音乐人上线6年以来第一次商业化运作，音乐人按照上传作品的播放次数获得收益，每千次播放为1元，听众无须支付费用，全由豆瓣出资。"金羊毛"取名于古希腊神话，象征财富、冒险、尊严与不屈不挠的意志。

10月15日，豆瓣阅读举办第二届豆瓣阅读征文大赛，征稿截止日期为同年11月25日。征文对象为小说和非虚构作品，征文主题为"讲个好故事"，字数限制为2—4万字。本届比赛共收到来稿2402篇，入围作品98篇，产生1万多个读者评分。

2015 年

9月1日,豆瓣阅读举办第三届征文大赛,征稿截止日期为同年10月15日。征稿对象为小说和非虚构作品,其中,小说组以"类型之美"为主题,类型分为"爱情""科幻""悬疑""武侠"四类;非虚构组以"经验之谈"为主题,类型分为"行业"和"调查"两类。本届比赛共收到来稿1951篇,入围作品247篇,共有17838位读者担任评委。随着"IP改编"成为大势所趋,从本届开始,豆瓣阅读携手华谊兄弟和开心麻花增设特别奖项:华谊兄弟·最具改编潜力奖,开心麻花·喜剧精神奖。本届获得华谊兄弟·最具改编潜力奖的是翼走《追逐太阳的男人》,开心麻花·喜剧精神奖空缺。

2016 年

2月16日,豆瓣发布首部品牌影片《我们的精神角落》,时长为4分20秒。

6月2日,豆瓣阅读启动"从故事到电影"影视改编项目。由编辑挑选优秀的小说,对其进行资助或邀请制片方进行影视改编。据官方公布的数据,此时豆瓣阅读共有20790位作者,近8000部独家作品。

8月,豆瓣创立子公司"飞船影业",成为具备内容开发到影视改编能力的独立平台。

8月2日,豆瓣阅读举办第四届征文大赛,征稿截止日期为同年10月16日。征文对象为小说,主题为"职业女性故事""喜剧故事"和"近未来科幻故事"。在奖项设置上,增设"新丽传媒特别奖""开心麻花特别奖"。本届比赛共收到来稿2063篇,其中366篇入选,产生4万多个读者评分。

8月16日,"豆瓣赞赏"上线。用户可以对自己喜欢的评论进行现金"打赏",赞赏收入进入作者的"豆瓣零钱",可提现。

2017 年

1月7日,豆瓣阅读召开首届豆瓣科幻论坛,参与者有豆瓣阅读的科幻新人和青年科幻作家夏笳、陈楸帆、宝树、张冉、阿池等。

2月17日,豆瓣阅读上线"送花"功能。读者可以用金钱资助喜欢的作品,一朵花的价格为1元人民币。

3月7日,豆瓣上线付费专栏"豆瓣时间",首期专栏为北岛主编的音频节目。

7月14日,豆瓣阅读举办第五届征文大赛,征稿截止日期为同年9月4日。征文对象为小说,以"女性""悬疑""科幻""奇幻""文艺"五个小说类型为中心,设置了"新女性故事:职业""新女性故事:单身状态""生活悬疑""科幻故事""城市奇幻""文艺小说"六个组别。本届比赛共收到来稿3067篇,其中699篇入决选,产生4万多个读者评分。

2018年

1月,豆瓣阅读宣布从豆瓣集团分拆,并完成6000万元人民币的A轮融资,投资方为柠萌影业。柠萌影业第一大机构投资方为腾讯。

4月,豆瓣阅读正式涉足纸质书出版,推出以文艺小说和类型小说为中心的"豆瓣方舟文库"。第一批书目包括新文艺、新科幻、新女性、非虚构4类。这是豆瓣阅读首次独立出版整套图书。

9月3日,豆瓣阅读举办第六届征文大赛,征稿截止日期为同年10月26日。征文对象为小说,分设"科幻奇幻""职场爱情""生活悬疑""一种人生"四个组别。本届比赛共收到来稿2511篇,其中80篇入选,产生19890个读者评分。

(三)专题(豆瓣阅读)

1. 会员制度

通过已注册的豆瓣账号在豆瓣阅读注册作者账号,注册后即可在作者中心投稿。豆瓣用户可以直接评论作品。

2. 投稿制度

根据是否完结,投稿栏分为两种类型:第一种类型是已完成的作品,分为中篇(包括定期举行的征文大赛)、短篇和画册;第二种类型是连载中的作品,主要是长篇连载(包括新增的长篇拉力赛)。所有作品经编辑审核通过即可上架销售,上架后作者将获得70%的销售分成。如果投稿质量不合格,编辑会通知作者修订或直接退稿;如果投稿质量合格,编辑会通知作者作品上架的条件,作品一般在作者确认这些条件后的第二个星期一上架。上架作品会在豆瓣阅读(网页和APP)的原创首页或专栏连载首页出现,供其他用户阅读、评论。

投稿具体要求如下：

（1）中长篇作品：字数在 20000 字以上，题材不限，不仅包括文字，也可以是摄影、漫画、画册作品。

（2）短篇：字数在 3000—20000 字。

（3）征文大赛：豆瓣阅读每年举办征文大赛，本栏是征文大赛专用作品投稿栏，只在征稿期开放。投稿作品必须已经完成，字数必须在 20000 字以上。比赛具体过程如下：作者投稿后，经编辑审核，初选入围，供读者评委评选最终获奖作品。获奖者不但能得到奖金，也会得到出版、影视改编机会。

（4）专栏连载：用户开设自己的专栏即可连载作品，题材不限。连载期间作品免费向用户公开，完结后可以出版为电子书，定价销售。作品发布后，在豆瓣阅读上关注该作家的读者会看到相关消息。

3. 管理制度

（1）作家

投稿满 2 万字有资格申请签约，需编辑审核（一般需要 10 个工作日左右）。

除自主申请，责任编辑也会向作者发送邀请签约信息。

未成年人（18 周岁以下）需要经过监护人的同意才可以签约。

2018 年 5 月，豆瓣推出写作鼓励金计划，扶持作者创作，不同类型的鼓励金可累加。具体如下：

基础奖金：勤奋写作奖励

连载中的作品：根据一个月发布内容容量给予 100—300 元奖励；

完整作品：根据一个月上架内容数量给予 100—200 元奖励。

额外奖金：读者热议奖励

根据一个月的读者评论数量及其在全体作品中的排名，给予排名靠前的作品 50—300 元奖励。

花神奖励

统计作品在一个月获得的读者送花数量进行排名，排名第一的作品获得 2000 元的奖励。

（2）读者

读者不仅可以对喜欢的作品进行打分、评论与批注，还可以给喜欢的作品"送花"。送花即打赏,所送的花会成为作者收入的一部分,收到的花积累到一定程度还可以得到来自豆瓣阅读的"花神奖励"。

4. 商业模式

（1）原创

经编辑审核通过上架销售,供读者按本购买。

已完结作品:中篇,20000字以上,通过编辑审核后定价上架销售。价位约为1—5元/本;短篇,3000—20000字,无须编辑审核,提交立刻发布,免费向读者公开。

新连载:连载时免费向读者公开,完结后,经编辑审核通过出版为电子书,定价销售。

（2）电子书

包括已出版纸质书的电子版,以及经审核已完结的原创作品。

价格基本为原价,不时有折扣。

（3）版权运营

主要包括纸书出版和影视改编代理。

5. 语言体系

豆瓣阅读由豆瓣推出,所以豆瓣站内常用语同样适用于豆瓣阅读。常见的词汇如下:

豆邮:用户的站内联系方式;

豆列:个人基于某个特定主题的一系列推荐;

豆粉:豆瓣的粉丝。

参考资料

1. 阿北:《豆瓣爱电影》,发布于豆瓣日志,发布日期:2005年5月2日,网址:https://blog.douban.com/douban/2005/05/02/17,查询日期:2018年12月3日。

2.《豆瓣网首尝模式输出 推出英文版走国际路线》,发布于新浪网,发布日期:2005年12月31日,网址:http://tech.sina.com.cn/i/2005-12-13/0831790059.shtml,查询日期:2018年12月3日。

3. 我shen:《杨勃:一个人的"豆瓣"》,发布于豆瓣"豆瓣是什么"

小组，发布日期：2008年12月19日，网址：https://www.douban.com/group/topic/4913877，查询日期：2018年12月3日。

4. 白惠元、范筒：《豆瓣阅读：网络时代的"纯文学"移民——访"豆瓣阅读"作品编辑范筒》，《网络文学评论》第3辑，花城出版社，2012年。

5.《豆瓣阅读成绩单》，发布于豆瓣阅读，发布日期：2013年2月26日，网址：https://site.douban.com/douban-read/widget/notes/5718037/note/263998151，查询日期：2018年12月3日。

6.《第一届豆瓣阅读征文大赛"复兴中篇"与"我的非虚构写作"大奖揭晓》，发布于豆瓣阅读，发布日期：2013年5月21日，网址：https://read.douban.com/competition/2013，查询日期：2018年12月3日。

7.《About the Nebulas》，发布于Nebula Awards官网，发布日期无法查询，网址：https://nebulas.sfwa.org/about-the-nebulas，查询日期：2018年12月3日。

8. 任娴颖：《豆瓣的"中场战事"：6年商业化成果寥寥，风口下能否摆脱"情怀"负累？》，发布于搜狐网，发布日期：2018年3月6日，网址：http://www.sohu.com/a/224938472_100001551，查询日期：2018年12月3日。

9. 张知依：《"豆瓣方舟文库"支持本土原创》，《北京青年报》2018年4月27日。

10.《豆瓣阅读写作鼓励金计划》，发布于豆瓣阅读，发布日期：2018年5月1日，网址：https://read.douban.com/submit/faq?type=incentive，查询日期：2018年12月3日。

11.《豆瓣阅读签约福利及常见问题》，发布于豆瓣阅读，发布日期无法查询，网址：https://read.douban.com/submit/contract_benefit，查询日期：2018年12月3日。

（金恩惠）

17K 小说网（https://www.17K.com）

（一）词条

中国网络文学 PC 时代和移动时代初期最重要的文学网站之一，首家由资本主导、参照"起点模式"建立的大型网站。成立于 2006 年 5 月 22 日，原名一起看文学网（17K 文学网），后改名一起看小说网（17K 小说网），简称 17K。

17K 由中文在线投资，原起点中文网骨干编辑黄花猪猪（本名潘勇）组建（任总经理），编辑团队和重要作者（血红、烟雨江南、云天空、酒徒等）均来自起点中文网（此时已并入盛大集团）。凭借"数字版权买断"模式，17K 从起点挖来当时最著名的作者，试图建成第二个起点。但因技术力量不足等原因，两年后即宣告失败，签约作者严重流失，创始团队成员大部分离职。

2008 年，在投资方中文在线（主要项目负责人为于静）主导下，17K 进行重组，从创办地上海迁到中文在线总部所在地北京。2009 年 3 月，开始"二次创业"，创始团队成员血酬（本名刘英）担任总编辑，培养出骁骑校等新生力量。

2006 年 8 月，在血酬提议下，由苏小苏主持开办首届"网编训练营"，为网文界培训网络编辑。2008 年，在主流化上发力，与中国作协共同举办"网络文学十年盘点"活动。2013 年 10 月发起中国首家培养网络文学原创作者的公益性组织——"网络文学大学"，莫言任名誉校长，时任 17K 总编辑的血酬任常务副校长。

2010 年，伴随移动阅读时代的到来，17K 依托中国移动阅读基地的渠道和"全网版权分销"策略，收入快速增长，并支撑母公司中文在线于 2015 年 1 月成功上市。

（吉云飞　张　旭）

（二）简史

2000 年

中文在线成立于清华科技园，创始人童之磊毕业于清华大学。

2004 年

10 月，起点中文网被上海盛大网络公司收购，起点创始团队全部加入盛大，继续管理起点中文网。

同年，后来的 17K 创始人黄花猪猪、南风听蝉（吴玮娜）进入起点成为最早的编辑，分别是第 2 号和第 1 号员工。

2006 年

2 月，17K 团队开始组建。黄花猪猪通过中文在线获得了一笔投资，陆续从起点中文网挖人，起点当时三个编辑组中的两个因之一空，一线大神超过一半被挖到 17K。

5 月 5 日，17K 文学网公测版上线，域名 http://www.17k.com。当天，烟雨江南开始连载《尘缘》，酒徒开始连载《指南录》。因为一开始是免费阅读，作者无法获得订阅收入，17K 推出了"优秀作品买断计划"，称买断价千字 20 元起步，每月交稿 6 万字以上，稿件一月一交。

5 月 22 日，宣布正式开站。

7 月 8 日，血红开始连载《逆龙道》，当天以每小时一章的速度狂发 10 万字。次日，云天空开始连载《混也是一种生活》。他们都是当时起点成绩最好的作者，据黄花猪猪透露，血红的买断价格在千字 400 元左右，云天空在千字 200 元左右。[①]

7 月 11 日，发布《保障作者权益，17K 告全体作者书！》，抗议起点解禁《邪神传说》全部 VIP 章节，使云天空利益受损的行为。云天空在 17K 的支持下决定起诉起点。

7 月 20 日，流浪的军刀开始连载《笑论兵戈》，后更名为《愤怒的子弹》。这部最早的特种兵题材网文，在 2006 年由陕西师范大学出版社出版，成为网络军事小说的代表作。

[①] 《我一直在网络文学的第一线——17K 文学网创始人黄花猪猪访谈录》，邵燕君、肖映萱主编：《创始者说：网络文学网站创始人访谈录》，北京大学出版社，2020 年，第 304 页。

7月，日点击量超过100万。以众多大神级作者为号召，17K在几个流量最大的盗版文学网站打广告，因此很快聚集了大批读者。

7月，推出"最快进步榜"，号称"不必等签约，上榜就有钱"，为非买断的新人作者提供了一定收益。该榜每周评选出1名周冠军，月底对决，月度冠军奖励1000元，亚军700元，季军300元。其间，大批上榜作品被买断，培养了第一批本土作者。2007年2月VIP制度实行后这一榜单很快被取消。

8月10日，第一次开始招聘网络兼职编辑，共招20人，联系人怒火熊猫（苏小苏，后惯称蛋妈）。17K将在起点处于业余状态的网编制度体系化、正规化，但次年就因拖欠工资而引发动荡。

8月，网站公布了主要成员：总监黄花猪猪，总编南风听蝉，副总编怒火熊猫，主编小荷花吃瓜、血酬，责编close、弧光、夜痕、8个馒头、披萨、小月亮等。

9月，由于VIP制度尚未推出，大量非买断作者无法获得收入。试行"17K新秀作者支持计划"，向愿意在本站发展的潜力作者发放千字10元的稿费。11月，这一计划正式实行。

10月，"云天空解禁案"正式开庭，一审判决云天空胜诉。2007年5月，云天空终审胜诉。

2007年

2月5日，正式实行VIP付费阅读制度：单章订阅，千字2分，不足千字的部分免费。此时，日点击量在巅峰时已超过700万，约为起点的$\frac{1}{3}$；每月的支出约80万元。

3月11日，开通中国移动神州行充值。4月28日，开通网汇通支付功能。后来，充值渠道逐渐丰富，但当时的渠道费用极其昂贵：移动手机短信充值手续费比率为50%，Q币卡的充值手续费比率为25%，久游游戏卡、搜狐游戏卡的充值手续费比率为20%，盛大游戏卡、巨人游戏卡、完美游戏卡充值手续费比率为16%，神州行充值卡的充值手续费比率为6%（最早是16%），联通一卡充的充值手续费比率为5%。

在VIP制度实行后，程序无法支撑更加复杂的付费服务，17K网站页面频频崩溃。创始团队中并无擅长程序的成员，只能求助于中文在线，而中文在线的技术人员也没有能力完成网站的架构更新。于是，17K只好寻找外包团队,但当年有此能力的程序员奇缺,在尝试了三波技术人员,耗费了一年多以后,才解决程序问题。

在此期间,由于网站页面长期崩溃,读者大量流失,投资人不愿意继续追加投入,导致17K资金链断裂,无法准时按照合约发放作者稿酬。

8月,在北京召开第一次作者年会,与会作者85人,是当时最大规模的作者聚会,其中包括血红、酒徒、云天空、阿三瘦马、勿用、流浪的军刀等人。

10月,推出分频道计划,按照作品类型打造玄幻奇幻、游戏竞技等7大频道。

2008年

4月,在新建的女频试水包月模式,推出女频包月,3元/月。9月,推出图书频道包月,10元/月。2009年2月20日,推出全站包月,30元/月。

7月7日,推出玄幻奇幻频道分成保底。9月1日,推出游戏竞技频道分成保底。

8月,黄花猪猪从17K离职。

10月,在北京召开作者峰会,宣布中文在线将对17K继续注资。

10月28日,"网络文学十年盘点暨首届网文(2008)年度点评"(2008年10月29日—2009年6月25日)活动启动新闻发布会在北京召开。这一盘点是在中国作家协会的指导下,17K与《长篇小说选刊》联手承办,得到了《人民文学》《收获》等20余家传统文学期刊的支持和几乎所有知名原创文学网站的参与。活动中被提名的网络作品达1700多部,入选的优秀作者部分被推荐为中国作家协会会员,堪称传统文学界与网络文学界第一次大规模的交流。

10月27—29日,由国家版权局和北京市人民政府主办的"2008中国国际版权博览会"在北京举行。大会为17K颁发了"2008原创网络文学维权奖",以褒奖其在网络作品版权保护方面做出的贡献。

11月5日,推出新的月订阅排行榜奖励,覆盖前100名,奖金共计7.1万元,同时分成保底计划停止。

11月6日,推出盖章道具,有推荐、必读、毒草3个章,1个章1元钱。

2009年

1月1日,调整订阅单价,由千字2分提价为千字3分。称血红的《人途》是高品质文，调价到千字 6 分。同日，云天空回归起点，开始连载《大地武士》。

1 月，因"小说"一词的搜索频率远高于文学，17K 文学网更名为 17K 小说网。

3 月 31 日，推出新的月订阅排行榜奖励，覆盖前 50 名，奖金共计 3.7 万元。

4 月 15 日，血红回归起点，开始连载《逍行纪》。

6 月 25 日，"网络十年盘点计划"结果公布，经过 7 个月的海选、评选和网络投票，在网络读者推荐的 1700 多部作品基础上，由专家评选出 10 部最佳作品，即《此间的少年》《成都，今夜请将我遗忘》《新宋》《窃明》《韦帅望的江湖》《尘缘》《家园》《紫川》《无家》《脸谱》；由网络读者推举出 10 部人气最高作品，即《尘缘》《紫川》《韦帅望的江湖》《亵渎》《都市妖奇谈》《回到明朝当王爷》《家园》《巫颂》《悟空传》《高手寂寞》。

年底，苏小苏出走到红薯小说网担任副总经理；2010 年 5 月，到纵横中文网担任副总编。

本年，17K 从上海搬迁到北京，入驻"国家版权贸易基地"，内部称之为"二次创业"。

本年，17K 的员工由几十人降到十几人，月支出从近百万降到十几万。

2010 年

1 月 11 日，推出全站包月促销，一季 9 折，半年 85 折，一年 8 折。

1 月 17—26 日，与中国作协、鲁迅文学院联合举办网络作家培训班，选送失落叶、骁骑校、林静等 20 名网络作者进入，获得《光明日报》、人民网、新华网等媒体专题报道。

3 月 31 日，中国作家协会第七届全委会第五次全体会议在重庆召开，明确了中国作家网、盛大文学、中文在线、新浪读书频道等为网络文学重点园地。

5 月 5 日，中国移动阅读基地开始商用。17K 很快成为中国移动阅读基地的重要内容提供商，此前累积的作品获得了推广渠道，收入开始大幅增长。

6 月 23 日，中国作协发布 2010 年会员发展名单，17K 作者烟雨江南、酒徒在列。

2011 年

1月5日，时任总编血酬开办"商业写作青训营"，对 17K 签约未通过的作品进行一对一点评指导。

2月，血酬透露，经过青训营后，17K 的签约比例从 13∶1 提高到 10∶1。

2月17日，发出"17K 自律宣言"，誓言净化网络文学环境。

2月27日，对网站首页进行了改版，形成了首屏、男频、女频、VIP 销售、尾屏 5 大版块。女频作品在网站内的地位明显上升。

3月，网编新专区上线，17K 成为原创小说网站中唯一一家为网编提供展示页面的平台。

2012 年

1月，推出"网络小说 2011 年度盘点"。《橙红年代》（骁骑校）居于"17K 小说网 2011 年度十大人气小说"之首，号称中国第一部点击过亿的都市小说。骁骑校、失落叶、烟雨江南、纯银耳坠、唐川、傲天无痕、施主头顶凶兆、紫气东来、梦入洪荒和萧潜成为 17K 十大人气作者。

3月31日，17K 女频合并四月天小说网，宣称要打造全网最强的女生小说网站。次月 26 日，17K 女生网全新频道上线，四月天原网站被关闭。两天后，17K 小说网校园网上线。

5月1日，第五届作者年会在京举行，17K 在这次年会上首发国内第一款支持"本地记录"和"在线创作"的写作客户端，推出离线稿件、在线创作、自动保存和创作统计四大功能。

5月31日，推出读者粉丝排行榜。

12月，青训营学员累计过万，号称"网络文学培训第一品牌"。

12月1日，删去了满 30 万字就可申请上架的规定，大量新人作者无法再吃网站"低保"，此后有人戏称 17K 为"新人坟墓"。次年 11 月 1 日，为挽留老作者，17K 推出新规弥补：有 60 万字完本的老作者，新书满 30 万字可申请上架。

2013 年

1月，作者主动申请签约的字数由 3 万字提升为 6 万字。

4月26日，推出签到功能，连续签到 30 天享受 7 天全站包月，以增加读者黏性。

6月3日，推出视觉化 UGC 项目，书评区增设传图功能。

10月，17K公布主要人员：总经理血酬，总编南风听蝉，副总编影影文、夜青魂，女生网主编泉泉；男频责编阿福、漂泊扇子、织伤、天萧、阿易、老宫、秦帅；女频责编童童、笑笑、枣枣；网编执行主管素文。

10月30日，中国首家培养网络文学原创作者的公益性组织——"网络文学大学"在中国作家协会的指导下成立。网文大学由中文在线发起，并联合17K小说网、纵横中文网、创世中文网、逐浪小说网、塔读文学网、熊猫看书、百度多酷文学网、3G书城、铁血读书等知名原创文学网站共建，为全国网络文学作者提供免费培训。中文在线董事长兼总裁童之磊担任校长，莫言担任名誉校长，血酬任常务副校长。

本年，网站人气逐渐恢复，日点击量超过2007年年初VIP制度实行前。

本年，创业项目"汤圆创作"APP上线，主打中短篇手机写作，并与多家大学文学社团合作。项目负责人血酬。

2014年

3月9日，被百度评为"2014年中文移动互联网百度移动搜索推荐站点"。

9月30日，推出会员点击榜单。

12月1日，推出月票榜。

2015年

1月21日，北京中文在线数字出版股份有限公司在深交所创业板上市，股票简称"中文在线"，股票代码300364。发行3000万股，开盘价8.17元，被称为国内"数字出版第一股"。

1月27日，微信支付功能上线。

11月25日，中文在线收盘报价243.10元，超越茅台，成为"两市"第一高价股。2016年中文在线定增20亿，但并未主要投入17K和网络文学行业。

2016年

1月31日，17K第四届网络文学联赛决赛阶段结束。相比往届，这次联赛新增了创新赛区，谍战、推理、婚恋、伦理、家庭、二次元、爆笑等类别获得了更大空间。

11月22日，中文在线新任执行总裁戴和忠首次亮相，宣布拟投资2.5

亿元获得广州弹幕网络科技有限公司（A 站）13.51% 的股权，拟投资 2.5 亿元获得上海晨之科信息技术有限公司 20% 的股权。2009 年，戴和忠任中国移动手机阅读基地总经理，是该基地的核心创始人。2014 年年底，中国移动手机阅读基地转型成为咪咕数字传媒有限公司进行独立运营，戴和忠出任总经理。2016 年年底，戴和忠加盟中文在线，任执行总裁。

2017 年

2 月 2 日，塔读文学核心创始人之一、17K 时任总经理兼总编猪王（栗洋）在微信朋友圈宣布离职创业。此时，17K 已掉出一线网站之列。

5 月，调整付费标准。停止全站包月会员，改设包月专区。部分作品将仅能订阅，不再参与包月，订阅价格上调为千字 5 分。

6 月 1 日，出台新的作者福利体系，以提高对作者的吸引力。

年底，中文在线股价已跌到 10 元以下。

年底，中文在线战略投资网络小说英译网站 Wuxiaworld，获得 30% 的股权。

2019 年

4 月 30 日，中文在线旗下互动式视觉小说平台 Chapters 登录苹果商店中国区。据中文在线年报，Chapters 自 2018 年 2 月进入美国 iPhone Top Grossing 榜单后，基本稳定在 100 名左右，是中国网络文学海外传播的又一突破。

2021 年

1 月 25 日，腾讯集团、阅文集团和七猫小说入股中文在线，成为中文在线的重要投资方。

参考资料

1. 17K 小说网相关历史资料来自互联网档案馆。

2. weid：《网上阅读 10 年事（1998—2008）》，发布于龙的天空论坛，发布日期：2008 年 6 月 15 日，后修改于 2010 年 5 月 9 日，网址：http://www.lkong.net/thread-236350-1-1.html，查询日期：2021 年 7 月 31 日。

3. 血酬：《网络文学新人指南》，发布于 17K 小说网，发布日期：2008 年 12 月 12 日，作者注明最早为 2006 年版，网址：http://www.17k.com/

book/42828.html，查询日期：2018年4月14日。

4. weid：《一部标签的丰富史，一则原创小说类型谈——试论二十一世纪以来大陆网络类型小说的兴起与演变》，发布于龙的天空论坛，发布日期：2011年12月23日—2012年1月22日，网址：http://www.lkong.net/thread-527863-1-1.html，查询日期：2018年4月20日。

5. 王杨：《首家网络文学大学成立》，发布于中国作家网，发布日期：2013年11月1日，网址：http://www.chinawriter.com.cn，查询日期：2018年4月14日。

6. 《我一直在网络文学的第一线——17K文学网创始人黄花猪猪访谈录》，邵燕君、肖映萱主编：《创始者说：网络文学网站创始人访谈录》，北京大学出版社，2020年。

7. 《尝试在商业制度内走不同的路——17K文学网"二次创业"负责人、总编辑血酬访谈录》，邵燕君、肖映萱主编：《创始者说：网络文学网站创始人访谈录》，北京大学出版社，2020年。

8. 《伴随网络文学一起进化——塔读文学首任总编、17K前总经理、竹与舟创始人猪王访谈录》，邵燕君、肖映萱主编：《创始者说：网络文学网站创始人访谈录》，北京大学出版社，2020年。

（张　旭　吉云飞）

SF 轻小说（https://book.sfacg.com）

（一）词条

中国大陆最早的轻小说网站，2006年8月建立。作者、读者以在校学生为主，作品集中在热血、青春、幻想等二次元主流题材，强调设定新颖有趣、脑洞大开。SF轻小说诞生于"日轻（日本轻小说）"流行的时期，积极探索二次元想象的本土化表达，提出了"国轻（中国轻小说）"的概念，并引入"轻之殿"评论团，培养了一批重要的"国轻"作者和评论者。

SF轻小说原为SF动漫主页下设的文学频道。SF动漫主页由动漫爱好者skyfire和wiseman（吴郯郯、吴希郯兄弟）于2004年创建，主要分享日本漫画资源。2006年8月，设立文学频道，搬运漫画改编小说、日本轻小说和国内网络小说。2007年，文学频道改名为SF轻小说，专注轻小说方向，删除其他类型网络小说，并设立驻站作家机制，鼓励用户发表原创轻小说作品。2010年后，随着日本轻小说出版商角川集团进入中国，网络版权审查日益严格，逐渐清理"日轻"资源，仅保留原创作品。

2015年，获得奥飞娱乐投资，转型原创商业文学网站，也是国内首个获得风险投资的轻小说网站。此后，用户快速增多，网站更注重IP开发，部分小说被改编为漫画、有声书或动画。代表作《英雄？我早就不当了》（无聊看看天，2016）等。

（王　鑫）

（二）简史

2004 年

skyfire创立SF动漫主页（www.sky-fire.com），主要用来分享日本漫画。

2005 年

8月28日，SF动漫主页的论坛（bbs.sky-fire.com）成立。最初的两位管理员是 skyfire 和 wiseman。论坛成为动漫主页用户交流的场所，也保留了 SF 动漫主页变更的历史。今天能够找到的 SF 轻小说的历史材料，大都出自论坛帖子。

9月8日，skyfire 向论坛成员征集想看的漫画作品，征集结果以日本和中国港台地区的黑白漫为主。

9月16日，招募漫画图源。希望在日本和中国香港地区等地的志愿者每周四、周五提供最新 *JUMP* 杂志的扫描版本。扫描后由汉化组翻译为中文，发布在网络上。

10月12日，漫画汉化组招新。此前，漫画的汉化工作由 skyfire 和他的一位好友完成。

2006 年

8月3日，推出在线漫画频道（comic.sky-fire.com）。skyfire 为论坛更换了新的服务器，提高浏览速度。

8月23日，推出文学频道（book.sky-fire.com），发布漫画同名小说、热门轻小说和网络小说。wiseman 表示，创立文学频道的目的是让网友们"在看漫画之余再品味文字的滋味"[①]。

11月6日，论坛开设"热门轻小说专区"，分享日本热门轻小说资源，并鼓励成员原创轻小说。

2007 年

1月10日，推出 SF 娱乐频道（v.sky-fire.com），提供视频分享服务。使用自行开发的爬虫工具搜集各大视频网站的视频，经人工审核后发出。视频内容涵盖动漫、电视剧、音乐、明星、搞笑、体育、广告等多个领域。

6月9日，推出新版首页。新版首页包括漫画、小说、视频、涂鸦、商铺等多项内容。SF 动漫改名为"SF 互动传媒"。

2008 年

4月5日，SF 娱乐频道推出视频 VIP 点播功能。用户可以通过网银、移动神州行电话卡向网站缴费，充值 VIP，观看新番动画，包月 25 元、包

---

① wiseman：《SF 动漫文学频道正式推出 beta 版，欢迎大家测试并提出意见 :)》，发布于 SF 互动传媒网，发布日期：2006 年 8 月 23 日，网址：http://bbs.sfacg.com/showtopic-2045.aspx，查询日期：2019 年 1 月 3 日。

季 65 元、包年 180 元。6 月 19 日,为台湾地区用户开设支付渠道。

4 月 21 日,提供 .txt 格式文档下载功能。

9 月 30 日,www.sky-fire.com 在 Alexa 上综合排名第 6143 位。其中,网站访问比例排名前三的为大陆(36.6%)、台湾(23.3%)、香港(22.9%)。

10 月 28 日,高一学生 teng7758258(小腾腾)成为论坛"热门轻小说专区"第一任版主。

2009 年

2 月 14 日,日翻汉化组成立,负责翻译漫画和轻小说。除了修图、翻译成员外,也招聘润稿者,负责修饰翻译文本,使语言符合中文表达习惯。

10 月 5 日,百度"轻小说"吧原创轻小说评议团"轻之殿"成立。该组织由当时百度"轻小说"吧吧主大羊猫(sheepguner)提议,团长 huntferret,副团长湛白之翼,团员有逆推的夏亚、大羊猫、葱璁、凌月紫筱。次年 10 月 30 日,"轻之殿"脱离百度贴吧,入驻 SF 论坛,为作品撰写评论、打分,为作者提供写作指导。

12 月,邢桂宇的原创作品《夜源绫同学》在中央编译出版社出版。作品原名为《Noir Prologue first brew》。

12 月 29 日,我是世上最笨的笨蛋在论坛发帖提问:"求教,起点文和我们写的轻小说到底有啥区别?"引起大规模讨论。这是关于"中国轻小说""日本轻小说"和"起点网文"异同的一次精彩讨论,可以说确定了 SF 轻小说专注于中国轻小说的发展方向。

2010 年

1 月 24 日,"热门轻小说专区"版主小腾腾进入高三,卸去版主一职。版主更换为奈奈奈。

3 月 11 日,日本轻小说巨头角川出版社与湖南天闻动漫传媒合作,在广州成立天闻角川集团,意欲开拓中国市场。这件事在当时轻小说爱好者们中引起震荡,在 SF 论坛也上引起讨论,许多人对此持积极态度,认为这有助于改变轻小说盗版严重、翻译粗制滥造等问题,推动中国"轻小说进步"。

4 月 5 日,SF 轻小说新版上线。改版后将网站既有的轻小说资源(推测大部分为"日轻")作品分为 15 类:热血类、冒险类、运动类、魔幻类、武侠类、校园类、同人类、搞笑类、爱情类、温情类、推理类、机战类、科幻类、惊悚类、社会类。原创作品则单独开设分区，允许作者上传自定义封面。

7月1日，建立"原创轻小说评议最高委员会"（简称"轻评组"），撰写书评、推荐作品。轻评组的宗旨是"以扶植本土原创轻小说为根本，以引导新人作者、帮助提高作者水平、推荐潜力作品为核心，以创造本土系优秀轻小说为目标"。

8月4日，手机频道（3g.sky-fire.com）上线。

10月，SF娱乐（v.sky-fire.com）关停整改，不再提供视频服务。

2011年

1月18日，启用新域名www.sfacg.com。网站所有频道域名中的"sky-fire"均改为"sfacg"。

4月5日，与同人创作社团LA（Lazy Apple Animation Comics Group）合作，后者为轻小说提供插画。

7月30日，新增同步小说到新浪微博的功能。8月12日，新增同步小说到腾讯微博的功能。

9月11日，原创轻小说《S.M.S–舍子花》单行本发布，作者鸦栖旱桐。小说原名《姐姐and我and妹妹》，讲述由抗战老兵抚养大的中国少年崇宗，在15岁前往日本留学，寄居在京都上杉家的生活。发行3册，每册定价25元。已改编为漫画。

9月22日20时31分，SF论坛在线人数达到历史最高，有14394人同时在线。

2012年

8月28日，应版权方要求，下架《刀剑神域》《加速世界》等日本人气轻小说。

2013年

3月3日，开启月票系统。用户可根据自己的论坛等级获得月票，也可以200火币（论坛币）/张的价格购买月票。月末，对月票榜前三的作者分别给予500元、300元、200元的奖励。

3月30日，SF在线漫画新增吐槽系统。用户可在漫画下方吐槽，每条吐槽限制在11个字以内。

7月14日,举办第一届原创轻小说征文活动。征文仅限字数9—25万的原创中长篇小说,要求情节相对完整。征文前三名将分别获得5000元、2000元、500元奖金与"轻之殿"长评,前两名有推荐出版的机会。此后,SF每年暑期都会开展征文活动,截至2018年9月,已举办6届。

2014年

1月1日,为2013年点击数最高的10部作品发放奖金,第一名2000元,第二名1000元,第三名800元,第四至十名500元。

12月4日,SF轻小说APP"菠萝包轻小说"iOS客户端上线。

2015年

1月27日,获得奥飞娱乐百万元天使轮投资,成为国内第一家拿到风险投资的轻小说网站,走上商业化的道路。

4月16日,推出SF拟人形象"SF娘"。

5月7日,推出VIP付费阅读模式和打赏功能。

9月1日,"菠萝包轻小说"安卓客户端上线。

2016年

1月13日,开通自动签约申请通道。作品连载字数大于5万、收藏数超过200,并在半个月内更新的作者可申请自动签约。签约作者可获得全勤奖,每月最低500元。

10月1日,推出作品签到系统。读者为作品签到积攒粉丝值,当作品为VIP作品时,签到可解锁VIP章节(每签到3天可以解锁两个VIP章节)。

2017年

1月10日,《我是我妻》(乱世银娘,2015—2018)、《我是高富帅》(小花同学,2012—)、《请别告诉我这是三国正史!》(黑礁商会房东,2012—)、《史上最强BOSS就是本大爷》(芥末馒头,2012—2016)、《因为我是开武器店的大叔》(怀世,2015—2018)、《变身之后,我与她的狂想曲》(血烟天照,2015—)6部作品获得漫画改编。

1月14日,举办第一届作者年会。

4月24日,为上架作品发放福利,字数超过100万的作品,根据作品等级给予1500—3000元不等的补贴。

4月29日,引入代券机制,读者签到时不再解锁相应作品章节,而是获得代券，用代券购买付费章节，这使得读者很难同时追更多本图书，提高了等待的时间成本。VIP章节订阅价格从3分/千字调整到5分/千字。

6月18日，配合广东省网络文学"扫黄打非"行动，成立"内容监督部"，公布了5部黑名单作品，主动下架27部作品。

9月21日，建立微信公众号sfacg520。

12月末，在手机APP中增设"菠萝圈"社交功能，页面类似微博，可以实时分享信息。

2018年

1月16日，《因为我是开武器店的大叔》动画版预告片放出，制作方为龙沧动画。

2月13日，宣布启动《英雄？我早就不当了》动画项目，并放出动画概念图。

3月29日，第一届校园恋爱主题征文开始，要求为8万字以上原创轻小说，至少有一卷完整内容，主题必须围绕"校园恋爱"展开，不能含有超现实元素。

6月5日,《英雄？我早就不当了》(连载至74话)漫画点击量达到100亿。

11月15日，与手机游戏《少女前线》展开联合征文活动。奖品为SF轻小说与《少女前线》的官方周边或虚拟道具。

12月29日，wiseman发布公告，将在2019年执行新税方案，根据2018年最新修订的《中华人民共和国个人所得税法》扣税。虽然作者稿费收入不变，但需要向税务机关申报综合收入，多退少补。

本年，SF获得来自同创伟业、元禾原点、元气资本的新投资，融资金额达到了3000万。

（三）专题

1. SF论坛

SF论坛（bbs.sfacg.com）成立于2005年8月，是SF动漫主页最早的功能分区之一，主要是为了方便成员在看漫画之余进行交流。最早的两位管理员是skyfire和wiseman。论坛主体分为三大版块——动漫专题讨论区、动漫休闲区和SF动漫本部，分别承担了交流人气作品、举办网站活动和公布网站事务的功能。有关轻小说的"热门轻小说专区"与"SF轻作交流区"为"动漫专题讨论区"的子版块,最早可以发表原创作品的"妙笔生花"版块为"动漫休闲区"的子版块。

SF论坛相对完整地保留了SF动漫自建站以来的所有重大事件和讨论,是国内早期二次元、轻小说核心用户的重要聚集地。2005年后,SF论坛提供各类动漫资源免费观看和下载,用户不断增多,截至2012年3月,注册用户超过77万。但随着网站资源不断下架、网站商业化、微博等其他社交平台兴起,论坛人气不断下跌。

2. 轻之殿

SF轻小说最活跃的评论组织。如前所述,原为百度"轻小说"吧原创评论组,2009年由时任贴吧吧主的大羊猫倡议组建,目的是"召集对写作有爱的人士,自发义务评论他人文章并在评论过程中增加自己的文笔素质",以促进国内轻小说发展。但百度"轻小说"吧并没有以原创轻小说为主要内容,而是一个集"日轻"、动漫交流、原创于一体的相对松散的空间,与"轻之殿"专注"国轻"的立场并不完全一致。2010年,"轻之殿"脱离百度贴吧,入驻SF轻小说论坛。此后,坚持每周为SF原创作品撰写评论,发表作品评分和测评报告。

"轻之殿"对评论写作要求严格,将评论原创作品视为义务而非兴趣,不论作品优劣,都要尽量给出客观评价。评论员需从作品文笔、剧情、人物、世界观、对作者印象等多个维度进行打分,并详细阐明理由,为写作者提供合理建议。在评论具体作品之外,资深评论员也会开帖总结轻小说写作技巧。作为一个自发成立的轻小说评论组织,"轻之殿"为SF的作者提供了非常扎实的测评和指导。现在,"轻之殿"的元老大羊猫担任了SF轻小说的主编,早期成员也有一部分加入编辑工作,但"轻之殿"作为非官方评论组织仍然得到了延续。

"轻之殿"还组织举办SF原创轻小说征文大赛,自2013年7月第一届大赛开办以来,每年暑期进行,截至2018年9月,已举办6届。这是SF轻小说挖掘新人、寻找优秀作品的重要赛事。

3. 火券

SF轻小说的通用货币。1元人民币约等于100火券,根据充值渠道和币种的不同,火券的价格存在差异。小说收费标准为5火券/千字(5分钱/千字）。如不愿付费，也可为作品签到，签到后36个小时可解锁章节。2017年4月，引入代券机制，每天签到可得5代券，连续签到15天送10代券、每月签到全勤送30代券。代券一周内有效，读者可使用代券解锁收费章节。在推出代券制度前，VIP章节随着时间推移免费解锁；在推出代券制度后，读者每签到3天大约可解锁两章内容，极大地增加了时间成本。读者使用代券订阅的章节也归入作者收益。

参考资料

1. skyfire：《SF动漫VIP点播网上银行充值流程（新添注意事项）》，发布于SF互动传媒网，发布日期：2008年4月5日，网址：http://bbs.sfacg.com/showtopic-7991.aspx，查询日期：2019年1月3日。

2. 小腾腾：《轻小说研究报告》，发布于SF动漫论坛，发布日期：2009年7月18日，网址：http://bbs.sfacg.com/showtopic-18497.aspx，查询日期：2018年8月3日。

3. 我是世界上最笨的笨蛋：《求教，起点文和我们写的轻小说到底有啥区别？》，发布于SF互动传媒网，发布日期：2009年12月29日，网址：http://bbs.sfacg.com/showtopic-22559-1.aspx，查询日期：2019年1月3日。

4. 四季闲狼：《[转自acfun]角川合并国企进军大陆》，发布于SF互动传媒网，发布日期：2010年3月16日，网址：http://bbs.sfacg.com/showtopic-24865.aspx，查询日期：2019年1月3日。

5. 奈奈奈：《【招募】原创轻小说评议最高委员会，全宇宙招募成员！》，发布于SF互动传媒网，发布日期：2010年7月1日，网址：http://bbs.sfacg.com/showtopic-28588.aspx，查询日期：2019年1月3日。

（王　鑫）

轻之国度论坛（https://www.lightnovel.cn）

（一）词条

中国大陆 2007—2015 年间最大的日本轻小说交流论坛、资源分享平台。成立于 2007 年，创始人肥王（本名林文勇）。网友自发翻译、上传了包括《凉宫春日系列》《灼眼的夏娜》《绯弹的亚里亚》《无头骑士异闻录》等经典作品在内的数千部日本轻小说，但始终未获得正版授权。虽长期存在版权问题，但该论坛因分享资源数量大、翻译质量高，在爱好者间颇受欢迎，客观上推动了日本轻小说在中国大陆的传播，培养了一大批轻小说核心受众。2015 年，腾讯与日本最大轻小说出版商角川集团达成合作。同年 10 月，在"打击网络侵权盗版"的监管行动中，网站关闭。

（王　鑫）

（二）简史

2007 年

2 月 27 日，论坛成立，创始人肥王（林文勇）。论坛最先成立的工作组为录入组，以手打的方式将轻小说发布在论坛上，后逐渐成立日翻组、文学组、杂志组、测评组等工作组。

8 月 4 日，肥王在轻之国度公告区发表帖子《关于"发布轻小说就是盗版"的一些辩解》，从引进轻小说的阻碍、消费者购买力与盗版行业规则等几个方面讨论爱好者发布免费资源的合理性。

7 月 24 日，以"塔罗"为主题举办首届征文大赛，奖品为论坛威望值与勋章。

8 月 15 日，论坛注册人数突破 10000。

9 月 2 日，管理员幻海星沙调查论坛网友构成，有 466 人填写了问卷。其中，136 人认为自己是"ACG 人群"，16 人认为自己是"关注舆论、关注时事、关注现实世界"的"真实系人群"，314 人认为自己是既"把

ACG当梦想","也看重现实生活"的"两栖人群"。

11月30日,增加了"ACG新闻区",分享动漫资讯。

12月1日,发布论坛第一本电子杂志《国度月刊》,刊载日本轻小说、动漫的简介、评论、访谈、资讯文章。截至2013年7月,共刊出20期。

12月5日,论坛注册人数突破30000。

2009年

9月28日,论坛成立两周年。两年间,论坛工作组录入港台地区翻译的作品1700部,自行翻译作品70部,翻译量超过600万字。

2010年

3月11日,日本轻小说巨头角川出版社与湖南天闻动漫传媒合作,在广州成立天闻角川集团,意欲开拓中国市场。

本年,天闻角川集团向轻之国度致信,称轻之国度作为"国内最大轻小说论坛","放任用户翻译、录入并上传"天闻角川拥有版权的作品,"未尽审查义务",严重"侵犯了天闻角川和日本角川的合法权益",违反中华人民共和国著作权法,要求轻之国度删除盗版资源。[①]

6月,江苏文艺出版社出版日本轻小说《刀语》,大量抄袭轻之国度的译本。

2011年

2月1日,论坛工作组翻译作品数量突破200部。

2015年

7月10日,腾讯动漫与角川集团达成战略合作,将引进大量日本轻小说版权。

10月19日,腾讯动漫为引进的日本轻小说开设轻小说频道。"官方译本"的质量遭网友诟病,分类也简单粗暴,不符合轻小说受众的习惯。

10月26日,国务院办公厅发布《关于加强互联网领域侵权假冒行为治理的意见》,将"打击网络侵权盗版"作为监管的重点。

---

① scboy2010:《[新闻]天闻角川:轻国,你也跟着veryed去吧》,转引自"2DJ的ANGELS_ZC"转发至stage1游戏动漫论坛的版本,发布日期:2011年2月5日,网址:https://www.saraba1st.com/2b/thread-649816-1-1.html,查询日期:2018年11月9日。

同日，腾讯公司向四川省成都市双流县公安局举报轻之国度侵犯著作权。11月10日，轻之国度创始人林文勇（肥王）与重要管理人员马骏、张翔被刑事拘留。

12月24日，漫游BT、迷糊动漫、轻之文库、轻小说文库等动漫资源网站也受到波及，永久关站。

2017年

2月24日，轻之国度创始人林文勇（肥王）被以侵犯著作权罪判处有期徒刑1年5个月，罚款2万元；马骏被判处1年4个月，罚款2万元；张翔被判处1年，罚款5000元。

参考资料

1. 幻海星沙：《调查论坛的人群比例》，发布于轻之国度，发布日期：2007年9月2日，网址：https://www.lightnovel.cn/thread-13452-1-5.html，查询日期：2018年11月9日。

2. Dyeeee:《资本野心下动漫BT网站遭"清洗"，但二次元要的除了正版还有正统》，发布于虎嗅网，发布日期：2015年12月27日，网址：https://www.huxiu.com/article/135355.html，查询日期：2018年11月9日。

（王　鑫）

纵横中文网（https://www.zongheng.com）

（一）词条

中国网络文学最重要的文学网站之一，在起点中文网之外的同类型网站（以VIP付费阅读制度为核心商业模式、以男频文为主、以PC端为基础）中最具竞争实力，凝聚了一批写"特色文"的大神作家，且大神在网站中发挥着重要影响力。2008年由完美时空网络技术有限公司（后更名为完美世界）投资创建。

纵横中文网基本参照"起点模式"，大神作家也多来自起点，但一直保持着挑战起点的势头。在起点多年一家独大（无论在盛大时代还是阅文时代）的总体格局下，其存在对中国网络文学保持多元生态发挥了宝贵作用。纵横主要靠大神凝聚人气，"特色文"以玄幻、历史为主。重要"驻站大神"及其代表作有：烽火戏诸侯《雪中悍刀行》(2012—2017)、《剑来》(2017—)、梦入神机《星河大帝》(2013—2015)、流浪的蛤蟆《焚天》(2011—2014)、Cuslaa《宰执天下》(2010—2019)、减肥专家《问镜》(2010—2015)、赵子曰《三国之最风流》(2011—)、无罪《剑王朝》(2014—2017)等。

早期创建者、管理者包括曾戈（完美时空战略部总监）、文舟（知名网络作家）、狐王列那（本名胡纲，网文业资深策划人）、weid、邪月等。2013年被百度收购，成为百度文学的一部分，并与起点中文网短期合作。2015年年底完美世界收购百度文学，将其更名为纵横文学，包括纵横中文网、熊猫看书、百度书城和游戏影视等业务。波动期间，一些原起点大神多有来回。重返完美世界后，纵横文学的发展重点转为IP改编与主流化。2019年百度再次成为最大股东。2020年以后与番茄小说等免费平台合作，共享原创内容。2021年10月，被百度旗下上海七猫文化传媒有限公司收购，与新兴免费平台七猫小说合并。

（邵燕君　谭天）

（二）简史

2008 年

6月24日，北京完美时空网络技术有限公司投资建立幻想纵横网络技术有限公司，负责承担文化战略方向业务。

9月，纵横中文网（www.zongheng.com）依托幻想纵横公司正式成立，创立口号是："致力于本土优秀文化的传承、革鼎、激扬与全球化扩张，力求打造最具主流影响力与商业价值的综合文化平台，扶助并引导大师级作者与史诗级作品的诞生，推动中华文化软力量的全面崛兴。"① 曾戈（网名曾顾曲）、weid、邪月与文舟担任网站早期管理层，曾戈任总经理。

本年，完美时空收购了《九州幻想》与《九州志》团队，江南、今何在等人进入纵横中文网担任副总经理。分裂数年的九州团队重聚纵横，一时成为网文江湖热议话题。

2009 年

1月15日，江南于新浪博客发布博文《写书人的胜负》，称"当时合作的作者们已经很难坐在一起再沟通写作和其他的合作了"②。此后，江南辞职离开纵横中文网，今何在也于这一年离职。纵横方重聚"九州"团队的尝试宣告失败。

3月3日，纵横动漫平台（comic.zongheng.com）上线。这是纵横中文网的内容原创平台之一，旨在开发网络原创漫画阅读市场。

7月17日，网站官方宣布"纵横中文网2.0版"上线，推出VIP系统。纵横中文网将"正式进入商业化运作阶段"，并且"还将正式推出包含作者低保计划、全勤计划、新人激励计划、造神计划等一系列完善而周全的激励措施"。③

12月1日，无罪入驻纵横中文网，发布新作《罗浮》。

---

① 拓荒客：《北京，完美时空，纵横中文网：我们为什么而写书?》，发布于龙的天空论坛，发布日期：2008年8月1日，网址：http://lkong.cn/thread/182498，查询日期：2019年1月24日。

② 江南：《写书人的胜负》，发布于新浪博客，发布日期：2009年1月15日，网址：http://blog.sina.com.cn/s/blog_470138610100c3qf.html，查询日期：2019年1月27日。

③ 《纵横中文网2.0全新版本重磅上线》，发布于纵横中文网，发布日期：2009年7月17日，网址：http://news.zongheng.com/news/961.html，查询日期：2019年1月24日。

2010 年

1月6日，上线好友邀请系统，读者邀请好友来纵横中文网读书，可获得积分（用于提升用户等级）与推荐票奖励。

本月，纵横中文网总经理曾戈辞职。

4月8日，完美时空宣布向纵横中文网投入1亿元，且今后每年将会有上亿元资金追加投入，同时将纵横中文网交由178游戏网运营，该游戏网创始人兼总经理张云帆兼任纵横中文网的总经理一职。

4月19日，柳下挥入驻纵横中文网，发布新作《天才医生》。

6月5日，烽火戏诸侯入驻纵横中文网，发布新作《天神下凡》。

6月20日，更俗入驻纵横中文网，发布新作《枭臣》。

7月3日，刚刚以《阳神》在起点中文网创下月票八连冠的梦入神机高调宣布入驻纵横中文网，并于18日发布新作《永生》。该书后引发梦入神机与起点中文网的版权纠纷。2012年5月4日，上海市第一中级人民法院就梦入神机著作权合同纠纷案做出终审判决：解除梦入神机与起点的作者协议与作品委托协议，梦入神机支付违约金人民币60万元，《永生》著作权（除法律规定不可转让的权利以外）仍归起点方面所有。

7月4日，方想入驻纵横中文网，发布新作《修真世界》。

8月23日，作品打赏功能上线。读者可给A级签约作品打赏纵横币（同年9月19日后将该功能更名为"捧场"）。

10月，推出非独家试用签约功能。作者只需要在纵横中文网首发作品（发布新章节1小时后可转载到其他网站）并坚持每日更新到规定字数，就可以在30天后获得全勤奖金。按网站公告所说，作者日更新4000字以上，月更新12万字以上，可获全勤奖金300元人民币；日更新6000字以上，月更新18万字以上，可获全勤奖金500元人民币。

11月15日，WAP站测试版上线，读者可通过手机浏览器登录纵横中文网。

2011 年

2月20日，流浪的蛤蟆入驻纵横中文网，发布新作《焚天》。

3月21日，纵横中文网iPad阅读器上线。

4月21日，分别在新浪、腾讯与搜狐开通官方微博。

5月12日，推出"纵横看小说"iOS客户端。

8月9日，推出天道酬勤奖，在规定时间（8月9日—12月31日）内，网站签约分成上架的作品更新达到指定字数就可获得现金奖励，三档分别为200万字——3000元、300万字——5000元、300万字且订阅成绩前十——额外5000元，三种奖励可叠加。

8月15日，纵横女生网上线。

2012年

6月29日，烽火戏诸侯开始连载《雪中悍刀行》。

8月21日，读者可通过扣除话费在手机浏览器的纵横中文网WAP站上阅读各榜单Top10作品。

10月24日，成为中国作协网络文学联席会议正式出席单位。

12月7日，开通微信作品推荐申请功能。作者可通过电子邮件申请网站微信公众号推荐。

2013年

1月7日，推出"纵横看小说"安卓客户端。

3月14日，开启"千万基金签约计划"，以2000万元人民币为初始基金，允许读者们向预选的15位网络作者投票并向基金中付钱进行"预捧场"。一个月后，网站会根据投票排名的顺序来邀请作者加盟纵横中文网。投票前三名为：辰东、猫腻、月关。3人后均未加入纵横中文网。

5月9日，升级充值中心，用户可以通过银行卡、支付宝、神州行、联通卡、电信卡、完美一卡通及骏网一卡通等渠道对纵横币进行充值。

6月8日，百度多酷文学网上线。游戏网站7k7k原副总裁孙祖德出任多酷CEO。百度正式涉足网络文学市场。

7月，纵横中文网副总经理段伟离职，加入百度担任多酷阅读事业部总经理。

8月12日，网站官方宣布，网络文学界第一个"亿万盟主"（百万打赏）诞生，网友人品贱格为梦入神机的《星河大帝》打赏了1亿纵横币（价值100万元人民币），创造了网文界至今打赏金额之最。

8月26日，网站官方宣布，网友小野这妖孽为烽火戏诸侯的《雪中悍刀行》打赏了1亿纵横币。

12月27日，完美世界（即完美时空，2011年3月更名）宣布已与百度达成协议，将以1.915亿元人民币的价格售出旗下纵横中文网。收购完成后，百度旗下将拥有纵横中文网、91熊猫看书与多酷书城三家文学网站，分别针对PC端、手机客户端与WAP端。

2014年

1月2日，正式归入百度旗下，成为百度文学的一部分。

2月28日，烟雨江南入驻纵横中文网，发布新书《永夜君王》。

4月15日，和起点中文网达成合作，纵横中文网的书将会逐步接入起点中文网，该计划于腾讯收购盛大文学后逐渐终止。

7月，百度文学与中国移动联合推出91熊猫看书和阅读版。

11月25日，纵横女生网更名为"花语女生网"。

11月27日，百度文学在北京召开成立大会，主题为"跨界破局"，传统文学作家严歌苓、刘心武出席大会。百度宣称将"通过整个百度的资源支持，用完整的产业模式去运营一部作品的最大价值，这才是真正的跨界破局"①。

2015年

7月28日，原"纵横中文网月票榜"改为"百度小说人气榜"。

8月1日，百度小说人气榜同步至百度贴吧，榜单向所有平台的所有作品开放。

10月10日，流浪的蛤蟆回归起点中文网，发布新书《一剑飞仙》。

10月31日，方想回归起点中文网，发布新书《五行天》。

11—12月，完美世界收购百度文学②，将其更名为纵横文学，包括纵横中文网、熊猫看书、百度书城和游戏影视等业务，完美世界董事张云帆任纵横文学CEO。百度仍占其三成以上股份，并继续提供流量支持。同时，此前一度与纵横解约的驻站大神梦入神机宣布回归，并发布新书《龙

---

① 上官云：《百度文学在北京正式成立 严歌苓刘心武出席》，发布于中国新闻网，发布日期：2014年11月27日，网址：http://www.chinanews.com/cul/2014/11-27/6823375.shtml，查询日期：2019年1月26日。

② 业界传闻收购金额为12亿元人民币，一说为10亿元，具体金额未公布。参阅李根：《百度宣布完成百度文学和完美世界交易为何未公布金额》，发布于新浪科技，发布日期：2016年7月4日，网址：https://tech.sina.com.cn/i/2016-07-04/doc-ifxtsatn8038309.shtml，查询日期：2019年1月27日。

符》于"我的纵横中文网，我们自己的纵横中文网"①。

2016 年

纵横文学宣称已扭亏为盈，盈利超过了 5000 万元人民币。②

2017 年

5 月 26 日，纵横文学完成 8 亿元人民币融资。

9 月 15 日，账号系统升级，升级后将实行手机号注册和登录。

9 月 27 日，阅文集团下属的武汉泛娱信息技术有限公司在京召开"六迹"项目发布会，邀请萧鼎、忘语、萧潜、柳下挥、烟雨江南与狂笑的菠萝糖 6 位大神共同创作一个名为"六迹"的东方玄幻 IP 项目，其中包括烟雨江南和柳下挥两位原本被纵横中文网挖走的起点大神。

本年，纵横文学 CEO 张云帆在接受新浪科技采访时称："2017 年，公司的年利润为 1 亿元。"③

2018 年

1 月 11 日，北京作家协会、纵横文学、阿里文学与北京作家协会联合举办"新时代网络文学巅峰论坛"，围绕"北京网络文学助力全国文化中心建设""新时代网络文学"等主题进行讨论。

2 月 26 日，烟雨江南回归起点中文网，发布新书《六迹之梦域空城》。

4 月 8 日，纵横文学与完美建信合作举办编剧特训营，旨在培养网络作家的编剧能力，主题为"都市悬疑"，目标是为 IP 开发提供适宜改编的剧本或小说。

4 月 19 日，柳下挥回归起点中文网，发布新书《六迹之贪狼》。

8 月 9 日，纵横文学与蜻蜓 FM 达成协议，宣布双方文字及音频版权

---

① 梦入神机：2015 年 12 月 30 日微博，发布于新浪微博，发布日期：2015 年 12 月 30 日，网址：https://weibo.com/1730861207/DaM5XyROt?type=comment，查询日期：2019 年 3 月 20 日。梦入神机在这条微博中称："多次跳票，因网站动荡，今年网站的动荡丝毫不亚于宝能系和万科的资本大戏。还好我和团队经过努力，使动荡平息，可以有稳定的创作环境。"

② 杨雪梅：《专访纵横 CEO：百度文学变身后估值 45 亿获北文投投资》，发布于新浪科技，发布日期：2018 年 10 月 9 日，网址：https://tech.sina.com.cn/i/2018-10-09/doc-ihkvrhpt2529421.shtml，查询日期：2019 年 1 月 27 日。

③ 同上。

共享，并将联合开发 IP 项目。

10月9日，纵横文学宣布近日获得北京市文投集团旗下基金的战略投资（约785万元人民币，有限合伙）。

2019年

1月，纵横海外平台 tapread 上线。

本年，百度增持纵横文学股份，成为纵横最大股东。纵横站内作品出现在百度旗下的免费阅读平台七猫小说上。

2020年

9月，纵横文学与番茄小说达成版权合作。

2021年

10月26日，纵横文学被上海七猫文化传媒有限公司收购，七猫小说与纵横合并，完美世界不再持有其股份。这是百度对旗下网络文学平台的一次整合。

参考资料

1. 纵横中文网相关资料来自互联网档案馆。

2. weid：《网上阅读10年事（1998—2008）》，发布于龙的天空论坛，发布日期：2008年6月15日，后修改于2010年5月9日，网址：http://www.lkong.net/thread-236350-1-1.html，查询日期：2021年7月31日。

3. 拓荒客：《北京，完美时空，纵横中文网：我们为什么而写书？》，发布于龙的天空论坛，发布日期：2008年8月1日，网址：http://lkong.cn/thread/182498，查询日期：2019年1月24日。

4. 黄金蛮牛：《网络文学十年简史【06—16年】》，发布于龙的天空论坛，发布日期：2016年1月5日，网址：http://lkong.cn/thread/1385927，查询日期：2019年1月27日。

5. 杨雪梅：《专访纵横CEO：百度文学变身后估值45亿获北文投投资》，发布于新浪科技，发布日期：2018年10月9日，网址：https://tech.sina.com.cn/i/2018-10-09/doc-ihkvrhpt2529421.shtml，查询日期：2019年1月27日。

6.《做一个有口碑、有好看内容的精品网站——幻剑书盟前主编、纵横中文网创始人邪月访谈录》,邵燕君、肖映萱主编:《创始者说:网络文学网站创始人访谈录》,北京大学出版社,2020年。

(谭　天)

磨铁图书 / 磨铁中文网
(https://www.motie.com)

(一)词条

磨铁图书是中国规模最大的民营图书公司之一,中国网络文学最重要的品牌出版平台。

前身是沈浩波个人的图书策划工作室,曾出版春树《北京娃娃》(2002)、胡兰成《今生今世》(2003)等文学类畅销书。2004年成立磨铁文化传播公司(合伙人漆峻泓),开始发掘网络文学出版资源。2005年以"奇幻武侠"概念推出萧鼎仙侠小说《诛仙》(全八册)。此后又陆续推出当年明月"草根说史"《明朝那些事儿》(2006)、流潋紫"宫斗小说"《甄嬛传》(2007)、南派三叔《盗墓笔记》(2007)等,均为最新网文类型代表作,引领出版潮流。

2008年,北京磨铁图书有限公司成立。2011年,磨铁图书旗下小说阅读网站——磨铁中文网(www.motie.com)成立。借助磨铁图书的品牌影响力,网站汇聚了沧月、萧鼎、流潋紫、南派三叔等知名作者,推出通俗文学期刊《超好看》(主编南派三叔)。磨铁旗下还有磨铁娱乐、磨铁影视和磨铁动漫等平台,组成IP运营的完整产业链。

从早期(2004年前后)挑选热门网文出版,持续推出爆款,到IP时代来临之际建立磨铁中文网(2011),磨铁力图走出一条以实体出版为依托、以IP开发为延展的网络文学商业路径。在中国网络文学以革命性的在线收费模式为主导的整体格局下,这一从传统出版机制延伸的渐变模式具有补充参照性,并且快速扩大了网络文学在传统读者间的影响力。

(邵燕君 李皓颖)

（二）简史

2001 年

沈浩波辞去记者工作，通过个人途径筹款 15 万元，与符马活联手，以诗人身份赴北京进入图书出版行业，建立图书工作室。磨铁图书公司雏形就此诞生。策划出版春树作品《北京娃娃》（文化艺术出版社），以"残酷青春"为卖点进行宣传，销量达 6 万册。

2002 年

沈浩波策划出版胡兰成作品《今生今世》，引发关注。《今生今世》成为胡兰成第一次获准由大陆出版的书籍。

2003 年

4 月，孙睿在新浪论坛连载长篇青春文学《草样年华》，后由沈浩波策划出版，这是沈浩波策划出版的首部网络小说

8 月，萧鼎开始在幻剑书盟连载长篇玄幻小说《诛仙》。

2004 年

符马活离开北京，沈浩波与漆峻泓成为合伙人，合作成立磨铁文化传播公司，漆峻泓负责公司管理，沈浩波负责出版策划。

2005 年

4 月，沈浩波推出"奇幻武侠"概念，策划出版《诛仙》全 8 册，引发热销（前 6 册由朝华出版社出版，后 2 册由花山文艺出版社出版——编者注）。

2006 年

3 月，当年明月在天涯论坛"煮酒论史"版连载通俗历史小说《明朝的那些事儿》，两个月内点击超过 100 万，引起沈浩波关注，他与当年明月签约，代理实体出版。9 月，《明朝那些事儿》第 1 册（中国海关出版社）出版，沈浩波将当年明月包装为"草根写史第一人""通俗写史第一人"。

2007 年

1 月，出版南派三叔盗墓小说《盗墓笔记》（中国友谊出版公司）。磨铁销售码洋达 2.2 亿，吸引风投关注。

2008 年

4月，磨铁图书完成第一轮融资 5000 万元人民币，正式成立北京磨铁图书有限公司，成为国内首家完成大规模融资的民营图书公司。漆峻泓任董事长，沈浩波任总裁，磨铁图书聘请了曾在海尔、惠普等企业任职的职业经理人张凯洋，成为出版业内少有的引入现代化管理制度的公司。

2010 年

5月，通俗历史读物作者袁腾飞宣布与磨铁图书解约，以磨铁图书拒付热销图书《历史是个什么玩意儿》的版税为由，将其告上朝阳法院。

8月，鼎晖资本投资磨铁，磨铁完成 B 轮融资，逐渐成为集团化架构的企业。

2011 年

1月，北京磨铁数盟信息技术有限公司正式注册成立。

3月，磨铁图书联合南派三叔等畅销作家，创立"南派小说堂会"品牌，陆续策划出版《大漠苍狼》《怒江之战》等畅销小说。

4月，袁腾飞一审胜诉，法院判处磨铁支付袁腾飞 111 万版税。

7月，磨铁中文网基础平台开发完成，开始进入内测阶段。内测首日磨铁 300 位作家全部进站，当日网站注册用户突破 3000 人。

8月，磨铁中文网正式上线运营，最初将内容定位为悬疑推理类小说。举办"磨铁夜校"活动，邀请沧月、陆琪、藤萍、周浩晖等作者与读者交流，内容以创作心得为主，共举办 36 期。磨铁图书借用青海人民出版社藏文期刊《章恰尔》刊号，创立杂志《超好看》，南派三叔任杂志主编，刊登通俗文学中短篇作品。

9月，实施"千书出版计划"，由出版人夏果果牵头，拟在磨铁中文网选出 1000 部有实体出版价值的小说，由磨铁图书出版。自 2011 年 9 月 1 日开始在磨铁中文网签约发表 3 万字以上的作品可提交申请"千书出版"。磨铁小组上线，目前共建 526 个小组。

10月，举办"磨铁新星学院"活动，为写手提供一对一写作指导和系统化的写作课程。磨铁中文网起诉豆丁网，认为豆丁网提供的李开复、李承鹏、当年明月等作家电子书在线浏览和下载服务侵害了磨铁中文网的权益，豆丁网未作回应。

11月，举办"沧月十年巡回庆典闭幕式"活动，对沧月、江南、匪我思存、萧鼎、南派三叔、蔡骏6大知名网络作家进行集体微访谈；举办"中国网络文学经典十年：十大代表作家、作品评选活动揭榜"仪式。

12月，磨铁小站上线，重点小站达24个，用户可以自行搭建网站。

2012年

1月，捧场功能上线，所有捧场收入归作者个人所有。上线第一天作者的捧场收入共达16939磨铁币；上线一个月，捧场收入共达324066磨铁币（1元人民币=100磨铁币）。

3月，磨铁中文网直播间开通，陆续邀请了流潋紫、吴沉水、萧鼎、满座衣冠胜雪等众多名家与粉丝交流互动。

4月，萧鼎开始在磨铁中文网连载《诛仙》第2部《轮回》。南派三叔宣布就任磨铁图书副总编辑，负责小说漫画策划组稿、部分重点作家品牌维护、部分重点图书项目营销等工作。

5月，推出"千万作者奖励计划"，对完结、全勤、新书给予奖励，优秀作品有出版机会。《诛仙》第2部《轮回》由于实体书出版在即，暂时停止更新。

6月，启动"伯乐计划"，磨铁中文网用户可推荐身边的优秀作者签约，完全签约后推荐人可获200元奖励。

7月，与中新天津生态城管委会合作，"生态城创作无忧项目"正式启动，为作者提供位于中新天津生态城的住所和每月500元生活费。财付通宣布接入磨铁中文网。

8月，启动"金秋秀女计划"，磨铁中文网女生频道系列文征稿活动正式开始。

10月，新一期"金秋奖励计划"启动，涵括内容增加了男频作品。推出问答新产品"问道"。iOS客户端"磨铁书栈"上线。

11月，与千书出版、磨铁星亚影视传媒联合举办"下一站天后·言情通关赛"，采用过关赛制和奖金累积制，为优秀作品提供出版和影视合作机会。到12月31日，海选结束，共有241部优秀作品参赛。

2014年

7月，磨铁图书推出移动阅读平台"磨铁阅读"APP。

10月，磨铁文学联合磨铁图书、磨铁娱乐、光线传媒、合一影业、新丽传媒、完美世界、巨人网络等多家出版、影视、游戏领域巨头组织举办了首届"磨铁杯"黄金联赛。

2016 年

网文 IP 大潮兴起之后，磨铁旗下逐步形成了几大文学网站：重点打造言情、纯爱题材的锦文小说网，力推当下最时尚的婚恋、悬爱、言情等题材的墨墨言情网，致力于无线向网文及二次元原创文学的逸云书院，主打无线风格小说的醉唐中文网。

参考资料

1. 杨永民：《诗人、企业家？异类沈浩波的磨铁书城》，《21 世纪经济报道》2010 年 10 月 11 日。

2. 冯嘉雪：《沈浩波：磨铁是这样炼成的》，《中国新时代》2011 年第 3 期。

3. 《磨铁中文网大事记》，发布于磨铁中文网，发布日期无法查询，网址：http://www.motie.com/about/history，查询日期：2018 年 12 月 6 日。

4. 《互联网的兴起对传统出版来说是巨大利好——磨铁图书、磨铁中文网创始人沈浩波访谈录》，邵燕君、肖映萱主编：《创始者说：网络文学网站创始人访谈录》，北京大学出版社，2020 年。

（李皓颖　刘心怡）

中国移动手机阅读基地 / 咪咕阅读
（https://read.10086.cn；
https://wap.cmread.com）

（一）词条

中国移动手机阅读基地（简称移动阅读基地）是中国网络 3G 时代（2010—2013）具有垄断地位的无线阅读渠道，为中国网络文学开辟了移动阅读市场，成为移动阅读时代到来的先声。2009 年 2 月，在杭州启动建设。2009 年 10 月，在 8 省试商用。2010 年 5 月，全面商用。首任总经理戴和忠。

2010 年后，借助中国移动的渠道和支付优势，移动阅读基地的规模和收入增长迅速，在 2013 年达到最高峰（月访问用户超过 1.3 亿，年收入超过 45 亿元人民币）。依靠提供内容获得的分成（4 成），各个接入移动阅读基地的文学网站都收入倍增，迎来营收结构的大幅改变。移动化在加快了网络文学商业化和主流化进程的同时，也对网文形态变化产生了直接影响。由于短时间内涌入大量新读者，网络小说"小白化"趋势进一步加剧，篇幅进一步拉长。这种特别适合无线端阅读的作品被称为"无线向""无线文"，以玄幻、都市和言情小白文为主，PC 端网文中最能体现这种风格的作品（如天蚕土豆《斗破苍穹》、鱼人二代《很纯很暧昧》）一时热销。

随着 4G 时代的到来，手机阅读从 WAP 阅读向 APP 阅读模式转型。作为最早的网络文学移动阅读倡导者，2014 年 1 月移动阅读基地的手机阅读 APP 随中国移动品牌升级，变更为和阅读 APP，但发展受到渠道优势缩减、公司运营模式变化等因素制约。与此同时，以 APP 阅读为核心的掌阅、QQ 阅读崛起，成为新的领跑者。

2015 年 4 月，移动阅读基地正式转型为咪咕数字传媒有限公司，与咪咕音乐、咪咕视讯、咪咕互娱、咪咕动漫共同隶属于中国移动咪咕文化。同时，发起并承办首届中国数字阅读大会。同年 10 月，和阅读更名为咪咕阅读。2016 年 1 月，开始签约作者、建立原创体系，并将目光转向 IP 开发。

（邵燕君　项蕾）

（二）简史

2000 年

3月25日，当时隶属于中国电信集团公司（以下简称中国电信）的中国移动通信率先推出WAP业务。自此，国内用户可以通过手机访问WAP网站，上网速度为9.6Kbps。因为网速限制，WAP网站提供的几乎完全为文本信息。

4月20日，中国移动通信集团公司（以下简称中国移动）成立，它是按照国家电信体制改革的总体部署组建的中央企业。

11月10日，中国移动推出"移动梦网计划"。作为电信运营商构筑的手机上网平台，"移动梦网"开始使用第三方为用户提供服务，中国移动向用户收费并与服务提供商分成这一商业模式。最初，增值服务的核心项主要为彩信、彩铃、电子邮件等。不久之后，手机报等阅读形式的产品也开始流行。当时手机阅读业务已在其中，只是业绩不佳。

2008 年

8月，中国移动内部推行基地模式，一项业务由一个基地来统一建设和运营，它改变了运营商过去分省而治的形态，集中资源，统一部署，更有利于新业务的发展。后移动阅读基地总经理戴和忠开始针对手机阅读业务进行调研。当时，移动终端繁荣发展，智能手机逐渐面世，手机报使用率占据诸多移动应用之首。手机阅读被视为3G应用中最具备规模性与变现性的新业务，网络文学网站纷纷推出WAP站点。

10月，移动阅读基地落户浙江杭州。基地成员的工作地点紧邻众多互联网公司，如阿里巴巴集团旗下的支付宝网络技术有限公司、浙江淘宝网络有限公司等，浓郁的创新氛围使其比传统电信产业中的人更锐意进取。同时，移动阅读基地开始和网络文学网站合作。

2009 年

1月7日，工信部为包括中国移动在内的三大电信运营商发放3G牌照，移动互联网速度提升。"中国3G元年"的到来使移动阅读体验优化成为可能，用户在移动娱乐方面的需求进一步受到关注。

2月，移动阅读基地在中国移动浙江公司正式启动建设。

5月17日，中国移动联合各大厂商研发的3G终端发布，其中包括一系列手机与 G3 阅读器，这些设备均可在连接 3G 网络时进行阅读和电子书下载。用户在购买这些设备后，将会获得中国移动提供的优惠补贴。

9月23日，中国移动于杭州宣布移动阅读基地的建设计划，称将在两年内投资 5000 万元，在 5 年内投资 5 亿元。此后，移动阅读基地在浙江省内开启推广，并在其他部分省市进行收费模式试点。在试运营阶段，移动阅读基地通过铺开各类营销活动的方式宣传普及移动阅读业务。

2010 年

1月1日，移动阅读业务开始全网计费。

5月5日，移动阅读基地正式运营，手机阅读业务全面商用。分成方面，中国移动与网络文学网站六四分成。收费方面，业务采用信息费与流量费叠加的模式。其中，信息费分点播与包月两种形态，点播资费单本 1—10 元或单章 0.04—0.12 元，包月订购则有 3 元包、5 元包等。同时，为吸引用户特别推出条款，截至 2012 年 12 月，免除流量费用。此前，起点中文网等多家网络文学 WAP 网站，都因流量资费支出而使得手机阅读比电脑阅读更贵。

6月，在移动阅读基地的众多内容供应商中，盛大文学等网络文学网站远远胜出。移动阅读基地提供的阅读内容并非只有网络文学，还有来自传统出版社的各种书籍，但网络文学作品明显更受用户欢迎。

7月，中国移动取消统一的补贴优惠政策，将补贴权下放到地方移动公司，更多资源被用于补贴前景更好的手机阅读。汉王科技等电子阅读器制造厂商的主要售卖渠道失去补贴，股价遭受重创。

9月，中国电信在浙江杭州建立天翼阅读基地。

2011 年

4月，中国联通在湖南长沙建设的沃阅读基地正式上线。至此，中国三大电信运营商（中国移动、中国电信、中国联通）已先后建立了自己的移动阅读基地。

5月，移动阅读基地正式商用一周年。当月全网访问用户数 4305 万，计费活跃用户数 1122 万，日均页面浏览量 2.8 亿次，全网实收信息费 1.28 亿元。正式签约内容提供商 124 家，图书入库超 20 万册，平台上点击数超 1000 万次的书共计 1050 本，排名第一的图书点击数达 11.7 亿次。用户发布39.3万条书评、37.7万条留言，点击量最高的图书留言累计超5.3万条。移动阅读基地是无线阅读的绝对霸主。此外，已经完结的作品在手机阅读二次推广仍有极大市场，如起点中文网的热门小说《盘龙》（我吃西红柿）截至5月底点击数达2.27亿次。当时，手机阅读流行的网络文学作品还有同样来自起点中文网的《斗破苍穹》《很纯很暧昧》等。基于移动阅读基地优先推荐字数多作品的后台算法，网文开始向"无线向"发展，其中玄幻、都市等与"无线向"契合度高的类型开始走红。

7月5日，新闻出版总署与中国移动签署《共同推进数字出版产业发展战略合作备忘录》，宣布建立战略合作关系，支持移动阅读基地的建设和运营，同时向手机报阅读业务提供内容。当时，移动阅读基地已基本建成为国内正版数字内容最多的平台，且每月访问用户超过4500万，每月平均收入超过1亿元。

8月19日，中国互联网络信息中心发布《中国网络文学用户调研报告》，确认截至2010年12月，移动阅读基地主打的手机话费支付与包月收费已成为最受中国网络文学用户青睐的支付与收费方式。

2012年

1月18日，第四代数字蜂窝移动通信业务被国际电信联盟确定为4G国际标准之一。在带宽提升之外，智能手机的进一步优化与普及推动移动阅读逐步占据主导地位。同年，大量此前从未接触过网络文学的用户通过手机阅读这一无线渠道涌入，网络文学作品形态的"小白化"进一步加剧，并向"无线向"发展。同时，电子阅读器市场被再次压缩，以掌阅为首的新型移动阅读APP开始进入移动阅读领域的跑道。

11月22日，中国电信举行天翼阅读文化传媒有限公司的揭牌仪式。经过两年运营，截至2012年9月底，天翼阅读用户突破8000万，规模比2010年年底的250万增长了31倍，其中付费用户约有10%。图书规模近20万册，包括出版内容为主的17个大类书籍15万余册，连载网络小说近2万册、8大类品牌杂志为主的内容近2万册。

2013年

1月1日，中国移动手机报阅读业务被纳入移动阅读基地，基地为此尝试打造新媒体平台。

12月4日，中国首批4G牌照发放，包括中国移动在内的三大运营商获得经营许可。同月，中国移动在广州发布全新4G商业品牌"和"，移动阅读基地的手机阅读业务更名为"和阅读"。基于过去的辉煌成绩，中国移动仍然将和阅读下一阶段的发展与推广重点放在WAP网站上。这一保守的举措使其未能在4G时代到来之际及时完成向移动阅读APP的转型。另外，中国移动想要签约作者产出原创内容，遭到网络文学网站的激烈反对。

2014年

11月18日，咪咕文化科技有限公司在北京成立。这是中国移动为适应泛娱乐的需求，面向移动互联网领域设立的数字内容一体化独立运营公司，戴和忠出任总经理。2016年年底戴和忠离职，加盟中文在线，任执行总裁。

2015年

4月20日，移动阅读基地正式挂牌转型为咪咕数字传媒有限公司，与咪咕音乐、咪咕视讯、咪咕互娱、咪咕动漫共同隶属于咪咕文化。

5月15日，国内三大电信运营商公布"提速降费"方案。中国联通承诺在2016年年底前降低全网移动用户数据流量综合单价20%以上；中国电信宣布4M以下宽带免费提速，流量资费降约4成；中国移动表示将推出12大提速降费新招。10月1日，三大运营商正式推出套餐内剩余流量当月不清零服务，即套餐内当月剩余流量可延期结转至次月月底前使用。流量费用降低，电信运营商难以再使用免流量费及类似的优惠手段提起读者兴趣，市场份额继续缩小。移动阅读APP则依靠简单的操作方式与大量的正版内容实现了用户转移。

10月31日，和阅读正式更名为"咪咕阅读"。在作为渠道方之外，咪咕阅读还签约作者进行网络文学内容生产。

2017年

6月27日，中国移动再次瞄准电子阅读器市场。亚马逊和咪咕阅读宣布推出专为中国市场定制的全球首款联合品牌Kindle——亚马逊Kindle×咪咕电子书阅读器，为中国读者提供Kindle电子书店的46万余本电子书与咪咕阅读的50余万本精选网络文学作品，主打"一机双平台"。

6月30日，咪咕阅读推出"BOOK多得"活动，充值9.9元成为会员，便可在线阅读全站50多万本小说。7月4日，咪咕阅读7.0版本上线，新增"9.9元/月畅读全站"的包月服务，意在吸引网络文学重度付费用户与对平台黏性低的下游用户。此后不久，阅文集团突然暂停大量双方合作书目的更新。渠道方咪咕阅读因此起诉内容方阅文集团违约，索赔6亿元。

2018年

4月13日，2018中国数字阅读大会在杭州开幕，《2017年度中国数字阅读白皮书》发布。白皮书显示，电子阅读器收入占比相较2016年有3.7倍的提升。Kindle×咪咕、掌阅iReader等产品带动行业电子硬件收入大幅提升。

参考资料

1. 中国移动手机阅读：《中国移动手机阅读业务资费策略v1.0版本》，已无法访问，据推测，应当发布于移动阅读基地正式商用推出阅读收费时，即2010年5月5日，转引自豆丁网，网址：http://www.docin.com/p-192415908.html，查询日期：2018年12月20日。

2. 中国互联网络信息中心：《中国网络文学用户调研报告》，发布于中国互联网络信息中心网站，发布日期：2011年8月19日，网址：http://www.cnnic.cn/hlwfzyj/hlwxzbg/201108/P020120709345276389530.pdf，查询日期：2018年12月19日。

3. 中国移动：《新闻出版总署与中国移动签署〈战略合作备忘录〉，共同推进数字出版产业发展》，发布于中国移动网站，发布日期：2011年9月13日，网址：http://www.zj.10086.cn/easyown/ppdt/100000142836.html，查询日期：2018年12月19日。

4. 《推动网络文学进入移动时代——中国移动手机阅读基地创始人戴和忠访谈录》，邵燕君、肖映萱主编：《创始者说：网络文学网站创始人访谈录》，北京大学出版社，2020年。

（项 蕾）

长佩文学论坛（https://allcp.net）/ 长佩文学（https://gongzicp.com）

（一）词条

非商业性小众耽美文学创作论坛。原名 allcp，起初是私人搭建的非公开同人论坛。2010 年 12 月，晋江论坛"连载文库"版块暂时关闭，大量耽美用户涌入 allcp，此后 allcp 逐渐转为原创耽美小说发布阵地。2011 年 1 月，更名长佩文学论坛。

由于服务器设在国外，且保持相对隐秘的非公开状态，长佩文学论坛的创作自由度较高，作品以论坛发帖（可匿名）形式连载。受连载形式限制，篇幅相对较短，在网络文学篇幅越来越长的整体趋势下，为 50 万字以内的作品保留了创作空间。论坛不设排行榜，以更新时间排序，为科幻、西方奇幻、惊悚灵异等冷门小众题材和新人作者提供了较为友好的创作环境。长佩从多个方面对以晋江为大本营的"女性向"网络文学进行了补足。

2014 年"净网行动"后，更多耽美用户涌入长佩。随着用户规模扩大，2017 年 11 月推出商业文学网站长佩文学（gongzicp.com），采取 VIP 付费阅读制度，与原免费论坛并行。

（肖映萱　刘心怡）

（二）简史

2010 年

12 月，同人爱好者个人搭建 allcp 论坛，收录部分同人作品，论坛支持游客浏览作品，作者登录后可匿名发帖。

12 月 8 日，CCTV2《消费观察》节目曝光网络文学情色内容，涉及晋江耽美作者郑二《当你老了》情色片段及晋江论坛连载文库版块。此前，由于晋江论坛的匿名性质，创作自由度更高，大量作者选择在连载文库版块免费发布耽美小说。被央视点名后，晋江论坛连载文库暂时关停，大批用户涌入 allcp 论坛，allcp 论坛原创耽美创作数量大幅上升。allcp 论坛注重隐蔽，在对外宣传时，被用户称为"瘦脸减压论坛"。

2011 年

1 月，用户榨菜稀饭在论坛"瘦脸减压交流"版块为 allcp 等论坛创作拟人同人，均为风雅的古代公子形象。一些用户提出"瘦脸"这一别名不够好听，经论坛版主和用户商议，改名长佩文学论坛，"长佩"即"CP"一词的扩展，论坛的拟人形象为"公子长佩"。

此时论坛分为连载文窟、完结文窟、同人、水区、评论区、仲裁区 6 大版块。其中完结文窟只收纳由版主整理的脱水版完结作品，与连载文窟职能分离。由于论坛背景为绿色，以"青花鱼"一词代指论坛用户。后连载文窟更名原创文窟，成为论坛主要的创作版块。

2 月，原创文窟下设"红烧青鱼"子版块（又名"红烧区"，粉丝习惯以"肉"代指情色内容，"红烧（肉）"表示情色内容占比较大的作品）。情色内容超过一定比例的文章必须在"红烧青鱼"子版块发文，具体比例和尺度由作者自行把握；版块权限为会员可见，非注册用户无法浏览。

3 月，长佩新版规发布，特别强调禁止无授权转载，禁止人身攻击，禁止 BG（boy/girl，即言情向作品）与政治话题讨论，意在将长佩作为专门的耽美创作及交流论坛。8 日，晋江论坛连载文库重新开放，但文章须通过审核才能发出，对尺度较大的情色内容进行更严格的限制。

5 月，官方微博"公子长佩"上线，发布扫文推文及论坛站务信息。

7 月，原站长香菜卸任，原创文窟版主宝妹纸接任站长。论坛服务器更换，浏览速度加快。论坛开始招收各版版主，鼓励读者成为版主。

11 月，由于长佩用户和晋江用户存在交集，为避免冲突并规避审查风险，服务组强调用户不得在晋江论坛宣传长佩论坛。

2012 年

5 月，劳动节假期期间长佩论坛开放注册权限，从此论坛可在每月 1 号及节庆日开放注册，但并无固定时间，具体开放时间由官方微博通知。非注册用户依然可以发文追文，但无法浏览隐藏内容和"红烧区"

内容。

11 月，论坛筹备两周年纪念刊《时光机》，面向原创耽美群体征稿。规定"不限肉、不限题材、已发表过不限、一稿多投不限"，征稿无稿费，所有收入将用于投资论坛服务器。

2013 年

1 月，论坛两周年纪念刊《时光机》发售，销量约 500 本。

8 月，由于用户增加，论坛加强对用户和帖子内容的管理：原创区和同人区设立版务专楼，禁止用户通过邮件或站内私信申请版务处理；版主应主动审核文章内容，有争议部分依投诉内容进行处理。

10 月，明确宣布对无授权搬运作品行为进行严惩：禁止盗文行为，视情节严重程度将给予删 ID 或屏蔽 ID 的惩处。

2014 年

4 月，"扫黄打非·净网 2014"专项行动展开，论坛关闭"红烧区"和完结文窟，禁止游客浏览；呼吁作者在更新时注意尺度，自查自检；原情色内容将移入原"红烧区"锁定。

5 月，蛇蝎点点《叽叽复叽叽》在被微博扫文号"紫色熄灭之纯爱扫文札记"推荐后爆红，长佩开始走入更多读者视线。

12 月，长佩宣布从 2015 年 1 月开始开放注册权限，从此论坛固定每月 1 号开放注册。在非开放注册时段，新用户只能通过邀请码注册，老用户可凭每日登录或精华发言积攒积分，兑换邀请码。

2015 年

1 月，完结文窟重新开放，尺度遵循原创文窟规定，由该区版主进行内容审查；"红烧区"和用于发布涉及"性转、双性、生子"等存在争议或非传统题材作品的边缘区（统称"里区"，独立于原创文窟）仍未开放。为加强管理，论坛招募新版主，要求申请者注册时间需大于 6 个月，注册时间超过 1 年和活跃用户优先考虑。

3 月，5 周年纪念刊开始征稿，规定不限已发表和一稿多投，但鼓励首次发表和独家发表，同时要求"非同人、非纯肉文、非长佩版规定义上的边缘类文章"；作者无稿费收入，所有收入将用于投资论坛服务器。

4月,ABO①题材开始在原创耽美中流行,由于其设定含有与"双性""生子"相近的内容,论坛强调 ABO 题材不得于原创文窟连载,而应移入边缘文库。

5月,长佩文学论坛迁移,由数字 IP 转换为 http 域名,便于用户访问;论坛程序变更,新增"只看楼主"和"楼中楼"功能,更方便追文和讨论;同月,在"紫色熄灭之纯爱扫文札记"等微博扫文号带动下,由原创文窟版主轮班管理的微博账号"长佩扫文小组"上线,推荐站内优秀作品,但禁止发布 txt 文件和作品链接。

9月,5周年纪念刊《时光机 PLUS》正式发售(5月已在网络发布),收录 18 篇站内原创耽美作品,全长约 24 万字,类型标签涵盖现代、古风、民国、奇幻和西方,销量约 1000 本。

11月30日,论坛日在线人数达最高纪录 11000 人。

2016 年

1月,宣布论坛注册长期开放。强调禁止读者猜测作者马甲和私信举报。同时请求友站和微博扫文号停止发布长佩论坛访问链接。年初,官博"公子长佩"宣布论坛开始筹备开发 APP。

3月,开始试行首页推荐榜单,接受读者推荐和作者自荐。

8月,原"红烧区"及"边缘区"作为独立站点运营,与长佩脱离关系。

11月,微信公众号"公子长佩"(allcpnet)开始运营,每晚 8 点推送作者访谈、作品番外、短篇小说等内容,并面向大众征稿。

12月,由于论坛框架问题,APP 缺乏足够人手及资金开发和维护,筹备工作宣告失败。

---

① ABO 是中文地区对"Alpha Beta Omega Dynamic"的缩写。ABO 设定来自美国的耽美同人社群。该设定是模仿社会性动物(如狼)的社会结构做出的人类社会形态假想。这种社会有 3 种人:Alpha 处于权力顶端,勇猛好斗,占有欲强,无论男女都有阳具,有极强的生殖力;Omega 则在权力底端,会周期性陷入结合热的发情状态,散发出费洛蒙让 Alpha 发狂而产生交合,在没有干预的状况下会不断怀孕生子;Beta 介于两者之间,性对他们没有对另两种性别那样重要,他们占人群的大多数(某些文章设定中没有 Beta)。在这样的社会中,人类有两种不同的性别区分,一是男女性别区分,二是 Alpha、Beta 和 Omega 的区别。两相组合,人类就有 6 种性别可能。参见郑熙青:《Alpha Beta Omega 的性别政治——网络粉丝耽美写作中女性的自我探索与反思》,《中国图书评论》2015 年第 11 期。

2017 年

1月,李柘榴发表的软科幻题材作品《模仿者》走红,但随即被投诉涉嫌抄袭电影《异次元骇客》、轻小说《凉宫春日的忧郁》及动画《新世纪福音战士》,引发关于借鉴核心设定能否视为抄袭的大讨论。李柘榴本人并不承认借鉴以上作品。在经过用户讨论和服务组协商决定后,长佩判定《模仿者》抄袭事实成立,删除文章并永久封禁作者笔名。

5月,北京长佩网络科技有限公司成立,长佩开始公司化运作,成立并对外招聘编辑组成员。30日,"公子长佩"微博宣布长佩开始商业化转型。

6月,长佩宣布作品将登陆喜马拉雅平台,开始进行有声书改编,同时鼓励读者参与有声书朗读录制工作。这是长佩作品 IP 改编的开端。

11月3日,新网站长佩文学(gongzicp.com)上线公测,采取 VIP 付费制度。同时,长佩承诺不改变论坛创作的自由度,不因商业化而改变原有风格。目前,长佩作者签约期限为5年,订阅及打赏收入与网站六四分成,出版收入为八二分成,IP 改编为五五分成。

2018 年

4月,长佩文学手机 APP 上线。

10月4日,PEPA 在长佩文学发布的《我嗑了对家×我的 cp》正文完结。小说凭借对追星女孩嗑 CP 的现状作出的生动描述和精准解读,在整个女性读者社区中引发热议,连续3个月蝉联长佩人气总榜第一位。

参考资料

1. 长佩文学论坛相关资料参见官方网页,网址:https://m.gongzicp.com/article/list/7.html,查询时间:2018年12月19日。

2. 尼糯米的小笼包:《从晋江女频避难所到耽美圣地:苦了7年的长佩终于商业化了!》,发布于百度百家号"娱乐资本论",发布日期:2018年2月5日,网址:https://baijiahao.baidu.com/s?id=1591523432132118664&wfr=spider&for=pc,查询时间:2018年12月19日。

3. 《打造"小而美"的多元化平台——长佩文学创始人阿米、主编不系舟访谈录》,邵燕君、肖映萱主编:《创始者说:网络文学网站创始人访谈录》,北京大学出版社,2020年。

(刘心怡)

掌阅（https://www.ireader.com）

（一）词条

中国网络文学在 4G 时代早期用户规模最大的移动阅读平台。其核心产品掌阅阅读（iReader）APP 于 2011 年 1 月上线，内容涵盖包括网络文学在内的各种出版物。此外，掌阅旗下另有读写硬件 iReader 系列与生产开发网络文学原创内容的掌阅文学。

早期以与出版社合作开展实体书电子化为主要业务，并以技术、渠道优势获取大量用户，同时也吸纳文学网站提供的网文内容。2014 年后，超越在 3G 时代（2010—2013）居垄断地位的中国移动手机阅读基地，成为最大的移动阅读渠道。2015 年 4 月成立掌阅文学进行原创内容生产，并引进月关、天使奥斯卡等历史文大神加盟。2017 年 9 月，先于阅文集团在上海证券交易所上市，成为第二大网络文学平台。不过，其时相对于在内容生产方面根基深厚的阅文集团，其竞争力仍主要来自庞大的用户规模。

掌阅科技股份有限公司成立于 2008 年 9 月，创始人（成湘均、张凌云、王良、刘伟平）多为技术人员出身，一直坚持进行以电子书阅读器 iReader 为中心的开发和推广。在决意建设网络文学原创平台的同时，也与数百家出版社合作，并于 2014 年推出公版书项目，致力于打造网络时代的专业阅读平台。2020 年，接受字节跳动投资，与其旗下免费阅读平台番茄小说进行内容合作。

（邵燕君　项　蕾）

（二）简史

2008 年

9 月 8 日，掌阅科技成立。最初，公司仅有 4 人，分别为负责技术的成湘均、王良、刘伟平，与负责市场的张凌云。创始人团队的角色构成奠定了掌阅的科技基因。

2010 年

1月4日，新闻出版总署印发《关于进一步推动新闻出版产业发展的指导意见》，明确要求发展数字出版，提出支持电子纸、阅读器等数字阅读设备的技术开发、应用和产业化。同年8月，发布《关于加快我国数字出版产业发展的若干意见》。同年10月，颁布《关于发展电子书产业的意见》。在媒介的变革转型之中，文字内容跳出纸质限制的需求已孕育而出，数字出版开始推进，但因介质隔阂、缺乏经验等因素，收效甚微。

2011 年

1月，掌阅的移动阅读APP正式发布，名为iReader。此后这款APP数易其名，如爱读掌阅、掌阅书城、掌悦读书等，最终定名掌阅。在当时流量资费仍然较为昂贵的情况下，下载APP成本高，掌阅科技与三星、华为、金立等众多手机厂商达成合作，通过手机预装APP的方式，网罗大量用户。同时，掌阅科技拥有网络出版服务许可，平台提供的作品均为正版内容，其中包括众多由其拿下数字版权后进行数字化的出版物。此外，掌阅APP是当时市面上第一款可以打开txt格式文本文档的手机应用，极大地扩大了用户群体（虽然他们看的并非掌阅提供的内容），翻页、更改背景颜色等功能的设置为用户营造出正在阅读纸质书的感觉。

2012 年

1月18日，第四代数字蜂窝移动通信业务被国际电信联盟确定为4G国际标准之一。在带宽提升之外，智能手机的进一步优化与普及推动移动阅读逐步占据主导地位。此时，移动阅读领域的霸主仍为中国移动手机阅读基地，其依托渠道为WAP网站。以掌阅为首的新型移动阅读APP开始显现超越之势。

2013 年

12月4日，中国首批4G牌照发放。在移动阅读领域内，4G时代的来临开始推动APP超越WAP网站。相较于WAP网站，移动阅读APP拥有操作更简单、界面更精美、速度更快捷的优势。本年，掌阅已成为手机用户最多的网络文学平台，在移动阅读领域占据了主导地位。

2014 年

4月，掌阅公版项目上线，打出"掌文学为公，阅经典之版"的口号。

掌阅对公版书进行数字化整理、校验和精排版，并在完成后免费提供给用户。掌阅公版项目主打精品路线，精选精校，至次年 5 月 5 日，共推出 70 余本书籍，初步分为经、史、子、集、类共 5 个类别，下载的用户数量超过 1000 万。

2015 年

4 月 28 日，掌阅文学成立。宣称投入 10 亿元，进军原创内容生产领域。

5 月，掌阅 APP 累计用户突破 5 亿，覆盖 150 多个国家和地区，国外用户主要集中于东南亚。同时，掌阅科技已与 300 多家出版社展开合作，共有正版书籍逾 30 万本。在此基础上，掌阅科技开始进行掌阅 APP 繁体版及英文版的开发和准备工作，并加速启动全球战略，进军海外市场。

8 月，随着移动阅读竞争日益激烈，掌阅科技与渠道方的议价能力开始变弱。在与其合作的厂商中，OPPO、VIVO 等手机的渠道分成比例由 50% 上升至 60%。据掌阅科技招股书，尽管公司本年营收增加，但净利润出现下降。

8 月，iReader 电子书阅读器第一代上市，标价 899 元，根据购买时间的不同，分别赠送 200 元或 300 元代金券用以在商城购买书籍，宣传语为"做最简单的自己"。该产品与掌阅全平台内容互通。截至 12 月，iReader 电子书阅读器售出 1467 台，实际收入 109.81 万元。

2016 年

5 月，iReader 电子书阅读器第二代 iReader Plus 上市，标价 999 元，内赠 100 元代金券。相较于第一代产品，iReader Plus 进行了全方位强化，但并无重大技术变革。本年掌阅科技共售出 37452 台电子书阅读器，实际收入 2734.8 万元。

8 月，掌阅 APP 累计用户突破 6 亿。

2017 年

2 月 23 日，掌阅文学在北京举办"历史新纪元战略"发布会，签约网络文学作者月关、天使奥斯卡。历史文是网络文学中最为贴近传统主流的类型，在当时被认为更容易通过审查，从而进行影视开发。月关、天使奥斯卡均为早年在起点中文网成名的历史题材作者。为抗衡在内容方面具有极大优势的阅文集团，发布会上，掌阅文学、百度文学、中文在线等多家数字阅读平台成立原创联盟，共同推出精品内容全平台共享计划。

3月，截至月底，掌阅科技拥有数字内容51.34万册，包括出版图书36.7万册，原创文学12.43万册，杂志1.01万册和动漫作品1.21万册。

6月18日，电子书阅读器iReader light上市，青春版售价658元，悦享版售价858元，宣传语为"自在轻阅读"，以超轻的纤薄机身为卖点。

9月21日，掌阅科技在上海证券交易所主板挂牌上市。发行价为4.05元/股，发行4100万股，首日开盘价为5.83元/股，市值为23.38亿元。得益于网络文学领域的繁荣和此后阅文集团股价的驱动①，掌阅科技成为2017年A股中涨停板个数最多的新股。

11月11日，掌阅的全系列电子书阅读器更换专属界面iReader UI。新电子书阅读器iReader Ocean和iReader Light青少版上市。iReader Ocean售价1199元，宣传语为"翱翔书海，阅见不同"，全面提升深度阅读体验，例如新增物理翻页键，为用户提供按键回弹的翻页效果。iReader Light青少版售价799元，是在iReader light青春版基础上优化系统、筛选内容后的产品。iReader Light不提供网络文学内容，内置千本适合青少年阅读的电子书，内容包含出版图书、儿童文学、世界名著、社会人文、自然百科、英语读物、教材教辅等，并提供0—2岁档、3—6岁档、7—10岁档和11—14岁档的分类，用户能够据此享有不同的作品与排版。为此，掌阅科技开发了拼音文字混排技术。

2018年

1月22日，掌阅科技签约青年偶像王俊凯为代言人，推动品牌年轻化，在青少年市场中稳固号召力。

4月3日，电子书阅读器iReader T6发布，售价958元，宣传语为"第二代纯平更清晰"。IReader UI更新为更加符合中国读者习惯的2.0版本。

4月13日，如前所述，2018中国数字阅读大会在杭州开幕，《2017年度中国数字阅读白皮书》发布。白皮书显示，电子阅读器收入占比相较2016年有3.7倍的提升。掌阅iReader系列、Kindle×咪咕等产品带动行业

---

① 同年11月8日，阅文集团在香港联合交易所挂牌上市，发行价为55港币/股。以发行价计，阅文集团的市值达498.52亿港元。阅文集团股价开盘暴涨，上市当天市值突破900亿，被视为近10年来香港股市最赚钱的新股。

电子硬件收入大幅提升。

4月21日，掌阅科技发布上市后第一份年报。在2017年，掌阅科技营业收入16.7亿元，同比增长39%，归属于上市公司股东的净利润达1.2亿元，同比增长60%。尽管营收逐年增加，净利润率却已连续3年下跌，其中尤以数字阅读业务为最。此外，硬件产品营收0.5亿元，较上年同比增长97%。月活跃用户为1.04亿，依然占据移动阅读APP榜首。

8月2日，掌阅课外书发布，这是国内首款针对青少年阅读定制的产品。掌阅科技董事长成湘均表示，掌阅课外书的目标是10年后让青少年的阅读量达到现在的5倍。该产品拥有APP与电子书阅读器两种承载形式，前者内置有护眼模式与防沉迷系统。产品内容选择严格，设计极大地考虑到了青少年教育，拥有依据不同年龄与受教育程度推荐书籍的功能。代言人王俊凯亦出席发布会，吸引了大批青少年粉丝下载应用、观看直播。

8月27日，超级智能本iReader Smart发布，售价3499元，宣传语为"书写新智慧"，天猫定制版则打出口号"干掉那张纸"。这是掌阅科技首款支持数字书写功能的产品。iReader Smart内置有掌阅书城，用户仍可通过产品进行电子书阅读。设备自带可调节5种笔锋、5级粗细、3种色彩模式的电磁笔，支持用户自由设置所有独立文本为私密或共享。与国际同类竞品相比，iReader Smart的性能仍有差距，其优势主要在于价格定位和工业设计。

2019年

1月22日，掌阅科技发布公告称，1月21日以8500万元的价格收购了南京分布文化17.74%的股权。2018年5月4日，掌阅科技曾以8500万元的价格收购南京分布文化16%的股权。红薯中文网是南京分布文化最核心的自有渠道。

7月16日，APP专项治理工作组发文督促40款存在收集使用个人信息问题的APP尽快整改，其中包括掌阅；逾期未领取整改通知或未完成整改的，将建议相关部门予以处置。

2020年

4月11日，掌阅科技发布了2019年年度报告。报告显示，全年营业收入为18.82亿元，同比下滑1.09%；净利润为1.61亿元，同比增长15.57%。据掌阅科技2016—2018年的财报数据显示，掌阅科技数字阅读营收的同比增速逐年下降，分别为 91.30%、39.21%、5.61%，2019 年同比增速更是为负，为 −5.55%。

8 月 26 日，掌阅科技公布 2020 半年报，实现营收 9.80 亿元，同比增长 8.96%。半年报称，上半年，公司在付费 + 免费相结合的新互联网变现模式不断融合的过程中继续开拓商业化增值业务，用户数量持续保持增长，2020 年上半年平均月活跃用户数达 1.7 亿。

11 月 4 日，掌阅科技公告，字节跳动旗下量子跃动拟收购掌阅 4505 万股（占公司总股本的 11.23%）。掌阅与字节跳动旗下免费平台番茄小说分享内容。当年 11—12 月间，掌阅就与湖北今日头条科技有限公司发生广告营销关联交易金额 1969.83 万元，与北京字节跳动网络技术有限公司发生版权收入关联交易金额 2075.47 万元，2020 年四季度的营收相比于三季度有了约 10% 的增幅。

参考资料

1. 王珂：《中国的古登堡计划 掌阅公版成立这一年》，发布于 techweb，发布日期：2015 年 5 月 5 日，网址：http://www.techweb.com.cn/news/2015-05-05/2148849.shtml，查询日期：2018 年 12 月 19 日。

2. 掌阅科技：《掌阅科技发展历程》，发布于掌阅科技，网址：https://www.zhangyue.com/alldevelop，为掌阅科技官网动态更新界面，查询日期：2018 年 12 月 19 日。

3. 《做引领纸媒技术革命的专业阅读平台——掌阅科技、掌阅文学创始人成湘均访谈录》，邵燕君、肖映萱主编：《创始者说：网络文学网站创始人访谈录》，北京大学出版社，2020 年。

（项　蕾）

LOFTER（https://www.lofter.com）

（一）词条

  中国大陆2014年以来规模最大、最有影响力的同人创作聚集地。LOFTER，中文名"乐乎"，最初是网易于2011年年底推出的轻博客社交网站。2014年起，凭借较为完善的标签功能和规范的转载传播公约，吸引了大量同人图文创作者自发聚集。2016年起，LOFTER官方开始鼓励同人创作，同人成为LOFTER的主要内容版块之一。

  LOFTER的"标签"和"推荐"功能，为同人爱好者寻找同好、交流创作提供了极大便利，博客形式则天然适合发表同人图文作品。以作品名、角色名或CP名为"标签"，培育出数量繁多、规模不一的"同人圈"，以国产网络小说、动画漫画及游戏同人最为昌盛，如"全职高手""楼诚""魔道祖师"等。

（刘心怡）

（二）简史

2011年

  8月，网易推出轻博客"网易LOFTER"，开始内测并举办第一次"LOFTER创作者大赛"，投稿领域限于摄影、绘画与设计；发布"好博客征集令"，征集类别为摄影、设计、原画、音乐人、电影的优质博客，在推荐位予以展示。

  12月1日，LOFTER开放注册；举办"首页交给你"活动，鼓励图片创作者投稿原创图片，用于登录页面。

2012年

  2月，开设LOFTER"首席小编"账号，发布原创精选内容，推广优秀创作者，类别仍限定于摄影和绘画。

  3月，推出"推荐"功能，被某人推荐的博客将会在某人粉丝的首页动态中显示；推出"自定义页面"功能，可以在首页自定义显示特定标签、子博客或友情外链。子博客可通过"密码访问"和"禁止搜索"功能保证博主的隐私，保证作者"圈地自萌"的权利。

7月，举办网易邮箱首页设计大赛；加强作品版权保护功能，开启"作品保护"后，图片将不能被他人保存或查看原图。

8月，新增默认水印添加功能，有利于创作者保护作品版权和推广自己作品。

11月，举办"老友记"活动，鼓励用户邀请朋友入驻LOFTER。被用于交流传播同人作品的境外网站Tumblr的搜索功能被封锁，此后该网站访问时有限制，导致大批同人作者及读者开始向功能、界面相似的LOFTER转移阵地。

12月，新增"问答"功能，粉丝能向作者提问，作者可以选择回答。这一功能随后被同人粉丝用于点梗，即向作者提出指定创作内容的请求。

2013年

2月，增加"发现好友"功能，在绑定微博、豆瓣或人人账号后，用户可以发现这些平台好友的LOFTER账号，或邀请他们入驻LOFTER。更多同人创作者受同好邀请，开始使用LOFTER。

5月，允许用户发布"活动"，即发起相关话题供所有用户参与讨论。

7月，新增"活动平台"功能，便于推广所发起的活动，为LOFTER日后举办同人相关话题活动打下基础。

11月，LOFTER观影团邀请部分用户免费观看漫威电影《雷神2》。《雷神2》为漫威超级英雄电影"复仇者联盟"系列影片之一，"复仇者联盟"系列作品在国内同人圈具有相当的人气。由此，LOFTER在同人爱好者群体中获得更高知名度。

2014年

4月，LOFTER ART作品售卖平台上线，作者可将插画或摄影作品授权平台制成框画和明信片售卖，获得高比例的利润分成。

7月，LOFTER官方博客在"每周博客推荐"中介绍了"同人"的概念，并推荐了翅膀、脑洞、清臣、豆里个豆、++倒轉爱心++等同人画手的博客。

10月，针对"插画"标签下内容与日俱增的情况，LOFTER开始招募"插画标签志愿者"，志愿者可以协助 LOFTER 编辑发掘和推荐标签下的优秀内容。这一时期，发布于 LOFTER 的同人图数量增加。

11 月，确定官方中文名为"乐乎"，取"有朋自远方来，不亦乐乎"之意；推出新标语"记录生活，发现同好"。针对部分用户将 LOFTER 称为"撸否"的做法，LOFTER 也推出了相关照片贴纸。

12 月，入选 AppStore 年度精选 APP。

2015 年

1 月，日本动画《黑子的篮球》第三季开播，LOFTER 开始为之征集同人作品，内容包括同人文、图、Cosplay 等，热度高的作品将获得《黑子的篮球》正版手办。LOFTER 称"新的一年，LOFTER 会有更多 ACG 有爱活动"。

7 月，电影《大圣归来》票房逆袭，LOFTER 随即发起"国产动画逆袭了"话题，邀请用户讨论国产动画。

9 月，mockmockmock 开始连载《伪装者》"楼诚"CP 同人长篇小说《别日何易》。

11 月，网易上线二次元社交产品 GACHA；上海 CP17 现场，LOFTER 和 GACHA 设立摊位，诸多同人画手出席并进行签绘活动；国内另一同人网站不老歌开始清理情色内容，部分同人作者将作品备份至 LOFTER。

本年，同人圈用户占 LOFTER 总用户比例达 $\frac{1}{3}$。

2016 年

3 月，"乐乎印品"功能上线，用户可定制印刷 LOMO 卡等文创产品，且用户不一定为所用图片的原创者。此后又陆续推出定制印刷 T 恤、手机壳等功能。

5 月，蝴蝶蓝《全职高手》小说主角叶修生日，LOFTER 与阅文集团、企鹅影业联动合作，举办同人征稿、APP 开屏同人图征集活动。境外网站 Tumblr 被封锁，更多同人爱好者转为使用 LOFTER。

7 月，发布"同人创作月度榜"和"同人创作殿堂榜"，从此，各同人圈的热度进一步得到直观展示。此后每月更新，可以视为网易对 LOFTER 成为同人聚集地的一种默许和鼓励。

8 月，开通"兴趣认证"功能，在某领域发表一定量作品并有足够热度的用户可申请认证成为相关的兴趣领域"达人"，获得认证专区展示、采访专题推荐等机会。

2017 年

3 月，与第二十届上海 COMICUP 漫展合作，表示"（同人摊位）在 LOFTER 上宣传，审核优先通过率增加"。

4 月，《全职高手》动画上映，LOFTER 每周发布系列互动话题，鼓励粉丝参与讨论。

5 月，成为"京都国际漫画赏"中国分赛区，鼓励漫画作者投稿并支持同人漫画投稿。

6 月，举办"对 XX 上瘾：大型兴趣应援活动"，鼓励用户为喜欢的内容投票打榜，领域包括音乐、电影、萌宠、运动、穿搭、美妆、摄影、二次元、旅行、美食等。LOFTER 口号变更为"让兴趣，更有趣"。

7 月，招聘二次元领域运营专员。共青团中央入驻 LOFTER。

8 月，时值"稻米节"（在《盗墓笔记》小说设定中，主角张起灵将会在 2015 年 8 月 17 日重回人世，8 月 17 日因此被《盗墓笔记》粉丝视为具有重要意义的"稻米节"，"稻米"即《盗墓笔记》粉丝群体——编者注），LOFTER 联合作者南派三叔推出第二届"哪位太太杯产粮大赛"，鼓励《盗墓笔记》同人创作。

9 月，国产动画《凹凸世界》第二季开播，联合动画制作方七创社推出"我要上 ED"片尾同人图征集活动。漫画家夏达开始在 LOFTER 发布单幅插画作品。

10 月，国产漫画《非人哉》单行本第 3 卷进入筹备阶段，联合出品方"非人哉漫画"推出同人作品征集活动，入围同人有望被单行本第 3 卷刊登。

10 月，晋江作者 priest 开始在 LOFTER 发表《杀破狼》等作品的番外。

11 月，与网易开发运营的手机游戏《阴阳师》联动，招募官方同人文作者，举办《决战！平安京》同人绘画作品大赛，试图将同人创作者纳入原作的生产环节。发起"为小伙伴打 call"活动，寻找"出过书或出过有偿教程、想获得更多读者"的用户，试图发掘有原创内容生产力的用户。

2018 年

4 月 12 日，"太太投喂鼓励计划"打赏功能开始内测，粉丝可以给关注对象打赏。13 日，开通 1500 余内测名额。

8月,开启"LOFTER创作共赢计划",鼓励创作者与LOFTER签约,获得官方推荐、商业合作机会和变现支持。第一期名额为100人。

9月,推出合集功能,作者可将同一系列的多篇作品纳入同一合集,便于长篇作品的连载、整理和阅读。举办第一季"国风创作大赛"。二次元领域新增"视频剪辑创作者"达人认证。负责原创领域的官方账号"LOFTER图书管理员"上线,开始筹备推广LOFTER原创写手。

10月,举办第一期"脑洞写作大赛",参赛作品须为200字内的脑洞小故事。

2019年

3月,在上海举办"有点才华"大会,为创作者颁发奖项,公布2018年度同人创作榜榜单,并宣布启动"LOFTER才华计划",为创作者提供流量加持、达人认证、个人形象打造、版权代理运营等扶持服务。

11月,举办第一期"故事森林"系列创作比赛,参赛作品须为1000字以内的原创故事,并以"武侠世界,江湖儿女"为主题。

2020年

2月,26日,"博君一肖"CP的同人小说《下坠》(作者MaileDIDIDI)遭明星偶像肖战粉丝举报,其连载平台百度AO3贴吧被封。LOFTER众多同人作品被屏蔽、封禁。作为反击,同人圈发起"227大团结",对肖战LOFTER标签广场进行屠版(刷屏抗议)。此事件被称为"227事件"。此后,同人创作受到很大影响。

4月,举办第九期"故事森林"写作比赛,同时宣告该系列比赛落下帷幕。此后亦多次发起不同主题的作品征集活动,参赛作品同样限定为1000字的原创故事。

6月,LOFTER的手机客户端版本自各大应用商店下架。受"227事件"影响,大量同人创作者认为LOFTER下架系受明星肖战团队或粉丝举报使然。这一猜想发酵后,肖战团队发布律师函予以否认。而LOFTER官方账号"LOFTER小秘书"在站内发文,称"LOFTER确实遇到了暂时的困难,但请放心,已经安装了LOFTER的小伙伴不影响使用","接下来的时间,我们将会对内容进行排查"。

7月,官方微博发布公告,以3月1日国家网信办出台的《网络信息内容生态治理规定》为依据,开始对历史内容进行排查和整改。受此举影响，大量作者遭遇过往文章被屏蔽或删除，对 LOFTER 提出抗议。

10月，举办"大学生短篇征文"小说赛，要求参赛作者为国内外高校在读学生，并承诺为获奖作品提供版权合作、结集出版等机会。

12月，在杭州举办发布会，宣布口号由"让兴趣，更有趣"迭代为"看见每一种兴趣"。基于"227事件"的后续影响，这一口号并未受到同人创作者的普遍认可，有创作者愤怒地留言："看得见创作的兴趣，先得看见创作吧。"

2021年

1月，网易集团宣布视频战略，称 LOFTER 将"负责筑牢剧情内容阵地"。

8月，出品网络短剧《当我每次想起你》《电竞天才的沦陷倒计时》。前者由 LOFTER 签约作者"秋刀鹿"担任导演，后者则改编自 LOFTER 站内原创小说《黑粉头子的沦陷倒计时》。两部短剧均具有明显的纯爱类型取向。

12月17日，在北京举办同人文化沙龙"奔赴爱与光"，邀请网络文学研究者、法律从业者和同人创作者，就同人文化这一话题展开对谈。

（三）专题

LOFTER 同人创作榜榜单规则

（从2016年7月起，LOFTER 正式发布 LOFTER 同人创作榜，分为同人创作月度榜及同人创作殿堂榜，每个榜单下设国产、欧美、日本3个分榜。月度榜每月1号更新，殿堂榜则是累计排名。以下材料为同人创作榜榜单的详细规则，从计分规则中可以看出，"互动量"所占权重最高，同人在 LOFTER 具有更强的社交属性。发布日期：2016年7月26日，网址：http://baobaobaozipu.lofter.com/post/1d0aadbd_bcd5faf，查询日期：2018年12月7日。——编者注）

（1）榜单标签规则

1）榜单标签来自欧美、中国、日本的 ACG、影视剧、小说、布袋戏等各类作品的相关标签，包含同人创作标签、角色标签以及作品标签。

2）同人创作标签中，根据标签下实际发布内容，AB、BA、ABA 等视为不同标签，举例：#佐鸣#、#鸣佐#、#佐鸣佐#虽然关联作品角色相同，但仍作为不同标签。

3）当作品名与作品主角名称一致时，作品名标签进入作品榜分类，而主角原名则进入角色榜，举例：#美国队长#作为作品标签，#Steve Rogers#作为角色标签，分别进入作品榜和角色榜计算分值。

4）当不同标签所指对象实际相同时，则采取获得广泛认同和使用、互动量与参与量等数值均更高的标签，举例：#おそ松さん#与#阿松#均指日本动漫作品《阿松》，则取分值更高的#おそ松さん#标签。欧美作品及关联榜单中，根据上述规则，同样进行选取，如#贱虫#和#spideypool#中，选取数据高进榜。

（2）榜单计分时间

1）LOFTER 同人创作月度榜：

每月 1 日 0：00 开始累积数据。

每月最后一日 23：59 分截止统计，进入下个月统计周期。

每整点更新，实时展现当月 LOFTER 同人创作热。

2）LOFTER 同人创作殿堂榜：

累积计算 LOFTER 至今为止全部数据。

每周日凌晨更新，展现最权威的同人创作热度。

（3）计分规则

1）标签得分由该标签产生的订阅量、参与量、浏览量、互动量四项组成。

2）单项分值满分为 100 分，第一名直接获得 100 分，其余名次所获得分值根据其数据量与第一名数据量对比换算得分。即第一名订阅量为 160，某名次订阅量为 88，即该订阅量得分为 88/160（订阅量）*100（满分值=55。其余三项算法相同。

3）标签总分=订阅量分值 10%+参与量分值 *25%+浏览量 25%+互动量 *40%。

4）所有分值保留 2 位小数，四舍五入。

5）每日整点进行数据的实时更新。

6）四大数据量解释如下：

订阅量：即当前标签的订阅数量；

参与量：即当前标签的参与文章发布数量。

浏览量：即当前标签被浏览访问次数。

互动量：即当前标签下产生的推荐、喜欢、评论、转载行为的总和。LOFTER永远欢迎优秀的作品及良性互动。

LOFTER同人创作榜榜单仅为反映LOFTER同人创作领域的真实情况。

参考资料

1. 纪云：《LOFTER这个"奇葩"的产品》，发布于极客公园，发布日期：2015年4月30日，网址：http://www.geekpark.net/news/212570，查询日期：2018年12月7日。

2. 张家欣：《从文青到腐女，LOFTER，一个兴趣社区的奇幻漂流》，发布于百度百家号"娱乐硬糖"，发布日期：2017年4月23日，网址：https://baijiahao.baidu.com/s?id=1598463228810789610&wfr=spider&for=pc，查询日期：2018年12月7日。

3. 胖鲸研究所：《网易LOFTER：轻博客产品向兴趣社区转型，平台上的年轻人教会了品牌哪些事？》，发布于微信公众号"胖鲸头条"，发布日期：2018年7月18日，网址：https://mp.weixin.qq.com/s/FdT58xmmMYDbp8yerdDQAA，查询日期：2018年12月7日。

4. 指月：《回不到原点的网易LOFTER》，发布于微信公众号"读娱"，发布日期：2021年1月6日，网址：https://mp.weixin.qq.com/s/yPjWHlUQWrC2Gty-Rcmu0g，查询日期：2021年1月10日。

5. 潘文捷：《要么"绝绝子"要么被辱骂：只有立场、没有是非的饭圈文化如何影响了同人创作？》，发布于微信公众号"界面文化"，发布日期：2021年12月21日，网址：https://mp.weixin.qq.com/s/PNOdBji3u0h3Y7hNTp8sRQ，查询日期：2021年12月24日。

（刘心怡）

Wuxiaworld
（https://www.wuxiaworld.com）

（一）词条

  中国网络文学海外传播的最大门户之一，建立最早的中国网络小说英文翻译网站，2014年12月22日由美籍华人RWX（本名赖静平）创建。

  作为开创"追更翻译"模式的粉丝型网站，Wuxiaworld在探索中形成了具有原创性的翻译—捐赠机制，并很快完成了译者从业余到职业化的过渡，建立了一整套职业翻译制度。在其成功模式的带动下，以Gravity Tales为代表的粉丝型翻译网站和以起点国际为代表的中国大陆文学网站海外平台也陆续建立，海外市场成为中国网络文学发展的新增长点。以英文翻译为基础，法语、俄语、西班牙语等多语种翻译网站纷纷涌现，读者覆盖了100多个国家和地区，将中国网络文学的影响力辐射到全球。2018年由赖静平亲自翻译的 Coiling Dragon（《盘龙》，作者我吃西红柿）登陆亚马逊，打通了进入英语主流文学平台的通道。

  早期依靠广告收入和翻译—捐赠机制维持运营。2018年2月，起点国际推行付费制度，同年4月，Wuxiaworld上线"提前看"付费模式。这一更符合海外粉丝付费习惯的"等就免费"（Wait or Pay）模式，对"按章付费"的"起点模式"形成补充。2018年年底，拥有了29个职业翻译团队，保障翻译质量未因"日更"而降低。2019年11月，上线付费系统Karma，已完结作品全面采取按章付费，但新书仍为预读付费制度。自2019年至2021年，用户规模大体稳定，月活跃读者超百万，日活跃读者超20万，其中北美读者占$\frac{1}{3}$。

  为获得合法版权，曾与阅文集团合作，一度引入中文在线入股（2018）。2021年年底被韩国互联网巨头Kakao旗下美国子公司Radish Media全资收购，依托其技术力量在2022年年初全新改版。

（吉云飞）

（二）简史

2013 年

8月13日，越南华人 He-man 开始在 SPCNET（一个关注亚洲影视和小说的独立论坛）翻译我吃西红柿的《星辰变》，超长篇的中国网络小说第一次在网上被读者自发翻译。

2014 年

5月10日，RWX 开始在 SPCNET 论坛翻译我吃西红柿的《盘龙》，并逐渐有读者为他打赏以求加更。

12月22日，RWX 建立 Wuxiaworld 网站，以便于发布连载和读者追更。1个月后，网站用户数量就超过1万。

2015 年

4月7日，Goodguyperson（简称 GGP）成为首个加盟 Wuxiaworld 的译者，开始翻译天蚕土豆的《斗破苍穹》。同年，GGP 创立 Gravity Tales，网站后发展为仅次于 Wuxiaworld 的第二大粉丝型翻译网站。

5月18日，Deathblade 加入 Wuxiaworld，开始翻译耳根的《我欲封天》。他是 Wuxiaworld 早期最重要也是最受欢迎的译者之一，使得修仙小说逐步被英文读者接受和喜爱。

10月，Wuxiaworld 从 17K 小说网签下善良的蜜蜂《修罗武神》的英文版权，首次为网站上的译文获取授权，从粉丝翻译网站开始走向正规化。15日，单日访问读者数量首次超过10万。

12月，主打"另类"类型（如科幻）和女频小说的 Volare Novels 建立，后成为第三大粉丝型翻译网站。

2016 年

年初，辞去美国国务院职业外交官工作的 RWX 到中国全职运营 Wuxiaworld。

7月，北大网络文学研究团队专访了刚刚到中国的 RWX，并在全国第二届网络文学论坛的主旨发言中报告中国网络文学的海外传播，引起各方高度重视。

12月1日，Wuxiaworld 与起点中文网签订了一个10年期的翻译和电子版发行协议，首期包括已在 Wuxiaworld 通过粉丝翻译的方式传播的20部起点小说。

2017 年

2月24日,据Wuxiaworld统计数据,2017年以来该站每日页面点击量(日均PV)在400万上下,每日访问用户量(日独立IP)接近30万。

3月15日,据Gravity Tales统计数据,2017年以来该站每日页面点击量(日均PV)在200—250万上下,每日来访用户量(日独立IP)13—15万。

5月15日,阅文集团旗下的海外平台起点国际(webnovel.com)正式上线。依托阅文这一中国最大的网络文学集团在资本积累、内容储备和技术运营方面的优势,起点国际快速成为读者规模仅次于Wuxiaworld的阅读平台,并与Wuxiaworld展开竞争。

5月22日,起点国际在Novel Updates论坛发布公告,声明将正式收回此前授予武侠世界的20部作品的版权,并宣称要将所有相关小说尽快转移到起点国际的网站上。

年中,Wuxiaworld与起点中文网的合作破裂,不再能获得新的起点小说的海外版权,只能从国内其他网文平台和韩国网文平台获取翻译资源。

2018 年

4月2日,Wuxiaworld上线"付费提前看"模式,正式开启商业化。

6月,起点国际收购Gravity Tales。

年中,Wuxiaworld引入中文在线成为股东,并收购Volare Novels。除中国网络小说,还上线了6部韩国网络小说的英译本。

由RWX亲自翻译,也是最早在海外引发读者热潮的 *Coiling Dragon*(《盘龙》,作者我吃西红柿)制作而成的8部电子书登陆亚马逊后,反响颇好,截至2018年年底,8部共卖出15821册,收入37723美元[①],获得了一定的利润。这让Wuxiaworld有底气继续聘请职业编辑来精心编辑网站上已经完本的优秀作品,并把它们源源不断送上英语文学主流平台亚马逊。

2019 年

3月,Wuxiaworld的手机APP上线,通过借用纵横中文网的APP开发团队,先后推出Android和iOS版本。

11月1日,Wuxiaworld调整Karma付费系统,完本小说开始按章付费。

---

① 来自Wuxiaworld提供的后台数据。

2020 年

因中文在线无法长期稳定提供高质量的内容资源，Wuxiaworld 选择溢价回购出售给中文在线的股份。

2021 年

12 月 16 日，韩国互联网巨头 Kakao 旗下 Kakao Entertainment 宣布，通过其不久前收购的美国子公司 Radish Media（旗下有主打女性网文阅读的 Radish Fiction）收购 Wuxiaworld。据外媒报道，此次收购价格为 3750 万美元。2022 年 1 月 20 日，依托 Radish 团队的技术力量，Wuxiaworld 网站全新改版。

（三）专题

付费制度

（1）业余—半职业—职业翻译制度

和创始人 RWX 一样，Wuxiaworld 的译者都是从中国网络小说的读者转化而来，加入较早的译者普遍经历了读者—业余翻译—半职业译者—职业译者的过程。在初期，译者大都是凭借兴趣业余翻译，随着网站流量的增长，Wuxiaworld 把广告收入按点击量分配，同时建立起翻译—捐赠机制，规定读者每捐赠一定的数额（由翻译团队自行确定，通常在 20—80 美元之间），译者就会在每周的保底更新数量之上加更一章。译者开始获得稳定收入，从业余状态进入半职业状态。在版权问题解决和收费制度上线后，从半职业进入职业状态。

（2）付费提前看制度

2018 年 4 月 2 日，Wuxiaworld 上线"付费提前看"模式，正式开启商业化。网站上正在更新的每一部小说都有加更的隐藏最新章节，只有付费购买信用点（Site Credit，后改称为 Karma）才能看到。对于不愿付费的读者，每周也会有若干章节解锁，只需要等待就能一直免费阅读，但付费读者会始终比他们早看到更多的新章节。

"提前看"的模式与按章付费的"起点国际模式"有根本差别，但这一"等就免费"的模式在韩国也是网络小说的主流付费机制。这一模式让有付费能力的读者有足够的付费意愿，同时保障了大多数免费读者的利益。截至 2018 年年底，Wuxiaworld 上共有可"提前看"的小说 29 本，译者和网站一般按照七三分成，译者能拿到绝大多数付费收入。各本小说根据译者的意愿以及翻译的状况、隐藏章节数目和校对情况的不同，"提前看"的等级与价格也有不同。在 2018 年，可供"提前看"章节最多的 *Talisman Emperor*（《符皇》，作者萧瑾瑜），读者可以每月花费 500 美元提前看 150 章；而最少的 *Against the Gods*（《逆天邪神》，作者火星引力），则最多每月花费 20 美元提前看 4 章。

（3）"按章付费"制度

2019 年 11 月 1 日，Wuxiaworld 调整付费系统，放弃付费提前看制度，全面进入按章付费模式。所有已完成的小说都被锁定，前 10%/100 章除外，以较低者为准。正在更新的小说不受影响。原本免费的完本小说将有 4 种阅读方式：直接购买整本小说；等待每 3 个月一次的"免费轮换"；VIP 用户选择它们作为"免费小说"之一；通过 Karma 单独购买章节。付费价格为千字 /1 美分，一章节约 3 美分。

从付费提前看制度到按章付费制度的改变，原因主要在于付费提前看的读者付费率太低，仅在 2% 左右，而翻译网站需要和原作者、原网站以及译者共同分享收入。此外，2019 年后，海外网络文学平台的读者规模陷入停滞，需要通过广告推广来获取新读者。在 2020 年，以北美读者为例，一位长期读者的获取成本约为 4 美元，要继续扩大规模就必须持续增加收入，因此，按章付费成为一个必然选择。与此同时，Wuxiaworld 仍为读者提供了相对便捷的代币获取方式，读者每天可以获得最多阅读 10 章小说的免费虚拟币。

参考资料

1. 相关数据来自 Wuxiaworld 公告版：https://www.wuxiaworld.com/news，查询日期：2022 年 2 月 14 日。

2.《美国网络小说"翻译组"与中国网络文学"走出去"——Wuxiaworld 创始人 RWX（任我行）访谈录》，邵燕君、肖映萱主编：《创始者说：网络文学网站创始人访谈录》，北京大学出版社，2020 年。

3. 吉云飞：《18 岁的中国网络小说翻译网站站长——专访 Gravity Tale 创始人 Goodguyperson》，采访时间：2017 年 3 月 16 日，发布于媒后台，发布日期：2017 年 5 月 17 日。

（吉云飞）

平治信息

（一）词条

中国最大的新媒体文分发平台之一，新媒体文最重要的创作基地，新媒体文领域最早的上市公司。

建立于 2002 年的平治信息，此前长期以为中国移动、电信、联通三大运营商提供手机有声阅读为核心业务，并于 2016 年 12 月在创业板上市。2016 年前后，敏锐地抓住以微信、微博为代表的自媒体时代到来后的阅读新变（阅读人群、阅读方式、阅读习惯），以独创的"百足模式"（以提供资本和技术支持的方式，与具有内容资源的网文编辑、作者合作，孵化近百个原创网站）灵活生产内容，并打造出以 CPS（全称 Cost Per Sales，即以实际销售产品数量来计算广告费用）项目为核心的运营模式，进行自有网文内容的流量变现。2018 年年底，加入平治 CPS 合作模式的自媒体就超过 30 万家。依托于这些"流量终端"，平治连通了数千万随着微信、抖音普及而触网的新用户，进一步扩张了网络文学的大众阅读群体。新的受众和渠道也孕育出了一种网络文学的新形态——"新媒体文"，这类作品基本沿袭网文既有套路，风格趣味更接近传统通俗文学，并以更快的节奏、更短的篇幅、更大胆的题材吸引读者。

以流量为中心的新媒体文 CPS 模式主要有三个构成部分：内容提供商、分销平台、分销商。其中，提供流量吸引用户阅读的分销商的分成占比在 80%—90% 之间，占据了绝大部分收入，它们不属于网文行业，只是负责"带货"。规模较大的新媒体文分销平台有平治旗下的悠书阁、微小宝，还有掌中云、网易云鼎等。随着新媒体文的发展，黑岩、磨铁、哎哟等中小文学网站，以及阅文、掌阅等行业巨头也组建了专门的新媒体文部门。伴随政府监管措施力度的加大，新媒体文的主要类型也从最初的偏向色情、恐怖、悬疑发展到男频以赘婿、神豪、战神，女频以总裁、多宝为关键词。

2020 年 6 月，国有企业浙江省文化产业投资集团成为平治信息的控股股东。

（吉云飞）

（二）简史

2002 年
11 月，杭州平治信息技术有限公司成立。

2005 年
2 月，获得工业和信息化部颁发的增值电信业务经营许可证。

2006—2007 年
与中国联通合作，提供在线影视、在线教育服务。

2009 年
3 月，研发手机有声阅读产品。

8 月，获得浙江省颁发的网络文化经营许可证。

10 月，被省科技厅认定为"国家高新技术企业"。正式上线话匣子听书。以固网、移动网和互联网为载体，提供包括小说、评书相声、少儿读物、教育经管等在内的有声阅读服务。

2010 年
与电信天翼阅读基地合作，成为中国电信有声阅读的平台支撑方和产品开发方，为天翼有声阅读基地搭建了内容上传、数据查询、运营支撑平台，并开发了 iOS 和安卓客户端。

2011 年
与中国移动阅读基地合作，成为其首批引入的 5 个垂直栏目的运营方之一，负责相声评书频道的内容引入、页面搭建、版权审核、日常运营等工作。移动阅读基地将相声评书频道收益的一定比例支付给平治。

2012 年
4 月，与中国联通沃阅读合作。

8 月 24 日，完成股份化改革，郭庆成为实际控制人。

11 月，获评中国电信游戏基地"优秀合作伙伴"。

2013 年
3 月，获新闻出版总署颁发的互联网出版许可证。

2014 年

5月，与中央电视台合作，提供移动阅读基地"百家讲坛"品牌包运营服务，主要包括用户需求分析、内容策划、内容版权和不良信息审核、内容编辑、推荐管理、应急危机处理、反盗版管理和内容投诉管理、营销推广等。

2016 年

7月14日，证监会网站公布《杭州平治信息技术股份有限公司创业板首次公开发行股票招股说明书》，招股书显示，平治仍以有声阅读为主要业务。

12月13日，杭州平治信息技术股份有限公司在深圳创业板上市，发行股票1000万股，每股发行价12.04元人民币，共募集资金1.2亿元人民币。上市后，平治信息加大了对独创的"百足模式"的投入，以提供资本和技术支持的方式，与具有内容资源的网文编辑、作者合作，在短期内孵化了近70个原创网站。新增签约作者（2016年新增2000人，2017年新增5000人）和新增原创作品数量（2016年新增3000部，2017年新增9000部）均大幅增长。

2017 年

9月13日，平治以自有资金6885万元认购郑州麦睿登网络科技有限公司（以下简称"麦睿登"）51%的股权。通过收购麦睿登以及杭州有书等分发平台，打造起以微信公众号为主的自媒体运营平台，进行自有网文内容的流量变现。微信粉丝矩阵从2016年的2000万增至2017年的4000万。

2018 年

8月29日，平治信息发布2018年中报：公司上半年实现营业收入4.66亿，较2017年同期4.19亿的水平提高了11.21%；实现归母净利润1.1亿，较2017年同期0.5亿的水平提高了119%。组建的原创阅读站接近100个，包括超阅小说、盒子小说、知阅小说、麦子阅读、如玉小说、掌读小说等。加入CPS（全称Cost Per Sales，即以实际销售产品数量来计算广告费用）合作模式的自媒体接近30万家，依托于这30万个"流量终端"，内容的受众呈现几何级数增长，极大地扩张了文学内容的覆盖人群。拥有的优质文学作品超过3万本，原创作品超过2万本，点击量过亿的网络小说接近30部，有声作品6300部，时长接近4万小时，其中自制有声内容超过6500小时。

12月28日，平治信息发布公告披露非公开发行股票预案。本次非公开发行股票数量不超过1200万股（含本数），募集资金总额不超过2亿元人民币，将全部用于补流。将引入三家战略投资者，其中浙江日报报业集团控股的浙报数字文化集团股份有限公司领投1亿元人民币，新华通讯社控股的新华网股份有限公司跟投5000万元人民币，南京网典科技有限公司（腾讯公司的关联公司）跟投5000万元人民币。

参考资料

胡楠:《平治信息：硬件换流量模式可行吗?》，《证券市场周刊》2019年第38期。

（吉云飞）

巫师图书馆 / 有毒小说网（https://www.youdubook.com）/ 咕咕阅读 / 独阅读（https://www.duread8.com）/ 联合阅读 / 息壤中文网（https://www.xrzww.com）

（一）词条

有毒小说网是主要面向"老白"的小众网站，正式建站于 2018 年。其前身巫师图书馆于 2016 年末成立，主打西式奇幻，主力作者多来自起点中文网，曾以《大航海时代的德鲁伊》（古老城堡，2017—2018）一书获得关注。2018 年 4 月 10 日，更名为有毒小说网，定位转为"以轻小说、二次元、宅文等标签为风格基准"，但热门作品仍以西式奇幻为主，如《绿龙筑巢记》（归夕北冥）、《灵吸怪备忘录》（魔力的真髓）。2019 年起，军事历史、科幻类热门作品相继增多，如《火热的年代》（富春山居）、《赛博剑仙铁雨》（半麻）。2020 年 5 月，移动端 APP 更名为咕咕阅读并更换图标，网站名称不变。2021 年 4 月，由于站方克扣稿费引起矛盾，部分编辑、作者出走，成立独阅读，主打"有深度的西幻历史小说"。

2020 年 5 月 2 日，因起点中文网合同事件，作者月影梧桐（章扬东）号召成立联合阅读。5 月 15 日，联合阅读网站公测；6 月 21 日，息壤中文网作为联合阅读旗下第一个网站实体上线。息壤中文网以军事历史为主要题材，收容了许多难以在主流商业平台上架的作品，主打作者自有改编版权以区别于其他网站。截至 2021 年年底，联合阅读完成了三轮众筹，收益有所增长，但网站整体经营仍处于亏损状态。

2021 年 4 月 27 日，有毒小说网与息壤中文网签署《战略合作框架协议》，股权调整后，息壤所属公司及章扬东合计持有有毒小说所属公司 51% 股份，实为并购有毒小说。随后有毒小说 APP、网页均以息壤为模板改版，双方渠道互通，但仍保留各自不同的签约模式。

（蔡翔宇）

（二）专题

起点、息壤的两次合同事件与网文的版权问题

2020 年 4 月 27 日，起点中文网 5 位创始人宣布集体"荣退"，腾讯集团副总裁程武接任阅文集团 CEO。由于程武此前提出了腾讯的"泛娱乐战略"，并直接负责腾讯动漫、腾讯影业，创始人吴文辉离职信中又提及文娱产业联动及 IP 改编相关事项，这可以视作阅文全面转向 IP 战略的信号。因此，作者普遍对起点接下来在版权方面的调整格外关注。

4 月 29 日，阅文作者小僧无花在龙的天空论坛发帖《今天下午，刚到手的新合同》，其中"聘请"等条款用词被指可能使版权完全归站方而非作者所有，后续引发激烈讨论，并扩散到各个平台。5 月 5 日，部分作者联合抗议，发起"55 断更节"活动。5 月 6 日，阅文集团与作家代表（自行联系编辑报名后由阅文方面选定）召开恳谈会。之后，阅文集团很快修改了相关合同条款，并推出不同类型的签约合同供作者选择。

在这一事件中，很多作者和读者期待有人能在趋向资本导向的主流网站之外再建爱好者网站。5 月 2 日，起点中文网资深作者月影梧桐在个人公众号发表文章《愿以卑微之力挽天倾》，号召成立联合阅读网站。他表示要区别于起点，"搞个小众网站，一个专注于文化读书，不注重 IP 和版权开发的小众平台，给 99.9% 中小作者留一点容身之地"，因此给出只签约作品的电子版权及其衍生（比如有声读物、VR 等），其他作品改编权、出版权等保留代理权（即协助作者出售，且须经过作者允许）的签约模式。启动资金方面，其本人拟作为公司法人代表自筹 70 万，此外读者认筹 30 万。

但一年后，联合阅读旗下的息壤也因为修改合同引发了一场讨论。2021 年 4 月 28 日，知乎用户森罗提问"如何看待息壤 2021.4 月新合同？"，并在追加提问中表达了自己对因此失去改编权的担忧，因新版合同增加了"由乙方明确授权给甲方的协议作品及其完整性"的条款，解释说明并不完全明确。问题被搬运到龙的天空论坛后引起了作者群体的关注，森罗在息壤的作者账号也因此被封禁。4 月 29 日，月影梧桐在息壤站内的论坛发帖回应；5 月 5 日，他又在联合阅读一周年直播中解释了条款，但未在合同中进行书面的补充说明或修订。

纵观两次合同事件，争论的核心都是版权归属问题。一方面，是"写作梦"落地的最基本需求，即作者拥有或至少与站方共有作品本身的版权。起点合同中"聘请"创作之类可能使作者完全失去作品所有权的措辞触犯了作者群体的底线,因此才引起如此大规模的抗议,并很快被修改。

而另一方面,版权的衍生权利也关系到作者的切身利益。若改编版权由站方所有,则作者完全失去议价权,可能蒙受巨大的损失;而对于绝大多数没有改编机会的作品来说,若被网站直接上线站外的阅读渠道,其相关收益也将变得不透明,存在被扣稿费的风险。衍生权利的归属,至今在不同网站的不同合同中仍有差异,也是站方和作者之间博弈的主战场。

参考资料

1. 契约很精神:《散财散财 有毒小说上线咯!!嘀嘀嘀,官方车!》,发布于龙的天空论坛,发布日期:2018年4月13日,网址:https://www.lkong.com/thread/2006278,查询日期:2022年1月13日。

2. 独阅读网站,网址:https://www.duread8.com,查询日期:2022年1月13日。

3. 月影梧桐:《愿以卑微之力挽天倾》,发布于微信公众号"月影梧桐",发布日期:2020年5月2日,网址:https://mp.weixin.qq.com/s/iO7DAZnjpw2eiuXoM8R5fg,查询日期:2022年1月13日。

4. 森罗:《如何看待息壤2021.4月新合同?》,发布于知乎,发布日期:2021年4月28日,网址:https://www.zhihu.com/question/457009245,查询日期:2022年1月20日。

(蔡翔宇)

元元讨论区（https://www.giantdot.com）及"恶魔岛"[①]系列论坛

【元元讨论区】

中国台湾最早的文学论坛之一，中国网络类型小说最早的发源地，华语世界最重要的情色小说论坛。1998年，由台湾网友元元（本名沈元）建立。

1998年，沈元创立巨豆广场论坛，将服务器设在美国（此前中国台湾地区情色文学BBS被关停）。巨豆广场分为政论、闲情、科技三大版块。其中，闲情版块很快出现以武侠、科幻为题材的情色小说，并逐渐形成情色小说专版元元讨论区。作者、读者遍及海峡两岸及港、澳地区，诞生了第一批网络连载类型小说知名作家和作品，如罗森《阿里布达年代记》、泥人《江山如此多娇》、端木《风月大陆》、半只青蛙《龙战士传说》等。1999年年底，从不乱发表《对1999年情色文学的一个总结》，是最早的网络文学年度点评。

正当情色小说兴盛之际，部分作者却开始主动减少作品中的情色部分，创作大量不含情色内容的玄幻、奇幻小说，并寻求商业化途径。2000年，元元讨论区改版，沈元试图建立付费制度，按点击量向作者付酬，但大多数作者认为商业化将妨碍创作自由，故付费制度未能推行，且导致大批情色文学作者出走。6月，沈元另起炉灶创立鲜文学网，刊载非情色文学，并创办鲜鲜文化出版集团推动小说的线下出版，打通了网络连载小说在台湾的出版渠道。2001年下半年，元元讨论区关停。

【"恶魔岛"系列论坛】

元元讨论区关闭后，大批情色文学作者迁至罗森创立的邀请制论坛虎门，原创小说和评论大都先在论坛内部讨论、修改后再公开发布。部分原元元讨论区管理员先后创建风月大陆（www.windmoonland.bets）和无极论坛两大情色小说论坛，前者亦为罗森创建，主要面向港台用户，后者以

[①] "恶魔岛"并非一个论坛，而是一个总称，最先由网络作者左胡在无极论坛情色文学批评文集《恶魔岛月刊》中提出。

大陆用户为主。同一时期的相关论坛还有：元元时期就已以书库形式存在的情色海岸线论坛（http://www.ourliterate.com）、赤裸羔羊论坛（www.nudelamb.net）和亚洲情色论坛（www.asianrelax.com），它们一同构成华语网络情色小说创作的"恶魔岛"系列论坛。其中，亚洲情色论坛进行了建立收费制度的尝试。

  2002年年初，无极论坛首开评论版块，举行评文活动，针对情色文学的专业书评涌现，随后各大情色论坛均成立评论区。下半年，情色文学专业评论杂志《恶魔岛月刊》创刊，左胡任主编，并以武侠小说中的"恶魔岛"形容情色文学论坛组成的"岛链"。"太监文学""小白"等新名词第一次出现在文学评论中。发展迅速的情色海岸线论坛和赤裸羔羊论坛，很快与无极论坛齐名。尽管论坛服务器均位于境外，但由于以大陆作者为主，故合称"大陆情色网站三驾马车"。从某种意义上说，在互联网早期的自由空间中充分生长的情色小说，为中国大陆网络类型小说的诞生和发展提供了不可忽视的动力和储备。

（吉云飞　刘心怡）

乐趣园（http://www.netsh.com）

中国大陆早期的大型综合性社区网站。1999年年初建立于上海，起初名为"网盛自助社区"。

该论坛涵盖领域广泛，网友可以自助开版，其中有一部分是收费加密论坛，无敏感词限制，用户可以畅所欲言。因此，迅速聚集了许多具有探索性的文学群体。其中包括中国大陆最早的耽美文学垂直论坛露西弗论坛（ducky于1999年12月创立），纯文学交流平台小说之家（吴晨骏于2001年创办，活跃作者有马兰、赵磊、杜撰、雷立刚、陈希我等），新小说论坛（黄立宇于2001年创立，活跃作者有艾伟、徐则臣、盛可以、曹寇、李修文、张楚等）。还有大量活跃的民间诗派，包括"垃圾派"诗群的北京评论论坛（皮旦于2003年3月创立，活跃作者有管党生、余毒等）、"下半身"诗群的诗江湖论坛（南人于2000年3月创立，活跃作者有伊沙、沈浩波等）、低诗歌论坛（龙俊、张嘉谚、花枪于2004年3月创立）等。

对网络文学发展而言，乐趣园的功能类似于西陆论坛、西祠胡同，不过影响力相对较小，因为私密性强，可以支持较多的先锋性探索。2010年，上海世博会前夕，乐趣园被关闭。

（李　强）

潇湘书院（https://www.xxsy.net）

中国网络文学早期知名个人书站，后转型为以"古风言情"为主打的女频商业网站。2000年2月由武侠爱好者潇湘子（本名鲍伟康）建立。

在书站时期，潇湘书院以扫校港台武侠小说为主，2004年后开始扫校港台言情小说，聚集了一批爱好者。2005年开放原创投稿，转型为原创小说网站。2007年进入商业化运营，定位为以古风言情文为特色的女频网站，删除男频内容，7月推出VIP付费阅读制度（继红袖添香之后，第二家女频收费网站）。

2010年3月被盛大文学并购，仍以古风言情为核心类型。2015年随盛大文学并入阅文集团。2016年鲍伟康离职。2018年阅文整合女频资源，推出移动阅读APP红袖读书，潇湘书院作为阅文旗下网站，成为内容提供平台之一。

（肖映萱　邢玉丹）

天鹰 / 天逸文学（https://www.tywx.com.cn; https://www.tewx.com）

中国网络文学发展早期重要文学论坛 / 网站之一，曾以多发色情小说闻名。2000年12月12日，天鹰论坛在西陆BBS成立，次年进入西陆文学论坛前列。2003年7月，独立建站，但在下半年因技术故障流失大量读者。

2003年年底，紧随起点中文网实行VIP付费阅读制度。2004年"扫黄打非"行动中，因涉黄被关闭。同年11月，天鹰文学更名为天逸文学(www.tewx.com)重新开放，人气严重下滑，但在业内仍具影响力。

2005年5月18日，加入中国原创文学联盟（幻剑书盟、龙的天空、爬爬书库、翠微居、天逸文学、逐浪网），联合对抗起点中文网的竞争压力。2007年4月，网站因亏损关闭。2014年，仍有天鹰老员工在龙的天空论坛上发帖号召重建网站。

（谭　天）

翠微居（https://www.cuiweijuk.com）

中国网络文学发展早期重要网络文学论坛／网站之一，曾以多发色情小说闻名。2001年3月，翠微居论坛在西陆BBS建立，2002年3月经网友募捐独立建站，同时保留在西陆BBS的论坛，当年10月在西陆文学类论坛中排名第一。

2003年年底，紧随起点中文网实行VIP付费阅读制度。在2004年的"扫黄打非"中，因涉黄被关站整改，失去了一线文学网站的地位，但一度仍有相当的影响力。

2005年5月曾加入中国原创文学联盟，联合对抗起点中文网的竞争压力。2014年，在全国"扫黄打非"行动中被关闭。至今，仍有不少情色论坛和盗版网站冒用翠微居的名称吸引用户。

（吉云飞）

爬爬 E 站（https://www.3320.net）

中国网络文学发展早期重要网站之一。前身为深爱网的原创文学版块，2001年8月建立。2002年1月，独立建站。5月，开设爬爬书库。2003年6月，组建爬爬评论团，吸引大批作者和读者在网站论坛"爬爬大陆"点评网络小说，成为一大特色。

2004年4月，与明杨品书网合作，建立VIP付费阅读专区"爬爬品书网"，次月即宣告失败。6月11日，自行推出VIP专区"VIP图书馆"。10月20日，与天鹰文学、冒险者天堂（台湾地区同名出版社官方网站）组成三站联盟，共享作品资源。

2005年5月18日，加入中国原创文学联盟，联合对抗起点中文网的竞争压力。2008年后网站逐渐衰落，2011年闭站。2013—2015年间，一度重新开放，2015年年底彻底关闭。

（谭　天）

黑蓝文学网（https://www.heilan.com）

由民间纯文学社团创立的知名文学网站，2001年上线，创始人陈卫。

陈卫于1991年创办黑蓝文学社，1995年印制《黑蓝》杂志（最早明确提出"七十年代以后"写作的概念）。杂志停办后，黑蓝文学社的活动转到网络空间。黑蓝文学网包括黑蓝论坛、黑蓝网刊、资料库等。其中，资料库收录了一些世界著名纯文学作品。2002—2005年，是黑蓝文学网最活跃时期。2004年，黑蓝文学网设立了"黑蓝小说奖"，奖励具有实验探索性的小说。

黑蓝文学网主要靠募集资金维持运转，由纯文学爱好者担任编辑、管理员，至2022年仍在吸引纯文学爱好者加入。黑蓝文学网的作者可以开设专栏，少数作品能够获得出版机会。

（李　强）

读写网（https://www.duxie.net）

中国最早实行付费阅读制度的文学网站。2002年2月试运行，9月1日正式运行，创建者陈杰等。

正式运行后，读写网开始实行会员收费制度。将书库分为普通书库和会员书库，读者须每月向网站支付3元基本服务费才能阅读会员书库作品，但无需再额外付费。按每月阅读付费作品的会员数（不重复计算，一月只算一次）支付签约作者稿酬，每人次5分（A级授权）或8分（B级授权）。读者主要依靠手机短信支付会员费。由于作者稿酬过低、读者基数太少、优秀作品缺乏等原因，这一会员包月收费制度当时未获成功。2003年年底开始实行按字数收费制度（千字1.5分），2004年年初调整为与起点中文网相同标准的千字2分。

2003年8月11日，网站修改作者稿酬机制，设置每月300元保底稿费，并根据作品销售情况分级计酬，最低档的作者与网站八二分成，最高档作者稿酬为千字200元。唐家三少《光之子》是收入最高的作品（2004年3月开始连载，因成绩突出被买断，价格为每月千元左右）。

2004年9月8日，读写网因涉黄被关站整改3个月，唐家三少回到幻剑书盟免费连载《光之子》。12月17日，读写网重新开放。2007年7月，因发布含色情内容作品被永久关站。

（谭　天　吉云飞　邵燕君）

明杨品书网（https://www.pinshu.com）

中国网络文学早期知名网站，网络文学付费阅读制度的先行探索者、最早按章节字数收费的文学网站。2002年12月成立，创建者苏明璞、中华杨原为铁血军事网作者。2003年年初，更名为"明杨·全球中文品书网"并推出付费阅读制度。

明杨品书网推出付费阅读制度在读写网（2002年9月）之后，但其首创的按章节字数付费制度，更契合网络"更文"的节奏，并第一次提出把网站收入和作者按比例分成。读者可购买点卡（每点1角）来按章付费，每5000字一角钱，不足5000字的部分免费（当时网络小说每章的字数大多在8000至20000），网站与作者九一分成。收费制度建立之初，依靠中华杨的人气作品《异时空-中华再起》带动，获得不错的成绩。但终因过度依赖单一类型（历史、军事）和个别作者（中华杨），以及早期读者对收费制度的抗拒、作者分成太低等原因难以持续。2004年后，网站逐渐走向衰落，2005年被幻剑书盟收购。

读写网、明杨品书网的先行探索，为起点中文网2003年10月开启的VIP付费阅读制度的成功运行积累了宝贵的经验。

（谭　天　吉云飞）

天下书盟（https://www.fbook.net）

中国网络文学发展早期重要网站之一，最早获得较大投资，在VIP付费阅读制度建立初期（2003—2004）颇具影响力。2003年3月建立，6月获投资（投资人蔡雷平，笔名龙人，玄幻武侠小说作者，经营"龙人书店"），商业化进程加快。

2003年国庆节期间，在起点中文网之前抢先推出VIP付费阅读制度（起点中文网计划10月10日推出），不但收费模式和标准（千字2分）与起点一致，还从起点挖走半数将加入起点VIP计划的作者和两位版主[①]。11月，天下书盟开设VIP阅读分站，宣布VIP计划成功。

虽有资金支持和先发优势，但由于内容运营和网站建设能力不足，很快在业内失去影响力。此后公司主要依靠图书发行盈利。2015年，阿里文学成立之初曾与之进行内容合作。

（吉云飞　谭　天）

[①] 材料来源为词条编撰者对起点中文网创始团队的采访，以及在网文界的求证。参见《起点中文网的"总设计师"——起点中文网创始人藏剑江南访谈录》，邵燕君、肖映萱主编：《创始者说：网络文学网站创始人访谈录》，北京大学出版社，2020年。

小说阅读网（https://www.readnovel.com）

中国网络文学知名网站，2010 年之前女频用户规模最大的网站。成立于 2004 年 5 月，最初以制作各类作品 txt 版和其他网站非授权内容为主。后转向原创，内容包括男频玄幻和以"校园文"为代表的女频言情，逐渐定位为女频言情小说网站。

其运营模式代表了移动时代到来前流量女频网站的普遍状态：不倚重大神作家，借助搜索引擎和导航网站的推荐位，主推高订阅量的类型文，吸引最大众的女性言情小说读者。曾长时间占据业内流量第二的位置（仅次于起点中文网）。

2009 年 4 月 1 日推出 VIP 付费阅读制度，截至同年 8 月已有 1800 万用户，日访问量近 5000 万[①]，是当时用户规模最大的女频言情小说网站。2010 年 2 月，被盛大文学收购。并入阅文集团后注重发展现实主义题材，推出《你好消防员》（舞清影，2016）等获奖作品。

（肖映萱）

---

① 小说阅读网官方博客《Hi，小说阅读网的各位读者朋友们，欢迎您的到来!》，发布日期：2009 年 8 月 18 日，网址：http://blog.sina.com.cn/s/blog_61bdc1c10100f61t.html，查询日期：2019 年 5 月 15 日。

飞卢中文网 (https://b.faloo.com)

中国网络文学行业中最能体现"爽文"机制运行逻辑的男频网站。成立于2005年5月,早期网站内容包括各类作品txt版和其他网站非授权作品,2009年转型为原创文学网站。随着二次元受众扩大,逐渐加大动漫同人比重。2015年,因起点中文网在"净网行动"中关闭同人区,大批二次元作者和读者迁入,声势大振,并进一步转型为二次元网站。

读者以12—30岁的男性为主,作者多在18—35岁之间,作品以节奏极快、爽点密集、脑洞大开的二次元"小白文"著称。在网文界,还以超强的防盗版能力、业内作者最高分成(作者7成,网站3成)和高收订比(读者收藏、付费订阅转化率)而闻名,中下层作者收入普遍高于主流网站,也吸引了一批实力作者另换笔名前来"赚快钱",显示出中国网络文学生态的多样性。

飞卢的环境虽很难产生大神,也难以产生经典作品,却能催生新的流行套路,并对起点中文网等主流网站起到补充作用。

(吉云飞　王　鑫)

Archive of Our Own
（https://archiveofourown.org）

  全球规模最大、最为知名的同人文库，也是中国大陆作者最常使用的同人网站之一。建立于 2007 年，2008 年内测，2009 年正式运营。网站名直译为中文是"我们自己的档案馆"，简称 AO3。作品语言以英语为主，支持多种语言创作，中文作品数量居第二位。

  以欧美影视剧同人为肇始，AO3 吸引了大量中国同人创作者。网站为档案馆式结构，分门别类地容纳各种不同粉丝圈的同人创作。截至 2020 年 10 月，已有 2 万个以上同人圈，接近 700 万篇同人作品，包含 67 种语言。其中英文作品占绝大多数，达 600 万篇，中文简体字作品已达 30 万余篇，俄语和西班牙语的作品数量也较多。

  AO3 从属于同人爱好者在美国建立的非营利性组织"OTW 再创作组织"（全称 Organization for Transformative works），致力于创建及维护同人创作的交流社区，从而保护和推动同人文化的发展。网站严格遵循非营利原则。对同人创作内容无明确禁忌，但鼓励作者使用标签分类，并要求作者采取主动分级和预警措施，既提高了创作的自由度，又试图为减少同人社交冲突提供可行之策。开放公共匿名账户的使用权，最大程度地确保了创作自由。为同人创作者提供法律援助，维护其创作权益和同人创作的合法性。疑因国内明星的粉丝滥用举报，自 2020 年年初开始，AO3 在中国大陆处于不可直接连接状态，中文发表内容自此骤减。但 AO3 和 OTW 仍然在积极为中文使用者提供服务。

（郑熙青　刘心怡）

塔读文学（https://www.tadu.com）

中国网络文学移动时代最早上线的阅读平台。2010年7月12日，正式上线APP（塞班系统①）。

塔读文学隶属中国最大手机代理和分销国企天音通信集团，在手机预装方面具有渠道优势。作为率先探索移动模式的新兴网站，2013年在中国移动阅读市场中排名第三，仅次于掌阅和QQ阅读。

此后，塔读在移动阅读市场的排名虽有下降，但在2015年后运营政策更为务实，通过对平台内容的精细化运营，有效地提升了用户黏性及付费意愿。2018年12月20日，被凤凰新媒体收购51%的股份。2020年，字节跳动投资塔读文学，成为其第三大股东。

（吉云飞　项　蕾）

---

① 塞班系统，即Symbian系统，曾经的主流手机操作系统。2010年12月，塞班基金会相关网站正式关闭，不再提供服务器存有的源代码下载。2011年第一季度，塞班系统市场份额首次被安卓系统超越。

ONE·一个 (https://wufazhuce.com)

以简约、优质为定位的网络文艺期刊,主编韩寒,也被称为"韩寒一个"。2012年6月11日上线,同年10月8日推出APP后,以移动端为主打。每天只发一条推送(包括一张图片、一篇文字和一个问答),所发内容均经精心编辑。主创人员为原《独唱团》杂志团队,宣称"复杂世界里,一个就够了","不追热点,不关时政,不要喧哗,不惹纷争。关掉微博,离开微信,带着微笑,去到 Web 0.1 时代。'一个'足够简单"。

旗下设有图书品牌ONEBOOK,定期将平台内高流量文章结集出版。

ONE·一个是继榕树下之后再次明确以编辑导向为统摄的内容平台,在喜好清新自然的文艺青年内产生一定影响力,成为移动时代难得的小众文艺空间。

(邵燕君　金恩惠)

简书 (https://www.jianshu.com)

中国网络文学移动时代阅读、写作平台之一（基于线上笔记工具MALESKINE），早期曾为文艺青年的网络聚集地之一。2013年4月网站上线，2014年10月推出APP。

最初，作为编辑主导的内容平台，形成了"小而美"的生态，并以诗歌、短篇小说等主流网络文学书站未能收容的体裁为主。由于审稿制度非常宽松，自带的文字写作模块和文章管理模式十分简洁，一批用户因此将其用作个人博客或电子笔记本，其中不乏致力于"女性向"同人创作的写手。

此后，分别于2015年和2018年尝试过两次商业化转型，均未能成功。

（项　蕾）

黑岩网（https://www.heiyan.com）

最早主打垂直类型文（悬疑、恐怖）的文学网站，首创"贴吧引流"模式，开启了"新媒体文"的潮流。2013年4月成立，创始人毕建伟（曾任红袖添香总编辑）。

创立之初，聚焦当时在主流网站不受重视且难以与VIP付费阅读制度匹配的悬疑、恐怖类型，很快成为天涯社区"莲蓬鬼话"版块外，悬疑、恐怖小说爱好者的最大聚集地。作为缺乏流量的新兴网站，黑岩主要依靠在百度贴吧引流的方式运营，即组织签约作者在贴吧以"直播帖"的形式，连载小说的开篇部分，在故事渐入佳境后，吸引读者到黑岩网付费阅读。这一运营模式催生了一类开头节奏激烈、叙述口吻逼真的"贴吧文"，并成为此后借助微信、微博等渠道进一步发展的"新媒体文"的前身。

2019年，在"净网行动"中，黑岩网的悬疑类型被整体取缔，转型成一个现实题材、出版作品占较大比重的综合性网站。

（吉云飞）

阿里文学（https://www.aliwx.com.cn）

由阿里巴巴集团投资、读者规模庞大且重视IP开发的重要文学平台。2015年4月建立，旗下有书旗小说、UC小说、淘宝阅读。其中，书旗小说是阿里文学旗下最重要的内容平台。

依靠阿里巴巴的渠道优势，书旗小说的读者规模稳居行业前五，且读者平均使用时长长期为业内第一。2019年1月，书旗小说的支付宝小程序上线。2020年7月，书旗小说免费版登录淘宝。

阿里文学成立之初提出版权开放战略，与天下书盟等内容平台合作，共享版权。此后又提出"光合计划"等，与阿里集团内外的影业、游戏业单位合作，进行"IP前置"的产业链开发，吸引酒徒、何常在等知名网络文学作家加盟。在这一模式下，影视、游戏等网络时代更强势的文艺形式对网络文学的影响更加内在化。

（邵燕君　吉云飞　龚翰文）

欢乐书客 / 刺猬猫
（https://www.ciweimao.com）

中国网络文学首个垂直类网文阅读APP，成立于2015年7月。定位为"服务95后爱看宅文的二次元粉丝"，也是影响力最大、最专业的"宅文"（二次元"男性向"网文）平台。

欢乐书客由重度"宅文"爱好者陈炳烨个人投资建立，"宅文"特色突出（主要指二次元ACG同人小说数量庞大，原创作品也常围绕热门动漫、网络游戏中的世界设定和美少女人物展开等），也被戏称为"欢乐污客"。建立次月，正值起点中文网裁撤同人区①，偏好二次元网文的作者、读者四处迁徙，最终大批汇聚到欢乐书客。乘势而起的欢乐书客也不断严格自查规则，强调"乐而不淫""污而不秽"。由于网站作者和读者中有大量未成年人，还提供"家长监护"模式。代表作有《我的大宝剑》（学霸殿下，2015）等。

欢乐书客深具移动阅读和二次元基因，参照B站首创"弹幕阅读机制"，以便读者对小说内容进行实时吐槽。"弹幕阅读机制"后被起点中文网等传统网站借鉴，推出"本章说/段评"等，将网文阅读参与机制从PC时代（以书评机制为主）带进移动时代。2018年1月，因注册商标名称被占用，欢乐书客改名为刺猬猫阅读。

（吉云飞　王　鑫）

---

① 此次裁撤主要受"净网行动"影响，起点后又于2016年重建"二次元"专区。

不可能的世界 (https://www.8kana.com)

中国网络文学知名二次元网站。2015年9月在"二次元资本浪潮"中诞生,始终以IP为导向。

建站之初,以罗森、兰帝魅晨、文舟、善水等老牌奇幻、玄幻作家为号召,以二次元为定位吸引新生代写手入驻。早期放弃通行的订阅模式,尝试以IP开发为核心的免费模式,按点击量用广告和IP收入来支付作者稿酬,但很快不可持续,恢复订阅模式。2015年,因"变身文"[①]事件,导致部分作者集体退出,显示出网站的IP导向定位与二次元社区文化之间的冲突。

2019年,《少年歌行》(周木楠,2017)被改编为动画,由于制作精良,获得较高的人气与口碑。

(王 鑫)

[①] "变身文",即男性穿越/重生后性别转换为女性的小说,是二次元小说的核心子类型之一,反映二次元少年反抗成人社会"性别本质主义"的诉求,具有浓重的小众亚文化特性以及圈内自成一统的表意系统。因目前很难被主流社会理解认同,难以进行IP开发,故而被网站区别对待。

爱奇艺文学（https://wenxue.iqiyi.com）

百度旗下视频网站爱奇艺以 IP 开发为导向建立的文学网站。2015 年 10 月上线之初推出同期热播影视剧原著阅读业务，次年 5 月开始增加原创作品，2018 年 1 月推出爱奇艺阅读 APP。

以影视 IP 运作为发力点，吸引唐家三少、南派三叔、水千丞、Fresh 果果等大神加盟，组成"明星作家团"。2017 年推出"云腾计划"（2020 年更名为"云腾计划+"），为爱奇艺网络剧、网络大电影提供内容基础，与影视制作方采取前期文学版权免费、后期营收分成的模式共同开发 IP。

爱奇艺文学与同属 BAT 系[①]的阿里文学在 2015 年相继成立，将"IP 反向定制"（即根据 IP 开发整体规划反向定制文学原创作品）的生产模式带入网文界，进一步将网络文学推进"IP 时代"。源出视频网站的爱奇艺文学更偏重将影视业行业法则（如叙事方式、伦理价值观、播出审查标准等）内化于网文创作之中。配合一些热门影视剧的播出，还衍生了"剧改小说"（如《延禧攻略》），其更新时间完全配合剧目播出、宣传的节奏[②]。

（邵燕君　马　哲）

[①] BAT：指中国互联网公司三大巨头：百度公司（Baidu）、阿里巴巴集团（Alibaba）、腾讯公司（Tencent）。2014 年前后，BAT 的先后入场使网络文学进入资本运营阶段。

[②] 2018 年 7 月 17 日，电视剧《延禧攻略》同名剧改小说上线，作者笑脸猫，一周后为配合原剧的播出下架部分章节并断更，8 月 8 日起恢复更新，并于当月 25 日提前原剧一天完结。

白熊阅读（https://www.bearead.com）

以二次元属性为风格定位的"女性向"小说APP。2015年11月由同人爱好者66、郭笑驰建立，以同人、耽美作品为主，非同人作品则带有较强的轻小说风格。

作为新兴的小型平台，白熊试图打通耽美圈与同人圈，其标签库建立方式充分借鉴晋江等主流文学网站的类型标签系统（性向、类型、风格、时代、题材、口味、情节），以及LOFTER已经成型的同人标签系统（CP、角色、原作）。

采取作品签约模式，并用举办圈内活动等各种方式努力吸引以"95后"为主的新人。

（肖映萱　刘心怡）

火星小说、火星女频（https://www.hotread.com；https://www.iceread.com）

中国网络文学进入 IP 时代后兴起的内容平台。2016 年 5 月成立，创始人侯小强（原盛大文学 CEO）。

网站隶属于金影科技，实行付费阅读制度，但主要收入来自 IP 运营。

火星小说等平台的建立，使一些早期在网络成名、后主要在线下发展的"老牌大神"重新"入场"。到 2018 年年底，火星小说和火星女频共签约藤萍、施定柔等 5000 余名作者，金影科技影视改编授权超百部，出版、漫画、游戏、广播剧的输出版权超千部。①

（项　蕾）

---

① 据金影科技负责人提供数据。

起点国际（https://www.webnovel.com）

中国网络文学海外传播的最大门户之一，最早由中国网络文学网站建立的官方翻译平台，同时也是最大的英文原创网络小说（仿照中国网络小说的类型套路和更新模式）平台。2017年5月15日正式上线。

依托阅文集团的资本、内容和技术优势，起点国际发展迅速，作品和作者数量很快超过此前最大也最早建立的粉丝型网站 Wuxiaworld（2014年12月建立）。在2019年年底，拥有超500部翻译小说、近5万名注册作者和7万多部原创小说，累计访问用户数超过4000万。

参照"起点模式"，起点国际创造了适合海外发展的"起点国际模式"，从而使中国网络文学的"走出去"从内容传播升级到了模式输出。因建站之初就建立了职业译者制度，为译者提供稳定可持续的报酬，很快建成一支规模较大、水平较高的译者队伍。2018年，增设分成模式。同时，还推出了独具特色的推荐机制，根据海外读者口味挑选翻译作品，将原本颇有些生硬的网站"官方"体系改造得更加粉丝化。

2017年，与北美知名网络文学翻译网站 Gravity Tales 建立合作（2018年6月收购该网站）。2018年2月，付费阅读制度[①]试运行；5月15日，在上线一周年之际正式推出。此举加快了翻译网站的商业化进程。同年4月，Wuxiaworld 推出付费阅读制度。

2018年4月，起点国际推出原创平台，并建立了新人作者保障体系[②]（在国内被俗称为"低保"）。随着英文原创力量的发展，"起点国际模式"对海外网络文学创作的影响，从付费制度、作家体系，更深入深具中国本土特色的类型文套路的写作模式中。

（吉云飞　邵燕君）

[①] 起点国际的虚拟币名为"Spirit Stone"（灵石），0.99美元可兑换50个，小说统一定价。

[②] 原创小说在上架的前4个月只要每月更新的字数在4万以上，若当月订阅收入没有达到200美元，就能获得起点国际补足的200美元。此外，字数越多，收入越高：4—6万字是200美元，6—8万字是300美元，8万字以上是400美元。

连尚文学 / 连尚免费读书
（https://www.lsds.cn）

中国最早启动免费阅读模式的网文平台之一，免费阅读崛起之初最大的免费阅读平台。2017年7月成立，由连尚网络（创始人陈大年曾与其兄长陈天桥共同创立盛大集团）控股。

2017年8月，收购逐浪网。2018年8月，上线连尚免费读书，借鉴米读小说首创的免费阅读模式，通过下沉到乡镇、农村市场，吸引了广大中小城镇和乡村的网络小说爱好者以及盗版网文阅读人群，实现了读者规模的极速增长。依托WiFi万能钥匙的渠道优势、逐浪网的内容支撑和持续的大量资金投入，连尚免费读书一度成为仅次于掌阅和阅文旗下QQ阅读的第三大网络文学移动端平台。截至2018年12月，月活跃用户超3000万。

而在番茄小说和米读小说等免费阅读平台兴起后，连尚受到很大冲击，跌出一线免费阅读平台之列。

（吉云飞）

废文网（https://www.sosad.fun）

小众免费"女性向"网文平台，建立于2017年11月。实行邀请／申请注册制，不对大众开放，创作设限较少，准入门槛较高。

网站为论坛文库结构，2018年7月成立编辑组后在首页设置了"编辑推荐"专区，并配备微博推文号"废文网御膳房"以扩大影响力，主推"有趣、有品、有点丧"的中短篇（10万字以内）作品。截至2018年年底，已有超过10万注册用户，日活用户5000，5300余部作品（2500余原创，2800余同人）。

2017年长佩文学论坛进行商业化转型之后，废文网成为最大的小众免费"女性向"网文平台。

（肖映萱）

米读小说

中国最早推出免费阅读模式的文学网站，也是重要的免费阅读平台之一。2018年5月上线，由主要依靠广告盈利的资讯平台趣头条建立。

网站推出以广告收入为导向的免费阅读模式，为占比95%以上的对付费敏感的读者和网文新用户提供免费内容[①]。依靠免费阅读模式，在2019年一跃成为网文行业用户规模前五的大型平台，但在2020年后被番茄小说和七猫免费小说超越。

2019年7月，因传播网络淫秽色情出版物等问题被责令整改，停止更新、停止经营性业务3个月。10月，恢复更新的米读小说宣布完成1亿美元B轮投资。11月，趣头条与中华文学基金会签约，宣布将在知识产权保护、内容安全审核等方面进行深度合作，并成为"茅盾文学新人奖"的主要承办方。

（吉云飞）

[①] 截至2018年6月，中国网络文学用户规模已超4亿，但付费读者占比不超过5%。经过2016年和2017年的打击盗版行动，网络文学长期存在的严重盗版问题得到缓解，大型盗版网站和百度文学类贴吧等主要的盗版渠道被切断，习惯免费的读者也失去了便捷的阅读渠道。同时，随着智能手机的普及与微信、抖音、拼多多等国民级手机应用吸纳了最新一批上网用户，大量新的网文潜在读者出现。

七猫小说 (https://www.qimao.com)

重要免费阅读平台之一。2018年8月建立。

上线后依靠重金推广迅速扩大用户规模,2019年年中月活跃用户达3700万,跻身第三大移动阅读平台,在免费阅读市场排名第一,并且探索出较为成熟的免费阅读商业运营模式。2019年7月,获得百度巨资入股,进一步加大推广投放力度,稳居一线免费阅读平台之列。2021年10月,并购老牌网站纵横文学,优化免费内容供应,并持续借助百度的内容分发体系保证内容曝光量。

截至2021年年底,七猫小说的月活跃用户超6000万,为仅次于番茄小说的第二大在线阅读APP。

(雷 宁)

番茄小说 (https://fanqienovel.com)

  字节跳动旗下文学网站,免费阅读领军平台。2019 年 1 月建立,2020 年后,依靠字节跳动的推荐算法和广告系统优势,进一步发展和完善了免费阅读的模式和生态,成为免费阅读平台的最新引领者。

  凭借字节跳动的渠道优势(抖音、今日头条),上线不久读者规模就跃居免费阅读平台前五,但初期因缺乏内容储备而吸纳了不少有色情倾向的作品。2019 年 7 月,番茄小说被责令停止更新、停止经营性业务 3 个月。整改期间,字节跳动推出红果小说。

  2019 年 11 月,番茄小说重新上线。2020 年,字节跳动连续投资塔读文学、磨铁中文网等老牌文学网站,并与除阅文集团外的几乎所有网文平台建立合作,为番茄小说获取了丰富的内容资源。在最初以"看小说,能挣钱"的口号吸引用户并与读者分享部分广告收入外,发力免费阅读的职业作家体系建设,打造与免费阅读相适应的稿酬规则,以及具有活力的社区功能。依靠字节跳动的技术储备发展基于人工智能的新一代推荐系统,番茄小说进一步弱化精英导向,将对普通读者的赋权做到了极致,成为最符合读者期待的免费阅读平台之一。

(吉云飞)

后记：所爱有经纬

这本书是北大网络文学研究团队几批人接力的产物。"上编""中国网络文学大事年表"的初版本是2015年的《中国网络文学大事记（1987—2015）》，团队成员此后每年都在编写年度大事记，不断丰富内容。编写过程中，大家选择事件的标准和叙述方式也明晰起来，便又返回去调整了一些旧内容。

整体来看，书的上下编构成了一部中国网络文学发展史的经纬。编年简史是经线，贯穿中国网络文学发展的几十年历程，各文学网站（应用平台）的词条、简史和制度是纬线。一般来说，"经正而后纬成"，但在实际编写时，编年简史与各个网站的词条、简史在不断互相校准，几乎同时成型。

校准工作需要以大量史料为支撑，我们团队很早就在做网络文学史料收集与整理工作。后来，邵燕君老师应黄发有教授之邀，参与"十三五"国家重大出版工程"新中国文学史料与研究"项目，负责网络文学卷（《新中国文学史料与研究·网络文学卷》即将由南京师范大学出版社出版）。借此契机，我们团队的网络文学史料收集与整理工作更加系统化且深入。参与网络文学史料整理工作的人员，后来均成为编年简史和网站词条的作者，他们是：王鑫、项蕾、许婷、谭天、杨采晨、孙凯亮、徐佳、秦雪莹、田彤、刘心怡、郑林、李皓颖、龚翰文、柳浩贤、张旭、邢玉丹、马哲、雷宁、蔡翔宇等。团队已毕业成员郑熙青、高寒凝、薛静、王玉玊、张芯等也提供了重要帮助。在此向他们致以特别的谢意！在具体编写时，邵老师统筹全局，肖映萱、吉云飞和我负责指导、改稿，其中，肖映萱负责女频部分，吉云飞负责男频部分，我负责技术、政策相关内容和除类型小说网站之外的平台。

中国网络文学研究是热门领域，但一个研究领域要体系化、学科化，总需要有人去做基础性工作，爬梳剔抉，参互考寻。做基础工作的人，是拓路者，亦是垫脚石。这本书，包括整个"中国网络文学史料丛书"的学术价值多半在此处。我们团队做这些工作的初心，是给自己编一部称手的工具书。按邵老师的说法，北大网络文学研究团队是以"学者粉丝"的立场进行网络文学研究。"粉丝"在收集和整理资料方面，更贴近现场，熟悉内部脉络，容易获得第一手材料。这些资料在编织成经纬之后，才显现出学术价值。个人认为，以"粉丝"之爱，行"学者"之事，可能是北大网络文学研究最显著的特色。

说起北大，当年的北大未名站也是重要的网络阵地，可惜许多资料未能留下，但有几句诗流传颇广："一望可相见，一步如重城。所爱隔山海，山海不可平。"这是 littlesen 同学在 2005 年所写。我们没有专门为他和北大未名站写个词条（当然，更没有为隔壁的水木清华 BBS 写），只是在编年简史相应位置叙述了其历史价值。这大概可以表明团队的专业眼光和"职业操守"，大家是"粉丝"，但也在努力做有史家眼光的"粉丝"——只选最有历史价值的，不选最亲的。

在整理材料时，大家都有意外收获，对自己热爱的平台、圈子有了新的认识。更重要的是，大家可以在网络文学发展史的整体脉络中，知悉自己所爱的由来，理解它们是在怎样的环境下发展起来，又是怎样被我们遇到的。在这个过程中，大家自觉代入了个人的经验，也在大历史中确认了个人的位置。可以说，大家通过把"所爱"历史化，进而把自我给历史化了。对于"读网文长大的孩子"来说，这一点是很难得的。

我电脑里还存着当年定稿《中国网络文学大事记（1987—2015）》时的 5 张照片。照片里，一群人在邵老师办公室逐条修订大事记内容。陈新榜、肖映萱、王恺文、吉云飞、叶栩乔和我，或捧书或拿手机，有的在查阅资料，有的在争论。肖映萱和王恺文手速快，负责在电脑上直接修改文稿。我们从晚上 7 点一直改到夜深，结束后去南门的烧烤店吃夜宵，叫来了还在宿舍熬夜的"小师叔"傅善超。大家喝的是"牛二"或白开水，满脸兴奋。大家碰杯的时间，是 2015 年 12 月 10 日凌晨 3 点 32 分。

照片定格的是一个瞬间，却能让人想起无数类似的时刻。照片里的一些人，乃至编写本书的大多数人，都没有继续从事学术研究，但对大家来说，能把自己喜爱的内容分享出来，就是一种快乐了。绘制经纬，是为了让这些分享更有秩序感和精确性。

所爱有经纬，山海皆可平。当初我们带着各自所爱相聚，绘就了此书经纬，究竟它们可以"平"多少网络文学研究的山海，还有待使用者们的检验。因为技术的局限，我们在挖掘和运用网络文学史料时难免存在问题，真诚期盼同人们的批评指正。

李　强

2022 年 8 月 8 日